MW00893867

Claude Lévi-Strauss
et l'anthropologie structurale

Du même auteur

Sade, l'invention du corps libertin
PUF, 1978

Le Prix de la vérité
Le don, l'argent, la philosophie
Éditions du Seuil, « La Couleur des idées », 2002

La ville qui vient
Éditions de l'Herne, 2008

Claude Lévi-Strauss, le passeur de sens
Éditions Perrin, 2008

Marcel Hénaff

Claude Lévi-Strauss et l'anthropologie structurale

Belfond

Amazon
Used - v. good

Southern Bookhounds —
Eric Gannon
1752 Barker Rd
Thompsons Station TN
37179

- $ 13.21
- $ 3.99
- $ 1.03
——————
$ 18.23

- ord: 12/17/20
- rec: 12/23/20

ISBN 978-2-7578-1934-0
(ISBN 978-2-7144-2659-8, 1re publication)

© Belfond, 1991

Table des abréviations

Les ouvrages de Lévi-Strauss seront signalés selon les abréviations suivantes :

SEP   *Les Structures élémentaires de la parenté* (Paris, PUF, 1948 ; nouvelle édition revue, La Haye, Mouton, 1967)

TT   *Tristes Tropiques* (Paris, Plon, 1955 ; réédition, 1973)

AS   *Anthropologie structurale* (Paris, Plon, 1958)

IMM   « Introduction à l'œuvre de Marcel Mauss » in Marcel Mauss, *Sociologie et anthropologie* (Paris PUF, 1950)

TA   *Le Totémisme aujourd'hui* (Paris, PUF, 1962)

PS   *La Pensée sauvage* (Paris, Plon, 1962)

CC   *Le Cuit et le Cru – Mythologiques I* (Paris, Plon, 1964)

MC   *Du miel aux cendres – Mythologiques II* (Paris, Plon, 1967)

OMT   *L'Origine des manières de table – Mythologiques III* (Paris, Plon, 1968)

HN   *L'Homme nu – Mythologiques IV* (Paris, Plon, 1971)

AS II   *Anthropologie structurale deux* (Paris, Plon, 1973)

VM   *La Voie des masques* (Genève, 1975 ; nouvelle édition, Paris, Plon, 1979)

RE	*Le Regard éloigné* (Paris, Plon, 1983)
PD	*Paroles données* (Paris, Plon, 1984)
PJ	*La Potière jalouse* (Paris, Plon, 1985)
PL	*De près et de loin* (Paris, Éditions Odile Jacob, 1988)
REL	*Regarder, écouter, lire*, (Paris, Plon, 1995)

Divers

| in *GC* | Georges Charbonnier : *Entretiens avec Claude Lévi-Strauss* (Paris, Plon, 10/18, 1961) |
| in *RB* | Raymond Bellour : *Le Livre des autres* (Paris, 10/18, 1978) |

Lévi-Strauss et le structuralisme

Repenser l'héritage

> « Les faits sociaux ne sont ni des choses
> ni des idées, ce sont des structures. »
> Maurice MERLEAU-PONTY, *Signes*
> (Gallimard, 1960, p. 146).

L'œuvre de Claude Lévi-Strauss domine puissamment l'anthropologie contemporaine à la fois par la nouveauté de ses hypothèses, par la fécondité de sa méthode, par la diversité de ses objets et enfin par la beauté de son écriture. Un ouvrage introductif à une telle œuvre ne saurait, aujourd'hui, privilégier les mêmes problèmes ni se présenter avec le même style ou avec le même ton que ceux qui virent le jour au cours des années 60 ou 70 du siècle dernier. Le structuralisme faisait alors (en France, du moins) figure de théorie triomphante, porteur d'une espérance de renouvellement qui concernait non seulement des disciplines déjà bien constituées (phonologie, linguistique) ou en train de se constituer (sémiologie) ou de se reconstituer (ethnologie, mythologie, narratologie), mais d'autres encore qui, déjà formées bien antérieurement et dans des domaines très différents, en attendaient une régénération de leurs méthodes (ce fut le cas de certains courants de la psychanalyse, du marxisme, de l'histoire et de la théorie littéraire en général).

Faut-il dire que cet espoir s'est évanoui ? Il faut plutôt dire qu'il s'est si bien accompli qu'il en paraît aujourd'hui épuisé. Le mouvement ne fut pas exempt d'extravagances. Mais pas non plus dénué de fécondité. Sans doute la page est-elle tournée ; mais elle n'est pas arrachée. Elle fait bel et bien partie du livre que cette époque a écrit.

Ce travail ne se propose pas de faire le point sur les débats et querelles qui ont entouré le « mouvement structuraliste » au temps de ses succès. À lui seul ce dossier est énorme. Tous ses aspects ne présentent pas le même intérêt. Il y a eu une idéologie structuraliste ; elle a donné lieu à toutes sortes de considérations, de théories, voire de divagations. Le terme « structure » a été employé en des sens tellement fantaisistes qu'il serait fastidieux, même pour l'histoire des idées, d'en retracer toutes les variations.

Aussi, faut-il le dire, l'œuvre même de Lévi-Strauss n'en émerge que mieux du point de vue de son domaine propre, à savoir *l'anthropologie*. Quelles que soient les réserves ou les critiques dont elle est passible, comme cela va de soi pour toute œuvre de science, elle demeure très au-delà de tout ce qui, trop expéditivement, s'est réclamé d'elle et surtout elle n'est guère atteinte par toutes sortes de critiques qui avaient pour première caractéristique d'ignorer le domaine précis où elle entendait se développer.

Il faut se souvenir en effet que les interventions sont venues de bien des côtés : philosophie, histoire, psychologie, psychanalyse, critique littéraire, marxisme… Lévi-Strauss, considéré malgré lui comme le « pape » du structuralisme, a été sommé de s'expliquer sur des domaines de savoir qui ne lui étaient pas familiers, sur des méthodes où il ne pouvait plus reconnaître les siennes, sur des prises de position qui n'avaient rien à voir avec le caractère technique de ses recherches et finalement sur des modes intellectuelles dont il a très vite compris à quel point elles pouvaient, dans l'esprit du public comme auprès de la communauté savante, être nuisibles à la rigueur et à l'évaluation sereine de son travail.

C'est sans doute pour cela qu'il a choisi le plus souvent de se tenir à l'écart de cette agitation intellectuelle et de limiter son dialogue et ses débats avec ceux qui, soit dans la même discipline, soit dans des disciplines voisines (histoire, folklore, linguistique, narratologie ; mais aussi biologie, démographie, etc.), lui posaient ou se posaient à eux-mêmes des questions précises et soulevaient des objections pertinentes.

Une exception peut-être dans ce retrait : le débat avec les philosophes. On le comprend quand on sait que c'est à partir de la philosophie – et en la contestant – que Lévi-Strauss a accédé à l'anthropologie. Il ne récuse pas le dialogue avec ses anciens collègues, mais vis-à-vis d'eux, en raison d'une proximité de départ, il semble avoir un « compte à régler ». Cela peut être le cas comme lorsqu'il répond aux objections manifestement non pertinentes de Jean-François Revel dans *Pourquoi des philosophes ?* (Paris, Éditions J.- J. Pauvert, 1957). Cela apparaît encore dans sa réponse au groupe des *Cahiers pour l'analyse* (Paris, n° 4, 1966) lorsqu'il se retranche derrière le caractère purement instrumental des concepts qu'il manipule pour expliquer qu'il n'a pas à en faire la généalogie critique. Enfin, il y a eu le débat avec Sartre sur le rapport anthropologie/histoire dont le dernier chapitre de *La Pensée sauvage* porte le témoignage le plus complet. Si Lévi-Strauss, comme cela est manifeste, n'est pas à l'aise avec les philosophes, c'est sans doute pour cette raison très simple qu'il se refuse, contrairement à beaucoup d'entre eux, à ériger le structuralisme en philosophie. Dans le « Finale » de *L'Homme nu*, il s'en explique avec une certaine vivacité : « Si, de temps à autre et sans jamais m'y appesantir, je prends la peine d'indiquer ce que mon travail signifie pour moi d'un point de vue philosophique, ce n'est pas que j'attache de l'importance à cet aspect. Je cherche plutôt à récuser d'avance ce que les philosophes pourraient prétendre me faire dire. Je n'oppose pas une philosophie qui serait mienne à la leur, car je n'ai pas de philosophie qui mérite qu'on s'y arrête […].

Contraire à toute exploitation philosophique qu'on voudrait faire de mes travaux, je me borne à signifier que, à mon goût, ils ne pourraient, dans la meilleure des hypothèses, contribuer qu'à une abjuration de ce qu'on entend aujourd'hui par philosophie » (*HN*, 570).

Certes, on pourrait objecter que récuser la philosophie ne suffit pas pour se croire à l'abri d'une philosophie implicite et inavouée. Mais une telle objection concerne tout discours. Ce qu'il faut remarquer ici, c'est précisément le refus de Lévi-Strauss de constituer le structuralisme en position explicite d'énoncé philosophique ; c'est en cela qu'il peut revendiquer le droit à être dispensé d'avoir à prendre position au-delà de son domaine de compétence. Qu'un savoir particulier et sa méthode posent des questions à la philosophie n'implique nullement qu'on puisse les considérer comme une philosophie. En s'en tenant à ce sain principe, on eût sans doute évité bien des méprises.

On comprend donc que Lévi-Strauss ait considéré qu'il n'était pas concerné par tout ce qui s'agitait autour du structuralisme ; il en a même dénoncé explicitement certains usages abusifs et approximatifs. Ce fut le cas, par exemple, de nombre de développements dans la théorie littéraire dans les années 1960-1970. Ce qui s'est présenté alors sous le label du « structuralisme » fut le plus souvent une théorie du texte marquée par deux erreurs inaugurales :

– tout d'abord une confusion entre les notions d'*ordre* et de *structure*, comme si le fait qu'un texte présente une certaine organisation pouvait en faire d'emblée un objet pour la méthode structurale, laquelle ne s'intéresse pas particulièrement aux organismes mais aux invariants ; parler, *de ce point de vue*, de la « structure d'un texte » est donc une métaphore anatomique qui a tout au plus une valeur descriptive.

– confusion ensuite entre *approche formelle* (ou formaliste) et approche structurale ; confusion qui revenait à croire que la mise en suspens des conditions matérielles d'existence d'une donnée de culture (telle la littérature et ses différents genres) pouvait garantir un accès à son essence alors que c'est le rapport entre les différents niveaux d'expression matérielle qui permet de faire apparaître une structure (ainsi un mythe peut être lu selon les divers niveaux sémantiques renvoyant à un contexte, par exemple : social, astronomique, culinaire, météorologique, botanique, etc.). La structure (à l'opposé de la forme) n'est pas indifférence aux contenus, comme on l'a maladroitement et trop souvent dit, elle est un rapport invariant qui relie différents contenus. Lévi-Strauss le rappelle en ces termes (à l'occasion d'un article sur Propp) : « La *forme* se définit par opposition à une *matière* qui lui est étrangère ; mais la *structure* n'a pas de contenu distinct : elle est le contenu même, appréhendé dans une organisation logique conçue comme propriété du réel » (*AS II*, 139).

Ces deux confusions privaient du même coup bien des analyses, qui se voulaient structurales, de leurs garanties scientifiques, principalement de la possibilité d'un contrôle externe, soit la confrontation de l'interprétation avec des données de niveaux différents et autonomes. Lévi-Strauss reste toujours d'une extrême vigilance sur ce point. Il explique, par exemple, que dans l'étude des mythes il doit exister une congruence dans les détails qui peut être vérifiée en confrontant les informations sociologiques et celles qui sont fournies par les conditions techno-économiques, les données climatologiques, botaniques, zoologiques, etc. Ainsi « sont réunis les facteurs d'une double critique externe qui, pour les sciences humaines, restituent un ensemble équivalent à ce que sont, dans les sciences naturelles, les moyens de l'expérimentation » (*AS II*, 324). À l'opposé « le vice fondamental de la critique littéraire à prétentions structuralistes tient au fait qu'elle se ramène trop souvent à un jeu de miroirs, où il devient impossible de distinguer l'objet de son retentissement symbolique dans la conscience du sujet. [...] Visionnaire et incantatoire, cette critique est sans doute structurale pour autant qu'elle utilise une combinatoire à l'appui de ses reconstructions. Mais ce faisant elle offre à l'analyse structurale une matière brute bien plutôt qu'une contribution » (*ibid*.). En somme, conclut Lévi-Strauss, une telle critique est elle-même un élément des mythologies de notre temps et non cette analyse et cette mise en perspective des textes qu'elle prétend être.

Ces réserves, très sévères, sur des prolongements théoriques non fondés du structuralisme semblent avoir échappé à beaucoup de ceux qui, sévères eux-mêmes, ont cependant cru devoir inclure Lévi-Strauss dans une dénonciation où il les avait précédés ; aussi faut-il penser qu'il y a, de leur part, soit un malentendu, soit un défaut de lecture.

En tant que méthode l'analyse structurale n'est pas une panacée et exige des démarches précises et bien définies ; ceux qui peuvent s'en réclamer ne sont donc pas légion. C'est pourquoi Lévi-Strauss tient à limiter strictement l'usage du vocable « structuralisme » (qu'il utilise, du reste, rarement) à quelques travaux spécialisés, refusant qu'y soient inclus des noms très connus dans la philosophie et dans les sciences humaines. Il le rappelle avec fermeté à l'auteur d'une étude le concernant et qui pensait devoir lui retirer ce label pour le conférer à d'autres : « Vous avouerai-je que je trouve étrange qu'on prétende m'extraire du structuralisme en y laissant pour seuls occupants Lacan, Foucault et Althusser ? C'est mettre le monde à l'envers. Il y a en France trois structuralistes authentiques : Benveniste, Dumézil et moi ; et ceux que vous citez ne sont compris dans le nombre que par l'effet d'une aberration » (Lettre à Catherine Clément in, du même auteur, *Lévi-Strauss*, Paris, Seghers, 1970, p. 196). En dehors de la France Lévi-Strauss eût, bien entendu, pu ajouter un certain nombre d'autres noms comme celui de Jakobson, mais aussi celui de Panofsky qu'il qualifie, par ailleurs, de « grand penseur du structuralisme » (in *RB*, 410).

Le structuralisme a été un temps à la mode. Ce n'est plus le cas et c'est tant mieux. En tant que méthode scientifique, il n'aurait, du reste, jamais dû l'être. Un savoir se mesure à ses résultats dans son domaine, non à ses réussites dans l'opinion (lesquelles, en général, importent plus aux épigones qu'aux chercheurs de fond). Tant mieux, surtout, si cela veut dire qu'on ne prétend plus désormais lui demander de se prononcer sur toutes sortes de sujets où il n'a que dire ni que faire. En revanche, il est (presque) à la mode désormais de lui tailler des croupières avec un sens manifeste d'esprit de l'escalier. On en dénonce les modèles, les présupposés, les ressources, comme s'il s'agissait d'une tare morale, alors qu'il s'agit là d'un vieillissement inévitable des outils intellectuels ; ce qui est le lot commun du monde savant. Ces règlements de comptes à retardement n'intéressent ni ne dérangent plus personne et ne sont pas plus féconds intellectuellement que les enthousiasmes déplacés ou les célébrations des années fastes.

Un seul type de question est vraiment intéressant désormais à propos du structuralisme (qu'il s'agisse de celui de Lévi-Strauss ou de ceux qui en ont prolongé les hypothèses et les méthodes dans des recherches spécifiques) : a-t-il *oui* ou *non* permis l'émergence d'une nouvelle approche dans les sciences humaines ? A-t-il assuré *oui* ou *non* une avancée scientifique dans des domaines précis de la recherche ?

Incontestablement la réponse est *oui*. Tel est le cas dans le champ de l'anthropologie et, plus particulièrement, dans les domaines que Lévi-Strauss a marqués de ses recherches : parenté, logique des qualités sensibles, mythes ; on ne pourrait le dénier sans avouer une dommageable ignorance. Mais la réponse est également positive dans des domaines apparentés à la linguistique et à l'anthropologie comme la narratologie, la théorie des systèmes symboliques, le rituel, le folklore, l'histoire, la poétique, etc. La méthode structurale ne constitue certes pas un dernier mot dans ces disciplines, mais elle constitue désormais une sorte d'*acquis minimal* dont, souvent, on n'a même plus conscience tant il serait difficile de poser les problèmes en deçà des exigences nouvelles qu'elle a apportées dans l'étude des textes et des phénomènes de culture. C'est un anthropologue qui ne passe pas pour particulièrement lié au structuralisme qui écrit : « L'œuvre de Lévi-Strauss, indépendamment de tout ce qui fait son immense richesse, nous paraît capitale au regard de deux préoccupations très actuelles de l'anthropologie : d'une part elle essaie très explicitement de se situer par rapport aux polarités irréductibles des axes de la recherche anthropologique classique ; d'autre part elle affecte le même statut (symbolique) aux différentes modalités de l'organisation sociale. Elle se donne ainsi les moyens d'une rigueur intellectuelle dont lui sont sans doute redevables les plus constructifs de ses critiques » (Marc Augé, *Symbole, fonction, histoire*, Hachette, 1979, p. 97).

Nous pouvons nous permettre d'être réservés à l'égard de certains aspects du structuralisme précisément parce qu'il fait désormais partie des évidences acquises de notre savoir. Nous pouvons certainement aller plus loin sans lui, mais c'est parce que nous supposons implicitement qu'il est devenu un point de départ. L'approche structurale peut être considérée comme un *moment* non seulement pertinent mais même indispensable dans certains domaines où la mise en évidence d'invariants (en quoi pour l'essentiel elle consiste) constitue une condition de l'intelligibilité de l'objet (ainsi en va-t-il pour les systèmes de parenté, les formes du récit, les dispositifs des rites, les modalités de l'échange, etc.). Cette approche n'en interdit pas d'autres ; bien plus, elle peut leur fournir des éléments précieux d'argumentation. Le structuralisme retrouve ainsi sa place : celle d'une méthode parmi d'autres ; méthode que d'aucuns ont cru illusoirement, à une certaine époque, pouvoir ériger en philosophie alors qu'ils ne faisaient que produire des extrapolations superficielles, rendant suspecte du même coup, aux yeux de beaucoup, la méthode elle-même. Celle-ci, dans ses limites et dans sa spécificité, mérite simplement l'attention et le respect qui sont dus à tout bon outil de travail. Les choses auraient dû en rester là ; on peut désormais les y ramener.

Que penser cependant du rapport très particulier qui s'est noué entre l'anthropologie structurale et la linguistique ?

On peut, certes, mettre en évidence, textes à l'appui, dans la manière dont la première a emprunté ses modèles à la seconde, certaines insuffisances ou déformations, parfois même des inexactitudes. On le peut et on l'a fait. Mais on peut aussi bien répéter l'opération pour une multitude de cas dans l'histoire des savoirs. Celle-ci est pleine de ce genre d'importations de modèles d'une science à l'autre, où l'on voit comment une science en train de se constituer trouve dans une autre des homologies suffisantes quant à ses objets pour escompter, en en reproduisant les méthodes, redéfinir son propre domaine et parvenir à des résultats nouveaux et probants. On pourrait multiplier les exemples témoignant de la réussite d'une telle démarche. Celle-ci n'est, au demeurant, pas toujours explicite ; elle est induite par le paradigme dominant d'une époque.

Incontestablement la linguistique a joué ce rôle dans les années 1950 et 1960 et, dans bien des cas, l'importation de ses modèles s'est révélée justifiée et efficace. Du moins quand la recherche procédait avec rigueur et se montrait capable de faire apparaître des homologies réelles. Incontestablement le travail de Lévi-Strauss répond à de telles exigences. Ainsi le recours aux exemples de la linguistique lui a d'abord permis de donner une représentation pertinente des systèmes de parenté et donc d'écarter les explications diffusionnistes ou évolutionnistes qui empêchaient de percevoir la cohérence actuelle des termes de chaque système non moins que leur dynamisme interne (comme celui de la réciprocité qui règle les alliances exogamiques et opère de manière différente dans l'échange restreint et l'échange généralisé) ; de même encore la linguistique a mis Lévi-Strauss sur la voie d'une nouvelle approche dans l'étude des mythes en permettant de montrer (comme Dumézil l'avait déjà établi dans son analyse de la mythologie indo-européenne) que ce qui importe, ce ne sont pas des figures ou des thèmes comme tels mais le dispositif de leurs différences, de leurs relations réciproques. Cela n'épuise peut-être pas l'analyse des mythes, mais cela en constitue désormais la seule base saine. Que le recours à la linguistique ait rendu possible cette avancée, c'est tout ce qui importe. Lévi-Strauss a bien senti lui-même les limites de ce recours lorsqu'il a demandé de plus en plus à la musique de lui fournir un modèle plus complexe et plus approprié. Il n'est donc pas très intéressant de savoir si la linguistique à laquelle il se réfère s'en tient encore trop aux leçons de Saussure (en fait il les reçoit surtout de Jakobson et de Benveniste) et si, trop souvent, c'est la phonologie qui lui fournit des exemples. L'important, c'est de savoir quels résultats incontestables et novateurs cette inspiration méthodologique lui a permis d'obtenir. C'est ainsi qu'on juge une œuvre de science, non en décrétant après coup que l'accès aux résultats n'a pas été canonique. Les avancées scientifiques, les aventures intellectuelles de quelque envergure ne se produisent pas sans risque, sans audace et sans bousculer les règles. Il faut alors dire que l'important dans le choix d'un modèle n'est pas de savoir si l'on en fait un usage strict et étroitement conforme ; car cela ne produirait rien de nouveau. Le modèle est, en général, le support d'une intuition à laquelle il permet de se donner une méthode. C'est cela qui compte plutôt que le modèle lui-même. Lequel a bien rempli son office lorsqu'il a permis à un schème nouveau de se faire reconnaître avant de se transformer, de s'enrichir et devenir lui-même modèle pour d'autres savoirs en quête de leur formule. Cela devrait être admis sans difficulté, mais il n'était pas inutile de le rappeler.

Cela dit, Lévi-Strauss s'est toujours efforcé de procéder avec rigueur ; l'audace chez lui n'est jamais gratuite. Elle veille à se développer selon les critères de la science et les méthodes de la profession. On ne saurait le dire de tous ceux qui (parfois en se réclamant de lui) ont tenté la même démarche dans d'autres domaines. Comme de juste, les choses ont mal tourné lorsque le désir médiatique s'est emparé de l'affaire et que des emplois hâtifs de termes ou le recours à de vagues analogies ont fini par créer une rhétorique dont l'enjeu ne portait plus sur la précision des analyses mais sur l'utilisation de mots de passe destinés à déclencher la reconnaissance des membres de la tribu. Les anthropologues, du reste, le savent mieux que personne : les mots ne servent pas seulement à désigner les choses, ils servent aussi à marquer et à faire reconnaître ceux qui les emploient. Il serait donc utile de rappeler brièvement le sens des notions utilisées.

L'analyse structurale

> « Si un peu de structuralisme éloigne du concret, beaucoup y ramène. »
>
> (*AS II*, 140.)

> « Tout n'est pas structuré, et il n'y a pas nécessairement de la structure partout. »
>
> (in *RB*, 405.)

« L'anthropologie serait plus avancée, écrit Lévi-Strauss, si ses tenants avaient réussi à se mettre d'accord sur le sens de la notion de structure, l'usage qu'on peut en faire, et la méthode qu'elle implique » (*AS*, 333). Nous serions également plus avancés dans l'évaluation de l'œuvre de Lévi-Strauss si nous pouvions préciser au moins les trois points suivants : 1) Pour quels objets l'analyse structurale est-elle particulièrement rentable, en d'autres termes : quel est son champ de pertinence ? 2) À quel concept de structure l'anthropologie de Lévi-Strauss fait-elle appel et qu'implique ce choix ? 3) Quels sont les bénéfices théoriques d'une analyse structurale en comparaison d'autres méthodes possibles et quelles sont ses limites ?

1) *Le champ de pertinence de la méthode.* L'analyse structurale consiste en une certaine perspective sur des objets de

savoir et sur certains objets seulement. C'est ce que laisse entendre cette remarque : « Une société est comparable à un univers où des masses discrètes seulement seraient hautement structurées » (IMM, XX). Tel serait le cas des faits de parenté qui pour l'anthropologue constituent « le principal contexte dans lequel la notion de structure apparaît » (*AS*, 305) et Lévi-Strauss poursuit : « En fait les ethnologues se sont presque exclusivement occupés de structure à propos des problèmes de parenté » (*ibid.*). On peut donc supposer que d'autres aspects de la réalité sociale sont moins réceptifs à l'approche structurale tout simplement parce qu'ils sont également moins structurés. On pourrait à propos de la notion de *structure* affirmer exactement ce que Lévi-Strauss remarquait à propos de celle de *fonction* : dire que dans une société il y a de la structure est un truisme, dire que tout est structuré est une absurdité (cf. *AS*, 17). C'est encore cette limitation que Lévi-Strauss rappelle à l'encontre de certains critiques qui « s'imaginent que la méthode structurale, appliquée à l'ethnologie, a pour ambition d'atteindre une connaissance totale des sociétés, ce qui serait absurde. Nous voulons seulement extraire d'une richesse et d'une diversité empiriques qui déborderont toujours nos efforts d'observation et de description des constantes qui sont récurrentes en d'autres lieux et en d'autres temps » (*AS*, 95). C'est aussi ce qu'il faut dire de l'homologie culture/langage : « Mon hypothèse de travail se réclame donc d'une position moyenne : certaines corrélations sont probablement décelables, entre certains aspects et à certains niveaux, et il s'agit pour nous de trouver quels sont ces aspects et où sont ces niveaux » (*AS*, 91).

C'est donc bien à tort que l'on croit pouvoir dire que la méthode structurale peut s'emparer de n'importe quel objet et toujours y trouver des éléments pertinents (oppositions, différences) entre lesquels on pourra faire apparaître une relation structurale. Comme on le verra, en plus d'une occasion dans cette étude, une structure n'est envisageable que là où existe un degré suffisant de motivation interne (par opposition à l'arbitraire) : « Je suis tout prêt à admettre qu'il y a, dans l'ensemble des activités humaines, des niveaux qui sont structurables et d'autres qui ne le sont pas. Je choisis des classes de phénomènes, des types de sociétés, où la méthode est rentable » (in *RB*, 49). Cette mise au point de Lévi-Strauss est tout à fait essentielle (on s'étonne qu'elle ait échappé à l'œil vigilant de bien des censeurs qui s'attaquent en conséquence à un structuralisme imaginaire). Elle indique très clairement le champ de pertinence et, du même coup, les limites de l'approche structurale.

Si les sociétés sauvages se prêtent particulièrement à une telle approche, c'est que, précisément, tout d'abord, leurs formes d'organisation non seulement sont stables, mais elles tendent constitutivement à la stabilité (« Le structuralisme, remarque M. Sahlins, est né en premier lieu de sa rencontre avec un certain type de société, les sociétés dites primitives, qui se distinguent par leur capacité particulière d'absorber les perturbations introduites par l'événement avec un minimum de déformations systématiques » (*Culture and Practical Reason*, Londres, University of Chicago Press, 1976 ; trad. fr. *Au cœur de sociétés*, Paris, Gallimard, 1980, p. 39) ; d'autre part, dans ces sociétés, les activités sont limitées et intégrées les unes aux autres. Dans le premier cas on a la résistance au changement, dans le deuxième on a une limitation de la complexité. Ce qui, comme on le verra à propos de la parenté, permet de privilégier les modèles mécaniques sur les modèles statistiques (ces derniers étant, au contraire, plus indiqués pour l'analyse de nos sociétés, en raison de leur taille démographique et de la rapidité des transformations qui s'y produisent).

Un bon exemple de ce que peut être un type d'organisation sociale très structurée, en tout cas du point de vue du système de la parenté, c'est le système des classes matrimoniales Kariera (Australie) tel qu'il a été décrit par Radcliffe-Brown. Ces classes sont au nombre de quatre : Banaka, Burung, Karimera et Palyeri. Les alliances ont lieu entre les deux premières d'une part, les deux dernières d'autre part, ce qui donne le résultat suivant : un homme banaka épouse toujours une femme burung, et les enfants sont palyeri ; un homme burung épouse toujours une femme banaka, et les enfants sont karimera ; un homme palyeri épouse toujours une femme karimera, et les enfants sont banaka ; un homme karimera épouse toujours une femme palyeri, et les enfants sont burung. Cela exclut les unions entre parents proches, tout en maintenant la possibilité de mariage entre cousins croisés.

Cet exemple est privilégié ; il est aussi présenté de manière idéale pour faire apparaître le modèle. Comme toujours dans ces cas-là la réalité est plus nuancée et admet des entorses et des adaptations. Il n'en demeure pas moins que les systèmes de parenté, en raison de leur caractère clos et fini (les termes effectifs et les relations possibles sont limités), en raison de leur fonction qui est de différencier et d'ordonner des positions et des statuts, de lier des groupes à travers des individus, constituent un domaine particulièrement favorable à l'analyse structurale (tout comme l'étaient, pour des raisons analogues, les systèmes phonétiques en linguistique). Mais on pourrait en dire autant des systèmes de classification dits « totémiques » (dont il sera question au chapitre VI), qui se présentent aussi comme des ensembles finis constitués par le croisement des séries de différences et d'oppositions. Reste enfin un autre objet favorable à l'approche structurale : les récits mythiques. Il faudrait ajouter : particulièrement ceux des peuples sans écriture. La raison en est simple et nous est rappelée par quelqu'un comme Dan Sperber, à savoir que, dans une société sans écriture, n'importe quel récit (même un récit relatant des événements réels) n'est mémorisable qu'à la condition d'être simplifié sur certains aspects, enrichi sur d'autres. Selon quel critère immanent ? Celui-ci essentiellement : que soit produite une structure aussi régulière que possible, faisant donc jouer des oppositions, des inversions, des homologies ; la mémoire orale pousse le récit vers la formule la plus économique, la plus efficace, « bref, on le transforme en un objet culturellement exemplaire, psychologiquement frappant, qui, dès lors qu'une société l'adopte, devient précisément un mythe » (*Le Symbolisme en général*, Paris, Hermann, 1974, p. 91).

Lévi-Strauss avait lui-même insisté sur ce caractère sélectif et structurant de la tradition orale des peuples sans écriture chez qui « seuls les niveaux structurés qui reposent sur des fondations communes resteront stables, tandis que les niveaux probabilistes manifesteront une extrême variabilité, elle-même fonction de la personnalité des narrateurs successifs. Cependant au cours du procès de la transmission orale, ces niveaux probabilistes se heurtent les uns aux autres. Ils s'useront aussi les uns contre les autres, dégageant progressivement de la masse du discours ce qu'on pourrait appeler "ses parties cristallines" » (*HN*, 560). C'est cette argumentation que Lévi-Strauss rappelle à Propp, qui s'en tient à la structuration des fonctions, alors qu'il faut voir que c'est l'ensemble du discours du conte ou du mythe qui tend à être non seulement structuré mais même hyperstructuré : « À cette propriété d'ailleurs ils doivent d'être immédiatement perçus comme contes ou mythes, et non comme des récits historiques et romanesques » (*AS II*, 169) ; c'est ce qui fait aussi que, aux niveaux lexical et syntaxique, s'ajoute un troisième niveau : soit un métalangage d'un genre déterminé par rapport à l'usage ordinaire ou aux autres usages du discours.

De ces considérations un certain nombre de conséquences importantes peuvent être immédiatement tirées. La première c'est que, si la méthode structurale convient à certains objets et non à d'autres, il est exclu d'en généraliser l'usage. Ainsi on sait qu'en linguistique elle réussit très bien pour la phonologie et beaucoup moins pour la syntaxe et le lexique, qu'en narratologie elle est très féconde dans l'analyse des contes et des mythes et des traditions populaires en général, mais ne peut s'appliquer qu'à un certain niveau ou à certains aspects des récits romanesques ou historiques, bref qu'elle est contre-indiquée pour des objets où le facteur probabiliste l'emporte sur l'organisation cristalline et où l'élément diachronique est plus prégnant que le synchronique.

La deuxième conséquence est d'ordre théorique : on voit mal, compte tenu de ces limitations du champ de la méthode, comment on a pu prétendre constituer une « philosophie structuraliste ». Cela ne pouvait que revenir à formuler l'hypothèse d'une structuration universelle et sans reste,qui ne serait qu'un hyper-rationalisme. C'est du reste ce qu'on a inconsidérément attribué à Lévi-Strauss en ignorant les limites qu'il assignait explicitement au champ d'application de sa méthode. Que lui-même s'en soit tenu à l'étude d'objets prélevés chez des peuples sans écriture, c'est-à-dire à des objets hyper-structurés (comme la parenté, les classifications totémiques, les rites et les mythes) n'autorise pas à supposer qu'il prétendait soumettre toutes les autres données à ces modèles. Il n'a pourtant pas ménagé l'effort de clarification sur ce point, comme le montre encore cette remarque : « Je poserai d'abord, à titre d'hypothèse de travail, que le champ des études structurales inclut quatre familles d'occupants majeurs qui sont les êtres mathématiques, les langues naturelles, les œuvres musicales et les mythes » (*HN*, 578). (On peut s'étonner de ne pas trouver dans cette liste les systèmes de parenté ; il est vrai qu'ils ne répondent au critère qu'en ce qui concerne les seules structures élémentaires.)

2) *La notion de structure.* Quand Lévi-Strauss commence à faire usage de ce terme, il fait face à plusieurs héritages assez différents concernant sa définition. De certains il se démarque nettement, tandis qu'il en revendique d'autres. Rappelons-les rapidement.

Il y a d'abord un usage commun du terme qui renvoie à deux modèles : le premier est architectural (et historiquement, c'est bien « le premier »), il fonde l'idée constructiviste de solidarité des parties dans un tout (d'où la reprise du terme par les anatomistes) ; le deuxième est biologique et se rapporte à l'idée d'unité organique des éléments. C'est cette double inspiration, augmentée de l'influence naissante de la *Gestalttheorie*, qu'on retrouve dans la définition du *Vocabulaire* de Lalande : « Une structure est un tout formé de phénomènes solidaires, tels que chacun dépend des autres et ne peut être ce qu'il est que dans et par sa relation avec eux » (*Vocabulaire technique et critique de la philosophie*, Paris, PUF, 1926, rééd., 1983). Cette définition n'est pas fausse, mais elle n'est pas spécifique ; elle peut tout aussi bien convenir pour n'importe quelle forme d'organisation et ne nous permet pas de faire la différence entre ce qui est empiriquement observable et ce qui est reconstruit par raisonnement. Elle définit donc des conditions très générales et minimales d'existence d'une structure. Il n'y a donc pas lieu de la rejeter, mais sa valeur heuristique est très limitée.

En fait, Lévi-Strauss, au moment de la rédaction de son travail sur la parenté, a affaire à deux conceptions très précises de la notion de structure, l'une fait déjà autorité dans sa discipline, c'est celle de « structure sociale » développée par les anthropologues anglo-saxons, l'autre, dont la découverte, pour lui, est récente, lui vient de la linguistique (notamment à travers l'enseignement de Jakobson qui le conduit vers la lecture de Saussure et de Troubetzkoy). Entre les deux conceptions n'existait aucun lien sinon le terme lui-même. L'originalité de la démarche de Lévi-Strauss sera d'établir ce lien ou, plutôt, de poser les problèmes d'une manière qui conduira à repenser complètement le concept anthropologique de structure à partir de celui que lui fournit la linguistique.

Un des premiers à faire un usage régulier et spécifique de la notion de structure en anthropologie fut Radcliffe-Brown. Il définit sa position dans un article de 1940 intitulé « On Social Structure » (*Journal of the Royal Anthropological Institute*, vol. 71). Selon lui, la structure sociale doit être comprise comme l'ensemble des relations sociales organisées en système. En reprenant ses thèses, en 1952, dans son classique *Structure and Function in Primitive Society*, il écrit : « Les composants ou éléments de la structure sociale sont des personnes, une personne étant un être humain considéré non pas comme un organisme mais comme un individu occupant une place dans la structure sociale » ; on comprend qu'il puisse alors affirmer : « Les structures ont le même degré de réalité que les organismes individuels. »

Cet usage du terme structure est très vite contesté par d'autres anthropologues. Ainsi Alfred L. Kroeber (dans la première édition de son *Anthropology* en 1943) remarque : « Le terme de "structure sociale" […] tend à remplacer celui d'"organisation sociale" sans rien ajouter, semble-t-il quant au contenu ou à la signification » (p. 105). Auquel cas il n'a pas tort d'ajouter dans la seconde édition de ce même ouvrage : « La notion de structure n'est probablement rien d'autre qu'une concession à la mode […]. N'importe quoi – à la condition de n'être pas complètement amorphe – possède une structure » (1948, p. 325). Remarquons qu'au moment où paraît cette critique Lévi-Strauss n'a pas encore publié *Les Structures élémentaires de la parenté*.

Il faut reconnaître que Radcliffe-Brown a, par la suite, nuancé sa conception en parlant de « forme structurale » (traversant des systèmes comme la parenté, la religion, les institutions politiques) et même de « principe structural » (comme ce qui fonde, par exemple, l'unité des groupes de germains ou des lignées). Il n'empêche que la « structure sociale » c'est pour lui « la somme totale de toutes les relations sociales de tous les individus à un moment donné ». C'est à cette conception que reste fidèle quelqu'un comme Siegfried F. Nadel (*The Theory of Social Structure*, 1969, Londres ; trad. fr. *La Théorie de la structure sociale*, Paris, Minuit, 1970) lorsqu'il donne cette définition : « La structure sociale est une propriété des données empiriques d'objets, d'événements ou de séries d'événements […]. Ces données sont dites posséder une structure quand elles montrent une articulation définie entre les parties qui la composent. » En défendant ce qu'on pourrait appeler un empirisme de la structure, Nadel s'oppose nommément à Lévi-Strauss dont les positions sont, en effet, très différentes. Quelles sont-elles ?

Lévi-Strauss se demande ce que signifie le fait de recourir à la notion de structure dans l'analyse des faits sociaux ; qu'est-ce que cela apporte de spécifique par rapport à d'autres approches ? Si la « structure sociale » n'est en fait rien d'autre que la totalité des relations sociales repérables dans telle ou telle société, cela voudrait dire qu'on pourrait atteindre la structure par la seule observation empirique. Auquel cas l'expression *structure sociale* serait un simple synonyme d'*organisation sociale*, comme l'avait noté Kroeber. Il n'y aurait là aucun bénéfice théorique. On ne fera alors qu'un inventaire des relations, on aurait certes une bonne description d'un organisme mais sans atteindre ce qui en fait l'intelligibilité, laquelle n'est pas directement accessible à l'observation mais ne peut, comme c'est le cas dans toute science, être atteinte que par une élaboration conceptuelle. Lévi-Strauss formule sa position en ces termes : « La notion de structure sociale ne se rapporte pas à la réalité empirique, mais aux modèles construits d'après celle-ci » (*AS*, 305). Cette structure sociale ne doit pas être confondue avec les relations sociales, lesquelles sont seulement « la matière première employée pour la construction de modèles qui rendent manifeste la structure sociale elle-même. En aucun cas celle-ci ne saurait être ramenée à l'ensemble des relations sociales observables dans une société donnée » (*AS*, 306).

Avant de préciser plus loin ce que Lévi-Strauss entend par « construction de modèles », il serait opportun d'envisager ici ce que sa perspective doit à la linguistique. C'est par l'enseignement de Jakobson et son dialogue avec lui (à New York à partir de 1941) que Lévi-Strauss accède à cette discipline. Jakobson était justement celui qui (avec Nicolas Troubetzkoy et Serge Karcevsky) avait dès 1928 introduit le terme de « structure » en linguistique ; terme consacré par le manifeste du cercle de Prague l'année suivante. La dette du groupe envers Saussure y était explicitement soulignée. Chez eux la notion de structure tend à se substituer à la notion saussurienne de système. En fait les deux notions gardent leur pertinence. Si l'on envisage la structure *de* la langue, alors il s'agit du système comme totalité synchronique ; mais si l'on étudie des structures *dans* la langue, cela désigne des groupes de relations invariantes entre des termes (comme l'a montré la phonologie) ; lorsqu'une récurrence dans ces relations est prouvée on parle alors d'« une loi de structure ».

Telle est, rapidement rappelée, la notion de structure à laquelle Lévi-Strauss se réfère : c'est surtout le deuxième aspect qui l'intéresse et qui lui permet (en présupposant que le système est donné) de parler de la structure comme d'un modèle, conception qui de son côté avait d'abord été élaborée par les mathématiques.

Qu'est-ce qu'une *structure mathématique* ? Une des réponses les plus connues, celle du groupe Bourbaki, est la suivante : « Le trait commun des diverses notions désignées sous ce terme générique est qu'elles s'appliquent à des ensembles dont la nature *n'est pas spécifiée* ; pour définir une structure, on se donne une ou plusieurs relations où interviennent ces éléments [...] ; on postule ensuite que la ou les relations données satisfont à certaines conditions (qu'on énumère) et qui sont les axiomes de la structure envisagée. Faire la théorie axiomatique d'une structure donnée, c'est déduire toutes les conséquences logiques des axiomes de la structure, en s'interdisant toute autre hypothèse sur les éléments considérés (en particulier, toute hypothèse sur leur "nature" propre) » (« L'architecture des mathématiques », in *Les Grands Courants de la pensée mathématique*, Éditions Cahiers du Sud, 1948, p. 40-41). Vincent Descombes, qui cite ce texte, remarque que Michel Serres est probablement le seul philosophe dont l'analyse des faits de structure soit accordée à cette définition. Serres écrit en effet : « Sur un contenu culturel donné, qu'il soit Dieu, table ou cuvette, une analyse *est structurale* (et *n'est structurale que*) lorsqu'elle fait apparaître ce contenu comme un modèle » (*Hermès I, La Communication*, Paris, Minuit, 1968, p. 32).

La notion de modèle est en effet centrale pour comprendre exactement le structuralisme de Lévi-Strauss. Ce qui va faire l'originalité de sa position, c'est de corriger l'approche sociologique et anthropologique anglaise ou américaine par la méthode inspirée de la linguistique structurale. C'est la conception mathématique de la notion de modèle qui constitue le trait majeur de cette reprise dont l'objectif est défini ainsi : « Les recherches structurales ont pour objet l'étude des relations sociales à l'aide de modèles » (*AS*, 317). Cette formule définit l'essentiel de l'opposition de Lévi-Strauss aux théoriciens qui identifient la structure sociale avec la somme des relations sociales empiriquement observables. « Les relations sociales, écrit-il, sont la matière première employée pour la construction de modèles qui rendent manifeste la structure sociale elle-même » (*AS*, 305-306). Si le modèle est un artefact théorique et s'il rend manifeste la structure, c'est que celle-ci n'est pas apparente. Bien que « réelle » la structure n'est pas donnée, en ceci qu'elle ne peut être l'objet d'une expérience immédiate.

L'accès à la structure passe donc par la médiation de *modèles*. Ces modèles ont une pertinence qui ne se limite pas à telle ou telle société, ni même au seul champ de la société. Ils doivent, estime Lévi-Strauss, posséder une généralité applicable à des données très différentes. La définition en est donnée dans ce texte très connu :

« Il s'agit de savoir en quoi consistent ces modèles qui sont l'objet des analyses structurales. Le problème ne relève pas de l'ethnologie, mais de l'épistémologie, car les définitions n'empruntent rien à la matière de nos travaux. Nous pensons en effet que, pour mériter le nom de structure, des modèles doivent exclusivement satisfaire à quatre conditions.

« En premier lieu, une structure offre un caractère de système. Elle consiste en éléments tels qu'une modification quelconque de l'un d'eux entraîne une modification de tous les autres.

« En second lieu, tout modèle appartient à un groupe de transformations dont chacun correspond à un modèle de la même famille, si bien que l'ensemble de ces transformations constitue un groupe de modèles.

« Troisièmement, les propriétés indiquées ci-dessus permettent de prévoir de quelle façon réagira le modèle, en cas de modification d'un des éléments.

« Enfin, le modèle doit être construit de telle façon que son fonctionnement puisse rendre compte de tous les faits observés » (*AS*, 306).

Il faudrait discuter chacune de ces propositions ; certains l'ont fait et nous nous contenterons de renvoyer à leur commentaire (ainsi D. Sperber in *Le Structuralisme en anthropologie*, Paris, Seuil, rééd., 1973, p. 89 *sq.*). Disons simplement que la première, la troisième et la quatrième conditions concernent le rapport des modèles à une totalité systémique (cohérence, prévisibilité, saturation). La deuxième condition cependant est particulièrement intéressante en ce qu'elle a donné lieu dans l'œuvre de Lévi-Strauss aux développements les plus riches. Certes le concept de « groupe de transformation » est bien d'origine mathématique et logique. Mais celui de *transformation* comme tel procède d'une autre source que Lévi-Strauss a située explicitement dans les travaux des naturalistes (zoologistes, botanistes, anatomistes, géologues) au premier rang desquels il met D'Arcy Wentworth Thompson avec son grand ouvrage de 1917 *On Growth and Form* : « L'auteur [...] interprétait comme des transformations les différences visibles entre les espèces ou organes animaux ou végétaux au sein d'un même genre. Ce fut une illumination, d'autant que j'allais vite m'apercevoir que cette façon de voir s'inscrivait dans une longue tradition : derrière Thompson, il y avait la botanique de Goethe, et derrière Goethe, Albert Dürer avec son *Traité de la proportion humaine* » (*PL*, 158-159). La référence à cette autre source de l'approche structurale est essentielle pour plusieurs raisons.

Tout d'abord elle permet de nuancer et de relativiser la source logicienne et formaliste (qui a été excessivement exploitée par les sémiologues ou dénoncée par les critiques); ensuite c'est bien dans cette voie que Lévi-Strauss a le plus poussé sa propre recherche à partir de *La Pensée sauvage* et surtout des *Mythologiques*. Il le revendique du reste on ne peut plus nettement: «La notion de transformation est inhérente à l'analyse structurale. Je dirais même que toutes les erreurs, tous les abus commis sur ou avec la notion de structure proviennent du fait que leurs auteurs n'ont pas compris qu'il est impossible de la concevoir séparée de la notion de transformation. La structure ne se réduit pas au système, ensemble composé d'éléments et de relations qui les unissent. Pour qu'on puisse parler de structure, il faut qu'entre les éléments et les relations de plusieurs ensembles apparaissent des rapports invariants, tels qu'on puisse passer d'un ensemble à l'autre au moyen d'une transformation» (*PL*, 159). C'est d'abord grâce à cette notion que chez Lévi-Strauss lui-même la conception de la structure tend à s'éloigner du modèle linguistique, c'est-à-dire d'une combinatoire des éléments différentiels, pour s'orienter vers une dynamique des changements de formes – certes il s'agit de changements réglés – qui est patente dans la production des variantes narratives d'un ensemble de mythes ou dans les rapports entre des mythes et des rites de groupes voisins, ou encore dans les correspondances entre des productions plastiques (masques, vases, tatouages) et des structures sociales. On verra pourquoi (au chapitre VII) le recours à la musique a joué un rôle essentiel dans ce changement de modèle.

Mais revenons aux exigences méthodologiques générales formulées par Lévi-Strauss. Il demande de ne pas confondre l'observation des faits et l'élaboration des méthodes permettant de les utiliser pour construire des modèles. La question est alors de savoir si on peut, sans dommage, séparer les deux démarches. Mais il s'agit en fait de deux niveaux différents correspondant à deux étapes de la recherche:

– pour l'observation des faits, la règle doit être de décrire de manière exhaustive, sans a priori ; c'est la tâche de l'ethnographe (ou si l'on veut, l'étape ethnographique de la démarche ethnologique) ;

– pour la construction des modèles, le critère sera celui-ci : le meilleur modèle est celui qui, présentant la formule la plus simple, s'en tient uniquement aux faits observés et qui peut rendre compte de tous. Cela semble aller de soi. Mais précisément, dans les faits de parenté, Lévi-Strauss pense avoir apporté cette clarification et cette simplification là où régnaient une complication et une confusion extrêmes.

Ce qui est clair, c'est que cette conception de la structure n'a plus grand-chose à voir avec celle de Radcliffe-Brown ou de Nadel. Incontestablement Lévi-Strauss a résolument tourné le dos à l'empirisme de ses devanciers. En fait, il demande à l'anthropologie de procéder comme toute science d'observation : très empirique et minutieuse dans la collection des données, très conceptuelle dans la théorisation de l'ensemble de ces données.

3) *Les bénéfices de la méthode et ses limites*. On peut se demander : qu'est-ce que l'analyse structurale permet ? En quoi réussit-elle mieux que d'autres ? On pourrait répondre que la validité de ses résultats tient au fait qu'elle privilégie toujours, dans les données observées, leur appartenance à un système, l'actualité de ce système (plutôt que sa généalogie) et sa cohérence interne. On peut rapidement indiquer ce que ces réquisits (qui, ainsi présentés, peuvent paraître généraux) signifient plus précisément dans deux domaines où Lévi-Strauss a développé ses recherches : la parenté et la mythologie.

Prenons le cas du mariage préférentiel des cousins croisés (soit les cousins issus d'un collatéral de sexe opposé à celui de la mère ou du père) et de la prohibition portant sur les cousins parallèles (issus d'un collatéral de même sexe que le père ou la mère) ; les uns et les autres présentent la même proximité biologique : comment expliquer cette différence de traitement ? Les explications traditionnelles ont consisté à présenter ces situations comme des rémanences d'institutions disparues et indépendantes dans les deux cas. Lévi-Strauss renonce à ces recherches généalogiques, pas plus qu'il n'estime attendre la moindre lumière des théories diffusionnistes, car dans les deux cas on tente de décrire une transmission, mais on ne dit pas la raison d'être de ce qui est transmis. Or c'est elle qu'il faut trouver. D'autant que le phénomène se constate en des aires de civilisations très éloignées. Il est clair, constate Lévi-Strauss, que, quel que soit le mode de filiation, les cousins croisés appartiennent à des moitiés différentes et les cousins parallèles à la même, les premiers constituent donc des groupes exogamiques, les autres sont au contraire comme frères et sœurs. Reste à comprendre pourquoi le mariage des cousins croisés est préférentiel (ou même prescriptif); on ne peut le comprendre que si on situe le mariage dans l'obligation de réciprocité entre groupes exogamiques, obligation qui est elle-même la clef de la prohibition de l'inceste qui n'est ni d'origine morale, ni psychologique, ni biologique, mais simplement la forme de l'obligation du don/contre-don que réalise l'alliance (donc sur ce point également Lévi-Strauss récuse les explications généalogiques ou diffusionnistes). Bref, on a affaire à un complexe de problèmes étroitement liés là où on avait cru voir des institutions hétérogènes. Le dispositif cousins croisés-cousins parallèles forme donc une structure (dont les rapports sont invariants quels que soient les modes de filiation et les aires de civilisation), cette structure est elle-même étroitement liée à celle de l'alliance exogamique qui est la clef de la prohibition de l'inceste, elle-même en rapport avec les deux autres types d'éléments constituants de la parenté que sont la consanguinité et la filiation, ce qui permet de définir la structure de base de toute relation de parenté : « Une structure de parenté vraiment élémentaire – un atome de parenté si l'on peut dire – consiste en un mari, une femme, un enfant et un représentant du groupe dont le premier a reçu la seconde » (*AS*,

82-83). Cette dernière relation est dite *avunculaire*, parce qu'en général c'est l'oncle maternel (donc le frère de l'épouse pour le mari) qui est le donneur (de là ressort tout un autre ensemble de structures portant sur les *attitudes* positives ou négatives, comme nous le verrons au chapitre III).

Bref, l'analyse structurale, en mettant en évidence la logique interne des relations et en la vérifiant à plusieurs niveaux dans le système et dans plusieurs terrains d'observation dans l'expérience, établit l'intelligibilité actuelle d'un ensemble de données. C'est cela, du même coup, qui permet de relire une histoire des évolutions parce qu'on sait où se situe le problème ; ainsi en va-t-il dans le champ de la parenté, en cas de crise démographique, de contact avec d'autres groupes, d'apparition d'organisations dualistes, etc. (on le verra plus loin aux chapitres III et IV).

On pourrait en dire autant de l'étude des mythes : les recherches purement historiques ou philologiques, cherchant l'ordre des versions et se mettant en quête de la vraie ou de l'originale, ne voient pas que les mythes sont en rapport de transformation (par symétrie ou renversement ou redondance) et que toutes les variantes sont, à ce titre, également intéressantes (voir *infra* chapitre VII).

De ce point de vue l'approche structurale a été une formidable avancée de l'explication, et cela surtout dans des domaines qui semblaient ou confus par accumulation supposée de restes institutionnels comme la parenté, ou prétendus fluides par nature et rebelles à la systématicité comme le symbolisme, les qualités sensibles, les productions esthétiques ou les mythologies.

Mais cette réussite n'autorise pas pour autant un « structuralisme généralisé ». Lévi-Strauss s'en est du reste bien gardé. Nous retrouvons ici nos remarques antérieures sur les limites du champ de pertinence de la méthode. Le point essentiel qui ferait difficulté en définitive, c'est le privilège que Lévi-Strauss accorde au système face à la pratique ou, pour le dire en termes saussuriens, à la langue par rapport à la parole. C'est cette antériorité de la totalité virtuelle face à la performance locale et individuelle qui le conduit à formuler cette théorie des possibles qui revient souvent dans ses textes et que résume cette hypothèse : « L'ensemble des coutumes d'un peuple est toujours marqué par un style ; elles forment des systèmes. Je suis persuadé que *ces systèmes n'existent pas en nombre illimité*, et que les sociétés humaines comme les individus – dans leurs jeux, leurs rêves ou leurs délires – ne créent jamais de façon absolue, mais se bornent à choisir certaines combinaisons dans un répertoire idéal qu'il serait possible de reconstituer » (*TT*, 203).

On le voit : plutôt qu'un « kantisme sans sujet transcendantal » comme l'avait proposé Ricœur, la pensée de Lévi-Strauss serait mieux définie comme un leibnizianisme sans entendement divin.

Le cas Lévi-Strauss

Toutes ces précisions étaient sans doute d'emblée indispensables pour dissiper les méprises et les jugements hâtifs ; cet essai ne sera pas pour autant une défense et illustration de l'œuvre de Lévi-Strauss ; il voudrait en être simplement un exposé. Exposé critique comme le requiert tout bon débat intellectuel. Mais critique qui ne cherche pas à en découdre avec ce que fut l'ombre portée du structuralisme dans des querelles et des prolongements théoriques qui ont fait long feu. En revanche il sera fait écho à des objections précises développées par certains ethnologues ou par des philosophes qui se sont donné la peine de lire de près les textes avant de les discuter (les remarques de Paul Ricœur, sur la question du mythe et de l'interprétation en général, en sont un bon exemple ; ou les analyses de Gilles-Gaston Granger sur les rapports syntaxe/sémantique dans les *Mythologiques*).

Revenons enfin sur une critique assez courante concernant le structuralisme de Lévi-Strauss. On l'a souvent qualifié d'abstrait. Ce reproche est largement le fruit d'un malentendu. Car l'abstraction d'une part est une nécessité de toute science pour autant qu'elle doit construire son objet et que, d'autre part, dans l'observation d'un donné, elle recherche des invariants permettant de formuler des généralisations. L'anthropologie peut et doit s'imposer cette tâche, sauf à s'en tenir à une succession de descriptions qui, au nom du respect de la singularité des cultures, tente de justifier un empirisme paresseux. Ce travail d'abstraction suppose celui de formalisation. Ce qui ne donne pas nécessairement lieu à un formalisme. Le propre d'un formalisme, c'est de raisonner sur des modèles ou sur des termes généraux auxquels on tente de soumettre les données empiriques. La démarche de Lévi-Strauss, toujours inductive, fait précisément le contraire. Elle consiste à recueillir patiemment les données ethnographiques et à mettre en évidence des structures à partir de détails très précis – comme *La Pensée sauvage* et les *Mythologiques* en donnent une multitude d'exemples. Faire apparaître l'intelligibilité interne de la chose observée fait partie du regard porté sur elle.

Il est paradoxal qu'une œuvre aussi patiente et audacieuse, sérieuse et novatrice ait suscité tant de rejets et de malentendus. On pourra toujours dire que ceux-ci étaient à la mesure et en proportion inverse des enthousiasmes. Mais il faut bien admettre qu'on ne constate rien de semblable à propos des travaux de Dumézil, de Jakobson, de Benveniste ou de Panofsky (pour s'en tenir à la mouvance structuraliste).

Deux éléments, sans doute, ont rendu le cas de Lévi-Strauss quelque peu particulier.

Appelons le premier : « le syndrome du fondateur ». Qu'est-ce à dire ? Lévi-Strauss, à la différence de ses collègues français ou anglo-saxons de la même génération, n'a bénéficié d'aucune formation anthropologique théorique ou pratique de type universitaire. Si on excepte une formation intellectuelle proprement philosophique qu'il a rejetée avec véhémence, on doit dire qu'il est, en matière d'anthropologie, un autodidacte. Ce qui rend d'autant plus impressionnant, dès ses premiers écrits, la connaissance précise des traditions de sa discipline, des concepts, des méthodes, des problèmes, de la documentation, des références et des techniques de terrain. À nul moment on ne songerait à parler d'amateurisme tant est grande la sûreté des jugements et précise la connaissance des dossiers (ce qui n'exclut pas des erreurs ou des insuffisances qui sont le lot commun de tous les chercheurs). On est donc devant un cas assez rare d'autodidactisme réussi. Ce qui aurait pu être un grave inconvénient s'est transformé en deux avantages : une grande indépendance d'esprit et une disponibilité pour l'exploration de voies neuves. Ce n'est pas rien que d'être, dès le départ, délivré de l'influence de maîtres *directs* à révérer ou à contester. Arrivé en anthropologie en visiteur, Lévi-Strauss s'y est vite installé en prince.

On est donc devant un de ces cas classiques de fondateurs de disciplines ou de styles de pensée qui savent qu'ils inaugurent une dynastie intellectuelle et qui, par là, se trouvent en situation d'exception (on sait que Freud, pour cette raison, n'a jamais jugé devoir passer lui-même par une analyse didactique). Un fondateur n'ignore pas qu'il recueille, lui aussi, un héritage mais c'est pour le contester, le transformer et présenter une œuvre qui appelle ses propres héritiers. Incontestablement Lévi-Strauss est conscient de son originalité et souvent, dans le cours de son texte, il indique quelles tâches attendent ceux qui devraient continuer ses recherches. Ceux qui l'ont suivi l'ont souvent fait avec la ferveur et l'admiration que suscite une œuvre puissante et originale. Mais il est probable qu'une telle situation ait paru irritante à ceux qui ne partageaient pas les mêmes perspectives théoriques, ni n'acceptaient les mêmes choix de méthode.

Un deuxième élément a pu jouer un rôle analogue. Le désir plusieurs fois confessé chez Lévi-Strauss d'une réussite littéraire ou artistique. Il reconnaît que *Tristes Tropiques* devait être, à l'origine, le titre d'un roman. C'est presque par dépit (il l'avoue lui-même) qu'il se résout à écrire, en quelques mois, sous ce titre, un récit de voyage dont on sait qu'il fut un véritable succès de librairie. Le monde savant n'aime guère cette confusion des genres. Mais en dehors de ces effets mondains plutôt subis, demeurait profondément chez notre auteur le désir de réussir une œuvre qui soit de création artistique. Il dit justement, à propos des quatre volumes des *Mythologiques*, que, ce qu'il a cherché, c'est à produire, en hommage à Wagner et peut-être en rivalité avec lui, une tétralogie non moins grandiose et mémorable. Ce désir de l'œuvre et de l'accomplissement de soi, que Lévi-Strauss n'a jamais séparé de sa recherche la plus ardue et la plus technique, c'est aussi ce qui donne une force et une séduction à son écriture savante. C'est aussi ce qui parfois, comme dans les *Mythologiques*, lui fait s'octroyer une position de médiateur, non comme porte-parole d'une tradition mais comme instrument ou occasion d'épiphanie d'un dispositif de pensée encore retenu dans les limbes du virtuel.

Quelques remarques pour terminer cette présentation.

Tout lecteur de Lévi-Strauss est nécessairement frappé par un certain *ton*. Ce ton est de retenue, de sobriété. Lévi-Strauss, à n'en pas douter, n'aime ni les grands mots ni les effets de manche. C'est probablement ce ton qui, chez lui, induit un certain classicisme du style. Ce style est sans aucun doute d'abord accordé à une éthique du savoir : ne rien avancer qui n'ait été dûment contrôlé, qui ne soit du même coup contrôlable ; précision de l'information, clarté des sources documentaires certes, mais aussi retenue dans l'interprétation et refus des redondances dans l'explication.

Éthique du savoir donc, mais aussi éthique de l'écriture : cette très grande clarté n'est jamais pour autant aplatissement ou banalité. Se faire comprendre est une exigence minimale du savant. Y réussir dans la plus grande économie des mots et la plus grande élégance des phrases est un plaisir de surcroît. Cependant il faudrait parler aussi d'éthique dans un troisième sens, plus caché, plus étrange : cette sobriété serait une sorte de tribut payé en contrepartie de la grande audace dans les hypothèses. Peu d'anthropologues ont pris autant de risques (Lévi-Strauss lui-même s'étonnait, après coup – mais sans le regretter –, d'avoir osé publier *Les Structures élémentaires de la parenté* et les *Mythologiques*), peu de travaux dans ce domaine ont suscité de réactions aussi riches et aussi passionnées. Tout se passe comme si la retenue du ton était à la mesure inverse du risque couru. Ce ton, ce style ne garantissent en rien, bien entendu, la valeur scientifique des analyses ; mais ils frappent nécessairement le lecteur et engendrent une distance qui sollicite l'esprit critique dans le moment même où ils lui procurent un sentiment de fiabilité. C'est sans doute là un détail, mais c'est aussi à des détails de ce genre que se signalent les qualités d'une œuvre de savoir profondément originale qui entend, par ailleurs, toujours privilégier la rigueur de la démonstration sur le charme de la présentation.

Ainsi s'accordent dans une œuvre une méthode, un style et son objet.

I

QUESTIONS
D'ANTHROPOLOGIE

CHAPITRE PREMIER

L'anthropologue, l'Occident et les autres

L'Occident vu d'ailleurs

On ne devient pas ethnologue, on ne saurait prétendre à l'exactitude en cette discipline sans se poser clairement et méthodiquement la question du rapport très particulier du discours ethnologique à son objet. Ce rapport porte en lui la frontière qui sépare l'Occident des autres civilisations. Évaluer précisément cette différence ne relève donc pas seulement d'une exigence éthique ou d'un souci d'ouverture : cela fait partie de la démarche scientifique de l'ethnologie. Ou bien il faudrait dire : la différence épistémologique entre la méthode et son objet se confond, pour l'ethnologie, avec la différence culturelle que l'on peut constater entre l'Occident et les autres civilisations et cet écart marque précisément la place de l'exigence éthique.

Le problème est donc bien particulier : il s'agit de déterminer, en même temps, les titres d'un savoir et la spécificité de son domaine (comme il en va de tout savoir) et de reconnaître que cette démarche de méthode est inséparable d'un jugement (ou d'une attitude) sur la différence de position entre l'observateur (l'ethnologue occidental) et l'observé (telle ou telle société sauvage ou traditionnelle). Cette implication de la question éthique dans la question épistémologique comporte sans doute un risque : celui d'une autodénonciation du savoir ethnologique par ceux qui l'exercent, soit qu'ils reconnaissent un lien circonstanciel entre son apparition et le mouvement de la colonisation, soit qu'ils le délégitiment radicalement comme se réduisant à une entreprise de domination intellectuelle qui s'ajouterait, en la parachevant, à l'entreprise de domination économique et politique.

Lévi-Strauss aborde franchement ce débat. Mais il refuse le dilemme qui ne laisserait, à l'ethnologie, de choix qu'entre la bonne conscience ou la disparition. Son approche comporte deux aspects complémentaires : tout d'abord une réflexion historique sur le statut de l'ethnologie et surtout une réflexion sur la spécificité de l'Occident dans son rapport aux autres civilisations.

Une technique du dépaysement

> « Les voyages sont à la science des socié-
> tés ce que l'analyse chimique est à la
> science des minéraux, ce que l'herbori-
> sation est à la science des plantes, en
> termes plus généraux, ce que l'observa-
> tion des faits est à toutes les sciences de
> la nature. »
>
> Frédéric LE PLAY,
> *La Méthode sociale* (1879).

Nous serions tentés de penser que l'ethnologie est une science récente et qu'elle a partie liée avec l'histoire de la modernité. Plus précisément elle renvoie à ce moment du devenir de l'Occident marqué par son expansion planétaire et son intrusion brutale dans de nombreuses civilisations aux traditions millénaires et par la transformation de celles-ci en objet de ses enquêtes et de son savoir.

Cela n'est pas faux et reste une dimension essentielle de la réalité présente. Pourtant cela n'est que partiellement vrai ; l'intérêt ethnologique a une bien plus longue histoire ; celle-ci commence dès lors qu'est admise l'idée d'une valeur relative des traditions locales et qu'est mise en pratique celle d'une comparaison des modes de vie, des habitudes, des institutions, des formes de pensée et des représentations religieuses. C'est déjà cette approche qui est à l'œuvre dans les *Enquêtes* d'Hérodote ; même si, en définitive, une supériorité du mode de vie grec y est présentée comme évidente (les autres sont uniformément les « barbares »), il n'empêche que le travail de mise en parallèle et d'évaluation signale un début de relativisation de soi-même, une attitude très nouvelle à l'égard des autres peuples et civilisations. Cela indique qu'on pense pouvoir tirer un enseignement de cette comparaison, qu'il y a quelque chose à apprendre au contact de l'autre et qu'une sagesse peut naître du voyage et de la sortie hors de son lieu propre. Cela peut sembler aller de soi à des hommes de notre époque. C'était pourtant une idée neuve ou novatrice pour ceux qui, voici plus de vingt-cinq siècles, s'aventuraient durablement hors de leur contrée.

Lévi-Strauss ne propose pas un retour aussi éloigné dans le temps. Il demande à l'ethnologie de reconnaître ses débuts tout au plus avec la Renaissance, c'est-à-dire avec la redécouverte du monde antique par les « humanistes » et avec l'introduction des langues anciennes dans l'enseignement des collèges : « Quand les Jésuites ont fait du grec et du latin la base de la formation intellectuelle, n'était-ce pas une première forme d'ethnologie ? On reconnaissait qu'aucune civilisation ne peut se penser elle-même, si elle ne dispose pas de quelques autres pour servir de terme de comparaison » (*AS II*, 319-320). C'est ainsi que des générations d'écoliers ont, depuis lors, appris à mettre « leur propre culture en perspective » (*ibid.*) et se sont initiés « à une méthode intellectuelle qui est celle même de l'ethnographie, et que j'appellerais volontiers la *technique du dépaysement* » (*AS*, 320 – nous soulignons). Cette formule revient souvent chez Lévi-Strauss. Le premier effet bénéfique de cette technique, c'est de percevoir à distance sa propre culture, de se percevoir soi-même dans la perspective des autres. C'est ce qu'avait bien compris Segalen : à Tahiti, en Chine, il découvre tout autant l'extrême singularité de Paris ou de la Bretagne ; pour le voyageur « habitant ces au-delà voici [...] le terroir qui devient tout à coup et puissamment divers. De ce double jeu balancé, une inlassable, une intarissable diversité » (*Essai sur l'exotisme*, Montpellier, Fata Morgana, 1978, p. 49). Il est intéressant de voir des historiens décrire une expérience analogue ; ainsi Braudel : « Face à l'actuel, le passé, lui aussi, est dépaysement [...]. La surprise, le dépaysement, l'éloignement – ces grands moyens de connaissance ne sont pas moins nécessaires pour comprendre ce qui vous entoure. » Braudel ajoute : « Une semaine à Londres pour un Français ne lui fera peut-être pas mieux comprendre l'Angleterre, mais il ne verra plus la France de la même manière » (*Écrits sur l'histoire*, Paris, Flammarion, 1977, p. 59 ; voir des considérations identiques chez Philippe Ariès, *Le Temps de l'histoire*, Paris, Plon, 1954).

Cependant pour Lévi-Strauss cette technique du dépaysement ne relève pas seulement d'un savoir-faire ou d'une attitude de tel ou tel observateur ; elle signale surtout une aptitude qui se développe dans certaines traditions et crée une différence décisive dans le destin des civilisations : celles qui n'ont pas su ou pas pu se penser en fonction des autres ont été ou en seront tôt ou tard dominées ou absorbées. Il n'y a pas lieu de s'en réjouir, bien au contraire. Mais il faut admettre qu'il y a une sorte de *némésis* dans cette logique qui fait que des groupes humains qui ignorent ou veulent ignorer le reste de l'espèce perdent du même coup les moyens nécessaires à leur propre survie au sein de cette espèce.

On entend surtout, désormais, par *ethnocentrisme* le défaut selon lequel l'Occidental juge des autres cultures d'après la sienne ; cette définition limitative renvoie à une évidence : celle de l'hégémonie actuelle de l'Occident ; c'est en cela qu'il est le premier et principal concerné. Mais, en vérité, l'ethnocentrisme est une attitude commune à tous les peuples, y compris chez ceux dont on sait qu'ils ont souffert de notre domination, ceux précisément que nous appelons « primitifs » : « Pour de vastes fractions de l'espèce humaine et pendant des dizaines de millénaires, cette notion [d'humanité] paraît être totalement absente. L'humanité cesse aux frontières de la tribu, du groupe linguistique, parfois même du village ; à tel point qu'un grand nombre de populations dites "primitives" se désignent elles-mêmes d'un nom qui signifie les "hommes" […], impliquant ainsi que les autres tribus, groupes ou villages ne participent pas des vertus ou même de la nature humaine… » (*AS II*, 384). Un des paradoxes de l'Occident, c'est d'avoir été une des premières civilisations à se définir explicitement en vertu de son rapport aux autres et à avancer le concept d'une humanité universelle, et d'avoir, en même temps, été la civilisation la plus hégémonique qui soit apparue dans l'histoire. Sauf à préciser que sa puissance se confond avec l'expansion de la modernité (scientifique, technique, économique, politique) et que ce destin était peut-être promis à toutes les civilisations, bon gré, mal gré…

Devenir ethnologue

À la base du discours de l'ethnologue sur l'objet de son savoir il y a l'expérience la plus empirique, la plus poétique et parfois la plus triviale et douloureuse, celle du « terrain », soit, plus concrètement, celle de telle ou telle société où le savant aura passé des mois ou des années.

Dans un texte d'orientation générale rédigé à la demande de l'Unesco et intitulé « La place de l'anthropologie dans les sciences sociales », Lévi-Strauss définit de manière saisissante la formation de l'anthropologue comme une initiation, voire une conversion, dont l'expérience du terrain est « le moment crucial » (*AS*, 409). La synthèse scientifique n'est possible que si, préalablement, s'est opérée une autre synthèse dans l'expérience même de l'enquêteur, soit ce moment où il saisit dans leur totalité les données d'une société. Même si son savoir par la suite reste inférieur à cette expérience, il n'en demeure pas moins que c'est elle qui en nourrira les plus riches hypothèses.

Lévi-Strauss compare cette expérience du terrain à l'analyse didactique qui est imposée au futur psychanalyste. L'un comme l'autre ne peut savoir ce dont il parle, ce qu'il entend conceptualiser, qu'à la condition d'en avoir subi l'épreuve dans son propre cheminement. Comme on l'a fait remarquer : peut-on mettre en parallèle les deux expériences sans supposer qu'il faudrait dans un cas se faire « anthropologiser » comme dans l'autre on se fait psychanalyser ? Lévi-Strauss pourrait répondre : pourquoi pas ? Si du moins cela veut dire : avoir, dans le dépaysement radical d'une autre culture, fait l'épreuve de l'altérité et vérifié sa capacité à l'accueillir et à la penser. Comme pour tout savoir, celui-ci doit obtenir sa reconnaissance de la communauté scientifique ; à ceci près que la procédure prend alors l'étrange ressemblance d'une cérémonie initiatique : « Seul le jugement des membres expérimentés de la profession, dont le jugement atteste qu'ils ont eux-mêmes franchi ce cap avec succès, peut décider si, et quand, le candidat à la profession anthropologique aura réalisé sur le terrain cette *révolution intérieure* qui fera de lui, véritablement, un *homme nouveau* » (*AS*, 409-410 – nous soulignons). Il faut le dire : un ton aussi étrangement religieux est extrêmement rare chez Lévi-Strauss ; on imagine difficilement qu'il ne s'agisse, chez un rationaliste généralement si vigilant et si inflexible, d'un effet délibérément recherché. À moins qu'on ne soit précisément au centre de la « tache aveugle » de cette vision. Ce qui serait une manière indirecte de dire que le métier d'ethnologue n'est décidément pas un métier comme les autres.

Il ne l'est pas en effet. Lévi-Strauss s'en explique dans un texte de la même époque (contemporain également de *Tristes Tropiques*) intitulé « Diogène couché » (*Les Temps modernes*, n° 255, 1955). L'ethnologue, même s'il veut se soumettre à la méthode durkheimienne, qui est de « traiter les faits sociaux comme des choses », ne peut éviter de porter en lui-même et jusqu'au cœur de son savoir la ligne de partage qui sépare sa culture de celle des sociétés qu'il étudie ; non seulement il lui faut traiter la sienne comme s'il n'en était pas et les autres comme s'il en était, mais il lui faut revenir à la sienne pour annuler tout risque d'illusion dans l'épreuve de ce renversement ; dans les deux cas se maintient un rapport dedans/dehors ; ce qui veut dire : se tenir toujours dans l'un aussi bien que toujours dans l'autre. Il ne s'agit pas là d'acrobatie ni de ruse dialectique ; il s'agit d'une traversée où le voyage réel dans l'espace et dans les lieux d'investigation devient nécessairement un voyage intellectuel et spirituel dans la connaissance : « Le voyage offre ici la valeur d'un symbole. En voyageant, l'ethnographe – à la différence du soi-disant explorateur et du touriste – joue sa position dans le monde, il en franchit les limites. Il ne circule pas entre le pays des sauvages et celui de civilisés : dans quelque sens qu'il aille, il *retourne d'entre les morts*. En soumettant à l'épreuve d'expériences sociales irréductibles à la sienne ses traditions et ses croyances, en autopsiant sa société, il est véritablement *mort à son monde* ; et s'il parvient à revenir, après avoir réorganisé les membres disjoints de sa tradition culturelle, il restera tout de même un *ressuscité* » (*op. cit.*, p. 30). Ou un fantôme…

On comprend mieux ainsi en quoi il est (ou était) demandé à l'apprenti ethnologue, par l'expérience du terrain, de devenir un « homme nouveau ». Que le langage ici, comme on l'a remarqué, soit religieux, voire explicitement chrétien, dans sa terminologie, c'est l'évidence même. Que cette formulation soit assumée par l'auteur, c'est plus que probable. D'ailleurs peu importe les références de ce lexique ; ces formules renvoient à des formes très anciennes de sagesse ; on les retrouve dans tous les protocoles de formation. Elles nous apprennent qu'aucune connaissance véritable ne s'acquiert sans une transformation intérieure (*periagogé*, conversion, diraient les pythagoriciens ou les platoniciens) de celui ou celle qui aspire à la connaissance. Cependant, l'épreuve du dépaysement, la traversée de l'altérité, n'est pas simplement une condition d'accès au savoir pour l'anthropologue, elle est mise en question de ce savoir lui-même, de son origine et de son statut. La tâche de l'anthropologue n'est jamais innocente, même si, plus que d'autres, il se veut et se fait le défenseur des sociétés qu'il étudie.

Dedans, dehors ; proche et distant, engagé et critique, etc., on dirait que Lévi-Strauss ne veut esquiver aucun des paradoxes de sa profession, ni se laisser surprendre en flagrant délit de naïveté. Ce qui n'en indique que mieux la fragilité de la position d'une discipline qui, plus que d'autres, se tient expérimentalement à la frontière et théoriquement au cœur de la civilisation où elle née et où elle se développe.

Fausses différences, vraie identité

De Montaigne aux anthropologues contemporains en passant par Las Casas, Rousseau, Diderot, pour ne retenir que quelques noms célèbres, bien des penseurs, des écrivains ou des savants ont protesté contre la conquête, l'asservissement et surtout la destruction des cultures sauvages par les conquérants européens. Ces réactions, justes et nécessaires, doivent continuer d'être les nôtres. Il n'empêche que, y compris jusque dans de nombreux travaux de l'anthropologie contemporaine, une certitude indiscutée anime ces protestations : celle que ces cultures sont fondamentalement différentes de la nôtre. Mais au lieu de mépriser cette différence, comme l'ont fait les conquérants et les colonisateurs, on entend désormais la valoriser, la défendre, la sauver.

L'intérêt de l'approche de Lévi-Strauss, c'est de nous dire tout autre chose. Il ne se contente pas d'affirmer : laissons-les vivre comme ils sont et comme ils veulent être ; respectons leur « choix »… Car cela, en effet, il le dit et cette question manifestement lui tient à cœur. Mais surtout il nous demande de réfléchir à cette vérité : entre ces peuples et nous, entre leurs capacités mentales et les nôtres il n'y a justement pas de différence *fondamentale* en dépit de la différence des modes de vie et des expressions de la pensée.

Il ne s'agit pas seulement d'affirmer que nous sommes une même humanité et d'en déduire des obligations morales – ce qui n'est pas rien. Lévi-Strauss nous dit surtout quelque chose que la plupart omettent et qui est tout aussi essentiel, à savoir que c'est le même *esprit*, avec la même logique, les mêmes catégories, les mêmes exigences d'ordre et de rigueur, bref les mêmes capacités de comprendre, qui opère aussi bien dans la constitution des réseaux de parenté, dans les classifications des espèces naturelles, dans l'organisation des récits mythiques que dans les formes les plus élaborées de notre science. Ce n'est donc certainement pas à ce niveau qu'il faut chercher à situer la différence ; celle-ci s'est jouée (ou se joue encore) dans les modalités du rapport au milieu naturel. Ce rapport, dans le cas des sociétés sauvages (c'est-à-dire, généralement, sans écriture), est dominé par un principe d'échange équilibré, tandis que, dans les nôtres, il l'est par un principe de transformations cumulatives supposant un accroissement indéfini des prothèses techniques. Historiquement il s'agit de deux réponses possibles de l'humanité à sa situation dans le monde naturel et dans sa relation aux autres espèces vivantes.

Il ne suffit donc pas d'affirmer l'identité universelle de l'humanité, tout en proclamant la différence des cultures, pour prétendre fonder une morale du respect des sociétés sauvages. Car cela aboutit justement à une position purement morale ou plutôt moralisante : tolérance, ouverture, droits de l'homme. Ce sont là des exigences nécessaires. Mais c'est un peu court. On risque de maintenir le sauvage dans une altérité énigmatique, voire mystifiante. Lévi-Strauss, en posant le problème en termes d'analyse des catégories de l'esprit humain, sans récuser l'urgence *actuelle* d'une position morale, se place à un niveau rigoureusement anthropologique ; par là il semble incontestablement réduire cette altérité ; mais c'est, du même coup, pour la retrouver en nous. La frontière s'abolit certes. Mais nous comprenons alors que, la disparition des sociétés sauvages, c'est aussi celle de notre humanité ; dans le patrimoine commun des possibilités de notre espèce, tout un pan s'effondre et se délite. Ce ne sont pas simplement les cultures dites « primitives » qui s'effacent de l'histoire, c'est le choix d'un mode d'être essentiel de l'humanité – de toute l'humanité – qui est détruit.

Épistémologie de l'altérité

Il nous faut donc nous demander : d'où vient le savoir ethnologique ? Quel type de connaissance rend-il possible ? Quel est son objet spécifique ? Pour répondre à ces questions, il faut d'abord prendre la mesure du fait de l'existence même de cette discipline : « On a dit parfois que la société occidentale était la seule à avoir produit des ethnographes ; que c'était là sa grandeur et, à défaut des autres supériorités que ceux-ci lui contestent, la seule qui les obligent à s'incliner devant elle puisque, sans elle, ils n'existeraient pas » (*TT*, 449).

Il y a dans la position de l'ethnologue quelque chose d'impossible : par son travail, mieux que personne, il est à même d'apprécier et de défendre des formes de civilisation et des modes de vie totalement éloignés de ceux de l'Occident (dont généralement il est issu). Mais, en même temps, mieux que personne, il comprend que sa fonction elle-même (inventorier, archiver, classer, etc.) n'est pas séparable de l'immense tâche d'explication rationnelle et de transformation technique du monde que s'est assignée la science occidentale. L'ethnologie est fille de cette histoire et pourtant l'ethnologue entend défendre les sociétés qu'il étudie contre les agressions dont elles sont victimes de la part de l'Occident. Ces agressions n'ont plus aujourd'hui, en général, le caractère direct de l'époque colonisatrice (massacres, expropriations, mise en esclavage) ; elles sont le plus souvent involontaires et proviennent simplement des perturbations apportées par l'introduction de technologies ou de modes de vie incompatibles avec les formes de culture traditionnelles. Or l'ethnologue ne peut ignorer que sa présence elle-même ainsi que la forme de recherche qu'il assure constituent aussi, même si c'est sur un mode plus passif et plus subtil, une agression ; le savoir dont il enveloppe son « objet » (telle ou telle société) appartient au processus général de maîtrise que l'Occident continue de développer : « L'anthropologie est fille d'une ère de violence ; et si elle s'est rendue capable de prendre des phénomènes humains une vue plus objective qu'on ne le faisait auparavant, elle doit cet avantage épistémologique à un état de fait dans lequel une partie de l'humanité s'est arrogé le droit de traiter l'autre comme un objet [...]. Ce n'est pas en raison de ses capacités particulières que le monde occidental a donné naissance à l'anthropologie, mais parce que des cultures exotiques, que nous traitions comme de simples choses, pouvaient être étudiées comme des choses » (*AS II*, 69). L'ethnologue vient étudier le sauvage, mais celui-ci, à aucun moment, ne prétend aller étudier les Occidentaux. Le rapport est totalement déséquilibré ou du moins asymétrique. Et à ce point précisément les choses se brouillent. L'ethnologue enquête au nom de la science. Mais ceux qui sont interrogés et analysés répondent-ils au nom de quelque chose ? Quel type de relation s'établit entre l'un et les autres ?

Cette inégalité de la relation montre qu'un des premiers problèmes qui se posent ici c'est celui de *l'objectivité*. Problème essentiel, en effet, pour une discipline qui prétend à la scientificité. Cette objectivité semble à la fois surabondamment accordée et, en même temps, sujette à caution. Comment ?

Il semble que, tout d'abord, l'objectivité procède du fait que l'observateur (l'ethnologue en l'occurrence) est extérieur à son objet, c'est-à-dire à ces « sociétés autres » qu'il étudie : « N'étant plus agent, mais spectateur des transformations qui s'opèrent, il nous est d'autant plus loisible de mettre en balance leur devenir et leur passé que ceux-ci demeurent prétexte à contemplation esthétique et à réflexion intellectuelle, au lieu de nous être rendus présents sous forme d'inquiétude morale » (*TT*, 444). C'est cette mise à distance que l'ethnologue ne peut exercer sur sa propre société ; qu'il le veuille ou non, il reste, dans ce cas, partie prenante du processus.

Le souci d'objectivité conduit à reconnaître dans les autres sociétés des savoirs très fins, des technologies élaborées qui dans bien des cas donnent à certains problèmes des solutions supérieures aux nôtres (ainsi la conception du vêtement et de l'habitation eskimo dont nous n'avons pu comprendre que récemment les principes physiques et physiologiques). Or c'est précisément en procédant à ce genre de réévaluation que l'on risque d'annuler l'objectivité recherchée. En effet, c'est soumettre ces sociétés à des critères qui ne sont pas les leurs et c'est du même coup les juger selon des fins qui sont les nôtres. Cela permet, dans certains cas, de s'incliner devant leur réussite, mais cela nous conduit, le plus souvent, à constater notre supériorité dans la plupart des autres cas. En reconnaissant sincèrement des mérites chez l'autre, mérites établis selon nos normes, nous nous donnons implicitement le droit de les juger selon nos valeurs dans bien d'autres domaines (ainsi que le montrent les malentendus et les contresens sur la question de l'anthropophagie).

Faut-il donc renoncer à tout jugement de valeur ? à toute comparaison ? Il le faudrait en effet et « admettre que, dans la gamme des possibilités ouvertes aux sociétés humaines, chacune a fait un certain choix et que ces choix sont incomparables entre eux : ils se valent » (*TT*, 445). Mais cette position d'apparente neutralité se révèle purement éclectique et fait, à son tour, surgir d'autres difficultés : elle implique que, dans les autres sociétés, nous acceptions tout sans distinction, y compris des pratiques que nous jugerions intolérables dans la nôtre ; d'où cette attitude paradoxale de l'ethnographe « critique à domicile et conformiste au dehors » (*ibid.*).

Il faut donc l'avouer : la position à tenir est très difficile. On n'échappe pas plus à l'ethnocentrisme par la bienveillance qui fait accorder à l'autre les mêmes mérites qu'à soi-même que par le refus de comparer qui laisse en suspens tout jugement. Enfin, prendre sur soi les torts de l'Occident ne revient pas à accorder un brevet de sainteté aux autres civilisations. En définitive l'ethnologue ne peut ni s'avancer naïvement, ni se dérober subtilement. Qu'il le veuille ou non, il ne peut éviter de juger. La question est alors : comment donner à ce jugement un fondement acceptable *pour tous* ? Pour tous, c'est-à-dire aussi bien pour la société qu'il étudie que pour celle dont il est issu. Cela n'est pas impossible pour autant que l'on soit en mesure de donner une autre dimension et un autre objectif au travail de la *comparaison*.

Comparer ne serait plus seulement mettre en parallèle l'Occident (« notre société ») avec telle ou telle société sauvage, objet de l'enquête (ou même l'ensemble des sociétés non occidentales). En fait, il s'agit de donner toute son ampleur à la méthode structurale elle-même qui ne vise pas simplement à établir des homologies locales, mais qui entend faire surgir des modèles pertinents pour toutes les manifestations de l'esprit humain (car c'est bien ainsi que, pour Lévi-Strauss, il faut entendre les différentes cultures). Il ne s'agit donc ni de poser une universalité idéale (qui, au regard de l'ethnologie, s'avoue bien vite n'être que le point de vue de certaines formes de la pensée occidentale), ni de chercher une sorte de commun dénominateur à des sociétés radicalement différentes. Mais il s'agit par une démarche à la fois théorique et empirique de dégager « les caractères communs à la majorité des sociétés humaines » (*TT*, 451) afin de « constituer un type qu'aucune ne reproduit fidèlement » (*ibid.*) ou encore de « bâtir un modèle théorique de la société humaine, qui ne correspond à aucune réalité observable ». [...] « Mais ce modèle – c'est la solution de Rousseau – est éternel et universel. Les autres sociétés ne sont peut-être pas meilleures que la nôtre ; même si nous sommes enclins à le croire, nous n'avons à notre disposition aucune méthode pour le prouver » (*TT*, 453). Le travail de réflexion, produit à la rencontre de plusieurs sociétés, en faisant varier les perspectives, donne un accès pragmatique à une universalité qui n'a rien d'idéal, mais qui aboutit à déterminer de manière plausible le mode de vie qui peut convenir au mieux à l'espèce humaine.

Mais surtout, ce que Lévi-Strauss a compris, c'est que l'anthropologie devait entrer dans une ère nouvelle : non plus simplement accueillir et recueillir les particularités des civilisations autres, qui sont dans bien des cas des civilisations menacées ; cela, sans cesser d'être pertinent, ne saurait cependant suffire. Car ces enquêtes, ce travail de collecte des données (qui sont souvent la seule forme encore possible d'un sauvetage de la mémoire), c'est en vérité aussi une expérience très précise de l'humanité comme telle.

Portrait de l'ethnologue en astronome

> « L'anthropologie est […] dans une situation assez comparable à celle de l'astronomie. »
>
> « Un monde, des sociétés »
> *Way Forum* (mars 1958, p. 28).
>
> « L'ethnologue, […] astronome des constellations humaines. »
>
> (IMM, p. LI.)

Dans plus d'un texte Lévi-Strauss met en parallèle la position de l'anthropologue et celle de l'astronome. Non qu'il compare les civilisations « exotiques » à des planètes et encore moins leurs populations à des extraterrestres… Il s'agit pour lui de proposer un *analogon* aussi parlant et même aussi pertinent que possible de la position de l'observateur en anthropologie. Pourquoi justement l'astronomie ? Parce que le type de connaissance qu'elle développe est très directement proportionnel aux limites mais aussi aux avantages que la *distance* impose.

L'astronome, en effet, est obligé de construire une science sur un objet qui reste nécessairement extrêmement éloigné. Cette distance n'empêche pas d'élaborer des connaissances très précises ; bien plus, elle en est un facteur important ; elle agit comme un filtre, elle oblige à ne retenir que ce qui est pertinent dans cet éloignement. Elle permet de mettre en évidence des propriétés qui ne seraient pas perceptibles dans la proximité. La distance est donc, dans ce cas, non pas une simple limite, mais la raison d'être d'une science spécifique.

Mais il s'agit d'une analogie. Après l'avoir énoncée, il faut se demander plus précisément ce qu'elle signifie. D'emblée, il faut écarter les réponses les plus évidentes, simples reflets de très vieux préjugés : l'une consisterait à parler d'éloignement dans l'espace et donc à prendre l'Europe comme centre de référence, l'autre envisage un éloignement dans le temps et c'est ce que présupposent les concepts courants de « primitivité » et d'« archaïsme ». Pour les autres, c'est bien nous qui sommes très loin, exotiques, voire incultes (tout voyageur le sait ou devrait le savoir…).

De quoi s'agit-il alors ? La distance tient-elle à la nature de l'objet ou à la position de l'observateur ? Il faut sans doute répondre qu'elle tient au rapport des deux. La nature de l'objet ? Il ne s'agit pas de dire que les sociétés « primitives » sont d'une essence différente (pas plus que les corps célestes), mais elles constituent aujourd'hui une expérience privilégiée d'organisation grâce à quoi nous pouvons isoler les aspects essentiels qui font problème pour toute société : « Ces sociétés offrent à l'homme une image de sa vie sociale, d'une part en réduction (à cause de leur petit effectif démographique), de l'autre en équilibre (dû à ce qu'on pourrait appeler leur faible entropie, qui résulte de l'absence de classes sociales et d'une véritable bien qu'illusoire répudiation de l'histoire par ces sociétés mêmes)… » (*AS II*, 80).

Quant à la position de l'observateur – en l'occurrence, l'ethnologue –, elle est liée à cet objectif de l'anthropologie : « Le but dernier n'est pas de savoir ce que sont, chacune pour son compte propre, les sociétés que nous étudions, mais de découvrir en quoi elles diffèrent les unes des autres » (*AS II*, 81). Cela ne revient pas à disqualifier l'enquête prolongée et minutieuse sur le terrain, ni à nier la profonde diversité des cultures ; cela revient à comprendre l'universalité tout autrement : non pas répertorier les ressemblances, mais rendre compte de l'apparition d'invariants dans des ensembles différents (ce qui exige leur connaissance détaillée comme le veut le comparatisme structural). Dès lors les obstacles à une plus grande proximité se transforment en instruments pour une connaissance plus générale. On retrouve ici cette affirmation, constante chez Lévi-Strauss, que l'anthropologie doit être une science des relations nécessaires. Les monographies ethnographiques n'ont de sens qu'à déboucher sur cette perspective. Les concevoir isolément, c'est en détruire l'intérêt scientifique.

Il y a de ce point de vue une différence essentielle pour Lévi-Strauss entre le sociologue et l'ethnologue ; le sociologue vise d'abord à expliquer sa propre société et son savoir restera marqué par l'esprit de cette société. Dans le cas de l'anthropologue il se passe quelque chose de très particulier (d'où sans doute le langage de l'initiation employé par Lévi-Strauss pour en décrire la formation) : il n'est plus dans sa société, il est dans l'interstice ou dans le va-et-vient de deux cultures ou même de plusieurs. Il ne saurait naïvement prétendre s'abstraire de la sienne propre, mais il se donne les moyens, par l'activité méthodique de comparaison, de la considérer de loin, de la penser relativement à d'autres et même de les penser toutes relativement les unes aux autres, ce qui constitue l'exercice même de mise en évidence des structures : « Alors que la sociologie s'efforce de faire la science sociale de l'observateur, l'anthropologie cherche, elle, à élaborer la science sociale de l'observé : soit qu'elle vise à atteindre, dans la description de sociétés étranges et lointaines, le point de vue de l'indigène lui-même ; soit qu'elle élargisse son objet jusqu'à y inclure la société de l'observateur, mais en tâchant alors de dégager un système de référence fondé sur l'expérience ethnographique et qui soit indépendant, à la fois, de l'observateur et de son objet » (*AS*, 397). Lévi-Strauss va jusqu'à dire que l'ethnologue doit réussir de cette manière à « formuler un système acceptable, aussi bien pour le lointain indigène que pour ses propres concitoyens ou contemporains » (*AS*, 397) ou encore : « atteindre à une formulation valide, non seulement pour un observateur honnête et objectif, mais pour tous les observateurs possibles » (*AS*, 398).

Une telle formulation peut sembler très ambitieuse. Elle revient à relativiser toutes les cultures (et d'abord celle de l'observateur) eu égard à la seule universalité acceptable : celle de l'esprit humain qui, dans sa compétence, est le même dans tous les lieux et dans tous les temps. C'est la tâche de l'anthropologue d'atteindre ces structures profondes en faisant varier les perspectives ; c'est ainsi qu'il peut faire de sa culture un cas particulier d'un ensemble plus vaste, exactement comme la géométrie euclidienne est devenue un cas particulier dans un système d'espaces différemment structurés. Telle est sa tâche épistémologique qui doit dépasser la simple autocritique d'une hégémonie culturelle : « Résistons donc aux séductions d'un objectivisme naïf, mais sans méconnaître que, par sa précarité même, notre position d'observateur nous apporte des gages inespérés d'objectivité. C'est dans la mesure où les sociétés dites "primitives" sont très éloignées de la nôtre que nous pouvons atteindre en elles ces "faits de fonctionnement général" dont parlait Mauss, qui ont la chance d'être "plus universels" et d'avoir "davantage de réalité" » (*AS II*, 39).

Pourtant, le portrait de l'ethnologue en astronome risquerait d'être trompeur s'il devait laisser croire que la distance dans la pensée devrait signifier absence d'expérience directe avec des cultures singulières. C'est le contraire qui est vrai. Il faudrait dire alors que l'ethnologue ressemblerait à un étrange astronome qui se serait d'abord rendu sur les planètes qu'il observe et décrit. La plus grande distance (avec le savoir que celle-ci rend possible) est née de la plus grande proximité. L'austère savant a-t-il d'abord été un sauvage d'adoption ? Ce serait mal dire (mais quelqu'un comme Michaux le dirait sans hésiter tant est grande chez lui l'ironie du voyageur) ; il reste un être double, il est cet observateur qui doit se rendre aussi lointain que l'observé : « Il essaie de se conduire comme s'il venait d'une planète lointaine et comme si tout ce qui était humain lui était étranger » (entretien cité in Catherine Clément, *Lévi-Strauss*, Paris, Seghers, 1974, p. 206) ; moyennant quoi rien d'humain ne lui semblera devoir être soustrait à son effort de compréhension.

La nature de l'Occident

> « La société occidentale s'est montrée
> plus cumulative que les autres. »
>
> (*AS II*, 408.)

L'ethnologue ne peut donc ignorer la position très particulière de sa discipline ni la division culturelle qui la traverse et en définit à la fois l'originalité et les exigences. Du même coup, il lui importe de comprendre les raisons essentielles qui expliquent cette division. En d'autres termes : qu'est-ce qui fait que l'Occident a pris cette avance technologique et lui a assuré cette hégémonie dont on ne connaît pas de précédent dans l'histoire ? Par quel processus, quels choix, un certain rapport au monde naturel s'est-il constitué dans sa tradition ? Qu'en a-t-il été, de ce point de vue, dans les sociétés dites « primitives » ?

Répondre à ces questions suppose en premier lieu le recours à des catégories descriptives susceptibles de rendre compte de cet écart de manière purement objective. Cependant il n'est pas possible, en cette affaire, de s'en tenir à un constat et de renoncer à tout jugement de valeur ; plus encore, il faut se demander si cet écart ne renvoie pas à une situation de violence, à un processus de destruction dont l'Occident porte la responsabilité.

Pour marquer la différence entre la civilisation occidentale et les autres, plus particulièrement les sociétés sauvages, on souligne, en général, la capacité de la première à accumuler ses savoirs, ses découvertes et ses techniques ; c'est précisément cela qui ferait défaut aux sociétés dites « primitives » et qui expliquerait du même coup leur imperméabilité au développement. On peut donc se demander : sous quel angle envisager la comparaison entre ces sociétés et celles qui, comme les nôtres, appartiennent à la civilisation industrielle ? Peut-on, sans paradoxe, faire l'économie de l'idée de *progrès* ? Et si on ne le peut pas, comment éviter alors de situer sur une ligne d'évolution des sociétés matériellement peu développées et des sociétés technologiquement très avancées ? Bref, même si l'anthropologue, animé des meilleures intentions, entend restaurer non seulement la dignité culturelle mais aussi mettre en évidence des techniques et des savoirs originaux des sociétés qu'il étudie, cela ne risque-t-il pas de rester de l'ordre d'une louable mais vaine tentative de compensation ?

Car le décalage reste incontestable et prétendre revaloriser les sociétés sauvages en niant l'idée de progrès est une démarche tout à la fois simpliste et fausse. La raison en est, explique Lévi-Strauss, que toutes les sociétés, y compris celles qui, aujourd'hui, sont qualifiées de « primitives », ont connu des transformations technologiques considérables, bref la notion de progrès leur est applicable tout autant qu'à n'importe quelle autre société (ainsi en va-t-il des acquis, réalisés sur plusieurs millénaires, en Amérique précolombienne). Cela veut dire que ces sociétés ont nécessairement changé dans le temps, et que, comme toutes les autres, elles sont, à cet égard, « dans l'histoire » ou plutôt dans une histoire (sauf à considérer naïvement la nôtre comme axe exclusif de référence).

Il ne sert donc à rien d'opposer le progrès d'un côté (celui du monde occidental) à un illusoire non-progrès de l'autre (pour des populations supposées demeurées à un mode d'existence aussi proche que possible de la nature), la question est plutôt d'expliquer la pluralité et quelquefois la divergence de plusieurs lignes de progrès. Bref, il s'agit de mettre en cause deux préjugés principaux : 1) le préjugé évolutionniste qui assigne un axe unique et privilégié aux différents mouvements de transformation en les faisant converger vers la civilisation où les acquis scientifiques et techniques apparaissent comme les plus importants ; 2) le préjugé continuiste qui imagine un progrès permanent et soustrait à tout phénomène de rupture ou de régression.

Au premier présupposé Lévi-Strauss oppose la réalité d'une pluralité de devenirs et de transformations ; ainsi les divisions en époques, conçues pour ordonner les faits de la préhistoire (paléolithique supérieur, moyen, inférieur), ne correspondent pas à une évolution globale sur la planète, car selon les régions et les continents ces différents niveaux ont coexisté, certains ont connu des techniques restées ignorées des autres, ou encore la maîtrise de certaines techniques s'est perdue à des étapes ultérieures ; bref, « tout cela ne vise pas à nier la réalité d'un progrès de l'humanité mais nous invite à le concevoir avec plus de prudence. Le développement des connaissances préhistoriques et archéologiques tend à étaler dans l'espace des formes de civilisations que nous étions portés à imaginer comme échelonnées dans le temps » (*AS II*, 393).

En ce qui concerne le préjugé continuiste, Lévi-Strauss propose d'en guérir par le recours à un modèle statistique qui laisse localement une grande place au hasard, même si le résultat d'ensemble peut être prévisible. Comme au jeu, les transformations résultent d'une suite de coups, certains gagnants, d'autres perdants. La bonne image serait celle du cavalier dans le jeu d'échecs qui progresse dans plusieurs combinaisons mais jamais dans le même sens. Ainsi en va-t-il de l'histoire et des progrès qui s'y produisent : « C'est seulement de temps à autre que l'histoire est cumulative, c'est-à-dire que les comptes s'additionnent pour former une combinaison favorable » (*AS II*, 394).

De telles séquences favorables se sont manifestées en différentes aires de la planète. L'Amérique précolombienne en a connu de particulièrement riches en inventions et innovations. Pourtant, au bilan du XXᵉ siècle, la civilisation occidentale tient en main le maximum de cartes gagnantes. Il n'est rien en elle qui la rendait par nature plus apte que les autres à l'invention technique. Elle s'est montrée simplement « plus cumulative » que les autres. C'est donc cette capacité-là (qui n'est pas, en soi, d'une essence supérieure) qu'il importe de comprendre.

Homéostasie et entropie

La réponse la plus claire et la plus intéressante que Lévi-Strauss ait donnée à cette question, c'est celle qui apparaît dans les *Entretiens* qu'il a accordés à Georges Charbonnier. Il y propose de considérer les sociétés sauvages comme des sociétés dont les régulations visent avant tout à maintenir en leur sein le maximum d'équilibre et d'unité. Ce qui implique la nécessité d'écarter tout risque d'exclusion, pour un individu ou pour un groupe, au sein de la société et d'éviter qu'un clivage interne n'apparaisse ; ce qui explique les procédures ou les rites d'unanimité précédant des décisions importantes ; mais, plus généralement, il y a diverses régulations faites pour empêcher qu'un pouvoir politique ou économique ne s'autonomise en une sphère différenciée. Une telle société tend vers le maximum d'équilibre interne, c'est-à-dire vers l'homéostasie ; elle peut être dite « à entro-pie minimale ». Son modèle pourrait être celui d'un disposi-tif mécanique auquel suffit une faible énergie initiale (comme dans le cas d'une horloge à ressort) pour se mainte-nir dans son fonctionnement.

Les sociétés occidentales, au contraire, peuvent être réfé-rées au modèle de la machine à vapeur, en ceci qu'elles pro-duisent une très grande quantité de travail en consommant une non moins grande quantité d'énergie (d'où l'expres-sion « sociétés chaudes » dans ce cas, les autres étant dites « froides »). Le moteur est ici constitué par la tension entre dominants et dominés, décideurs et producteurs. Il y a accu-mulation de savoirs, de techniques et de biens mais au prix d'une entropie sociale très élevée (inégalités, désordres, conflits). On peut dire que ce type de société suppose comme conditions initiales l'apparition de l'écriture, la sédentarisa-tion agricole, l'organisation et la concentration urbaines de la population, la formation d'une sphère séparée du pouvoir, et enfin l'orientation du travail humain vers la production d'un surplus cumulable et négociable. De telles sociétés sont nécessairement emportées dans un changement sans limite prévisible et ne peuvent trouver leur équilibre que dans le mouvement, c'est-à-dire dans un développement technolo-gique toujours accru. Leur hégémonie planétaire actuelle découle de cette logique.

Il est clair que les péripéties de cette domination, dont le mouvement de colonisation depuis le XVIe siècle a consti-tué l'aspect le plus évident – mais non le seul –, ne peuvent être ignorées de l'anthropologue. Plus que quiconque, au sein même du monde occidental, il sait que les autres civili-sations, dans leurs formes traditionnelles, sont vouées à la dissolution et même à la disparition. Plus que quiconque il sait (ou devrait savoir) que son entreprise appartient encore, dans son présupposé même, au projet de maîtrise de l'Occident. Pourtant s'il n'y renonce pas, c'est que per-sonne d'autre que lui, dans ce naufrage généralisé des cultures traditionnelles provoqué par l'expansion de la modernité, n'est en mesure de transformer en connaissance une mémoire qui s'éteint, et de transmettre à l'humanité qui vient le témoignage de formes de pensée et de vie qu'elle ne peut ignorer sans renier son être même, puisque ces formes, durant des millénaires, ont constitué sa réalité essentielle.

Telles sont bien, malgré tout, aux yeux de Lévi-Strauss, la tâche urgente et la responsabilité de l'anthropologue. Il n'est ni un simple collecteur d'informations ni un rédempteur. Cette tâche reste ordonnée au savoir ; celui-ci peut bien être encore grevé des préjugés de sa culture, mais l'effort pour recueillir et comprendre celle des autres, au moment où elle se trouve le plus menacée, n'est ni méprisable ni inutile ; cela le sera d'autant moins que l'anthropologue restera lui-même critique sur les raisons qui en ont suscité la démarche et ne sera pas oublieux des conditions dans lesquelles est né son savoir.

CHAPITRE II

Le mouvement de la réciprocité

Le premier grand ouvrage de Lévi-Strauss, celui qui a établi (non sans quelques polémiques) son autorité intellectuelle dans le domaine anthropologique, c'est *Les Structures élémentaires de la parenté*. On pourrait affirmer que, pour l'essentiel, cette étude, consacrée aux principes régulateurs et aux manifestations empiriques de divers systèmes de parenté, est à lire comme le développement théorique, dans le domaine de la parenté, des thèses de l'*Essai sur le don* de Marcel Mauss. Mais plus encore il faudrait dire que la théorie maussienne du don ne peut être pleinement comprise que si l'on mesure à quel point le jeu du don/contre-don s'exerce d'abord et avant tout dans le cadre des rapports de parenté, c'est-à-dire dans l'alliance matrimoniale. Car c'est cette relation de réciprocité qui porte en elle la clef de l'énigme de l'interdit de l'inceste ; par là même elle peut rendre compte du système de l'exogamie ; mais surtout elle éclaire de manière remarquable certains aspects plus spécifiques de l'alliance, tel celui du mariage – qu'il soit préférentiel ou prescriptif – des cousins croisés ou celui de l'existence très répandue des organisations dualistes dans des aires de culture sans rapports connus ; elle éclaire aussi le rôle de l'oncle maternel dans certains systèmes ou encore celui des biens engagés dans l'alliance.

D'une manière générale la réciprocité stipule une reconnaissance mutuelle des groupes qui apparaît comme le propre des sociétés humaines. Mais elle ne se réduit pas, contrairement à ce que pourrait faire croire une lecture superficielle, à une simple relation d'échange. On pourrait dire que fondamentalement elle est la manifestation d'une *mutualité constitutive*, dont la relation hostile (guerre, razzia, rapt) peut former le pôle négatif tandis que la relation d'échange cérémonielle (don, alliance) peut former le pôle positif. Cette relation fondamentale de réciprocité n'a donc rien à voir avec une explication échangiste de la société ni avec une théorie interactionniste, ni du reste avec une conception statique des structures (d'où le peu de pertinence de certaines critiques développées dans cette direction). La seule question serait plutôt celle-ci : l'observation des faits de réciprocité (obligation de donner, de recevoir et de rendre) permet-elle d'en établir le caractère universel ? C'est le type de questions que se posent certains anthropologues anglo-saxons (comme R. Needham) ; elles exigeront d'être considérées plus sérieusement.

Une question de principe

Remarquons en effet tout d'abord le titre du chapitre v : « Le principe de réciprocité ». Là où on aurait pu attendre le mot « phénomène » ou « fait », Lévi-Strauss ne craint pas d'avancer celui de « principe ». On pourrait s'en étonner. Il faut cependant apprécier l'audace. Il est clair que pour Lévi-Strauss la pratique de l'échange des dons entre groupes atteint à un point qui dépasse la simple factualité et qui oblige à l'envisager comme une forme générale et même universelle des comportements sociaux. Cette vue de Lévi-Strauss est directement en rapport avec la manière dont a été résolue la question de la prohibition de l'inceste. Elle fait notamment ressortir l'importance du *tiers donateur* dont l'oncle maternel représente la figure exemplaire, même si elle n'est pas la seule et même si elle n'est pas présente partout.

Ces précisions données, et avant de voir plus précisément ce que Lévi-Strauss entend par l'expression *principe de réciprocité*, il peut être utile, voire indispensable, de réfléchir sur le statut de telles notions en anthropologie. Ainsi Meyer Fortes (un des anthropologues britanniques contemporains parmi les plus connus et qui fut détenteur de la prestigieuse chaire de Cambridge), dans un ouvrage publié en 1969 (*Kinship and the Social Order. The Legacy of Lewis Henry Morgan*, Chicago, Adline), énonce ce qu'il appelle « l'axiome de cordialité » et qui se résume en cette assertion : « Quand on peut démontrer ou supposer la parenté […], la bonne entente prévaut » (*op. cit.*, p. 234). Cet « altruisme prescriptif » peut s'étendre assez loin : « Il a ses racines dans le domaine familial et y englobe les liens de parenté bilatéraux. Les parents par filiation complémentaire entrent aussi dans l'orbite de la bonne entente familiale » (*ibid.*).

Commentant cet ouvrage Rodney Needham (in *Rethinking Kinship and Marriage*, Londres, Tavistock Publications, 1971 ; trad. fr. *La Parenté en question*, Paris, Seuil, 1977, édition ici citée) se livre à une critique acerbe (p. 84 *sq.*) de ce prétendu axiome, faisant d'abord remarquer qu'on retrouve là, tout simplement, une idée de Radcliffe-Brown concernant l'extension d'un sentiment de bienveillance à partir de la famille élémentaire et qui ne permet de déterminer aucune attitude spécifique. « Au bout du compte, l'axiome et sa réciproque sont à mon avis des tautologies creuses qui n'expriment rien de plus qu'un présupposé particulier à ce qu'est réellement la parenté » (*op. cit.*, p. 86) ; R. Needham continue avec ce jugement sans appel : « Mon intention, en tirant cette conclusion laconique, n'est pas d'ironiser, mais de montrer, à l'aide d'un exemple récent et illustre le genre d'échec théorique résultant d'une conception grandiloquente de la recherche anthropologique » (*ibid.*).

On pourrait se demander si l'énoncé du *principe de réciprocité* ne risque pas de tomber sous le coup de ce genre de critique. Or dans l'ouvrage mentionné ni Needham ni les autres collaborateurs ne mettent en question (ni ne discutent du reste) ce principe. Mais on imagine très bien en quoi la prétention d'énoncer un principe en anthropologie doit leur paraître suspecte. Ou bien ont-ils considéré qu'un tel principe restait épistémologiquement totalement indéterminé : ni infirmable ni confirmable. Donc peu intéressant.

Reste encore une hypothèse : les rapports de don/contre-don sont tout à fait connus et attestés ; personne ne songe, depuis les fameuses analyses de M. Mauss (qui devaient beaucoup aux enquêtes de Boas et de Malinowski), à en contester la réalité. Le matériel anthropologique est, sur ce sujet, d'une importance considérable (comme en témoigne la mise au point de Maurice Godelier : *L'Énigme du don*, Paris, Fayard, 1996). Les faits sont spécifiques et leur interprétation n'est pas l'objet de dissensions notoires. De ce point de vue, Lévi-Strauss s'est donné une assise d'une grande solidité. Son originalité, ce fut de montrer que l'échange des biens, l'échange des femmes et l'échange de paroles formaient une seule et même procédure (pas seulement au niveau des signes mais à celui, symbolique, des valeurs) ; mais, plus encore, ce fut de postuler que ce jeu d'échange est coextensif au fait même de l'alliance et à ce qui en prescrit la nécessité : l'interdit de l'inceste. D'où la possibilité d'ériger la réciprocité en principe. Mais pour le comprendre, il faut revenir à « l'esprit du don », il faut revenir aux analyses de M. Mauss.

Mauss et le « fait social total »

Si l'importance que Lévi-Strauss accorde à cette notion de réciprocité peut, aux yeux de certains, paraître difficile à comprendre, au point de la juger obscure, ou de la considérer comme inopérante, c'est qu'ils mesurent mal combien, dans l'exposé de ce « principe », se remarque le poids de l'héritage de Durkheim et surtout de Mauss. Celui de Durkheim parce que, à propos de cette question particulièrement, est mis en lumière ce fait que le social précède et explique l'individuel. Qu'est-ce à dire ? Ceci précisément : que le geste du don et les modalités des réponses ne s'expliquent pas par une disposition psychologique ou par une initiative des membres du groupe, mais sont au contraire la manifestation d'une nécessité qui vient du groupe lui-même et qui est constitutive de son être collectif.

Quant à Mauss, il est directement sollicité pour son *Essai sur le don*. De ce texte, considéré comme ayant une valeur exemplaire et même fondatrice, Lévi-Strauss tire les trois conclusions essentielles que l'anthropologie peut envisager :
– « d'abord, que l'échange se présente, dans les sociétés primitives, moins sous forme de transactions que de dons réciproques » ;
– « ensuite, que ces dons réciproques occupent une place beaucoup plus importante dans ces sociétés que dans la nôtre » ;
– « enfin, que cette forme primitive des échanges n'a pas seulement, et pas essentiellement, un caractère économique mais nous met en présence de ce qu'il [M. Mauss] appelle heureusement un "fait social total", c'est-à-dire doué d'une signification à la fois sociale et religieuse, magique et économique, utilitaire et sentimentale, juridique et morale » (*SEP*, 61)… « Il s'agit là d'un modèle culturel universel, sinon partout également développé » (*SEP*, 62).

Dans les différentes sociétés sur lesquelles a porté l'enquête de Mauss ou de Lévi-Strauss lui-même, il apparaît que cette forme du don réciproque se produit généralement à l'occasion de fêtes spécifiques (mariages, funérailles, alliances guerrières, fêtes saisonnières, célébrations religieuses) ; d'autre part que la réciprocité y prend un caractère obligatoire ; ensuite que cet échange est marqué, dans certains cas, par la *surenchère* et qu'il est destiné à assurer un gain de *prestige* ; il peut alors prendre des formes extrêmes allant jusqu'à la destruction des biens étalés (« un plus grand prestige résulte davantage de l'anéantissement de la richesse que de sa distribution, pourtant libérale », *SEP*, 64). C'est cette forme extrême que Mauss propose d'appeler *potlatch*, qui est le terme employé par des tribus indiennes de la côte nord-ouest de l'Amérique.

Ce gain de prestige est sans doute l'élément déterminant de cet échange en forme de défi. Non seulement ces transactions ne sont pas de nature économique, mais on pourrait les dire antiéconomiques. Elles ne permettent aucun bénéfice, elles ne visent à aucune consommation utilitaire. L'avantage acquis reste immatériel, il est purement statutaire. La richesse n'a donc ici aucune finalité d'accumulation. Elle n'existe que pour être consumée ou distribuée. Ce n'est pas par elle-même qu'elle est source de prestige, mais parce qu'elle est offerte ou sacrifiée.

De cela il faut d'abord conclure qu'il y a deux types d'échange très différents :

– celui que l'on peut définir comme ordinaire et qui se limite aux biens utilitaires : il est de nature économique ; il est en général très limité dans les sociétés qui tendent à subsister de manière aussi autonome que possible (mais même alors ces échanges ne peuvent se soustraire à la charge symbolique de la réciprocité) ;

– celui qui porte sur des objets précieux (comme les cuivres blasonnés, les couvertures tissées et les vêtements d'apparat échangés dans les potlatchs des Indiens du Nord-Ouest américain). Ces objets offerts au cours de cérémonies *s'enrichissent symboliquement de l'échange lui-même* (ce que Lévi-Strauss appelle « le caractère synthétique du don »). C'est bien cela qui est remarquable et demande à être éclairé par l'analyse anthropologique, d'autant que l'échange des femmes – comprenons : l'alliance matrimoniale – est au cœur de cette procédure.

La réciprocité comme telle

Ce qui se passe en effet dans cet échange, ce qui en suscite constamment l'exigence, reste totalement incompréhensible du point de vue d'une rationalité économique. Le gain de prestige qui est assuré dans le cas du potlatch n'est qu'une forme extrême de cet échange. Bien souvent l'échange a lieu sans autre raison que lui-même. Il existe une multitude d'exemples où les objets échangés sont identiques, ce qui signifie clairement que l'échange ne vise ni à acquérir un bien ni à assurer un profit. (« L'échange n'apporte pas un résultat tangible, comme c'est le cas des transactions commerciales au sein de notre société », *SEP*, 63). Son « bénéfice » ici (autant dire sa signification) se résorbe dans le fait même d'échanger, c'est-à-dire dans la manifestation de la réciprocité comme telle. Cela peut sembler étrange.

C'est à ce point que nous pouvons comprendre ce que Lévi-Strauss entend par « principe »lorsqu'il parle de réciprocité. Il s'agit en effet de comprendre pourquoi « il y a bien plus dans l'échange que les choses échangées » (*SEP*, 69). Ce qui s'y produit, c'est non pas simplement une manifestation de bienveillance ou de générosité, mais *la reconnaissance de l'autre en tant que tel*. Soit ; mais pourquoi cette reconnaissance importe-t-elle ? S'agit-il d'une exigence qui serait propre aux sociétés sauvages et traditionnelles ou bien est-elle encore perceptible dans les nôtres ? Pour se faire entendre, Lévi-Strauss nous propose le récit d'une expérience faite à propos du repas :

« Bien souvent nous avons observé le cérémonial du repas dans les restaurants à bas prix du midi de la France, surtout en ces régions où le vin étant l'industrie essentielle, il est entouré d'une sorte de respect mystique qui fait de lui la "*rich food*" par excellence. Dans les petits établissements où le vin est compris dans le prix du repas, chaque convive trouve, devant son assiette, une modeste bouteille d'un liquide le plus souvent indigne. Cette bouteille est semblable à celle du voisin, comme le sont les portions de viande et de légumes qu'une servante distribue à la ronde. Et cependant, une singulière différence d'attitude se manifeste aussitôt à l'égard de l'aliment liquide et de l'aliment solide : celui-ci représente les servitudes du corps et celui-là son luxe, l'un sert d'abord à nourrir, l'autre à honorer. Chaque convive mange, si l'on peut dire, pour soi ; et la remarque d'un dommage minime, dans la façon dont il a été servi, soulève l'amertume à l'endroit des plus favorisés, et une plainte jalouse au patron. Mais il en est tout autrement pour le vin : qu'une bouteille soit insuffisamment remplie, son possesseur en appellera avec bonne humeur au jugement du voisin. Et le patron fera face, non pas à la revendication d'une victime individuelle, mais à une remontrance communautaire : c'est que, en effet, le vin, à la différence du "plat du jour", bien personnel, est un bien social. La petite bouteille peut contenir tout juste un verre, ce contenu sera versé, non dans le verre du détenteur, mais dans celui du voisin. Et celui-ci accomplira aussitôt un geste correspondant de réciprocité » (*SEP*, 68-69).

« Que s'est-il passé ? » se demande Lévi-Strauss. Apparemment rien sinon un geste incompréhensible de substitution réciproque d'une part de vin. En réalité il y a eu un geste dont la signification est considérable. Deux étrangers qui ne savent rien l'un de l'autre, promis, le temps d'un repas, à se faire face dans un cadre où la promiscuité est assez grande, ont le choix entre établir le contact ou s'ignorer ; il leur faudrait accepter dans ce deuxième cas d'assumer la tension et la gêne que ce refus entraîne. « C'est de cette situation fugace, mais difficile, que l'échange du vin permet la résolution. Il est une affirmation de bonne grâce, qui dissipe l'incertitude réciproque ; il substitue un lien à une juxtaposition. Mais il est aussi plus que cela : le partenaire, qui était en droit de se maintenir sur la réserve, est provoqué à en sortir ; le vin offert appelle le vin rendu, la cordialité exige la cordialité [...]. Et l'acceptation de l'offre autorise une autre offre, celle de la conversation » (*SEP*, 70).

Ce petit récit et son analyse sont admirables en ceci qu'ils nous font comprendre sur un segment limité, sorte de « vestiges encore frais d'expériences psycho-sociales très primitives » (*op. cit.*, 70), le principe général de la réciprocité. Car, dans ce cas comme dans bien d'autres, il s'agit de passer de l'indifférence au dialogue, non pour des raisons d'ordre moral ou de contrainte sociale, mais parce que, dans cette réciprocité, c'est le fait social qui s'affirme comme niveau propre de l'humain ou de la culture. Dans l'exemple qu'on vient de lire, l'échange n'a, du point de vue matériel, aucune signification et pourrait même sembler absurde ; en revanche, ce geste, sur le plan symbolique, est d'une portée considérable. Il est simplement l'aveu que la relation précède (au sens logique, non ontologique) les individus, que cette antériorité les oblige en même temps qu'elle les comble ; la socialité est donnée avec cette reconnaissance symbolique et chacun y est d'ores et déjà inclus, cependant elle n'existe que sans cesse effectuée dans les gestes et dans les rites qui en manifestent la structure. Ces remarques cependant risqueraient de sembler encore trop générales si l'on n'indiquait comment cette effectuation s'accomplit en des occasions privilégiées et à propos de biens spécifiques. Certains biens en effet (selon les cultures et les circonstances) apparaissent comme possédant par eux-mêmes un caractère social. Ils sont désignés presque de soi au partage et à l'échange. C'est le cas de toute nourriture qui ne sert pas d'abord à la satisfaction contraignante des besoins physiologiques et dont les qualités de luxe appellent une consommation en groupe, festive le plus souvent. Les exemples en sont encore très nombreux dans l'Occident contemporain : « Une bouteille de vieux vin, une liqueur rare, un foie gras, invitent autrui à faire percer une sourde revendication dans la conscience du propriétaire ; ce sont des mets qu'on ne saurait s'acheter et consommer seul, sans un vague sentiment de culpabilité » (*ibid.*, 67).

La prohibition de l'inceste et l'alliance exogamique

Il y a donc un rapport essentiel entre la question de la prohibition de l'inceste et le phénomène de la réciprocité. C'est même en établissant le caractère nécessaire de ce rapport que Lévi-Strauss fournit une explication claire et probante de ce qui était considéré comme une énigme. Énigme parce que cette prohibition présente le caractère d'être à la fois universelle (telle une loi de nature) et d'être une règle sociale (relevant en cela de la culture).

Au chapitre II des *Structures élémentaires de la parenté*, Lévi-Strauss fait le bilan des différentes théories qui ont été élaborées pour expliquer la prohibition de l'inceste et il en montre clairement les contradictions. On pourrait, pour résumer, dire que les explications biologiques pourraient être universalisables (parce que fondées en nature) mais elles sont fausses ; tandis que les explications historico-culturelles pourraient être vraies (elles se rapportent à des faits observables) mais elles ne sont pas universalisables.

L'argumentation biologique selon laquelle la pratique de l'inceste serait perçue spontanément par le groupe comme comportant un risque de dégénérescence se heurte aux résultats de l'observation scientifique. On sait en effet que la reproduction endogamique dans les espèces animales ou végétales est précisément ce qui assure la stabilité d'une lignée ou d'un type. L'instabilité liée à l'apparition des caractères récessifs ne se manifeste qu'au début d'un processus de sélection. Lévi-Strauss se réfère à divers travaux, comme ceux d'Edward M. East, qui permettent de conclure que les dangers de l'endogamie ne seraient pas apparus si l'humanité avait été endogame dès l'origine. Il est donc peu probable qu'une sorte de savoir collectif et obscur d'un danger biologique ait conduit à la prohibition, quand on sait qu'un tel danger en est très probablement l'effet. Mais surtout cela laisse entier le paradoxe que des consanguins proches ne soient pas prohibés et que des partenaires biologiquement très éloignés le soient. Si instinct il y a, il est fort mal réglé.

Quant à l'autre explication, de type psychoculturel, elle invoque une horreur instinctive de l'inceste qui serait due à l'absence de stimulation sexuelle de la part de partenaires exposés à une trop grande proximité. Il est remarquable (voire amusant) de remarquer que c'est cette même proximité que la psychanalyse invoque pour aboutir à la conclusion inverse. Les faits ethnographiques et les récits mythiques montrent que la vérité est plutôt du côté de

l'attirance (« L'envie de femme commence à la sœur », dit
un proverbe Azandé, cité in *SEP*, 20), mais sans doute pas
pour les raisons données par Freud. Un argument simple,
en tout cas, peut être opposé aux partisans de la répulsion
naturelle : pourquoi interdire ce que personne ne veut
ni ne songe à faire ? C'est là une absurdité sociologique. Il
faut au contraire rappeler ce principe de méthode évident :
« La société n'interdit que ce qu'elle suscite » (*SEP*, 22).

Restent donc les explications qui accordent bien à la prohibition une origine sociale mais toujours en en faisant la
survivance de pratiques archaïques et disparues ayant
conduit à l'exogamie comme le rapt des femmes dans les
tribus guerrières (c'est la position de McLennan et de
Spencer). La prohibition ne demeure donc que comme un
signe lointain de cette cause. Ce qui revient à dire qu'elle
est sans raison actuelle. Le même reproche peut-être fait à
Durkheim qui recourt aussi à une explication généalogique : il y aurait à l'origine de l'exogamie les interdits religieux concernant le sang menstruel, lui-même lié au sang
clanique et donc au totem. Ainsi pour Durkheim également
« la prohibition de l'inceste est un résidu de l'exogamie »
(*SEP*, 24). Les faits ethnographiques qu'il invoque sont, à
défaut d'être bien interprétés, autrement mieux attestés
que ceux avancés par McLennan et Spencer. Cependant
dans les deux cas : 1) on est en présence de données particulières qu'il est impossible de généraliser ; 2) entre les différents moments de la généalogie proposée, aucune liaison
nécessaire n'est démontrée.

Deux exigences s'imposent donc à l'anthropologue : trouver dans la société même l'explication de ce qui est en effet
une règle sociale ; ensuite fournir une raison universelle à
une règle qui est universellement suivie. Autrement dit,
contrairement à la plupart des anthropologues de sa génération qui avaient préféré abandonner ce problème jugé
insoluble, Lévi-Strauss estime qu'il est non seulement possible mais indispensable de reprendre le débat. Mais c'est à
condition d'en changer l'énoncé : il ne s'agit plus de faire la

généalogie d'une institution, il s'agit d'en comprendre la cohérence logique. Cette cohérence pourra alors présenter des figures diverses en fonction de possibilités combinatoires et non d'événements invérifiés et invérifiables.

La prohibition est une règle sociale, mais son origine est-elle sociale ? Car si c'est bien le cas, comment expliquer son universalité ? Pouvoir donner une réponse à ces deux questions, c'est résoudre la difficulté. Nous savons que dans toutes les espèces vivantes, y compris la nôtre, la reproduction biologique suppose l'union de deux partenaires de sexe opposé. La nature ne prescrit rien d'autre. Elle laisse indéterminé le choix du partenaire. C'est entre cette nécessité et cette indétermination que se glisse la règle sociale : laquelle édicte quels conjoints sont possibles ou permis ou, au contraire, interdits. La règle prend donc appui sur une donnée de nature – l'union nécessaire – pour conférer à celle-ci une valeur de culture – l'union permise ou prohibée. Ce qui était une nécessité devient un choix ; l'union se transforme en alliance. En ce sens la prohibition de l'inceste est bien la cheville qui articule deux mondes ou plutôt elle est le passage d'un ordre à l'autre. Par quoi on comprend que l'universalité culturelle de la règle se greffe directement sur l'universalité naturelle de l'union.

Cependant, quand on a établi cette articulation on n'a pas encore expliqué pourquoi l'espèce humaine, à la différence des autres espèces, juge nécessaire de spécifier le choix du conjoint et on ne sait pas non plus encore selon quelles modalités ce choix s'opère. L'existence de la prohibition montre en tout cas ceci : que l'initiative de l'union est retirée au groupe des consanguins pour être confiée au groupe social. En d'autres termes, c'est la société comme institution qui s'affirme ici : « Le rôle primordial de la culture est d'assurer l'existence du groupe comme groupe et donc de substituer, dans ce domaine, comme dans tous les autres, l'organisation au hasard. La prohibition de l'inceste constitue une certaine forme – et même des formes très diverses – d'intervention. Mais avant tout autre chose elle est intervention ; plus exactement encore, elle est : l'Intervention » (*SEP*, 37).

Cette priorité du groupe social sur le groupe consanguin (ce qu'on pourra traduire : de la société sur la famille) montre le caractère positif de la prohibition : celle-ci n'a rien d'une prescription morale ni ne traduit une obscure capacité de prévention biologique ; elle signifie simplement et essentiellement que pour toute femme cédée par les consanguins il y en a une autre qui sera rendue disponible par un autre groupe de consanguins : cette reconnaissance réciproque est précisément ce qui fait passer de la nécessité naturelle de l'union à la règle instituée de l'alliance, bref c'est ce qui fait qu'il y a société et pas simplement groupe biologique. En d'autres termes, cela veut dire que paternité ou fraternité ne constituent pas des titres à revendiquer une épouse. La prohibition du même coup met la jeune femme en position externe par rapport au groupe consanguin, elle est virtuellement libérée de sa dépendance à son égard (elle est nécessairement destinée à passer dans un autre groupe) et du même coup elle est virtuellement disponible de manière non exclusive à l'ensemble des demandeurs d'épouses de l'autre groupe. « La prohibition de l'inceste a d'abord, logiquement, pour but de "geler" les femmes au sein de la famille, afin que la répartition des femmes, ou la compétition pour les femmes, se fasse dans le groupe et sous le contrôle du groupe, et non sous un régime privé » (*SEP*, 52).

La prohibition de l'inceste a donc une finalité et une seule : rendre exogame le groupe consanguin, le soustraire à l'enfermement naturel afin de faire exister et de maintenir le groupe social comme tel, de conférer à celui-ci autorité sur l'autre. C'est seulement par cette contrainte d'échange qui est reconnaissance réciproque par l'interdépendance que crée le mouvement du reçu et du rendu qu'un lien proprement social reprend et transfigure un lien naturel. C'est ce mouvement et cette obligation qui empêchent le groupe social d'éclater « en une multitude de familles, qui formeraient autant de systèmes clos, de monades sans porte ni fenêtre, et dont aucune harmonie préétablie ne pourrait prévenir la prolifération et les antagonismes » (*SEP*, 549). Ce qui permet de formuler cette conclusion : « La prohibition de l'inceste, comme l'exogamie qui est son expression sociale élargie, est une règle de réciprocité. La femme qu'on se refuse, et qu'on vous refuse, est par cela même offerte. À qui est-elle offerte ? Tantôt à un groupe défini par les institutions, tantôt à cette collectivité indéterminée et toujours ouverte, limitée seulement par l'exclusion des proches, comme c'est le cas dans notre société » (*SEP*, 60).

La prohibition de l'inceste n'est pas d'abord un interdit portant sur la sexualité, mais portant sur l'alliance matrimoniale. « L'inceste est socialement absurde avant d'être moralement coupable » (*SEP*, 556). Il n'est ni envisagé ni même désiré tout simplement parce qu'il représente aux yeux de chacun un désavantage social considérable. Inversement il arrive, chez certaines populations, qu'on ferme les yeux sur des relations incestueuses occasionnelles tant qu'il n'y a pas de conséquences sociales à déplorer (grossesse, ou refus de séparation par exemple), c'est-à-dire tant que les possibilités d'alliance ne sont pas menacées. Dans les sociétés modernes, où le lien social n'est plus essentiellement engendré par l'alliance ni porté par les relations de parenté, la fonction positive de la prohibition comme règle de réciprocité n'est plus perçue. D'où la tentation d'en expliquer l'origine à partir de la structure individuelle du désir (comme le tente Freud) ou d'en légitimer la nécessité par une argumentation purement morale ou biologique.

Ce que Lévi-Strauss, en tout cas, a établi de manière lumineuse et totalement convaincante, c'est que la prohibition de l'inceste relève de l'obligation de donner et qu'à l'opposé « l'inceste, entendu au sens large, consiste à obtenir par soi-même et pour soi-même, au lieu d'obtenir par autrui et pour autrui » (*SEP*, 561). La prohibition ne relève pas d'un article de morale sexuelle. Il s'agit de recevoir d'autrui, du groupe plus précisément, ce que la nature me permettrait de m'octroyer moi-même. La prohibition, c'est le germe même de la souveraineté du groupe social, comme ordre de la culture, sur le groupe consanguin, comme fait de nature.

On peut s'étonner que certains anthropologues, par ailleurs brillants et subtils, soient restés fermés à cette argumentation. C'est le cas de R. Needham. Dans l'ouvrage collectif mentionné plus haut (*La Parenté en question*, Paris, Seuil, 1977), le mot même de réciprocité n'apparaît pas dans un index analytique pourtant très détaillé. Needham lui-même consacre quelques pages (123 à 127) très critiques à la question de la prohibition de l'inceste. De Lévi-Strauss il ne mentionne que la formule : « La prohibition de l'inceste est […] la culture même » (*SEP*, 12) ou la phrase qui en affirme l'universalité. Needham raisonne ainsi : cette prohibition semble importante dans certaines cultures, moins chez d'autres ; ce n'est donc pas une classe homogène de faits sociaux. Voici le problème à ses yeux : « Les difficultés viennent de la constitution non fondée d'un classe et, c'est net, d'une passion sans frein pour les généralités […]. Une théorie structurale sera probablement de peu d'utilité, car il n'y a pas de ressemblances systématiques entre les ensembles de prohibitions connus » (*op. cit.*, p.126).

Ces remarques seraient pertinentes si l'on pouvait isoler la prohibition des faits d'exogamie et si on tenait pour nulle la logique de la réciprocité. Mais cela revient à refuser à cette prohibition le caractère de « fait social total ». C'est ce que fait Needham dans toute son argumentation qui aboutit à cette remarque : « Les prohibitions de l'inceste n'ont de commun que leur caractère de prohibition » (*ibid.*, p. 127). C'est court et très insuffisant. Où est le problème selon Needham ? Il se résume dans cette exigence critique : « Chaque ensemble d'interdictions au sein d'une culture forme un assemblage de règles cohérent mais variable ; l'explication contextuelle de ces règles exige des références à la langue, à l'histoire, à la morale et autres contingences. Les divers ensembles de prohibitions ne forment donc pas une classe susceptible d'une explication unique ; l'explication sémantique ou fonctionnelle des règles d'une société peut ne pas s'appliquer du tout à

celles d'une autre » (*ibid.*). Il est clair que Lévi-Strauss pourrait souscrire sans hésiter à cette proposition portant sur les
prohibitions en général puisque, à maintes reprises, il la formule à propos de bien d'autres questions (analyse des
mythes, etc.). Il n'en maintiendrait pas moins que la prohibition de l'inceste, quelles que soient les formes qu'elle peut
prendre selon les cultures, présente un caractère unique pour
deux raisons majeures : 1) cette prohibition est universelle :
elle est constatée dans *toutes* les sociétés ; 2) elle est un fait
non d'abord biologique mais social, celui de l'alliance exogamique : elle se définit comme une règle de réciprocité. Ce ne
sont pas là des « généralités » : ce sont des conclusions auxquelles conduit l'enquête ethnographique.

Les objections soulevées par Needham perdent de leur
pertinence dès lors qu'on cesse de concevoir la prohibition
de l'inceste comme un phénomène isolé. Mais comment la
concevoir comme « phénomène social total » si on la sépare
des pratiques qu'elle a pour fonction de rendre nécessaires,
celles de la réciprocité ? Ce qui suppose que la logique de
la réciprocité ait été elle-même comprise et admise – ce
qui ne semble pas le cas de Needham. Ce dernier est parfaitement fondé à exiger que les expressions diverses de la
prohibition appartiennent à une classe homogène de faits.
Encore faut-il n'avoir pas d'abord restreint indûment la
définition de cette classe. Or la prohibition de l'inceste
n'est que la forme principale (parce que sans elle les autres
ne tiendraient pas) d'un ensemble de relations et d'institutions qui couvrent toute la vie sociale et qu'expriment principalement les dons cérémoniels. Il est tout aussi important
de comprendre que l'inceste est une rupture de la réciprocité que de comprendre que le refus de partager ce qui est
considéré comme un bien non privatif constitue un « inceste
social ». Si l'inceste est un refus de réciprocité, inversement
tout refus de réciprocité prend un caractère incestueux.
On a dès lors une expansion et une dissémination des
connotations liées à l'opposition des termes « inceste »/
« réciprocité ». Mais celle-ci n'est pas seule à pouvoir faire

l'objet d'un traitement symbolique. Ainsi, dans de nombreux mythes, où il s'agit de formuler la possibilité d'une vie équilibrée, d'une « bonne distance », l'inceste peut signifier l'excès de proximité, comme l'animalité pourra signifier l'excès d'éloignement (mais ici sujet et attribut peuvent échanger leur position et ce sera, au contraire, la trop grande proximité qui signalera la situation incestueuse et ainsi de suite).

C'est en poursuivant dans cette voie, du reste très clairement indiquée par Lévi-Strauss, que certains chercheurs ont pu montrer la richesse des raisonnements analogiques liés à la pratique de cette prohibition qui est d'autant plus prégnante qu'elle est fondatrice de la vie sociale. Françoise Héritier par exemple, dans un texte intitulé « La symbolique de l'inceste et sa prohibition » (in Michel Izard et Pierre Smith, *La Fonction symbolique*, Paris, Gallimard, 1979), montre de manière remarquable que le problème de l'interdit n'est jamais limité aux seuls rapports sexuels, mais qu'il retentit sur l'ensemble des représentations portant sur la personne, le monde, l'organisation sociale et les interrelations des trois aspects. Dans les exemples africains analysés dans cette étude, l'inceste apparaît comme le cumul de l'identique et donc comme une menace pour l'équilibre des contraires (chaud/froid ; sec/humide, etc.) dont dépend l'équilibre de l'univers physique et social. L'inceste est la forme par excellence de l'abus d'identité comme, réciproquement, tout excès de l'identique est énoncé dans la terminologie de l'inceste. En somme un « fait social total », c'est un fait qui est beaucoup plus que social : il est en même temps cosmique, religieux, logique, esthétique, moral, etc. C'est ce que nous apprendra, du reste, l'analyse des mythes.

Le mariage comme échange des femmes

« L'échange, phénomène total, est d'abord un échange total, comprenant de la nourriture, des objets fabriqués, et cette catégorie de biens les plus précieux, les femmes. Sans doute sommes-nous bien loin des étrangers du restaurant, et on sursautera peut-être devant la suggestion que la répugnance d'un paysan méridional à boire sa propre fiole de vin fournisse le modèle selon lequel s'est construite la prohibition de l'inceste. Certes, celle-ci ne provient pas de celle-là. Nous croyons cependant que toutes deux constituent des phénomènes du même type, qu'elles sont éléments d'un même complexe culturel, ou plus exactement du complexe fondamental de la culture » (*SEP*, 71). Ces remarques sont importantes car elles permettent d'élargir la perspective sur l'institution du mariage et du même coup de comprendre la prohibition de l'inceste à partir du système total de la culture dont elle constitue certes la pierre d'angle (puisqu'elle en conditionne l'émergence) mais dont elle n'est en même temps qu'un des éléments parmi d'autres : « Le système des prestations *inclut* le mariage, mais aussi il le *continue* » (*SEP*, 77). La prohibition en effet rend possible et nécessaire l'exogamie, elle impose à chaque groupe de céder des femmes à d'autres groupes (et certes, dans chaque cas, selon des conditions et des règles bien particulières). Mais ce qu'il importe de remarquer alors, c'est que ce geste de don est inséparable d'un ensemble d'autres prestations qui en font une manifestation syncrétique de la réciprocité ; dans ce cas encore nous avons affaire à ce que Mauss appelle un « fait social total ».

On comprend donc pourquoi toute infraction à la logique de la réciprocité (consommation solitaire de nourriture, par exemple) prend un caractère *incestueux* et, de manière symétrique et inversée, pourquoi l'alliance matrimoniale engage avec elle toutes les formes de la réciprocité. « Il serait donc faux de dire qu'on échange ou qu'on donne des cadeaux, en même temps qu'on échange ou qu'on donne des femmes. Car la femme elle-même n'est autre qu'un des cadeaux, le suprême cadeau, parmi ceux qui peuvent s'obtenir seulement sous la forme de dons réciproques » (*SEP*, 77).

La réciprocité définit un domaine bien particulier : celui

des *biens ou des personnes qui restent inappropriables de manière privée*; même s'ils peuvent donner lieu à un usage ou une relation privés, ils restent, par essence, ce par quoi ou par qui s'institue la communauté. De ce point de vue la réciprocité est bien un principe : elle n'est pas dérivable de l'institution de la société, elle en ouvre la possibilité. C'est seulement à partir de quoi diverses modalités de l'échange sont possibles. La relation initiale et fondatrice est celle du don réciproque : elle est d'essence agonistique, acte de reconnaissance du groupe comme tel, sortie du cercle naturel de la consanguinité, manifestation de l'ordre symbolique de l'alliance. C'est bien aussi pourquoi elle continue de subsister dans notre modernité, même si bien d'autres types d'activité en ont relégué l'expression à des formes qui nous semblent marginales ; l'hégémonie actuelle des modes de l'échange contractuel (tel le commerce) en rend la perception difficile, mais n'en diminue en rien la réalité.

Il est arrivé que certains ou certaines s'avouent gêné(e)s ou même choqué(e)s par l'expression « l'échange des femmes », reprochant à la théorie de Lévi-Strauss de consacrer une réduction de la femme à un bien manipulé par les hommes (cf. *AS*, 70). Il s'est même trouvé des anthropologues pour juger ces formules inacceptables d'un point de vue moral : « Un nombre remarquable d'anthropologues anglais et américains, remarque M. Sahlins, se refusèrent d'emblée à cette idée, ne pouvant, pour leur part, se résoudre à "traiter la femme comme une marchandise". Sans vouloir trancher le débat, du moins en ces termes, je me demande vraiment si la réaction de méfiance des Anglo-Saxons n'est pas entachée d'ethnocentrisme » (*Culture and Practical Reason*, Londres, University of Chicago Press, 1976 ; trad. fr., *Au cœur des sociétés*, Paris, Gallimard, 1980, p. 235). Ce qu'ils n'ont pas compris, explique Sahlins, c'est la nature même de l'alliance et son caractère de prestation totale ; l'ethnocentrisme consiste alors en ceci : projeter sur les sociétés sauvages la séparation opérée dans les nôtres entre une sphère des affaires et

celle des rapports individuels, donc supposer « une dissociation éternelle entre l'économique qui traite de l'acquisition
et de la dépense – domaine toujours quelque peu suspect –
et la sphère sociale des relations morales » (*op. cit.*, p. 235).
Or cette sphère dans les sociétés traditionnelles est celle du
don réciproque cérémoniel, dont la logique échappe de
plus en plus aux sociétés où domine la morale de l'*Homo
œconomicus*.

Lévi-Strauss a été quelque peu surpris de ce genre de
confusion et il s'en est expliqué par la suite. Le texte des
Structures élémentaires de la parenté était pourtant déjà suffisamment explicite. Avant de reprendre l'argumentation de
fond, il faut d'emblée remarquer que la tâche de l'anthropologue n'est pas, de toute façon, de proposer une critique
morale des faits mais d'en établir l'objectivité et d'en expliquer les raisons. Les faits se présentent ainsi : « Ce sont les
hommes qui échangent les femmes et non le contraire » (*SEP*,
134). En d'autres termes, dans les alliances matrimoniales, ce
n'est pas un homme qu'exige l'autre groupe mais bien une
femme. S'il en est ainsi (et nous en venons ici aux raisons),
c'est que la femme est reconnue comme celui des deux sexes
par qui passe nécessairement la continuité biologique du
groupe. C'est en ce sens, et en ce sens seulement, qu'elle peut
être dite « le bien le plus précieux ». Cette valorisation et les
rites d'échange qui en découlent se constatent dans toutes les
sociétés sauvages et traditionnelles (et se repèrent encore à
l'état latent dans les sociétés modernes). En soi, cela n'induit
pas une minorisation du statut de la femme ; mais qu'une telle
minorisation se soit produite effectivement dans la plupart
des sociétés exige de prendre en compte d'autres éléments
que Lévi-Strauss ne cherche pas à préciser parce que cela sort
du cadre de son analyse. Lui-même indique en effet qu'il s'en
tient aux structures de communication et laisse de côté les
structures de subordination.

Reprenons donc d'un peu plus près son argumentation
sur la fonction de la femme dans le processus de réciprocité.
On l'a vu à propos de l'explication de la prohibition de

l'inceste : la nature prescrit l'union des conjoints mais elle laisse indéterminé le choix du partenaire. C'est à ce point que se place l'intervention sociale : le partenaire doit être choisi dans l'autre groupe et ce partenaire venu de l'autre groupe ou devant s'y rendre ne peut être que la femme. Passage obligé de la reproduction biologique (ce qui est une contrainte de nature), elle devient ainsi en même temps support privilégié et signe de la réciprocité (ce qui est l'invention de la culture). C'est donc toujours elle, nécessairement, que le groupe reçoit ou cède ; on comprend dès lors que l'échange soit indexé, au moins formellement du point de vue des hommes, puisque toute épouse est d'abord une fille cédée par un père ou une sœur par un frère, c'est-à-dire par un membre du même groupe, mais du sexe opposé et qui serait susceptible, en principe, d'avoir avec elle un rapport procréatif. Toute fille ou sœur est donc d'abord une épouse possible ; tout père ou frère est donc d'abord un donneur d'épouse. La prohibition de l'inceste ne signifie rien d'autre. La femme comme signe et instrument de l'alliance – cet acte de réciprocité qui manifeste le social comme tel et sa prééminence – est nécessairement liée à tous les autres actes d'échange, à toutes les formes du don/ contre-don, à tous les biens considérés comme précieux, inappropriables de manière privée.

« L'échange matrimonial n'est qu'un cas particulier de ces formes d'échanges multiples qui englobent les biens matériels, les droits et les personnes » (*SEP*, 132). L'interdit qui porte sur la fille ou la sœur n'est pas, en soi, lié au fait qu'elle est membre du groupe, car son degré de proximité n'est ni plus ni moins grand que celui des fils et des frères. Il tient à une possibilité indiquée par la nature, immédiatement assumée en principe de la culture, à savoir : manifester la réciprocité. Ainsi dans le rapport des moitiés exogamiques chez des indigènes du sud de l'Australie, l'ensemble des échanges se concentre sur la figure de la femme : « L'unique raison est qu'elle est *même* alors qu'elle doit (et donc peut) devenir *autre*. Et sitôt devenue *autre* (par son attribution aux hommes de la moitié opposée), elle se trouve apte à jouer, vis-à-vis des hommes de sa moitié, le même rôle qui fut d'abord le sien auprès de leurs partenaires. Dans les fêtes de nourriture, les présents qui s'échangent peuvent être les mêmes ; dans la coutume de *kopara*, les femmes rendues en échanges peuvent être les mêmes que celles qui furent primitivement offertes. Il ne faut, aux uns et aux autres, que le *signe de l'altérité*, qui est la conséquence d'une certaine position dans une structure, et non d'un caractère inné » (*SEP*, 133).

On devine évidemment l'extrême ambivalence qui peut marquer cette « position dans la structure » puisqu'elle définit la femme comme bénéficiaire d'une fonction essentielle et incontournable mais dont la puissance pour elle est passive ; d'autre part, si elle est signe et valeur dans un échange, elle n'en reste pas moins elle-même productrice de signes et de valeurs. Il suffit que cette position dans la structure soit modifiée (comme dans le système des castes, on le verra plus loin) pour que les rôles changent et avec eux les attitudes. Il n'est pas difficile, à partir de là, de comprendre les inévitables transformations apportées par la société moderne.

Le mariage des cousins croisés

> « Le système des cousins croisés représente bien plus qu'une classification de parents ; c'est toute une théologie... »
>
> Arthur Maurice HOCART
> (cité in Rodney NEEDHAM,
> *La Parenté en question*, Seuil, p. 108).

Cette présentation du « principe de réciprocité » serait déjà d'un bénéfice certain dans la mesure où elle permet de rendre compte du caractère spécifique des échanges entre groupes, du caractère supra-économique de ces échanges et enfin de la nature de l'alliance comme « fait social total ». Cependant on n'aurait en cela fait qu'ajouter aux analyses de Mauss en les confirmant et en les complétant. Précisément cette présentation du principe n'est que l'introduction méthodologique à ses diverses applications. La première d'entre elles est constituée par l'énigme que pose le mariage des cousins croisés et, en même temps, celle que constitue la prohibition qui porte sur le mariage des cousins parallèles.

Rappelons rapidement, pour le lecteur non familiarisé avec la terminologie anthropologique, la différence entre ces deux formes de parenté :

– on appelle « croisés » les cousins issus du mariage de germains de sexe opposé, c'est-à-dire issus du mariage du frère de la mère ou de celui de la sœur du père, bref les enfants de l'oncle maternel ou de la tante paternelle ;

– on appelle « parallèles » les cousins issus du mariage de germains de même sexe, c'est-à-dire issus du mariage de la sœur de la mère ou du frère du père, soit les enfants de la tante maternelle ou de l'oncle paternel.

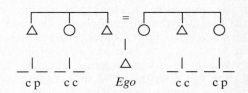

○ : femme   ⌐‾‾ : relation de consanguinité

△ : homme   = : relation d'alliance

                   | : relation de filiation

Pourquoi dans le cas des cousins croisés le mariage est-il non seulement possible mais souvent même préférentiel ou

89

obligatoire ? et pourquoi dans le cas des cousins parallèles est-il strictement prohibé ? L'énigme est d'autant plus grande que, du point de vue biologique, le degré de proximité est le même dans les deux cas. « Précisément parce qu'il fait abstraction du facteur biologique, le mariage entre cousins croisés doit permettre non seulement d'établir l'origine purement sociale de la prohibition de l'inceste, mais encore de découvrir quelle est sa nature. Il ne suffit pas de répéter que la prohibition de l'inceste ne se fonde pas sur des raisons biologiques : sur quelles raisons se fonde-t-elle alors ? Telle est la vraie question ; tant qu'on n'y aura pas répondu on ne pourra prétendre avoir résolu le problème. [...] Car si nous parvenions à comprendre pourquoi des degrés de parenté, équivalents au point de vue biologique, sont cependant considérés comme totalement dissemblables du point de vue social, nous pourrions prétendre avoir découvert le principe, non seulement du mariage entre cousins croisés, mais de la prohibition de l'inceste elle-même » (*SEP*, 142).

Sans doute faut-il ici souligner l'enjeu. En vérité il est de taille pour l'entreprise théorique de Lévi-Strauss : car répondre de manière satisfaisante à la question posée par le mariage des cousins croisés, c'est du même coup vérifier la pertinence du principe de réciprocité, c'est confirmer l'hypothèse sur l'origine purement sociale de la prohibition de l'inceste, c'est aussi, au plan méthodologique, exhiber le mode d'existence d'une structure et démontrer la rigueur de son fonctionnement. Voilà pourquoi on peut considérer cette question du mariage des cousins croisés comme un élément crucial de l'exposé de Lévi-Strauss (lui-même en souligne « l'importance exceptionnelle », *SEP*, 141).

Mais avant d'en venir à cette solution, il importe de mesurer les difficultés. Elles ont tenu avant tout aux présupposés méthodologiques des anthropologues. Le mariage des cousins croisés présente en effet le double caractère de supposer un niveau de *classes* matrimoniales (les hommes et les femmes y semblent répartis exactement sur le mode des organisations dualistes, autrement dit en moitiés exogamiques), et un autre niveau qui est de *relations* préférentielles d'individu à individu (chaque homme ou chaque femme disposant de la chance de trouver un conjoint cousin ou cousine croisés).

Dans le premier cas, il s'agira de savoir si la logique des organisations dualistes explique le mariage des cousins croisés ou si celui-ci en est indépendant, ou même, leur est logiquement antérieur ; dans le deuxième cas, la question qui se pose est celle-ci : pourquoi y a-t-il prohibition pour les cousins parallèles alors que pour les cousins croisés, biologiquement aussi proches, il y a non seulement possibilité d'union, mais union préférentielle ou même union imposée ?

Sur le premier point Lévi-Strauss constate le défaut de méthode des anthropologues de la première génération (Morgan, Tylor, Perry) qui considèrent le mariage des cousins croisés comme une rémanence quelque peu irrationnelle d'une institution disparue et qui pourrait être une modalité de l'organisation dualiste ; l'explication est alors franchement historiciste. Mais surtout on laisse entière l'énigme de la différence de statut entre cousins croisés et cousins parallèles. D'où provient cet échec ?

« Il fallait, au contraire, traiter le mariage des cousins croisés, les règles d'exogamie et l'organisation dualiste *comme autant d'exemples de la récurrence d'une structure fondamentale* (nous soulignons). […] Il fallait, surtout, apercevoir que, des trois types d'institutions, c'est le mariage entre cousins croisés qui possède la plus grande valeur significative ; valeur qui fait de l'analyse de cette forme la véritable *experimentum crucis* de l'étude des prohibitions matrimoniales » (*SEP*, 143). L'expérience est cruciale en effet parce que cette forme est attestée de manière indépendante dans une multitude de sociétés très différentes, ce qui, sans lui conférer une universalité comparable à celle de la prohibition de l'inceste, lui en fournit cependant un caractère suffisant pour qu'il soit légitime de supposer que ce qui la produit est indépendant des circonstances ou des traditions purement locales.

Quelle est cette « structure fondamentale » et pourquoi le cas des cousins croisés, plus que les autres, en illustre l'efficience ? C'est ce à quoi Lévi-Strauss entend apporter une réponse. Pour s'orienter vers la solution un certain nombre de constats s'imposent :

– le premier, c'est que la différence de statut entre cousins croisés et cousins parallèles amène à supposer qu'au niveau de la génération des parents la relation frère/sœur ou sœur/ frère se distingue radicalement de la relation frère/frère et sœur/sœur. Le système des appellations confirme cette division en assimilant dans la plupart des cas sous un même terme le frère du père et la sœur de la mère (assimilation qui parfois s'étend à la génération des grands-parents) ;

– cette division ensuite fait apparaître la différence de statut (relayée par les différences d'attitudes) entre ligne directe et ligne collatérale.

Bref, pour dire les choses autrement, la différence radicale de statut entre cousins croisés et cousins parallèles doit se lire dans la différence de statut de leurs parents, c'est-à-dire d'un côté l'oncle et la tante maternels d'Ego, de l'autre côté l'oncle et la tante paternels.

D'autre part, il ne servirait à rien d'expliquer le mariage des cousins croisés comme le pendant positif de l'interdiction pesant sur l'union des cousins parallèles. L'affinité dans un cas ne peut s'expliquer comme la réponse à l'exclusion dans l'autre. Il faut une raison commune qui rende compte simultanément des deux choix. Cette raison existe et il faut reconnaître à Lévi-Strauss le mérite de l'avoir, le premier, formulée dans toute sa cohérence et sa netteté.

Que nous dit-il ? Que le mariage des cousins croisés est simplement un cas exemplaire du « mariage par échange », c'est-à-dire de la pratique rigoureuse, dans l'alliance, du principe de réciprocité. Ce qui concrètement signifie : pour une femme cédée par un groupe il faut qu'une autre femme soit restituée *par le groupe bénéficiaire et par nul autre*. Si l'on prend comme exemple deux groupes *A* et *B* patrilinéaires et patrilocaux (il s'agit de l'exemple le plus simple, car de nombreuses autres situations sont envisageables), il apparaît que toute femme parente est une femme perdue pour le groupe et toute femme alliée est une femme gagnée. Ainsi pour toute femme venue de *B* en *A*, les enfants mâles de *A* sont débiteurs envers les hommes de *B* et ceux-ci sont créanciers envers ceux de *A*.

Disons les choses autrement : soit deux groupes patrilinéaires *A* et *B* ; un homme *a* (Ego) épouse une femme *b* ; ses enfants seront *a*, comme le seront les enfants de son frère, soit les cousins parallèles. Mais sa sœur qui est *a* et qui épouse un homme *b* donnera des enfants *b*, lesquels sont – pour Ego – les cousins croisés de ses propres enfants. Les cousins croisés appartiennent à des clans (ou toute autre forme de groupe) différents (ils sont *a* et *b*) ; les cousins parallèles sont du même groupe (ils sont ou seulement *a* ou seulement *b*). Les rapports des cousins croisés peuvent donc être exogamiques ; la plupart des sociétés sauvages ont jugé logique qu'ils le soient nécessairement. Le mariage des cousins parallèles signifierait une endogamie pure (un homme *a* épouserait une femme *a*), ce qui revient au même que d'épouser sa sœur qui est tout aussi bien *a*. Le groupe naturel consanguin ne recevrait pas sa loi du groupe social. La prohibition de l'inceste, en obligeant *a* à épouser *b* et *b* à épouser *a*, manifeste en même temps la souveraineté du groupe et le rapport de réciprocité. Le mariage des cousins croisés fait que la réciprocité est assurée à chaque génération : *a* a reçu une femme *b*, mais un homme *b* épousera sa fille *a* et leur fille *b* épousera un homme *a*. (C'est là le cas le plus typique et le plus simple, comme on le verra au chapitre suivant, de ce que Lévi-Strauss appelle *l'échange restreint* par opposition aux formes plus complexes de *l'échange généralisé*).

La description précédente peut être synoptiquement aperçue dans le schéma suivant (*SEP*, 153) :

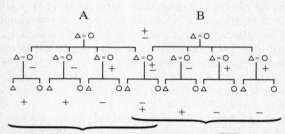

△ homme ○ femme   △ ○ mari et femme △⌐○ frère et sœur
Les cousins qui sont dans la relation (+ −) sont croisés ;
ceux qui sont dans la relation (+ +) ou (− −) sont parallèles.

C'est parce que Frazer n'a pas vu que le mariage des cousins croisés (en quoi il avait reconnu pourtant le cas type d'un mariage par échange) était réglé par l'exigence de réciprocité qu'il n'a pas vu non plus que la prohibition du mariage des cousins parallèles (qu'il traite comme un problème totalement séparé) en était la conséquence immédiate et nécessaire. En mettant en évidence cette connexion, Lévi-Strauss offre la première solution cohérente, claire et irréprochable de cette vieille énigme anthropologique ; il formule sa conclusion en ces termes : « La notion de réciprocité permet donc de déduire immédiatement la dichotomie des cousins. Autrement dit, deux cousins mâles, qui sont l'un et l'autre dans une position créancière vis-à-vis du groupe de leur père (et débitrice vis-à-vis du groupe de leur mère), ne peuvent échanger leurs sœurs, pas plus que ne le pourraient deux cousins mâles en position créancière vis-à-vis du groupe de leur mère (et débitrice vis-à-vis du groupe du père) : cet arrangement intime laisserait, quelque part au-dehors, d'une part un groupe qui ne restituerait pas, d'autre part un groupe qui ne recevrait rien, et le mariage resterait, chez l'un et chez l'autre, sous la forme d'un transfert unilatéral. Le mariage entre cousins croisés exprime donc seulement, en dernière analyse, le fait que, en matière de mariage, il faut toujours donner et recevoir, mais qu'on ne peut recevoir que de celui qui a l'obligation de donner, et qu'il faut donner à qui possède un titre à recevoir : car le don mutuel entre débiteurs conduit au privilège, comme le don mutuel entre créanciers condamne à l'extinction » (*SEP*, 153).

Le mariage des cousins croisés est donc le mode le plus simple, le plus spontané d'instituer un rapport d'alliance, c'est-à-dire de réciprocité, entre deux groupes. Il n'est donc pas étonnant que ce type de mariage apparaisse un peu partout sur la carte des populations traditionnelles ; il est la solution la plus obvie à un même problème et on ne peut s'étonner qu'elle soit formulée partout de la même manière si l'on admet que l'équipement mental est également le même chez tous les hommes (il est donc parfaitement inutile de faire appel à des hypothèses diffusionnistes pour expliquer l'extension du phénomène). Mieux encore, on peut également comprendre une autre particularité à l'intérieur même de ce type de mariage : à savoir que l'alliance entre cousins croisés matrilatéraux comporte un caractère plus fréquent et plus positif qu'entre cousins croisés patrilatéraux. En d'autres termes, il est préférable pour Ego d'épouser la fille du frère de sa mère que la fille de la sœur de son père. Cette hiérarchie de valeur à l'intérieur même du genre « cousins croisés » a semblé également mystérieuse à plus d'un anthropologue. Or si on prend garde à la manière dont s'organise le mouvement de la réciprocité dans les deux cas, on constate, remarque Lévi-Strauss, qu'il reste ouvert et dynamique dans le cas des cousins matrilatéraux, mais qu'il tend à se clore et à s'éteindre dans l'autre (*SEP*, 511).

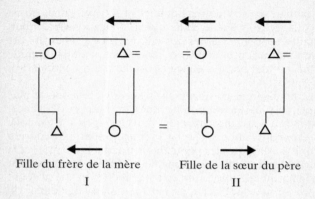

Fille du frère de la mère   Fille de la sœur du père

I   II

Dans le cas des cousins croisés matrilatéraux, on a des paires asymétriques à tous les niveaux, c'est-à-dire qu'on est toujours en situation croisée ; tandis que, dans le cas des cousins croisés patrilatéraux, on a un mélange de paires symétriques et de paires asymétriques. Cela ne serait pas significatif si on ne remarquait en même temps que cette différence formelle correspond à une différence dans le mouvement de la réciprocité. Dans le premier cas, le mouvement est toujours orienté dans le même sens et reste ouvert : on est déjà dans la formule de l'échange généralisé ; dans le deuxième cas, le mouvement revient sur lui-même et se ferme : on reste dans le cadre de l'échange restreint. La compensation dans la réciprocité intervient plus vite, mais aussi s'épuise plus vite puisque les cycles y sont très courts et surtout ils se limitent ainsi à deux groupes et ne peuvent s'étendre à l'ensemble de la société : le lien social est plus fragile puisque ce qui manque, contrairement à l'autre cas, c'est une capacité d'envisager une réciprocité à terme. Cette absence de confiance est nettement perçue par les populations où ce mariage avec la cousine croisée patrilatérale apparaît puisqu'il est l'objet de qualificatifs peu élogieux qui dénoncent un repli sur soi, un mouvement à rebours et vont jusqu'à y déceler un défaut de réciprocité qui le rend proche de l'inceste. « L'inceste est, pour parler le langage des mathématiciens, la "limite" de la réciprocité, c'est-à-dire le point où elle s'annule ; et ce que l'inceste est à la réciprocité en général, la forme de la réciprocité la plus basse (mariage patrilatéral) l'est aussi par rapport à la forme la plus haute (mariage matrilatéral) » (*SEP*, 523).

Qu'est-ce que cela veut dire ? Au moins ceci : que non seulement c'est le mouvement de réciprocité qui permet de comprendre la mariage des cousins croisés, mais que cette réciprocité elle-même comporte des degrés selon qu'elle reste limitée à un ensemble clos ou selon qu'elle assure une circulation plus vaste et donc une intégration plus grande du groupe social. Ainsi on comprend en quoi l'*Essai sur le don* de Mauss ouvrait la voie à la mise en évidence d'une logique qui gouverne, à travers l'organisation de l'alliance, l'ensemble des relations de parenté et permet de rendre compte, grâce au principe de réciprocité, que la prohibition du mariage des cousins parallèles et le mariage préférentiel des cousins croisés – avec privilège des matrilatéraux – était un seul et même problème. C'est sans aucun doute le mérite de Lévi-Strauss d'avoir su apercevoir cette relation et d'en avoir tiré, avec une rigueur et une clarté exemplaires, les conséquences sur un certain nombre de phénomènes considérés jusque-là comme rebelles à l'explication cohérente.

Les organisations dualistes

Il est un autre type de problème auquel l'anthropologie, depuis qu'elle existe, a été régulièrement confrontée, et qui a donné lieu à des explications aussi nombreuses que divergentes, c'est celui dit des *organisations dualistes*. Là encore Lévi-Strauss pense que la solution est à chercher du côté de la logique de la réciprocité. Là encore sa démonstration est d'une grande clarté.

Mais qu'est-ce qu'une organisation dualiste ? « Ce terme définit un système dans lequel les membres de la communauté – tribu ou village – sont répartis en deux divisions, qui entretiennent des relations complexes allant de l'hostilité déclarée à une intimité très étroite, et où diverses formes de rivalité et de coopération se trouvent habituellement associées » (*SEP*, 80). Comment comprendre ce fait de divisions en moitiés qui se superpose à celui apparemment plus simple et plus logique de la division clanique et semble, le plus souvent, la compliquer inutilement en introduisant de nouveaux étages d'exogamie ? Devant ce qui apparaissait comme un phénomène peu rationnel, bien des anthropologues ont fait l'hypothèse que ces organisations dualistes étaient le résidu de l'union de deux groupes ou deux populations hétérogènes. À l'appui de cette thèse, il existe de nombreux cas où de telles unions ont été observées ; mais cela laisse entier le problème pour les autres cas et, surtout, cela n'aide pas à comprendre la logique propre de telles organisations, à savoir les attitudes et les rituels de partage ou de rivalité. Il est clair que le phénomène de réciprocité y prédomine. Le point de vue historiciste a alors trouvé là son argument : la réciprocité est le propre des organisations dualistes, qui elles-mêmes seraient le résultat de la fusion de deux populations différentes. Ce qui permettrait d'établir la généalogie de l'exogamie, des faits d'échange, des comportements de rivalité, etc. En somme, la réciprocité apparaîtrait là où la rencontre de deux groupes exigerait de bonnes manières, des compromis, des gestes d'échange.

Pourtant l'existence d'organisations dualistes se constate dans beaucoup de cas où de tels événements ne se sont pas produits. Sur ce point encore Lévi-Strauss, sans méconnaître le fait historique de l'union de deux populations, qui a pu offrir une stimulation naturelle à la division en moitiés, s'attache à montrer que la contrainte est interne, qu'elle est de nature structurale. Ce qu'il retrouve ici à l'œuvre, c'est précisément le principe de *réciprocité* : « Le système dualiste ne donne pas naissance à la réciprocité : il en constitue seulement la mise en forme » (*SEP*, 81). Cette réciprocité trouve dans l'organisation dualiste une de ses expressions les plus anciennes. Il s'agit même vraisemblablement d'un « caractère fonctionnel propre aux cultures archaïques » (*SEP*, 81). Il va permettre de comprendre la notion de *classe matrimoniale*. Mais si, comme l'ont présupposé Tylor et Frazer, on voit dans les organisations dualistes la source des systèmes classificatoires de parenté, cela revient à les concevoir comme un phénomène premier et à situer celui de la réciprocité parmi ses conséquences. C'est l'ordre inverse que postule Lévi-Strauss.

La question principale qui se pose alors à l'ethnologue, c'est celle de savoir comment le système dualiste se superpose ou s'articule au système clanique. L'un peut très bien exister sans l'autre, mais, lorsque l'on trouve les deux en même temps, qu'en est-il des règles d'alliance, autrement dit de l'exogamie ? L'exogamie clanique, dans la mesure où elle se borne à interdire le mariage à l'intérieur de son propre clan, fournit une règle négative, tout au plus. Elle laisse indéterminé le choix au-delà (c'est-à-dire dans l'ensemble des autres clans). L'existence d'une division en moitiés peut alors modifier cette situation : l'autre moitié est celle avec laquelle *doivent* avoir lieu les mariages. Cette différence notoire permet de proposer une définition : « Nous réserverons le terme de *clan* aux groupements unilatéraux dont le caractère exogamique comporte une définition purement négative, et nous donnerons celui de *classe*, ou plus exactement de *classe matrimoniale*, à ceux qui permettent une détermination positive des modalités de l'échange » (*SEP*, 84). Dans les situations concrètes les choses ne sont pas aussi simples et Lévi-Strauss en donne des exemples évidents (tel le cas de Bororo où, à l'exogamie clanique, s'ajoutent des divisions entre supérieur, moyen et inférieur ; ou encore le cas des classes matrimoniales australiennes qui sont indépendantes des clans).

Cette distinction entre *clan* et *classe* est capitale, dans la mesure où elle permet de ne pas confondre les niveaux, lorsqu'une société se trouve réduite à deux clans : l'injonction exogamique négative devient positive (c'est-à-dire définit non plus seulement le conjoint qui est interdit, mais celui qui est prescrit). Le clan se trouve alors posséder la même fonction que l'organisation dualiste. Ce qui ne veut pas dire qu'il en serait l'origine. D'une manière générale, le système dualiste n'est pas tant une institution qu'un « principe d'organisation » (*SEP*, 87) ; il n'est qu'une des « mises en forme du principe de réciprocité » (*ibid.*) ; cela peut concerner aussi bien des activités religieuses, politiques, des compétitions sportives que s'étendre au système du mariage, mais pas nécessairement.

Dès lors toutes les difficultés classiques touchant ce problème peuvent être levées ou, du moins, leur raison est clairement identifiée : on a pris pour des faits accidentels en leur cherchant une hiérarchie causale (par exemple : fusion de deux groupes, réduction démographique à deux clans, etc.) ce qui était une manifestation à chaque fois différente d'une même exigence fondamentale : celle qui a trait à la logique de la réciprocité. Cette logique suit une voie identique à celle que Lévi-Strauss qualifiera plus tard (à partir de *La Pensée sauvage*) de *bricolage* : elle fait flèche de tout bois, elle utilise tous les supports appropriés pour se manifester. Le caractère hétéroclite des faits dualistes n'est plus alors un problème. Il importe donc « de ne pas confondre le principe de réciprocité, toujours à l'œuvre et toujours orienté dans la même direction, avec les édifices institutionnels souvent fragiles et presque toujours incomplets qui lui servent, à chaque instant donné, à réaliser les mêmes fins. Le contraste, nous dirions presque la contradiction apparente, entre la permanence fonctionnelle des systèmes de réciprocité et le caractère contingent du matériel institutionnel que l'histoire place à leur disposition, et qu'elle remanie d'ailleurs sans cesse, est une preuve supplémentaire du caractère instrumental des premiers. Quels que soient les changements, la même force reste toujours à l'œuvre, et c'est toujours dans le même sens qu'elle réorganise les éléments qui lui sont offerts ou abandonnés » (*SEP*, 88). Chaque fois que l'occasion lui sera donnée de revenir sur ce problème, Lévi-Strauss insistera sur cette valeur de *méthode* de l'organisation dualiste, sur sa capacité à traiter selon le même principe, celui de réciprocité justement, une diversité de contenus, soit en reprenant à son compte des données existantes, soit en orientant vers soi des modifications accidentelles, soit en suscitant des pratiques inédites susceptibles de manifester un lien ou une rivalité (simulée ou non).

L'organisation dualiste s'explique donc par un rapport de réciprocité entre deux moitiés. Or le cas le plus évident et le plus général d'un tel rapport, c'est justement celui du mariage des cousins croisés. Quel que soit en effet le mode de filiation (patrilinéaire ou matrilinéaire), les enfants du frère de la mère ou de la sœur du père sont placés dans une moitié autre que celle du sujet. Ils sont donc les premiers collatéraux avec qui le mariage soit possible ; ce qui le plus souvent est confirmé par les appellations (« époux », « épouses » tandis que les cousins parallèles sont appelés « frères », « sœurs »). Les cousins croisés semblent donc se présenter comme un cas exemplaire de moitiés exogamiques. La question que se sont posée les anthropologues était alors celle-ci : est-ce l'antériorité des organisations dualistes qui explique le mariage des cousins croisés ou bien faut-il comprendre ce mariage de manière autonome ? Dans un cas on est conduit à des hypothèses diffusionnistes ou évolutionnistes qu'aucune donnée rigoureusement vérifiable ne peut étayer. Dans l'autre cas il faudrait admettre que la pensée primitive a résolu un problème extrêmement complexe avec une cohérence et une logique extraordinaires ; ce qui semblait peu probable à beaucoup d'observateurs. La difficulté n'était donc pas dans l'objet mais dans le préjugé concernant cet objet.

Le problème en effet (on l'a vu plus haut) est celui de l'organisation de cycles de réciprocité. Le mariage des cousins croisés en offre de ce point de vue une solution d'une étonnante perfection. Il faut parler à ce propos de « principe régulateur » et dire de celui-ci qu'il « peut posséder une valeur rationnelle, sans être lui-même conçu rationnellement » (*SEP*, 117). Doit-on alors prendre le contre-pied de la position évolutionniste et proposer de dériver, cette fois, l'organisation dualiste du mariage des cousins croisés ? Il faut dire plutôt qu'on a, dans les deux cas, un système de réciprocité original mû par une logique propre. Dans le cas des organisations dualistes, c'est *toute une classe d'individus* qui est désignée à l'échange exogamique ; il s'agit donc d'un « système global engageant le groupe dans sa totalité » (*SEP*, 119). Tandis que dans le second cas, il s'agit d'un *rapport entre des individus* : le problème est résolu au cas par cas (et souvent avec une certaine flexibilité selon les individus disponibles).

Dans les organisations dualistes, la *classe* des conjoints possibles est bien délimitée, tandis que les *relations* d'individu à individu restent indéterminées. On a la situation inverse avec le mariage des cousins croisés qui définit de manière très individualisée le conjoint possible (ou même prescrit) avec le risque (comme dans les groupes très restreints) qu'aucun individu ne corresponde à la position désignée. Les deux formules ne sont donc pas à situer sur un axe chronologique qui mettrait l'une en position d'antériorité par rapport à l'autre. En fait « les deux institutions s'opposent comme une forme cristallisée à une forme souple » (*SEP*, 119). Elles sont deux réponses fonctionnelles à la même exigence de réciprocité ; ce qui explique que le mariage des cousins croisés apparaisse où manquent les organisations dualistes (comme c'est le cas dans certaines régions de Mélanésie).

Après l'énigme du mariage des cousins croisés, c'est celle des manifestations disparates des organisations dualistes qui se trouve débrouillée. Il faut porter au crédit de la méthode de Lévi-Strauss ce résultat – impressionnant, sans aucun doute. Mais Lévi-Strauss ne s'arrête pas en si bon chemin ; il pousse, à cette occasion, l'hypothèse plus loin en supposant à propos des diverses formes d'organisations dualistes que

« pour comprendre leur base commune, il faut s'adresser à certaines structures fondamentales de l'esprit humain, plutôt qu'à telle ou telle région privilégiée du monde ou période de l'histoire de la civilisation » (*SEP*, 88). Hypothèse parfaitement cohérente avec l'énoncé d'un *principe* (celui de réciprocité). Mais ce sera l'objet d'un autre chapitre de la présente étude.

Remarque : système de castes et réciprocité

Les règles de réciprocité se transforment de manière tout à fait remarquable lorsqu'on passe à un système fondé sur la spécialisation des métiers, et donc sur la complémentarité des services. C'est du même coup l'échange des femmes et le jeu des prestations qui en est complètement bouleversé. En effet, dans le système des castes, la différenciation étant assurée par la spécialisation professionnelle, c'est aussi à ce niveau que se manifestent les contrastes et les oppositions. C'est à ce niveau encore que, par conséquent, la réciprocité peut jouer : elle n'a plus lieu de passer par l'échange exogamique. Donc « l'endogamie est rendue disponible puisque la réciprocité vraie est assurée autrement » (*PS*, 167). Bien entendu cette endogamie de caste n'annule pas la prohibition de l'inceste ; l'exogamie se reporte au niveau des familles.

Entre l'exogamie clanique et l'endogamie de caste, on voit bien comment la fonction du mariage et donc le rôle des femmes se transforme. Dans le premier cas, c'est une différence de nature (la femme/l'homme) qui est traduite en différence de culture : le système des alliances possibles ou impossibles, les degrés prohibés ou permis, les multiples relations qui se développent à partir de là (position des individus dans le système, relations entre les groupes, etc.) rendent possible un codage très complexe de la vie sociale : les relations de parenté deviennent l'axe de référence des activités sociales. Elles sont alors le premier des codes culturels. Leur caractère impératif en explique la prégnance.

Dans le système des castes, l'identité culturelle se manifestant par le métier, il y a possibilité de mariage au sein de la même caste ; possibilité qui devient en fait une prescription. Ce n'est donc plus l'échange des femmes qui garantit la spécificité du plan de la culture ; on ne doit donc pas s'étonner qu'il y ait du même coup renaturalisation de la femme.

Contre l'illusion économiste : cas du mariage par échange et du mariage par « achat »

« L'échange des cadeaux (prenant place à l'occasion d'une liquidation périodique de griefs entre les groupes) n'est pas une affaire commerciale, ni une opération de marché, c'est un moyen d'exprimer et de cimenter l'alliance. »

Adolphus Peter ELKIN, « The Kopara : the Settlement of Grievances », *Oceania*, vol. 2, 1931-1932.

« Ce sont nos sociétés d'Occident qui ont, très récemment, fait de l'homme un *animal économique.* »

Marcel MAUSS, *Essai sur le don* (1925).

La notion d'échange a chez Lévi-Strauss un statut très précis. L'échange relève de la logique du don ; il est l'exercice de la réciprocité. Cette formule peut sembler évidente ou même redondante. Un simple exemple nous montrera qu'il n'en est rien. Il s'agit de ce qu'il est convenu d'appeler « le mariage par échange ». La formule signifie qu'un groupe ne peut obtenir une épouse pour un de ses membres qu'à la condition d'en offrir également une au groupe donateur. Faute de quoi le mariage ne peut avoir lieu. Ni présents ni argent ni gain de statut ne peuvent être mis en équivalence avec le don d'une femme. Seul peut y répondre l'offre d'une autre femme. C'est cette stricte réciprocité qu'on appelle alors l'échange. Celui-ci « n'est pas un édifice complexe, construit à partir des obligations de donner, de recevoir et de rendre, à l'aide d'un ciment affectif et mystique. C'est une synthèse immédiatement donnée à, et par, la pensée symbolique, qui, dans l'échange comme dans toute autre forme de communication, surmonte la contradiction qui lui est inhérente de percevoir les choses comme éléments du dialogue, simultanément sous le rapport de soi et d'autrui, et destinée par nature à passer de l'un à l'autre. Qu'elles soient de l'un ou de l'autre représente une situation dérivée par rapport au caractère rationnel initial » (IMM, XLVI).

La réciprocité est donc un principe ; elle est une donnée *universelle* des sociétés humaines (puisque hors l'alliance il n'est de société qu'animale) ; rien ne serait plus faux et égarant que de comprendre cette réciprocité comme un fait de nature économique. Il est sans doute très difficile pour des esprits formés dans le contexte de la civilisation industrielle et marchande qui a fait de l'économie son activité prépondérante de ne pas donner une signification économique à des relations d'échange relevées dans d'autres types de société, telle la relation de mariage qui, dans la plupart des sociétés traditionnelles, donne lieu à une intense circulation de biens. Notre tentation est alors, à partir de notre expérience, dominée par l'échange marchand et la production profitable, de faire une lecture biaisée de comportements sociaux que nous croyons identiques aux nôtres.

Sur ce point Lévi-Strauss constate que plus d'un anthropologue est pris en défaut. Il le constate particulièrement à propos du régime de mariage par échange. Frazer, par exemple, qui avait su très bien repérer le lien existant entre ce type de mariage et celui des cousins croisés cède à l'*illusion économiste* lorsqu'il s'agit d'en donner la *raison*. On a affaire, selon lui, à un troc (« *a simple Case of Barter* », cité in *SEP*, 159) qui permet à des partenaires pauvres de s'en tirer à moindres frais. La conviction de Frazer est claire : « C'est d'une manière identique que, sous la croûte de la sauvagerie ou de la civilisation, les forces économiques agissent avec la même uniformité que les forces de la Nature dont elles sont d'ailleurs seulement une manifestation particulière » (*SEP*, 160).

Dans cette hypothèse (qui rejoint pour des raisons moins surprenantes qu'on ne pourrait le croire l'anthropologie marxiste), il faudrait dire que l'achat est fondamental puisque la logique économique est en quelque sorte originaire. C'est pourquoi pour Frazer il n'y a pas, *de ce point de vue*, de vraie différence entre le cas des cousins croisés et celui des cousins parallèles ; celle qu'on constate ne peut donc provenir, selon lui, que d'une survivance historique obscure. Ce que Frazer ne voit pas, c'est que cette différence tient à deux régimes très différents de relations : dans le cas des cousins croisés on est dans un cycle de réciprocité qui fait de l'échange (une femme rendue pour une femme antérieurement reçue) la seule forme possible de relation. Poser la question sous l'angle de l'économique, c'est s'interdire de comprendre cette logique, et donc de rendre compte de la différence essentielle qui apparaît entre des formes d'alliance (permises, prescrites ou prohibées). L'échange cérémoniel n'est donc pas un substitut de l'achat pour une humanité économiquement trop limitée et manquant d'autres moyens de paiement : « Loin que l'échange soit une modalité de l'achat, c'est l'achat dans lequel il faut voir une modalité de l'échange » (*SEP*, 160). Cette antériorité apparaît mieux encore lorsque ce type d'échange ne semble donner, au plan économique, qu'un résultat à somme nulle, c'est-à-dire lorsque les biens transférés sont de nature ou de valeur identique ; les deux gestes de donner et de recevoir semblent alors se neutraliser (on avait déjà un exemple de cette apparente redondance dans l'échange des pichets de vin au restaurant, cf. *supra*). Ces cas sont très fréquents dans l'observation ethnographique, et loin de devoir être jugés comme aberrants économiquement (ce qui tend à être l'opinion de Frazer et de bien d'autres), il faut comprendre qu'ils se situent dans une tout autre logique et expriment l'essence de l'échange comme tel : « Le rapport d'échange est donné antérieurement aux choses échangées et indépendamment d'elles » (*SEP*, 161). Dès lors le transfert n'est pas neutre, le jeu n'est pas à somme nulle : les biens en circulation se valorisent du fait même d'avoir été échangés, d'avoir été ce par quoi s'est manifestée la réciprocité parce qu'ils en sont les témoins, les garants symboliques (les malentendus sont venus du fait que lorsque Lévi-Strauss dit « échange » il pense aux rapports de dons réciproques, alors que bien des lecteurs y incluent indûment tous les types d'échange, y compris les échanges marchands).

C'est la même logique que l'on retrouve dans une procédure qui pourrait sembler y contredire et que l'on a appelée le « mariage par achat ». On en a un remarquable exemple chez les Katchin de Birmanie où semble exister un « prix de la fiancée ». Les prestations exigées non seulement sont considérables mais en outre elles sont d'une complication extrême parce qu'elles se spécifient à un grand nombre de membres de la famille de la fiancée : prix du frère ou du cousin, prix de l'oncle, prix de la tante, prix de la mère, prix de l'esclave, etc. Ceci n'étant du reste qu'un préliminaire au « grand payement » au père. Chaque « prix » peut en outre se subdiviser en diverses prestations assignées à divers gestes ou démarches. Ainsi le prix de la tante (à qui il incombe de présenter sa nièce au futur époux) peut, pour le seul « petit payement », en comporter jusqu'à douze (pour se déplacer, pour entrer dans la maison, pour monter à l'échelle, pour s'asseoir, pour discuter, etc.).

On est ici en effet dans un système qui relève non de l'échange restreint (*A* cède à *B* qui restitue à *A*) mais de l'échange généralisé (dont nous parlerons au chapitre suivant) et qui exige que *A* cède à *B*, qui cède à *C*, qui cède à *D*, qui cède à *A*. Il s'agit donc ici d'un cycle long et indirect puisqu'on ne reçoit pas l'épouse du groupe à qui on en a cédé une. Le système s'équilibre parce que le cycle, à terme, se referme et que tous reçoivent et donnent des épouses. On voit alors quel est le rôle des biens échangés : ils sont à la fois garantie et opérateurs de l'alliance, sorte de trésor collectif et mobile dont le mouvement de circulation est inverse de celui des épouses.

$$\begin{array}{lccccc}
\text{épouses} & ---> & ---> & ---> & ---> & \\
& A & B & C & D & A \dots \\
\text{biens} & <--- & <--- & <--- & <--- &
\end{array}$$

Ils n'en constituent pas le prix au sens d'une équivalence directe. Ils sont seulement les médiateurs symboliques et les gages d'une réciprocité globale et permanente. Mais en réalité ce sont toujours bien *des épouses qu'on échange contre des épouses et non contre des biens* (comme Lévi-Strauss le rappelle à Edmund Leach qui avait mécompris cette argumentation, cf. *SEP*, 276). Les biens reçus aujourd'hui des uns sont les garants de l'épouse qu'on recevra demain des autres. Par quoi on voit que c'est tout le groupe, à tous les niveaux de parenté et dans toutes les démarches nécessaires à l'échange, qui est engagé dans l'alliance matrimoniale. Non seulement la prestation est totale en ce qu'elle engage tous les aspects de la procédure d'échange, mais elle l'est encore en ceci que ce qui vaut pour l'alliance vaut aussi pour la « vengeance » : la dette ouverte pour une insulte ou une transgression plus grave (meurtre, adultère, etc.) suit les mêmes voies que celles de l'exogamie, selon le schéma $A ---> B ---> C ---> D ---> A$, etc. Ce qui montre bien que la réciprocité doit être entendue dans ses implications agonistiques autant que dans les pratiques du don mutuel. La médiation des biens dans l'alliance, loin de mettre en équivalence ceux-ci avec la femme, fait au contraire que c'est l'alliance qui envahit toute la vie sociale et que c'est la réciprocité qui en règle le mouvement. Un texte de Maurice Leenhardt à propos des alliances canaques le dit excellemment : « Ils ont troqué leurs sœurs, et ils pourraient se considérer comme quittes, s'il y avait eu marché. Mais cet échange n'est pas un marché, il est un engagement de l'avenir, un contrat social : l'enfant que chacun aura de la femme reçue ira prendre la place que celle-ci a laissée chez sa mère ; les vides nouveaux se combleront de la même façon alternativement, de génération en génération [...] (*Notes d'ethnologie néo-calédonienne*, Institut d'ethnologie, 1930, p. 71, cité in *SEP*, 502).

* * *

On le comprend sans doute mieux maintenant : dans les rapports entre les groupes, c'est la réciprocité qui importe, qui est première. Elle n'est pas ce dont il faudrait expliquer la genèse à partir des attitudes des individus, elle est ce qui rend possible l'explication de ces attitudes. La tâche théorique est d'en faire apparaître le caractère irréductible. De ce point de vue il y a là une limite à la recherche « généalogique ». La réciprocité (comme l'ordre symbolique dont elle est une des manifestations privilégiées) constitue le mode d'être de l'humain comme tel, ou, si l'on préfère, de l'existence sociale comme ordre de la culture. La réciprocité signifie que l'organisation naturelle – soit la famille consanguine – par qui passe la continuité biologique du groupe ne peut s'enfermer sur soi sans interdire la possibilité même du groupe comme société humaine, comme institution. La réciprocité résout cette contradiction : *elle permet de rester entre soi en recevant d'autrui ce qu'on désire le plus pour soi*. La femme est ce « signe d'altérité », cette médiation entre soi et autrui. C'est donc la valeur de réciprocité qui est attachée à ce qui est rare et non un principe magique – comme le *hau* des Maori cité par Mauss – qui explique l'exigence de circulation de certains biens (on peut se reporter sur ce point au commentaire de M. Sahlins : *Stone Age Economics*, chap. v, « L'esprit du don »).

L'interdit de l'inceste manifeste ceci : que l'homme se reconnaît de se distinguer des autres espèces vivantes qui n'établissent aucune différence entre consanguins. Vouloir cette distinction, c'est s'interdire l'union avec la femme la plus proche, fille ou sœur, c'est donc la laisser disponible pour un autre groupe ; ce qui n'est possible qu'*à la condition que l'autre s'impose la même contrainte et cela de manière nécessaire*. L'obligation de donner, de recevoir et de rendre, le jeu du don/contre-don, n'est pas quelque chose qui survient dans la société mais bien ce qui l'institue. C'est cette contrainte inconditionnelle qui est constamment affirmée et confirmée dans le principe de réciprocité et dans les pratiques qui en découlent. La réciprocité n'est pas quelque chose qui s'ajoute à une réalité sociale qui serait la synthèse des positions individuelles (selon le schéma des Lumières qui procède en reportant sur les origines, comme un fait de nature, l'isolement naissant de l'individu moderne), elle est ce qui institue et indique la socialité propre de l'homme, ce que nous nommons « culture ». La réciprocité dont parle Lévi-Strauss ne procède pas d'une attitude estimable de générosité ; elle ne s'engendre pas d'un sentiment psychologique ou moral : celui-ci en découle comme effet ; et cet effet, à son tour, renforce la nécessité logique en lui conférant la valeur d'un comportement hautement estimable et effectivement estimé. C'est là une position durkheimienne dont la pertinence n'est pas contestable (et qui n'est pas toujours bien saisie par l'individualisme méthodologique de la tradition anglo-saxonne).

Ces analyses permettent de répondre à deux types d'objection.

La première concerne la critique des « principes généraux » faite par R. Needham. Il est clair que sa dénonciation de « l'axiome de cordialité » de Fortes ou de « l'a priori de bienveillance » de Radcliffe-Brown, ne saurait s'appliquer au « principe de réciprocité » de Lévi-Strauss. Ce que celui-ci a mis en évidence c'est, à partir d'une donnée constante et universelle – la prohibition de l'inceste et son corollaire l'exogamie –, la règle non moins constante et universelle qui en organise la procédure : celle de l'échange réciproque. Il ne s'agit pas là d'un sentiment de bienveillance mais d'une donnée immédiate des sociétés humaines, d'un principe régulateur dont les implications logiques rendent compte, dans tous leurs aspects, des formes du mariage et donc de la parenté comme on le comprendra mieux dans le chapitre suivant.

La deuxième objection concerne le reproche d'échangisme prêté à la théorie de Lévi-Strauss. Cette critique est venue pour l'essentiel de la mouvance marxiste. Elle procède d'un malentendu. Dans la réciprocité, il ne s'agit pas d'échange au sens précisément économiste que ce terme a pris dans nos sociétés. Nous ne saurions lire de manière récurrente, en termes de rapports contractuels et d'échange profitable, ce qui est d'abord une affirmation nécessaire de l'ordre humain – comme organisation sociale – en tant que tel ; la réciprocité ici en question n'a rien à voir avec une relation commerciale. C'est précisément lorsqu'on tente de la comprendre à partir du schéma marchand qu'elle devient absurde, c'est-à-dire économiquement irrationnelle. Lévi-Strauss ne dit pas autre chose. Si bien que lorsque des critiques lui font grief de développer une idéologie échangiste, cela veut dire, dans leur esprit, une idéologie marchande ; ce qui montre qu'ils ont compris la réciprocité comme échange profitable. Or elle en est justement la négation : l'échange – le geste de don – vaut plus que les choses échangées. Un telle critique est donc elle-même victime des présupposés qu'elle dénonce.

Cela dit, même si la réciprocité n'a pas d'elle-même une signification économique, et même si les activités de production et d'échange de biens utiles sont limitées, cela ne veut pas dire que les formes d'existence matérielle des sociétés considérées soient sans importance, cela veut dire que leur rôle n'est pas déterminant dans les institutions qui assurent leur organisation. C'est sans doute aussi pourquoi la structure symbolique fondamentale s'y donne à lire de manière quasiment directe, alors qu'elle semble n'exister qu'à l'état résiduel ou enfoui dans les sociétés modernes où elle ne peut plus être ce qui organise l'ordre social dans son ensemble désormais suspendu, non aux relations de parenté, mais à des régulations techniques (économiques, administratives). À moins qu'il ne faille reconnaître qu'elle est beaucoup plus présente qu'on le croit, non seulement dans les relations interindividuelles mais aussi dans les rapports entre groupes ou institutions. Le montrer pourrait être la tâche d'une anthropologie des sociétés modernes.

CHAPITRE III

Les structures de parenté

> « De tous les faits sociaux, ceux qui
> touchent à la parenté, au mariage, mani-
> festent au plus haut point ces caractères
> durables, systématiques et continus
> jusque dans le changement, qui donnent
> prise à l'analyse scientifique. »
>
> (*AS*, 331.)

L'analyse de la réciprocité nous a conduits au cœur des problèmes de la parenté. Il importe maintenant de les reprendre de manière plus spécifique en présentant les résultats des *Structures élémentaires de la parenté*, mais aussi d'autres études, plus brèves, publiées plus tard par Lévi-Strauss.

Mais tout d'abord cette question : pourquoi le choix de ce domaine dans l'approche des sociétés sauvages ? Pourquoi pas les rites, ou les formes de production matérielle, ou les relations de pouvoir, etc. ? La réponse de Lévi-Strauss est simple : seuls les faits de parenté présentaient une organisation interne comparable au système de la langue, bref seuls ils étaient susceptibles d'une analyse purement synchronique. On sait que ce fut en rejetant l'approche purement philologique et historique que Saussure s'est proposé de faire accéder la linguistique au rang d'une science rigoureuse, de même c'est en pratiquant un semblable recentrage méthodologique à propos des faits de parenté que Lévi-Strauss entend ouvrir, pour l'ethnologie, une nouvelle ère de recherches proprement scientifiques. Certes, il ne prétend pas que les recherches qui ont précédé les siennes ont manqué de rigueur ou de méthode. Ni l'une ni l'autre n'ont fait défaut dans la collecte des données, dans l'effort de classement ou même dans les tentatives d'interprétation globale. La difficulté tenait en ceci : aucun de ces travaux ne permettait une théorisation d'ensemble. Entre différents problèmes posés par les systèmes de parenté (comme, on l'a vu, celui de la différence de traitement entre cousins croisés et cousins parallèles, celui de l'existence ou non de classes matrimoniales, celui de la présence de systèmes de filiation bilinéaires et unilinéaires, etc.), on pressentait bien des rapports mais rien ne permettait de les articuler de manière claire, cohérente et incontestable.

Or Lévi-Strauss, en reprenant, en son fond, le problème de la parenté à partir de la question de la prohibition de l'inceste et du « principe de réciprocité », pouvait présenter un corps d'hypothèses qui simplifiait de manière remarquable et éclairait d'une lumière nouvelle une foule de phénomènes qui étaient restés jusque-là tout à fait disparates et dont la signification demeurait obscure. « Ainsi a-t-il été possible d'établir que l'ensemble des règles de mariage observables dans les sociétés humaines ne doivent pas être classées – comme on le fait généralement – en catégories hétérogènes et diversement intitulées : prohibition de l'inceste, types de mariages préférentiels, etc. Elles représentent toutes autant de façons d'assurer la circulation des femmes au sein du groupe social, c'est-à-dire de remplacer un système de relations consanguines, d'origine biologique, par un système sociologique d'alliance » (*AS*, 68). En procédant ainsi, Lévi-Strauss pouvait ramener tous les dispositifs de parenté dans l'enceinte d'une combinatoire limitée (il s'agit, certes, des seules structures élémentaires) ; il n'a besoin pour cela que des deux sexes et de trois formes de relation : celle de l'alliance matrimoniale (époux/épouse), celle de la filiation (parents/enfants) et celle de la consanguinité (frère/sœur). Entre ces termes, les rapports obéissent à des règles de combinaison qui sont aussi des règles de variation et de transformation. L'alliance l'emporte sur la consanguinité parce qu'elle institue justement le monde social humain comme tel (et c'est le sens positif de la prohibition de l'inceste) ; mais l'emporte aussi sur la filiation parce que la continuité des groupes dans le temps (on le verra avec l'échange généralisé) est elle-même suspendue au mouvement de la réciprocité, c'est-à-dire à cette forme fondamentale du don/contre-don entre groupes que le mariage constitue.

Problèmes et controverses

Depuis la publication de *Structures élémentaires de la parenté* (1948), il semble difficile pour un anthropologue d'aborder ce champ d'investigation sans devoir d'une manière ou d'une autre se situer par rapport à l'ouvrage de Lévi-Strauss, soit pour en prolonger les hypothèses et les démonstrations, soit pour les compléter et les confirmer, soit enfin pour au contraire les infirmer ou même les récuser. Dans tous les cas il doit en tenir compte.

Il est bien connu que les anthropologues anglo-saxons (et les britanniques au tout premier chef) se sont montrés les plus réticents à l'endroit d'un livre dont l'ambition affichée leur paraissait très souvent manquer non d'assises empiriques (la documentation de l'ouvrage est considérable) mais d'approfondissement de tel ou tel système. Il est alors d'autant plus remarquable de constater que c'est un des chefs de file de ce courant critique, Rodney Needham, qui avec quelques collaborateurs a entrepris la traduction anglaise de la thèse de Lévi-Strauss. Le même anthropologue fut aussi l'animateur d'un colloque qui fit date (à la Bristol University en 1970), centré sur les problèmes de parenté. L'ouvrage qui en est issu, sans être une machine de guerre anti Lévi-Strauss, n'est pas loin d'y ressembler (*Rethinking Kinship and Marriage*, Londres, Tavistock

Publications, 1971 ; trad. fr. *La Parenté en question*, Paris, Seuil, 1977). Certes Needham avoue ne pas prétendre contester « le vif enthousiasme intellectuel que procure la monographie classique de Lévi-Strauss, ni la stimulation théorique qu'on peut en tirer si l'on tente sérieusement d'en maîtriser le raisonnement » (*op. cit.*, p. 81). Mais après ces compliments introductifs viennent les réserves : « Il faut cependant signaler qu'à bien des égards c'est un travail extrêmement imparfait : […] il y a de graves lacunes dans les sources, de nombreuses erreurs ethnographiques et des contresens sur les faits » (*ibid.*, p. 81).

En fait, Lévi-Strauss lui-même avait, dès sa préface de 1947, envisagé des possibilités de lacunes lorsqu'il écrivait : « Nous n'espérons pas, même dans les limites que nous nous sommes assignées, être resté à l'abri d'inexactitudes matérielles et d'erreurs d'interprétation » (*SEP*, x). La masse des documents traités et la variété des champs couverts rendaient, en effet, plausibles de telles insuffisances. L'auteur en appelait alors à l'indulgence des spécialistes concernant les différents domaines traités et surtout à un échange qui permettrait de rectifier les erreurs et d'approfondir les hypothèses proposées. La deuxième préface (1967) renouvelle l'aveu des faiblesses de l'ouvrage (« Quand je le relis aujourd'hui, la documentation me semble poussiéreuse et l'expression démodée », *SEP*, XIV), mais c'est pour ajouter aussitôt : « Pourtant, je ne renie rien de l'inspiration théorique, de la méthode et des principes d'interprétation » (*SEP*, XIV). Il remarque alors que les critiques trop souvent ont, de manière dérisoire, porté sur des coquilles d'édition, ou proviennent de malentendus attribuables à un manque de connaissance de la langue française chez des lecteurs étrangers (la traduction anglaise ne date que de 1971), et il ajoute : « On m'a aussi reproché, comme des erreurs ethnographiques, des témoignages provenant d'observateurs réputés que je citais sans employer de guillemets parce que le renvoi à la source était donné peu après » (*SEP*, XV). Lévi-Strauss, le plus souvent, a répondu à ces critiques en pointant le doigt sur tel ou tel passage de ses textes montrant que, dans la plupart des cas, le malentendu est purement matériel ou que l'objection qu'on lui fait avait déjà été envisagée par lui, ou encore il démontrait qu'on avait tout simplement ignoré telle ou telle de ses analyses ; ce qui rendait la critique sans objet.

Mais le différend avec certains anthropologues (comme R. Needham ou E. Leach) est plus sérieux si on considère qu'on a affaire à d'excellents lecteurs pour lesquels ce sont les hypothèses mêmes de l'approche de Lévi-Strauss qui sont quelquefois récusées ou simplement écartées. Ainsi R. Needham met nettement en question l'explication lévi-straussienne de l'interdit de l'inceste (cf. chapitre précédent) ou du moins attache peu d'importance au principe et aux conséquences de cette explication (à savoir qu'il s'y agit d'abord de réciprocité et que c'est l'échange des femmes, donc l'alliance exogamique, qui en règle la nécessité).

Needham va plus loin encore en mettant en cause la notion même de *parenté*. Il est vrai que c'est un terme susceptible d'un usage très large et même indéterminé puisqu'il permet de recouvrir des faits très différents : alliances matrimoniales, droits transmissibles, relations entre consanguins, statuts généalogiques, règles de résidence et règles de filiation, etc. « Je ne nie pas, écrit Needham, l'utilité du mot "parenté". Je souhaite encore moins réformer le vocabulaire de notre profession en restreignant la définition du terme ou en bannissant son usage. Je me borne à dire qu'il ne désigne ni une classe distincte de phénomènes ni une théorie spécifique. […] À débattre de la nature de la parenté ou à essayer d'énoncer une théorie générale fondée sur la présomption que la parenté possède une identité concrète et distincte, les anthropologues s'exposent à une perte de temps et au découragement. Pour parler net : la "parenté", ça n'existe pas ; d'où il s'ensuit qu'il ne saurait y avoir de "théorie de la parenté" » (*La Parenté en question*, *op. cit.*, p. 107).

Un des collaborateurs du colloque, M. Southwood,

radicalise cette critique : « D'une manière générale, je conviendrai que le terme de "parenté" n'a pas de sens ; et, si tout le monde était suffisamment d'accord pour l'éviter, j'aurais à moitié atteint mon but » (*ibid.*, p. 137). Il s'agit, dit encore cet auteur, de bien s'entendre sur les définitions et d'abord sur ce qu'est une définition. Il démontre ensuite le caractère inadapté de notre terminologie pour rendre compte de relations dites « de parenté » dans d'autres sociétés. « On ne tient aucun compte du fait que, si le terme donné comme équivalent à "père", par exemple, s'applique effectivement au père de quelqu'un, il s'applique beaucoup plus souvent à des individus qui ne sont pas son père » (*ibid.*, p. 136). Tout ethnologue sait – ou devrait savoir – cela. On ne peut qu'approuver la plus grande vigilance critique sur ce point. Il est certain que, d'une part, les systèmes de relations sont d'une grande diversité et que les valeurs attachées aux appellations diffèrent, et cela non seulement par rapport à la culture de l'ethnologue mais généralement dans toutes les cultures prises relativement les unes aux autres. Ceci dit, il est assez stérile d'en déduire que le terme même de « parenté » serait à exclure.

Il faut en effet combattre ici un excès de nominalisme par un minimum de conventionnalisme : c'est-à-dire il faut comprendre que la valeur des termes est relative. Ainsi, quelles que soient les sociétés, on a toujours les trois composantes : consanguinité, filiation, alliance. Appelons « parenté » les rapports générés par ces trois types universels de relations. D'autre part, ce n'est pas parce que les formes de parenté sont, chez nous, moins riches et moins complexes que dans d'autres sociétés, que le terme lui-même doit faire problème.

En revanche ce qui doit être clair à l'esprit de l'ethnologue, c'est que, dans les sociétés qu'il étudie, les rapports dits « de parenté » recouvrent, le plus souvent, l'ensemble des rapports sociaux ou les affectent profondément (eu égard à un tiers on est généralement soit allié, soit consanguin, soit ascendant ou descendant et cela dans toutes les nuances et degrés du système). Pour nous, chez qui les rapports de parenté s'effacent devant les rapports professionnels ou administratifs ou politiques ou associatifs ou simplement devant la différence générique (homme/femme), il est clair que la valeur des termes perd en contenu social ce qu'elle gagne en contenu psychique dans le cercle restreint de la famille biologique. Comprendre cet écart (et du même coup les différences profondes de statut de la parenté) exige un peu de sociologie et non moins d'histoire. C'est ce qui manque apparemment dans l'argumentation exclusivement logique de M. Southwood et, à un moindre degré, dans celle de R. Needham.

Mais pour saisir ces débats récents, il faut reprendre la démarche de Lévi-Strauss à ses débuts et en évaluer les fondements.

Parenté et langage

> « La sociologie serait, certes, bien plus avancée si elle avait procédé partout à l'imitation du linguiste. »
>
> Marcel MAUSS,
> *Sociologie et anthropologie*
> (PUF, p. 299).

> « Les analogies bien utilisées apportent une aide considérable à la pensée scientifique. »
>
> Alfred Reginald RADCLIFFE-BROWN,
> *Structure et fonction*
> *dans la société primitive*
> (Minuit, p. 281).

Il fallait renouveler en profondeur la méthode d'analyse des faits de parenté. Pour Lévi-Strauss, cela voulait d'abord dire changer de modèle théorique quant à l'objet analysé. Ce modèle, Lévi-Strauss choisit de l'emprunter à la linguistique ; ce choix n'est pas arbitraire, en tout cas, à ses yeux. « La parenté *est* un langage », écrit-il (*AS*, p. 58) ; dans un autre texte il se propose, plus prudemment, de « considérer les règles de mariage et le système de parenté *comme une sorte* de langage » (*AS*, 69 – nous soulignons). Il nous importera d'abord de comprendre ce qui pousse Lévi-Strauss à cette identification afin d'évaluer le bénéfice de l'hypothèse avant de nous demander si la méthode est fondée et résiste à l'examen critique.

« De tous les phénomènes sociaux, seul le langage semble aujourd'hui susceptible d'une étude vraiment scientifique », écrit Lévi-Strauss en 1951 (*AS*, 66), et c'est à partir de ce constat qu'il entend proposer à l'anthropologie de chercher des modèles du côté de la linguistique. Mais un tel choix n'est légitime que si d'emblée entre les objets de ces deux disciplines apparaissent des analogies suffisantes pour qu'un transfert de méthode soit envisageable. Il sera d'autant plus nécessaire d'examiner de près les arguments de Lévi-Strauss que c'est là un des points sur lequel se sont concentrées les critiques.

La question n'est donc pas simplement de savoir ce qu'il y a de commun entre langage et société (car c'est là une certitude ancienne), mais de déterminer sous quel angle les phénomènes sociaux et les faits de langage sont susceptibles d'un même traitement. Ou plutôt, il s'agit de savoir si les premiers sont assimilables aux seconds, puisque c'est bien l'anthropologie qui demande une leçon à la linguistique. Pour résoudre l'écart entre les deux notions il suffit de les ramener sur ce qui constitue leur terrain commun, celui de la culture. Celle-ci en effet se définit d'abord par le fait du langage, d'autre part, par la totalité de ses manifestations, elle est l'objet même de l'anthropologie.

Mais d'abord il faut comprendre le lien intrinsèque qu'il y a entre langage et culture. Le langage en est à la fois la condition, le résultat et un élément parmi d'autres. Il en est la condition parce qu'il est d'abord ce par quoi s'opère la rupture avec l'ordre naturel ; il est mise en ordre du monde : c'est en lui et par lui que se réalise la construction logique au moyen des oppositions et des corrélations ; le langage est donc la matrice des significations que porte la culture, et c'est bien à travers la formation de son langage que chaque individu, depuis l'enfance, acquiert la connaissance de la société où il vit et s'intègre, « si bien qu'on peut considérer le langage comme une fondation, destinée à recevoir les structures plus complexes parfois, mais du même type que les siennes, qui correspondent à la culture envisagée sous différents aspects » (*AS*, 79). D'autre part le langage résulte de la culture en ceci qu'il en reflète les modalités matérielles (climat, techniques de subsistance, etc.), les traditions, les institutions. Enfin le langage n'est qu'une partie de la culture si on le met en parallèle avec tous les autres éléments tels que l'outillage, les coutumes, les formes d'organisation, etc.

Le lien langue/culture semble donc intrinsèque. On peut donc supposer qu'entre les deux domaines on a des chances de rencontrer non seulement des analogies mais des identités de structure. De ce premier point de vue il est déjà légitime de demander à la linguistique de fournir, éventuellement, des modèles à l'anthropologie sans que l'écart des champs apparaisse démesuré, c'est-à-dire sans que les homologies repérées puissent sembler arbitraires. Il faudrait surtout ajouter que langue et culture, pour Lévi-Strauss, appartiennent essentiellement au *champ symbolique* et que c'est sous l'hypothèse de cette unité formelle que leurs structures se répondent et s'articulent. Cela pourrait déjà suffire à fonder l'importation par l'anthropologie de modèles linguistiques. Mais Lévi-Strauss entend renforcer la connexion des deux champs par le recours à un concept plus « large » encore, parce que susceptible d'une plus grande généralisation, et donc d'un emploi plus ouvert par les sciences humaines, celui de *communication*.

Manifestement, avec un tel concept, on change de niveau. La linguistique elle-même n'est plus alors qu'un chapitre de la cybernétique (terme popularisé par Norbert Wiener dans un livre – *Cybernetics*, 1948 – qui a eu un profond retentissement sur la plupart des recherches en sciences humaines). Cette théorie entraîne une reconsidération complète de la culture et des institutions sociales. Pour Lévi-Strauss elle permet d'unifier de manière élégante et quasi miraculeuse les trois niveaux d'activité qui sont impliqués dans ce « fait social total » que constitue l'*alliance*, « car les règles de la parenté et du mariage servent à assurer la communication des femmes entre les groupes, comme les règles économiques servent à assurer la communication des biens et de services, et les règles linguistiques, la communication des messages » (*AS*, 95).

Soit, mais on peut se demander s'il est légitime de mettre à contribution un même terme pour décrire des phénomènes de nature très différente ; on risque en fait de pratiquer un jeu de mots à propos du terme « communication », qui dans le cas de l'échange des femmes est identifié à « circulation ». Certains critiques ont souligné le caractère inapproprié de cette formulation. Ainsi Dan Sperber (in *Le Savoir des anthropologues*, Paris, Hermann, 1982, p. 93 *sq.*) remarque que : 1) même si on admet que la circulation des femmes est l'aspect central des relations de parenté, on ne peut sous-estimer les autres aspects qui ne relèvent pas directement de cette circulation comme la transmission de droits, de propriétés et de savoirs, des attitudes, etc. (mais Lévi-Strauss ferait justement remarquer que ces échanges ne sont pas séparables de l'échange total de l'alliance) ; 2) le langage ne se définit pas spécifiquement par la circulation des mots sauf au niveau de la *parole* (en termes saussuriens) ou de la *performance* (en termes chomskyens), on ne saurait donc la supposer au niveau de la *langue* (ou de la *compétence*) qui en est plutôt la condition de possibilité. La différence essentielle entre langue et parenté serait alors celle-ci : « Une langue est un *code* ; elle rend disponible un ensemble de messages qui, parmi d'autres possibilités, peuvent circuler dans le réseau des rapports sociaux existant entre les locuteurs. À l'inverse, un système de mariage est un *réseau* dont la structure détermine l'ordre et le sens dans lequel "la circulation des femmes" est susceptible de s'effectuer. C'est la reproduction biologique et non un code qui crée les femmes » (*op.cit.*, p. 94). Cette dernière boutade lancée comme un sain rappel à la réalité ne doit cependant pas nous faire oublier que cette reproduction biologique, dans les sociétés humaines, est toujours culturellement marquée, symboliquement valorisée. C'est bien à ce niveau que la prend Lévi-Strauss ; il conviendrait alors de dire que les structures de réseau se doublent de structures de code.

Il faut, du reste, bien noter que, sur l'analogie entre parenté et langage, d'une part, et l'usage du concept de communication d'autre part, Lévi-Strauss ne s'avance pas sans précaution ; on ne l'a pas, en général, suffisamment remarqué. Tout d'abord il souligne constamment le fait qu'il s'agit justement d'une *analogie* : « Une fidélité trop littérale à la méthode du linguiste en trahit en réalité l'esprit » (*AS*, 43). Lévi-Strauss a donc eu raison de se corriger lui-même : la parenté n'est pas un langage, elle est *comme* un langage. Similitude dans la forme, mais certainement pas dans la fonction.

Il ne s'agit pas non plus pour lui d'identifier langage et culture (afin de faciliter le traitement des homologies entre parenté et langage). Précisément Lévi-Strauss rappelle à ses critiques qu'il avait explicitement, sur cette question, proposé d'exclure deux hypothèses : « L'une selon laquelle il ne pourrait y avoir aucune relation entre les deux ordres ; et l'hypothèse inverse d'une corrélation totale à tous les niveaux » (*AS*, 90). Ce qui, ajoute-t-il, se double-rait d'une erreur logique puisqu'il faudrait postuler que le tout est équivalent à la partie. C'est précisément ce que Lévi-Strauss dénonce dans la métalinguistique américaine des années 1950 qui cherche des équivalences terme à terme entre des « données linguistiques très élaborées » et des « observations ethnographiques » purement empiriques : « Ils comparent ainsi des objets qui ne sont pas de même nature, et risquent d'aboutir à des truismes, ou à des hypothèses fragiles » (*AS*, 97). Bien des critiques adressées, encore aujourd'hui, à Lévi-Strauss, semblent ignorer ces réserves méthodologiques et lui font grief de cela même qu'il dénonce et s'efforce d'éviter. De deux choses l'une : ou bien ces critiques procèdent d'une lecture superficielle ou bien Lévi-Strauss fait le contraire de ce qu'il dit. On verra que la première supposition est la bonne.

De même, à propos de l'usage du concept de communication et de la possibilité de le faire jouer aux trois niveaux de l'alliance (femmes, biens et messages), Lévi-Strauss introduit cette précision : « Ces trois formes de communication sont en même temps trois formes d'échange, entre lesquelles des relations existent manifestement (car les relations matrimoniales s'accompagnent de prestations économiques, et le langage intervient à tous les niveaux). Il est donc légitime de chercher s'il existe entre elles des homologies, et quelles sont les caractéristiques formelles de chaque type pris isolément, et des transformations qui permettent de passer de l'un à l'autre » (*AS*, 96). Notons les précautions méthodologiques : « homologies », « caractéristiques formelles », « transformations ». Il ne s'agit donc ni d'identifier des champs, ni de confondre des objets, ni de mettre en équivalence des contenus. Mais il faut aller plus loin. Quel type de discipline linguistique pourrait être en mesure de fournir un modèle à l'anthropologue ?

Il s'agissait, en effet, jusqu'à présent du problème général et préalable de l'utilisation des modèles linguistiques dans l'analyse des faits de société. Ou plus simplement du problème de l'homologie possible entre langage et culture.

Ces questions ouvrent un champ théorique et suscitent des débats épistémologiques importants mais n'offrent pas encore un instrument. Tout dépend en effet de quelle linguistique on entend s'inspirer. S'il s'agit de la linguistique historique ou philologique, on pouvait déjà constater des collaborations avec la sociologie (rapports entre les termes et les coutumes, survivances dans le vocabulaire de relations disparues, etc.). Cela donne des compléments d'information, éclaire des comportements mais ne constitue pas une révolution méthodologique.

Cet instrument, Lévi-Strauss demande à une des branches de la linguistique de le lui fournir. Cette branche, la *phonologie*, est en effet celle qui, à cette époque, a accompli les progrès les plus impressionnants et a pu se constituer en véritable discipline scientifique. En ce domaine Lévi-Strauss se reconnaît une dette particulière envers Nicolas Troubetzkoy dont il salue l'article programme de 1933, où sont définies les « quatre démarches fondamentales » de la nouvelle phonologie ; elles vont constituer pour Lévi-Strauss, mot pour mot, le programme de la recherche anthropologique. Elles se résumaient pour Troubetzkoy aux quatre points suivants : 1) la phonologie passe de l'étude des phénomènes linguistiques conscients à celle de leur infrastructure inconsciente ; 2) pour elle, les termes n'ont pas d'intérêt comme entités indépendantes, seuls comptent les relations entre les termes ; 3) elle introduit la notion de système ; 4) elle vise à la découverte de lois générales trouvées soit par induction, soit par déduction (ce qui, dit Troubetzkoy, « leur donne un caractère absolu », cité in *AS*, 40).

Lévi-Strauss fait ce constat prometteur : « Pour la première fois, une science sociale parvient à formuler des relations nécessaires » (*AS*, 40). Autre manière de dire : pour la première fois, une science sociale atteint au même niveau d'objectivité que les sciences naturelles ou physiques ; il y a donc dans le domaine du social des faits qui possèdent la même universalité que celle qui est postulée dans l'ordre de la nature. Admettre cela, ce n'est pas seulement envisager d'infléchir les futures recherches sociologiques ou anthropologiques, c'est reconnaître une véritable révolution méthodologique. « Quand un événement de cette importance prend place dans l'une des sciences de l'homme, il est non seulement permis aux représentants des disciplines voisines, mais requis d'eux, de vérifier immédiatement ses conséquences, et son application possible à des faits d'un autre ordre. Des perspectives nouvelles s'ouvrent alors… » (*AS*, 40). En effet il ne s'agit plus, dans la collaboration envisagée du linguiste et du sociologue (ou de l'anthropologue), d'échanger des informations ou de compléter des analyses, il s'agit de savoir si la matière qu'étudient ces derniers est susceptible d'un traitement du même type que celui que le phonologue applique à l'étude des sons de la langue. Pour Lévi-Strauss la réponse est positive au moins dans un domaine spécifique de l'anthropologie : celui des relations de *parenté* : « Comme les phonèmes, les termes de parenté sont des éléments de signification ; comme eux, ils n'acquièrent cette signification qu'à la condition de s'intégrer en systèmes ; les "systèmes de parenté" comme les "systèmes phonologiques" sont élaborés à l'étage de la pensée inconsciente ; enfin […] dans un cas comme dans l'autre, les phénomènes observables résultent du jeu de lois générales mais cachées » (*AS*, 40-41).

Cette assimilation des termes de parenté à des phonèmes pourra sembler curieuse et même suspecte. Elle a du reste aussitôt été suspectée par nombre de critiques. Aussi faut-il, sur ce point encore, prendre bonne note des précautions méthodologiques que Lévi-Strauss s'impose préalablement à toute enquête : « Le problème peut donc se formuler de la façon suivante : dans un *autre ordre de réalité*, les phénomènes de parenté sont des phénomènes du *même type* que les phénomènes linguistiques. Le sociologue peut-il, en utilisant une méthode analogue *quant à la forme* (sinon quant au contenu) à celle introduite par la phonologie, faire accomplir un progrès analogue à celui qui vient de prendre dans les sciences linguistiques ? » (*AS*, 41 – souligné par l'auteur).

Ces précautions admises, rien en effet n'empêche, en principe, cette démarche. Pour cela, il faut et il suffit que les phénomènes de parenté se prêtent à cette modélisation. La tâche de Lévi-Strauss sera donc de nous convaincre de l'identité formelle des termes de parenté et des phonèmes. Ce qui veut dire qu'ils peuvent être étudiés comme des ensembles synchroniques et qu'ils sont d'abord déterminés par des contraintes internes. L'exigence du modèle ne saurait aller plus loin sans risque, car les deux domaines ne répondent pas du tout aux mêmes fonctions. Ici encore, il faut se garder des identifications hâtives : « L'analogie superficielle entre les systèmes phonologiques et les systèmes de parenté est si grande qu'elle engage immédiatement sur une fausse piste. Celle-ci consiste à assimiler, du point de vue de leur traitement formel, les termes de parenté aux phonèmes du langage » (*AS*, 42). Cette restriction peut étonner et semble contredire les propositions, faites juste deux pages plus haut, de traiter les phénomènes de parenté comme les phonèmes du langage. Aussi comprend-on mieux ce que Lévi-Strauss veut dire quand il parle de « modèle ». Le modèle détermine une méthode ; il n'implique pas une identification des objets du champ d'application à ceux du champ d'origine. La phonologie n'a, en somme, fourni à Lévi-Strauss qu'une efficace analogie heuristique ; il le dit lui-même et il s'en tient là. Il n'était pas inutile de le rappeler.

Structures élémentaires et structures complexes

Ce qui permet à Lévi-Strauss de remplir son programme d'enquête et de vérifier le bien-fondé de ses hypothèses, c'est le choix annoncé d'emblée de s'en tenir aux

« structures élémentaires de la parenté ». Qu'est-ce que cela veut dire ? Quelle différence convient-il de faire entre structures élémentaires et structures complexes ? La définition en est donnée dès les premières lignes de la préface de 1947 :

« – Nous entendons par "structures élémentaires de la parenté" les systèmes où la nomenclature permet de déterminer immédiatement le cercle des parents et celui des alliés ; c'est-à-dire les systèmes qui prescrivent le mariage avec un certain type de parents ; ou, si l'on préfère, les systèmes qui, tout en définissant tous les membres du groupe comme parents, distinguent ceux-ci en deux catégories : conjoints possibles et conjoints prohibés.

« – Nous réservons le nom de "structures complexes" aux systèmes qui se limitent à définir le cercle des parents, et qui abandonnent à d'autres mécanismes, économiques ou psychologiques, le soin de procéder à la détermination du conjoint. » (*SEP*, p. IX.)

On serait tenté de reconnaître dans ces définitions l'affirmation de la différence entre d'un côté les sociétés dites « primitives » et de l'autre les sociétés « modernes ». Ce serait pourtant ignorer que la deuxième formule existe dans les premières. L'exemple classique est celui du système de parenté dit « Crow Omaha ». Le principe fondamental de ce système (du nom des tribus indiennes d'Amérique du Nord à propos desquelles il fut, pour la première fois, défini) se résume à ceci : tous les clans qui ne sont pas expressément interdits sont permis. On voit bien en quoi une telle formulation peut-être proche de celle des sociétés modernes (c'est-à-dire surtout des sociétés occidentales ou très occidentalisées) pour autant qu'on remplace le terme « clans » par « individus » : sont considérés comme permis tous les conjoints qui n'appartiennent pas au cercle de la famille biologique.

En fait le système Crow Omaha constitue un cas intermédiaire (on parle à leur sujet de systèmes « semi-complexes ») ; mais avant d'y revenir, il faudrait se demander si la définition que donne Lévi-Strauss des structures élémentaires recouvre bien l'ensemble des systèmes auxquels il propose d'appliquer ses hypothèses. C'est en tout cas la question que pose R. Needham (dans *Structure and Sentiment*, Chicago, Chicago University Press, 1962) qui estime que ces hypothèses ne sont vérifiables que pour les systèmes *prescriptifs* et ne valent donc pas pour la catégorie plus souple des mariages *préférentiels*. Si c'était bien le cas, cela voudrait dire que les structures élémentaires qu'a analysées Lévi-Strauss ne concernent qu'une catégorie très restreinte de mariages, ce qui interdirait de généraliser la théorie.

C'est à ces objections que répondent deux textes de Lévi-Strauss : d'une part celui intitulé « The Future of Kinship Studies » (1965) et d'autre part la « Préface à la deuxième édition » (1967) des *Structures élémentaires de la parenté* (qui reprend en grande partie le texte de 1965). Pour l'essentiel, sa réplique tient dans cette remarque : Needham et ceux qui l'approuvent ont assimilé l'opposition entre « mariage prescriptif » et « mariage préférentiel » à l'opposition entre « structures élémentaires » et « structures complexes ». Or les deux types de mariage en question sont deux aspects propres aux structures élémentaires. L'obligation et la préférence ne sont pas les deux termes d'une alternative mais plutôt deux pôles entre lesquels se dessinent des solutions se rapprochant soit de l'un, soit de l'autre. Il faudrait alors dire que lorsque l'obligation est strictement respectée on est proche du modèle théorique et lorsqu'elle est pratiquée avec des accommodements on tend vers la formule préférentielle. C'est bien du reste ainsi, comme le montrent de nombreuses enquêtes, que le perçoivent les indigènes. « Reconnaissons plutôt que les notions de mariage prescriptif et de mariage préférentiel sont relatives : un système est prescriptif quand on l'envisage au niveau du modèle, un système prescriptif ne saurait être que préférentiel quand on l'envisage au niveau de la réalité » (*SEP*, xx). Ce qui permet pratiquement de retourner l'argumentation de ceux qui opposent radicalement les deux formes et d'affirmer que « par conséquent, si le système peut être dit "prescriptif", c'est pour autant qu'il est d'abord préférentiel, et s'il n'est pas aussi préférentiel, son aspect prescriptif s'évanouit » (*ibid.*).

Cette mise au point permet du même coup de mieux cerner le champ des *structures élémentaires*. Celles-ci sont aussi bien prescriptives que préférentielles ; ce qui les spécifie par rapport aux structures complexes, c'est d'abord le fait que l'alliance n'est envisageable qu'avec des conjoints entre qui existe une relation définie de parenté. En d'autres termes, la préférence n'est pas subjective, c'est le système qui préside aux choix, « la relation impérative ou souhaitable est une fonction de la structure sociale » (*SEP*, XXI) et celle-ci se manifeste dans la procédure de sélection du conjoint. Tel n'est pas le cas des structures complexes où la marge de choix individuels est virtuellement illimitée, même si les critères subjectifs s'avèrent socialement déterminés, non au niveau de la structure, mais plutôt des représentations (encore qu'il ait été possible de montrer l'existence d'isolats démographiques fonctionnant comme des ensembles endo-gamiques).

Mais le fait que les structures complexes constituent la formule la plus répandue dans les sociétés modernes ne doit pas conduire à la conclusion qu'elles sont nécessairement le fruit d'une évolution allant vers la modernité ; pas plus (comme on le verra plus loin) que ne serait spécifiquement moderne la famille conjugale et monogamique (dont l'existence est attestée dans toutes sortes de sociétés aux degrés de développement techno-économique variables). Bref, constater que les structures complexes sont particulièrement accordées aux sociétés modernes ne permet pas de les placer sur un axe chronologique où leur position serait plus récente, faisant du même coup apparaître les autres comme archaïques. Nous pouvons tout au plus remarquer que les sociétés modernes sont particulièrement accordées à une formule de parenté qui existait déjà et à laquelle elles confèrent une importance plus grande et une inflexion particulière : « Nous comprenons mieux que la ligne de partage entre les sociétés traditionnellement appelées "primitives" et les sociétés dites "civilisées" ne coïncide nullement avec celle entre structures élémentaires et structures complexes. Parmi les sociétés dites "primitives", il existe des types hétérogènes […]. Un grand nombre de ces sociétés relèvent en fait des structures de parenté complexes » (*PD*, 162).

Du point de vue méthodologique, une différence simple apparaît entre structures élémentaires et structures complexes : les premières ressortissent à des modèles mécaniques (les termes mis en relation dans le modèle sont à même échelle que les éléments observés) ; les secondes correspondent à des modèles statistiques (les relations correspondent à des probabilités et expriment des moyennes). Dans le premier cas, le système désigne de manière contraignante le type de conjoint possible (qu'il s'agisse de classes, comme dans les organisations dualistes, ou de relations, comme dans le mariage des cousins croisés) ; dans le deuxième cas, le système désigne comme possible tout ce qui n'est pas interdit. On comprend en quoi cette dernière formule est particulièrement accordée aux sociétés dites « historiques » puisque, ce qui – entre autres raisons – les rend telles, c'est justement la marge de choix individuels que permettent les institutions et le fait que les cycles de réciprocité ne bouclent plus : ils se diluent et se perdent dans l'indéterminé ou l'« internationalité » des alliances. Dans les structures élémentaires de la parenté, la diachronie reste interne en ceci que l'événement (à savoir l'alliance) est déterminé par la structure, alors que, dans les structures complexes, c'est la somme des événements qui fait apparaître statistiquement la structure ; la diachronie devient alors le support essentiel et l'élément commun d'une dispersion structurale. Au-delà d'un certain seuil (au passage duquel bien d'autres aspects contribuent) cette diachronie s'impose comme « histoire ».

Échange restreint et échange généralisé

Toute la démonstration des *Structures élémentaires de la parenté* vise à établir la pertinence du «principe de réciprocité», c'est-à-dire à établir sa valeur heuristique pour rendre compte de la variété des types d'alliance et donc des systèmes de parenté qui en procèdent. Le principe général, on l'a vu, se ramène à ceci : pour toute femme cédée par un groupe il faut qu'il y ait, en contrepartie, une femme reçue. Mais ce principe est susceptible de deux applications fondamentales : ou bien cette forme du don/contre-don est *directe* (A cède à B qui restitue à A), ou bien elle est *indirecte* (A cède à B qui cède à C, etc., qui restitue à A). Le schéma, simple en apparence, recouvre, on va le voir, des situations d'une extrême complexité, mais il permet d'y introduire ordre et cohérence. C'est, en tout cas, le mérite de Lévi-Strauss d'avoir identifié l'existence de ces deux systèmes et d'en avoir aperçu la différence fondamentale ; mieux encore : il a su démontrer que, dans certains cas, on est en présence de systèmes mixtes et que des dispositifs qui semblaient jusque-là aberrants aux yeux des anthropologues étaient en réalité parfaitement bien construits considérés sous un double point de vue.

Comment se définit l'*échange restreint* ?

«Nous comprenons sous le nom d'"échange restreint" tout système qui divise le groupe, effectivement ou fonctionnellement, en un certain nombre de paires d'unités échangistes et telles que, dans une paire quelconque X-Y, la relation d'échange soit réciproque» (*SEP*, 170). Ce qui importe dans cette définition, c'est la notion de «paires». La relation de réciprocité matrimoniale se présente ainsi : si un homme X épouse une femme Y, un homme Y doit pouvoir épouser une femme X. La forme la plus courante de division d'un groupe en moitiés exogamiques est celle qui est fondée sur la filiation soit patrilinéaire, soit matrilinéaire. Mais si les deux formes se superposent on aura une double dichotomie, et donc un système à quatre sections au lieu de deux moitiés. En fait l'échange restreint peut se définir comme échange des sœurs ; il est donc doublement restreint : dans les termes de l'échange et dans sa durée puisqu'il est quasi immédiat, c'est-à-dire s'opère dans le cadre d'une même génération. D'où la nécessité de considérer une variation particulière, celle de l'*échange restreint différé* lorsque le mariage a lieu avec la cousine croisée patrilatérale, ce qui fait que le cycle des preneurs et des receveurs s'inverse à chaque génération.

Qu'en est-il de l'*échange généralisé* ?

Lévi-Strauss en énonce ainsi, de manière simple et claire, la formule : « L'échange généralisé fonde un système d'opérations à terme. *A* cède une fille ou une sœur à *B*, qui en cède une à *C*, qui à son tour, en cède une à *A* » (*SEP*, 305). Bien entendu, l'étude de sociétés déterminées montre que les choses ne sont pas aussi simples et qu'une multitude de paramètres peuvent compliquer le schéma. Mais pour l'essentiel celui-ci est vérifié. Il reste à préciser sous quelles conditions.

Tout d'abord on constate que le groupe qui reçoit et celui qui donne ne sont pas en rapport direct de réciprocité (en d'autres termes on ne reçoit pas du groupe à qui on a donné). Il y a donc un élément de confiance qui intervient et qui suppose que le cycle pourra à terme se refermer. L'échange généralisé à la fois postule et suscite une solidité du lien social et une solidarité des partenaires plus importantes que dans l'échange restreint. Le risque qui est pris est à la mesure de la certitude apportée par le groupe et par la force de la tradition attachée aux règles qu'on y suit : « La croyance fonde la créance, la confiance ouvre le crédit. Tout le système n'existe, en dernière analyse, que parce que le groupe qui l'adopte est prêt, au sens le plus large du terme, à *spéculer…* » (*SEP*, 305).

Ici une autre considération entre en jeu, celle du volume

démographique. Autant l'échange restreint convient et suffit à des sociétés de faible taille, autant il est inapproprié pour les sociétés dont la population est plus dense et numériquement plus importante. Car cet acte de spéculation mentionné plus haut doit être compris dans son acception ordinaire mais aussi dans un sens plus large : « La spéculation rapporte, en ce sens que l'échange généralisé permet de faire vivre le groupe de la façon la plus riche et la plus complexe, compatible avec son volume, sa structure et sa densité » (*SEP*, 305). Tandis que l'échange restreint résout le problème de l'accroissement du groupe par augmentation de sous-sections (comme on le constate, pour plusieurs sociétés, en Australie), l'échange généralisé permet au contraire l'intégration de nouveaux membres sans modifier la composition du groupe. Il substitue une formule organique (un « principe régulateur », *SEP*, 509) à une formule mécanique.

Les deux formes d'échange, en outre, ne supposent pas le même rapport à l'espace et au temps. Dans le premier cas il y a dichotomie entre l'organisation spatiale (groupes locaux) et l'organisation temporelle (générations et classes d'âge) ; ce qui les relie en groupes toujours limités, ce sont les règles de filiation : « Celles-ci ne parviennent, cependant, à rétablir l'unité qu'en l'étalant, pour ainsi dire, dans le temps : en d'autres termes, au prix d'une *perte*, qui est la perte de temps » (*SEP*, 305).

L'échange généralisé, au contraire, ne connaît pas ces contraintes. Il permet une multiplicité synchronique des combinaisons, il les appelle même, pour compenser le risque initial, par l'accumulation des garanties et des gages. La *polygamie* apparaît alors comme une de ces solutions car elle augmente le cercle des alliés ; solution d'autant plus tentante que la créance concerne toute une lignée et non plus simplement un degré déterminé de parenté. D'où l'apparition de germes de féodalité dans toute l'aire où domine cette forme d'échange (les Katchin de Birmanie en constituent un exemple privilégié que Lévi-Strauss analyse

de manière détaillée). Cette logique conduit l'échange généralisé à une sorte de contradiction interne car il « suppose
l'égalité et il est source d'inégalité » (*SEP*, 306). En effet, la
« spéculation » qu'il suscite (accaparement d'épouses, multiplication des garanties) engendre des différences de situation et donc de statuts : lignées nobles et lignées roturières.
Il y aura alors nécessairement mariages entre conjoints
de statuts différents, soit l'*anisogamie*. Progressivement les
facteurs de tension l'emportent sur les facteurs d'intégration et le système court à sa ruine : « L'échange généralisé
peut, aussi bien, faciliter l'intégration de groupes d'origines
ethniques multiples que pousser au développement de
différences au sein de d'une société ethniquement homogène » (*SEP*, 482).

Filiation et asymétrie des lignées

La conception de l'alliance telle que l'a rendue possible
la compréhension des règles de réciprocité, c'est aussi ce
qui va permettre à Lévi-Strauss de clarifier certaines difficultés classiques inhérentes à l'asymétrie qu'on constate
entre régime matrilinéaire et régime patrilinéaire.

Tout d'abord rien ne permet de supposer que ces deux
formules soient à situer sur un axe temporel comme l'ancien et le récent : « Il est possible, et même vraisemblable,
que les sociologues qui se sont attachés à la défense de la
théorie selon laquelle toutes les sociétés seraient passées
d'un stade matrilinéaire à un stade patrilinéaire aient été
victimes d'une illusion d'optique ; et qu'en fait n'importe
quel groupe humain puisse, dans le cours de siècles, développer alternativement des caractères matrilinéaires ou
patrilinéaires, sans que les éléments les plus fondamentaux de sa structure se trouvent profondément affectés »
(*SEP*, 473).

En tout cas, un des traits frappants de la famille moderne
(entendons par là la famille de type occidental actuelle),

c'est la prédominance d'une filiation bilinéaire : paternelle et maternelle (pour les droits, l'héritage, etc., avec un avantage à la lignée paternelle pour la transmission du nom). Au contraire dans les sociétés que nous appelons « primitives », ce qui apparaît le plus constant, c'est la reconnaissance de la filiation selon une seule des deux lignes. Pourtant cette évidence n'est pas aussi forte qu'on l'a cru. Car il est rare qu'une société unilinéaire ne mette en place des procédures de reconnaissance de droits envers l'autre lignée ou que, du moins, elle n'en compense l'absence par des attitudes et des coutumes très réelles, faute d'être institutionnelles.

Mais, comme le remarque Lévi-Strauss, les enquêtes nouvelles tendent à montrer que les systèmes cognatiques (c'est-à-dire fondés sur l'égale reconnaissance de deux lignées) sont beaucoup plus fréquents qu'on ne l'avait pensé (près d'un tiers des cas, mais ces cas tendent à sortir du cadre des structures élémentaires). La différence entre patrilinéaire et matrilinéaire n'est pas, sauf d'un point de vue formel, celle de deux lignées équivalentes : « L'oublier, ce serait méconnaître que ce sont les hommes qui échangent les femmes, non le contraire » (*SEP*, 134). Les systèmes matrilinéaires s'accompagnent en général de la résidence patrilocale : la mère est donc en terre étrangère avec ses enfants ; mais cela ne signifie pas nécessairement une position d'infériorité, car à travers elle c'est son groupe (donneur d'épouse par rapport à celui où elle réside) qui marque sa présence et son pouvoir : « La filiation matrilinéaire, c'est la main du père ou du frère de la femme qui s'étend jusqu'au village du beau-frère » (*SEP*, 136). Les cas de résidence matrilocale sont plutôt rares ; c'est alors le mari qui est exilé chez les beaux-frères. Est-ce que cela signifie pour autant un pouvoir spécifique de l'épouse ? Ce serait oublier que la position d'autorité sur le mari, plutôt qu'à la femme, se trouve dévolue à son père ou à ses frères.

Appellations et attitudes

L'étude des systèmes de parenté peut-elle s'en tenir à l'inventaire des termes de parenté et à l'analyse des types de relations logiques qui s'instaurent entre les individus et les groupes désignés par ces termes ? Ce serait ignorer d'autres faits qui frappent tous les observateurs : la régularité de certaines attitudes à l'intérieur d'un système donné ; ce peut être, par exemple, l'attitude de respect du neveu envers son oncle maternel, des rapports de suspicion entre époux, une très grande proximité ou bien une distance systématique entre frère et sœur, ou enfin un tabou concernant les beaux-parents. Comment interpréter ces faits ? Y a-t-il une loi qui pourrait rendre compte de leur récurrence ? Bref nous sommes en présence d'un système non moins important que celui qui est représenté par la terminologie. Il faut donc supposer que le système de la parenté en général inclut deux ordres de réalité de nature très différente : 1) le système des *appellations* constitué par le vocabulaire de la parenté ; 2) le système des *attitudes* qui est l'ensemble des conduites des individus (ou des classes d'individus) dans leurs rapports de parenté.

Ces deux ordres soulèvent chacun une difficulté spécifique et inversement symétrique ; dans le premier cas, on peut assez facilement construire le système mais on ne peut déterminer la fonction ; dans le deuxième cas, la fonction est évidente (assurer la cohésion et l'équilibre du groupe) mais c'est le système qui reste indéterminé. Il faut donc dire que le système de la parenté est double et que c'est à l'intersection de ses deux sous-ensembles qu'on peut le saisir. Le problème du rapport entre les deux, c'est que certaines attitudes sont strictement déterminées par les appellations et que d'autres, contrairement à ce que pensait Radcliffe-Brown, ne le sont pas. Car rien ne permet de prouver qu'il soit possible de déduire les attitudes de la connaissance des termes (le traitement formel de ceux-ci resterait donc purement stérile). Mais cette difficulté rend le problème encore plus intéressant : on peut concevoir ces attitudes comme « des élaborations secondaires destinées à résoudre des contradictions et à surmonter des insuffisances inhérentes au système des appellations [...]. Le système des attitudes constitue plutôt une intégration dynamique du système des appellations » (*AS*, 46 et 47).

L'exemple le plus classique est fourni par la relation complexe et privilégiée qui existe entre l'oncle maternel et le neveu, bref ce qu'on a appelé la *relation avunculaire*. Pour expliquer ce phénomène, l'anthropologie traditionnelle avait émis toutes sortes d'hypothèses sur des institutions disparues dont cette relation serait le reliquat. Pourtant on sentait bien que les faits observés ne relevaient pas de l'arbitraire ou du non-sens, tant, à l'évidence, ces relations, partout où on pouvait les observer, privilégiaient certains traits et en excluaient d'autres. Ainsi on pouvait constater qu'il existait soit une relation d'autorité de l'oncle sur le neveu (celui-ci se montrant alors déférent et soumis) ; soit une relation de familiarité et même de supériorité du neveu sur l'oncle. Dans chaque cas, une attitude spécifique envers le père semblait en découler : confiante dans le premier, distante dans le second. Comment expliquer ces récurrences ? Radcliffe-Brown fit œuvre de précurseur lorsqu'il démontra, à partir d'un exemple sud-africain, que le premier schéma relevait de la filiation matrilinéaire et le deuxième de la filiation patrilinéaire. Incontestablement, c'était un progrès dans la recherche d'avoir compris que le problème avait un rapport au mode de filiation et qu'il relevait donc non pas des aléas d'une évolution confuse, mais d'une logique interne aux systèmes de parenté ; et, surtout, il était essentiel d'avoir mis en évidence que le rapport à l'oncle et le rapport au père formaient un couple antithétique. Mais ce qui était vrai dans l'exemple analysé par Radcliffe-Brown était-il généralisable ? En d'autres termes fallait-il chercher dans le mode de filiation la raison du caractère positif ou négatif de la relation avunculaire ? Certainement pas, estime Lévi-Strauss, car ce serait oublier que l'avunculat est absent de plusieurs sociétés matrilinéaires et patrilinéaires. Mais surtout que, même dans de telles sociétés, on peut avoir des situations inverses de celles du schéma de Radcliffe-Brown. Ainsi, selon les observations de Malinowski, chez les indigènes des îles Trobriand dont l'organisation sociale est matrilinéaire, on constate que les relations entre l'oncle maternel et le neveu sont antagonistes et ce sont alors celles du père et du fils qui sont familières et confiantes ; mais il y a plus : on note un tabou rigoureux dans les relations frère/sœur et une relation très tendre entre mari et femme. On a donc un nouveau problème : ces deux couples de relations sont-ils liés aux deux précédents ?

Lévi-Strauss poursuit l'enquête et trouve chez les Siuai de Bougainville, matrilinéaires également, des relations comparables à celles des Trobriandais entre oncle et neveu et donc entre père et fils, mais opposées en ce qui concerne les époux (hostilité) et le frère et la sœur (confiance réciproque). Ce dernier dispositif d'attitudes est le même chez les indigènes du lac Kutubu de Nouvelle-Guinée, qui eux sont patrilinéaires. Mais il s'inverse, par exemple, chez les Tonga de Polynésie, patrilinéaires également. Quant aux Tcherkesses du Causase, patrilinéaires, la situation, chez eux, est la suivante : l'oncle maternel aide et protège son neveu, tandis qu'une hostilité apparaît entre le père et le fils ; d'autre part on a une extrême tendresse et confiance entre frère et sœur, mais une distance officielle entre époux. Ce qui est la situation exactement inverse des Trobriandais. Tous ces exemples peuvent être figurés selon les schémas suivants (cf. *AS*, 54) :

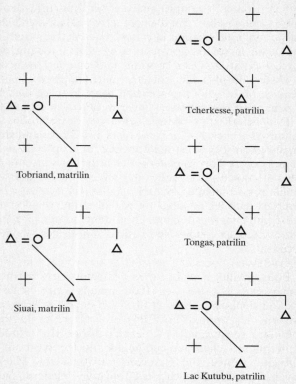

Tobriand, matrilin

Tcherkesse, patrilin

Siuai, matrilin

Tongas, patrilin

Lac Kutubu, patrilin

On voit immédiatement que le mode de filiation (patri-
ou matrilinéaire), quoique essentiel dans chaque cas, n'est
pas un principe pertinent d'explication puisqu'il ne donne
pas lieu à des relations stables. Que peut-on alors conclure
de tout cela ? se demande Lévi-Strauss. Tout d'abord, en ce
qui concerne les *termes* : la relation avunculaire ne se limite
pas à deux termes ; elle en inclut quatre : un frère (l'oncle),
une sœur (l'épouse cédée) ; un beau-frère (le mari) et un
neveu. Ensuite, en ce qui concerne les *relations* : l'ensemble

des faits rapportés permet de supposer un système global qui inclut quatre types de relations organiquement liés : frère/sœur, mari/femme, père/fils, oncle maternel/neveu (fils de la sœur). Les exemples étudiés, explique Lévi-Strauss, peuvent être considérés comme l'application d'une loi dont il propose cette formulation : « *Dans les deux groupes, la relation entre oncle maternel et neveu est, à la relation entre frère et sœur, comme la relation entre père et fils à la relation entre mari et femme. Si bien qu'un couple de relations étant connu, il serait toujours possible de déduire l'autre* » (*AS*, 51-52 – nous soulignons).

La formulation de cette loi a provoqué un débat anthropologique très riche et très vif ; mais avant d'y revenir il est possible de proposer plusieurs remarques générales. La première, de caractère méthodologique, c'est qu'on est ici en présence d'un bel exemple de comparatisme structuraliste, puisque la démarche consiste à mettre en évidence des traits communs dans des groupes de relations de même type mais prélevés dans des sociétés très éloignées les unes des autres et sans rapports probables, ni actuels ni passés. C'est bien ce genre de phénomène qui conduira Lévi-Strauss à recourir au concept d'esprit humain comme armature commune à ces dispositifs logiques. Quels que puissent être les événements et évolutions qui ont conduit à tels ou tels dispositifs, il n'en reste pas moins que ceux-ci ont entre eux un rapport immanent, défini par une identité de structure.

La deuxième remarque, c'est qu'une logique interne d'implication et d'exclusion règle les rapports entre les couples de termes et permet d'opérer une déduction sur les combinaisons possibles ou non possibles. On a donc affaire à des relations nécessaires ; ce qui devrait conférer à l'analyse de la parenté – sur ce point du moins – le statut de science objective.

Cependant – et c'est la troisième remarque – il ne faut pas perdre de vue qu'il s'agit ici d'un modèle. Les signes + et – marquent surtout des *tendances* : familiarité, amitié, confiance d'une part, hostilité, antagonisme ou simple réserve d'autre part. Leur valeur est avant tout différentielle, non absolue : « Cette simplification n'est pas entièrement légitime, mais on peut l'utiliser de façon provisoire » (*AS*, 55). Lévi-Strauss semble donc indiquer lui-même qu'il faut comprendre avec souplesse ses schémas et du même coup la loi qui en rend compte.

Cela nous conduit directement au débat qui s'est développé au sujet de cette loi, dite « loi de l'atome de parenté ». Les anthropologues britanniques s'y sont particulièrement intéressés. Meyer Fortes (*Kinship and the Social Order*, Chicago, Adline, 1969) conteste l'approche formelle de Lévi-Strauss et attribue au seul Radcliffe-Brown la découverte d'une « logique des sentiments » dans les rapports de parenté. R. Needham reprend le débat dans un ouvrage qui fit date (*Structure and Sentiment*, Chicago, Chicago University Press, 1962) et restitue à Lévi-Strauss le mérite d'une formulation dont il voit l'inspiration chez Durkheim et Mauss. Mais des enquêtes conduites par d'autres chercheurs comme Turnbull, Mc Knight, Rigby l'amènent à conclure avec prudence que la formule de Lévi-Strauss, quoique juste et féconde, n'était pas vérifiée dans tous les cas : « Tous ceux qui l'avaient, d'une façon ou d'une autre, mise à l'épreuve savaient très bien qu'elle n'était pas universelle. Ce qui compte, c'est qu'elle paraissait fonctionner dans un bon nombre de cas » (R. Needham in *La Parenté en question*, Paris, Seuil, 1977, p. 45). Sans doute est-ce là un niveau d'induction suffisant dans les sciences de l'homme. Lévi-Strauss, certes, rêvait pour elles d'une objectivité plus forte, comparable à celle des sciences de la nature et pourtant lui-même, à propos d'un débat du même type, avait proposé de ne pas confondre une *corrélation statistique* avec un *connexion logique* (*AS*, 344, note 1).

Cela dit, un autre problème reste non résolu. Lévi-Strauss, on s'en souvient, montre que le mode de filiation n'est pas explicatif. Il se borne à constater l'invariance des corrélations entre deux paires de termes couplés. Il ne dit pas quelle est la raison des attitudes. Needham lui-même, répliquant à Fortes, affirme qu'il n'y a rien à expliquer et que, selon la recommandation de Wittgenstein, la difficulté est résolue par une description bien conduite (*La Parenté en question*, *op. cit.*, p. 50).

On s'étonne donc qu'ici Lévi-Strauss ne fasse pas appel explicitement au principe de réciprocité qui, dans bien des cas semblables, lui a permis d'élucider les raisons d'une attitude, comme précisément celle qui prévaut entre neveu et oncle maternel. La déférence du premier envers le second est régulièrement motivée dans le cas du mariage avec la cousine croisée matrilatérale par le fait que l'oncle apparaît alors comme donneur d'épouse pour son neveu ; mais dans les cas où l'oncle peut prétendre à la fille de sa sœur, le neveu se trouve en position de donneur puisque, par union avec sa nièce, l'oncle devient (ou peut devenir) le beau-frère de son neveu : l'attitude alors s'inverse.

Sans entrer ici dans la considération de la multitude des combinaisons possibles liées aux modes de filiation, il reste cette constatation sur laquelle s'entendent assez bien les observateurs (et qui montre la pertinence de l'hypothèse très maussienne de la réciprocité, que d'aucuns prétendent négliger) : le prestige, le rang, la supériorité et donc l'attitude d'autorité vont toujours aux donneurs d'épouses ; la dépendance et l'attitude de soumission ou de déférence sont toujours le fait des receveurs. La question à propos de chaque attitude ne serait-elle donc pas : qui donne ? qui reçoit ? ; ou du moins : qui appartient au groupe créditeur et qui au groupe débiteur ? (Il existe cependant des situations où les receveurs prennent le dessus, mais c'est qu'alors on tend à sortir du cadre des structures élémentaires, comme le montre l'évolution des alliances dans l'Europe médiévale.)

D'autre part la relation avunculaire n'est pas nécessairement celle qui intervient dans toutes les formes d'attitudes des divers systèmes de parenté. Elle n'est pas directement pertinente pour expliquer, par exemple, les rapports entre individus de générations alternées ou d'autres situations plus spécifiques. La relation avunculaire est exemplaire en ceci que la position privilégiée de l'oncle, c'est d'être un donneur d'épouse, c'est de céder sa sœur à l'autre groupe, bref d'être celui par qui passe et dont dépend le mouvement de la réciprocité, lequel, dans la formule très médiate de l'échange généralisé, suppose, on l'a vu, une confiance à long terme que chacun respectera les règles et donnera en temps utile autant qu'il a reçu. Chacun est donc à un moment donné le pivot d'une circulation ou, encore, le tisserand entre les mains duquel passe la navette où est attaché le fil du lien social. L'oncle maternel en est le cas exemplaire ; mais tout autre donneur assume la même fonction à la fois logique, symbolique et sociale.

Un bel exemple nous en est donné dans le premier des deux chapitres de conclusion des *Structures élémentaires* (chap. XXVIII). Il s'agit d'expliquer de manière générale le tabou portant sur les beaux-parents. L'exemple en question concerne les Thonga (population bantou du Sud) : on constate chez eux un rapport très spécial, extrêmement respectueux, entre le mari et la femme du frère de la femme ; celle-ci reçoit sous ce rapport un nom solennel : « grande moukōnwana ».

Certains anthropologues ont fait l'hypothèse que cette belle-sœur est ressentie comme une belle-mère présomptive en raison d'un droit sur la fille du frère de la femme. Mais il faudrait expliquer d'où vient ce droit et pourquoi il engendre une attitude considérée comme extrême. Lévi-Strauss, fidèle à sa méthode, recherche la solution du côté des règles et du symbolisme de la réciprocité. Chez les Thonga le mariage s'accompagne de la cession, par la famille du mari en faveur de celle de l'épouse, d'un ensemble de présents appelés *lobola* et dont l'essentiel est constitué d'un troupeau de bœufs.

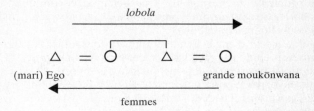

Ce *lobola* n'est pas à proprement parler un paiement puisqu'à aucun moment la femme acquise n'est appropriable par le groupe qui la reçoit ; on voit au contraire son propre groupe continuer à la protéger et à veiller sur ses droits. Le *lobola* reçu par la famille de la femme ne peut être ni consommé ni faire l'objet d'une transaction économique ; en fait il sert à un objectif et un seul : permettre au frère de la femme d'acquérir à son tour une épouse. « Elle a été "achetée" avec les bœufs du mari. Il ne faut pas chercher plus loin, à notre sens, les raisons de l'attitude spéciale du mari vis-à-vis de sa grande moukōnwana : tout contact, toute intimité entre lui et elle, aurait eu, du point de vue social, une signification redoutable » (*SEP*, 537). Le mari (Ego), par l'intermédiaire du *lobola* offert à la famille de sa femme, a permis au frère de celle-ci de se marier ; l'épouse du beau-frère est donc l'équivalent d'une sœur d'Ego. Tout se passe pour lui comme si, dès le départ, il avait obtenu sa propre épouse contre la grande moukōnwana ; celle-ci est donc symboliquement de sa chair, de son clan, elle « est ses bœufs » (d'où les tabous portant sur le bétail et ses produits – lait, viande – chez les Thonga, comme chez d'autres peuples pasteurs) ; le respect qu'il lui porte est à proportion des droits qu'il a sur elle (elle est le symbole et le gage du *lobola*) et de l'impossibilité de les exercer puisqu'elle est comme sa sœur ; leur relation serait donc incestueuse. Nous sommes donc ici typiquement dans un cas d'échange généralisé et d'une médiation de cet échange par des biens en tant que substituts symboliques de l'épouse (on retrouve ici

CLAUDE LÉVI-STRAUSS ET L'ANTHROPOLOGIE STRUCTURALE

le problème du mariage dit « par achat » ; on comprend la fausseté de cette formule puisqu'il ne s'agit pas d'achat mais d'équivalence symbolique).

Peut-on dire que la combinatoire concernant les attitudes, mise en évidence plus haut, n'est plus pertinente ici ? Ce serait ne pas remarquer que, dans le cas présent, le mari se retrouve, par rapport à la femme du frère de sa femme, dans une position équivalente à celle de l'oncle dans d'autres systèmes tandis que son beau-frère est dans celle du neveu ; ce que confirment les attitudes ; nous retrouvons donc notre combinatoire moyennant une substitution des termes. Et nous comprenons une fois de plus que, quel que soit le mode de filiation, la solution est à chercher du côté des modalités de l'alliance, c'est-à-dire dans les formes d'organisation du système de la réciprocité, du jeu social des donneurs et des preneurs.

Le tiers donateur, l'alliance et l'atome de parenté

Toute la nouveauté de l'explication lévi-straussienne des systèmes de parenté repose donc sur l'analyse du phénomène de l'alliance, ce qui veut dire que le lien biologique devient d'emblée, dans toute société humaine, un lien social, soit un lien défini et contrôlé par le groupe. L'union de deux individus passe toujours par un tiers (appelons-le « le tiers donateur ») représentant le groupe qui cède une épouse au groupe qui la reçoit. C'est là, on l'a vu précédemment, le sens positif de la prohibition de l'inceste. De cette nécessité tout le reste découle.

Malgré l'estime que, très souvent, Lévi-Strauss manifeste envers les ethnologues anglo-saxons de la génération précédente (au premier rang desquels il faut nommer Radcliffe-Brown), il est cependant un point où sa critique est régulièrement sévère : celui concernant leur conception foncièrement biologique de la famille ; à savoir, le modèle comprenant le père, la mère et leurs enfants. Il n'est sans doute pas indifférent que ce modèle biologique coïncide en outre avec la description de la «famille nucléaire» telle que la conçoit la société occidentale moderne. *« The unit of structure from which a kinship is built up is the group which I call an "elementary family", consisting of a man and his wife and their child or children... »* (cité in *AS*, 60) : tel le groupe de base que se donne Radcliffe-Brown pour construire le système des rapports de parenté. Cet atome de parenté, explique Lévi-Strauss, n'est pas pertinent. Toute la démonstration faite dans *Les Structures élémentaires de la parenté* tend précisément à faire comprendre qu'il ne saurait y avoir d'unité élémentaire de la parenté sans qu'y soit inclus au moins trois types de rapports : 1) rapports de filiation ; 2) rapports de consanguinité ; 3) rapports d'alliance. Ce qui importe ici, c'est précisément le *rapport d'alliance* parce qu'il signifie qu'une épouse est toujours reçue d'un autre groupe ou plus précisément d'un parent de la femme, qui très souvent, et exemplairement, est le frère de celle-ci, c'est-à-dire l'oncle maternel (par rapport à la position d'Ego).

Pourquoi inclure l'oncle (ou tout autre donneur d'épouse) dans le schéma de la famille ou, si l'on préfère, dans l'élément de base de tout système de parenté ? Parce que le fait déterminant dans l'institution de la famille ou plutôt dans le phénomène de la parenté, c'est *le rapport de réciprocité*, c'est le fait que le mariage signifie d'abord alliance de deux groupes et que cette alliance entre dans un processus complexe de prestations et contre-prestations selon un cycle qui peut s'étendre sur plusieurs générations ; à la base de ce cycle, dont l'alliance est le moment essentiel comme « fait social total », il y a, de la part du groupe qui donne une femme, le geste de renoncement du père à sa fille ou du frère à sa sœur ; par quoi apparaît l'universalité de la prohibition de l'inceste. Toute structure de parenté qui n'intégrerait pas cet aspect nécessaire de l'alliance manquerait ce qui fait précisément l'essentiel de la relation de parenté. D'où cette conclusion de Lévi-Strauss : « Une structure de parenté vraiment élémentaire – un atome de parenté, si l'on peut dire – consiste en un mari, une femme, un enfant *et un représentant du groupe dont le premier a reçu la seconde*. La prohibition universelle de l'inceste nous interdit, en effet, de constituer l'élément de parenté avec une famille consanguine seule ; il résulte nécessairement de l'union de deux familles, ou groupes consanguins » (*AS*, 82-83 – nous soulignons).

Ce qui encore une fois apparaît ici, c'est l'existence d'un système et la prééminence (non la préexistence) des relations sur les termes, et concrètement de la loi du groupe sur les choix des particuliers. Ce qui dans le cas présent veut dire qu'on ne peut engendrer l'alliance à partir des individus (époux, épouse) mais qu'il faut d'emblée considérer l'exigence de réciprocité comme constitutive et par conséquent la position du donneur comme première : « On n'a donc pas besoin d'expliquer comment l'oncle maternel fait son entrée dans la structure de parenté : il n'y apparaît pas, il y est immédiatement donné, il en est la condition » (*AS*, 57). (Notons que dans l'*Introduction à l'œuvre de Marcel Mauss*, Lévi-Strauss emploie le même type de formule à propos du système symbolique ; or on est précisément ici, selon lui, au cœur d'un tel système.)

À ce point une objection se présente (qui pourrait être une objection généralisable à l'approche structuraliste) et qui pourrait se formuler ainsi : la parenté n'existe pas pour elle-même, mais en vue du renouvellement et du maintien du groupe. Il y a donc un aspect dynamique, une finalité, qui forceraient à limiter le point de vue structural, conçu alors comme statique. Est-ce là une bonne objection ? En fait, remarque Lévi-Strauss, cette dynamique est déjà incluse dans la conception de la réciprocité et du système de l'alliance puisque, ce qui constamment la relance, c'est le déséquilibre initial entre le groupe qui donne et celui qui reçoit, déséquilibre qui doit sans cesse être corrigé sur la suite des générations ; par quoi l'on voit le diachronique s'inscrire comme condition dans le dispositif synchronique. Mais on comprend aussi que la finalité, dans ce cas, ne se réduit pas à l'aspect biologique (assurer la reproduction du groupe) mais s'affirme comme un fait proprement culturel : celui de la réciprocité, qui est de nature symbolique.

Sur un point comme celui-ci, la démarche de Lévi-Strauss s'affirme dans toute son originalité. On retrouve ici sa critique de la conception purement biologique de la famille signalée plus haut à propos de l'anthropologie anglo-saxonne. Cet aspect biologique, dit Lévi-Strauss, existe et existe nécessairement. Mais présenter cette nécessité comme une vérité sociologique première (ou ultime, comme on voudra) est non seulement faux mais dangereux car c'est s'interdire de comprendre la spécificité des faits de parenté : « Ce qui confère à la parenté son caractère de fait social n'est pas ce qu'elle doit conserver de la nature : c'est la démarche essentielle par laquelle elle s'en sépare. [...] Dans la société humaine, la parenté n'est admise à s'établir et à se perpétuer que par, et à travers, des modalités déterminées d'alliance » (*AS*, 61).

Considérée en elle-même, la famille dite « biologique » ne signifie rien, c'est-à-dire ne permet pas de rendre compte du moindre fait social. Elle est un terme vide. Ce terme ne prend sens que dans sa relation aux autres termes, bref dans le système d'alliance, dans le dispositif général des relations. C'est bien à partir du système qu'il est possible de penser les termes et c'est pourquoi le recours à un modèle – tel celui qu'offre la linguistique –, qui opère selon une telle exigence, se trouve fondé pour Lévi-Strauss.

La famille dans la perspective anthropologique

Les analyses anthropologiques des faits de parenté dans les sociétés sauvages sont susceptibles d'éclairer de manière significative les problèmes de parenté dans les sociétés occidentales. Au demeurant, les différences ne sauraient être de nature mais de degré. Lévi-Strauss remarque, dans une étude générale consacrée à « La famille » (*RE*, 65-92) que le préjugé archaïste et historiciste en Occident pourrait se ramener à ce syllogisme implicite : puisque notre histoire, croit-on, est celle de l'évolution la plus complexe et la plus raffinée, les formes très anciennes ou primitives de la famille sont nécessairement à l'opposé de nos formes présentes conjugales et monogamiques supposées être le fruit d'une longue évolution ; c'est pourquoi on a émis l'hypothèse, totalement fantaisiste, d'une prédominance, « à l'origine », de « mariages par groupes » ou de « familles indifférenciées » (on trouve de telles hypothèses chez des auteurs aussi estimables que Frazer). Il importe donc de mettre les choses en perspective et de situer les faits de notre tradition par rapport à d'autres sociétés.

Tout d'abord il faut souligner que l'Occident n'a pas le monopole de la famille conjugale et monogamique, même si ces caractéristiques sont revendiquées par la tradition chrétienne comme des valeurs auxquelles elle attache la plus grande importance. La famille monogamique existe dans toutes sortes de sociétés ; elle n'est pas un indice particulier de « civilisation évoluée », puisqu'on la trouve très souvent chez des populations de niveau technologique très limité (absence de tissage et de poterie) ; elle ne succède donc pas à la polygamie comme le moderne succéderait à l'archaïque. Le recours à l'une ou l'autre formule répond le plus souvent à des régulations sociales qui n'ont rien à voir avec des critères religieux ou moraux ; rien en cette affaire en tout cas qui se situe sur un axe d'évolution historique.

Autre préjugé très répandu : les sociétés dites « primitives » exerceraient une contrainte très forte sur la sexualité des jeunes gens au point d'en limiter l'expression à l'institution matrimoniale. Une telle généralisation est sans fondement. L'observation des faits (lesquels varient presque avec chaque société) indique plutôt une très grande tolérance dans la sexualité prémaritale, allant dans certains cas jusqu'à une promiscuité institutionnelle (comme chez les Muria de

Bastar en Inde centrale). En vérité, c'est sur la notion même de sexualité que la vision occidentale se fourvoie ; la sexualité ne prend pas dans les sociétés sauvages ou traditionnelles cette valeur d'activité autonome et d'élément déterminant du mariage que nous lui conférons. Bien plus déterminantes sont les considérations portant sur l'acquisition d'alliés et sur la division sexuelle des tâches. Ce qui signifie que l'aspect social l'emporte largement sur les «fonctions naturelles».

Autre illusion encore, nous pensons que l'idéologie familialiste suppose un très grand souci de la société de soutenir et de protéger la famille : «Tout montre, au contraire, que la société se méfie de la famille et lui conteste le droit d'exister comme une entité séparée» (*RE*, 91) ; l'intérêt qu'elle lui porte est donc en fait constamment tourné vers le souci d'en contrôler le fonctionnement. La loi d'exogamie, déjà, manifeste que la société n'entend pas laisser la famille se refermer sur elle-même ; dans le mariage, c'est l'*alliance* qui importe, non l'union des individus ni même uniquement l'obtention d'une épouse, mais bien plutôt la possibilité d'obtenir des beaux-frères, c'est-à-dire des alliés. Bref, «le mariage n'est pas, n'a jamais été, ne peut pas être une affaire privée» (*RE*, 75).

On pourrait donc, en prolongeant ces remarques de Lévi-Strauss, faire l'hypothèse que le «familialisme» apparaît non en un temps où la famille envahit le champ social, mais plutôt comme une riposte à une situation où elle s'en retire, lorsque d'autres éléments prédominent dans la définition du lien social. La famille donne ce lien sous la garantie d'une loi de nature (la reproduction biologique du groupe), c'est ce qui en fait la valeur inestimable. La société ne saurait facilement se passer de cette caution, puisqu'il s'agit d'une légitimation porteuse de sa propre évidence. C'est bien pourquoi, en Occident même, jusqu'à une époque très récente, les relations d'alliance entre familles l'ont emporté (surtout, du reste, dans les groupes plus attachés à la tradition comme l'aristocratie et la paysannerie) sur le lien social qui pouvait s'engendrer de l'activité professionnelle (relations de métier ou de travail) ou de l'activité politique (responsabilité civique, appartenance à un parti) ou même encore du sentiment d'appartenance à une nation. Toute notre littérature jusqu'à une époque récente (de Balzac à Proust) est dominée par la narration du lien familial (très surdéterminé bien entendu par le droit au choix individuel désormais acquis). Nous sommes évidemment très loin d'une socialité qui se confondrait avec les rapports de parenté, mais nous le sommes moins que nous ne l'avons pensé (ou prétendu) et depuis moins longtemps que nous le supposions.

CHAPITRE IV

Catégories inconscientes et universalité de l'esprit

Deux concepts font, chez Lévi-Strauss, l'objet d'un usage constant et explicite sans être pour autant vraiment discutés ou définis, ce sont ceux d'*inconscient* et d'*esprit*. Ce n'est pas cette circonstance, cependant, qui incite à les aborder ensemble ici, mais le fait qu'entre les deux l'articulation est réellement essentielle. Ils ne sont pas du reste l'un comme l'envers de l'autre ; il s'agit d'une différence d'accent ou de perspective sur une même réalité qu'on pourrait définir comme l'intelligibilité de l'univers aussi bien dans sa face nature que dans son côté culture ; le terme « inconscient » marquant alors l'insistance de la nature dans la culture et celui d'« esprit » l'insistance inverse. Articulation qui, comme on le verra, permet d'envisager d'une manière plus large la prétention à l'objectivité des sciences humaines.

Mais avant d'entrer dans les vues de Lévi-Strauss sur ce sujet, il importe de souligner que l'emploi de ces concepts a souvent été considéré, par ceux qui pouvaient les rencontrer dans leur propre discipline, comme discutable, voire inapproprié. Les anthropologues tout d'abord, gens de terrain et d'observation empirique, se sont montrés réservés devant des notions aux implications théoriques très larges. Les psychologues de leur côté, marqués par la psychanalyse, entendaient autrement le terme d'« inconscient » ou bien, pour les autres courants (behavioriste, gestaltiste, etc.), c'était le terme « esprit » qui semblait une entité abstraite, sans rapport avec l'observation. Quant aux philosophes, ils pouvaient être gênés par l'utilisation du terme « esprit » dans un contexte et avec une signification où ils ne reconnaissaient pas leur propre tradition. Ou, enfin, c'était le lien même des deux termes qui pouvait leur paraître inacceptable. Laissons l'un d'eux le dire : « La notion d'un "esprit humain" qui élabore "inconsciemment" des structures est si vague qu'il vaut mieux, sans doute, renoncer à en chercher le sens » (Vincent Descombes, *Le Même et l'Autre*, Paris, Minuit, 1979, p. 122). On verra plus tard s'il faut vraiment renoncer si vite (d'autant que cette formule reste très inexacte). Il est clair cependant que la position de Lévi-Strauss est proche de ce qu'on entend par *mentalisme*. Écoutons alors un autre avis : « Je pense pour ma part que ce mentalisme est l'un des aspects par lesquels le travail de Lévi-Strauss va au-delà du structuralisme et lui survivra » (Dan Sperber, « Un esprit psychologue », in *Magazine littéraire*, n° 223, octobre 1985, p. 57).

Ces divergences d'appréciation montrent bien que nous sommes devant un aspect central de la formulation théorique de Lévi-Strauss ; celle-ci demande donc à être explicitée et discutée de plus près. L'important n'étant d'ailleurs pas tant de parvenir à des définitions autonomes de ces notions, ni de les soumettre à une critique philosophique en règle (ce qui exigerait de longs et patients développements) que d'en évaluer la cohérence et de déterminer quel usage en est fait au cours de l'argumentation anthropologique (ce dont le plus souvent les philosophes ne se préoccupent guère). On verra qu'il y a incontestablement des ambiguïtés, voire des maladresses, dans les formulations de Lévi-Strauss ; mais on verra aussi qu'il serait plus maladroit encore d'en tirer avantage pour ne pas considérer très sérieusement le contenu des notions qu'il avance [1]. Celles-ci ne constituent pas une prothèse philosophique ajoutée au

---

1. Voir sur ce sujet : Ino Rossi, *The Unconscious in Culture. The Structuralism of Claude Lévi-Strauss in Perspective*, New York, E.P. Dutton, 1974.

corpus des recherches empiriques et qui pourraient en être aisément soustraites, comme cela a été suggéré. Elles sont bien, au contraire, indispensables pour fonder la méthode elle-même (ainsi elles départagent nettement l'approche structurale du fonctionnalisme, de l'évolutionnisme). Cependant Lévi-Strauss n'a jamais prétendu donner à ses choix théoriques une valeur autre qu'indicative ; il n'écrit pas un traité de philosophie et fait souvent un usage artisanal, comme il le dit lui-même, de notions à propos desquelles une histoire intellectuelle très élaborée existait déjà.

Les catégories inconscientes

> « En magie comme en religion et comme en linguistique, ce sont les idées inconscientes qui agissent. »
>
> Marcel MAUSS (cité in IMM, XXX).

Lévi-Strauss insiste constamment sur ce point de méthode : les structures ne sont pas conscientes. Doit-on en conclure qu'il est possible, à ce propos, de parler d'« inconscient structural » ? Cette formule se rencontre (pour des raisons diamétralement opposées) chez certains critiques du structuralisme (qui font alors usage des guillemets comme de pincettes) ou au contraire chez des adeptes convaincus, du moins se déclarant tels (eux seraient plutôt tentés par des majuscules). Elle n'apparaît pas sous la plume de Lévi-Strauss. Et pour cause : c'est une expression mal formée. « Structural » qualifie une méthode ou un savoir, non un objet. L'inconscient (à supposer que ce substantif soit pertinent) pourra être dit, sous ce rapport, tout au plus *structuré* (il le serait même « comme un langage » si l'on en croit un adage célèbre). Mais c'est autre chose – et c'est bien plus intéressant – de dire que les structures ne sont pas conscientes ou que l'inconscient est un

« caractère spécifique des faits sociaux » (IMM, XXX). On voit très bien déjà où se situe le débat : le terme inconscient désigne-t-il un topos, c'est-à-dire est-il un substantif ou bien n'est-il qu'un aspect d'une fonction (telle la fonction symbolique), bref est-il seulement un adjectif ? Ce n'est pas là un débat oiseux, tant s'en faut, puisque de la réponse dépend la définition même de l'esprit humain et du même coup de ce qui fonde l'approche structurale comme forme entièrement renouvelée du comparatisme (en effet si le même esprit est à l'œuvre partout, on peut comprendre que des solutions formellement identiques soient données à des problèmes en des lieux et des temps totalement séparés).

Lévi-Strauss emploie souvent l'expression « catégories inconscientes » qu'il trouve chez Mauss (cf. *AS II*, 15), lequel n'a nullement cherché à en préciser le statut épistémologique. Lévi-Strauss lui-même ne la discute pas non plus directement. Mais quand il insiste sur ce point, que les structures ne sont pas conscientes, c'est sans doute parce que, selon lui, c'est par là qu'elles ressortissent à une approche scientifique. Qu'est-ce que cela veut dire ? En fait, cette insistance situe Lévi-Strauss non seulement dans l'héritage de l'anthropologie de Mauss mais aussi dans celui de la sociologie de Durkheim.

L'un et l'autre, en effet, avaient dû faire face à différentes versions (philosophiques ou psychologiques) de réduction des faits sociaux à des données de la conscience, ce qui revenait à penser l'engendrement du collectif à partir des individus. Pour Durkheim comme pour Mauss, il y a, au contraire, des données immédiates de la société, irréductibles aux représentations conscientes ou aux comportements individuels. Ainsi la transmission des traditions, la valeur conférée à des attitudes (forme de politesse, agressivité des groupes, rumeurs, modes vestimentaires ou autres), l'influence reconnue à telle ou telle institution ou l'attachement à des croyances déterminées, tout cela ne dépend ni de décisions ni de représentations individuelles (même pas sous forme d'interaction des consciences). « Il semble que la couche de la conscience individuelle soit très mince », écrit Mauss (*Rapports réels et rapports pratiques de la psychologie et de la sociologie*, 1924 ; repris in *Sociologie et anthropologie*, Paris, PUF, 1950, p. 289). Il ajoute plus loin dans la même veine : « Voilà longtemps que Durkheim et nous enseignons qu'on ne peut communier et communiquer entre hommes que par symboles, par signes communs, permanents, extérieurs aux états mentaux individuels qui sont simplement successifs, par signes de groupes d'états pris ensuite pour des réalités » (*op. cit.*, p. 294). Incontestablement c'est cette analyse que fait sienne Lévi-Strauss et c'est ce qui explique le privilège qu'il accorde à l'approche linguistique, laquelle n'a progressé qu'en prenant au sérieux cette perspective. Contrairement à ce qu'on affirme généralement, ce n'est pas Saussure qui fut ici l'inspirateur, mais Boas. C'est en effet chez le grand anthropologue américain que Lévi-Strauss trouve une orientation à laquelle plus tard Jakobson fournira une méthodologie adéquate. Boas écrit dès 1908 : « La différence essentielle, entre les phénomènes linguistiques et les autres phénomènes culturels, est que les premiers n'émergent jamais à la conscience claire, tandis que les seconds, bien qu'ayant la même origine inconsciente, s'élèvent souvent jusqu'au niveau de la pensée consciente, donnant ainsi naissance à des raisonnements secondaires et à des réinterprétations » (in *Handbook of American Indian Languages*, Bureau of American Ethnoloy, bulletin 40, 1911, Part. I, p. 67 ; cité in *AS*, 26).

Pourtant, un détail doit être noté : Durkheim et Mauss dénoncent les illusions de la conscience, mais ils n'emploient pas le mot « inconscient » ; en tout cas pas sous forme substantivée. Boas pas davantage. À vrai dire, l'usage n'en était pas fréquent à l'époque. Lévi-Strauss bénéficie, quant à lui, d'un autre héritage qui va lui permettre de formuler différemment les mêmes convictions. Mais la substantivation de l'adjectif « inconscient » ne risque-t-elle pas d'hypostasier ce qui ne devait désigner qu'un caractère du collectif ?

Tout d'abord on peut s'interroger sur l'emploi de ce concept dans un contexte dominé par la référence freudienne à l'égard de laquelle du reste, à maintes reprises, Lévi-Strauss prend position soit pour reconnaître sa dette (comme dans *Tristes Tropiques*, ou dans *l'Introduction à l'œuvre de Marcel Mauss*), soit pour comparer la psychanalyse à la cure chamanique (comme dans *Anthropologie structurale*), soit pour en contester l'originalité (comme dans *La Potière jalouse*). On comprend très vite, en effet, que, entre l'inconscient dont parle Lévi-Strauss et celui dont il est question chez Freud, la relation est limitée. On sait que pour Freud l'inconscient s'engendre du « refoulement originaire ». Cette hypothèse élaborée en vue de la compréhension de la névrose individuelle a été, par Freud lui-même, mais surtout par ses disciples, élargie au champ de la culture. Elle suppose que les institutions humaines résultent d'un compromis entre une violence pulsionnelle et une nécessité d'organisation qui appelle l'ordre de la loi. En somme, ce qui instaure la société humaine, ce qui introduit en elle différenciation et signification, reste une opération qui se joue entièrement dans les affects.

Cette genèse affective du social, Lévi-Strauss la considère comme inacceptable. Il ne renie pas les affects, ni l'émotion ni la sensation, au contraire. Mais il ne leur appartient pas, selon lui, de constituer le domaine de l'intelligibilité, c'est-à-dire de cette mise en ordre du monde opérée par le biais du traitement des qualités sensibles qui se traduit dans les dispositifs symboliques que construit la pensée sauvage (c'est ce que nous verrons dans un prochain chapitre). On ne saurait donc s'attendre, semble-t-il, à ce que la notion d'inconscient ait chez Lévi-Strauss beaucoup de points communs avec celle des psychanalystes. Et pourtant, dans un certain nombre de textes, il est évident que cette notion a rapport au refoulement, à la méconnaissance, et donc au désir.

Faut-il donc envisager deux théories concurrentes ou du moins simultanées de l'inconscient chez Lévi-Strauss ? Ou bien l'une a-t-elle succédé à l'autre ? Et si c'est le cas, comment l'expliquer ? et avec quelles conséquences pour la conception qu'il propose de l'esprit humain ? Ce n'est en effet pas la même chose que de définir l'inconscient en termes d'énergies (forces, conflit, refus) et en termes de structures (positions, relations, système). Et, dans la deuxième hypothèse, faire de l'inconscient le siège des catégories, n'est-ce pas le poser en équivalent du plan transcendantal des philosophies classiques ? À moins, justement, que ce ne soit le définir comme le niveau propre de la pensée symbolique qui ne serait autre chose que la « pensée sauvage ».

Telles sont les principales questions que nous pouvons essayer de clarifier progressivement. Clarification d'autant plus nécessaire qu'il s'agit là des questions qui ont le plus prêté à controverses et à propos desquelles bien des philosophes, croyant tenir enfin un sujet qui les concerne davantage que les discussions ardues sur la parenté ou sur les classifications des espèces naturelles, ont cru pouvoir, en isolant quelques textes, faire briller leur sagacité critique.

La fonction d'illusion

On pourrait se demander en effet si Lévi-Strauss ne recourt pas à deux théories parallèles de l'inconscient. Selon l'une l'inconscient apparaît neutre, passif ; le terme qualifie simplement les données qui ne sont pas accessibles à la représentation consciente des sujets : on ne sait pas, simplement parce qu'on ne *peut* pas savoir. Selon l'autre, l'inconscient a un caractère actif et conflictuel ; il concerne des finalités inavouées recouvertes par des représentations explicites qui leur servent d'écran : on ne sait pas parce qu'on ne *veut* pas savoir. Cette conception est à la fois apparentée à la théorie freudienne du refoulement et à la critique marxiste de l'idéologie. Sous cette forme la notion d'inconscient apparaît surtout dans les textes de la première période (qui s'achève en quelque sorte avec *Anthropologie structurale*, soit à la fin des années 1950).

Ce désir de non-savoir se traduit par une procédure de dissimulation ou une production d'illusion. Un très bon exemple nous en est donné dans *Tristes Tropiques* à propos des Bororo, exemple repris dans deux chapitres (le VII et le VIII) d'*Anthropologie structurale*. Les Bororo semblent offrir un exemple remarquable de ce qu'on appelle les *organisations dualistes* (cf. plus haut le chapitre sur la réciprocité). Dans de telles sociétés toutes sortes de dualismes s'affirment à différents niveaux (religieux, sportif, économique, esthétique). Tel est bien le cas des Bororo : chez eux la dualité la plus évidente est celle de deux moitiés exogamiques, l'une installée dans la partie nord du village, les Cera ; l'autre dans la partie sud, les Tugaré. Les mythes bororo présentent les héros cera comme des ordonnateurs du monde civilisé, tandis que les héros tugaré seraient les démiurges à l'origine du monde naturel ; ceux-ci détenaient autrefois le pouvoir, mais l'abandonnèrent au profit des Cera. Ainsi l'univers naturel aurait cédé la préséance au monde des institutions sociales. Première représentation harmonieuse d'un nécessaire équilibre cosmologique dont les deux moitiés seraient les figurants terrestres. À partir de quoi, aux dires des sages bororo, c'est tout un ensemble de services et d'échanges qui en procèdent et tout d'abord les alliances matrimoniales entre moitiés et le devoir pour chacune d'ensevelir les morts de l'autre. Les mythes sont là pour conforter cette représentation d'une société complémentaire, solidaire et juste. Or, nous dit Lévi-Strauss, la réalité est franchement moins harmonieuse. Car ce qui n'apparaît ni dans les mythes ni dans les rites, c'est que chaque moitié est elle-même divisée en trois niveaux : supérieur, moyen et inférieur, et que les alliances matrimoniales ne peuvent se faire qu'entre conjoints de même niveau. On est donc dans une société fortement hiérarchisée avec toutes les inégalités que ce dispositif entraîne. Mais cela n'est pas avouable, pas plus que ne l'est la raison qui exclut

CATÉGORIES INCONSCIENTES ET UNIVERSALITÉ DE L'ESPRIT

les femmes des rites mortuaires ou d'autres déséquilibres réels complètement gommés dans les récits d'origine ou de fondation. « Sous le déguisement des institutions fraternelles, le village bororo revient, en dernière analyse, à trois groupes, qui se marient toujours entre eux. Trois sociétés qui, *sans le savoir*, resteront à jamais distinctes et isolées, emprisonnées chacune dans une superbe dissimulée même à ses yeux par des institutions mensongères » (*TT*, 277). Cette remarque fait écho aux questions formulées dans un texte antérieur : « Pourquoi des sociétés, qui sont ainsi entachées d'un fort coefficient d'endogamie, ont-elles un besoin si pressant de se mystifier elles-mêmes, et de se concevoir comme régies par des institutions exogamiques d'une forme classique, mais dont elles n'ont aucune connaissance directe ? » (*AS*, 145).

Cette analyse, dans son ton et dans ses expressions, semble sortie tout droit de la critique marxiste de l'idéologie. (« Je ne puis écarter le sentiment que l'éblouissant cotillon métaphysique auquel je viens d'assister se ramène à une farce assez lugubre », *TT*, 276.) Cependant l'inspiration est aussi en partie freudienne puisque le désir d'automystification est présenté comme étant lui-même inconscient (« sans le savoir ») et d'autre part comme procédant d'un refoulement (dénégation de la réalité au profit d'une représentation idéale ; cf. également *AS II*, 100, où il est question des « diverses manières selon lesquelles, dans leurs mythes, leurs rites et leurs représentations religieuses, les hommes essayent de voiler ou de justifier les contradictions entre la société réelle où ils vivent et l'image idéale qu'ils s'en font »).

Or ce type d'analyse des institutions et des représentations mythiques tend de plus en plus à s'estomper chez Lévi-Strauss à partir de *La Pensée sauvage* (où il en subsiste encore quelques traces, liées sans doute au débat avec Sartre) mais surtout à partir des *Mythologiques*. Désormais, l'accent est mis de plus en plus sur l'aspect neutre et objectif du caractère inconscient des structures. Plusieurs raisons expliquent cette évolution. On pourrait certes, tout d'abord, repérer une prise de distance vis-à-vis d'au moins deux des « trois maîtresses » à qui Lévi-Strauss reconnaissait devoir l'initiation théorique de sa jeunesse : le marxisme et la psychanalyse (en revanche on voit qu'il reste fidèle à ce que représente la troisième : la géologie). Mais cet éloignement ne doit pas tant être compris comme la part prise à la mise en cause d'un engouement qui fut général (et qui, concernant Marx et Freud, était plutôt à son acmé dans les années 1960-1970) mais comme le résultat d'une évolution propre de l'auteur. Il semble, en effet, de plus en plus nettement que, pour Lévi-Strauss, l'apparition de telle ou telle forme d'institution relève moins d'un choix, fût-il obscur, que d'un processus où l'initiative humaine est très limitée. Parler d'automystification, c'est encore supposer une sorte d'intention ou de volonté. Mais attribuables à qui ? On ne saurait dire qu'il s'agit des individus puisqu'on a affaire précisément à des traditions et à des institutions, bref à des phénomènes collectifs. Mais s'il s'agit du groupe, comment lui attribuer un désir ou une volonté analogues à ceux d'un sujet individuel, si ce n'est par commodité de langage, par un nécessaire glissement métaphorique ?

Problème classique, on le sait. Lévi-Strauss, se rapprochant de plus en plus des sciences physiques, biologiques et informationnelles, renonce à des formules qui tendaient à faire du groupe une sorte de méga ou méta-sujet. Il renonce, du même coup, à lui attribuer des comportements ou des représentations (« mystifications », « illusions ») liés à cette métaphysique du sujet collectif. D'autant que, dans l'observation des sociétés exotiques, la lucidité est toujours un privilège accordé à l'observateur dont les jugements renvoient à des valeurs qui sont d'abord celles de sa culture. Il est risqué de décider de la méconnaissance d'autrui sans être en mesure d'évaluer la sienne propre. Car il faudrait être assuré – et donc pouvoir montrer – que celle des autres n'est pas constituée en image inversée de la nôtre. Il fallait donc quitter ce terrain fragile des intentions obscures et se diriger vers celui, plus ferme, des conditions structurales. Le caractère inconscient des phénomènes y apparaît alors non pas tant comme un refus de voir que comme un trait spécifique des processus symboliques.

Le niveau de l'implicite

Si donc l'on excepte quelques textes, peu nombreux, de la première période que nous venons de mentionner, l'inconscient dont parle le plus souvent Lévi-Strauss n'est en rien un inconscient de refoulement : il n'est pas le produit d'un conflit de forces antagonistes ; il n'a pas pour fonction de tenir caché quelque chose qui ne saurait s'afficher ou s'articuler sans un long processus de reconnaissance. Comment le caractériser alors ? On pourrait dire que le terme « inconscient » peut être considéré chez lui comme synonyme d'implicite ou de virtuel. Pourtant si Lévi-Strauss recourt constamment à la notion d'inconscient de préférence à toute autre, c'est bien qu'elle permet de souligner un point essentiel : que le champ des structures sociales ne saurait s'identifier à celui des représentations élaborées par les sujets. « Inconscient » marque d'abord cette antériorité et cette objectivité des structures. Cela dit, on peut se demander, quand même, pourquoi Lévi-Strauss estime nécessaire de le rappeler constamment. Ni le biologiste ni le physiologiste, encore moins le physicien, ne se soucient d'affirmer que les faits ou processus qu'ils exposent échappent à la conscience : on sait bien que nous n'y accédons que par la médiation de savoirs (et d'instruments) très élaborés. Pour rendre les choses claires par un exemple trivial, on peut dire que la conscience de la digestion ne saurait ajouter une parcelle de lumière sur la nature des transformations biochimiques qui se produisent dans le corps durant cette opération.

Mais précisément les sciences humaines ne sont pas – de ce point de vue – dans la situation privilégiée des sciences exactes, car, d'une part, elles ont à se délivrer des illusions de la conscience (de la conscience supposée donatrice de sens); d'autre part, elles ne peuvent ignorer que l'objet de leur savoir est le sujet même de ce savoir et que, par conséquent, l'objectivité n'y est plus assurée de la même distance. Dans ces conditions, quel est l'avantage d'appliquer la notion d'inconscient aux phénomènes ?

Si les structures, dans l'univers des faits sociaux, sont dites « inconscientes », c'est tout simplement parce qu'à ce niveau elles sont d'une nature analogue à celles de l'univers physique. Si elles se dérobent à la représentation consciente, ce n'est pas par un refus du sujet mais parce qu'elles ne peuvent être atteintes que médiatement. En ce sens leur caractère inconscient pourrait être dit « neutre »; il appartient à l'opacité du monde. C'est bien aussi parce que les structures ne sont pas évidentes, ne sont pas données, qu'il est nécessaire de les représenter par des *modèles*.

Il faut donc faire cette mise au point : Lévi-Strauss ne conçoit pas l'inconscient comme un *topos*, encore moins comme une substance, mais seulement comme un aspect ou un caractère de l'activité de l'esprit. L'inconscient ne définit pas une réalité spécifique, il est seulement un qualificatif qui spécifie une réalité. Lévi-Strauss ne devrait donc pas employer la forme substantivée : « l'inconscient ». S'il le fait, c'est plus par acceptation d'un vocabulaire devenu commun que par nécessité théorique. Dans cet usage, on perçoit bien que c'est la forme adjectivée qui s'impose. Donc, à sa suite, dans les discussions qui suivront nous emploierons aussi, avec cette réserve et par commodité, cette forme substantivée.

Si maintenant on se demande pourquoi Lévi-Strauss privilégie de plus en plus cette conception de l'inconscient sur celle qui relève d'une dynamique du refoulement ou de l'illusion, on pourrait répondre : c'est probablement parce que son effort théorique porte essentiellement sur les conditions internes de la connaissance plutôt que sur son usage social. Ainsi ce qui l'intéresse dans un mythe, c'est le dispositif de sa construction, et c'est son rapport à d'autres mythes ou aux variantes du même mythe dans un groupe de transformation (voir plus loin, chapitre VII). Sans doute a-t-il raison de faire porter l'accent sur cette logique interne puisque c'est d'abord elle qui a été essentiellement méconnue dans les recherches antérieures sur les mythes. C'est, en fait, la même exigence qui l'avait préoccupé dans l'analyse des systèmes de parenté.

Cette priorité dans la recherche donnée aux modèles théoriques correspond à celle qu'il accorde (dans sa recherche, non dans les faits) aux structures de communication sur les structures de subordination. On peut se demander : peut-on séparer l'étude des structures des conditions de leur pratique ? Comme le remarque Marc Augé : « L'articulation des systèmes symboliques ne peut se penser que par rapport aux pratiques qui les mettent en œuvre, et qui font appel, en effet, même pour les plus anodines d'entre elles, à tous les registres de la vie sociale » (*Symbole, fonction, histoire*, Paris, Hachette, 1979, p. 113). Il est probable que Lévi-Strauss acquiescerait à cette exigence ; il a lui-même montré, dans plus d'un exemple, comment les conditions de la pratique permettent de comprendre la structure. Mais il ajouterait : tant qu'on n'a pas mis au point une bonne méthode d'analyse des structures (et c'est bien ce qui faisait le plus défaut en anthropologie), on ne peut même pas comprendre la nature dynamique des pratiques.

En fait, il faudrait sans doute dire que le rapport entre « communication » et « subordination » dans les rites ou les mythes (ou dans les faits de symbolisme en général) peut varier en fonction des transformations survenues dans une population. Ainsi dans le cas du mythe, un bon exemple nous en est donné par Lévi-Strauss (« Comment meurent les mythes », in *AS II*, chap. XIV) à propos des transformations que certains récits subissent en passant d'une population à une autre ; dans certains cas, ces transformations n'altèrent en rien la spécificité du mythe qui est de maintenir la pluralité des schèmes ou « codes » (par exemple : cosmique, social, technique, éthique, etc.) qui en constituent la structure feuilletée, et donc la richesse symbolique ; la contradiction vécue dans la réalité n'est pas dissimulée par le mythe, mais tend à être réduite progressivement par une diversité de variantes qui sont autant d'explorations des possibilités logiques que peuvent offrir les catégories inconscientes. Mais, dans d'autres cas, – lorsque l'événement emporte la structure – le mythe tend à n'être plus qu'un récit de légitimation d'une nouvelle situation sociale ; il semble alors privilégier le seul code sociologique ; ainsi en va-t-il d'un récit qui circulait chez divers groupes indiens du Nord-Ouest et qui devient chez les Cree, associés aux Blancs dès le XVIIᵉ siècle, une histoire destinée à justifier leur choix de collaborer avec les nouveaux venus. On pourrait donc dire de manière générale que la fonction de dissimulation s'accroît à proportion d'un affaiblissement de la structure ; le mythe perd cette fonction poétique de dire le monde, d'en présenter l'ordre possible. Il s'agit de lui faire servir une cause. En vérité, on a alors quitté l'univers du mythe pour entrer dans celui de l'idéologie et de l'histoire. On verra plus loin qu'est ainsi créée la condition d'émergence d'un autre genre de récit : le roman.

Inconscient, objectivité, science

> « Presque toutes les conduites linguis-
> tiques se situent au niveau de la pensée
> inconsciente. »
>
> *AS*, 64

Affirmer le caractère inconscient des structures, c'est la même chose qu'énoncer leur caractère de données objectives, de phénomènes observables, et donc susceptibles d'une approche scientifique. Pourquoi ? Que signifie ce lien supposé entre inconscient et objectivité ? Boas avait déjà formulé la réponse à cette question : « Le grand avantage de la linguistique [...] est que, dans l'ensemble, les catégories du langage restent inconscientes ; pour cette raison, on peut suivre le processus de leur formation sans qu'interviennent, de façon trompeuse et gênante, les interprétations secondaires, si fréquentes en ethnologie qu'elles peuvent obscurcir irrémédiablement l'histoire du développement des idées » (*Handbook of American Indian Languages*, Bureau of American Ethnology, bulletin 40, Part. I, p. 70-71 ; cité in *AS*, 26-27). Le meilleur exemple que puisse donner Lévi-Strauss à ce sujet, c'est celui de la phonologie : celle-ci fait apparaître des systèmes de différences et d'oppositions qui sont les conditions d'une émergence du sens dans la matière phonique, mais ne sont jamais comme telles l'objet d'une connaissance consciente. Plus précisément il faudrait dire que le processus selon lequel s'organisent ces différences et ces oppositions ne dépend pas du choix du locuteur mais de contraintes liées à la langue dans sa totalité. C'est bien en cela qu'il s'agit de phénomènes objectifs. Non seulement la conscience de ces phénomènes est exclue mais, même envisagée comme possible, elle n'ajouterait rien à leur consistance scientifique. On est en présence d'une intelligibilité immanente, telle celle des systèmes de parenté réglés par le principe de réciprocité dont Lévi-Strauss – en commentant le mariage des cousins croisés – dit ceci : « Ce principe régulateur peut posséder une valeur rationnelle sans être lui-même conçu rationnellement » (*SEP*, 117). Voilà sans doute la formule la plus pertinente de ce fonctionnement inconscient de l'activité de l'esprit.

Le caractère inconscient du dispositif symbolique ou des faits sociaux détermine du même coup la méthode d'approche. Il faut en effet que celle-ci soit assurée d'échapper aux informations illusoires fournies par les interprétations conscientes. En anthropologie le problème se pose souvent de manière spécifique lorsque l'enquêteur se trouve face à une explication donnée par les indigènes eux-mêmes ; cette explication peut être tout à fait pertinente comme elle peut aussi bien n'être qu'une glose ou une rationalisation égarante. Si les structures ne sont pas conscientes, cela veut dire que la seule voie légitime d'approche devra être analogue à celle qui prévaut dans les sciences expérimentales où l'objectivité des phénomènes est postulée d'emblée ; ce qui signifie que le critère de la conscience en est, par hypothèse, écarté.

En effet, lorsqu'il identifie les structures sociales à des modèles inconscients, Lévi-Strauss explique que c'est à ce niveau seulement qu'on a une chance d'atteindre la vérité des phénomènes. On peut dire ainsi que les dispositifs complexes des structures de parenté ou les rapports de transformation entre plusieurs mythes ou entre des mythes et des rites, ou bien encore les rapports d'homologie entre groupes humains et espèces animales – ce qu'on a appelé « totémisme » –, toutes ces structures échappent à la conscience et au savoir explicite des usagers même s'ils disposent le plus souvent d'interprétations et d'explications (lesquelles à leur tour constituent un matériau susceptible d'une analyse structurale comme le sont par exemple la théorie du *hau* chez les Maori pour expliquer l'impératif de réciprocité ou celle du *mana* chez les Mélanésiens pour rendre compte de l'action des forces magiques)[1]. Ces

1. C'est à propos de cette discussion sur le *hau* et sur la nécessité, postulée par Lévi-Strauss, lorsqu'il s'agit de comprendre la logique du don/contre-don, de supposer des « structures mentales inconscientes » qu'Umberto Eco, dans *La Structure absente* (Paris, Mercure de France, 1972 ; orig. *La Struttura assente*, Milan, éd. Bompiani, 1968), avance des objections sévères. Pour Eco, il s'agit d'une hypothèse inutile, d'un ajout philosophique d'autant plus regrettable que l'analyse de la réciprocité faite par Lévi-Strauss lui paraît tout à fait convaincante. Mais, affirme Eco, en appeler à des structures mentales inconscientes, ce serait prétendre conférer une validité universelle à une démonstration qui n'est pas la seule possible : « C'est dans ce passage de la méthode à l'ontologie qu'il y a dégénérescence "idéologique" de la discipline » (*op. cit.*, p. 347). Quelle solution U. Eco propose-t-il alors à l'anthropologie dans le cas du *hau* ? Celle-ci : accepter cette logique proposée par les indigènes comme autre et complémentaire de la nôtre. Cela permettrait de mettre en rapport toutes sortes de logiques différentes dont on pourrait ensuite

modèles d'interprétation ne sont du reste pas à confondre avec ces autres modèles conscients que sont les *normes* et qui constituent également un matériau à traiter, non une explication des phénomènes. Ces sortes de modèles, dit Lévi-Strauss, « comptent parmi les plus pauvres qui soient, en raison de leur fonction qui est de perpétuer les croyances et les usages, plutôt que d'en exposer les ressorts » (*AS*, 308).

Par là nous retrouvons la première remarque : à savoir que le caractère inconscient des données étudiées par l'anthropologue les situe du même côté que celles que traite n'importe quelle autre science d'observation ; à ce niveau-là, si les données sont objectives, cela signifie qu'elles le sont pour tout observateur ; nous sommes alors devant un fait analogue à un fait de nature, donc doté d'un caractère d'universalité. Cette universalité, c'est précisément celle de

---

mettre en lumière les isomorphismes grâce à la méthode structurale. Soit. À cela on pourrait objecter ceci : d'une part, l'explication par la réciprocité relève aussi d'une logique indigène ; d'autre part, le cas du *hau* est particulier puisqu'il constitue une glose à traiter comme telle et non comme une explication du don/contre-don. On le comprend encore mieux dans le cas des mythes qui semblent absurdes au plan syntagmatique tant que n'ont pas été mis en évidence les niveaux paradigmatiques et leurs transformations : toute glose indigène (ou autre) ne ferait qu'ajouter aux versions connues. Faire apparaître des isomorphismes comme le demande Eco, c'est supposer à juste titre des structures mentales communes entre la pensée indigène et n'importe quelle autre pensée, sinon personne ne comprendrait personne et toute mise en relation serait inconcevable. Mais cela ne revient pas, comme Eco le soutient, à postuler une « pensée universelle » (*ibid.*, p. 347) dominatrice, ni à réduire « la pensée diverse à la pensée unique » (*ibid.*) : c'est seulement postuler un dispositif mental commun aux expressions culturelles diverses de la pensée. C'est pour ne l'avoir pas compris que l'auteur (si souvent brillant et perspicace) de *La Structure absente* a pu en venir à cette conclusion parfaitement bizarre : « Découverte immobile et éternelle, située aux racines mêmes de la Culture, la Structure, qui n'était qu'un outil, est devenue un Principe Hypostatique » (*ibid.*, p. 348). Si l'on devait parler d'hypostases ici, ce serait plutôt à propos de ces notions rehaussées de majuscules qui semblent condenser la vision d'un gnostique néo-platonicien et qui n'ont strictement rien à voir avec les analyses pratiquées par Lévi-Strauss à propos des systèmes de parenté ou des dispositifs mythiques.

l'esprit humain (de n'importe quelle époque et de n'importe quelle culture) dont on voit comment Lévi-Strauss entend en démontrer le caractère factuel.

Une intersubjectivité objective

L'exemple de la linguistique, c'est donc, en général, celui qu'avance Lévi-Strauss lorsqu'il veut montrer comment une discipline a réussi à définir son objet comme se situant au-delà des représentations conscientes ; ce n'est pas sans raison : « Car c'est la linguistique, et plus particulièrement la linguistique structurale, qui nous a familiarisés […] avec l'idée que les phénomènes fondamentaux de la vie de l'esprit, ceux qui la conditionnent et déterminent ses formes les plus générales, se situent à l'étage de la pensée inconsciente » (IMM, XXXI).

L'objection classique à une telle présentation serait alors celle-ci : quelle communication est possible entre des sujets qui ne savent pas et ne peuvent pas savoir, sur le mode d'une connaissance explicite et maîtrisée, les conditions de possibilité de leur pensée ? La réponse de Lévi-Strauss, c'est que justement la communication s'établit au niveau même de la réalité inconsciente, communication non pas seulement entre tel et tel, mais avec les hommes d'autres temps et d'autres lieux, parce que précisément cette activité inconsciente constitue l'armature symbolique de l'esprit humain : « L'inconscient serait ainsi le terme médiateur entre moi et autrui. En approfondissant ses données, nous ne nous plongeons pas, si l'on peut dire, dans le sens de nous-mêmes, nous rejoignons un plan qui ne nous paraît pas étranger parce qu'il recèle notre moi le plus secret ; mais (beaucoup plus normalement) parce que, sans nous faire sortir de nous-mêmes, il nous met en coïncidence avec des formes d'activité qui sont à la fois nôtres et autres, conditions de toutes les vies mentales de tous les hommes et de tous les temps » (IMM, XXXI).

Le niveau inconscient de ma pensée, c'est ce qui ne m'appartient pas en propre, c'est donc ce que je partage avec tous les autres. C'est ce qui assure la communauté des esprits ; ou plutôt c'est ce qui fait qu'il y a de l'esprit puisque cela s'identifie au dispositif symbolique. En ce sens on a là une nouvelle version de la subjectivité universelle, ni postulée ni déduite, mais induite de l'expérience anthropologique (on verra plus loin que cette hypothèse sur l'universalité de l'esprit constitue un des aspects essentiels de l'entreprise théorique de Lévi-Strauss depuis ses recherches sur la parenté jusqu'à celles sur les mythes).

Dans un article pénétrant, intitulé « L'esprit humain selon Claude Lévi-Strauss » (*Archives européennes de sociologie*, t. VIII, nº 1, 1966), Eugène Fleischmann, après avoir analysé la pertinence et approuvé l'usage de cette notion d'esprit, émet, en revanche, de sérieuses réserves sur celle d'inconscient : « Il serait exagéré de dire que nous nous trouvons sur un terrain sûr car, dès le début, on se sent enfermé dans le dilemme suivant : ou bien je comprends consciemment autrui et, en ce cas-là, il n'y aura pas de rencontre entre moi et lui, ou bien je renonce à ma conscience (si possible) pour le rencontrer sur le terrain de l'inconscient et, en ce cas, qu'est-ce que je comprends ? » (*op. cit.*, p. 49). On pourrait objecter qu'ainsi formulé, sans définition préalable des termes, ce dilemme est très formel. L'auteur y reconnaît du reste celui que Sartre avance dans *L'Être et le Néant* et il ajoute : « Curieusement, les mêmes arguments qui prouvent à Sartre l'impossibilité d'une rencontre servent à M. Lévi-Strauss à prouver le contraire » (*ibid.*, p. 50). Ce qui n'est pas très exact. Il ne s'agit pas pour Lévi-Strauss de situer le débat au plan de la *rencontre* (événement existentiel) de deux subjectivités, mais d'établir la possibilité objective d'une communication entre sujets disposant du même équipement mental. Ce niveau d'objectivité n'est pas l'objet d'une représentation consciente. Ce que Sartre ne saurait admettre puisqu'il identifie conscience et liberté, rejetant dans la *mauvaise foi* ce que la conscience n'a pas reconnu. Pour lui le monde objectif reste dans une extériorité indéterminée, inintelligible, tant que le sujet ne lui a pas librement conféré un sens. À quoi on pourrait objecter que ce face-à-face des subjectivités est un artefact philosophique : entre l'une et l'autre il y a toujours déjà autre chose, soit, du côté de l'être, la commune appartenance à un monde donné, soit, du côté des sujets, la présence du tiers – groupe, société – dont témoigne toute parole ou tout système de signes échangés. Ces deux niveaux de médiation sont antérieurs à la représentation consciente.

Précisément pour Lévi-Strauss, contrairement à Sartre, il n'y a pas une extériorité indéterminée mais une intelligibilité propre du monde objectif (naturel ou social) à quoi participe l'esprit humain, soit dans ce savoir explicite qu'est la science, soit dans ce savoir implicite que sont les dispositifs symboliques. C'est bien ce dernier aspect qu'il appelle « inconscient », non sans risquer une confusion avec le concept freudien. Dans la suite de son article, Fleischmann montre qu'il se laisse prendre à cette confusion puisqu'il inclut dans une même argumentation les deux faces de la notion chez Lévi-Strauss. Or, comme nous espérons l'avoir montré, il faut soigneusement les distinguer. Lévi-Strauss lui-même n'évite pas toujours un glissement d'une acception à l'autre et il eût été préférable de ne pas employer le même terme ou en tout cas d'éviter la forme substantivée.

Forme et contenu ; inconscient et subconscient

> « L'activité inconsciente de l'esprit consiste à imposer des formes à un contenu. »
>
> (*AS*, 28.)

Pour tenir cette position avec rigueur, et dans toute sa rigueur, une autre condition est nécessaire, c'est de faire de l'inconscient non pas un contenu, mais une *forme*. Il faudrait ajouter : « une forme vide » dans laquelle viennent se présenter des contenus, un dispositif d'organisation de données qui ne lui appartiennent pas. « Organe d'une fonction spécifique, il se borne à imposer des lois structurales, qui épuisent sa réalité, à des éléments inarticulés qui proviennent d'ailleurs : pulsions, émotions, représentations, souvenirs » (*AS*, 224). Que signifierait, à l'opposé, une tentative de penser l'inconscient en termes de contenu et non de formes ? Cela reviendrait à supposer une expérience a priori, puisque ce serait supposer que des figures, des symboles ou des images, c'est-à-dire des données d'expérience et de culture, existent dans l'esprit de manière innée (« Il est inconcevable que le contenu de l'expérience la précède », IMM, XXXII). Tel est bien le problème posé par les archétypes de Jung. Ces données ne peuvent être qu'acquises. Elles ne sont pas transmissibles, sauf à supposer – hypothèse invérifiable – une « hérédité de l'inconscient acquis » (IMM, XXXII).

De ce point de vue, Lévi-Strauss propose une version originale de la distinction entre *inconscient* et *subconscient*. Version originale, parce que, pour la psychologie classique, c'est par le terme de « subconscient » que l'on désigne ce qui, à partir de Freud, sera qualifié d'« inconscient ». Quant à cette notion, elle n'était utilisée que pour désigner des états d'absence d'attention (« faire quelque chose inconsciemment ») ou de perte de conscience (« le blessé était inconscient »). Freud lui-même au début (comme le rappellent Laplanche et Pontalis dans leur *Vocabulaire de la psychanalyse*) hésite entre les deux termes avant de se décider pour celui d'inconscient, moins ambigu à ses yeux, sans doute parce que peu utilisé et susceptible par là de mieux en indiquer l'aspect dynamique, à savoir le procès de refoulement. Lévi-Strauss, en choisissant de les utiliser concurremment, construit un nouveau paradigme qui n'a plus rien à voir avec les usages antérieurs. Il le fait dans les termes suivants : l'inconscient est une *forme vide* qui impose des *lois de structure* : « L'inconscient cesse d'être l'ineffable refuge des particularités individuelles, le dépositaire d'une histoire unique, qui fait de chacun de nous un être irremplaçable. Il se réduit à un terme par lequel nous désignons une fonction : la fonction symbolique, spécifiquement humaine, sans doute, mais qui, chez tous les hommes, s'exerce selon les mêmes lois ; qui se ramène, en fait, à l'ensemble de ces lois » (*AS*, 224). En regard de quoi le subconscient c'est : « le lexique individuel où chacun de nous accumule le vocabulaire de son histoire personnelle » (*AS*, 224). On le voit, la distinction entre inconscient et subconscient est homologue à la distinction saussurienne entre langue et parole, comme elle peut être homologue à la distinction chomskyenne entre compétence et performance. C'est bien ainsi en effet que peut être comprise la position de Lévi-Strauss, laquelle ressort plus nettement encore d'une affirmation comme celle-ci : « La notion d'inconscient collectif m'apparaîtrait en effet recevable, uniquement à la condition de ne rechercher dans cet inconscient qu'un ensemble de contraintes logiques, donc des schèmes » (« Sur le caractère distinctif des faits ethnologiques », *Revue des travaux de l'Académie des sciences morales et politiques*, 1er semestre 1962, vol. CXV, 4e série, p. 218).

C'est pourquoi Lévi-Strauss retrouve, mais sous un autre aspect, un des caractères fondamentaux que Freud attribuait à l'inconscient, à savoir qu'il ignore le temps. Mais là où Freud visait l'intemporalité de la pulsion, Lévi-Strauss désigne la permanence d'une activité logique : « Par rapport à l'événement ou à l'anecdote, ces structures – ou, plus exactement, ces lois de structure – sont vraiment intemporelles » (*AS*, 224). Elles sont les mêmes toujours et partout, mais opèrent également toujours et partout sur des contenus spécifiques que seul révèle un contexte singulier ; c'est à partir de ce contexte (objet de la description ethnographique) que l'anthropologue s'efforce de les mettre en évidence par le recours à des modèles.

Cette activité inconsciente de l'esprit ne consiste nullement, comme l'écrit un critique, « à appliquer des structures aux contenus toujours divers fournis par l'expérience humaine » (Vincent Descombes, *Le Même et l'Autre*, Paris, Minuit, 1979, p. 122). La formule est très curieuse. Il ne s'agit en effet jamais pour un anthropologue d'appliquer des structures à un contenu. Il ne lui est possible, tout au plus, que de les faire apparaître par son analyse. En revanche, on peut appliquer une forme à une matière et, par là, à des contenus. Mais précisément, une structure, Lévi-Strauss le démontre dans tous ses travaux, n'est pas une forme pré-existante, c'est un rapport invariant entre divers contenus (rapport qui peut donc être formalisé) ; il ne saurait donc *s'appliquer* à ceux-ci.

C'est parce que la pensée sauvage opère sur le mode symbolique qu'elle n'est pas caractérisable par un retour sur soi de ses propres opérations comme l'est par définition la pensée conceptuelle. On comprend donc pourquoi, pour Lévi-Strauss, il y a un rapport essentiel entre les notions d'inconscient et d'esprit : les formes d'activité de celui-ci – et à quoi l'anthropologue s'intéresse – sont essentiellement constituées par les systèmes de parenté, les classifications « totémiques », les rituels, les mythes, les productions plastiques, etc. La pensée sauvage est immanente à des dispositifs qui sont des dispositifs symboliques. On y a affaire, comme dans le cas de la langue, à des « totalités non réflexives » parfaitement intelligibles et produisant de l'intelligibilité par leurs opérations (sans que celles-ci soient désignées et formalisées explicitement).

Sur ce caractère nécessairement inconscient des lois de l'esprit, l'analyse des mythes apporte des précisions supplémentaires. Les mythes, selon Lévi-Strauss, présentent cet intérêt très particulier d'être détachés de toute fonction pratique, de se présenter comme une sorte d'activité pure de l'esprit. Mais cette activité n'est pas l'activité d'une conscience. Les mythes ne sont pas des récits dont les thèmes expriment des intentions ou des idées ou des significations. La pensée du mythe se situe à un tout autre niveau : celui du dispositif feuilleté des mythèmes multiples qui s'articulent, se font écho, se traduisent ou s'inversent d'un récit à l'autre dans un groupe de transformation. La « pensée du mythe » n'est pas dans le sujet pensant, elle est dans l'articulation de l'ordre syntagmatique de la narration et de l'ordre paradigmatique des schèmes qui, selon les cas, font apparaître simultanément une cosmologie, une logique, une science, une morale ou une esthétique. C'est donc au niveau du système (inconscient comme celui de la langue) que cela se joue, non au niveau de l'énoncé explicite (conscient ou du moins intentionnel comme celui de la parole). On comprend alors sans doute mieux ce fameux passage de l'introduction des *Mythologiques* : « Nous ne prétendons donc pas montrer comment les hommes pensent dans les mythes, mais comment les mythes se pensent dans les hommes, et à leur insu [...]. Et peut-être convient-il d'aller encore plus loin, en faisant abstraction de tout sujet pour considérer que, d'une certaine manière, les mythes se pensent entre eux » (*CC*, 20). Cette formule, qui a souvent été jugée excessive, n'est pas problématique parce qu'elle mettrait hors jeu le sujet de la pensée, mais plutôt parce qu'elle joue sur un va-et-vient de deux sens du terme « pensée », lequel se rapporte soit à l'acte de représentation (par exemple : la pensée de Leibniz comme acte d'un sujet pensant portant ce nom), soit à l'ensemble des énoncés d'un auteur (la pensée de Leibniz, c'est alors la philosophie exposée dans ses écrits). Dire que les hommes pensent dans les mythes se rapporte au premier cas ; mais dire que les mythes se pensent entre eux, cela concerne le système d'énoncés impliqués dans de tels récits. Ce qui revient simplement à dire (comme Lévi-Strauss le fait souvent) que les mythes n'ont pas d'auteur et que, même s'ils en ont, il est de leur nature d'exprimer une pensée collective, une tradition partagée par le groupe.

L'antériorité logique et le répertoire des possibles

L'intérêt de l'ethnologue pour les « catégories inconscientes de l'esprit » est précisément ce qui, aux yeux de Lévi-Strauss, le distingue de l'historien : « Son but [il s'agit de l'ethnologue] est d'atteindre, par-delà l'image consciente et toujours différente que les hommes forment de leur devenir, un inventaire des possibilités inconscientes, qui n'existent pas en nombre illimité ; et dont le répertoire, et les rapports de compatibilité et d'incompatibilité que chacune entretient avec toutes les autres, fournissent une architecture logique à des développements historiques qui peuvent être imprévisibles, sans jamais être arbitraires » (*AS*, p. 30-31). Nous verrons plus loin que l'historien lui aussi peut s'intéresser à des constantes qui échappent aux représentations conscientes et qu'il ne se réduit pas à être le narrateur des suites événementielles. Il devient lui-même de plus en plus un anthropologue des sociétés passées. Mais peut-être n'oserait-il pas, comme Lévi-Strauss, faire l'hypothèse d'un répertoire de possibilités inconscientes, existant en nombre fini et dont l'actualisation dans l'événement est fonction d'un critère de compatibilité réciproque. Un texte comme celui-ci (mais il en est d'autres du même genre) constitue sans doute le cœur de la position philosophique de Lévi-Strauss et marque sa parenté plutôt avec Leibniz qu'avec Kant. Ricœur avait défini le structuralisme de Lévi-Strauss comme un kantisme sans sujet transcendantal. Il faudrait plutôt dire : un leibnizianisme sans entendement divin.

La conviction profonde de Lévi-Strauss c'est que, derrière la très grande diversité des expressions culturelles et des systèmes d'organisation et de représentations, il n'y a qu'un nombre limité de possibilités de combinaisons des éléments selon lesquels s'ordonnent les rapports de parenté, les classifications logiques, les expressions plastiques, les formes de rituel ou les récits mythiques. Ainsi, à propos des similitudes constatées dans les faits d'organisations dualistes en différentes régions du monde très éloignées les unes des autres, Lévi-Strauss, plutôt que de recourir à des hypothèses diffusionnistes hasardeuses, préfère poser le problème ainsi : « Du point de vue où je me place, il pourrait bien s'agir d'une similitude structurale, entre des sociétés qui auraient effectué des choix voisins dans la série des possibles institutionnels dont la gamme n'est sans doute pas illimitée » (*AS*, 147-148). Ce texte laisse donc entendre que la notion de « possibles » s'étend à tous les aspects de l'activité culturelle : institutions sociales autant que formes d'art. Mais peut-être est-ce dans le chapitre de *Tristes Tropiques* consacré aux Caduveo que l'auteur l'affirme avec le plus d'ampleur : « L'ensemble des coutumes d'un peuple est toujours marqué par un style ; elles forment des systèmes. Je suis persuadé que *ces systèmes n'existent pas en nombre illimité*, et que les sociétés humaines comme les individus – dans leurs jeux, leurs rêves ou leurs délires – ne créent jamais de façon absolue, mais se bornent à choisir certaines combinaisons dans un répertoire idéal qu'il serait possible de reconstituer » (*TT*, 203 – notons la permanence de la formule que nous soulignons).

Cette idée d'un répertoire des possibles est sans doute l'une des plus riches de la conception de Lévi-Strauss, mais aussi celle dont la formulation est la plus risquée. On y trouve en effet deux thèses importantes. La première revient à dire qu'il en est des manifestations culturelles en tant qu'expressions de l'esprit humain comme des éléments d'une langue : l'infinie variété des phénomènes peut se ramener à un petit nombre d'éléments formateurs et de règles de composition ; c'est une thèse de méthodologie destinée à l'analyse des systèmes culturels (langue, parenté, rituels, mythes ; ainsi pour les phonèmes : il en existe idéalement un nombre très grand quoique fini, mais chaque langue n'en prélève qu'un nombre restreint en fonction de lois de compatibilité).

La deuxième thèse, greffée sur la première, consiste à affirmer que l'ensemble des systèmes culturels eux-mêmes se ramène à des éléments communs qui sont des données fondamentales de l'esprit humain. C'est une thèse évidemment plus forte puisqu'on passe de l'empirique au transcendantal. À ce niveau-là, on ne saurait envisager des contenus (ce qui, on l'a vu, serait supposer une expérience a priori) mais seulement des formes et c'est bien ce que dit Lévi-Strauss lorsqu'il affirme que l'inconscient est une forme vide qui se contente de fournir des lois de structure aux divers contenus de l'expérience. D'où la gêne que peut provoquer l'expression « répertoire idéal » qui semble envisager l'esprit comme un réservoir d'éléments qui pourraient ensuite se combiner en fonction des circonstances et des conditions de compatibilité (de compossibilité aurait dit Leibniz). C'est là une présentation quelque peu statique et trop liée au modèle du premier structuralisme de type saussurien qui privilégie le système de la langue. Ce modèle est évidemment discutable s'il conduit à privilégier la virtualité des contraintes sur l'actualité des expressions. La thèse de Lévi-Strauss est au contraire beaucoup plus intelligible et du même coup peut être sans inconvénient soutenue dans le cadre de la conception chomskyenne du rapport entre compétence et performance.

En fait si la position de Lévi-Strauss (en dépit des apparences) n'est pas de type kantien, c'est que la constitution de ce tableau des possibles relève non d'une déduction transcendantale, mais d'un programme d'observation assigné à une anthropologie vraiment générale : « En faisant l'inventaire de toutes les coutumes observées, de toutes celles imaginées dans les mythes, celles aussi évoquées dans le jeux des enfants et des adultes, les rêves des individus sains ou malades et les conduites psycho-pathologiques, on parviendrait à dresser une sorte de tableau périodique ; comme celui des éléments chimiques, où toutes les coutumes réelles ou simplement possibles apparaîtraient groupées en familles, et où nous n'aurions plus qu'à

CLAUDE LÉVI-STRAUSS ET L'ANTHROPOLOGIE STRUCTURALE

reconnaître celles que les sociétés ont effectivement adoptées » (*TT*, 203).

Lévi-Strauss propose de constituer ce tableau sur une véritable base expérimentale. Il s'agit de collecter les données, de les comparer et, à partir de là, d'abstraire ; c'est-à-dire de réaliser la démarche de mise en évidence du modèle : « À partir de l'expérience ethnographique, il s'agit toujours de dresser un inventaire des enceintes mentales, de réduire des données apparemment arbitraires à un ordre, de rejoindre un niveau où une nécessité se révèle immanente aux illusions de la liberté » (*CC*, 18) – ajoutons : ces illusions sont exactement celles de la conscience et donc déterminent l'autre forme d'inconscient comme refoulement (en somme ce serait la méconnaissance de l'antériorité inconsciente des structures – soit les limites de ma liberté – qui produirait la dénégation en quoi tient l'inconscient comme refoulement).

Pour définir cette notion de « possibles », Lévi-Strauss recourt, à chaque fois, presque mot pour mot aux mêmes formules. En vérité, on est au point de jonction de la notion d'inconscient et de celle d'esprit. C'est celle-ci qu'il nous faut maintenant discuter de plus près.

L'esprit humain

« L'ethnologie est d'abord une psychologie », lit-on dans *La Pensée sauvage* (*PS*, 174) ; la formule a pu surprendre à une époque où le concept de psychologie s'identifiait tout d'abord avec l'étude des états ou des comportements psychiques individuels (au point que pour envisager les aspects collectifs il a fallu créer le terme de « psycho-sociologie »), ensuite dans la mesure où psychologie supposait qu'on privilégie l'élément affectif ou émotionnel sur l'élément cognitif. Or, lorsque Lévi-Strauss parle de psychologie, il est clair qu'il ne se réfère pas à ce contexte, mais qu'il entend cette notion comme le faisait la tradition la plus classique, à savoir :

l'étude du dispositif mental. C'est du reste à cette définition que revient aujourd'hui la psychologie cognitiviste comme le rappelle D. Sperber (« Un esprit psychologue », *op. cit.*). Dès lors qu'on a compris cela, la formule de Lévi-Strauss surprend moins et la critique selon laquelle sa position serait un psychologisme apparaît comme erronée.

Il ne s'agit évidemment pas pour Lévi-Strauss d'aborder les faits ethnologiques à partir de la subjectivité individuelle (ce qui n'aboutirait, en fait, qu'à universaliser les contenus d'une culture particulière) ni, à l'opposé, de chercher à définir des catégories transcendantales (qui identifieraient l'esprit avec la pensée domestiquée, c'est-à-dire avec un *organon* de la raison constituée). Ce qu'il cherche à atteindre, c'est un niveau d'exercice de la pensée qui soit logiquement antérieur à la distinction du rationnel et de l'irrationnel, du sauvage et du domestiqué, du naturel et du culturel (tous ces couples de termes n'étant pas homologues, bien entendu).

Que l'ethnologie soit une « psychologie », cela veut dire qu'elle est, selon l'acception classique, *l'étude de l'esprit humain* mais en y incluant – et c'est là une acception moderne – ses manifestations sociales et culturelles. Ce qui signifie que l'ethnologie ne saurait se contenter de collecter des données et d'accumuler les monographies sur les populations étudiées, mais qu'elle doit s'interroger plus radicalement sur les processus d'intelligibilité qui traversent l'ensemble des faits observables. L'ethnologie n'est pas autre chose que l'étude de sociétés qui présentent l'écart le plus grand par rapport à la nôtre, mais d'autres cas d'écarts instructifs existent et doivent permettre de développer une théorie des structures mentales et de l'appareil de connaissance : « Plus une pensée est éloignée de la nôtre, plus nous sommes condamnés à n'apercevoir en elle que des propriétés essentielles, qui soient communes à toute pensée. Par conséquent, l'ethnologie peut collaborer avec la psychologie infantile et avec la psychologie animale, mais pour autant que toutes les trois reconnaissent qu'elles cherchent, par des moyens différents, à saisir des propriétés communes, et qui ne font vraisemblablement que refléter la structure du cerveau» («Sur le caractère distinctif des faits ethnologiques», *Revue des travaux de l'Académie des sciences morales et politiques*, 1er semestre 1962, vol. CXV, 4e série, p. 217)[1].

En assignant à l'anthropologie l'ambition d'être une *théorie de l'homme en général*, Lévi-Strauss ne pouvait que heurter beaucoup de praticiens de cette discipline. En effet, cela allait à l'encontre de tout ce qui s'était fait depuis le début du siècle, principalement dans la recherche anglo-saxonne, et qui visait avant tout à établir l'anthropologie comme discipline expérimentale, ce qui veut dire discipline de terrain dont la tâche, sinon unique, du moins essentielle, consiste à observer et répertorier des données de toutes sortes de différentes cultures sans prétendre pouvoir, de l'une à l'autre, établir des identités, encore moins leur supposer un élément commun. Les constantes transculturelles qui pouvaient éventuellement s'imposer devaient être traitées avec encore plus de circonspection.

Cette prudence méthodologique avait d'abord un caractère prophylactique : il s'agissait de se mettre, une bonne fois, à l'abri des généralisations ou extrapolations qui

---

1. Edmund Leach devait ignorer ces positions (pourtant souvent réaffirmées) lorsqu'il écrit dans la préface à *L'Unité de l'homme* (titre français donné à un recueil de textes publiés chez Gallimard, Paris, 1980) : «Tout lecteur des présents articles s'apercevra immédiatement de ma dette envers Lévi-Strauss ; mais je ne le suis pas quand il écrit comme si les phénomènes culturels étaient l'expression d'une abstraction, l'"esprit humain", qui s'arrange, d'une manière ou d'une autre, pour fonctionner à dessein et en toute indépendance par rapport au fonctionnement biochimique des cerveaux humains» (p. 9). Plus loin le chapitre intitulé «La légitimité de Salomon» commence par un passage en revue ironique des diverses acceptions possibles du terme *esprit* chez Lévi-Strauss pour y voir, soit un «fantôme dans la machine» (selon l'expression de G. Ryle) soit, à l'opposé et contre toute évidence, une nouvelle version du *Geist* hégélien. Finalement Leach admet qu'il ne comprend pas l'usage lévi-straussien de ce concept. On ne peut que le déplorer avec lui.

avaient grevé l'anthropologie du XIXᵉ siècle et auxquelles les meilleurs mêmes des « pères fondateurs » (L. Morgan, Lewis, Tylor) n'avaient pas échappé. Cependant l'ambition théorique de Lévi-Strauss n'a rien de commun avec ces généralisations du siècle précédent. Elle se veut aussi strictement expérimentale et scientifiquement établie. Il s'agit de prendre au sérieux le terme même d'anthropologie, qui ne saurait être, comme l'ethnographie, une discipline purement empirique. Il s'agit bien de proposer une théorie de l'homme, *mais exactement comme le linguiste propose une théorie de la langue, ou le physicien une théorie de la matière.*

Bref une théorie de l'homme en tant qu'il est l'objet d'un savoir spécifique (donc différencié d'autres domaines de la science) et d'une observation méthodiquement conduite (et non d'une considération a priori). L'ethnographie nous apprend à considérer la diversité des cultures et à les étudier chacune au plus près de leur singularité. Mais on n'en saurait tirer l'argument (non seulement moralement mais scientifiquement irrecevable) qu'il y aurait plusieurs humanités. Partout l'équipement mental est le même : identiques capacités de percevoir, de sentir, de connaître, de s'exprimer verbalement, de s'organiser socialement, de produire des représentations. C'est l'ensemble de ces capacités (attestées par les activités sociales et les productions culturelles) que Lévi-Strauss appelle « l'esprit humain ». La diversité des cultures, loin de constituer une difficulté, permet de comprendre au contraire que la même compétence produise nécessairement des performances différentes, en raison des conditions locales originales (dans le milieu physique, dans les rapports aux autres cultures, etc.).

L'intérêt de la position de Lévi-Strauss, c'est de ne pas poser cette universalité de manière a priori (ce qui serait gratuit), ni de la supposer comme la somme des ressemblances (ce qui revient à comparer des contenus sans s'occuper de leur fonction ou de leur position dans un système). Ce que Lévi-Strauss propose, c'est de comprendre que *ce sont les modèles d'organisation des différences qui se ressemblent.* Bref l'universalité apparaît dans l'enquête comme une hypothèse nécessaire.

L'universalité de l'esprit humain chez Lévi-Strauss ne relève pas d'abord d'un désir de donner une sorte d'extension philosophique à ses résultats ethnologiques (comme U. Eco ou E. Leach le prétendent à tort). C'est une hypothèse qu'il juge indispensable à l'enquête scientifique elle-même. Mais il faut bien voir, ici, que parler d'esprit humain n'a plus rien à voir avec la tradition qui en faisait une faculté individuelle (l'esprit humain serait alors ce qui est le propre de tout individu doué de raison), ni avec la tradition plus récente qui en fait une sorte de sujet collectif ou d'entité réflexive de la totalité (tel le *Geist* hégélien). Parler d'esprit pour Lévi-Strauss veut dire que, au-delà des particularités culturelles et des périodes historiques, il existe bien, chez tous les êtres humains, des capacités identiques de penser (classer, représenter, organiser, etc.) et que dans des circonstances analogues (c'est-à-dire selon des conditions et des contraintes de même type) on aura des solutions formellement identiques. On ne voit pas quelle objection philosophique sérieuse peut être élevée à cette encontre.

Une autre méprise doit être ici évitée. Lévi-Strauss n'identifie nullement cet esprit avec ce qu'on entendait classiquement par « entendement humain ». L'esprit dont il parle n'est pas le siège de catégories abstraites qui formeraient comme chez Kant les cadres a priori de la connaissance. Il s'agit d'opérations constatées ou relevées au cours de l'enquête sur les données matérielles. L'ethnologue procède donc à l'inverse du philosophe : « À l'hypothèse d'un entendement universel, il préfère l'observation empirique d'entendements collectifs dont les propriétés, en quelque sorte solidifiées, lui sont rendues manifestes par d'innombrables systèmes concrets de représentations » (*CC*, 19). On l'aura compris : s'intéresser à la raison constituée, procéder au travail d'observation préalable, ce n'est pas adopter un point de vue statique, c'est comprendre la raison constituante comme génératrice des différences empiriques. C'est toujours à celles-ci que l'ethnologue a affaire (et l'enquête ethnographique doit être aussi minutieuse que possible), mais l'effort de pensée doit être également considérable pour ne pas s'en tenir à un inventaire du divers, à un catalogue des différences ; il est nécessaire de s'interroger sur les régularités qui s'établissent entre ces différences à travers les lieux et les époques et que seule l'hypothèse d'un esprit humain identique dans ses moyens et ses opérations permet de comprendre.

Pour Lévi-Strauss, il ne s'agit pas non plus de renier l'aspect individuel de la question, c'est-à-dire l'existence du cerveau et du système nerveux central comme support incontournable de toute activité rationnelle ou même simplement de toute activité humaine. Mais cette disposition ne fonctionne que dans un dispositif collectif que l'on a déjà rencontré sous le nom de « dispositif symbolique » et qui est à la fois l'armature du langage, des institutions (parenté, organisations sociales), des activités (techniques, rites, arts) et des systèmes de représentations (classifications logiques, mythes).

Si Lévi-Strauss retient le terme « esprit » plutôt que celui de « raison », c'est sans doute parce que son acception est plus large. Dans l'emploi qu'il en fait, on voit bien qu'il s'agit d'inclure à la fois la « pensée sauvage » et la « pensée domestiquée », à la fois les dispositifs non conscients et les activités de savoir explicites. L'esprit se reconnaît donc dans ses capacités liées au cerveau humain et dans ses productions dont l'ensemble est appelé « culture ». Les deux aspects ne sont pas séparables. Il s'agit d'une totalité qui ne peut être conçue que comme donnée d'emblée. C'est en même temps qu'il faut penser le cerveau et le système culturel, le neuronal et le symbolique.

La dimension de l'inconscient est essentielle à cette conception de l'esprit, en ceci : 1) que les dispositifs culturels sont des « totalisations non réflexives » (Lévi-Strauss le dit de la langue, mais on peut en généraliser l'emploi) ; 2) que l'esprit contient en lui de manière latente un nombre très

grand mais limité de possibles dont certains seulement sont
actualisés dans les cultures. Rien n'en condense mieux la
conception que ce texte de 1949 : « Si, comme nous le
croyons, l'activité inconsciente de l'esprit consiste à imposer
des formes à un contenu, et si ces formes sont fondamentalement les mêmes pour tous les esprits, anciens et modernes,
primitifs et civilisés […], il faut et il suffit d'atteindre la structure inconsciente sous-jacente à chaque institution ou à
chaque coutume, pour obtenir un principe d'interprétation
valide pour d'autres institutions et d'autres coutumes […] »
(*AS*, 28). C'est ainsi que se rencontre la question de l'universalité.

L'universalité de l'esprit

La question de l'universalité de l'esprit n'est pas d'abord
pour Lévi-Strauss une question abstraite ou de pure spéculation. Elle apparaît dans le cours de sa recherche comme
une hypothèse nécessaire. Tel est le cas, en tout premier
lieu, de la prohibition de l'inceste. Le fait que cette prohibition (qui institue l'univers des règles) soit universellement
attestée lui confère le caractère d'une donnée de nature.
Mais ce n'est là que la pierre d'angle d'une universalité qui
ne cesse de se manifester dans le champ de la culture, ouvert
par cette prohibition, qui elle-même ne fait qu'exprimer le
caractère universel de la réciprocité : rapports de dons/
contre-dons dans l'alliance exogamique et dont le mariage
préférentiel des cousins croisés est, on l'a vu plus haut, une
des formes les plus probantes. Ce type de mariage n'existe
pas dans toutes les sociétés, il n'a pas les mêmes modalités
partout, mais il apparaît dans des aires de civilisations totalement indépendantes et hétérogènes ; partout il offre la
même solution logique à un même problème pratique ; sous
sa diversité locale il renvoie à une « base commune », à une
« structure globale de la parenté », celle précisément que
postule le principe de réciprocité, à savoir que pour toute

femme reçue, il y a nécessairement une femme due : « Cette structure globale, sans posséder la même universalité que la prohibition de l'inceste, constitue, parmi les règles de parenté, celle qui, après la prohibition de l'inceste, approche de plus près l'universalité » (*SEP*, 145). On comprend donc que l'universalité dont parle Lévi-Strauss est tout d'abord une universalité de fait ; elle se constate concrètement dans les formes d'organisation des sociétés. Elle n'est pas postulée comme une essence ou requise comme une valeur. C'est parce qu'elle s'impose comme un fait à l'observateur qu'elle demande à être saisie à un niveau logique et qu'elle requiert une explication dépassant la relativité des situations locales.

C'est d'abord cette universalité géographique, empirique, qui, chez Lévi-Strauss, appelle l'hypothèse d'une universalité structurale. Ce qui amène nécessairement cette question : quel est le support d'une telle universalité ? Qu'est-ce qui fait qu'aux mêmes problèmes soient appliquées les mêmes solutions en des points très divers de la planète ? Qu'est-ce qui fait que les systèmes de transformations (comme les systèmes de classifications « totémiques » australiens ou les variantes mythologiques amérindiennes) opèrent sur des aires géographiques très étendues ? Tout se passe comme si, à un niveau aussi vaste, le système était intentionnel, comme s'il relevait d'un projet conscient, d'une convention passée entre les groupes. Or il n'est rien de tout cela, bien au contraire ; faudrait-il donc dire qu'on a affaire à une sorte de raison transcendantale (en ceci qu'elle est catégoriale et transindividuelle) ? ou à une raison objective sans sujet (en ceci qu'elle s'exhibe dans les institutions mais non dans des savoirs thématisés) ? Comment nommer cette raison, à qui l'attribuer ou du moins quel support lui conférer ? Il n'y a, à cette question, pour Lévi-Strauss, pas d'autre réponse possible que celle-ci : dans tous les cas considérés ce qui se retrouve, c'est une organisation identique de l'esprit humain. Soit. Mais pourquoi parler de « l'esprit » plutôt que de l'homme, ou de la société ? Ce choix, en effet, n'est pas quelconque et c'est ce qu'il nous importe de comprendre. Car c'est sur ce point que, sans le dire explicitement, Lévi-Strauss se sépare de l'explication « sociologique » à la manière Durkheim ou de Mauss, et qui éclaire sa formule : « Mauss croit encore possible d'élaborer une théorie sociologique du symbolisme, alors qu'il faut évidemment chercher une origine symbolique de la société » (IMM, XXII).

Le xixe siècle en effet avait choisi de désigner « la société » comme l'auteur de ces opérations, par nature, collectives. Manière analogique de se donner un sujet sans subjectivité, de créer l'hypostase de ce qui est au-delà ou en deçà de l'individualité. Depuis Comte et Durkheim jusqu'à nos jours, l'usage du terme de « société » est resté, très souvent, redevable de ces présupposés. C'est ce genre d'hypostase que Lévi-Strauss récuse en dépit de la fidélité affichée envers ses maîtres ; tout d'abord parce qu'elle déguise un pléonasme (par exemple : les institutions sociales sont produites par la société) et surtout parce qu'alors l'explication tend à devenir téléologique (toute institution ou toute activité est l'accomplissement d'une fin voulue par la société).

Lévi-Strauss, en parlant d'esprit humain, propose une réponse d'un nouveau genre qui permet d'éviter ces difficultés. Ce qu'il postule, c'est un dispositif à la fois individuel (le cerveau) et collectif (institutions sociales et productions culturelles). Cette hypothèse n'est pas séparable, chez Lévi-Strauss, de sa conception des systèmes symboliques et se retrouve à l'horizon des trois champs principaux de ses recherches : parenté, logique du sensible, mythologie. Parler d'universalité de l'esprit, c'est en effet : 1) postuler une identité formelle des cultures, des rites, des mythes par-delà la diversité très grande des contenus (c'est donc refuser, à ce niveau précis, le relativisme culturel) ; 2) c'est postuler le caractère fini des possibilités logiques ; 3) c'est enfin affirmer l'antériorité du logique sur le fonctionnel. C'est en cela que Lévi-Strauss retrouve la même perspective de ce rénovateur du comparatisme que fut Georges Dumézil qui écrit : « À toute époque, l'esprit humain est intervenu dans les séquences, en marge des séquences qui s'imposaient à lui, souvent plus fort qu'elles ; or l'esprit humain est essentiellement organisateur, systématique, il vit de multiple simultané – en sorte que, à toute époque, en dehors des complexes secondaires qui s'expliquent par des apports successifs de l'histoire, il existe des complexes primaires qui sont peut-être plus fondamentaux dans les civilisations, plus vivaces » (*Les Dieux souverains des Indo-Européens*, Paris, PUF, 1952, p. 80).

Les mythes et l'architecture de l'esprit

À l'universalité des catégories logiques ou à celle de certaines formes d'institution, il faudrait surtout ajouter celle des dispositifs mythiques (comme nous le verrons de manière plus approfondie dans un chapitre ultérieur). Dans un texte bien connu où il explique comment les mythes se renvoient les uns aux autres, forment à la fois un réseau et un système de transformations, Lévi-Strauss précise : « Si l'on demande à quel ultime signifié renvoient ces significations qui se signifient l'une l'autre, mais dont il faut bien que, en fin de compte et toutes ensemble, elles se rapportent à quelque chose, l'unique réponse est que *les mythes signifient l'esprit qui les élabore au moyen du monde dont il fait lui-même partie. Ainsi peuvent être simultanément engendrés, les mythes eux-mêmes par l'esprit qui les cause, et par les mythes, une image du monde déjà inscrite dans l'architecture de l'esprit* » (*CC*, 346 – nous soulignons).

À propos de ce texte, Jean Pouillon fait justement remarquer que Lévi-Strauss ne dit pas « l'esprit qui les pense » mais bien « l'esprit qui les cause », car il ne s'agit pas d'une position de subjectivité mais d'une opération dont l'esprit – à la fois comme équipement mental et comme dispositif symbolique – est le producteur : « Les mythes, écrit-il, ne sont pas librement construits et ce n'est pas à une conscience active et transparente à elle-même qu'ils renvoient ; ils sont déterminés, non par une pensée fabricatrice et consciente – "l'esprit qui pense" – mais par la structure inconsciente de l'esprit – "l'esprit qui cause". Autrement dit, si les mythes fournissent une image du monde, ce n'est pas parce que, à travers eux, une pensée libre et consciente appréhenderait celui-ci, c'est parce qu'ils rendent manifeste le fonctionnement "naturel" d'une pensée contrainte et inconsciente qui fait partie du monde » (« L'analyse des mythes », in *L'Homme*, vol. VI, n° 1, 1966, p.105). On ne saurait mieux dire pourquoi c'est au niveau inconscient que l'esprit manifeste son fonctionnement objectif et donc pourquoi les deux notions sont pour Lévi-Strauss nécessairement liées.

Mais on comprend également mieux par là ce qui fait l'universalité de cette « architecture de l'esprit humain ». Déjà dans l'*Anthropologie structurale*, Lévi-Strauss avait avancé que cette architecture est la même « pour tous les esprits anciens et modernes, primitifs et civilisés » (*AS*, 28). Cela permet alors de comprendre que, sous la diversité historique ou géographique des formulations, on retrouve les mêmes démarches et les mêmes catégories; on comprend aussi pourquoi des mythes formellement identiques apparaissent en des lieux très différents de la terre; enfin il faut alors conclure que les mythes dans ce cas ne nous renseignent pas seulement sur les manières de penser de telle ou telle société – ils le font cependant – mais sur le fonctionnement même de l'esprit. « Si toutes les cultures développent des discours très particuliers et remarquablement homologues entre eux que sont les mythes, on est fondé à y reconnaître avec Claude Lévi-Strauss les fruits d'un même esprit humain. L'esprit humain, ou plutôt un dispositif propre à cet esprit, engendre les structures des mythes » (Dan Sperber, *Le Structuralisme en anthropologie*, Paris, Seuil, rééd., 1973, p. 66) : cet esprit permet de comprendre l'universalité d'une pensée mythique à travers la diversité des corpus; ces deux aspects, dit le même auteur, peuvent être compris comme le rapport compétence/performance.

Mesurons le renversement : cette forme de pensée, long-temps tenue pour illogique ou prélogique, c'est précisément celle où Lévi-Strauss trouve la manifestation la plus constante (et toujours actuelle) des opérations fondamentales de la pensée. On comprend que du même coup c'est toute la prétention d'un rationalisme de type scientiste qui se trouve récusée, mais c'est aussi toute la perspective évolutionniste qui est mise en cause (et non la perspective historienne : car il y a bien une histoire des savoirs, de leurs formulations et de leurs transformations, mais il n'y a pas un devenir des catégories logiques comme telles).

C'est en allant jusque-là que l'anthropologie remplit véritablement son programme. C'est, en tout cas, celui que Lévi-Strauss lui assigne. Comme dans n'importe quelle science, c'est l'audace théorique qui, ici, rend féconde la procédure expérimentale.

* * *

Si l'on devait faire un bilan de cette discussion et évaluer l'usage lévi-straussien de ces deux concepts d'inconscient et d'esprit, il semble qu'on pourrait dire ceci :

Le concept d'inconscient (progressivement détaché de ses références freudiennes) est d'abord un concept descriptif : il permet d'indiquer que de l'intelligible existe hors des représentations rationnelles explicites et se développe en dehors de la visée d'un sujet conscient ; cette hypothèse qui ne fait pas problème dans les sciences de la nature semblait au contraire difficile à avancer dans les sciences sociales et dans les sciences de l'homme en général où la question de la subjectivité s'impose. C'est pourquoi l'exemple de la linguistique a été si important : dans les règles d'organisation phonologiques et syntaxiques apparaît une rationalité objective qui n'est pas seulement indépendante du sujet mais plus encore s'impose comme condition de sa propre parole. Dès lors on pouvait supposer que c'était bien à ce niveau qu'il fallait chercher les conditions catégorielles du savoir. Ainsi le caractère non conscient d'un processus en garantit l'objectivité, mais surtout cela montre que cette intelligibilité inhérente aux institutions, aux faits de culture, permet de concevoir la continuité qu'on suppose entre le niveau individuel (le cerveau) et le niveau collectif (qui est à la fois celui de l'espèce et celui de telle ou telle culture).

Parler d'esprit humain comme instance d'intelligibilité permet de maintenir le point de vue du système sans exclure l'instance individuelle ; mais surtout cela permet de maintenir le point de vue du collectif tout en renonçant au sociologisme de Durkheim (et même de Mauss) qui fait du collectif la source et la raison des représentations et des buts des individus ; par là Lévi-Strauss avançait en fait vers une position que l'on dirait aujourd'hui « cognitiviste ». L'intelligibilité qu'il y a dans les institutions et les organisations ne vient pas du social comme tel mais du fait que le dispositif collectif est informé, et c'est parce qu'il est informé que le social est possible. C'est exactement ce que nous dit Lévi-Strauss lorsqu'il explique (voir plus loin chapitre V) qu'il ne faut pas chercher une origine sociale du symbolisme, mais plutôt une origine symbolique de la société.

CHAPITRE V

La pensée symbolique

On pourrait presque dire que comprendre la démarche de Lévi-Strauss depuis ses premières recherches sur la parenté jusqu'à ses plus récentes sur la mythologie, c'est d'abord comprendre ce qu'il entend par « symbolisme » : « Toute culture peut être considérée comme un ensemble de systèmes symboliques au premier rang desquels se placent le langage, les règles matrimoniales, les rapports économiques, l'art, la science, la religion » (IMM, xix). Il faut donc admettre que, pour Lévi-Strauss, le concept de symbolisme inclut à la fois ceux de système et de structure. En même temps il permet de penser le rapport nature/ culture, l'échange, l'alliance. Mais plus encore il constitue le socle logique des catégories mises en évidence dans *La Pensée sauvage*. Et c'est encore lui qui est présupposé dans l'ensemble des opérations formelles mises en évidence dans le corpus des *Mythologiques*. Il s'agit donc d'un concept essentiel. Il l'est au demeurant, non seulement pour comprendre les données anthropologiques mais aussi parce qu'il engage toute une perspective sur la nature du social, d'une part, et sur l'universalité des catégories logiques, d'autre part, autrement dit, sur la nature de l'esprit humain.

Cependant un premier doute peut surgir d'emblée dans l'esprit du lecteur : comment ou en quoi peut-on qualifier de symboliques, et donc mettre sur le même plan, le système de la langue, celui de la parenté, les rapports économiques, les formes de l'art, les produits de la science et les expressions de la religion ? On comprend normalement assez bien en quoi les gestes d'un rituel, la disposition orientée d'un village, les parures d'une danse, les motifs d'une poterie, la division sexuelle des tâches peuvent être dits « symboliques ». Mais la langue ? Mais les règles de l'alliance ? Il nous faudra comprendre ce qui pousse Lévi-Strauss à proposer cette extension du concept de symbolisme à l'ensemble des faits de culture et en discuter le bien-fondé. En outre, il nous faudra aussi comprendre pourquoi, selon lui, c'est essentiellement comme *systèmes* que peuvent être appréhendées les données symboliques. Cette insistance exclusive ne risque-t-elle pas de faire manquer la spécificité du symbolisme en regard d'autres expressions de l'esprit (comme le langage, la parenté, les techniques, etc.) ? Il se pourrait que le symbolisme, dans lequel on les inclut, n'en soit qu'une dimension.

Restera alors à envisager une autre difficulté : ou bien le socle symbolique, commun aux faits de culture, se confond avec la culture même et avec la réalité de l'esprit et, dans ce cas, il continue d'être présupposé par les activités modernes de la raison ; celles-ci ne feraient alors qu'en prolonger ou en confirmer l'efficience ; ou bien il serait de plus en plus relayé par cette raison, particulièrement par les activités scientifiques (et c'est bien ce qu'explique Lévi-Strauss en exposant sa théorie du *signifiant flottant*) et on peut alors se demander s'il ne faut pas envisager l'effacement de l'opposition nature/culture (que resterait-il d'une culture où le symbolisme, qui l'a d'abord définie, disparaîtrait ?). Ce dilemme point dans les derniers textes de Lévi-Strauss. Est-il pertinent ? C'est ce qu'il nous faudra aussi tâcher de débrouiller.

Il nous importe d'abord de produire l'exposition de ce concept de symbolisme dans l'œuvre de Lévi-Strauss, d'en envisager toutes les conséquences dans l'enceinte de ses propres définitions. Nous aurons, en somme, à discuter quatre problèmes successifs autour desquels s'organise cette conception : le premier se rapporte à la spécificité des représentations symboliques et de leur mode d'action ; le deuxième porte sur l'identification de l'ordre symbolique à la culture ; le troisième a trait au caractère systématique des faits de symbolisme ; le quatrième concerne le lien problématique du symbolisme et de la science. On pourra alors, en confrontant cette approche avec d'autres points de vue, mesurer le paradoxe de cette théorie qui semble aboutir à une sorte d'impasse mais qui, de manière surprenante, trouve une issue, non dans une nouvelle définition, mais dans cette remarquable avancée de la question qu'est la mise en évidence des formes de symbolisation exposées dans *La Pensée sauvage* et dans les *Mythologiques*. Tout se passe comme si, dans sa théorisation du symbolisme, qui traverse toute son œuvre, Lévi-Strauss, captif de ses définitions, était conduit à tenir une position qui lui devenait de plus en plus inconfortable et dont l'a tiré, sans qu'il s'en soit vraiment aperçu, le travail où, chez lui, le symbolisme s'expose de la manière la plus convaincante : les *Mythologiques*. Bref, c'est le recours au modèle musical qui lui permet, sans qu'il le reconnaisse explicitement, de formuler de la manière la plus profonde cette théorie du symbolisme qu'il ne cesse d'invoquer.

Premier problème :
la propriété inductrice du symbolisme
et le passage de l'individuel au collectif

C'est dans le texte intitulé « L'efficacité symbolique » (*AS*, chapitre x) que Lévi-Strauss expose de la manière la plus claire la raison de la mutation qu'il fait subir à la notion de symbolisme. Il s'agit du commentaire d'une incantation recueillie chez les Indiens cuna du Panama ; cette incantation accompagne un rituel chamanique destiné à aider une femme lors d'un accouchement douloureux. L'incantation met en scène une représentation du corps, de ses organes assimilés à des sites (sentiers, gorges montagnes) évoquant toute une géographie affective ; la maladie elle-même et les douleurs sont figurées en images intenses ; toute une action se déroule à laquelle la patiente est amenée à prendre part en esprit ; son corps est le lieu d'une lutte dramatique entre des esprits malfaisants et des esprits secourables. Le monde utérin est figuré en théâtre peuplé d'animaux menaçants qu'il va s'agir d'expulser ; le corps devient le foyer d'une réalité cosmique. Chaque figure et chaque action sont l'objet d'une description minutieuse. Bref, la malade est amenée à entrer dans un monde mythique, à concevoir son corps et ses sensations comme un dispositif de lieux et de figures, à imaginer un déroulement dramatique qui met en scène la conception et la grossesse pour aboutir à l'accouchement en cours et auquel elle participe avec ses hôtes intérieurs, des esprits secourables qui, d'abord entrés en file indienne, sortent quatre par quatre, puis tous de front, comme l'exige la dilatation souhaitée. C'est toute cette figuration que l'on peut qualifier de « symbolique » : ces animaux et personnages dont les expressions et les actions sont identifiées aux organes, aux sensations, aux états et aux actes de la malade.

En quoi a consisté l'*efficacité symbolique* dans cette cure ? Elle se situe simultanément sur deux plans : l'un a trait à l'ordre propre du symbolisme (qui le différencie du signe ou du langage par exemple) ; l'autre tient à son caractère social (donc commun au langage et aux systèmes de signes en général).

En ce qui concerne le premier aspect, Lévi-Strauss, pour expliquer cette possibilité de représentation des organes et de traduction des états psychiques en figures animales et en personnages, parle d'une « "propriété inductrice" que posséderaient, les unes par rapport aux autres, des structures formellement homologues, pouvant s'édifier, avec des matériaux différents, aux différents étages du vivant : processus organiques, psychisme inconscient, pensée réfléchie » (p. 223). Il s'agit là en effet de quelque chose de très particulier, de propre au symbolisme et qui tient à cette coalescence de la figure et du sens, ou plutôt au fait que le symbolisme réalise une opération intelligible à même les éléments sensibles (on verra du reste que c'est exactement ainsi que Lévi-Strauss définit la musique et la narration mythique). Cette opération se développe à un niveau qui est différent de celui du langage articulé et du discours conscient. La psychanalyse a très justement compris cette puissance du symbolisme puisque le dire du patient, par le biais des associations libres et surtout par l'opération du transfert, entre dans ce processus inducteur qui est tout autre que le savoir conscient (lequel ferait plutôt écran).

Mais un autre aspect de la cure chamanique est tout aussi important et sans doute explique sa réussite puisque la patiente est parvenue à surmonter sa douleur et l'accouchement a pu avoir lieu : « Que la mythologie du chaman ne corresponde pas à une réalité objective n'a pas d'importance : la malade y croit, et elle est membre d'une société qui y croit. Les esprits protecteurs et les esprits malfaisants, les monstres surnaturels et les animaux magiques font partie d'un système cohérent qui fonde la conception indigène de l'univers. La malade les accepte, ou, plus exactement, elle ne les a jamais mis en doute. Ce qu'elle n'accepte pas, ce sont des douleurs incohérentes et arbitraires qui, elles, constituent un élément étranger à son système, mais que, par l'appel au mythe, le chaman va replacer dans un ensemble où tout se tient » (*AS*, 218).

Ici Lévi-Strauss indique clairement ce qui lui paraît l'essentiel en cette affaire : que la cure individuelle ait consisté en une mobilisation de représentations qui sont collectives. Si la patiente est amenée à procéder à une dramatisation intérieure des différentes figures évoquées, selon des formes connues de récit et d'images mentales, cela veut dire que c'est avec tout un monde familier, social et cosmique, qu'elle est en mesure d'affronter l'épreuve ; son corps se projette dans ce monde qui en même temps est intériorisé en elle. Bref, il n'y a symbolisme que dans cette relation. En définitive, s'il y a efficacité symbolique de la cure chamanique, c'est par cette intégration du psychisme individuel dans des représentations qui lui sont fournies par le groupe et donc par la tradition (de même, dans un autre texte – « Le sorcier et sa magie », *AS*, chapitre IX –

Lévi-Strauss explique qu'un chaman n'est pas dit « grand » parce qu'il guérit, mais guérit parce qu'il est reconnu comme « grand chaman » : son efficacité tient à la croyance et au consensus). Tout se passe comme si la maladie consistait en une coupure d'avec le monde social environnant et comme si la première tâche de la cure était de réintégrer le malade dans sa communauté. Cela se produit par la médiation des représentations symboliques, non seulement parce qu'elles sont de nature sociale et forment un « système cohérent », mais parce que les étapes de la cure et les évocations qui les accompagnent procèdent à une *mise en ordre* très précise de tous les éléments et figures évoqués. La narration qui les convoque, les dispose, les fait agir, et enfin les restitue à leur position initiale a cette fonction d'articuler un ordre dans le temps : « Les événements antérieurs et postérieurs sont soigneusement rapportés. Il s'agit, en effet, de construire un ensemble systématique » (*AS*, 217). La guérison n'est considérée comme efficace que si le résultat est anticipé comme restitution de l'équilibre ancien ; elle doit donc présenter à la malade « un dénouement, c'est-à-dire une situation où tous les protagonistes ont retrouvé leur place, et sont rentrés dans un ordre sur lequel ne plane plus de menace » (*AS*, 217).

Ce texte a donc démontré, sur un exemple analysé en détail, une double dimension du symbolisme : l'une qui se ramène au *processus inducteur*, l'autre qui est son *caractère systématique et social*. Or il semble que, peu à peu, Lévi-Strauss va privilégier le second aspect au point d'identifier symbolisme et système jusqu'à appeler symboliques toutes les manifestations importantes de la culture (parenté, langage, art, économie, religion). C'est cette explication que Lévi-Strauss reprend dans son *Introduction à l'œuvre de Marcel Mauss* : « Il est de la nature de la société qu'elle s'exprime symboliquement dans ses coutumes et dans ses institutions ; au contraire, les conduites individuelles ne sont jamais symboliques par elles-mêmes : elles sont les éléments à partir desquels un système symbolique, qui ne peut être que collectif, se construit. » (IMM, XVI.)

Voici donc affirmée avec force cette identité du symbolique et du social qui constitue la thèse centrale de Lévi-Strauss. Que faut-il entendre par là ? Ne court-on pas le risque de privilégier un seul aspect du symbolisme ? Car dire que tout élément symbolique n'est tel que par son appartenance à un système n'entraîne pas la réciproque, à savoir que tout système serait symbolique.

On voit qu'ici, en mettant l'accent sur le caractère social de la représentation (et cet aspect n'est pas contestable dans l'exemple traité), Lévi-Strauss ne prend pas en compte un autre aspect qui, dans ses recherches ultérieures, deviendra la question principale : *en quoi certaines représentations sont-elles spécifiquement symboliques* en regard d'autres qui ne le sont pas (tout en étant également systématiques et sociales) et qui sont par exemple de nature réaliste ou fonctionnelle ou technique, etc. ? Or l'exigence constante de Lévi-Strauss, c'est bien de comprendre le symbolisme en lui-même sans le réduire à autre chose dont il serait ou la déformation ou la préfiguration.

Dans ce cas, est-il légitime de définir le symbolisme essentiellement par son caractère systématique et social ? Est-ce plus le définir que n'importe quel savoir ou n'importe quelle activité, à qui conviennent les mêmes adjectifs ? Il y a dans le symbolisme une dimension propre de valorisation et d'efficacité qui dans le rapport entre les éléments fait jouer d'autres règles, d'autres logiques. Cela est vrai de la magie, du « totémisme », du récit mythique, des pratiques rituelles, etc. Si ces modalités du comportement ou du langage sont symboliques, ce n'est pas seulement parce qu'elles sont collectives mais parce qu'elles possèdent des propriétés qui se distinguent de toutes celles qu'on connaît par ailleurs. Or c'est bien, sans directement le dire, à démontrer cela que Lévi-Strauss s'attache dans *La Pensée sauvage* et dans les *Mythologiques*. Il ne renonce pas pour autant à la notion de système, car il ne lui semble plus essentiel de revenir sur cet acquis. Mais le vrai problème sera plutôt celui-ci : pourquoi Lévi-Strauss ne théorise-t-il pas explicitement cette compréhension plus complète et plus riche du symbolisme ? L'aurait-il développée sans mesurer à quel point il rénovait ses propres perspectives ? La réponse à cette question n'est pas indifférente : elle permet de comprendre la révolution méthodologique réalisée dans les *Mythologiques* et explique pourquoi il cesse de mettre l'accent sur le modèle linguistique pour se tourner vers la musique.

Mais avant d'en venir à ce point nous allons reprendre, depuis le début, la première démarche et l'analyser dans ses diverses implications ; on verra mieux en quoi la deuxième s'avérait nécessaire.

Deuxième problème : le symbolisme comme culture

On ne comprendrait pas ce qui pousse Lévi-Strauss à définir les diverses expressions de la culture (langage, parenté, religion, etc.) comme systèmes symboliques si on ne tenait compte de l'histoire de l'anthropologie depuis la fin du XIXᵉ siècle, autrement dit depuis l'œuvre de son principal « père fondateur », Lewis Morgan, et des travaux de quelques-uns de ses grands successeurs anglo-saxons au début du XXᵉ siècle comme Frazer, Malinowski. Ce qui, aux yeux de Lévi-Strauss, n'est guère acceptable chez ces auteurs (sans leur retirer cependant d'immenses mérites), c'est un naturalisme utilitariste qui s'est banalisé dans les formulations fonctionnalistes. À l'opposé il se reconnaît pour maîtres des gens comme Boas, Durkheim, Mauss, Hocart et – malgré certaines réserves – Radcliffe-Brown. Voyons rapidement pourquoi.

Ce qui gêne Lévi-Strauss chez Morgan, c'est la tendance permanente à expliquer les formes d'organisation sociale comme des réponses à des problèmes biologiques ou à des impératifs de subsistance. C'est ce que M. Sahlins a bien montré dans *Culture and Practical Reason* (Londres, University of Chicago Press, 1976 ; trad. fr. *Au cœur des sociétés*, Paris, Gallimard, 1980, édition ici citée). La culture chez Morgan est présentée comme la transposition sociale de contraintes naturelles ; elle marque simplement le caractère plus complexe de l'espèce humaine parmi les espèces vivantes. À cet évolutionnisme, Malinowski ajoute un fonctionnalisme rigoureux qui se résume en deux thèses : 1) « Toute culture doit satisfaire le système biologique des besoins, tels ceux dictés par le métabolisme, la reproduction et les conditions physiologiques de la température » (*A Scientific Theory of Culture*, [1944], New York, Oxford University Press, 1960) ; 2°) « Toute réalisation culturelle impliquant l'utilisation d'artefacts et du symbolisme est un rehaussement instrumental de l'anatomie humaine, et se rattache directement ou indirectement à la satisfaction d'un besoin matériel » (*ibid.*).

La question qui se pose devant de telles affirmations est celle-ci : qu'est-ce qui conduit l'observateur occidental à supposer que les « primitifs » vivent au plus près des nécessités physiologiques sinon justement le fait de les considérer comme primitifs ? La critique que M. Sahlins fait de Morgan peut valoir également pour Malinowski, lorsqu'il écrit que de telles explications se ramènent à « l'appropriation des réalités signifiantes de la vie d'autres peuples par les rationalisations secondaires de la nôtre » (*Culture and Practical Reason*, *op. cit.*, p. 98). C'est bien chez nous (Mauss l'avait déjà souligné) qu'apparaît cet *Homo œconomicus* dont nous essayons de retrouver les expressions inchoatives chez les sauvages (on a vu précédemment comment Frazer interprétait l'échange réciproque des épouses comme une sorte de business rudimentaire) : on se condamne ainsi à comprendre toute culture comme la somme des réponses à des besoins identiques et on en dissout la singularité dans la généralité de quelques fonctions. « Le fonctionnalisme utilitaire, explique encore Sahlins, est un refus fonctionnel d'envisager le contenu et les relations internes de l'objet culturel. Le contenu n'est pris en compte que pour son effet instrumental, et sa logique interne est ainsi présentée comme son utilité externe » (*ibid.*, p. 102). Cependant Malinowski pourrait presque faire figure de modéré en regard des théories soutenues par George Peter Murdock (qui remet en valeur les positions de Morgan) et Julian Steward (qui fait de la culture un simple effet des conditions économiques et techniques du milieu, thèse connue sous le nom d'*écologie culturelle*).

Une autre perspective avait pourtant été ouverte, très tôt (dès la fin du XIXᵉ siècle) par Franz Boas, et cela selon des voies très originales. Boas, en effet, est venu à l'anthropologie à partir des sciences physiques : c'est en conduisant des recherches sur les colorations lumineuses qu'il parvient à mettre en évidence le facteur culturel dans la perception, puis à généraliser l'importance de ce facteur dans les rapports de l'homme à son milieu et aux conditions matérielles, jusqu'à professer finalement une sorte d'autonomie radicale des diverses cultures.

En plus d'un texte, Lévi-Strauss a dit sa dette envers Boas, en dépit de ce qu'il reconnaît de « nominalisme » dans sa conception de l'incomparabilité des cultures. Il fallait y remédier par une théorie cohérente de la société et c'est bien cela qu'il trouve chez Durkheim qui, contre les théories « individualistes » de Spencer et celles des économistes qui postulent une rationalité fondée sur les seuls besoins de l'individu, affirme le caractère premier et irréductible du fait social. Durkheim cependant, en séparant morphologie sociale et représentations collectives, ouvrait la voie à un dualisme dommageable entre société et culture. C'est ce que souligne Sahlins qui fait cette remarque – qu'on pourrait croire de Lévi-Strauss – : « Durkheim formula une théorie sociologique de la symbolisation, mais non une théorie symbolique de la société » (*Culture and Practical Reason*, *op. cit.*, p. 150). Mauss, de ce point de vue, y a mieux réussi, moins dans ses théorisations explicites, du reste, que dans les présupposés de ses analyses, telles que celles de l'*Essai sur le don* ou sur *Les Techniques du corps*.

Mais que veut dire exactement « théorie symbolique de la société » ? Il nous importe de le savoir puisque c'est bien cela qu'entend formuler Lévi-Strauss. On comprend sans doute mieux maintenant dans quel héritage il se situe, puisqu'une telle théorie se définit d'abord par ce qu'elle récuse : le fonctionnalisme utilitariste ou l'écologisme biologiste. Bref, pour Lévi-Strauss on ne saurait penser séparément société et culture, on ne saurait non plus poser le milieu naturel d'un côté et les productions de l'esprit de l'autre, et concevoir celles-ci comme de simples adaptations à celui-là. Défendre une théorie symbolique de la société, c'est donc présupposer d'emblée que la société, bien qu'être naturel par les vivants qui la composent, n'existe que comme institution et, en cela, autre que naturelle. On pourrait la dire un artefact spontané, milieu de tous les artefacts, source de leur possibilité. D'autre part les conditions biologiques et matérielles ne constituent jamais une matière brute sur laquelle opérerait l'esprit, mais des données déjà structurées et intelligibles auxquelles chaque culture, en prélevant certains éléments de préférence à d'autres et en réalisant une combinaison originale, confère une signification et un style singuliers. *Bref, il n'y a pas un niveau empirique auquel se surajouterait la signification : celle-ci est là, d'emblée, dans l'existence sociale en tant que culture*. Il faut aller jusqu'au bout de cette problématique, suggère Sahlins, et renoncer à la distinction entre infra- et superstructures que Lévi-Strauss admet encore, non sans la corriger, en posant que les deux niveaux sont médiés par le « schème conceptuel » (*PS*, 173). Ce que Sahlins commente ainsi : « Le décodage de ce schème ne doit pas être réduit aux "superstructures". Ce schème est l'organisation même de la production matérielle [...] Les déterminations générales de la praxis sont soumises aux formulations spécifiques de la culture ; c'est-à-dire d'un ordre qui, par ses propriétés en tant que système symbolique, jouit d'une autonomie fondamentale » (*Culture and Practical Reason*, *op.cit.*, p. 79).

Reposons la question : que veut dire précisément « symbolique » ici sinon que dès qu'il y a société humaine, un autre ordre est là qui fait que les conditions matérielles, bien qu'elles obéissent à des mécanismes propres, sont d'emblée reprises et transformées dans autre chose, deviennent le lexique d'une syntaxe qu'elles n'engendrent pas, mais qui est le fait de ce que Lévi-Strauss appelle l'esprit humain. Cet ordre peut effectivement être dit symbolique si on admet avec Edmond Ortigues que tout symbolisme s'affirme dans son altérité radicale vis-à-vis de toute donnée naturelle (*Le Discours et le Symbole*, Paris, Aubier, 1962). Il y a symbolisme dans et par une transformation de l'élément simplement utile et fonctionnel en quelque chose qui, dans une culture particulière, est valorisé et chargé de signification. Cela peut concerner, par exemple, des vêtements, des aliments, des objets, des habitations, des instruments, des plantes, des animaux, etc. Si bien que l'expérience la plus immédiate des choses et des situations n'est pas séparable des représentations qui leur confèrent leur statut symbolique. Mais faut-il pour autant comme le fait Sahlins identifier symbolisme et signification (*Culture and Practical Reason*, *op. cit.*, p. 103) et parler de « la culture en tant qu'ordre signifiant » (*ibid.*, p. 112) ? Car en appeler à cette équivalence (comme tend aussi à le faire Lévi-Strauss), c'est se mettre dans la position de devoir accepter le corollaire : à savoir que toute signification serait symbolique (donc chargée de valeur). Or nous savons que ce n'est pas le cas : ce qui est signifié peut être simplement informatif ou dénotatif (comme dans la plupart des situations de communication et donc d'usage ordinaire du langage).

D'autre part ce qui est déterminant dans le symbolisme, c'est que non seulement on voit l'intelligible s'y présenter à même les éléments sensibles, mais surtout il s'y passe que ces éléments ne sont pas d'abord, comme dans le cas du signe, supposés délivrer un message : ils réalisent une *opération*, ils assurent une performance (on peut le dire de la topologie symbolique d'un village, comme chez les Bororo, qui représente le monde et constitue un dispositif d'organisation de la vie sociale ; de même les gestes et les moments d'un rite ; les parures des hommes et des femmes, etc.).

En fait un système symbolique (on le développera mieux

plus loin) organise des éléments en *dispositif opératoire*. En cela, il est sans doute la condition d'un système signifiant mais il ne se confond pas avec lui. Cette opérativité est ce qui fait l'unité formelle du symbolisme logique (comme celui des mathématiques) et du symbolisme traditionnel. C'est aussi cela qui constitue l'originalité du symbolisme par rapport au discours ou à tout autre système de signification. Ce n'est pas le sens des éléments qui importe mais leur *position*. C'est en cela que leur caractère systématique est déterminant. C'est ce caractère opératoire que Lévi-Strauss avait lui-même repéré et désigné lorsqu'il parlait de « propriété inductrice » du symbolisme.

Nous voici donc à une autre étape de nos interrogations et devant deux exigences, à savoir : 1) qu'il est nécessaire de distinguer symbolisme et signification et d'en tirer les conséquences quant à la théorie symbolique de la société ; 2) qu'il est légitime de considérer tout symbolisme comme un système mais non tout système comme symbolique.

Ce sont ces deux points qu'il faut maintenant examiner en reprenant l'argumentation de Lévi-Strauss. En commençant par le deuxième il sera plus facile de s'entendre sur le premier.

Troisième problème :
le symbolisme comme système ;
vers une socio-logique

> « Le social n'est réel qu'intégré en système. »
>
> (IMM, XXV.)

Comment se constitue le social ? se demandait-on traditionnellement. Sans même revenir aux solutions de la pensée politique classique qui imaginait une genèse de la société à partir des individus isolés ou, tout au plus, des familles, on a longtemps, dans l'anthropologie moderne, continué à supposer qu'il fallait, au moins au plan logique, fournir une raison au fait – premier, non engendrable – de l'organisation collective de la vie humaine. Cette raison une fois démontrée, on pouvait alors plus aisément en déduire les implications à toutes sortes d'autres niveaux : caractère collectif du langage, de l'échange, des systèmes de signes, des conventions, des traditions et ainsi de suite. Et donc des expressions symboliques. C'est bien une telle perspective qui domine encore, estime Lévi-Strauss, la conception saussurienne de la langue : « Entre 1900 et 1920, les fondateurs de la linguistique moderne, Ferdinand de Saussure et Antoine Meillet, se mettent résolument sous le patronage des sociologues. C'est seulement après 1920 que Marcel Mauss commence, comme disent les économistes, à renverser la tendance » (*AS*, 39). Ce mouvement cependant reste timide : « Mauss croit encore possible d'élaborer une théorie sociologique du symbolisme, alors qu'il faut évidemment chercher une origine symbolique de la société » (IMM, XXII). Ce renversement, Lévi-Strauss l'achève lorsqu'il écrit : « On ne peut pas expliquer le phénomène social, l'existence de l'état de culture lui-même est inintelligible si le symbolisme n'est pas traité par la pensée sociologique comme une condition a priori » (« La sociologie française » in Gurvitch, *La Sociologie au XXe siècle*, Paris, PUF, 1947, t. II, p. 526). Il ajoute : « La sociologie ne peut pas expliquer la genèse de la pensée symbolique, elle doit la prendre comme donnée » (*ibid.*, p. 527).

De telles affirmations sont à examiner de près, puisqu'elles reviennent à dire que la société n'est concevable que selon ce dispositif de différences et d'oppositions qui constitue tout symbolisme (et si cela est vrai, alors celui-ci ne saurait, en effet, survenir après coup comme produit du fait social). Mais il reste alors à se demander : qu'est-ce qui autorise à appeler *symbolique* l'organisation propre de la société humaine ? Cela semble nous reconduire au débat présenté plus haut. Mais il nous faut ici être plus précis. À la question posée, Lévi-Strauss répondrait : il en est ainsi parce que la société humaine n'existe que comme *institution*. C'est ce que montre, par exemple, l'analyse des faits de parenté : filiation et consanguinité peuvent être rapportées à la nature, ce sont des liens qui ont d'abord une évidence biologique ; mais l'union matrimoniale se conforme à des règles qui interdisent, recommandent ou prescrivent. L'alliance n'appartient pas au programme de la nature. Du même coup, tous les rapports de parenté sont redistribués à partir de cet « artifice » : les rapports de filiation et de consanguinité ne sont plus seulement biologiques, ils sont aussitôt institutionnellement marqués par l'assignation de noms, de places, de statuts dans un dispositif réglé de relations. C'est ce dispositif qui constitue l'organisation symbolique et simultanément sociale chez l'homme. Ce qui n'est pas non plus séparable du phénomène du langage (on comprend dès lors que l'on ait cru pouvoir dire que la parenté est *comme* un langage, non certes dans sa fonction, mais certainement dans sa forme). Le symbolisme est donc d'emblée donné avec le social, inséparablement. Ni l'un ni l'autre ne peuvent survenir après ou avant. Tout au plus pourrait-on, s'il le fallait, reconnaître une priorité logique au dispositif symbolique en ceci : que c'est le dispositif formel des relations qui rend pensables les relations elles-mêmes.

Il faut bien voir ici qu'il y a une sorte de paradoxe dans la formulation. En effet le symbolisme est par définition ce qui constitue et institue la culture ; il est du côté de la règle, de la convention mais en même temps il est présenté comme purement factuel, comme ce au-delà de quoi on ne saurait remonter. C'est ce caractère de fait qui lui confère une universalité de nature. Par quoi on retrouve justement – exemple privilégié – ce qui fait l'originalité de la prohibition de l'inceste, qui est d'être une règle (c'est-à-dire un trait de convention) qui possède cette caractéristique d'être universelle (en cela identique à une loi de nature). Ainsi le symbolisme, comme donnée a priori, est quelque chose dont on ne peut penser l'engendrement mais seulement exposer la cohérence interne ; il présente en lui le double trait de la *phusis* et du *nomos*, de la nature et de la convention dont la tension préoccupait la pensée grecque (on peut reconnaître ici le dilemme formulé dans le *Cratyle*).

Il faudrait donc dire que le fait social en tant que dispositif symbolique est purement culturel, mais en tant que *fait*, justement, il appartient à l'ordre de la nature. C'est précisément cela que l'on peut dire du langage et c'est bien aussi la question qui sous-tend le débat sur « l'arbitraire du signe ». On le voit : Lévi-Strauss offrirait ainsi une solution élégante à un dilemme très ancien. Ajoutons que l'on pourrait aussi, à partir de là, reprendre le débat ouvert au XVIIIe siècle sur l'hypothèse d'un « contrat originaire », la question n'étant plus de savoir comment les hommes forment une société (pas plus qu'elle n'est : comment naissent les langues) mais comment comprendre ce *fait* qui se présente d'emblée dans la forme de la *convention*, c'est-à-dire du dispositif symbolique.

Lévi-Strauss affirme déjà du symbolisme en général ce qu'il dira des structures dans les différents champs étudiés (parenté, catégories logiques, mythologie) : à savoir que la raison suffisante d'un système est dans le système lui-même et non dans les péripéties hypothétiques de sa genèse (mais c'est là un problème que nous aurons à reprendre plus loin à propos de l'histoire). On peut le dire en effet mais sous réserve qu'il s'agit bien de symbolisme. Le critère qu'avance Lévi-Strauss, c'est d'abord celui de la règle mais en tant que les termes qui y sont soumis font système.

Cette insistance sur le caractère systématique du fait symbolique se comprend très bien si on considère que la fonction symbolique ne peut être séparée de l'instance sociale du discours, c'est-à-dire d'un dispositif de reconnaissance réciproque et de conventions acceptées. C'est cet aspect que souligne encore E. Ortigues (*Le Discours et le*

Symbole, *op.cit.*, p. 60 *sq.*) qui rappelle comment la notion même de symbole provient étymologiquement de l'image de la tessère brisée en deux : chaque morceau, susceptible de s'ajuster à l'autre, est gardé par chaque partenaire comme témoignage d'un pacte conclu entre eux.

Un symbole ne saurait donc se définir simplement comme la coalescence d'une figure et d'un sens. Car considérer telle ou telle figure en elle-même, c'est la séparer des autres, c'est l'absolutiser, bref c'est précisément tendre vers le pôle de l'imaginaire. L'opération symbolique au contraire consiste à saisir des figures (ou tout autre élément sensible pourvu de sens) non en elles-mêmes mais dans leurs rapports réciproques, dans ce qui les différencie, les oppose, en définitive, dans ce qui les organise en structures. C'est, explique encore Ortigues, ce qu'a si bien compris Georges Dumézil qui montre, dans son analyse des panthéons indo-européens, qu'on ne comprend rien aux figures des dieux ni à la mythologie en général, si on s'avise de considérer les divinités chacune pour elle-même. Car en ce cas chacune d'elle semble tendre à absorber les autres, à s'en approprier les fonctions. C'est ce que Dumézil appelle « l'impérialisme de la représentation isolée », c'est-à-dire de l'imaginaire. Mais si, au contraire, on considère les divinités dans leurs rapports différentiels et oppositionnels, les attributions se clarifient et les fonctions apparaissent nettement (telles les trois fondamentales du monde indo-européen : fonction de souveraineté, fonction guerrière, fonction de fécondité ; soit à Rome la trilogie Jupiter, Mars, Quirinus). « Un même terme, commente Ortigues, peut être imaginaire si on le considère absolument et symbolique si on le comprend comme valeur différentielle corrélative d'autres termes qui le limitent réciproquement » (*op.cit.*, p. 194). On pourrait donc se demander : qu'est-ce qui distingue alors le symbolisme du discours ? Ortigues assigne au symbolisme une position intermédiaire entre l'imaginaire, seuil minimum d'ouverture, où est donnée la matière de la représentation, et le discours, seuil maximum d'accomplissement, qui suppose simultanément le système de la langue et la reconnaissance de la règle sociale. Mais, dans cette distribution, son rôle est bien, par sa puissance à différencier, d'amener la matière de la représentation vers le discours, soit vers le concept (perspective très hégélienne, puisque le symbolisme préparerait le terrain à la seule instance véritable de pensée : celle du savoir conscient de soi, ce que Lévi-Strauss ne saurait admettre comme on le verra au chapitre suivant).

Dire qu'il n'y a de symbolisme que social, cela veut dire que tout symbolisme fait système et que son meilleur modèle est le symbolisme logique. Pour Lévi-Strauss le seul problème est celui d'une reconnaissance du système derrière les termes et donc du social derrière l'individuel ; ce qu'il privilégie dans les faits de symbolisme, c'est (comme dans les faits de parenté) l'importance des contraintes que le système exerce sur les éléments, c'est cette certitude (dont la phonologie a fourni le paradigme) que les termes sont des valeurs, c'est-à-dire n'ont de signification qu'oppositionnelle et différentielle. Or, comme le symbolisme ne survient pas après coup (après la constitution de la société), comme il est la forme d'expression immanente d'un monde et d'un monde ordonné, il faut donc poser l'équation du dispositif symbolique et de l'institution sociale comme donnée d'emblée, comme « originaire ».

La nécessité de comprendre les termes dans les systèmes de relations où ils apparaissent et qui caractérisent les phénomènes symboliques a tout d'abord pour Lévi-Strauss des implications essentielles dans la manière d'aborder les faits psychiques, plus précisément dans la manière de définir le statut de l'affectivité. La question est importante car nombreuses sont les théories qui voient l'origine du symbolisme dans les pulsions du sujet ou dans les émotions partagées.

Loin que le comportement du groupe soit la somme des sentiments individuels, il faut plutôt dire que ce sont ceux-ci qui se forment en fonction de ce que le groupe requiert.

« Chaque homme ressent en fonction de la manière dont il est permis ou prescrit de se conduire. Les coutumes sont données comme normes externes, avant d'engendrer des sentiments internes, et ces normes insensibles déterminent les sentiments individuels, ainsi que les circonstances où ils pourront, ou devront, se manifester » (*TA*, 105). On ne saurait être plus durkheimien ou maussien, comme le montre encore cette autre remarque : « La formulation psychologique n'est qu'une traduction, sur le plan du psychisme individuel, d'une structure proprement sociologique » (IMM, XVI).

Nous retrouvons les problèmes rencontrés plus haut avec l'exemple de la cure chamanique, problème repris dans l'*Introduction à l'œuvre de Marcel Mauss*, où l'accent est mis sur la dimension sociale d'expériences comme celles de la transe, de la possession, hypothèse étendue aux états pathologiques (car quels que soient leurs substrats physiologiques, leurs formes d'expression restent socialement définies). Les conduites marginales ou spéciales ne sont pas alors de simples irrégularités ; on a affaire à des individus placés entre différents systèmes irréductibles : « À ceux-là, le groupe demande, et même impose, de figurer certaines formes de compromis irréalisables sur le plan collectif, de feindre des transitions imaginaires, d'incarner des synthèses incompatibles » (IMM, XX). C'est précisément par des dispositifs symboliques que s'opèrent ces transitions (définies ici exactement comme le sont les variantes d'un mythe) : c'est-à-dire par des éléments de figuration qui, à la fois, suscitent et supposent les représentations collectives.

Qualifier de symbolique tout système culturel, c'est sans doute une manière de reconnaître que la description d'un tel système n'est pas épuisée par l'inventaire de ses fonctions, qu'il est toujours en même temps chargé de valeur. Ainsi les termes de parenté servent à classer et à différencier ; mais les places qu'ils assignent sont en même temps des statuts et induisent des attitudes (on a vu ce qu'il en est de l'oncle maternel, des cousins croisés et des cousins parallèles, des rapports de beaux-frères, du tabou des beaux-parents, par exemple). On voit très bien ainsi en quoi la valeur symbolique est liée au système ; mais on voit très bien aussi que la dimension symbolique ne se définit pas seulement par le système ; encore moins est-on fondé à soutenir que tout ce qui a un caractère de système peut être dit symbolique.

En fait, Lévi-Strauss ayant établi que le propre d'un système symbolique est d'être : 1) un dispositif intelligible ; 2) situé au niveau inconscient ; 3) dont le caractère intelligible tient au statut différentiel et oppositionnel des éléments, sera donc dit symbolique tout système qui présente de tels traits. Ce qui est le cas de la langue, des systèmes de parenté, des rituels, des mythes, etc. D'où aussi la tentation d'appeler « langage » tout dispositif de culture (parenté, art, rituel, mythologie, etc.) parce que la langue est le modèle par excellence d'un système intelligible inconscient. En somme, pour Lévi-Strauss, tout ce qui fait système et possède une intelligibilité interne est dit « symbolique ». Terme qui qualifie alors tout système culturel par opposition à des systèmes naturels. Cette assimilation est contestable et Lévi-Strauss lui-même est amené à mettre en cause les présupposés de cette position, comme on va le voir maintenant.

Quatrième problème :
le symbolisme, les codes naturels et la science

Si le symbolisme est défini comme l'armature logico-sociale de nos représentations et de nos comportements, s'il s'identifie avec tout ce qui est culturel ou qui relève de l'institution, avec tout ce qui dénote une convention, un code, surgit alors une difficulté : qu'en est-il des codes naturels ? Sont-ils de nature symbolique ? Dans l'affirmative, on ne peut plus dire que le symbolisme se confond avec la culture.

Ou en tout cas admettre que ce n'était pas le problème essentiel.

Il est clair que pour Lévi-Strauss, jusqu'à *La Pensée sauvage*, il ne pouvait être question de parler de code autrement que comme élément de la chaîne symbolique, c'est-à-dire seulement selon l'hypothèse d'une opposition de la culture à la nature. Mais dès lors qu'apparaît un codage présent dans l'ordre biologique (ainsi le code ADN), un *nouveau* problème se pose. Cela veut dire qu'un code se constitue au niveau de la nature, qu'une chaîne signifiante est donnée en dehors de toute opération de rupture supposant l'avènement du monde humain. La difficulté est sérieuse, car si l'on peut parler de code, voire de langage, sans que doive être postulée l'instance de la règle, c'est le principe de la réciprocité, par exemple, qui perd sa pertinence et du même coup on peut se demander ce qu'il en advient de tout ce dont ce principe rend compte (mariage préférentiel des cousins croisés, organisations dualistes, rapports d'alliance en général, bref tout le système de la parenté lui-même). Le naturalisme, dont Lévi-Strauss avait dénoncé l'incohérence dans ses versions utilitaristes et fonctionnalistes, semble revenir paré des prestiges de la biologie. Comment Lévi-Strauss parvient-il à surmonter cette nouvelle figure d'un dilemme nature/culture ?

Devant l'existence de codes donnés dans la nature, deux réactions théoriques semblent possibles : ou bien dire que le règne de la nature pénètre très avant dans celui de la culture ; ou bien affirmer que ce dernier se manifeste très tôt dans celui de la nature. Cela voudrait dire que, plutôt que d'un passage entre nature et culture, il faudrait plutôt parler d'un chevauchement. Lévi-Strauss oscille un temps entre ces deux positions pour finalement s'orienter vers une troisième qui domine ses recherches depuis *La Pensée sauvage* : celle d'une continuité de l'esprit humain qui transcende l'opposition nature/culture. « On découvrira peut-être que l'articulation de la nature et de la culture ne revêt pas l'apparence désintéressée d'un règne hiérarchiquement superposé à un autre et qui serait irréductible, mais plutôt d'une reprise synthétique, permise par l'émergence de certaines structures cérébrales qui relèvent elles-mêmes de la nature, de mécanismes déjà montés mais que la vie animale n'illustre que sous forme disjointe et qu'elle alloue en ordre dispersé » (*SEP*, XVI-XVII ; « Préface » de la 2ᵉ édition, 1967). On retrouve la même perspective dans cet autre texte : « Même si les phénomènes sociaux doivent être provisoirement isolés du reste, et bien qu'en fait et même en droit, l'émergence de la culture restera pour l'homme un mystère, tant qu'on ne parviendra pas à déterminer, au niveau biologique, les modifications de structure et de fonctionnement du cerveau, dont la culture a été simultanément le résultat naturel et le mode social d'appréhension, tout en créant le milieu intersubjectif, indispensable, pour que se poursuivent des transformations, anatomiques certes, mais qui ne peuvent être, ni définies, ni étudiées, en se référant seulement à l'individu » (*AS II*, 24). Bien d'autres remarques corroborent cette vision ; signalons-en quelques-unes : « Ma pensée est elle-même un objet. Étant "de ce monde", elle participe de la même nature que lui » (*TT*, 60) ; ou encore : « L'esprit aussi est une chose, le fonctionnement de cette chose nous instruit sur la nature des choses : même la réflexion pure se résume en une intériorisation du cosmos. Sous une forme symbolique, elle illustre la structure de l'en-dehors » (*PS*, 328, note).

Une telle perspective s'impose aux yeux de Lévi-Strauss en raison des avancées de la science moderne. La biologie, principalement, nous apprend que l'être vivant est un dispositif d'informations réglé par des programmes. L'intelligibilité que l'esprit met en évidence dans le monde naturel ne peut être autre que celle qu'il possède lui-même. Au fur et à mesure qu'elle se formule et se développe, elle se substitue à celle que, sur le mode sauvage (c'est-à-dire par un traitement des qualités secondes) propose la pensée symbolique. On serait alors devant la situation suivante : la science moderne dispose de moyens de plus en plus fins pour rendre compte de la totalité du monde connaissable, tandis que la pensée symbolique, qui confère d'emblée une signification totale au monde, continue à donner du sens à ce qui n'est pas encore rationnellement expliqué : « Seule l'histoire de la pensée symbolique permettrait de rendre compte de cette condition intellectuelle de l'homme, qui est que l'univers ne signifie jamais assez, et que la pensée dispose toujours de trop de significations pour la quantité d'objets auxquels elle peut accrocher celles-ci » (*AS*, 202-203).

D'une manière générale, la pensée symbolique témoigne de ce décalage qu'elle s'efforce de maîtriser en conférant au signifié inconnu un signifiant indéterminé que Lévi-Strauss propose d'appeler « signifiant flottant » (telle serait la fonction du *mana* chez les Mélanésiens ou de tout autre terme du même genre ailleurs comme « truc » en français). Cela nous permettrait de « reconnaître que le travail de péréquation du signifiant par rapport au signifié a été poursuivi de façon méthodique et plus rigoureuse à partir de la naissance, et dans les limites d'expansion, de la science moderne » (IMM, XLVIII-XLIX). Cette péréquation est loin d'être accomplie et Lévi-Strauss pense que la fonction « signifiant flottant » a encore de beaux jours devant elle. Il n'empêche que cette présentation témoigne d'une vision optimiste de la science et lui assigne une tâche précise à l'égard de la pensée symbolique. On devrait en effet pouvoir dire que la science prend le relais de celle-ci et surtout prend la relève de ses fonctions. Ce qui signifierait, à la limite (ou, en tout cas, en droit) que la pensée symbolique pourrait disparaître tout à fait dans un univers où les savoirs objectifs auraient répondu à la totalité des signifiants disponibles.

On comprend alors qu'une théorie de la « communication » vienne se substituer à celle du symbolisme. Prenons un exemple assez évident : dans la famille moderne, la prohibition de l'inceste (limitée au cercle très étroit du groupe biologique) n'est plus pertinente pour fonder et garantir le mariage, puisque celui-ci cesse d'être d'abord une alliance entre deux groupes liés par l'obligation de réciprocité. On serait alors dans une version élargie des « structures complexes de parenté ». On est passé d'un ordre mécanique à un ordre statistique. Dès lors l'opposition à la nature, qui caractérise le symbolisme, ne s'imposerait plus. L'évolution de la pensée de Lévi-Strauss sur ce problème se traduit par la prise de conscience que la formation d'un code n'est pas nécessairement suspendue à l'opposition nature/culture ; tendra donc à s'y substituer l'idée de leur continuité.

La difficulté consiste alors en ceci : que ce renversement de perspective ne s'est opéré que progressivement et insensiblement. Si bien que l'abandon de la première axiomatique n'a pas été clairement reconnu par Lévi-Strauss lui-même. Entre celle-ci et la suivante, il existe un espace commun qui peut donner l'impression qu'il ne s'agissait que d'une inflexion. En effet entre le champ du *symbolisme* et celui de la *communication*, ce qui est commun, c'est le *code*. Dans le premier cas il n'est pensable qu'à l'intérieur du champ de la culture. Dans le deuxième cas, il apparaît comme simple mise en série et en ordre d'une suite d'éléments comme on le voit se constituer au niveau cellulaire ou dans les systèmes de communication animale. Mais le symbolisme est-il bien une affaire de code ? Il se pourrait que ce ne soit pas le cas, et que Lévi-Strauss lui-même soit allé au-delà de cette position malgré une terminologie qui reste inchangée.

Reprise générale de la question

Nous avons jusqu'ici tenté de suivre Lévi-Strauss sur le terrain de ses définitions *explicites* du symbolisme et d'en exposer les principaux aspects et leurs implications du point de vue qui est le sien. Il est temps maintenant de reprendre les questions que nous posions au début de ce chapitre et de nous demander si ce glissement constant qui l'amène à tirer la notion de symbolisme vers celle de système, bien que

pertinente, n'aboutit pas à négliger le mode de fonctionnement propre au symbolisme et à lui conférer une acception
si générale que sa spécificité se dilue. Or – et c'est là une
situation assez étonnante – Lévi-Strauss, sans le mesurer, a
lui-même répondu à ces objections ; ou plutôt il offre, sans
le dire, une toute autre conception du symbolisme, sans
doute la plus riche que nous puissions trouver dans les travaux récents dans ce domaine.

Faisons un peu le point : si Lévi-Strauss passe de la notion
d'efficacité à celle de système symbolique, cela se comprend
à partir des exigences de la méthode ; il s'agissait d'abord,
pour lui, devant l'abondance du matériau anthropologique
concernant les formes de représentations, de classification,
de nomination, de rituels, de récits mythiques, d'apporter
quelques règles d'interprétation simples et efficaces. Ce qui
était du même coup aussi supposer que sous la profusion
des images, des figures et des thèmes (bref sous la variété
infinie des contenus) existait une armature logique dont
on pouvait à chaque fois découvrir les principes d'organisation. C'est en cela, tout comme Dumézil l'avait fait pour la
mythologie indo-européenne, que Lévi-Strauss s'est donné
les moyens de résorber l'arbitraire dans la motivation. Ce
qui supposait une connaissance extrêmement fine des données puisque, en matière de culture, l'intégration d'un détail
dans un système suppose d'abord une bonne connaissance
du contexte. On voit donc bien où se situe l'exigence du
système et, de ce point de vue, sa validité n'est pas contestable. La question est que, en cours de route, Lévi-Strauss
semble avoir oublié la notion d'efficacité symbolique et a eu
tendance, dès lors, à appeler « symbolique » tout ce qui dans
la culture faisait système : la parenté, le langage, les savoirs,
les techniques, la religion. On peut alors se demander s'il est
une seule activité humaine qui ne soit symbolique. Ou alors
« symbolique » est un synonyme de « culturel » et le concept
perd toute spécificité. Cette spécificité, Lévi-Strauss l'avait
pourtant bien repérée dans son analyse de la cure chamanique comme se définissant par une « propriété inductrice »,

mais cette notion prometteuse disparaît dans les travaux suivants. Pourtant si elle n'est pas mentionnée, elle reste à l'œuvre dans toute sa recherche sur le « totémisme », la « pensée sauvage » et sur les mythes. Mais c'est que, justement, Lévi-Strauss continue de penser le symbolisme dans le cadre de la théorie sémiologique et en démontre le fonctionnement effectif dans une perspective qui est en réalité de type cognitif : telle est la thèse, soutenue par Dan Sperber dans *Le Symbolisme en général* (Paris, Hermann, 1974). D. Sperber, qui, en plus d'un texte, formule de franches réserves à l'endroit des analyses de Lévi-Strauss lui accorde ici un remarquable satisfecit puisqu'il voit en lui l'auteur de « l'interprétation la plus riche, la plus intuitivement satisfaisante qui ait jamais été donnée de la mythologie » (p. 18), mais c'est pour regretter aussitôt que sa conception du symbolisme n'ait pas été en accord avec sa méthode d'exposition.

Essayons donc de reprendre quelques-uns des points essentiels de l'argumentation de D. Sperber pour voir si cela peut nous permettre de résoudre certaines des difficultés rencontrées jusqu'ici dans les formulations de Lévi-Strauss.

La thèse principale de Sperber tient dans cette assertion : « Les phénomènes symboliques ne sont pas des signes. Ils ne sont pas couplés à leur interprétation dans une structure de code. Leur interprétation n'est pas une signification » (*op. cit.*, p. 97). Donc la sémiologie qui traite des signes et de leur signification n'est pas une théorie appropriée à l'analyse du symbolisme. Si elle prétend le faire, elle ne peut que réduire le phénomène symbolique à un ensemble de signes dont il s'agira de découvrir le message. On aura alors cru décrypter des symboles, mais en annulant en quelque sorte la spécificité du symbolisme et en laissant en suspens cette question évidente : pourquoi le symbolisme existe s'il ne peut qu'être réduit à autre chose ? Lévi-Strauss justement ne cède pas à ce réductionnisme, tout au contraire, comme on le verra plus loin, il fournit la méthode la plus remarquable de compréhension de la spécificité des faits de symbolisme. (Mais on comprend aussi pourquoi il est risqué de parler de la parenté ou d'un corpus de mythes comme d'un langage. Ni l'un ni l'autre n'ont une structure de code – sinon par métaphore).

Si un dispositif symbolique n'est pas un système de signification, n'est pas un code, qu'est-il donc ? « Le symbolisme ainsi conçu, écrit Sperber, n'est pas un moyen de coder de l'information, mais un moyen de l'organiser » (*op. cit.*, p. 82). Les éléments y apparaissent dans un système d'homologies, d'oppositions, d'inversions. Ces opérations ne peuvent être l'objet d'une recherche de signification ; ainsi « une opposition symbolique ne doit pas être remplacée par une interprétation, mais replacée dans une organisation dont elle constitue un élément » (*ibid.*, p. 82). Bref le symbolisme est d'abord un système opératoire, un instrument d'organisation. On ne demande pas d'un instrument ce qu'il signifie mais ce à quoi il sert, ce qu'il permet de produire. Le symbolisme produit un ordre dans un ensemble d'éléments sensibles, ordre qui est intelligible sous le rapport des homologies, oppositions et inversions qu'il fait jouer. C'est ce que Lévi-Strauss, en somme, appelle la « pensée sauvage ». Ainsi en va-t-il de l'utilisation des espèces naturelles pour mettre en place un système de différenciations dans la société humaine (ce qui a été appelé « totémisme ») ; ainsi en va-t-il aussi d'un rituel ; enfin ainsi en va-t-il encore des schèmes dans un récit mythique (celui dit *Geste d'Asdiwal*, par exemple – *AS II*, chapitre IX – fait jouer les oppositions de la montagne et de la mer, de la chasse et de la pêche, de l'hiver et de l'été, de l'alliance proche et de l'alliance lointaine, etc., à travers quoi apparaissent des catégories plus générales du haut et du bas, de la terre et de l'eau, etc.).

Devant les faits de symbolisme les questions traditionnelles de la sémiologie (comme celles de l'herméneutique) consistent à se demander : qu'est-ce que ça signifie ? Bref : quel est le message de ce code ? Il se trouve qu'en fait, constate Sperber, les sémiologues ont moins cherché à savoir ce que le symbolisme signifiait que de comprendre comment il fonctionnait. En cela ils avaient raison, mais ils faisaient tout autre chose que ce qu'ils disaient. D'où une certaine distorsion entre leur théorie affichée et leurs travaux effectifs. Ainsi lorsqu'on a affaire à différents éléments naturels : lune, soleil, feu, pluie, ou les multitudes de plantes ou d'animaux, la question n'est pas de savoir ce qu'ils signifient (question que posent ceux qui cherchent une clef des symboles ou qui travaillent sur une herméneutique des contenus) mais de savoir comment tel ou tel élément est utilisé dans un dispositif : « Du soleil et de la lune, écrit Lévi-Strauss, on peut dire la même chose que des innombrables être naturels que manipule la pensée mythique : elle ne cherche pas à leur donner un sens, elle se signifie par eux » (*AS II*, 261) ; il faudrait plutôt dire qu'elle opère grâce à eux.

C'est pourquoi un phénomène symbolique ne peut être affecté que par un autre de même ordre. Les rapports entre eux sont de *transformation*, ce qui signifie qu'ils sont entre eux comme des variantes d'un même schème : ainsi les variantes d'un mythe ou d'un rite. On comprend alors en quoi le symbolisme marque la puissance de la structure par rapport à l'événement : il tend à intégrer en lui sous forme de variante tout élément nouveau, cela se voit bien sûr dans des rencontres de populations, telles qu'ont pu en observer des ethnographes ; mais cela est vrai de tout emprunt d'une civilisation à l'autre comme l'histoire en porte de multiples témoignages (ainsi, entre autres, l'intégration des figures et récits chrétiens dans le monde indien).

Mais la conséquence immédiate du fait que les rapports entre dispositifs symboliques sont des rapports de transformation, c'est que toute interprétation qui se présente comme un commentaire d'un symbolisme ne peut être méta-symbolique, mais produit simplement, sans s'en douter le plus souvent, une variante supplémentaire. C'est ainsi que Lévi-Strauss voit dans l'interprétation freudienne du mythe d'Œdipe une des ses dernières variantes importantes dans l'époque moderne (« Puisqu'un mythe se compose de l'ensemble de ses variantes, l'analyse structurale devra les considérer toutes au même titre. [...] On n'hésitera donc pas à ranger Freud après Sophocle au nombre de nos sources du mythe d'Œdipe » *AS*, 240). Ce que Sperber, sur un mode plus général, énonce ainsi : « L'exégèse, comme la représentation inconsciente, ne constitue pas l'interprétation du symbole, mais l'un de ses développements et doit elle-même être symboliquement interprétée » (*Le Symbolisme en général, op.cit.* p. 59).

On peut alors se demander : quelle est la voie d'approche qui ne serait pas d'emblée prise dans la prégnance du symbolisme, qui n'en serait pas une variante qui s'ignore ? Sans le mesurer explicitement, c'est là la difficulté que Lévi-Strauss n'a cessé de devoir surmonter. La question est celle de la « bonne distance » dans la méthode d'exposition. Soit, avant tout, une distance : ce qui fait que l'analyse des mythes par Lévi-Strauss semble si retenue ; elle l'est sûrement par rapport à toute demande de signification. Si bien, lorsqu'à l'opposé, quelqu'un comme Paul Ricœur privilégie, contre la lecture structurale des mythes, la reprise ou appropriation du sens par le lecteur, il ne fait autre chose que de demander d'entrer dans la croyance qu'ils supposent, c'est-à-dire, comme le dit Sperber : de prolonger symboliquement le symbolisme. Cela est parfaitement légitime dans une tradition qui continue et dont on est partie prenante (ce que Ricœur revendique en effet). Mais cela ne pourrait être qu'une appropriation réductrice, ethnocentrique pour toute tradition différente, sauf à souhaiter en être l'héritier. Mais il faut alors assumer la position ambiguë du syncrétisme et non celle de l'interprétation critique.

Telle est sans doute la raison pour laquelle dans les *Mythologiques* Lévi-Strauss fait appel à la musique à la fois comme modèle d'exposition et comme modèle d'interprétation. D'une part il demande de lire le mythe verticalement selon ses différents codes comme une partition musicale, mais surtout il nous explique que le mythe comme la musique ne peut être transposé dans quelque chose d'autre :

un mythe s'explicite dans une variante comme un thème musical dans un développement. «Les mythes sont seulement traduisibles les uns dans les autres, de la même façon qu'une mélodie n'est traduisible qu'en une autre mélodie qui préserve avec elle des rapports d'homologie» (*HN*, 577). Mythes et musique sont à comprendre comme des dispositifs symboliques : ils ne peuvent être réduits à une signification, ils doivent être reçus dans leur ordre propre qui est celui de l'opération que produisent leurs formes. C'est pourquoi le mythologue se trouve dans une position étrange. S'il prétend commenter la matière du mythe, il entre dans un processus qui prolonge symboliquement le symbolisme. Il faut donc qu'il s'en tienne à une exposition qui fait apparaître les dispositifs mythiques, comme un chef d'orchestre lit la partition et en reprend l'exécution. Il ne s'agit donc pas de dégager une signification mais de réaliser une opération. De même le lecteur est invité à se laisser «transporter vers la musique qui est dans les mythes» (*CC*, 40). Il s'agit là d'une métaphore à laquelle Lévi-Strauss recourt comme au moyen le plus approprié pour indiquer ce que sa conception sémiologique du mythe ne lui permettait pas de formuler explicitement et qu'il avait pourtant si bien aperçu dans ses textes sur le chamanisme : que le symbolisme est avant tout un processus inducteur et que les rapports entre les éléments – ou plutôt les dispositifs symboliques – sont des rapports de transformation (on le verra mieux au chapitre VII).

Ces considérations sur le caractère avant tout opératoire du symbolisme permettent de revenir sur certains points envisagés précédemment. Ainsi on comprend mieux la légitimité du concept d'inconscient au sens non freudien que Lévi-Strauss donne à ce terme, comme ce qui caractérise les rapports de transformation entre éléments symboliques : ces rapports relèvent des contraintes d'un système, non des intentions d'un sujet. On voit aussi à quoi tient le caractère systématique du symbolisme ; il tient à produire de l'ordre avec des éléments hétérogènes simplement par le jeu des homologies, des oppositions, des inversions. Ce qui engendre un dispositif de relations très motivées avec des termes qui semblent tout à fait arbitraires : c'est, comme on le verra plus loin, ce que Lévi-Strauss appelle le « bricolage intellectuel ».

Cependant, dire le symbolisme systématique, cela signifie-t-il qu'il ne puisse être que collectif ? On peut le dire au niveau de l'*activité inconsciente de l'esprit*, c'est-à-dire au niveau de la compétence mais non de la performance. La production d'un symbolisme individuel est incontestable. La vraie question tient en ce que l'appartenance à une communauté se réalisant essentiellement au niveau symbolique, la pression est grande pour que chacun adhère aux représentations communes (pression qui vient du symbolisme même pourrait-on dire plutôt que d'une sorte de volonté obscure de la communauté ou de la société).

Reste enfin une question qu'une meilleure compréhension du symbolisme peut contribuer à éclaircir. C'est celle du *signifiant flottant*, qui suppose une inadéquation entre signifiant et signifié. Mais cette hypothèse disparaît si l'on cesse de penser la question en termes de signification. En réalité on a mis sur le compte du « signifiant » des faits de symbolisme et on a cherché à leur trouver un « signifié ». Pour cela, il importe de ne pas identifier symbole et signe (comme le fait assez souvent Lévi-Strauss). Un terme peut paraître indéterminé du point de vue de la signification alors qu'il est parfaitement déterminé du point de vue de l'opération.

* * *

> « La pensée sauvage ne distingue pas le moment de l'observation de celui de l'interprétation. »
>
> (*PS*, 294.)

Peut-être faut-il tirer cette leçon essentielle du fonctionnement symbolique de la pensée : c'est une pensée qui opère au niveau même de la perception et qui procède à une organisation du monde sensible, celui-là même où se situe son intervention. On peut la dire alors exactement ordonnée à un niveau de technologie artisanale qui maintient un équilibre délicat entre le monde humain et le monde naturel.

Au contraire, dans la pensée conceptuelle (et c'est bien en quoi elle appartient au monde domestiqué), l'outil logique se sépare et s'autonomise en ceci qu'il exhibe son propre fonctionnement : ses principes, ses règles et ses procédures. La méthode s'y distingue de son résultat ; c'est pourquoi aussi les résultats sont cumulables et induisent un univers technique non plus en symbiose avec le monde naturel mais qui en regard de lui se développe comme une prothèse.

La pensée symbolique de son côté reste synthétique (comme l'est encore l'œuvre d'art aujourd'hui) et maintient la simultanéité de toute l'expérience. Elle n'énonce pas ce qu'elle pense, elle ne le formalise pas : elle le réalise. Elle est opératoire mais dans la totalité du sensible (d'où l'analogie avec le symbolisme logico-mathématique qui est opératoire dans le champ des signes qu'il se donne par convention et qui en cela a l'élégance de l'œuvre d'art). C'est cela, en somme, que Lévi-Strauss appelle la *pensée sauvage*.

CHAPITRE VI

La logique des qualités sensibles

> « Toute connaissance se réduit à ceci :
> 1) limiter un domaine ; 2) le diviser ou
> classer en éléments ; 3) connaître les
> lois de transformation d'un élément
> dans un autre. »
>
> Paul VALÉRY, *Cahiers* (I, p. 36).

> « L'homme a toujours pensé aussi bien. »
>
> (*AS*, 255.)

Il n'est pas facile, après plusieurs siècles de préjugés, d'énoncer ce simple constat (car c'est bien un constat, non une supposition) : il n'y a pas *formellement* plus de rationalité dans les savoirs et les techniques développés dans la tradition occidentale que dans les classifications et les connaissances des sociétés que l'on dit « primitives ». Il est vrai que cette affirmation n'est pas aisément acceptable par des penseurs qui se font une idée privilégiée de leur science et de son statut ; peut-être est-ce là (si l'on veut parler comme Freud) la dernière blessure narcissique infligée aux certitudes de l'homme occidental. Cette inquiétude au demeurant n'est pas de mise ; dire que « l'homme a toujours pensé aussi bien » est une excellente nouvelle ; elle devrait réjouir tout être raisonnable et lui donner une plus grande confiance dans ses semblables de tous les continents et de toutes les époques. Cela se ramène en fait à une question simple : oui ou non y a-t-il des humanités totalement hétérogènes ? Car, qu'on le reconnaisse ou pas, on postule inévitablement cette hétérogénéité dès lors qu'on établit une hiérarchie entre les *capacités* de penser. Si l'on admet que partout l'homme est l'homme et que son humanité est universelle, si cette humanité le distingue clairement des autres espèces, alors il faut postuler que partout, également, les capacités de l'esprit humain sont les mêmes. Il n'y a donc pas d'humanités hétérogènes, il y a seulement, du point de vue du savoir et des dispositifs symboliques, des modalités très différentes de réaliser ou de manifester les opérations de l'esprit.

Qu'est-ce à dire ? S'agit-il simplement d'affirmer la diversité inévitable des cultures et des modes de vie ? Ou d'en reconnaître, avec bienveillance, l'originalité irréductible ? Une telle bienveillance risque d'être hypocrite et dénuée de toute efficacité scientifique. Ce n'est absolument pas à une démarche de ce genre que nous invite Lévi-Strauss. Celle qu'il nous propose, en nous demandant de reconnaître l'universalité de « l'esprit humain », c'est de comprendre à un niveau plus profond – celui des capacités et des opérations de pensée – que la même logique est à l'œuvre dans les systèmes de classifications sauvages et dans les savoirs les plus élaborés de notre culture. En cela Lévi-Strauss a fait franchir à l'anthropologie un pas considérable. Non seulement la pensée est tout entière à l'œuvre dans les mythes, les rites, les productions esthétiques des différentes cultures étudiées, mais ne pas le supposer reviendrait à affirmer qu'on est devant l'arbitraire, l'imbécillité et en définitive la non-humanité.

Encore faut-il montrer comment, par quels moyens, selon quels procédés, avec quels supports « la pensée sauvage » réalise ses opérations. C'est cela qu'il nous faut suivre dans la présentation qu'en fait Lévi-Strauss. On pourra ensuite revenir sur l'importance de la rupture ainsi produite dans la compréhension des sociétés traditionnelles.

Le paradoxe néolithique
et l'apparition de la science moderne

La science telle que nous la connaissons a, en fait, une histoire assez récente : quelques siècles à peine (de 25 à 30, tout au plus). C'est très peu, c'est presque rien en regard des centaines de milliers d'années écoulées depuis l'apparition de l'espèce humaine ou des dizaines de milliers depuis l'avènement du néolithique. Ce sont là, estime Lévi-Strauss, des chiffres qu'il ne faut pas perdre de vue, d'une part pour mesurer à quel point dans la plus grande partie de son parcours, l'humanité a pensé sur ce mode « sauvage » (lequel donc pour autant que nous sommes capables d'en comprendre et d'en restituer les procédés porte en lui et maintient accessible la mémoire de cette humanité). Cela devrait déjà nous amener à être modestes et à saisir l'urgence de ne pas laisser disparaître ce patrimoine. Mais ce qui devrait encore augmenter cette modestie, c'est la prise en compte d'un autre phénomène, que Lévi-Strauss propose d'appeler « le paradoxe néolithique ».

On définit le néolithique par la maîtrise des grands arts de la civilisation : poterie, tissage, agriculture, domestication des animaux. L'acquisition de ces techniques n'a pas été le fait du hasard : elle a supposé des milliers d'années d'observation, d'expérimentation, de contrôle ; bien plus elle a supposé aussi (comme on peut le constater dans beaucoup de sociétés sauvages contemporaines) une curiosité désintéressée, un goût de l'expérimentation pour elle-même sans visée utilitaire immédiate. En somme, tant au niveau des méthodes que de l'attitude d'esprit, on avait là déjà toutes les qualités qu'exige la science moderne. Du reste le développement post-néolithique de la métallurgie avec la complexité des connaissances et des techniques qu'elle exige démontre amplement à quel niveau de maîtrise était parvenu l'homme à la veille de telles transformations.

La question qui se pose alors est celle-ci : pourquoi ce mouvement de découverte et de perfectionnement s'est-il interrompu ? Pourquoi ces millénaires de stagnation entre le néolithique et les commencements de la science moderne ? À ce paradoxe la plupart des historiens des sciences et des techniques répondent en multipliant les hypothèses soit sur les conditions sociales et naturelles, soit sur les stimulations internes et externes. Lévi-Strauss n'entre même pas dans ce débat. Pour lui la réponse est indubitable : « Le paradoxe n'admet qu'une solution : c'est qu'il existe deux modes distincts de pensée scientifique, l'un et l'autre fonction, non pas certes de stades inégaux du développement de l'esprit humain, mais de deux niveaux stratégiques où la nature se laisse attaquer par la connaissance scientifique : l'un approximativement ajusté à celui de la perception et de l'imagination, et l'autre décalé ; comme si les rapports nécessaires qui font l'objet de toute science – qu'elle soit néolithique ou moderne – pouvaient être atteints par deux voies différentes : l'une très proche de l'intuition sensible, l'autre plus éloignée » (*PS*, 24).

Il s'agit évidemment d'une thèse très importante. Elle ne peut paraître provocatrice qu'aux yeux des tenants d'une lignée unique de l'évolution. Elle indique clairement que *la « pensée sauvage » n'est pas le passé de la science moderne, mais un autre mode, parallèle et rigoureux dans son ordre – celui des qualités sensibles – d'appréhension des phénomènes.* La science moderne procède donc d'une bifurcation tardive. Pensée sauvage et science moderne ne se situent pas sur un même axe où l'une serait l'ancêtre de l'autre ; elles se situent sur deux axes parallèles et accomplissent deux tâches comparables au niveau formel bien que profondément divergentes par leur présupposé à l'égard du monde naturel.

Très souvent, Lévi-Strauss (et tout d'abord dans les *Mythologiques*) souligne à quel point l'exercice de la pensée symbolique a atteint un niveau prodigieux de formulation et de complexité dont nous sommes à peine capables de traduire la logique dans nos catégories et dans nos instruments de formalisation. Lévi-Strauss estime que ses travaux ne constituent qu'un premier et encore modeste déchiffrage de ce dispositif de pensée hautement sophistiqué (comme lui-même qualifiait de prodigieusement sophistiqués les systèmes de parenté australiens). Encore faut-il comprendre plus précisément la différence entre les deux voies, « l'une très proche de l'intuition sensible, l'autre plus éloignée ». Il s'agit de stratégies d'intervention. Il est clair que la première vise au maintien de l'homéostasie homme-nature et que la distance que prend la deuxième ne cessera de se développer selon un schème de rupture dont le projet de maîtrise de la modernité apparaît comme l'achèvement.

La pensée sauvage (et on verra plus loin qu'elle est en cela très proche de la connaissance véhiculée par l'œuvre d'art) est une pensée qui opère directement au niveau des signes, donc antérieurement à toute dissociation de l'intelligible et du sensible. Cela veut dire que des systèmes de signes s'expriment les uns au moyen des autres sans que soit donné un plan de formulation abstraite et formelle – comme peut l'être celui du concept. On y est donc sur « un plan où les propriétés logiques se manifestent comme attributs des choses » (*CC*, 22). Ce qui est une excellente manière de définir le symbolisme et son opération propre qui est de transformation entre des systèmes de qualités secondes. Bref la pensée sauvage, en se maintenant à son niveau propre d'intervention qui est celui du sensible, n'est ni moins logique ni moins rigoureuse que la pensée domestiquée. En se proposant de le démontrer Lévi-Strauss se donne simplement pour ambition de « rendre les qualités secondes au commerce de la vérité » (*CC*, 22).

« *Le bricolage intellectuel* »

Mais comment définir ce type d'opération qui n'a ni la forme réflexive, ni l'expression formalisée, ni la progressivité rigoureuse des savoirs rationnels ? Comment définir une forme de pensée qui, en recourant principalement au raisonnement analogique, construit des ensembles ordonnés en mobilisant toutes les homologies repérables entre les divers champs de l'expérience ?

C'est au premier chapitre de *La Pensée sauvage* que Lévi-Strauss répond à ces questions. Il y expose une notion qui peut sembler curieuse et qui a souvent séduit les lecteurs (non sans malentendu) : c'est celle de « bricolage intellectuel ». Il faut donc relire de près les pages où la présentation en est faite. On la trouvera peut-être discutable, mais du moins on aura établi clairement les éléments de sa définition et le champ de son exercice possible. Et tout d'abord pourquoi le recours à cette notion dont la valeur analogique semble quelque peu folklorique ? La raison en est donnée dans ces lignes : « Le propre de la pensée mythique est de s'exprimer à l'aide d'un répertoire dont la composition est hétéroclite et qui, bien qu'étendu, reste tout de même limité ; pourtant, il faut qu'elle s'en serve, quelle que soit la tâche qu'elle s'assigne, car elle n'a rien d'autre sous la main. Elle apparaît ainsi comme une sorte de bricolage intellectuel, ce qui explique les relations qu'on observe entre les deux » (*PS*, 26).

Notons qu'il est question spécifiquement ici de la pensée mythique en tant qu'aspect déterminé de la pensée sauvage, laquelle en comporte bien d'autres (comme les systèmes de classification, de nomination, de computation, etc.). Comme on le verra ultérieurement en abordant les *Mythologiques*, les récits mythiques présentent cette particularité de balayer quasi systématiquement toutes les possibilités de transformations narratives et de combinaisons des éléments utilisés, comme si leur valeur étiologique était secondaire comparée à cette sorte de libre exercice de la pensée qui s'affiche dans la prolifération des variantes. Or, même si le monde naturel offre une diversité quasiment illimitée d'éléments comme supports à ces narrations, il n'empêche que, pour tel ou tel motif mythique, le choix en est restreint. Il y alors effectivement reprise et retraitement d'éléments déjà utilisés, ce qui autorise l'analogie du bricolage, sauf à se poser la question : quelle version du mythe venait avant le retraitement ?... Mais tout d'abord voyons comment Lévi-Strauss argumente le bien-fondé de cette analogie. Celle-ci est tout entière construite sur l'opposition ingénieur/bricoleur. Qu'est-ce donc qui caractérise l'ingénieur ou plutôt son activité ?

Cette activité n'est pas séparable de la science moderne ; et cela selon au moins quatre points de vue : 1) le *projet* : non pas tant le projet global qui est celui d'une transformation systématique de la nature que le programme toujours spécifique et orienté d'un chantier qui suppose l'utilisation et la coordination des éléments en vue d'un résultat clairement défini ; 2°) la *méthode* : elle suppose les connaissances théoriques et une très grande professionnalisation ; elle vise à parvenir au résultat recherché par les voies les plus simples avec le minimum de coûts ; 3) les *éléments* : ils sont toujours spécifiques (matériaux de base ou objets déjà produits) et ordonnés à l'obtention d'un effet précis ; 4) les *résultats* : ils sont limités, reproductibles.

En regard de quoi le bricolage ne procède ni d'un projet cohérent (pour le bricoleur, il s'agit toujours d'une intervention ponctuelle et occasionnelle), ni d'un savoir spécifique (le bricoleur est un amateur), ni d'éléments propres (le bricoleur réutilise et détourne des matériaux qu'il trouve et qui étaient destinés à d'autres ensembles) ; enfin les résultats sont incertains et jamais identiques, donc difficilement reproductibles.

Ces précisions données, il reste à établir l'analogie : la pensée mythique est à la science ce que l'activité de l'ingénieur est à celle du bricoleur. Ce qui donne les oppositions suivantes : là où la science procède par *concepts*, la pensée mythique procède par *signes* ; là où la science n'envisage aucune limite à son interrogation renouvelée des phénomènes, la pensée mythique est contrainte de reprendre ou de réutiliser des éléments déjà connus et marqués.

On peut alors se demander : où réside le *savoir* de la pensée sauvage tel qu'il est ici envisagé sous l'espèce de la pensée mythique ? Dans ce cas comme dans celui de la science, dit Lévi-Strauss, il y a mise en ordre du monde, organisation des phénomènes. Les signes par quoi est défini ce niveau sont à mi-chemin des concepts et des percepts ; il y a toujours en eux du savoir (qui tient dans leur valeur référentielle) mais organisé à partir du substrat concret et imagé. Ainsi les animaux, plantes, phénomènes météorologiques, etc., mis en scène par le récit mythique sont toujours choisis à partir de détails et de caractéristiques très précisément observés et classés (exactement comme dans le cas des classifications «totémiques»). Le récit mythique reste absurde si l'on n'a pas d'abord identifié ce niveau (ce qu'on verra ci-après à propos de la question des infrastructures).

Cette analyse du bricolage, cependant, pourrait, pour qui cela est inattendu, jeter un doute sur la pertinence des classifications sauvages. Comment en effet celles-ci peuvent être valables si une telle indifférence doit être constatée en ce qui concerne les termes eux-mêmes ? Ici il importe de bien comprendre un point qui sera déterminant dans l'analyse des mythes. *Lévi-Strauss ne dit pas en effet que les contenus sont indifférents* : *toute son œuvre démontre exactement le contraire* ; il dit seulement que les termes n'ont pas de sens pris isolément : « Les détails auraient pu recevoir des significations différentes […]. Mais arbitraire au niveau des termes le système devient cohérent quand on l'envisage dans son ensemble […]. Les termes n'ont pas de signification intrinsèque ; leur signification est de "position"… » (*PS*, 74).

Qu'en est-il alors des *contenus* ? Si les termes font système, s'ils conviennent à une lecture structurale, c'est en raison de déterminations très concrètes et très singulières (qui selon les cas peuvent être des couleurs, des odeurs, des éléments de figuration, des dimensions de l'espace, des bruits, sans parler de toutes les variétés animales ou végétales) qui se prêtent à un jeu d'oppositions, de symétrie, de toute autre opération de contraste ou de mise en série. On retrouvera cette interrogation comme la question centrale posée dans *Le Totémisme aujourd'hui*, non pas : pourquoi tous ces animaux ? Mais pourquoi tel animal plutôt que tel autre ? Pourquoi telle paire d'éléments ? La réponse (on le verra plus loin) est dans les détails, dans la perception de propriétés ou de traits qui s'organisent et construisent un dispositif de différences et d'oppositions.

Si donc on l'oppose à l'activité de l'ingénieur, le terme de « bricolage » est approprié. La pensée sauvage « joue » avec le monde donné ; non au sens d'une gratuité ludique – car ses montages sont motivés comme l'est de manière interne tout dispositif symbolique – mais au sens qu'elle ne vise pas à la maîtrise du monde naturel dans son ensemble (la maîtrise visée par la magie reste en effet occasionnelle, articulée, le plus souvent, à des pratiques de rituel). Le seul inconvénient de cette notion de bricolage, c'est d'impliquer que le bricoleur travaille avec les restes de l'ingénieur et donc vient après lui. Or Lévi-Strauss nous a justement démontré que la pensée sauvage ne se situe pas avant ou après la science moderne ; elle suit une autre voie. L'analogie n'est donc pas tout à fait rigoureuse. Elle indique tout au plus une manière, celle qui consiste à faire flèche de tout bois, à organiser les contingences sensibles en systèmes cohérents à partir de propriétés qui se prêtent à l'expression de rapports logiques ; elle fait donc en effet des structures avec des événements, elle fabrique des cristaux avec des débris, tout comme le kaléidoscope (comparaison fréquente chez Lévi-Strauss) suscite à volonté des images symétriques avec des bouts de formes ou des fragments de couleurs qui ne le sont pas.

C'est l'ensemble du monde de l'expérience quotidienne qui est mobilisé et c'est ici que s'affirme l'importance des données ethnographiques. Voyons cela.

Infrastructures

> « La raison dernière des différences entre des mythes qui relèvent tous d'un même genre tient aux infrastructures, au sens des relations que chaque société entretient avec son milieu. »
>
> (in *RB*, 40.)

La pensée sauvage opère par la mise en ordre du monde naturel. Mais ce monde naturel n'est pas le monde en général, c'est très concrètement celui qui s'offre dans l'expérience des hommes qui l'habitent : c'est donc un paysage, un climat, des saisons, des astres, des animaux, des plantes, mais aussi des aliments, des techniques, des outils, etc. C'est à partir de ces données dans leur très grande variété que se construisent tout d'abord les séries d'oppositions fondamentales sur lesquelles les autres classifications sont réalisées.

De ce point de vue, on peut considérer l'ensemble de ces conditions naturelles et techniques (et cela à tous les niveaux) comme l'infrastructure de la pensée symbolique, c'est-à-dire comme le matériau qui lui est donné et à partir duquel elle opère. Mais il faut aussitôt remarquer que ces conditions matérielles ne constituent en aucune façon un système de causalité ou, si l'on préfère, un déterminisme. Autrement dit, on ne peut déduire la logique du symbolisme des propriétés de ces éléments naturels. En revanche les propriétés observables (taille, couleurs, saveurs, positions dans l'espace, formes, périodicité, etc.) constituent autant de traits disponibles qui pourront intervenir dans une construction de pensée : « Les rapports de l'homme avec le milieu naturel jouent le rôle d'objets de pensée : l'homme ne les perçoit pas passivement, il les triture après les avoir réduits en concepts, pour en dégager un système qui n'est jamais prédéterminé : à supposer que la situation soit la même, elle se prête toujours à plusieurs systématisations possibles » (*PS*, 126).

Il en est, explique encore Lévi-Strauss, des infrastructures comme des cartes distribuées aux joueurs : la donne est subie, mais c'est avec cela que chaque joueur produit des séries de coups non prévues et non prévisibles ; en additionnant les contraintes venant des types de cartes disponibles, des règles imposées, du talent des différents partenaires, on peut être sûr (du point de vue d'une probabilité statistique) qu'avec la même donne on n'obtiendra jamais deux fois la même partie.

Cependant parler d'infrastructures, et donc de superstructures, comme le remarque M. Sahlins, n'est peut-être pas une terminologie adéquate. Lévi-Strauss s'est détaché de ce dualisme, comme le montre un texte tel que « Structuralisme et écologie » (*RE*, chapitre VII). Il ne présente plus les données matérielles comme les conditions ou comme le cadre des formes de la pensée. Ces formes sont déjà opérantes à même ces données qui ne sont pas inertes ou indéterminées : elles sont déjà informées. Ainsi le corps percevant opère déjà une mise en ordre du monde extérieur. On sait, par exemple, que la vision n'est pas une réception passive des objets qui s'imprimeraient photographiquement sur la rétine, mais elle est rendue possible par un codage de traits distinctifs qui les font reconnaître comme objets. L'activité de pensée traite une matière déjà structurée : « Loin de voir dans la structure un pur produit de l'activité mentale, on reconnaîtra que les organes des sens ont déjà une activité structurale et que tout ce qui existe en dehors de nous, les atomes, les molécules, les cellules et les organismes eux-mêmes, possèdent des caractères analogues » (*RE*, 162). Mais l'activité de pensée se reconnaît à ceci qu'elle peut connecter, articuler ces différents codages qui la précèdent et opérer avec des catégories plus générales comme celles d'inclusion ou d'exclusion, de symétrie et d'équivalence, de présent et d'absent, etc. Le milieu, les conditions particulières servent à définir un lexique original selon lequel des formes de la pensée se singularisent et constituent le style unique et la contingence d'une culture.

Magie et déterminisme

Les systèmes de classification sauvages sont fondés sur des observations d'une grande précision ; précision d'autant plus indispensable que tout repose sur des jeux d'oppositions fondées sur des détails souvent infimes et dont il a fallu reconnaître la valeur différentielle et le caractère stable. Donc, dans cette démarche, tout comme dans celle des sciences de notre tradition, il y a activité d'observation, prise en compte de l'objectivité des phénomènes et reconnaissance de leur action réciproque. Bref il y a bien ce que nous appelons *déterminisme*. On pourra objecter : n'est-ce pas aller trop loin ? Ne doit-on pas tempérer ce jugement par le constat des très nombreux comportements, rituels le plus souvent, qui relèvent de ce que nous appelons la *magie* ? N'a-t-on pas là la preuve, amplement administrée, d'une méconnaissance complète de la notion correcte de déterminisme ?

Car enfin, entre l'activité technique fondée sur une connaissance de la nature des phénomènes et qui se mesure aux résultats vérifiables obtenus grâce à ce savoir et, d'autre part, l'action magique, le plus souvent dénuée d'efficacité empirique, il semble qu'il n'y ait pas à hésiter. Nous avons l'habitude de traduire cet écart en termes d'une opposition entre objectivité d'un côté et subjectivité de l'autre. Dans le premier cas, il y aurait prise en compte des phénomènes dans leur ordre propre : ils interagissent indépendamment de notre conscience ou de notre désir ; dans le deuxième cas la magie ne serait rien d'autre que la projection sur le monde physique du désir de l'agent d'obtenir tel ou tel résultat.

Telle est, en tout cas, la façon dont nous représentons habituellement le rituel magique. Notre première exigence concerne le respect des processus physiques mêmes ; la démarche du savant est entourée d'un nombre considérable de procédures de vérification qui en garantissent l'objectivité et l'honnêteté. Or c'est très souvent cette honnêteté qui, à nos yeux, semble manquer à l'action de l'officiant d'un rituel ou à celle du sorcier : tricheries ou fraudes destinées à donner un coup de pouce à un processus récalcitrant (le texte d'*Anthropologie structurale* intitulé « Le sorcier et sa magie » en donne des exemples étonnants). Ce point de vue, même quand il ne se veut pas dépréciatif, reste pourtant nécessairement extérieur et revient à ignorer complètement la manière dont le rite est compris par ceux qui l'accomplissent. En fait, toute la perspective se renverse : pour l'agent de l'action magique, c'est l'activité à but utilitaire et à rendement contrôlable qui prétend s'immiscer dans le monde physique, « tandis que l'opération magique lui semble être une addition à l'ordre objectif de l'univers : pour celui qui l'accomplit, elle présente la même nécessité que l'enchaînement des causes naturelles où, sous forme de rites, l'agent croit seulement insérer des maillons supplémentaires. Il s'imagine donc qu'il l'observe du dehors, et comme si elle n'émanait pas de lui » (*PS*, 292). Si le rite continue l'action naturelle, on comprend du même coup que l'idée de fraude perd son sens : il ne s'agit que d'un chaînon de plus dans la série des causalités physiques.

Certes on pourra encore objecter que, *en définitive*, c'est le savoir moderne et ses exigences qui ont raison. Mais la question pour le moment n'est pas celle-là : il s'agit de décider si oui ou non la pensée sauvage appréhende quelque chose comme le déterminisme. Il faut alors constater que le point sur lequel on estimait qu'elle l'ignorait le plus est précisément celui où son affirmation devient la plus poussée, puisque *la magie, par son rituel, revient à inclure les actions humaines elles-mêmes dans l'ordre des phénomènes naturels.*

Formellement l'attitude est la même ; la différence est plutôt dans le résultat et dans la logique interne de ces résultats. C'est ce que Wittgenstein exprime très bien lorsqu'il écrit : « Aussi simple que cela puisse paraître : la différence entre la magie et la science peut s'exprimer dans le fait qu'il y a dans la science un progrès, et pas dans la magie. La magie n'a pas de direction d'évolution en elle-même » (*Remarques sur* Le Rameau d'or *de Frazer*, Paris, Éditions L'Âge d'homme, p. 27). Ce qui rejoint exactement la différence que Lévi-Strauss voit entre science et bricolage, entre pensée domestiquée et pensée sauvage.

La pensée elle-même
ou le savoir désintéressé

Dans cette enquête sur la logique du sensible, Lévi-Strauss entend – comme il y aspire dans tous ses travaux – redonner à l'anthropologie l'ambition de son concept. Non, il ne s'agit pas, même si cet effet-là est indéniable, de simplement restaurer l'estime en la rigueur, la précision, la complexité des formes de pensée des sociétés « primitives » (nous savons bien désormais à quel point les critères de l'archaïsme sont grevés de préjugés évolutionnistes) ; il s'agit plus radicalement de repérer des formes originales de pensée en lesquelles s'exerce, selon un mode spécifique, toute la pensée ou, pour le dire autrement, de mettre en évidence comment, à partir de conditions sociales et technologiques, où les liens avec le monde naturel restent imprégnés d'intimité et de solidarité immédiates, l'esprit, qui dans ses possibilités n'a pas d'âge ni de lieu, se donne les moyens de construire une intelligibilité complète du monde qui lui est donné. C'est ainsi qu'il faut entendre « cette "pensée sauvage" qui n'est pas, pour nous, la pensée des sauvages, ni celle d'une humanité primitive ou archaïque, mais la pensée à l'état sauvage, distincte de la pensée cultivée ou domestiquée en vue d'obtenir un rendement » (*PS*,

289). Remarque importante en ce qu'elle définit la portée d'une expression qui risquait d'être mal comprise.

Que faut-il entendre par pensée domestiquée ?

La notion de domestication en anthropologie concerne le processus de contrôle par l'homme d'un certain nombre d'espèces animales et végétales marquant le développement des activités pastorales et agricoles (et donc le plus souvent liées – mais pas nécessairement – à la sédentarisation). L'aspect le plus remarquable de ce processus, c'est l'effort pour soumettre la nature à des méthodes dont l'homme est l'exclusif bénéficiaire (sans que cela ait impliqué nécessairement un détriment pour la nature elle-même). On peut dire qu'on y assiste à la constitution d'un monde essentiellement anthropocentré. La domestication, c'est déjà la mise en place du *projet*, c'est la coordination d'un savoir et d'un faire préordonnés à une fin déterminée pour le monde dans son ensemble. C'est ce projet que la science et la technique modernes ont conduit à son achèvement. Et c'est en cela qu'on peut appeler cette pensée domestiquée. Celle-ci prélève, ordonne, en vue de la maîtrise. Tandis que la « pensée sauvage » accueille le monde dans la profusion de ses qualités. Ce qui ne signifie pas confusion ou à-peu-près. Bien au contraire : elle classe, ordonne non moins que l'autre, mais selon d'autres procédés et à d'autres fins. On ne saurait dire qu'elle renonce à une action sur le monde (le cas de la magie, mais surtout de ses techniques, prouve le contraire) mais cette action (qu'elle soit mécanique ou symbolique) reste, avant tout, prise dans un schème d'articulation et de réciprocité avec le monde naturel.

Il serait en effet faux et absurde de dire que les sociétés sauvages sont restées éloignées de ce processus puisque les « arts de la civilisation » en font partie. Mais – et c'est précisément ce qu'on peut appeler « le paradoxe du néolithique » – cette maîtrise n'a jamais tendu à subvertir l'écosystème. La différence par rapport à l'autre démarche s'est située dans les formes mêmes de représentation du monde naturel. L'une a visé à une formalisation des quantités discrètes qui rendait possible une action mécanique sur les phénomènes ; l'autre a procédé à une mise en ordre du monde à même les qualités sensibles traitées non comme essences mais comme valeurs symboliques. Dans ce dernier cas on a donc autant de systèmes de représentation qu'on a de cultures, cependant on retrouve partout les mêmes « techniques intellectuelles » comme l'analogie, l'homologie, l'inversion, la symétrie, etc.

S'il fallait donc comparer les deux démarches *sous l'angle de leur caractère désintéressé*, il faudrait dire que c'est bien la pensée sauvage qui l'emporte, l'autre étant comme dit Lévi-Strauss constituée « en vue du rendement ». En effet, un des arguments traditionnels à l'encontre de la pensée « primitive » consiste à affirmer que les connaissances y sont constituées essentiellement en raison de leur utilité pratique. Les sauvages ne jugeraient bon de se donner des classifications des espèces animales ou végétales qu'à proportion de leur usage possible. Hors cette finalité aucune connaissance ne serait recherchée. Il s'agit là de la thèse fonctionnaliste centrée sur la notion de *besoin*. Malinowski le dit avec une condescendance qui, de la part d'un homme de terrain, semble assez déplacée : « Courte est la route qui conduit de la forêt vierge à l'estomac, puis à l'esprit du sauvage : le monde s'offre à celui-ci comme un tableau confus où se détachent seulement les espèces animales et végétales utiles, et en premier lieu, celles qui sont comestibles » (cité in *TA*, 86). La première démarche de Lévi-Strauss consiste à mettre en évidence la fausseté de ce jugement et à démontrer que, tout au contraire, ce qui étonne dans les systèmes de classification indigènes, c'est la richesse des inventaires qui débordent très largement les critères de l'utilité. Les animaux totémiques sont choisis non parce qu'ils sont « bons à manger » mais d'abord parce qu'ils sont « bons à penser ». Ces classifications répondent à des exigences purement intellectuelles. Pour ces sociétés, non moins que pour nous, ce qui importe, c'est d'assigner un ordre logique aux données observées et plus fondamentalement de construire un ordre du monde en général.

On pourrait objecter que cette mise en évidence du caractère très spéculatif et désintéressé des formes de pensée sauvage néglige totalement un autre aspect qui a toujours frappé les observateurs (depuis les anciens voyageurs jusqu'aux ethnologues récents) et qui est leur caractère religieux, leur intégration à une représentation sacrée. Lévi-Strauss réplique qu'en effet les deux problèmes sont liés mais peut-être pas de la manière que l'on s'est imaginée le plus souvent. Car la question est bien de savoir ce qu'est le processus de sacralisation. Citant le mot (rapporté par Flechter) d'un sage pawnee : « Chaque chose sacrée doit être à sa place », Lévi-Strauss poursuit : « C'est cela qui la rend sacrée, puisqu'en la supprimant, fût-ce par la pensée, l'ordre entier de l'univers se trouverait détruit » (*PS*, 17).

Du même coup la précision extrême, obsessionnelle à nos yeux, de certains rituels cesse de paraître absurde ou de pouvoir être interprétée en termes d'exorcisme. Le détail du rituel prend tout son sens comme figuration dramatique d'une mise en ordre du monde, organisation de ses éléments dans une situation donnée. Ainsi en va-t-il chez les Pawnee : la traversée d'un cours d'eau est transformée en cérémonie visant à stabiliser l'ordre des choses (que ce geste menace de troubler) ; chaque moment de la progression (premier contact, immersion des pieds, puis de tout le corps) s'accompagne d'une invocation au nouvel élément rencontré (eau, vent, pierres, etc.). L'énumération ordonnée et l'invocation ne sont pas séparables. Tout se passe donc comme si l'exigence d'ordre (le produire ou le maintenir) était si grande qu'elle est bien ce qui suscite le cérémonial jusque dans son caractère impressionnant et sublime.

Au-delà du totémisme

> « La ressemblance ne fait pas tant un
> comme la différence fait autre. »
>
> Michel DE MONTAIGNE,
> *Essais* (III, 13).

La pensée sauvage est une pensée classificatrice comme l'est toute pensée. Comment procède-t-elle ? Les faits qui ont rapport à ce qu'on a nommé le « totémisme » peuvent nous en donner une démonstration remarquable. Mais pourquoi parler ici du *totémisme* ? Pourquoi Lévi-Strauss a-t-il lui-même considéré son petit ouvrage *Le Totémisme aujourd'hui* comme une introduction à *La Pensée sauvage* ? Y a-t-il un rapport entre cette vieille question et l'idée d'une logique des qualités sensibles ? Lévi-Strauss répondrait : ramener la première question dans la deuxième constitue toute la tâche de la démonstration. Le totémisme apparaît alors comme un faux problème et ses contradictions se résolvent dès lors qu'on comprend qu'il s'agissait de procédures de classement et de méthodes de nomination et d'organisation des groupes humains par le truchement des espèces naturelles. Mais revenons un peu en arrière.

Depuis qu'au XVIIIe siècle avait été lancé le terme « totémisme » et depuis que la théorie en avait été explicitement formulée par McLennan en 1870, la question était restée un « os » pour l'anthropologie. Était-il essentiel de la résoudre ou bien n'était-il pas plus sage de la laisser de côté ? Le choix entre l'une ou l'autre attitude semblait faire le partage entre les ambitieux et les modestes. Quelle était la thèse du totémisme ? Elle tenait pour l'essentiel en ceci : un groupe ou un individu est identifié à un animal qui devient dès lors sacré et fait l'objet de prohibitions alimentaires ou autres pour qui en porte le nom.

L'ennui, c'est que très peu de faits entrent dans cette définition. Pour certains groupes « totémiques » l'animal ou la
plante n'est l'objet d'aucune prohibition ; dans d'autres cas
on a des prohibitions sans qu'il y ait revendication d'un
totem ; enfin il faut ajouter que dans de nombreux cas les
totems ne sont ni des animaux ni des plantes ni même des
êtres réels, ils peuvent être des objets insignifiants (cordes,
chevrons, cuirs par exemple) : on est loin de l'identification à l'animal sacré avec la forte charge affective que cela
suppose.

Devant tant de contradictions par rapport à la définition de
départ, ou si l'on préfère devant une telle hétérogénéité des
faits et devant la difficulté à les rassembler dans une théorie
cohérente, bien des anthropologues ont estimé plus sage de
ne pas s'obstiner ; ils ont suggéré d'écarter le problème, sans
oser, cependant, dire qu'il était mal posé. Comment en effet
tenir pour nul et non avenu le monumental *Totemism and
Exogamy* de Frazer, paru en 1910 ? Comment ignorer que
Durkheim fait de l'analyse de rituels totémiques la pièce centrale de son argumentation dans *Les Formes élémentaires de
la vie religieuse* (1912) ? Pourtant dès 1919, Van Gennep,
dans une mise au point très critique sur la question, considère
que le dossier est mal constitué et conclut qu'il serait plus
sage de le refermer. Et en effet la plupart des traités ou
manuels d'anthropologie depuis 1920 ont peu à peu éliminé
de leurs exposés non seulement la question, mais le terme
même de « totémisme ». Mais cela n'a pas empêché, plus
récemment, une pléiade d'anthropologues prestigieux de tenter de relever le défi et de proposer une explication de ce qui
semblait devenu inexplicable.

L'important chapitre IV du *Totémisme aujourd'hui* intitulé « Vers l'intellect » nous fait assister, dans le parcours
de trois séries de textes, à la dissolution de l'idée même de
totémisme et à l'émergence de l'hypothèse structurale chez
des anthropologues anglo-saxons très connus et dont certains étaient très liés aux positions fonctionnalistes : Meyer

Fortes et Raymond Firth, Alfred Reginald Radcliffe-Brown et Edward Evan Evans-Pritchard.

Dans son ouvrage sur les Tallensi, Fortes montre que ce groupe ethnique (situé au nord du Ghana actuel) observe des prohibitions alimentaires, communes à d'autres groupes de la région sur une vaste étendue. Ces prohibitions portent sur des oiseaux comme le canari, la tourterelle, la poule domestique ; des reptiles comme le crocodile, le serpent, la tortue ; quelques poissons ; la grande sauterelle ; le singe ; le porc sauvage ; des ruminants : chèvre et mouton ; des carnivores : chat, chien, léopard, etc. Force est de reconnaître que l'hypothèse fonctionnaliste n'est ici d'aucun secours tant cette liste est hétéroclite. Certains de ces animaux n'offrent aucun intérêt économique (ils ne sont pas comestibles), d'autres très inoffensifs ne présentent aucune signification particulière du point de vue du danger ou de son évitement. Conclusion de Fortes : « Les animaux totémiques des Tallensi ne forment donc une classe, ni au sens zoologique, ni au sens utilitaire, ni au sens magique. Tout ce qu'on peut dire est que, en général, ils appartiennent à des espèces sauvages ou domestiques assez communes » (in *TA*, 109).

Deux questions apparaissent inévitables devant ces faits : 1) pourquoi le symbolisme animal ? 2) pourquoi le choix de certains animaux plutôt que d'autres, c'est-à-dire pourquoi tel symbolisme plutôt que tel autre ? L'étude plus fine de ces prohibitions fait apparaître à Fortes que certaines sont individuelles, d'autres collectives. Parmi ces dernières certaines sont liées à des lieux déterminés. Ainsi s'affirme un lien entre certaines espèces sacrées, des clans et des territoires. On comprend mieux par exemple le rapport établi entre les ancêtres, imprévisibles et capables de nuire, et certains animaux carnassiers. D'une manière générale les animaux, estime Fortes, sont aptes (plutôt que les végétaux ou des objets quelconques) à symboliser les conduites humaines ou celles des esprits ; l'utilisation des différents types correspond aux différences dans nos conduites et nos codes sociaux et moraux.

C'est une hypothèse du même genre que propose Firth dans son étude sur le totémisme polynésien quand il se demande aussi pourquoi les animaux l'emportent sur les plantes ou autres éléments : « On favorise plutôt les espèces douées de mobilité ou de locomotion, capables de mouvements très variés ; car elles offrent, souvent aussi, des caractères frappants – forme, couleur, férocité et cris spéciaux – qui peuvent davantage figurer au nombre des moyens qu'emploient les êtres surnaturels pour se manifester » (cité in *TA*, 113).

Malgré leur caractère incomplet (pourquoi sous-estimer les « totems » non animaux ?), ces approches de Fortes et de Firth ont déjà le mérite, estime Lévi-Strauss, de mettre en lumière au moins deux aspects essentiels de la question : a) que les dénominations ne sont ni quelconques ni arbitraires ; b) que la connexion avec l'éponyme n'est pas d'identification ou de contiguïté, mais de *ressemblance*. La question est alors de savoir sur quel plan situer cette ressemblance. Or les exemples abondent où ces correspondances directes n'existent pas. Lévi-Strauss en conclut : « Tous ces faits incitent à chercher la connexion sur un plan beaucoup plus général, et les auteurs que nous discutons ne sauraient s'y opposer, puisque la connexion qu'ils suggèrent eux-mêmes est seulement inférée » (*TA*, 114).

Deuxième difficulté : que faire des totems non animaux ? Et même des animaux autres que carnassiers qui se prêtent mal – dans les analyses de Fortes et Firth – à la ressemblance avec les ancêtres ? Leur théorie n'est donc pertinente que pour les sociétés où le culte des ancêtres est développé ; elle reste inopérante pour les autres cas, donc non universalisable.

Enfin Fortes et Firth conçoivent la ressemblance entre animaux et ancêtres de manière très empirique, c'est-à-dire comme des correspondances de qualités repérées de part et d'autre. C'est à ce point que pour Lévi-Strauss se situe la faiblesse essentielle de leur méthode. Ces deux auteurs tendent en effet à mettre en parallèle des signifiés (puissance, cruauté, bienveillance, etc.). Alors que le problème à résoudre est de savoir pourquoi une série animale (ou végétale ou tout autre) est mise en parallèle avec une série sociale. Autrement dit : *comment une série de différences répond à une autre série de différences.* Poser la question ainsi c'est comprendre que *« ce ne sont pas les ressemblances, mais les différences qui se ressemblent »* (*TA*, 115 – souligné par nous). C'est ce qui diffère dans chaque série qui est significatif ; les séries de différences repérées dans le monde naturel servent alors de « code » pour instituer et désigner des différences dans le monde humain : « La ressemblance, que supposent les représentations dites "totémiques", est entre ces deux systèmes de différences. Firth et Fortes ont accompli un grand progrès en passant, du point de vue de l'*utilité subjective*, à celui de l'*analogie objective*. Mais ce progrès une fois acquis, le passage reste à faire, de l'*analogie externe* à l'*homologie interne* » (*TA*, 116).

La reprise d'un texte d'Evans-Pritchard va permettre d'avancer dans cette direction. Cet auteur dans son étude, restée fameuse, sur les Nuer fait remarquer qu'en ce qui concerne les désignations « totémiques » de cette population aucun critère d'utilité ne saurait être pertinent tant la liste est hétéroclite : beaucoup d'animaux comestibles n'y figurent pas et une foule d'éléments insolites (corde, chevron, cuir et même maladies) en font en revanche partie. « Les observations sur le totémisme nuer, écrit Evans-Pritchard, ne confirment donc pas la thèse de ceux qui voient dans le totémisme, principalement ou exclusivement, l'expression rituelle d'intérêts empiriques » (cité in *TA*, 117).

On est dès lors sur la bonne voie : ce qu'on a appelé « totémisme » n'est qu'un cas particulier (déformé et fantasmé par l'observateur occidental) d'un procédé général dans les sociétés sauvages et qui consiste à signifier les différences dans la société (ou même à les susciter s'il le faut) au moyen de différences répertoriées dans le monde naturel.

Unité et multiplicité :
l'espèce comme opérateur logique

Un animal dit « totémique » n'est donc pas un animal qui serait l'objet d'une mystérieuse identification entre lui et tel individu ou tel groupe ; un animal, c'est d'abord un « outil conceptuel », car comme organisme il est un système à lui tout seul et comme individu il est élément d'une espèce. Il peut donc parfaitement servir à signifier l'unité d'une multiplicité et le multiple d'une unité. Outil d'autant plus souple que chaque animal peut être le support de plusieurs niveaux catégoriels, par exemple : il appartient à plusieurs sous-espèces, il passe par plusieurs états, il manifeste plusieurs apparences. Ainsi en va-t-il de l'aigle chez les Indiens osage : il ne s'agit jamais de l'aigle en général, mais soit de l'aigle royal, soit de l'aigle tacheté, soit de l'aigle chauve ; il sera considéré soit comme jeune, soit comme adulte, soit comme vieux ; soit comme rouge, soit comme tacheté, soit comme blanc : « Cette matrice tridimensionnelle, véritable système *au moyen* d'une bête, et non de la bête elle-même, constitue l'objet de pensée et fournit l'outil conceptuel » (*PS*, 196).

Le totémisme, simple nom d'une illusion anthropologique, recouvrait en revanche un vrai problème de classification qui, ainsi éclairci, devient la meilleure introduction au fonctionnement de la « pensée sauvage ». On comprend aussi mieux maintenant la raison du recours si fréquent aux typologies zoologiques et botaniques : elles sont constituées d'*espèces*, c'est-à-dire d'ensembles très larges pouvant comporter un nombre d'individus virtuellement illimité, mais ces individus sont eux-mêmes des organismes. La différenciation s'opère en extension vers un système de définitions et en compréhension vers un système de fonctions. « La notion d'espèce possède donc une dynamique interne :

collection suspendue entre deux systèmes, l'espèce est l'opérateur qui permet de passer (et même y oblige) de l'unité d'une multiplicité à la diversité d'une unité » (*PS*, 180). Mieux encore, cet opérateur permet de maintenir un passage constant entre continu et discontinu, soit entre le système, qui englobe une collection, et le lexique qui, suivant les dichotomies, précise les propriétés.

Classer, c'est établir des caractères généraux, c'est repérer des invariants. On pourrait penser que pour ces raisons le *nom propre* échappe à cette entreprise puisqu'il représente, en principe, la limite où le classement s'arrête. On considère en général le nom propre comme une sorte de déixique : il sert à désigner un individu, à le faire repérer dans son unicité, sans nous apprendre quoi que ce soit sur lui. La nomination commence là où s'arrête la signification.

Mais cette tendance du nom propre à être vide de sens qui se développe dans nos sociétés (encore que beaucoup moins qu'il n'y paraît) n'existe pas dans les sociétés sauvages : « Les formes de pensée auxquelles nous avons eu affaire nous sont apparues sous l'aspect de pensées totalisantes, épuisant le réel au moyen de classes données en nombre fini, et dont la propriété fondamentale est d'être *transformables* les unes dans les autres » (*PS*, 228). Une telle forme de pensée ne pouvait pas, sans renoncer à son exigence propre, qui est d'être une science du concret, laisser une frange du réel hors de son intelligibilité : « Tout offre un sens, sinon rien n'a de sens » (*ibid.*). On peut donc s'attendre à ce que les noms propres, tout comme les autres, soient pris dans le régime de la signification. En d'autres termes : l'arbitraire y est autant que possible réduit au profit de la motivation.

Il y a donc des règles de formation des noms propres. Elles sont aussi diverses que les cultures elles-mêmes ; mais elles existent partout. Le principe en est simple : « De même que l'individu est une partie du groupe, le nom individuel est une "partie" de l'appellation collective » (*PS*, 231). On pourrait multiplier les exemples montrant que toujours et partout *nommer, c'est classer.* Ainsi chez les Dogons, étudiés par Germaine Dieterlen, il existe une méthode précise pour l'attribution des noms propres en fonction de la position de l'individu dans une série généalogique et mythique et qui fait que chaque nom est lié à un sexe, à une lignée, à la structure du groupe de germains, à un ordre de naissance (ex. : jumeau ou né après des jumeaux, ou garçon après une ou deux filles ou inversement, ou garçon né entre deux filles ou inversement, etc.).

Le cas du nom propre semble donc étendre plus avant, dans un champ où on ne l'attendait pas, l'activité de mise en ordre qu'assure l'esprit. On serait tenté de supposer que rien ou presque n'est laissé au hasard. La question se pose alors de savoir si l'ethnologue ne risque pas de découvrir une systématicité dans les classifications sauvages (le plus souvent implicites) qui serait loin d'être aussi rigoureuse dans les faits. En d'autres termes de réduire les zones d'arbitraire et de contingence en introduisant un excès de motivation. Ce risque existe en effet. Il en est ici comme dans les systèmes de parenté. Bien des arrangements sont rendus nécessaires en raison de variations dans les situations concrètes (accidents naturels, guerres, changements démographiques ; confrontations à d'autres civilisations, etc.). Quel que soit le système on a toujours affaire à des êtres vivants qui tendent à l'adaptation. Mais cette irruption de l'histoire dans le système, de l'événement dans la structure, montre que si le système n'est jamais à l'abri de la contingence, il tend aussi à reconstituer sans cesse et à intégrer en lui les événements nouveaux et disparates, à trouver en eux des traits pertinents, des analogies suffisantes, permettant la constitution d'homologies entre l'ordre naturel et l'ordre social. Mais ce travail doit être mis en évidence dans les données ethnographiques par des contrôles probants (correspondances entre des séries autonomes) de sorte que les structures qui apparaissent soient bien celles du domaine considéré et non celles que pourrait très gratuitement leur supposer un observateur désireux de trouver un ordre et qui, alors, pratiquerait, en faisant flèche de tout bois, un « bricolage intellectuel » involontaire à l'instant où il prétendrait proposer une analyse critique du domaine étudié. Tout n'est pas structuré, rappelait Lévi-Strauss ; ces plages d'indétermination sont aussi ce qui assure à l'esprit sa détente ou lui permet de jouer avec ses propres instruments.

* * *

De même que *Le Totémisme aujourd'hui* est présenté par son auteur comme une introduction à *La Pensée sauvage*, de même cet ouvrage, à son tour, apparaît lui-même comme la meilleure introduction aux *Mythologiques*, puisque la narration mythique suppose et expose de part en part cette logique des qualités sensibles (la chasse à l'aigle chez les Hidatsa, présentée au chapitre II de *La Pensée sauvage*, en donne déjà un excellent aperçu).

Il est difficile de ne pas reconnaître que Lévi-Strauss a opéré, avec la publication de *La Pensée sauvage*, une remarquable et profonde mutation dans l'approche des sociétés dites « primitives ». On ne peut plus désormais se contenter d'inventorier des formes d'organisation, des mœurs, des rites, des mythes pour conclure simplement à l'extrême diversité des cultures humaines. Ce relativisme bienveillant revient à éluder la seule question pertinente : oui ou non ces formes d'expression de la vie et du savoir de l'homme sont-elles partielles, limitées et donc – corollaire inévitable – inférieures ; ou bien doit-on reconnaître que partout et toujours l'esprit humain exerce la totalité de ses moyens, manifeste l'intégralité de ses ressources et de ses exigences en mobilisant de manière originale – c'est-à-dire dans telle ou telle culture – toute la variété des supports disponibles ? À cette deuxième question nous savons qu'il nous faut répondre affirmativement parce que la démonstration en est possible.

Au terme de ce parcours des divers types d'opérations de la « pensée sauvage », plusieurs conclusions peuvent donc être tirées avec certitude.

Tout d'abord il faut relever l'extraordinaire capacité à différencier, classer, organiser dont dispose une forme de pensée qui opère au niveau des qualités sensibles, pour qui un animal peut à lui tout seul devenir un outil conceptuel très complexe et très complet (comme l'aigle des Osage dont il a été question plus haut) ; on peut, en somme, dire que tout percept fonctionne directement comme un concept ; l'ensemble des éléments de l'expérience sensible (sans exclure les apports d'un seul des cinq sens) devient matériau de classification. L'activité logique n'est pas isolée et formulée (ou formalisée) pour elle-même ; elle n'en est pas moins présente de manière complexe et rigoureuse dans toutes les opérations réalisées directement avec ces éléments.

L'autre question est plus difficile ; elle nous met devant une sorte d'énigme que l'on peut formuler ainsi : pourquoi cette impérieuse nécessité – constante et universelle – de différencier, d'opposer et donc de classer ? Lévi-Strauss montre très bien comment cette exigence s'accomplit. Il est sans doute le premier à l'avoir tenté de manière si neuve et si magistrale. Mais en expliquer la raison constitue certainement une difficulté d'un autre ordre. On risque alors d'être tenté de recourir à un sens dernier et d'énoncer un jugement définitif sur l'homme ; l'anthropologue sait bien que rien n'est plus relatif à une culture donnée que ce genre de réponse. Sauf à situer la cause dans l'ordre naturel même : par exemple dans le cerveau. Mais le cas de la prohibition de l'inceste a bien montré qu'il existe dans les sociétés humaines des règles d'une universalité analogue à celle de la nature et qui pourtant, comme fait social, se situent nécessairement au niveau de la culture. Il faut donc recourir à la formule canonique de la conjecture : « tout se passe comme si »… Oui, tout se passe comme s'il n'y avait de société que par l'activité de mise en ordre du monde qui à son tour devient un moyen de formuler une mise en ordre des groupes humains, un « codage » de leurs rapports. C'est bien ce que Lévi-Strauss entend lorsqu'il parle d'une origine symbolique de la société.

Reste encore cette question : qu'est-ce que cette pensée sauvage eu égard à la nôtre que Lévi-Strauss définit comme domestiquée ? Ricœur la caractérise comme « une pensée qui ne se pense pas » (*Le Conflit des interprétations*, Paris, Seuil, 1969, p. 37), indiquant par là son insuffisance et marquant, par contrecoup, l'exigence fondamentale de la pensée occidentale qui, depuis la philosophie grecque, a sans cesse tenté de formaliser ses propres démarches. Il est certain que lorsque Lévi-Strauss analyse les opérations de la pensée sauvage, il le fait avec une pensée qui *se* pense. Mais c'est justement pour reconnaître que celle qui ne se pense pas (qui en cela est d'abord opératoire, donc symbolique) n'en est pas moins intégralement une pensée qui pense. Elle est très précisément une pensée sans concept. Elle n'énonce pas ce qu'elle fait, elle le fait cependant : cette innocence fait sa beauté – comme un art qui s'ignore en tant que tel – et peut-être non moins sa fragilité.

CHAPITRE VII

L'analyse des mythes

> « Peut-être découvrirons-nous un jour que la même logique est à l'œuvre dans la pensée mythique et dans la pensée scientifique et que l'homme a toujours pensé aussi bien. »
>
> (*AS*, 255.)

> « L'esprit humain [...] dans le mythe met simultanément en œuvre tous ses moyens. »
>
> (in *RB*, 52.)

Entre 1964 et 1971, Lévi-Strauss publie sa grande tétralogie des *Mythologiques*. Depuis, son intérêt pour la question des mythes ne s'est pas démenti, comme en témoignent de nombreux articles mais surtout la parution de *La Voie des masques* en 1975, de *La Potière jalouse* en 1984 et d'*Histoire de Lynx* en 1991. En fait, cet intérêt se manifeste relativement tôt dans son enseignement (tel le cours de 1952-1953, à l'École des hautes études en sciences sociales, sur les mythes d'émergence des indiens zuni) ainsi que dans son œuvre : dès 1955, le texte intitulé « La structure des mythes » (publié originalement en anglais) constitue un véritable article-programme dont les suggestions et intuitions n'ont jamais été récusées, plutôt nuancées et surtout enrichies.

Ce texte, au demeurant, nous précise d'emblée en quoi son auteur se démarque des approches qui ont généralement prévalu dans l'analyse des mythes et qu'on pourrait résumer ainsi :

– pour les uns (tendance philosophique ou psychologique), les mythes sont l'expression des sentiments fondamentaux de l'être humain et la mise en scène de leurs conflits ;

– pour d'autres (tendance symboliste), ils sont la traduction métaphorique de phénomènes naturels (météorologiques, astronomiques) difficiles à expliquer ;

– pour d'autres encore (tendance sociologique), ils reflètent les structures de la société et offrent, dans l'imaginaire, une solution à des difficultés insurmontables dans la réalité.

Dans tous les cas le récit mythique est pris pour un discours qui dit autre chose que ce qu'il semble dire, qui ne parvient pas à le dire aussi bien que d'autres formes discursives (telle celle du commentaire lui-même fait sur le mythe) ou qui ne sait même pas ce qu'il dit (il est alors un symptôme, une parole involontaire dont le message est englouti dans ses déguisements). Toutes ces analyses réductrices du mythe se placent, sans y prendre garde, d'un point de vue qui fait du mythe un genre archaïque, un discours naïf, procédant par figures et fables et qui reste en attente de sa traduction conceptuelle. C'est ce genre de présupposé que Lévi-Strauss veut d'abord s'efforcer d'écarter. Il s'agit pour lui de prendre les mythes comme ils se donnent. Non pas pour les traduire dans un autre discours, mais pour montrer que les mythes disent très bien, très complètement, ce qu'ils disent. Le problème en effet pour nous (d'une autre civilisation, d'une autre formation), c'est de comprendre en quoi les mythes peuvent être à la fois un récit des origines, une sociologie, une cosmologie, une logique, une éthique, un guide de l'art de vivre ou un libre jeu de la pensée. Ils sont l'exercice même de la « pensée sauvage ». Leur unité interne, leur cohérence logique ne se situent donc pas du côté de la vraisemblance ou du référent. Il faut l'approcher par d'autres voies et c'est bien cela que nous propose Lévi-Strauss.

Ce qui frappe en effet tout lecteur de mythes, c'est le caractère apparemment absurde ou gratuit des épisodes ou des détails. Vouloir réduire cette absurdité ou cette gratuité par des interprétations portant sur les figures ou les images, bref par un déchiffrage des contenus considérés en eux-mêmes, c'est les référer à un sens qui serait antérieur ou au-delà du récit. C'est ce que les symbolistes tendent à faire en cherchant des clefs universelles comme les archétypes (ainsi Jung ou Eliade) ou, très différemment, les fonctionnalistes en cherchant à quel usage ou à quel besoin le mythe répond.

La démarche de Lévi-Strauss rompt avec ces approches. Tout d'abord il pose l'hypothèse que les mythes d'une même aire culturelle font système (comme on le dit de la langue) ; l'interprétation est à chercher à ce niveau : dans le rapport réciproque des récits et de leurs variantes ; ensuite il rappelle que les mythes sont des récits qui ont des règles propres, lesquelles dépassent le contexte particulier à telle ou telle culture ; les mythes ne renseignent pas seulement sur un type de société mais sur les processus mêmes de leur élaboration. En vérité ce que propose Lévi-Strauss, c'est un changement radical de méthode dans l'approche des récits mythiques. Il s'agit de comprendre le processus de formation de ces récits. Ce processus répond essentiellement à des lois de transformation ; il comporte des opérations comme celles de la permutation, de la substitution, de l'inversion, de la symétrie, etc. Le mythe, c'est en quelque sorte la dramatisation, la mise en récit, de ces opérations logiques. Chacune d'elles correspond à une variante ou variation ; loin donc que l'existence de versions différentes d'un récit constitue une difficulté (comme le pensaient les mythologues jusqu'alors qui cherchaient la « bonne » ou la « vraie » version), c'est au contraire le dispositif de leurs transformations qui intéresse le mythologue et qui lui permet de reconstituer ou plutôt d'exhiber l'opération logique développée dans le récit. Celui-ci n'en perd pas pour autant sa valeur référentielle (c'est-à-dire son lien au milieu social et naturel) ; mais cette valeur se donne à lire autrement : dans le système des relations et non pas dans des contenus isolés.

Il est remarquable en effet qu'aujourd'hui notre emploi du mot « mythe » s'effectue le plus souvent au singulier (« le mythe d'Œdipe », « le mythe de Sisyphe », « le mythe de Dom Juan », « le mythe aryen », etc.). Cette notion du mythe, centrée sur des images ou des fantasmes d'une tradition, n'a quasiment rien à voir avec les mythes dont parle Lévi-Strauss. Précisément lorsqu'il rappelait (in *AS II*, 83) les trois règles fondamentales à observer dans l'analyse des mythes, il définissait pratiquement le contraire de ce que font la plupart des commentateurs. Ces règles peuvent se résumer ainsi : 1) ne pas réduire un récit mythique à un seul de ses niveaux ; 2) ne pas isoler un mythe des autres mythes avec lesquels il est en rapport de transformation ; 3) ne pas isoler un groupe de mythes des autres groupes de mythes auxquels il se rattache.

Or, lorsque, dans notre tradition littéraire ou philosophique, nous faisons appel, çà et là, à des mythes (tels ceux mentionnés ci-dessus), c'est pour indiquer ou reconstruire une figure exemplaire ou développer un argument autour d'elle. La figure mythique devient emblème d'une idée ou d'une thèse. Ce que nous appelons « mythe » n'est que la reprise d'une figure connue d'un imaginaire culturel. En réalité, ce qui est produit alors, c'est une allégorie ou une parabole. Cette forme de récit ou de mytho-poésie peut être très instructive pour comprendre l'univers de fiction de l'exégète ou nous renseigner éventuellement sur l'imaginaire de son époque ; mais en aucun cas cela ne constitue une analyse du récit mythique dans le contexte de la culture où il a été élaboré et dont on l'a détaché arbitrairement.

Première époque : le modèle linguistique

La révolution que propose Lévi-Strauss dans son analyse des mythes semble tout d'abord analogue à celle qu'il a opérée dans le domaine de la parenté. Ici encore, c'est au modèle linguistique qu'il fait appel, du moins dans les analyses antérieures aux *Mythologiques*. Il s'agit là d'un choix qui a été ensuite partiellement mis en cause par Lévi-Strauss lui-même et qui a suscité un certain nombre de critiques. Mais avant d'en faire état, il importe de comprendre la nature de cette première démarche.

Il ne s'agissait pas de demander à la linguistique des schémas directement transcriptibles mais une orientation de méthode. Demande qui paraissait d'autant plus fondée qu'entre les difficultés de la linguistique traditionnelle et celles de l'interprétation des mythes il y avait une ressemblance très précise. La linguistique traditionnelle (entendons par là celle de la réflexion philosophique depuis l'Antiquité) cherchait un rapport entre le son et le sens. Recherche vouée à l'échec puisque les mêmes sons se retrouvent, dans différentes langues, associés à d'autres sens. La révolution méthodologique a été accomplie le jour où le problème fut posé autrement, c'est-à-dire lorsqu'on a compris qu'il ne saurait y avoir de sens dans les sons pris isolément mais seulement dans les lois de leurs combinaisons. Il en va de même dans les mythes, explique Lévi-Strauss : les thèmes et les figures n'ont aucun sens par eux-mêmes (il est donc vain de leur chercher une signification archétypale ou universelle) ; ici encore le sens est à chercher dans les lois de combinaison ou de composition des éléments. Bien entendu, cela ne signifie pas une transposition pure et simple de la méthode de la linguistique à la mythologie ; il s'agit d'un modèle qui permet de situer des termes dans un système de relations.

De même qu'il s'agissait dans le domaine de la parenté de penser le système comme tel, c'est-à-dire la priorité (ce qui ne veut pas dire antériorité) des relations sur les termes, de même dans le cas des mythes le récit doit être considéré comme formé d'unités constitutives dont la pertinence est déterminée par le système. Mais comment définir ces unités ? de quel système peut-il s'agir ?

Le récit mythique, en tant que fait de langage, est soumis comme tel à l'analyse linguistique commune et sur ce plan ne révèle rien de plus que n'importe quel énoncé linguistique. Mais précisément la phrase, qui constitue pour la linguistique la plus grande unité sur laquelle elle puisse légiférer, est au contraire pour l'analyse du discours la plus petite à partir de quoi elle puisse envisager des combinaisons. Le niveau supérieur de l'une devient le niveau inférieur de l'autre. Bref n'est-ce pas la phrase qui doit être traitée par le mythologue comme le phonème par le linguiste ? c'est-à-dire comme une entité oppositive, relative et négative ? Mais *phrase* doit s'entendre ici comme indication d'un seuil, comme une unité discursive. Cette unité discursive doit être une unité propre au genre ici pratiqué, à savoir le récit et plus précisément le récit mythique. Lévi-Strauss propose d'appeler *mythème* cette unité narrative minimale qui définit le niveau auquel les autres niveaux peuvent se réduire. *Le mythème ne s'identifie donc pas plus à la phrase qu'au mot* ; il n'est pas une entité linguistique mais il en a, comme elle, la forme logique ; il n'est pas un signifié ou un thème ; mais il n'est pas séparable des figures qui peuplent le récit. Il est inséparable de l'une et de l'autre, et c'est bien ce qui fait la difficulté de l'analyse. Il n'est pas isolable comme un objet ; il se repère dans les combinaisons et les transformations en tant qu'il en est l'élément récurrent. Son existence est plutôt logique que thématique, elle tient dans l'opération et le jeu des relations : « En toute hypothèse, on se tromperait gravement si l'on croyait que, pour nous, le mythème soit de l'ordre du mot ou de la phrase : entités dont on puisse définir le ou les sens, fût-ce de manière idéale (car même le sens d'un mythe varie en fonction du contexte), et ranger ces sens dans un dictionnaire. Les unités élémentaires du discours mythique consistent, certes, en mots et en phrases, mais qui, dans cet usage particulier et sans vouloir pousser trop loin l'analogie, seraient plutôt de l'ordre du phonème : unités dépourvues de signification propre, mais permettant de produire des significations dans un système où elles s'opposent entre elles, et du fait même de cette opposition » (*RE*, 199). L'analogie du mythème avec le phonème est donc purement méthodologique. Dans l'analyse des mythes telle qu'il la pratique, Lévi-Strauss n'a nullement cherché à isoler des mythèmes pour en montrer ensuite les combinaisons. L'effet eût été artificiel eu égard à la plasticité des récits et à la richesse de leurs métamorphoses. Cet écart entre la méthode annoncée et la méthode pratiquée était sans doute l'indice d'une difficulté non surmontée. Bien des critiques l'ont souligné, parfois avec sévérité.

Ainsi Thomas Pavel (*Le Mirage linguistique*, Paris, Minuit, 1988), après avoir mis en cause de manière générale le recours, chez Lévi-Strauss, à la linguistique saussurienne (encore que l'inspiration soit venue le plus souvent de Jakobson), dénonce l'assimilation du mythème au phonème, en faisant remarquer que si les sons pris isolément n'ont en effet pas de sens, il n'en va pas de même avec les segments narratifs ; pourquoi avoir privilégié le phonème plutôt qu'un élément linguistique d'un niveau plus complexe ? « L'analyse des mythes a-t-elle besoin d'une phonologie, ou bénéficierait-elle davantage d'une morphologie, d'une syntaxe, peut-être d'un lexique ? » (*op. cit.*, p. 49).

Ces critiques sont suggestives ; cependant il faut remarquer qu'elles ne prennent appui que sur le seul texte de 1955 (« L'analyse structurale des mythes ») et ignorent les développements réalisés par les *Mythologiques*, ouvrage où apparaît une intégration de plus en plus complexe des niveaux d'analyse (logique des qualités, logique des formes, logique des propositions). Prendre pour modèle le phonème pouvait en effet présenter un risque dans la mesure où cette unité est non seulement oppositive et relative, mais surtout *négative* : bref, elle n'a aucun contenu propre. Il semblerait absurde d'en dire autant du mythème, sauf si on oublie qu'ici l'analyse ne se situe pas au niveau linguistique, mais à un tout autre niveau : celui du discours mythique. Lévi-Strauss, en effet, ne dit pas que le mythème est dépourvu de *sens linguistique* ; il affirme même expressément le contraire (tout le monde comprend des phrases comme : « sa tête roula et devint une comète » ou bien « le héros monta dans l'arbre et n'en put redescendre »). Lévi-Strauss dit seulement ceci : un segment narratif ou un trait pertinent d'un mythe ne nous donne aucun renseignement hors du système où il figure et hors des rapports de transformation dans lesquels il est pris. De ce point de vue son statut est *analogue* à celui du phonème. Cette analogie permet de radicaliser la méthode par rapport aux approches antérieures. C'est à ce niveau que s'établit et que se limite le rapport à la phonologie. Pour le reste on voit bien que sont utilisées les autres ressources des disciplines linguistiques : morphologie, syntaxe et même – oui ! – lexique, comme le souhaite Pavel, qui semble ignorer l'article de 1960 intitulé « La structure et la forme », écrit à propos de la publication en anglais de *Morphologie du conte* de Vladimir Propp (et repris in *AS II*, chap. VIII). Dans ce texte, Lévi-Strauss, une fois de plus, rappelle que *le structuralisme n'est pas un formalisme* (même si l'analyse formelle y tient une place essentielle, ce qui n'a rien de contradictoire, évidemment). Le propre de l'approche formaliste, c'est de rendre le contenu insignifiant. Le propre de l'analyse structurale, au contraire, c'est de tenir le plus grand compte du contexte, des détails matériels propres à chaque culture (ainsi un oiseau ne sera pas un oiseau en général, mais tel type d'oiseau, en telle contrée, marqué par des traits spécifiques : un comportement, un cri, une taille, un plumage, une manière de se nourrir, de faire son nid, un retour saisonnier, etc. ; dans les récits ce type est mis en contraste ou bien en continuité avec d'autres oiseaux ou d'autres animaux en

vertu de détails souvent minimes mais soigneusement relevés par telle ou telle culture). Bref l'analyse structurale, loin
d'ignorer le contenu démontre au contraire que la structure
doit être comprise comme une mise en relation opérée à
partir de la récurrence de traits pertinents qui sont autant de
contenus particuliers.

Ce qui revient à dire que la syntaxe est toujours comprise
comme opérant dans un lexique déterminé. Tout lexique
(comme tout contexte) est local, empirique, non déductible
(d'où ce constat de modestie : « Il est actuellement acquis
que le langage est structural à l'étage phonologique ; et on
se persuade progressivement qu'il l'est aussi à l'étage de la
grammaire. Mais on est moins certain qu'il le soit à l'étage
du vocabulaire » *AS II*, 169). La première tâche du mythologue, c'est donc d'établir de manière minutieuse la documentation ethnographique à tous les niveaux (milieu
physique, organisation sociale, conditions technologiques,
etc.), bref de faire l'inventaire de ce qui constitue les éléments du lexique de la narration mythique. C'est ce que
l'approche formaliste omet de faire : « L'erreur du formalisme est donc double. En s'attachant exclusivement aux
règles qui président à l'agencement des propositions, il perd
de vue qu'il n'existe pas de langue dont on puisse déduire le
vocabulaire à partir de la syntaxe. L'étude d'un système
linguistique quelconque requiert le concours du grammai-
rien et du philologue, ce qui revient à dire que, en matière
de tradition orale, la morphologie est stérile à moins que
l'observation ethnographique, directe ou indirecte, ne
vienne la féconder. S'imaginer qu'on puisse dissocier les
deux tâches, entreprendre d'abord la grammaire et remettre
le lexique à plus tard, c'est se condamner à ne produire
jamais qu'une grammaire exsangue et un lexique où les
anecdotes tiendront lieu de définitions » (*AS II*, 169). Traiter en même temps syntaxe et lexique, ne pas dissocier
l'étude des règles de celle des contenus, articuler les détails
propres à chaque contexte tout en dégageant des procédures logiques qui sont générales, voilà ce que fait l'analyse

structurale. Loin donc, dans son utilisation du modèle linguistique, de négliger le lexique, elle se signale précisément par l'importance extrême qu'elle lui accorde. Les critiques portant sur ce point sont donc tout à fait infondées.

Une autre objection, dans ce recours au modèle linguistique, porte sur un aspect plus global et pourra nous sembler plus sérieuse. Elle consiste à se demander, comme le fait Dan Sperber (*Le Symbolisme en général*, Hermann, Paris, 1974), si, comme pour n'importe quel langage, on peut envisager une grammaire des mythes. Or le propre d'une grammaire, c'est de pouvoir virtuellement engendrer, à partir des règles qui la définissent, toutes les phrases de la langue sans input extérieur. Les mythes au contraire s'engendrent les uns à partir des autres ; les inputs sont extérieurs et forment donc un ensemble infini et non énumérable : « Le dispositif qui engendrerait les mythes dépend d'un stimulus externe et s'apparente aux dispositifs cognitifs, s'oppose au contraire aux dispositifs sémiologiques : c'est un système interprétatif et non pas génératif » (*op. cit.*, p. 94).

Le même auteur, dans un autre ouvrage (*Le Savoir des anthropologues*, Paris, Hermann, 1982), remarque que la terminologie linguistique employée à propos des mythes est simplement métaphorique : « Si on les prend littéralement, la plupart de ces métaphores se transforment en non-sens ou en insolubles paradoxes. Si, par exemple, l'ensemble des mythes étudiés dans les *Mythologiques* constituait un seul et même langage, alors il faudrait admettre que chaque société amérindienne n'en possède que des bribes. Qu'est-ce qu'un langage que personne (si ce n'est Lévi-Strauss lui-même) ne parle ? » (*op. cit.*, p. 113).

On pourrait faire remarquer que Lévi-Strauss, en recourant au terme de « langage » pour désigner l'ensemble mythique, pensait plutôt à la langue comme système et donc comme dispositif virtuel que mobilise et actualise chaque discours. Mais même ainsi les choses ne s'arrangent pas, puisque ce n'est pas un rapport de ce genre qui est supposé entre les mythes mais – de manière bien plus intéressante –

un rapport de transformation. C'est bien pourquoi, comme le souligne très justement D. Sperber, la grande originalité de Lévi-Strauss, ce par quoi il a complètement renouvelé la question des mythes et du symbolisme, c'est d'en avoir affranchi l'étude du souci d'établir des significations : « C'est là un mérite que non seulement Lévi-Strauss ne revendique pas mais dont au contraire il se défendrait » (*ibid.*, p. 114).

En vérité Lévi-Strauss a bien pressenti les difficultés liées à l'utilisation du modèle linguistique et du concept de signification. Il n'a pas formulé explicitement lui-même les raisons de ces difficultés. Il a trouvé une issue en recourant à un autre modèle : la musique. Mais tout semble montrer qu'il a remarquablement résolu un problème sans en avoir vraiment perçu les données ni donc suffisamment formulé la solution. D'où le caractère enveloppé de certaines formulations, extraordinairement intuitives et pourtant insatisfaisantes dans leur énoncé méthodologique. C'est ce que nous verrons ultérieurement.

Fonction du mythe et l'esprit en liberté

> « Rien n'est plus abstrait qu'un mythe. »
> (in *GC*, 64.)

Il en est de l'activité mythique, selon Lévi-Strauss, un peu comme du jugement de goût selon Kant : elle s'exerce librement et, à la limite, gratuitement ; elle n'a « pas de fonction pratique évidente » (*CC*, 18). La plupart des interprétations traditionnelles du mythe recherchent avant tout les éléments étiologiques ; certes ils sont à prendre en compte mais ils ne sauraient limiter l'interprétation du mythe. Dans le mythe, en effet, tout se passe comme si l'esprit s'éprouvait lui-même en champ clos, testait de manière ludique ses possibilités logiques, comme s'il pouvait opposer son propre déterminisme à celui que tend à imposer le monde extérieur. On touche ici à ce qui constitue, d'une manière générale, un des apports essentiels de l'approche structurale : avoir su nous rappeler et nous démontrer ce que peut être et signifier une *contrainte interne*. On peut appeler ainsi la logique à laquelle obéit tout ensemble d'éléments soumis à une loi de structure ; autrement dit : un système. Lévi-Strauss disposait, de ce point de vue, d'un bon modèle avec la phonologie de Troubetzkoy. Il développe sa propre démonstration avec l'analyse des relations de parenté et l'amplifie de manière achevée avec l'analyse des mythes.

Parler de contraintes internes, cela veut dire que, indépendamment des conditions extérieures, les rapports entre les termes se répartissent, s'organisent, se transforment selon des exigences de pure logique (opposition, inversion, symétrie, négation, etc.). Il y a alors décrochement par rapport au référent, entrée dans un autre « espace », celui que définissent ce que Lévi-Strauss appelle « les lois de l'esprit humain ».

Cette autonomie du champ mythique peut ne pas apparaître à un observateur qui s'en tiendrait à une seule culture et qui ne connaîtrait qu'un nombre très limité de mythes. Ce qui, en revanche, lui semblera évident, c'est l'importance des données contextuelles fournies par l'ethnographie. À un premier niveau ces données sont essentielles et Lévi-Strauss lui-même y consacre une part majeure de son étude (c'est, du reste, l'ignorance du contexte qu'il reproche aux études formalistes ou aux approches symbolistes). Bref dans la prise en compte du contexte « la chaîne syntagmatique interne » apparaît essentiellement déterminée par « l'ensemble paradigmatique externe » (*MC*, 305).

En revanche, plus les mythes étudiés sont nombreux, plus aussi apparaît la pluridimensionnalité du champ mythique ; le mythologue prend alors conscience d'un autre phénomène : « D'une part, les rapports paradigmatiques intérieurs au champ se multiplient beaucoup plus vite que les rapports externes qui atteignent même un plafond, dès lors que toutes les informations ethnographiques disponibles ont été rassemblées et exploitées, de sorte que le contexte de chaque mythe consiste de plus en plus dans d'autres mythes, et de moins en moins dans les coutumes, croyances et rites de la population particulière dont provient le mythe en question » (*MC*, 305). Ce texte est important à plusieurs égards. Il permet tout d'abord de comprendre que l'autonomisation de l'univers mythique tient à une intériorisation du plan paradigmatique ; mais ce processus ne serait pas possible sans un autre (sur lequel nous reviendrons plus loin), à savoir que tout mythe est la transformation d'un autre mythe ou d'un autre groupe de mythes. Enfin on comprend alors l'affirmation selon laquelle les mythes sont des expérimentations de possibilités logiques.

Ces considérations sur le libre exercice de l'esprit dans l'activité mythique devrait conduire à la conclusion que le mythe n'a pas et ne peut avoir de fonction. Pourtant Lévi-Strauss dit expressément le contraire : la fonction du mythe est de réduire – du moins de le tenter – des oppositions, rencontrées dans la réalité, dont certaines sont surmontables et d'autres ne le sont pas : « La pensée mythique procède de la prise de conscience de certaines oppositions et tend à leur médiation progressive » (*AS*, 248). En d'autres termes, les spéculations mythiques « cherchent non à peindre le réel, mais à justifier la cote mal taillée en quoi il consiste, puisque les positions extrêmes y sont imaginées seulement pour les démontrer intenables » (« La geste d'Asdiwal », *AS II*, 209). Comment le mythe s'y prend pour intervenir sur ces contradictions ? Précisément c'est là que commence le jeu narratif et ses subtilités logiques : « S'il est vrai que l'objet du mythe est de fournir un modèle logique pour résoudre une contradiction (tâche irréalisable quand la contradiction est réelle), un nombre théoriquement infini de feuillets [*i.e.* les variantes] seront engendrés, chacun légèrement différent de celui qui précède. Le mythe se développera comme en spirale, jusqu'à ce que l'impulsion intellectuelle qui lui a donné naissance soit épuisée. La *croissance* du mythe est donc continue, par opposition avec la *structure* qui reste discontinue » (*AS*, 254).

On a vu plus haut que Lévi-Strauss récuse la thèse sociologique qui tend à ne comprendre le mythe que comme une solution imaginaire à des contradictions réelles perçues dans la société ou dans l'univers environnant. On doit donc se demander quel est le statut original de cette fonction de *médiation*. Car d'une part le mythe n'est pas le simple reflet de la société où on le rencontre ; d'autre part les éléments qui entrent dans sa figuration (animaux, plantes, paysages, phénomènes météorologiques, aliments, instruments techniques, etc.) renvoient à une infrastructure qu'il importe de connaître avec précision (c'est pourquoi, dit Lévi-Strauss, le mythologue doit se faire en même temps botaniste, zoologue, météorologue, géologue, technologue tout autant qu'ethnographe et sociologue). Cela est si vrai et si important que c'est sur cette base empirique que peuvent se comprendre les variations (ou les variantes) d'un même mythe d'une aire géographique à une autre. Le fait est largement avéré en ce qui concerne les transformations qui vont de l'Amérique tropicale (au sud) à l'Amérique tempérée (au nord).

Cependant cette base empirique, quelle que soit son importance, ne permet pas de rendre compte du mythe : « La relation du mythe avec le donné est certaine, mais pas sous forme d'une *re-présentation*. Elle est de nature dialectique, et les institutions décrites dans les mythes peuvent être inverses des institutions réelles » (*AS II*, 208). Les éléments de la réalité sociale comme ceux du monde naturel sont prélevés comme les termes d'un lexique ; leur statut, c'est d'être « l'instrument, non l'objet de la signification » (*CC*, 346-347). C'est cela qui échappe à une herméneutique qui croirait pouvoir puiser dans un fonds universel de notre imaginaire : « Du soleil et de la lune, on peut dire la même chose que des innombrables êtres naturels que manipule la pensée mythique : elle ne cherche pas à leur donner un sens, elle se signifie par eux » (*AS II*, 261). On devrait du reste dire qu'elle se manifeste et opère par eux (plutôt qu'elle ne se signifie) comme il en va en général dans tout dispositif symbolique.

Un bon exemple du décalage entre mythe et réalité sociale nous est donné dans l'étude intitulée «Quatre mythes winnebago» (in *AS II*, chap. x). Lévi-Strauss reprend l'analyse de ces quatre mythes collectés et présentés par Paul Radin. Il montre que le quatrième qui semble atypique par rapport aux trois autres en constitue en fait une transformation (on verra plus loin le sens et l'importance de ce concept). Mais ce qui nous intéresse ici, c'est que, dans ce quatrième récit, une situation sociale apparaît qui ne correspond pas à la société winnebago. La tentation des ethnologues est alors de supposer qu'une telle situation a pu exister dans le passé et que c'est à cette époque que se réfère le mythe. Une telle hypothèse ne s'appuie sur aucun document, elle reste donc invérifiable. Mais, se demande Lévi-Strauss, est-elle nécessaire ? N'est-ce pas méconnaître la capacité d'invention propre aux mythes ? «Il ne s'ensuit pas que, chaque fois qu'un mythe mentionne une forme de vie sociale, celle-ci doive correspondre à quelque réalité objective, qui aurait dû exister dans le passé si l'étude des conditions présentes ne réussit pas à l'y découvrir» (*AS II*, 241). Dans le mythe l'esprit exerce son libre jeu, mais cet exercice n'est pas gratuit ni arbitraire. Si le mythe met en scène une situation sociale qui ne correspond à aucune réalité ou du moins qui contredit celle de la société d'où il provient, ce n'est pas pour nier ou idéaliser cette réalité. C'est pour offrir dans la série des versions une variante qui réplique très précisément aux autres en en inversant les valeurs. Ainsi dans le quatrième mythe winnebago en question «la prétendue stratification ne constitue pas un vestige historique. Elle résulte de la projection, sur un ordre social imaginaire, d'une structure logique dont tous les éléments sont donnés en corrélation et en opposition» (*AS II*, 246).

Une hypothèse de ce type est nouvelle dans l'analyse des mythes. Lévi-Strauss est sans doute le premier à la proposer systématiquement et à en démontrer le bien-fondé. Isolée, en effet, elle aurait pu paraître contestable. Mais la multiplication des exemples en montre la remarquable pertinence. Elle a d'abord l'avantage de nous délivrer d'un causalisme épuisant (celui qui demandait à tout mythe de rendre compte d'un référent empirique) ou d'un sémiologisme sans reste (prétendant trouver du sens dans tous les détails). En revanche un problème nouveau se pose avec la découverte de ce libre exercice des possibilités combinatoires que révèlent certaines variantes et c'est celui-ci : quelle peut être l'instance productrice de ces combinaisons sinon l'esprit humain lui-même ? Ce sera donc lui qui sera finalement le principal objet de l'enquête au terme du parcours des *Mythologiques*.

Une autre manière d'aborder ce problème consisterait à montrer, sur des exemples divers, comment, à partir d'une version donnée d'un mythe, les variantes se multiplient, non pas arbitrairement, mais comme autant de tentatives pour en explorer les possibilités logiques. Ainsi en va-t-il pour la *geste d'Asdiwal*. Ce mythe des Tsimshian de la côte nord-ouest de l'Amérique du Nord (Colombie-Britannique) est longuement présenté et analysé dans *Anthropologie structurale deux* (chapitre IX) ; il est repris dans *Le Regard éloigné* sous le titre « De la possibilité mythique à l'existence sociale » (chapitre XI). Outre les trois versions tsimshian connues, il existe une version d'un groupe aristocratique kwakiutl qui comporte de très notables différences par rapport aux autres. On est bien devant un groupe de transformations dont l'analyse doit permettre de comprendre à quelle situation le mythe répond. Celle-ci semble constituée par la contradiction ressentie entre le monde d'En Haut (montagnes et espace céleste, espace de la chasse) d'une part et le monde d'En Bas (monde marin et subaquatique, espace de la pêche) d'autre part. La fonction du héros, par ses faits et gestes, est de manifester cette contradiction et d'y apporter éventuellement une solution.

Dans deux des versions tsimshian, le héros échoue à surmonter la contradiction (chaque monde lui laisse le regret de l'autre et il termine sa carrière transformé en rocher). Le mythe met en scène l'impossibilité de vivre de manière harmonieuse les deux univers ; ceux-ci restent des pôles antithétiques. Mais une troisième version tsimshian offre une sorte de solution : le héros s'installe sur la côte, soit à mi-chemin des deux mondes. La contradiction n'est pas résolue, elle est escamotée dans un « ni l'un ni l'autre ». Le mouvement s'arrête dans une figure d'antihéros qui renonce à une quête jugée vaine. Il s'agit bien aussi d'un échec. Tout autre est la version kwakiutl (ou plus précisément celle de la « maison » noble des Naxnaxula). Cette version semble être d'abord un pot-pourri des précédentes. Mais en fait, une autre logique en organise nettement les épisodes et en construit la solution. Le mythe a en effet ici pour fonction de fonder, dans la réussite du héros, les prétentions statutaires et donc l'hégémonie d'une famille. Il le fait en reprenant l'armature de la troisième version tsimshian et en l'inversant. Au lieu de concevoir une disjonction et donc une neutralisation des termes (ni la montagne, ni la mer), il en propose une synthèse. Le héros en effet, de même qu'il a réussi la synthèse de la filiation et de l'alliance en étant à la fois le chef de la tribu de sa mère et de celle de sa femme, réussit celle de la montagne et de la mer en restant chasseur, mais « chasseur de pleine mer ».

Dans ces récits, tout se passe comme si les mythes possédaient cette ressource particulière de pouvoir explorer toutes les possibilités ou toutes les variations d'un scénario ou d'une situation. Il semble, dans certains cas, qu'il les explore de manière purement gratuite. Comme si les possibilités rejetées, ou non effectuées dans la réalité sociale, devaient cependant apparaître comme disponibles ou, à l'opposé, comme non effectuables. La chose doit être appréciée au cas par cas. Mais le procédé ne laisse d'être étonnant : « La pensée mythique témoigne d'une fécondité qui a quelque chose de mystérieux. Elle ne semble jamais satisfaite d'apporter une seule réponse à un problème : sitôt formulée, cette réponse s'insère dans un jeu de transformations où toutes les autres réponses possibles s'engendrent ensemble ou successivement. Les mêmes concepts, différemment agencés, échangent, contrarient ou inversent leurs valeurs et leurs fonctions respectives, jusqu'à ce que les ressources de cette combinatoire se dégradent, ou qu'elles soient simplement épuisées » (*RE*, 232-233).

S'il est vrai qu'un mythe, en un endroit donné, a un rapport précis à la situation sociologique (relations de parenté, rapports interethniques), il n'en est pas simplement la représentation, fût-ce déguisée ou inversée. Il s'en joue en quelque sorte en présentant une palette d'alternatives qui indiquent toutes sortes d'autres possibilités qui ont été abandonnées ou qui sont tout simplement irréalisables. En ce sens le mythe, ou plutôt ses diverses variantes, se soustrait à toute explication fonctionnaliste ou finaliste. Cela, cependant, ne diminue en rien sa capacité à traduire la situation vécue ; ce que le mythe fait du reste régulièrement et qui peut se repérer dans ce que Lévi-Strauss appelle le « code sociologique ». Mais ce n'est là qu'un des aspects de la narration mythique. Le mythe ne se limite jamais à une seule strate de la réalité. Il dit en même temps et à chaque fois beaucoup plus en intégrant les éléments cosmiques, religieux, topographiques, météorologiques, etc.

Le raisonnement analogique

Le plus souvent les personnages mythiques semblent, à première vue, incompréhensibles, soit dans ce qu'ils représentent, soit dans la nature de leurs actions. Mais certains sont encore plus énigmatiques que les autres. Toute recherche du sens à un niveau immédiat portant sur le contenu isolé de la figure est vouée à l'échec. Ce que montre Lévi-Strauss, c'est que le choix de la figure (tel type d'animal, par exemple, plutôt que tel autre) ne peut être compris qu'à partir de l'opération logique réalisée par la pensée mythique. La réponse apparaît comme le terme d'un raisonnement analogique qui développe un jeu de médiations et de substitutions parfaitement cohérent. Cette voie semble la seule possible pour résoudre, par exemple, l'énigme du personnage dit du « *trickster* » – le décepteur – présent dans la plupart des mythologies de l'Amérique du Nord. Pourquoi ce personnage est-il en général incarné par le coyote et le corbeau ?

Le coyote est un charognard, il s'apparente donc aux prédateurs qui consomment de la nourriture animale, mais il ne tue pas ce qu'il mange, ce qui le rapproche des producteurs de nourriture végétale. Le corbeau, lui, est perçu comme un prédateur des jardins ; il est donc au monde végétal ce que le coyote est au monde animal. Mais la chaîne continue puisqu'on peut considérer l'herbivore comme un collecteur de nourriture végétale tout en devenant lui-même nourriture animale. Bref il y a, à un bout du système, ceux qui se nourrissent en donnant la mort (animaux chasseurs) et, à l'autre bout, ceux qui se nourrissent sans donner la mort (animaux herbivores). Entre les deux, il y a la série des charognards et prédateurs qui constituent des médiations entre ces extrêmes (ils s'emparent d'une nourriture – soit animale, soit végétale – qu'ils n'ont pas produite). Cette série renvoie à celle constituée par l'ensemble guerre, chasse, agriculture ; qui lui-même est pris dans l'opposition vie/mort. C'est le passage entre ces deux termes que les figures du *trickster* rendent possible ; elles permettent de penser un rapport paradoxal (la vie porte la mort ; la mort rend possible la vie). Cela n'est pas l'objet d'un énoncé direct (tel celui fait, à l'instant, en tant que commentaire) ; cette pensée se déploie dans une dramatisation – le récit mythique – où le personnage du *trickster* jouera un rôle central ou non selon qu'il s'agira de résoudre cette tension ou seulement de la signaler. Les figures ne peuvent être comprises que dans leur position réciproque et dans le mouvement de médiation progressive qu'elles réalisent entre les deux pôles du dilemme. Ceux-ci ne sont pas thématisés comme tels mais impliqués dans l'emboîtement des analogies du genre : ce que A est à B, C l'est à D, etc. C'est bien ainsi que « la pensée mythique procède de la prise de conscience de certaines oppositions et tend à leur médiation progressive » (*AS*, 248).

L'expression « prise de conscience » n'est, au demeurant, peut-être pas la plus indiquée sauf à la prendre dans le sens large d'expérience ou de prise en compte. En effet cette logique qui se déploie à même les figures mythiques n'est pas une logique explicitement reconnue et thématisée. Elle n'est pas l'objet d'un discours sur son propre fonctionnement. Elle reste immanente aux figures et aux opérations à travers lesquelles elle se produit. Bref elle est de type symbolique.

On pourrait en dire autant de tout ensemble de récits mythiques. On peut ainsi suivre dans les *Mythologiques* les transformations du feu de cuisine. Pourquoi avoir choisi cet angle d'approche pour parler de mythes indiens des deux Amériques ? Cela a pu paraître insolite à des philosophes ou à des mythologues habitués à considérer les mythologies essentiellement à partir des divinités et de leurs actions. Lévi-Strauss, lui, se demande quel monde mettent en place ces récits, à partir de quels éléments, avec quelles données puisque ce type de récit ne tend pas essentiellement (ou même pas du tout) à organiser les épisodes d'une action vraisemblable mais bien plutôt à organiser un univers, en privilégiant des éléments qui peuvent constituer autant de couches sémantiques dans le déroulement narratif. Le récit enchaîne ces blocs de représentations (ces « paquets de relations ») dont le lexique est fourni par les données sensibles, qu'elles soient naturelles ou culturelles.

Pourquoi avoir cherché dans l'univers culinaire et dans ses catégories le lexique de référence pour aborder tout un ensemble de mythes des deux Amériques ? Pour cette raison générale (mais dont les données varient avec chaque culture) que la cuisine, par la maîtrise du feu qu'elle suppose, et par toutes les variétés d'élaboration du naturel en culturel qu'elle produit, est en mesure d'être le support et le moyen de formuler, à même les éléments sensibles, une multitude de rapports formels. Ainsi à partir du *cru* deux états essentiels de la nourriture sont envisageables : le *cuit* qui est sa transformation culturelle et le *pourri* qui est sa transformation naturelle. Sur ce triangle fondamental peuvent s'inscrire toutes sortes d'états intermédiaires comme le *bouilli* et le *rôti* par exemple. Tous deux relèvent de la cuisson et donc de la culture, mais parce que le rôti laisse relativement cru l'intérieur de la viande et peut être réalisé à même la flamme, il reste plus proche du pôle nature ; tandis que le bouilli produit une cuisson complète et suppose la médiation d'un ustensile capable de contenir l'eau, il est donc plus proche du pôle culture ; en outre il réalise ce paradoxe : cuire l'aliment par la médiation de l'eau qui est le contraire du feu. Il y aurait donc, semble-t-il, fort à parier que le bouilli apparaisse partout comme signalant un état plus élaboré et des valeurs plus raffinées que le rôti. L'affirmer serait précisément céder à la tentation formaliste. Car si l'opposition du rôti et du bouilli est bien celle du moins et du plus élaboré (comme l'attestent d'innombrables exemples ethnographiques), il se peut aussi que le rapport s'inverse sous une autre considération : le bouilli pourra être mis du côté de l'endo-cuisine (affinité avec le dedans, le concave, l'intime : le bouilli sera alors, comme la poule-au-pot, la cuisine de famille, celle des épouses et des mères) tandis que le rôti relèvera de l'exo-cuisine, celle des festivités publiques, ouvertes, des banquets, et connotera le monde des hommes ; dès lors le rôti sera tiré du côté de la culture et du prestige tandis que le bouilli révélera une affinité avec le pourri à cause de l'élément liquide et du procès de mélange (d'où « pot-pourri » – « *olla podrida* » en espagnol – pour désigner le contenu de la marmite de viande et de légumes). En somme, ce qui reste stable, c'est l'opposition rôti/bouilli mais les valeurs attachées à chaque terme peuvent se nuancer ou même s'inverser. Cela n'est pas déductible ; seule l'enquête ethnographique peut l'établir au cas par cas (différents exemples en sont mentionnés in *OMT*, 400 *sq.*).

On imagine maintenant comment le dispositif peut se compliquer si, en plus des modalités culinaires précédentes, on en considère d'autres comme celles du fumé, du grillé, du frit, du mariné, du séché, de la cuisson à la vapeur, au four ou à l'étouffée. Car, du même coup, c'est toutes sortes de catégories qui entrent en jeu, rendant possibles des systèmes d'oppositions, des homologies, des symétries, etc. Le fumage, par exemple, s'apparente au rôtissage (la viande est cuite au-dessus du feu) mais s'en distingue par l'usage du boucan (donc par la médiation d'un ustensile) et enfin par la présence de la couche d'air interposée entre le feu et l'aliment. On a donc déjà par rapport au rôti des caractères différentiels marqués par les oppositions *rapproché/éloigné* et *rapide/lent*. D'autre part l'existence d'un ustensile et la profondeur de la cuisson apparentent le fumage au bouilli ; cependant l'ustensile – le boucan – (dans la plupart des cultures indiennes) doit être détruit. On a donc le dispositif suivant : le bouilli s'apparente au pourri (donc au périssable) mais l'ustensile demeure ; le fumé est une nourriture assurée de durer mais en contrepartie l'ustensile doit être périssable : « Tout se passe donc comme si la jouissance prolongée d'une œuvre culturelle entraînait, tantôt sur le plan du rite, tantôt sur celui du mythe, une concession faite en contrepartie à la nature : quand le résultat est durable, il faut que le moyen soit précaire et inversement » (*OMT*, 405). Il y a donc dans le système de la cuisine un rapport nature et culture, durée et immédiateté, proche et lointain, qui, s'ajoutant à toutes les variétés de la cuisson, permet un nombre considérable de combinaisons, et donc d'expression des modalités logiques de la pensée. C'est de ces possibilités que les récits mythiques s'emparent et qu'ils intègrent comme « codes » dans le courant de la narration. Selon Lévi-Strauss, l'ensemble de ces possibilités peut se ramener à une matrice représentable par un triangle sur lequel se distribuent les différences principales :

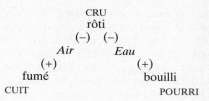

Aucun mythe en particulier ne présente ainsi le tableau des éléments. Chacun, selon le contexte, joue sur quelques-unes de ces oppositions en les liant à d'autres termes dans des registres sémantiques différents. Mais il est remarquable que toujours apparaît ce jeu de médiation entre des systèmes d'oppositions à deux ou plusieurs pôles.

Cette manière dont le mythe cherche à formuler une solution médiane en recourant à la mise en scène d'éléments eux-mêmes susceptibles d'être des médiateurs peut être illustrée de manière éclatante par tout un ensemble de récits relatifs au «voyage de la pirogue de la lune et du soleil», que l'on trouve rapporté dans la troisième partie de *L'Origine des manières de table.*

Pour comprendre comment la pirogue d'une part, le soleil et la lune d'autre part et enfin le voyage lui-même peuvent fonctionner comme des opérateurs logiques et sémantiques, il importe, rappelle Lévi-Strauss, de prendre en compte de manière précise les données ethnographiques (en d'autres termes, il faut constituer le lexique). De ce point de vue il faut être attentif au fait que les places dans la pirogue sont très précisément assignées ; en effet la conduite de ce bateau exige au moins deux passagers : l'un à l'arrière chargé de tenir le gouvernail et un autre chargé de pagayer mais qui, pour des raisons d'équilibre, se tient nécessairement à l'avant. Ni l'un ni l'autre ne peuvent durant l'action ni se déplacer d'avant en arrière, ni se pencher latéralement sans risquer de faire chavirer l'esquif. Ils sont donc associés et liés par une distance nécessaire : ni trop près, ni trop loin.

D'autre part, d'une manière générale la tâche de gouverner qui requiert peu d'énergie est confiée au plus faible des deux (ou du groupe) : femme ou vieillard, tandis que le ou les pagayeur(s) doi(ven)t être le(s) plus robuste(s). Ces éléments vont servir de supports pour figurer des oppositions, des corrélations, des incompatibilités, des positions extrêmes et leur résolution médiane. Les deux positions nécessairement éloignées sur la pirogue vont donc pouvoir être celles du soleil et de la lune, à la fois dans leur dépendance réciproque, leur distance, leur commun mouvement. Mieux encore, le feu de cuisine souvent transporté par les Indiens dans leurs voyages est alors mis au centre du bateau, pouvant ainsi symboliser une médiation réussie entre l'excès de chaleur du soleil et son absence nocturne. La pirogue devient un opérateur de pensée capable de porter dans les récits une multitude d'oppositions et de médiations entre des extrêmes, comme celle de l'alliance proche ou lointaine, du chaud et du froid, du jour et de la nuit, du masculin et du féminin, du temps irréversible et du temps périodique, etc. « Trop près l'un de l'autre, le soleil et la lune engendreraient un monde pourri, un monde brûlé, ou les deux choses ensemble ; trop éloignés ils compromettraient l'alternance régulière du jour et de la nuit et provoqueraient soit la longue nuit qui serait un monde à l'envers, soit le long jour qui amènerait le chaos. La pirogue résout le dilemme : les astres embarquent ensemble, mais les fonctions complémentaires dévolues aux deux passagers, à l'avant où l'un rame, à l'arrière où l'autre gouverne, les contraignent de choisir entre la proue et la poupe et demeurent séparés » (*OMT*, 149). Ainsi le mythe expose et réalise une pensée.

Deuxième époque : le modèle musical

On a quelquefois dit qu'avec les *Mythologiques* Lévi-Strauss passait du modèle linguistique, qui avait prévalu jusqu'alors, à un modèle musical. Cela n'est que partiellement vrai en ceci que c'est bien toujours le modèle linguistique qui, au plan *méthodologique*, reste pertinent : donner au mythème un statut analogue à celui du phonème, c'est-à-dire en faire une unité minimale purement différentielle, oppositionnelle et sémantiquement vide. À la musique Lévi-Strauss semble demander d'abord de lui fournir un modèle d'*exposition* et il s'explique sur ce choix dans l'introduction (nommée « Ouverture ») des *Mythologiques* et il y revient dans sa conclusion générale (dite « Finale », évidemment). Du reste Lévi-Strauss, après avoir choisi, dans le premier volume des *Mythologiques,* de donner aux différentes parties ou moments de son exposé des noms de genres musicaux (« Sonate des bonnes manières », « Fugue des cinq sens », « Symphonie brève », etc.), abandonne le procédé dans les volumes suivants tant il s'avérait excessif de simuler dans un discours explicatif une forme de langage relevant d'un art déterminé. Pourtant cette forme d'exposition s'avérera de plus en plus être autre chose que Lévi-Strauss a très bien pressenti mais semble n'avoir jamais clairement identifié : elle est aussi une forme d'analyse ou plutôt ce qui rend inopérante, voire illégitime, la forme traditionnelle d'analyse. Toute la question est en effet de savoir comment un métalangage peut intervenir sur ou à propos d'un processus symbolique : peut-il le disséquer sans nécessairement le manquer ou bien l'exposer sans nécessairement en faire partie ? dehors ? dedans ? On verra comment Lévi-Strauss s'est débattu avec ce dilemme et comment il a demandé à la musique de lui offrir un *analogon*, comme forme d'une solution.

Ce modèle d'exposition trouve d'abord sa raison dans l'opposition synchronie/diachronie. Le récit mythique, comme une pièce de polyphonie, doit se lire d'abord linéairement (enchaînement des séquences narratives dans un cas ; suite mélodique dans l'autre) et de haut en bas (les strates sémantiques dans le mythe ; les niveaux harmoniques dans la composition musicale). Cette analogie sous le rapport de la simultanéité des niveaux, déjà soulignée dans l'article de 1955, est certainement la plus visible, mais elle n'est peut-être pas la plus intéressante. Il en est une autre plus importante sous le rapport du langage et du temps.

Le mythe comme la musique peuvent être dits des «langages» sous cette considération précise qu'ils assurent une communication entre ceux qui les écoutent (ce qui suppose – condition initiale de tout langage – une stabilité des signes à l'intérieur d'une communauté donnée). L'analogie s'arrête là puisque ni l'un ni l'autre ne sont en mesure, comme le peut le langage articulé, de susciter un signifié qui, sans se détacher du signifiant, ne se confond pas avec lui. La musique saisit l'auditeur dans et par la matière sonore. Le mythe produit son effet par des voies analogues. Qu'est-ce à dire ?

Le récit comme l'exécution musicale n'existent que développés dans une succession temporelle. La musique, par le traitement des sons, qui sont choisis et utilisés selon des échelles tonales, ne cesse de mobiliser les rythmes physiologiques de l'auditeur créant des attentes, des pauses, des tensions et leurs résolutions. Cette action directement sensible est en même temps l'opération intelligible de la musique. Aucun signifié (comme c'est le cas du langage articulé) ne s'en détache qui rendrait possible sa traduction dans un autre code.

En quoi le récit mythique ressortit à ce modèle ? Ce ne peut être sous l'angle de son appartenance à la langue ordinaire (dont il ne bouleverse ni la syntaxe ni le lexique). Cela ne peut donc être qu'à un autre niveau qui fait entrer le langage dans un autre régime ou une autre dimension. D'une part, l'audition d'un mythe comme celle d'une musique se déploie dans un temps irréversible et pourtant «transmute le segment qui fut consacré à l'écouter en une totalité synchronique et close sur elle-même» (*CC*, 24). Mais cette similitude de temporalité (qui commence aux rythmes physiologiques) se double d'une autre qui est de produire l'unité de l'intelligible et du sensible. Le mythe énonce à même des figures et dans une multiplicité d'éléments naturels une cosmologie, une sociologie, une éthique, une esthétique, etc. Traversant les séquences narratives, les débordant, cette simultanéité des schèmes s'offre à l'auditeur comme dispositif de pensée immanent aux événements et aux images évoqués. C'est cette saisie immédiate et complète comme sensation et connaissance qui rapproche le mythe de la musique. Entre les deux formes cependant il existe une différence fondamentale d'application : « La musique expose l'individu à son enracinement physiologique, la mythologie fait de même avec son enracinement social. L'une nous prend aux tripes, l'autre, si l'on ose dire, "au groupe". Et pour y parvenir, elles utilisent ces machines culturelles extraordinairement subtiles que sont les instruments de musique et les schèmes mythiques » (*HN*, 36).

Il importe donc de bien comprendre ce recours au modèle musical si l'on veut saisir la cohérence de la démarche proposée et mise en pratique par Lévi-Strauss, lequel en donne finalement bien la raison lorsqu'il dit que, le propre du mythe comme celui de la musique, c'est de ne pouvoir être transposés dans un autre système signifiant. La musique, « dont le privilège consiste à savoir dire ce qui ne peut être dit d'aucune autre façon » (*CC*, 40), peut-elle être mise en rapport avec le mythe qui s'énonce dans le langage commun ? À quel niveau peut-on déceler un isomorphisme ? Ce ne peut être qu'à un niveau métalinguistique, celui du système narratif. C'est sur ce plan seulement que le mythe opère sur le temps d'une manière identique à celle de la musique. Le propre d'une telle opération c'est de *n'être pas substituable* ; elle n'existe que comme performance. En d'autres termes elle n'existe que pour son destinataire et dans le temps de son accomplissement : « Dans l'un et l'autre cas, on observe en effet la même inversion du rapport entre l'émetteur et le récepteur, puisque c'est, en fin de compte, le second qui se découvre signifié par le message du premier : la musique se vit en moi, je m'écoute à travers elle. Le mythe et l'œuvre musicale apparaissent ainsi comme des chefs d'orchestre dont les auditeurs sont les silencieux exécutants » (*CC*, 26).

La question qu'on pourrait se poser serait alors celle-ci : n'en va-t-il pas de même dans la réception de toute œuvre d'art, de la perception d'une peinture à la lecture d'un roman ? Où est la différence ? Qu'est-ce que la musique parmi les arts et le mythe parmi les genres du discours ont de spécifique qui les singularise dans leur domaine et les rapproche l'une de l'autre ?

Tout se passe comme si dans le cas des mythes, à la différence des problèmes de parenté ou de ceux posés par les classifications « totémiques », quelque chose gênait Lévi-Strauss dans l'exposé du dispositif logique qui en sous-tend l'activité. Comme si, dans ce cas, à la différence des domaines de recherche antérieurs, il y avait une perte irrémédiable liée à l'analyse, comme si la mise au jour de l'architecture interne des mythes et de leur fonctionnement se faisait nécessairement au prix de leur jouissance directe. C'est pourquoi (est-ce paradoxe, modestie ou lucidité ?) c'est sur une invitation faite au lecteur à oublier le livre qu'il va lire que s'achève l'« Ouverture » des *Mythologiques* et sur le souhait que, au-delà, le lecteur « puisse être transporté vers la musique qui est dans les mythes » (*CC*, 40). Mais ce sera nécessairement en gagnant sur un plan et en perdant sur un autre ; ce qui est gagné, c'est « la secrète signification » de ces récits (la formule sonne bizarrement « herméneutique »), ce qui est perdu, c'est « une puissance et une majesté connaissables par la commotion qu'elle inflige à qui la surprend, dans son premier état, tapie au fond d'une forêt d'images et de signes, et tout imbue encore des sortilèges grâce auxquels elle peut émouvoir : *puisqu'ainsi, on ne la comprend pas* » (*CC*, 40).

Mais cette explication avancée dans l'« Ouverture » n'est sans doute pas suffisante. Le « Finale » en propose une autre, qui, sans renier la première, la modifie ou la complète de manière originale (et sans aucun doute les années de lecture et de rédaction de centaines de mythes ont dû produire chez l'auteur ce changement de vision). Il ne s'agit plus seulement d'opposer l'analyse à la performance ; il s'agit d'affirmer que les mythes comme la musique ne sont pas traduisibles dans un autre code que le leur propre. C'est là sans doute une conséquence de l'importance prise par le concept de transformation : « Les mythes sont seulement traduisibles les uns dans les autres, de la même façon qu'une mélodie n'est traduisible qu'en une autre mélodie qui préserve avec elle des rapports d'homologie » (*HN*, 577). Or, en présentant les mythes (et leurs dispositifs) de cette manière, Lévi-Strauss ne faisait rien d'autre que les définir comme un processus symbolique lequel (comme on l'a vu au chapitre v) se caractérise essentiellement par sa puissance opératoire. Un mythe (ou plutôt un groupe de mythes) organise des éléments, il construit un ordre. Il n'a pas de sens par lui-même, il est tout au plus ce qui rend un sens possible par l'arrangement qu'il produit : « Un mythe propose une grille, définissable seulement par ses règles de construction. Pour les participants à la culture dont relève le mythe, cette grille confère un sens, non au mythe lui-même, mais à tout le reste : c'est aux images du monde, de la société et de son histoire dont les membres du groupe ont plus ou moins clairement conscience, ainsi que des interrogations que leur lancent ces divers objets. En général, ces données éparses échouent à se rejoindre, et le plus souvent elles se heurtent. La matrice d'intelligibilité fournie par le mythe permet de les articuler en un tout cohérent » (*RE*, 200). C'est la découverte de cette performativité du récit mythique qui très évidemment a conduit Lévi-Strauss à souligner l'analogie du mythe et de la musique et à suggérer l'effacement du mythologue devant son objet, comme s'il avait compris qu'on ne peut faire l'exégèse d'un mythe, que la seule tâche possible, c'est de restituer son dispositif opératoire. D'où le recours non plus à une discipline comme la linguistique mais à un art comme la musique.

Les groupes de transformation
et la formule canonique

> « À proprement parler, il n'existe jamais
> de texte original : tout mythe est, par
> nature, une traduction… »
>
> (*HN*, 576.)

Dès l'article de 1955 (cf. *supra*), Lévi-Strauss proposait une formule générale de la structure des mythes qu'il n'a cessé de confirmer et de vérifier dans ses recherches ultérieures (même s'il l'a très peu utilisée explicitement comme on l'a souvent remarqué[1]).

La présentation en est faite dans les termes suivants : « Tout mythe (considéré comme l'ensemble de ses variantes) est réductible à une relation canonique du type :

$$Fx\,(a) : Fy\,(b) :: Fx\,(b) : Fa\text{-}1\,(y)$$

dans laquelle, les deux termes *a* et *b* étant donnés simultanément ainsi que deux fonctions, *x* et *y*, de ces termes, on pose qu'une relation d'équivalence existe entre deux situations, définies respectivement par une inversion des termes et des relations, sous ces deux conditions : 1) qu'un des termes soit remplacé par son contraire (dans l'expression ci-dessus : *a* et *a*-1) ; 2) qu'une inversion corrélative se produise entre la valeur de fonction et la valeur de terme de deux éléments (ci-dessus : *y* et *a*) » (*AS*, 253).

---

1. C'est pour cette raison sans doute que la plupart des anthropologues qui, dans le sillage de Lévi-Strauss, ont travaillé sur les récits mythiques, se sont abstenus d'en tester la pertinence. C'est cette indifférence que met vigoureusement en question Lucien Scubla dans un travail très approfondi (*Lire Lévi-Strauss*, Paris, Odile Jacob, 1998) où il reconstitue la généalogie de la formule canonique, démontre la richesse de ses implications logiques et argumente sur les promesses théoriques de son utilisation élargie.

Lorsqu'il présente cette formule en 1955, Lévi-Strauss a déjà certes réalisé un certain nombre de recherches précises sur les mythes, mais il est loin d'avoir effectué le parcours qui sera celui des *Mythologiques*. L'hypothèse était audacieuse. L'audace s'est-elle révélée payante ? Oui si l'on admet que non seulement Lévi-Strauss n'a pas eu à démentir sa formule, mais que, en bien des moments cruciaux de sa recherche, c'est grâce à elle qu'une voie a été trouvée pour sortir de certaines impasses (apparentes incohérences ou insuffisances dans les narrations disponibles). La formule canonique permettait en effet de déduire l'existence probable de versions répondant à la suite des transformations déjà connues. « Déduction transcendantale », comme dit Lévi-Strauss, le plus souvent confirmée par la documentation empirique.

Un bel exemple de la pertinence et de la fécondité de la méthode ainsi que de l'utilisation de la formule canonique nous est donné dans *La Potière jalouse*. Le cycle des mythes analysés dans cet ouvrage commence par un récit jivaro où il est question d'une femme du nom d'Aôho qui possède deux maris : Soleil et Lune ; le premier chaud et puissant se moque de l'autre qui est froid et faible. Lune, blessé, s'enfuit au ciel par une liane, souffle Soleil et coupe la liane le long de laquelle l'épouse tente de le rejoindre chargée d'un panier plein d'argile ; l'argile se répand çà et là sur la terre et la femme, dans sa chute, se métamorphose en engoulevent dont précisément elle porte le nom d'Aôho et dont le cri plaintif s'entend désormais à chaque nouvelle lune.

Ce que ce récit (même dans sa forme résumée) met en avant, c'est avant tout une relation, incompréhensible à première vue, entre la dissension conjugale, l'argile de poterie et l'oiseau Engoulevent. Plus précisément il faudrait dire qu'on a affaire à quatre termes :

– deux concernant des attitudes ou des fonctions : jalousie et poterie ;

– deux concernant des personnages : l'épouse et l'Engoulevent ;

Lévi-Strauss propose alors l'application de la formule canonique dans laquelle a et b désignent les personnages, tandis que x et y désignent les fonctions ; donc :

$$Fx\ (a) : Fy\ (b) :: Fx\ (b) : Fa\text{-}1\ (y)$$

devient ici :

$$Fj\ (e) : Fp\ (f) :: Fj\ (f) : Fe\text{-}1\ (p)$$

où $j\ (= x)$ = « jalousie » ; $p\ (= y)$ = « poterie » ; $e\ (= a)$ = « Engoulevent » et $f\ (= b)$ = « femme ».

Ce qu'on peut lire de la manière suivante : « la fonction "jalouse" de l'Engoulevent est à la fonction "potière" de la femme ce que la fonction "jalouse" de la femme est à la fonction "Engoulevent inversé" de la potière » (cf. *PJ*, 79). Bien entendu il faudra éclaircir la relation entre jalousie et poterie ; mais déjà on peut remarquer que, dans le quatrième élément de la formule, il y a inversion de valeur entre terme et fonction. Cette transformation conduit à supposer des récits où apparaîtrait un personnage qui soit la figure inversée de l'Engoulevent. Or tel est bien le cas du Fournier, oiseau qui apparaît dans des mythes d'autres populations et qui présente toutes les caractéristiques opposées à celles de l'Engoulevent : c'est un oiseau diurne, au cri joyeux, qui fabrique des nids, etc. Ces récits de l'inversion ne prennent sens par conséquent que par rapport à ceux qu'ils inversent et dont ils constituent le bouclage logique.

Dans le rapport de la poterie à la jalousie on voit, dans d'autres mythes, apparaître les figures du paresseux, du singe hurleur ou de la grenouille ainsi que les thèmes de l'excrément, de la tête qui vole et se change en lune ou du corps qui se transforme en météore. Sans entrer dans le détail des récits, allons droit au texte qui permet de comprendre ce qui lie ces figures avant d'en envisager à nouveau les transformations : « Tout art impose une forme à une matière. Mais parmi les arts de la civilisation, la poterie est probablement celui où le passage s'accomplit de la façon la plus directe, avec le moins d'étapes intermédiaires entre la matière première et le produit, sorti déjà formé des mains de l'artisan avant d'être soumis à la cuisson » (*PJ*, 235).

Dans de très nombreuses civilisations, remarque Lévi-Strauss, l'œuvre du démiurge est comparée à celle du potier : « Mais imposer une forme à une matière ne consiste pas seulement à la discipliner. En l'arrachant au champ limité des possibles, on l'amoindrit du fait que certains possibles parmi d'autres se trouveront les seuls réalisés : de Prométhée à Murkat, tout démiurge manifeste un tempérament jaloux » (*ibid.*). Cette contrainte exercée sur la matière ainsi que le caractère extrêmement délicat des techniques de fabrication et de cuisson engendrent autour de la poterie des attitudes et des rites d'exclusion dont la « jalousie » est l'équivalent narratif. Si la femme en devient l'agent par excellence, c'est que, enceinte, elle est identifiée à un vase à la fois par son apparence et par son activité. Du coup, c'est toute une série de transformations portant sur les rapports du contenant et du contenu, de l'informe et du transformé, de la nature et de la culture, qui se jouent dans les narrations mythiques relatives à la poterie. On a ainsi une symétrie entre les transformations culturelles de l'argile :

– argile => extraction => modelage => cuisson => récipient (contenant)

et les transformations naturelles de la nourriture :

– nourriture (contenu) => cuisson => digestion => éjection => excréments.

C'est sur ces deux axes que se situent les séries narratives où apparaissent les différentes figures mythiques (singe hurleur incontinent, paresseux frappé de rétention) comme autant de transformations du schème contenant/contenu, dont la poterie fournit l'exemple de référence : « Tout mythe ou séquence de mythe resterait incompréhensible si chaque mythe n'était opposable à d'autres versions du même mythe ou à des mythes en apparence différents, chaque séquence à d'autres séquences du même ou d'autres mythes, et surtout à ceux ou celles dont l'armature logique semblent prendre le contrepied » (*VM*, 58).

En vérité la notion de transformation, et de groupe de transformation, permet de remettre à l'honneur celle de comparaison, mais de manière très différente du comparatisme classique. Car ce que Lévi-Strauss se propose de comparer ce ne sont ni des thèmes communs (tel astre, tel animal ou tel type de personnage), ni même des arguments narratifs semblables. De telles similitudes existent ; les relever ne nous apporte rien sinon le constat d'un commun lexique : « La tâche que nous nous assignons est autre, elle consiste à prouver que les mythes qui ne se ressemblent pas, ou dont les ressemblances paraissent à première vue accidentelles, peuvent néanmoins présenter une structure identique et relever du même groupe de transformation » (*OMT*, 164).

Ce concept de *transformation* constitue sans aucun doute l'apport le plus original et le plus puissant de Lévi-Strauss à l'étude des récits mythiques et ceci pour plusieurs raisons. La première, c'est de rappeler qu'un mythe est d'abord un récit (avant d'être un noyau thématique ou figural), mais un récit d'un genre particulier : l'enchaînement des séquences sur l'axe syntagmatique n'est compréhensible que dans l'articulation des schèmes (ou des « codes ») qui forment le système de renvois du plan paradigmatique. La deuxième raison, c'est d'avoir compris que la prolifération des variantes ou des versions n'était en rien un dévoiement d'une version supposée originale ou légitime, mais qu'un mythe appartient toujours à un groupe de transformation dont les variantes sont autant de réponses à des situations contextuelles différentes et des explorations de possibilités logiques qui transcendent ces contextes.

Mythe et rite

Peut-être autant que les mythes, les rites offrent un riche domaine d'exercice de la pensée sauvage ; ne peut-on dire que leurs modalités d'organisation, leurs symboles, leur déroulement répondent à des logiques déterminées et exhibent *in actu* des catégories de l'esprit ? C'est ce que

pensent ceux qui regrettent que Lévi-Strauss n'ait manifesté qu'un intérêt fragmentaire pour cet aspect important
de la réalité anthropologique. Il n'a cependant pas ignoré
le rapport classiquement supposé entre mythe et rite ; il
s'en est du reste expliqué en différents endroits de son
œuvre et en des pages extrêmement éclairantes (*Paroles
données* témoigne des recherches conduites à l'occasion de
plusieurs cours professés dans les années 1950 et 1960) et il
aborde le problème dès ses premiers textes théoriques
sur le mythe comme celui intitulé « Structure et dialectique » (*AS*, chapitre XII). Dans cette étude (parue d'abord
en anglais en 1956), Lévi-Strauss propose d'emblée un
changement de méthode dans l'approche des faits de rituel,
notamment dans leurs rapports aux récits mythiques.

La présupposition traditionnelle était qu'entre mythe et
rite existait une homologie, sur le mode d'une correspondance terme à terme : ainsi le premier dirait sur le plan de la
représentation ce que l'autre signifierait sur celui de l'action.
Une correspondance de cette sorte existe probablement,
remarque Lévi-Strauss (qui lui-même avoue l'avoir surestimée dans ses premières recherches), mais elle est rare. De
manière générale, les rapports entre mythe et rite sont plus
complexes ; ils mobilisent le même type d'opérations logiques
qu'on observe au sein des dispositifs mythologiques eux-
mêmes. Qu'est-ce à dire ? Ceci par exemple : que les protagonistes, les symboles et les procédures d'un rituel peuvent se
présenter, à l'intérieur d'une même culture, comme autant
d'éléments corrélatifs et inversés d'un récit mythique. Cependant, remarque Lévi-Strauss, l'application de la méthode
sous cette forme risque à son tour de décevoir, c'est-à-dire
de laisser inexpliqués des éléments importants du mythe ou
du rite. Il faut préciser et élargir l'hypothèse. On voit alors
Lévi-Strauss, dans ce texte de 1956, préfigurer ce que sera
sa démarche constante dans les *Mythologiques* : chercher la
solution d'une séquence (d'un rite ou d'un mythe) recueillie
dans une aire culturelle et géographique donnée dans les
variantes offertes par une aire voisine.

Ainsi, à partir d'un mythe recueilli chez les Indiens pawnee (plaines de l'Amérique du Nord) concernant l'origine
des pouvoirs chamaniques, Lévi-Strauss montre que la série
des oppositions autour desquelles s'organise le récit ne
trouve d'équivalent ni direct ni inversé dans un rituel des
mêmes Pawnee. On pourrait simplement en conclure que
l'on a affaire à un mythe auquel aucun rite n'offre de réplique. Ce serait, cependant, renoncer trop vite. Car il existe,
dans d'autres groupes voisins, auxquels les Pawnee sont liés
géographiquement, culturellement et historiquement (tels
les Blakfoot, les Mandan et les Hidatsa), des rituels d'initiation chamaniques qui sont bien, point par point, la mise en
forme inversée du récit pawnee.

On découvre alors que tous les éléments peuvent être pris
en compte, précisément parce qu'on n'est plus dans l'hypothèse d'une homologie simple – telle une symétrie – mais
dans un système de permutations où les valeurs sémantiques
restent les mêmes tandis que les symboles s'inversent. C'est
ainsi que Lévi-Strauss conçoit un rapport dialectique entre
structures, soit cette relation complexe – médiée par les
inversions et les transformations – qui s'instaure entre mythe
et rite. Une telle approche ne constitue pas une sorte de
coup de force théorique pour introduire une rationalité dans
ce qui, à première vue, en paraissait dépourvu (on pourrait
en effet trouver presque trop brillante la démonstration tant
elle fait lumineusement apparaître une logique interne dans
les ensembles traités). Deux considérations cependant permettent de conforter la validité de la méthode :

– les permutations et transformations mises en évidence
opèrent à l'intérieur d'un ensemble culturel cohérent. On
peut donc se trouver fondé à « comparer le mythe et le rite,
non seulement au sein d'une même société, mais aussi avec
les croyances et pratiques de sociétés voisines » et considérer que « l'affinité [telle celle dont parlent les linguistes] ne
consiste pas seulement dans la diffusion, en dehors de leur
aire d'origine, de certaines propriétés structurales ou dans
la répulsion qui s'oppose à leur propagation : l'affinité peut

aussi procéder par antithèse, et engendrer des structures qui offrent le caractère de réponses, de remèdes, d'excuses ou même de remords » (*AS*, 266) ;

– les argumentations sont fondées, à chaque fois, sur la prise en compte de détails précis dont la signification et la fonction sont avérées par leur récurrence et leur répétition dans les différentes séries (sociologiques, cosmologiques, technologiques ou autres selon les cas). Il y a donc possibilité d'un contrôle externe qui satisfait à l'exigence d'objectivité. Il serait donc faux de considérer la méthode comme purement formelle ; le mouvement logique qu'elle exhibe est toujours articulé à la nature des contenus ; mais ceux-ci à leur tour ne signifient pas par eux-mêmes mais par le jeu de différences et d'oppositions qui les font entrer dans des paradigmes déterminés.

Un autre exemple remarquable de rapports de transformation entre mythe et rite est donné dans *Le Cru et le Cuit* où l'on voit comment les Shérenté réalisent sous forme d'un rituel la mise en scène symbolique d'une médiation entre terre et ciel, que les Gé centraux et orientaux expriment sous forme d'un récit mythique (*CC*, 297 *sq.*). Dans le rite shérenté un officiant grimpe au sommet d'un poteau et s'y maintient jusqu'à ce qu'il ait obtenu du soleil, d'une part, le feu qui permettra de rallumer les foyers éteints et, d'autre part, la promesse d'envoyer la pluie ; ce qui correspond à deux modes de communication mesurée entre le ciel et la terre qui étaient menacés de se conjoindre dans une conflagration en raison de l'hostilité du soleil envers les hommes. En quoi on retrouve le schème du mythe de référence bororo (M1) et de ses variantes : le récit du dénicheur d'oiseau qui grimpe au sommet d'un arbre et y reste prisonnier jusqu'à ce que les pôles disjoints du ciel et de la terre trouvent une articulation équilibrée par la médiation du feu de cuisine.

On le voit donc, Lévi-Strauss ne dit pas que le rite est la traduction en gestes du mythe qui, de son côté, en serait la projection en récit. Entre des groupes d'une même aire culturelle les rapports sont de transformation (peuvent donc être d'inversion autant que de symétrie). Pourtant le choix de l'une ou l'autre forme n'est pas indifférent. C'est là un point capital : l'univers mythique et l'univers du rite ne sont pas de même nature. « Rien ne serait plus faux que rapprocher jusqu'à les confondre mythologie et rituel, comme ont encore tendance à le faire certains ethnologues anglosaxons » (*RE*, 259). Les réflexions consacrées à ce problème, dans les dernières pages de *L'Homme nu*, sont des plus instructives. Lévi-Strauss remarque qu'on a souvent embrouillé les problèmes en prenant pour une partie du rituel le récit mythique ou les éléments de récit qui peuvent l'accompagner (ce que Lévi-Strauss appelle « mythologie implicite »). Or ce qui importe, à propos du rituel, c'est de comprendre qu'il est constitué spécifiquement de gestes, au point que les paroles elles-mêmes en deviennent des équivalents. De ce point de vue, deux opérations formelles peuvent définir le rituel : le *morcellement* (multitude de phases d'un même geste ou d'une opération ; citations excessivement détaillées de toutes sortes d'éléments comme de véritables répertoires taxinomiques, etc.) et *répétition* (des gestes, des paroles). C'est sous ce double rapport que le rite diffère foncièrement du mythe : « Tandis que le mythe tourne résolument le dos au continu pour découper et désarticuler le monde au moyen de distinctions, de contrastes et d'oppositions, le rite suit un mouvement en sens inverse : parti des unités discrètes qui lui sont imposées par cette conceptualisation préalable du réel, il court après le continu et cherche à le rejoindre, bien que la rupture initiale, opérée par la pensée mythique, rende la tâche impossible à jamais » (*HN*, 607).

Tout se passe comme si le mythe et le rite répondaient à deux exigences diamétralement opposées et, par là même, susceptibles – mais pas nécessairement – d'être complémentaires. Il faudrait plutôt dire que le rite semble vouloir effacer ce que le mythe produit et met en place. Lévi-Strauss en voit un bon exemple dans l'existence de deux catégories de divinités de la religion romaine telles que Dumézil les a mises en évidence. À savoir : d'un côté, les divinités mythiques majeures assumant la tripartition du monde, et, de l'autre, la multitude des divinités mineures mobilisées dans des phases complexes de rituels auxquels il est demandé de prendre en charge les divers aspects de l'existence ordinaire : « En morcelant des opérations qu'il détaille à l'infini et qu'il répète sans se lasser, le rituel s'adonne à un rapetassage minutieux, il bouche des interstices, et il nourrit ainsi l'illusion qu'il est possible de remonter à contre-sens du mythe, de refaire du continu à partir du discontinu » (*HN*, 603).

Le rite ne cesse de recoudre ce que le mythe découpe. C'est là ce qui fait son caractère obsessionnel. Est-ce à dire qu'il a pour fonction de conjurer une anxiété ressentie devant la réalité comme le supposent certains interprètes ? Le prétendre, estime Lévi-Strauss, serait confondre causes et effets. L'anxiété n'est pas première ; elle est plutôt le résultat de l'opération de découpage opérée par la pensée taxinomique : « Le rituel n'est pas une réaction à la vie, il est une réaction à ce que la pensée a fait d'elle. Il ne répond directement ni au monde, ni même à l'expérience du monde ; il répond à la façon dont l'homme pense le monde. Ce qu'en définitive le rituel cherche à surmonter n'est pas la résistance du monde à l'homme mais la résistance, à l'homme, de sa pensée » (*HN*, 609).

Lévi-Strauss en avait déjà donné un bon exemple dans *La Pensée sauvage*, lorsqu'il oppose le système du totémisme à celui du sacrifice. Le totémisme (ou du moins ce que l'on convient d'entendre par ce terme impropre) postule, on l'a vu, un ensemble global de rapports entre une série culturelle et une série naturelle ; les différences repérées entre les espèces servent à exprimer (ou plutôt à instituer) des différences entre des groupes sociaux ou entre des individus, par ailleurs indiscernables sous l'angle de l'espèce. L'opération est donc essentiellement de classification : « La seule réalité du système consiste dans un réseau d'écarts différentiels entre des termes posés comme discontinus » (*PS*, 296). Il est donc étrange que l'on ait pu supposer (comme l'ont fait tant d'historiens des religions) le totémisme à l'origine du sacrifice, dont l'opération est diamétralement opposée. Entre deux termes posés comme totalement disjoints – la divinité, l'officiant –, le sacrifice vise, par une série de médiations, à réduire la distance, bref à rendre possible une contiguïté considérée au départ comme impossible ; la victime, prélevée dans les espèces naturelles, bascule, au moment de sa destruction, dans le champ du divin, appelant sur l'homme l'octroi de la grâce : l'irréversibilité du renoncement est supposée susciter l'irréversibilité de la réponse divine. Ainsi le sacrifice établit une continuité entre des termes d'abord séparés. C'est aussi ce à quoi visent les rites (dont le sacrifice ne constitue qu'un aspect) et sans doute les autres formes de la vie religieuse.

Limites de l'interprétation

> « Un mythe ne se discute pas, il doit toujours être reçu tel quel. »
>
> (*MC*, 101-102.)

> « Au sein de chaque société, l'ordre du mythe exclut le dialogue : on ne discute pas les mythes du groupe, on les transforme en croyant les répéter. »
>
> (*HN*, 585.)

Une chose frappe nécessairement tout lecteur des analyses des mythes que fait Lévi-Strauss, c'est une sorte de *retenue dans l'interprétation* ; certains voudront y voir une volonté délibérée de s'effacer devant le récit ou de laisser le lecteur lui-même compléter un commentaire resté en pointillé. Ce qui est sûr, c'est que, comparée à l'abondance des suggestions et des gloses que suscitent habituellement les textes mythiques, l'analyse de Lévi-Strauss est étonnamment sobre, voire laconique. Et cela pas seulement par fidélité stricte à la méthode structurale en tant qu'elle vise simplement à faire apparaître des chaînes de transformations après avoir identifié les couples d'oppositions, les homologies, les équivalences ou les symétries et les inversions. Non, ce n'est pas simplement cela. La raison en est ailleurs ; elle tient probablement en ceci : que pour Lévi-Strauss une interprétation qui porterait sur des contenus ne serait pas du tout une analyse mais plutôt un prolongement du mythe, elle en proposerait une version de plus. C'est exactement, dit-il, ce que fait la psychanalyse, par exemple, à propos du mythe d'Œdipe : l'interprétation freudienne n'en est rien d'autre que la version moderne, la dernière en date ; elle reste donc au même niveau que l'objet qu'elle traite ; elle ne s'assure pas cette position distancée que requiert la science. Il n'y a, au demeurant, aucun mal à prolonger un mythe et lui ajouter des versions nouvelles. Il suffit simplement de ne pas confondre ce prolongement du mythe avec son analyse.

On ne peut simplement dire, comme le font certains critiques bien intentionnés, que l'analyse structurale constitue une sorte de première approche qui met en évidence le système logique ou l'armature narrative du mythe, permettant à l'herméneute d'intervenir ensuite, sur ces bases saines, pour proposer une lecture qui relierait le texte ancien à l'expérience actuelle du lecteur. Cette hiérarchie supposée des démarches repose sur un malentendu. L'approche structurale – lévi-straussienne en tout cas – et celle de l'herméneutique sont profondément incompatibles, non certes par mauvaise volonté, mais tout simplement parce que la première considère la seconde comme appartenant au même niveau que le mythe, et que la seconde ne voit pas qu'il n'y a pas refus d'interprétation des contenus dans l'approche structurale, mais impossibilité méthodologique de le faire. Pour Lévi-Strauss, interpréter se limite à mettre en évidence les traits pertinents et leurs relations, les variantes et leur transformations, et par là à comprendre comment un ensemble de mythes met en place la représentation d'un monde donné et tente d'apporter des réponses à des questions, non sous forme d'énoncé, mais dans le jeu même et le montage des éléments du récit. Comprendre les mythes, non isolément mais à partir des corpus qu'ils forment, travailler à cette mise en relation en s'interdisant à chaque moment de dire ce qu'ils signifient « pour moi », cette méthode qui consiste à assigner au mythologue la fonction d'un cartographe scrupuleux qui s'ingénie à multiplier les perspectives et les coupes, telle est sans doute la manière la plus sûre de ne pas mythologiser sur les mythes.

La retenue interprétative s'impose nécessairement dès lors qu'on ne cherche plus à trouver dans un mythe (ou dans un ensemble de mythes) un sens dernier ou à définir un plan de référence qui serait un plan de vérité. Un récit mythique peut ainsi faire intervenir plusieurs « codes » : sociologique, technologique, économique, cosmologique, sensoriel, météorologique, astronomique, parmi d'autres. Si à travers l'étude de ces différentes transformations on conclut que le mythe « en définitive » veut rendre compte, par exemple, des conflits entre beaux-frères dans une structure sociale donnée (et ce n'est qu'un des multiples exemples possibles), que fait-on ? On réduit tous les plans d'expression à n'être que la traduction d'un seul d'entre eux qui se trouve être alors celui qui, par sa valeur étiologique, porterait le sens et la vérité du récit mythique. La grande originalité de Lévi-Strauss, l'innovation profonde apportée par sa méthode, c'est de récuser cette simplification, non du reste par principe, mais en vertu de l'enseignement apporté par les mythes eux-mêmes. Tous les plans s'entre-expriment (pour le dire comme Leibniz), s'entre-traduisent.

Mythe, roman, histoire

Les mythes (ce pluriel est indispensable) présentent cette particularité qui est de posséder la capacité de s'analyser eux-mêmes, mais au lieu de le faire comme un langage critique qui traiterait un objet, ils s'analysent eux-mêmes en se transformant, c'est-à-dire en se spécifiant, en se développant dans d'autres mythes. Chaque mythe explicite tel moment de sa narration dans un autre moment d'une autre narration (d'où le rôle de la redondance et celui de la commutation). Ce faisant le mythe satisfait à l'exigence de saturation sans quitter le niveau qui lui est propre. On pourra se demander : peut-on appeler (sans abus de langage) « analyses » ces développements, ramifications, extensions, etc. ? Ne pourrait-on, à ce compte, en dire autant du roman ou de toute forme littéraire dotée d'une riche narrativité ? En quoi le mythe procède-t-il de manière originale ?

C'est l'apparente absurdité des mythes, c'est le caractère, au premier abord, saugrenu des personnages et des épisodes qui doivent nous mettre sur la bonne voie. Le sens n'est pas, en effet, donné dans un vraisemblable qui renverrait (comme dans le roman) à un monde qui posséderait par ailleurs son ordre et sa vérité. Le « sens » du mythe est construit dans le double jeu des différents codes sur l'axe paradigmatique et des épisodes, thèmes, variations sur l'axe syntagmatique ; il est immanent à la logique qui règle tout le système. Dans le cas du roman, il y a un sens général qui est assuré au-dehors du texte ; le roman n'a donc pas à s'en préoccuper, il se développe sur cette certitude, sur cet acquis et y renvoie sans cesse.

Le mythe au contraire, précisément parce qu'il organise le monde, semble absurde. Comme l'explique Lévi-Strauss : le mythe n'a pas de sens en lui-même précisément parce qu'il donne du sens à tout le reste. La fonction de ses unités narratives n'est pas de reproduire une unité déjà donnée ou d'en conforter les structures, il est de la produire ; si bien que personnages et épisodes ne signifient rien par eux-mêmes, mais seulement par les positions dont ils sont des figurations logiques. Les actions obéissent d'abord à cette nécessité qui peut contredire à toutes les exigences de la vraisemblance empirique. Le propre de la pensée mythique, c'est d'intégrer tous les éléments de la réalité à partir de chacun de ses segments. Ainsi les relations de parenté telles celles des beaux-frères (preneurs et donneurs d'épouses) peuvent être en même temps une tension entre le ciel et la terre, le haut et le bas, le proche et le lointain, de même que l'union matrimoniale peut retentir dans les oppositions de la bonne distance et la distance excessive, du jour et de la nuit, du sec et de l'humide, de l'air et de l'eau, etc. ; entre ces extrêmes apparaissent des termes médiateurs comme le sont souvent la femme, le feu de cuisine ou ces média-teurs professionnels si l'on peut dire que sont, par exemple, les jumeaux, le *trickster* ou le messie. C'est précisément parce que le mythe est l'expression la plus complète et la plus intégrée de la pensée dans une tradition orale qu'il tend à se donner la structuration la plus forte. La trans-mission se fait par transformations, c'est-à-dire par opéra-tions d'inversion ou de symétrie qui maintiennent l'intégrité de la structure.

Mais lorsque dans une région donnée la structure mythique s'affaiblit, on voit du même coup prédominer « l'histoire », c'est-à-dire la narration des successivités comme explication de la réalité présente, autrement dit le code chronologique l'emporte sur le code cosmologique ; autre manière de dire que l'explication par l'engendrement des séries sur un même axe se substitue à l'explication par la construction d'un système d'homologies entre le monde humain et le monde naturel. « La structure se dégrade en sérialité », écrit Lévi-Strauss (*OMT*, 105) ; d'autres diraient que justement l'histoire commence (on discutera plus préci-sément cette opposition au chapitre IX).

On voit, en tout cas, désormais, prédominer les problèmes de relations entre individus et entre groupes ; du même coup les éléments naturels et leurs valeurs de codage deviennent moins prégnants dans le récit ; le social se fait omniprésent et devant lui le reste de la réalité tend à s'effacer. Dans les sociétés sauvages le récit doit prendre en charge simultanément tous les aspects de la réalité ; il se doit d'être, en même temps, une cosmologie, un savoir des classifications sociales, de l'ordre des données naturelles, une sagesse du quotidien, etc. C'est pourquoi la moindre histoire y devient en même temps un événement du monde ou plutôt elle est traduite comme telle, c'est-à-dire reversée dans le rapport métaphorique du naturel et du social : événement immobile, ou plutôt, résorption de l'événement dans la structure.

Le caractère apparemment décousu du récit mythique (faits, gestes et événements se succèdent sans qu'un lien causal apparaisse entre les séquences, sans que les uns découlent des autres) démontre que le mythe est indifférent à une causalité chronologique, indifférence qui rendrait insupportable un roman moderne. On comprend très bien pourquoi. Les séquences du mythe sont déterminées par les valeurs symboliques des éléments qui y figurent. Les actions elles-mêmes font partie de ce dispositif logique qui constitue l'intelligibilité du mythe. Le roman au contraire, si riche que soit son système de connotations, vise d'abord à *la mise en place ordonnée et plausible des actions* parce que la causalité chronologique est ce qui lui importe le plus *dans un monde ordonné par ailleurs*. L'élément narratif dans le mythe introduit du temps dans le système ; la narration romanesque introduit le système dans le temps. Dans le premier cas l'unité du monde est donnée dans une totalité synchronique des représentations et la narration apparaît comme la nécessaire soumission d'une exposition liée à la successivité du discours. Dans le deuxième cas l'unité du monde n'est concevable que si l'action humaine y figure comme raison dernière, le récit en forme d'enchaînement chronologique y assume donc la fonction de lier le temps à lui-même en établissant un continuum des événements par engendrement des séries sur un même axe.

Nous savons ce que la science nous a dit et continue de nous dire sur le cosmos, sur ses transformations, sur la multitude des phénomènes qui constituent le monde physique. Ce savoir nous est acquis, même si sa maîtrise réelle n'est pas notre fait (et même chez les savants elle reste toujours limitée à un domaine restreint). En tout cas nos récits n'ont plus à prendre cela en charge et du reste ils ne le font pas. Ne leur reste que le social et l'intime. Le roman depuis deux siècles témoigne de ce resserrement du champ du récit. Entre Balzac et Proust, entre Dickens et Joyce, on mesure très bien le glissement du social vers l'intime. Jusqu'au moment où le récit lui-même est apparu comme un artefact et où le seul récit possible fut de dire l'impossibilité du récit. Une époque du monde peut-être s'achevait ; nous ne savons plus ce qu'il nous reste à raconter ; c'est sans doute cela qu'on a voulu désigner métaphoriquement comme « fin de l'histoire ».

CHAPITRE VIII

La leçon de l'œuvre d'art

« Que nous soyons tous des sauvages tatoués depuis Sophocle, cela se peut. Mais il y a autre chose dans l'Art que la rectitude des lignes et le poli des surfaces. La plastique du style n'est pas si large que l'idée entière… Nous avons trop de choses et pas assez de formes. »

Gustave FLAUBERT, *Lettre à Louise Colet du 6 avril 1853.*

« L'art constitue au plus haut point cette prise de possession de la nature par la culture, qui est le type même de phénomène qu'étudient les ethnologues. »

(in *GC*, 130.)

L'anthropologue, dans l'exercice même de son enquête, se trouve nécessairement confronté à l'existence des productions plastiques et graphiques des peuples qu'il étudie. Il ne peut, par exemple, séparer l'analyse d'un rite de celles des parures ou des masques (lorsqu'il y en a) auxquels ces rites sont associés. Mais plus encore, ce sont des objets d'usage courant (poteries, vêtements, outils) dont les formes canoniques, souvent liées à des représentations symboliques précises, qui s'imposent à son attention. Il peut, d'un point vue purement ethnographique, faire le relevé des données qui concernent ces productions (matériaux, motifs, circonstances, usages, etc.). Mais au-delà de cette enquête indispensable, il ne peut esquiver une question plus vaste qui est celle de la signification et de la fonction de cette invention de formes dans une société.

C'est ce type de questions que se pose Lévi-Strauss. Leur intérêt est de permettre de sortir de l'horizon d'évidence dessiné par une histoire de l'art qui tient pour acquis le fait même de l'œuvre d'art et l'usage de concepts esthétiques, lesquels depuis l'Antiquité classique sont d'abord ceux d'une tradition bien particulière, celle de l'Occident. L'anthropologue, même s'il ne peut prétendre s'en exempter, peut du moins opérer une relativisation du point de vue hérité de sa culture en le mettant en relation avec d'autres perspectives, en les faisant varier les unes par rapport aux autres, en décrivant (même si c'est dans sa langue à lui) de tout autres expériences. Il est clair, par exemple, que les arts dits « primitifs » ne sont pas des arts de la représentation ou de l'imitation, mais des arts qui privilégient certains traits en les organisant comme des systèmes de signes. Du même coup, toute une interrogation sur la figuration et la non-figuration peut être approfondie à partir de ce contraste. Ce n'est là qu'une des approches proposées par Lévi-Strauss pour cerner des formes d'art très différentes des nôtres. Une autre voie consistera à s'interroger sur les rôles relatifs du modèle, du matériau et du destinataire, ou, plus généralement, sur le système des résonances qui existe entre des formes esthétiques et les autres aspects d'une culture. Mais au-delà, et à partir des analyses portant sur ce domaine proprement anthropologique, il y a chez Lévi-Strauss une prise de position sur l'art contemporain qui est le plus souvent très critique, très réservée. On lui a souvent reproché un refus excessif de la modernité. Il nous importera donc de comprendre ce qui, à ses yeux, justifie une sévérité qui, sur plusieurs décennies, n'a jamais faibli.

L'œuvre d'art :
structure de l'objet et connaissance

S'il fallait définir ce qu'est la fonction de l'art aux yeux de Lévi-Strauss, on pourrait répondre sans hésiter qu'il s'agit d'abord d'une fonction de connaissance [1]. Une telle fonction est évidente dans le cas de la science ; celle-ci procède en construisant des modèles capables de rendre compte de la structure de l'objet. Mais cet objet, elle le met à distance, elle le désensibilise en quelque sorte, pour pouvoir l'appréhender ; elle le tire tout entier du côté des modèles formels. C'est une connaissance entièrement médiatisée.

L'art donne aussi accès à la connaissance de la structure de l'objet mais à partir des qualités sensibles ; grâce à quoi se maintient la relation immédiate qui sous-tend et enveloppe toute perception. On le voit, la connaissance esthétique s'apparente tout à fait à la démarche de la « pensée sauvage » dont c'est peut-être l'ultime forme d'exercice dans notre civilisation. Comment se constitue cette connaissance ? Pour le comprendre il faut comparer avec ce qui se passe dans le langage. Le signe linguistique ne révèle rien immédiatement de l'objet qu'il nomme. Il n'y a pas d'homologie entre le signifiant et le signifié. Dans l'art, en revanche, cette homologie existe. Bref « l'œuvre d'art, en signifiant l'objet, réussit à élaborer une structure de signification qui a un rapport avec la structure de l'objet » (in *GC*, 108-109).

On pourrait se demander : une telle opération n'a-t-elle pas lieu dans la perception ordinaire ? N'en est-ce pas la

---

1. C'est un point sur lequel insiste à juste titre José Guilherme Merquior dans son essai sur *L'Esthétique de Lévi-Strauss* (Paris, PUF, 1977) ; c'est aussi le seul vrai point de convergence avec l'analyse proposée dans le présent chapitre.

fonction cognitive la plus évidente ? À quoi Lévi-Strauss répondrait que l'opération spécifique de l'œuvre d'art c'est justement d'isoler, d'articuler et de manifester des traits de l'objet qui restent ordinairement implicites ou imperceptibles. C'est cela qu'il appelle « la fonction significative de l'œuvre » que réalise si bien l'art « primitif » (et si mal un certain art de représentation qui se contenterait de donner une copie de l'objet, comme on le verra plus loin).

En somme la fonction significative s'identifie chez Lévi-Strauss avec la fonction cognitive. Cela apparaît dans la relation nature/culture qui s'établit dans l'œuvre d'art ; il y a un passage de l'une à l'autre qui « trouve dans l'art une manifestation privilégiée. [...] Dans la mesure où la promotion d'un objet au rang de signe, si elle est réussie, doit faire apparaître certaines propriétés fondamentales qui sont communes à la fois à l'objet et au signe, une structure qui est manifeste dans le signe, et qui est normalement dissimulée dans l'objet, mais qui, grâce à sa représentation plastique ou poétique, apparaît brusquement et permet, d'ailleurs, le passage à toutes sortes d'autres objets » (in *GC*, 150-151).

Dans l'œuvre d'art la nature se transforme en système de signes et cette transformation est la révélation de la structure des choses. On ne s'étonne donc pas que cette révélation des propriétés de l'objet soit en même temps pour Lévi-Strauss une révélation du « mode de fonctionnement de l'esprit humain » (in *GC*, 151). La boucle peut ainsi se refermer : il y a une objectivité de l'œuvre d'art dans la mesure où elle manifeste des propriétés de l'objet (elle n'est donc pas un jeu gratuit sur les signes) ; cependant la subjectivité qui s'y affirme n'est pas celle d'un psychisme individuel, elle est du côté de l'universalité de la fonction cognitive et en manifeste les lois.

C'est sans doute dans le chapitre Iᵉʳ de *La Pensée sauvage* que Lévi-Strauss formule de la manière la plus explicite cette fonction de connaissance de l'activité artistique ; celle-ci est définie comme ce qui « s'insère à mi-chemin entre la connaissance scientifique et la pensée mythique ou magique » (*PS*, 33). Or, dans les pages précédentes, Lévi-Strauss vient juste de définir la différence de la science et du bricolage (lequel est présenté comme analogue à la démarche de la pensée mythique). Cette différence est aussi bien celle de la structure et de l'événement. La science vise à une connaissance de la structure en écartant celle de l'événement ; en revanche, elle peut produire de l'événement puisqu'elle génère des changements dans le monde. La pensée mythique ou magique, au contraire, regroupe ou organise des éléments du monde en isolant çà et là des traits pertinents, elle introduit ou découvre une logique et de la nécessité dans ce qui semblait purement accidentel ; bref elle produit de la structure avec de l'événement (ce qui est l'opération même du bricolage).

En quoi l'art est-il à mi-chemin de ces deux démarches ? L'art opère à partir du monde et des objets donnés dans leur diversité (il « bricole » alors comme la pensée mythique). Mais en même temps il saisit l'objet sous des conditions formelles très précises, il produit un artefact désintéressé de l'objet, il vise à l'atteindre dans sa vérité, ce qui est un acte de cognition ; par quoi il est du côté de la science (mais ce n'est pas la même connaissance ; il faudra alors en spécifier l'originalité).

Pour faire comprendre la simultanéité de cette double appréhension que l'art réussit, Lévi-Strauss propose une théorie qu'il nomme *le modèle réduit* : « La question se pose de savoir si le modèle réduit, qui est aussi le "chef-d'œuvre" du compagnon, n'offre pas toujours et partout le type même de l'œuvre d'art. Car il semble bien que tout modèle réduit ait vocation esthétique – et d'où tirerait-il cette vertu constante, sinon de ses dimensions mêmes ? –, inversement, l'immense majorité des œuvres d'art sont aussi des modèles réduits » (*PS*, 34 ; on peut immédiatement objecter à cela quantité de cas qui semblent contredire cette thèse et on verra quelles réponses peuvent y être données).

Lévi-Strauss donne l'exemple d'une collerette de dentelle dans un tableau de Clouet. On y constate à la fois la reproduction fidèle, fil par fil, de la broderie. Cependant, même si la texture est respectée de manière rigoureuse, on n'a rien qui ressemble à un canevas de fabrication. L'objet est déformé par la perspective, par les ombres, et il n'est donné que partiellement. Cependant l'œil saisi le tout : il corrige et reconnaît immédiatement la forme complète. Mieux encore, il la saisit dans son rapport à l'ensemble du vêtement, il l'accorde au visage, aux couleurs, à la tonalité du portrait, y compris à la qualité sociale du personnage. Bref une synthèse immédiate s'opère où se trouvent intégrées de multiples données contingentes, tout ce que l'on peut condenser sous la catégorie de l'*événement*. En cela l'œuvre d'art réalise une sorte de connaissance complète de l'objet en visant la synthèse de ses propriétés et de ses circonstances. C'est en cela que toute œuvre art constitue un « modèle réduit ».

Pourquoi « réduit » ? Est-ce une expression bien choisie ? Peut-on le dire d'un palais ou d'une église ? Ou d'une statue plus grande que nature ? Il y a d'abord le problème d'un changement d'échelle et surtout il s'agit de savoir par rapport à quoi ce changement s'opère. Les personnages de la Sixtine sont, en soi, plus grands que nature, mais ils ne le sont pas à la distance de vision et, de plus, c'est l'ensemble de la scène qui se présente comme une réduction par rapport au référent cosmique ; il en va de même d'un temple qui s'offre comme un *compendium mundi*, ou même d'une statue équestre par exemple « dont on peut se demander si l'effet esthétique [...] provient de ce qu'elle agrandit l'homme aux dimensions d'un rocher, et non de ce qu'elle ramène ce qui est d'abord perçu de loin, comme un rocher, aux dimensions d'un homme » (*PS*, 34). Mais cette réduction d'échelle n'est pas la seule : l'œuvre d'art en ajoute bien d'autres portant sur des propriétés qui sont ou bien simulées (comme la profondeur en pein-

ture) ou abandonnées (odeurs, impressions tactiles, couleurs
– dans la gravure).

Bref le « modèle réduit » constitue bien un trait permanent
et essentiel de l'œuvre d'art, et c'est sans doute l'originalité
de l'esthétique de Lévi-Strauss que de l'avoir souligné. La
notion de « modèle réduit » concentre en elle, en quelque
sorte, trois aspects essentiels de l'œuvre d'art en permettant
de concevoir celle-ci à la fois comme un artefact (donc
comme une expérience sur l'objet), comme une reproduction
(donc fidèle à l'objet) et comme une transformation (mise en
évidence de traits privilégiés dans l'objet). C'est ainsi que
cette réduction se présente comme « une sorte de renversement du procès de la connaissance » (*PS*, 35). En quoi ? En
ceci qu'elle permet de procéder non des parties vers le tout,
mais qu'elle donne d'emblée la totalité en nous offrant un
« homologue de la chose »… « Et même si c'est là une illusion, la raison du procédé est de créer ou d'entretenir cette
illusion, qui gratifie l'intelligence et la sensibilité d'un plaisir
qui, sur cette seule base, peut déjà être appelé esthétique »
(*ibid.*, 35).

Cette analyse de l'œuvre d'art pourrait sembler privilégier la fonction de représentation si Lévi-Strauss ne prenait
en compte un autre aspect qui, à ses yeux, est tout aussi
essentiel : le fait qu'elle est précisément une *œuvre*, c'est-à-
dire le produit d'une fabrication. À ce titre le « modèle
réduit » présente des caractéristiques plus riches : « Il n'est
donc pas une simple projection, un homologue passif de
l'objet : il constitue une véritable *expérience sur l'objet* »
(*PS*, 35 – nous soulignons). Sa structure a été éprouvée,
reconnue intimement dans le procès de sa composition. Le
propre de cette expérience ne consiste pas seulement à donner accès à une singularité, car fabriquer nécessite constamment des choix et donc des exclusions. L'objet actualisé est
du même coup porteur de tous les possibles auxquels on a
renoncé. Ce sont eux dont le regard du spectateur enrichit
l'œuvre et qui font que sa création se continue en lui. (C'est
un peu ce qu'écrivait Montaigne : « J'ai lu en Tite-Live cent

choses que tel n'y a pas lues. Plutarque en y a lu cent, outre ce que j'y ai su lire, et, à l'aventure, outre ce que l'auteur y avait mis », *Essais*, L. I, chapitre XXVI).

En quoi l'art est-il une connaissance ? Telle était la question de départ. On peut répondre qu'il l'est en ce qu'il réalise une synthèse immédiate des propriétés de l'objet (propriétés que la science vise à isoler analytiquement) et des données matérielles de son appréhension (couleurs, odeurs, saveurs, tonalité, perspectives, etc.). C'est cette synthèse immédiate, cette intégration de la structure et de l'événement, cette donation de l'intelligible dans le sensible, cette totalité offerte (comme un « modèle réduit ») qui font de cette connaissance un plaisir, celui qu'on appelle esthétique.

Cette théorie du modèle réduit rejoint donc par ses aspects – condenser, expérimenter – deux définitions traditionnelles de l'œuvre d'art comme *compendium mundi* et *experimentum mundi*. Encore faudrait-il, dans la formulation moderne qu'en donne Lévi-Strauss, prendre garde à ceci : que s'il y a bien quelque chose du modèle réduit dans l'œuvre d'art, l'inverse n'est pas nécessairement vrai. Une maquette (de voiture, de fusée, de bâtiment ou de ville), quel qu'en soit le charme, n'est pas pour autant une œuvre d'art. Elle en révèle seulement une des possibilités. Disons qu'elle s'y apparente parce que : 1) le changement d'échelle réalise cette mise à distance qui ouvre le regard à la contemplation désintéressée ; 2) et parce que cette opération constitue, par sa précision même, une découverte et une mise en évidence de la structure de l'objet. Mais il faudrait faire remarquer à Lévi-Strauss que l'œuvre d'art fait quelque chose de plus et qui est d'un autre ordre. Par les traits qu'elle sélectionne, par sa manière de les déplacer, de les transformer, de les recomposer, elle s'éloigne de toute fidélité mimétique. Plus que les possibles, elle donne à voir ce qu'on n'attendait pas, ce qui restait même inimaginable. C'est cette surprise qui suscite l'événement même dans la structure. On pourrait dire : l'événement *de* la structure. Ce qui, par conséquent, transgresse le champ de la perception. C'est cette distorsion ou cette non-conformité qui frappe dans les arts dits « primitifs » et qui est peut-être ce qui, dans tout art, au-delà du vraisemblable, atteint la vérité et qui fait que l'œuvre n'est pas seulement une fabrication mais une invention.

Un doute pourrait donc, ici, saisir le lecteur de Lévi-Strauss. La notion de « modèle réduit » est-elle vraiment généralisable ? Ne doit-elle pas être réservée uniquement aux arts de la représentation ? Ceux-ci – on le verra bientôt – ont un rapport profond à la maîtrise et à la possession. Or c'est aussi cela qui hante le modèle réduit, comme Lévi-Strauss le reconnaît explicitement : « Cette transposition quantitative accroît et diversifie notre pouvoir sur un homologue de la chose ; à travers lui, celle-ci peut être saisie, soupesée dans la main, appréhendée d'un seul coup d'œil » (*PS*, 35). Peut-on dire cela des arts primitifs ou de haute époque ou plus généralement des arts non figuratifs ? Ce sont là des formes d'art qui ne visent pas à représenter mais à « signifier ». Voilà ce qu'il faut maintenant comprendre.

Signifier et représenter

L'opposition signifier/représenter est sans doute la pierre angulaire de la pensée de Lévi-Strauss sur l'art. Elle s'offre comme la clef de toutes ses évaluations sur l'art contemporain. Quand, interrogé par Georges Charbonnier, sur ce qui, aux yeux de l'ethnologue, peut caractériser l'art des sociétés dites « primitives », il répond que c'est un art qui en aucun cas (sauf dans des formes tardives et donc déjà « modernes ») ne cherche à donner une représentation mimétique de l'objet, (« un fac-similé », dit-il), mais qui en isole des traits, les renforce, les met en rapport avec d'autres, bref qui institue l'objet en système de signes. C'est parce que cet art vise à signifier qu'il ne cherche pas à figurer ou à représenter. En ce sens-là les œuvres d'art ont un statut analogue à celui du langage sous un aspect très précis (et sous celui-là seulement). Un langage n'est possible qu'à la condition d'une très grande stabilité de ses règles et des signes qui le constituent, sans quoi la communication ne serait pas assurée (ou alors, dans le cas d'un jargon ou d'un langage secret, elle n'est possible que pour une minorité au sein du groupe). L'art des sociétés « primitives », par la fixité de ses canons et par la constance de ses traits distinctifs, peut être perçu et reconnu de tous les membres du groupe. Comme le langage, l'art, selon un de ses aspects, est un système de signes (ce qui rend possible une communication) ; mais contrairement au langage il y a dans ce genre de signes un rapport matériel entre signifiant et signifié, il y a une *mimèsis* de l'objet dans les formes qui le représentent. La comparaison avec le langage (et Lévi-Strauss le remarque avec insistance) n'est pertinente que sous ce rapport et avec ces réserves, car pour le reste, il n'y a aucune commune mesure entre l'œuvre d'art et le signe linguistique. Il est donc abusif et même tout simplement faux d'affirmer sans nuance que l'art est un langage, comme l'ont fait nombre de sémiologues.

Qu'est-ce qui caractérise un art qui représente ? C'est, dit Lévi-Strauss, un art qui vise à obtenir une sorte de copie de l'objet. Cette définition, quelque peu rapide, peut sans doute être référée à la notion platonicienne de *mimèsis*, mais plus difficilement à celle d'Aristote, plus nuancée et plus riche, puisque la *mimèsis* n'y apparaît pas tant comme imitation que comme production. On verra que c'est peut-être sur cette nuance que se concentrent certaines difficultés de la position de Lévi-Strauss. Pour lui, la *mimèsis* de l'art représentatif (qui s'affirme en Grèce à partir du Vᵉ siècle et qui réapparaît depuis le Quattrocento en Italie puis dans l'Europe en général) a ceci de spécifique qu'elle vise à une sorte d'appropriation de l'objet. Le monde représenté est un monde possédé en effigie, maîtrisé dans son double : « Pour les artistes de la Renaissance, la peinture a été peut-être un moyen de connaissance, mais c'était aussi un moyen de possession, et nous ne pouvons pas oublier, quand nous pensons à la peinture de la Renaissance, qu'elle n'a été possible que grâce à ces immenses fortunes qui se bâtissaient à Florence et ailleurs, et que les peintres furent, pour les riches marchands italiens, des instruments par le moyen desquels ils prenaient possession de tout ce qu'il pouvait y avoir de beau et de désirable dans l'univers » (in *GC*, 162). Curieusement, l'art occidental réalise ainsi quelque chose d'analogue à l'opération magique, laquelle ferait pendant à celle de la science et de la technique qui procurent la maîtrise réelle.

Cette capacité de représentation, Lévi-Strauss pense qu'elle est proportionnelle à la maîtrise des moyens dont dispose l'artiste. C'est là encore un autre point original de son analyse. La nécessité de s'en tenir aux traits significatifs s'impose, en grande partie, par la résistance du matériau et par le caractère limité de l'outillage ; ce sont les contingences techniques objectives de telle culture ou de telle époque qui appellent une expression stylisée. À l'opposé, une technologie plus avancée et plus complexe tend à « rendre » l'objet tel qu'il se présente (on aurait là quelque chose d'analogue à ce qui se passe dans la tradition orale : laquelle ne retient que les traits les plus propres à favoriser une mémorisation ; d'où le caractère fortement structuré des récits ainsi transmis). Si donc l'œuvre est en mesure de signifier, c'est parce que « dans l'art, l'artiste n'est jamais intégralement capable de dominer les matériaux et les procédés techniques qu'il emploie. [...] S'il en était capable, il arriverait à une imitation absolue de la nature » (in *GC*, 130-131). Il s'agit là d'une thèse assez originale qui ouvre des perspectives intéressantes sur les problèmes de l'art contemporain mais que Lévi-Strauss ne semble pas avoir envisagées. Peut-être n'est-ce pas sans raison.

Lévi-Strauss, en effet, nous dit deux choses différentes à propos de l'art de représentation : tout d'abord qu'il a un rapport à l'appropriation symbolique du monde (ce qui rejoint sa critique de la volonté de maîtrise et de l'anthropocentrisme de l'Occident) ; ensuite que cet art est lié au développement des moyens techniques de reproduction et s'accroît avec eux. Il eût été alors intéressant de se demander en quoi ces deux phénomènes sont liés. Or dans l'opposition signifier/représenter, on voit bien que, pour Lévi-Strauss, l'art véritable est du côté du premier terme. Et pourtant la théorie du modèle réduit (à laquelle est conférée une valeur générale et parfaitement positive) s'applique d'abord à l'art de représentation (constamment suspecté, on l'a vu). La représentation serait donc excellente dans certains cas, mais dans d'autres elle serait tout à fait suspecte.

Incontestablement nous touchons ici à une difficulté, voire à un paradoxe, des analyses de Lévi-Strauss, et, du même coup à ce qui détermine son évaluation très réservée des principaux courants de l'art moderne. Car contrairement à toute attente, sa critique du cubisme est sévère (Picasso ne serait qu'une «impasse») tandis que son éloge d'Ingres peut sembler étonnant (comme de tous les peintres figuratifs extrêmement *minutieux*), même s'il prolonge celui qu'il fait de Poussin (*REL*, 7-40). Cela voudrait-il dire qu'en définitive il prend parti pour la représentation et pour les formes d'art les plus classiques ? Certains l'ont affirmé trop rapidement. Nous verrons qu'il faut comprendre l'opposition représenter/signifier comme plus complexe qu'il ne semble tout d'abord. Car pour Lévi-Strauss aucun de ces deux termes n'offre par lui-même de garantie. Il se demande : représenter *comment* ? Signifier *quoi* et pour *qui* ? En d'autres termes il se refuse à éluder les questions du référent, du contexte et du destinataire. Il maintient donc la nécessité d'une approche sémantique et réitère son refus de toute complaisance formaliste. On le mesure mieux en analysant la manière dont il propose de penser le rapport entre art et société.

Art et société

> « En se voulant solitaire, l'artiste se
> berce d'une illusion peut-être féconde,
> mais le privilège qu'il s'accorde n'a rien
> de réel. Quand il croit s'exprimer de
> façon spontanée, faire œuvre originale,
> il réplique à d'autres créateurs passés
> ou présents, actuels ou virtuels. Qu'on
> le sache ou qu'on l'ignore, on ne che-
> mine jamais seul sur les sentiers de la
> création. »
>
> (*VM*, 149.)

Si le rapport de l'art à la société est d'abord une question
de sémantique, c'est qu'il ne suffit pas de postuler la nécessaire signification d'une œuvre d'art pour le groupe, encore
faut-il, en prenant les choses par l'autre bout, montrer de
manière spécifique comment un type de société se dit (fût-
ce de manière inversée ou idéalisée) dans des formes plastiques déterminées. Qu'un tel rapport existe, c'est là une
certitude commune qui, depuis Hegel, a préoccupé tous
ceux qui ont tenté d'élaborer une théorie esthétique. Les
explications ont oscillé entre une recherche d'une causalité
des représentations ou d'une causalité des conditions matérielles. Lévi-Strauss n'entre pas dans ce débat légué par
ses devanciers. Sans doute parce qu'il se situe résolument
hors de toute perspective causaliste. La seule référence
qu'il accepterait dans ce domaine serait celle de l'œuvre de
Panofsky (en qui il reconnaît un authentique structuraliste).
Comment donc pose-t-il lui-même la question ? Il le fait très
explicitement, d'un point de vue anthropologique, en trois
endroits de son œuvre : dans le chapitre consacré aux

Caduveo de *Tristes Tropiques*, dans le chapitre d'*Anthropologie structurale* intitulé « Le dédoublement de la représentation » et enfin dans l'ensemble de *La Voie des masques* (pour s'en tenir aux textes les plus explicites).

Le chapitre sur l'art caduveo est significativement intitulé : « Une société indigène et son style ». Il débute par une remarque où l'on reconnaît bien la méthode et l'hypothèse théorique de Lévi-Strauss : « L'ensemble des coutumes d'un peuple est toujours marqué par un style ; elles forment des systèmes. Je suis persuadé que ces systèmes n'existent pas en nombre illimité, et que les sociétés humaines comme les individus – dans leurs jeux, leurs rêves, leurs délires – ne créent jamais de façon absolue, mais se bornent à choisir certaines combinaisons dans un répertoire idéal qu'il serait possible de reconstituer » (*TT*, 203). C'est même une sorte de « tableau périodique comme celui des éléments chimiques » que Lévi-Strauss imagine de constituer ; on reconnaîtrait alors, dans les données effectives, des combinaisons correspondant au tableau des possibles. Formulation très leibnizienne comme on l'a déjà signalé au cours de cette étude. Mais ce leibnizianisme ne s'arrête pas là : on va le retrouver dans ce rapport d'entre-expression de l'art et de la société qui définit, ici, le style caduveo. Il faut pour cela rappeler rapidement les données ethnographiques relatives à cette population.

Les Caduveo, explique l'auteur, font partie des derniers représentants d'un groupe plus vaste, les Mbaya-Guaicuru, lesquels étaient caractérisés par une organisation sociale fortement hiérarchisée. C'était une société à castes, dominée par les nobles, eux-mêmes subdivisés entre grands nobles héréditaires et anoblis individuels ; les premiers se subdivisaient encore entre branche aînée et branche cadette ; venaient ensuite les guerriers qui pouvaient être anoblis par initiation ; et enfin les esclaves chamacoco et les serfs guana, ces derniers s'étant eux-mêmes organisés en trois castes à l'imitation des maîtres. Les nobles se distinguaient par des peintures corporelles sur une peau totalement épilée (les Européens, à cet égard, leur semblaient de bien basse extraction). Ils portaient, d'autre part, des costumes formés de grands pans de cuir aux motifs géométriques et aux couleurs fortement contrastées qui les ont fait comparer aux personnages de nos jeux de cartes.

Les Caduveo sont les héritiers les plus directs de cet art graphique des Mbaya (maintenant disparus) et dont « le style est incomparable à presque tout ce que l'Amérique précolombienne nous a laissé » (*TT*, 210). Cet art et sa pratique sont marqués par toute une série de dualités. La première tient au fait que les hommes sont sculpteurs sur bois ou bien dessinent sur certains supports (cornes de zébus servant de tasses) des motifs *figuratifs* (hommes, animaux, feuillages). Les femmes peignent ou dessinent uniquement des motifs *abstraits* sur le corps ou sur les poteries. Cet art féminin à son tour présente une dualité entre des motifs angulaires et géométriques, surtout présents dans les bordures, et des motifs curvilignes (arabesques, volutes, vrilles). À cela s'ajoute une opposition figure/fond (susceptible d'inverser leur rapport) dans les dessins d'entrelacs au caractère blasonné. « Le style caduveo nous confronte donc à toute une série de complexités. Il y a d'abord un dualisme qui se projette sur des plans successifs comme dans un salon de miroirs : hommes et femmes, peinture et sculpture, représentation et abstraction, angle et courbe, géométrie et arabesque, col et panse, symétrie et asymétrie, ligne et surface, bordure et motif, pièce et champ, figure et fond » (*TT*, 218). Cette dualité lisible dans le résultat s'observe dans le geste de la composition qui semble s'exécuter sans plan préalable : « Les thèmes primaires sont d'abord désarticulés, ensuite recomposés en thèmes secondaires qui font intervenir dans une unité provisoire des fragments empruntés aux précédents, et ceux-là sont juxtaposés de telle manière que l'unité réapparaît comme un tour de prestidigitation » (*TT*, 218).

L'idée d'une similitude avec le jeu de cartes trouve alors son explication. Chaque peinture comme la carte possède à la fois une *fonction* (celle d'être un objet qui sert au dialogue ou au duel entre deux partenaires) et un *rôle* (celui d'être affectée d'un statut dans la série) ; la première est portée par la symétrie, le second par l'asymétrie : soit la réciprocité et la différenciation. Comment exprimer les deux aspects en même temps, comment résoudre cette contradiction ? La solution – qui est un compromis – est trouvée par l'adoption d'une symétrie mais selon un axe oblique, et sans que les éléments de part et d'autre soient identiques.

C'est à ce point que Lévi-Strauss introduit la question du rapport entre art et société. Il se demande « à quoi donc sert l'art caduveo ? » (*TT*, 220). D'une manière générale il sert, comme dans les peintures de visage, à manifester le *corps civilisé* face au corps purement naturel, bref à célébrer « la dignité d'être humain ». Mais plus spécifiquement il sert à marquer les différences de statut dans cette société extrêmement soucieuse d'étiquette et de reconnaissance du rang – au point que l'endogamie de caste faisait préférer l'adoption d'ennemis ou d'étrangers plutôt que la mésalliance avec un groupe considéré comme inférieur. Quelle conclusion en tirer en ce qui concerne le style des peintures décrites plus haut ? Pour répondre à cette question, il faut faire un détour par d'autres ethnies comme les Bororo, relevant de la même culture. On trouve chez eux aussi des classes héréditaires et endogames (avec trois niveaux : supérieur, moyen et inférieur), mais où le système des moitiés, en se superposant à celui des classes (obligation de prendre épouse dans l'autre moitié ; obligation pour chaque moitié d'assurer la sépulture des membres de l'autre, etc.), tend à effacer (ou à en donner l'illusion) la réalité des hiérarchies. La représentation égalitaire et complémentaire des deux groupes (dont témoignent les mythes) permet de compenser l'asymétrie d'un système par la symétrie de l'autre ; solution qui est figurée concrètement dans la topologie même du village bororo, construit comme un dessin caduveo.

Voici alors la réponse à la question : tout se passe comme si les Bororo avaient résolu sur le plan de l'organisation sociale la contradiction engendrée entre symétrie et asymétrie, réciprocité et hiérarchie, et que les Caduveo de leur côté, n'ayant pas su ou pas pu – noblesse oblige – s'y résoudre, ont tout de même été amenés à l'exprimer, mais symboliquement : « Non pas sous une forme directe qui se fût heurtée à leurs préjugés ; sous une forme transposée et en apparence inoffensive : dans leur art » (*TT*, 224). C'est ainsi qu'un style, jusque dans ses formes les plus spécifiques, dit une société, non pas par la circulation d'un même signifié (comme le suppose la critique thématique), mais dans une homologie structurale qui fait apparaître des invariants entre différents domaines d'expression. Cette manière d'envisager le rapport entre formes d'art et société, Lévi-Strauss la qualifierait lui-même de « *dialectique* » ; ce qui veut dire, chez lui, que ce rapport n'est pas direct, ne relève pas d'une causalité spéculaire, mais fait intervenir, comme on l'a vu à propos des mythes, un raisonnement de type analogique.

Ces analyses, qui concernent des sociétés exotiques, sont-elles encore pertinentes lorsqu'il s'agit d'envisager des sociétés modernes ? Comment se présente, dans celles-ci, la relation entre formes d'art et société ? La question, on le devine, est extrêmement complexe et Lévi-Strauss ne prétend pas y apporter une réponse exhaustive. Il propose seulement çà et là un certain nombre de remarques qui permettent de définir une orientation. Il en ressort essentiellement que l'aventure de l'art moderne lui paraît vraiment mal engagée, grevée de malentendus regrettables et que les avant-gardes, qui se sont multipliées, depuis près d'un siècle et demi, témoignent avant tout d'une rupture profonde dans l'ancien rapport entre art et société parce qu'elles renvoient aussi à une rupture avec le monde naturel. Bref, ce dont elles se targuent comme signe de leur puissance de renouvellement lui apparaît au contraire comme le signal d'un déclin et la perte d'une dimension essentielle à toute œuvre d'art digne de ce nom.

L'impasse de l'impressionnisme
et la fausse promesse du cubisme

À ce pessimisme on pourrait objecter que l'aventure de l'art moderne avait plutôt bien commencé si du moins on considère que sa naissance se confond avec l'apparition de la peinture impressionniste. Celle-ci s'affirme d'abord comme une rupture avec l'académisme antérieur, art « rhétorique » s'il en fut – au sens que Lévi-Strauss donne à ce terme –, ce qui veut dire : art prisonnier de ses formules, de ses conventions (voire de ses recettes), discours exsangue de l'art sur sa propre histoire. La peinture n'y est plus qu'imitation de la peinture au niveau du code comme au niveau des thèmes. L'impressionnisme n'apparaît-il pas alors comme le retour à la fraîcheur des choses, celle de la lumière, du grand air et du paysage ? C'est bien ce qu'on a dit et redit ; et c'est du reste ce que recherchaient explicitement les peintres impressionnistes eux-mêmes. Et pourtant, sur ce point qui semblait acquis, Lévi-Strauss tient à nous dégriser.

L'impressionnisme tout d'abord n'opère pas de rupture du côté de la représentation. Certes il ne se réfère plus à un objet tel qu'il a déjà été représenté dans la peinture antérieure. Mais il demeure lui aussi dans la reproduction mimétique. Il veut être fidèle à la réalité en prétendant la voir mieux, lui rendre ses droits. En cela cette peinture reste ce moyen d'appropriation dont on a vu qu'elle est pour Lévi-Strauss le critérium de l'art occidental depuis le Quattrocento : « L'aspect "possessif représentatif" subsiste intégralement dans l'impressionnisme, et sa révolution est une révolution de surface, épidermique, quelle que puisse être, par ailleurs, son importance pour nous » (in *GC*, 86).

Pourquoi une telle sévérité ? Pour cette raison principale que l'impressionnisme s'est résigné à la banalité et au fait accompli de la civilisation industrielle. Certes, on pouvait reprocher à la peinture antérieure de se donner une nature privilégiée, de représenter systématiquement le « paysage sublime » (montagnes, chutes d'eau, frais vallons, arbres centenaires, lac sauvage). Mais c'est aussi qu'une telle nature était partout présente et accessible. L'impressionnisme, à l'opposé, semble dire : prenons le monde tel qu'il est devenu. D'où « cette prédilection subite pour les paysages modestes de la banlieue, les campagnes suburbaines et souvent ingrates, comme un champ, un simple rideau d'arbres… » (*ibid.*, 87).

On pourrait objecter que c'est justement là l'intérêt du tournant pris par l'art moderne : avoir compris que ce n'est pas le beau sujet qui fait la beauté de l'œuvre mais la forme elle-même (qu'elle soit picturale, musicale, narrative ou autre). Bref le style n'est pas dans la valeur conventionnelle de la chose représentée. Lévi-Strauss ne conteste pas – au contraire – cette nouvelle exigence, qui est une libération par rapport à l'académisme. Il n'empêche qu'à ses yeux, l'impressionnisme n'a pas répondu à l'espérance qu'il a suscitée et cela doublement : du côté de l'objet et du côté de la méthode.

Du côté de l'*objet* tout d'abord parce qu'il consacre, en dépit des apparences, l'avènement sans partage de la civilisation urbaine et mécanique ; il vise à « apprendre aux hommes à se contenter de la menue monnaie d'une nature à jamais disparue pour eux […] ; dans l'impressionnisme, il y a ce rôle didactique, cette fonction de guide de la civilisation » (*ibid.*, 88).

Du côté de la *méthode* ensuite, l'impressionnisme, loin, comme on l'a prétendu, de laisser parler les choses, de leur restituer leur immédiateté, est bien plutôt la consécration de la subjectivité. Il vise à rendre les états ou les moments de la perception. Il ne cherche pas à atteindre l'essence de l'objet (comme y parvient l'art « primitif » en renonçant à la représentation). D'où cette remarque sévère : « L'impressionnisme a démissionné trop vite en acceptant que la peinture eût pour seule ambition de saisir ce que les théoriciens de l'époque ont appelé la "physionomie des choses", c'est-à-dire leur considération subjective, par opposition à une considération objective qui vise à appréhender leur nature » (*RE*, 334). (On pourrait objecter : n'est-ce pas là justement une démarche de connaissance ? À quoi Lévi-Strauss répondrait que la connaissance ne relève pas des états variables de la perception mais des catégories de l'esprit en tant que celui-ci est accordé à la structure de l'objet.)

On aurait pu penser que le *cubisme* devait réussir là où l'impressionnisme avait échoué. Ayant d'emblée renoncé à la représentation, il semble bien faire retour à la « fonction significative » de l'œuvre, analogue à celle que l'on constate dans les arts « primitifs » (dont, explicitement, le cubisme s'est inspiré). Cependant l'analogie reste superficielle. Car, comme on l'a vu, cette fonction significative, dans les sociétés traditionnelles, tient à ce que l'œuvre d'art est partagée, comme un langage, par tous les membres du groupe. Il y a une communication qui a lieu au niveau sémantique, alors que les œuvres d'art cubistes restent des expériences sur les formes (si intéressantes soient-elles par ailleurs pour comprendre ce qui se passe dans la modernité). Certes il y a, dans le cubisme, un dépassement de la représentation vers le signe, mais il s'agit d'un signe qui reste vide, qui est donné comme un simulacre, comme une forme sans contenu, un signifiant privé de signifié. Ce qui amène Lévi-Strauss à conclure : « Le cubisme ne peut retrouver par lui-même la fonction collective de l'œuvre d'art » (in *GC*, 90)… « Les signes n'ont plus d'un système de signes que la fonction formelle : en fait, et sociologiquement parlant, ils ne servent pas à la communication au sein d'un groupe » (*ibid.*, 94). Ce qui revient à pointer l'ambiguïté initiale des avant-gardes : elles bouleversent tout, mais seulement pour une élite.

On pourrait objecter que cette désémantisation du signe – son statut de simulacre – est d'essence ironique ; qu'il ne saurait en être autrement dès lors que se sont dissous les liens traditionnels qui définissent une *communauté ethnique*. L'œuvre d'art ne peut plus que nous tendre le miroir de cet éclatement. Et, dès lors, les rapports art/société s'inversent. Il n'appartient plus au groupe de conférer un contenu sémantique à l'œuvre ; c'est plutôt l'œuvre qui suscite autour d'elle une communauté comme l'avait envisagé Kant, qui précisément reformule le problème de l'œuvre d'art à partir de sa réception, c'est-à-dire à partir d'une théorie du *goût*. C'est là un indice très clair qu'on est en présence non seulement d'une individualisation du créateur, mais surtout du spectateur, renforcée par l'acquisition privative des œuvres. La communauté de goût, réseau d'individus, n'a rien d'une communauté ethnique. L'artiste, désormais, vient de nulle part et s'adresse à n'importe qui. On peut sans doute le déplorer (comme ostensiblement le fait Lévi-Strauss) mais il faut reconnaître que c'est la situation à partir de laquelle nécessairement toute forme moderne de création doit envisager l'œuvre d'art et son destin.

Mais il faut avouer qu'on comprend alors mieux la prolifération des « manières » chez les modernes. Picasso en a donné l'exemple le plus frappant (ce qu'on a appelé ses « époques » ; mais il a eu bien des émules – Braque, Juan Gris, Miró – ou encore Stravinsky en musique). Il y a dans ces changements comme un balayage des traditions et donc une sorte d'indifférence à toutes. D'où le danger de nier un académisme pour tomber dans un autre. Celui de la période pré-impressionniste était un « académisme du signifié » : les sujets de l'œuvre (scènes, objets, personnages) étaient définis par une tradition qui en avait fixé les conventions. Mais désormais le risque est celui d'un « académisme du signifiant » qui peut être défini comme « une consommation presque boulimique de tous les systèmes de signes qui ont été ou qui sont en usage dans l'humanité, depuis qu'elle possède une expression artistique, et partout où elle en a une » (*ibid.*, 92).

La modernité et l'excès de culture

L'œuvre d'art pour Lévi-Strauss est d'abord, on l'a déjà dit, une voie d'accès à la connaissance. Cette voie est originale, complète en elle-même : elle a cette propriété de passer par l'expérience sensible, de la requérir comme telle, d'en magnifier toutes les virtualités. Elle institue un rapport spécifique et profond avec le monde naturel et fait que constamment la culture se ressource en lui. Chaque époque affronte cette nécessité et invente un style pour cette expérience.

Mais l'art moderne, depuis la rupture introduite par le cubisme, tend à être un commentaire sur lui-même. La culture s'enferme dans ses propres productions (tout comme le monde historique en général devient autoréférentiel). Cette déviance, cet oubli ou même cette décadence, Lévi-Strauss les voit s'exhiber de manière éclatante dans l'œuvre de Picasso : « C'est une œuvre qui apporte moins un message original qu'elle ne se livre à une sorte de trituration du code de la peinture. Une interprétation au second degré ; un admirable discours sur le discours pictural, beaucoup plus qu'un discours sur le monde » (*AS II*, 326).

On eût pu s'attendre, remarque-t-il encore, à ce que le cubisme, par l'espèce de désarticulation/reconstruction qu'il fait subir à l'objet perçu, aurait eu pour ambition de « retrouver une image plus vraie du monde derrière le monde » (*ibid.*, 327). Or il n'en est rien. Ce que le cubisme développe (et surtout, après lui, toutes les expériences plastiques des avant-gardes), c'est une mise en pièces, un démontage très conscient et systématique des formes. L'illusion inhérente à une telle démarche, c'est de laisser croire qu'il est possible de produire une œuvre d'art par la maîtrise savante de ses lois. Ce n'est plus une expérience du monde qui guide alors l'artiste mais une théorie. Il y a là une illusion en ceci que « le véritable problème que pose la création artistique réside dans l'impossibilité de penser d'avance son résultat » (*ibid*., 327). Faute de quoi on recourt à des formules toutes faites, à des recettes analogues à celle d'une « rhétorique » (Lévi-Strauss fait allusion aux excès de cette technique de langage développée par les rhétoriciens de la Renaissance). Bref, l'œuvre d'art en se coupant de l'expérience du monde s'installe dans l'artifice. Elle devient un savoir sur le savoir, non sur la chose même : « L'avenir de l'art, s'il en a un, exigerait plutôt une reprise de contact avec la nature à l'état brut, impossible au sens strict ; enfin, disons un effort en ce sens » (*ibid*., 328). Cet appel à un « état brut » pourrait nous sembler quelque peu naïf si Lévi-Strauss ne s'expliquait là-dessus. Il constate que beaucoup de ses collègues structuralistes semblent avoir trouvé une stimulation dans l'art abstrait. En ce qui le concerne, il estime que l'inspiration est venue plutôt du spectacle de pierres, de fleurs, de papillons ou d'oiseaux (il rappelait du reste dans *Tristes Tropiques* le rôle qu'avait joué dans sa vocation la perception des différences géologiques des paysages). Il en tire cette conclusion : « Il y a donc, à l'origine de la pensée structuraliste, deux stimulations très différentes : l'une plus humaniste [...], l'autre tournée vers la nature » (*ibid*., 327). Humaniste ? Il précise plus loin qu'il entend par là ce grand courant « qui a prétendu constituer l'homme en règne séparé » (*ibid*., 330). On comprend alors mieux l'intention critique, car on retrouve ici une des mises en garde les plus constantes de l'anthropologue qui assiste avec tristesse à l'enfermement de l'humanité sur ses propres productions. La civilisation occidentale a, depuis la Renaissance, développé, de manière souvent désastreuse, un projet de domination visant à réduire le monde naturel au rôle de matière à transformer sans que les conséquences d'une telle violence soient jamais (sauf par quelques originaux conscients du danger) mesurées. L'art moderne témoigne de ce regrettable parti pris. (« Que d'hommes entre Dieu et moi ! »

s'écriait Rousseau ; Lévi-Strauss pourrait renchérir : Que de culture entre le monde et nous !…)

Mais il y a peut-être plus grave encore : ce n'est pas seulement la nature qui est mise en danger, ce sont aussi, et pour les mêmes raisons, les autres civilisations. Ce danger tiendrait essentiellement en ceci : que le trait désormais dominant de la culture occidentale c'est d'être parasitaire. En effet la rupture du lien avec le monde naturel, en tarissant la source nécessaire et profonde de toute création, oblige l'Occident à se tourner vers les cultures encore vivantes, pour y puiser ce qui lui fait de plus en plus défaut : des sensations, des énergies, des œuvres. Pour expliquer cette impuissance créatrice qui affecte notre civilisation, Lévi-Strauss, dans un texte bref et percutant de 1965 (in *AS II*, 330 *sq.*), propose une hypothèse assez inquiétante sous la forme d'une métaphore, celle du virus, cet organisme qui survient tard dans l'évolution parce qu'il ne peut vivre que sur d'autres organismes beaucoup plus développés et déjà autonomes ; le virus ne représente qu'une forme de vie assez modeste, il n'est tout au plus qu'une formule génétique, mais il a ce redoutable pouvoir de s'imposer à d'autres vivants « contraignant leurs cellules à trahir leur propre formule pour obéir à la sienne et à fabriquer des être pareils à lui » (*AS II*, 332). Telle serait, transposée sur un autre plan, l'essence de la civilisation occidentale ; nous n'avons pas pris garde que Descartes nous en avait parfaitement exposé le caractère particulier, lequel « consiste essentiellement dans une méthode que sa nature intellectuelle rend impropre à engendrer d'autres civilisations de chair et de sang, mais qui peut leur imposer sa formule et les contraindre à devenir semblables à elle » (*AS II*, 332).

Selon Lévi-Strauss, ce serait la civilisation occidentale dans son ensemble qui serait entrée dans ce modèle parasitaire ou viral. D'où cette tendance à se chercher une réalité qu'elle n'engendre plus, soit *ailleurs*, dans les autres cultures encore vivantes, soit *avant*, dans son propre passé muséifié. Il se pourrait alors que notre culture ne survive qu'à s'imiter elle-même (ce qui donne la multiplication des mouvements « néo ») ou à convoquer les autres cultures dans un carnaval des formes les plus éclectiques ; ou bien tout au contraire, elle se proposera d'avouer son mal dans la narration ou la mise en scène de la forme comme telle, veuve de tout contenu. Cette analyse rejoint en bien des points ce que Nietzsche diagnostiquait déjà près d'un siècle auparavant comme le « nihilisme européen ». On pourrait croire avoir lu chez lui ce jugement de Lévi-Strauss : « Par rapport aux civilisations non occidentales dont l'art vivant traduit le caractère charnel parce qu'il est lié à des croyances très intenses et, dans la conception autant que l'exécution, à un certain état d'équilibre entre l'homme et la nature, notre propre civilisation correspond-elle à un type animal ou viral ? S'il fallait opter pour la seconde hypothèse, on pourrait prédire que [...] la boulimie à engloutir toutes les formes d'art passées et présentes pour élaborer les nôtres éprouvera une difficulté croissante à se satisfaire » (*AS II*, 332-333).

La représentation au-delà d'elle-même : le modèle, la matière, l'usager

Une sorte de contradiction semble se glisser dans la théorie lévi-straussienne de l'œuvre d'art. D'un côté il est reproché à l'impressionnisme d'être resté prisonnier de la figuration (et donc de la représentation possessive), de l'autre on nous dit que l'art abstrait, depuis le cubisme, se complaît à manipuler des signes vides. Double impasse qui laisse peu d'espoir à l'art contemporain. La crise vient de la société elle-même ; elle n'est plus porteuse de cette fonction sémantique (ce que la linguistique appelle le « message »), qui constitue le contenu des œuvres d'un milieu et d'une époque (ce que nous avons vu plus haut à propos de l'art caduveo).

Aucun espoir vraiment ? Il ne serait pas exact de le dire : Lévi-Strauss pense qu'on a enterré trop vite la *figuration* ;

celle-ci demande à être totalement repensée. Ainsi il faudrait se tourner vers des peintres anciens et modernes chez qui la représentation prend un caractère de précision si extrême et si fin (École flamande, Ingres et plus près de nous Anita Albus) qu'on pourrait dire qu'un excès de représentation sauve de la représentation. Mais c'est sans doute mal dire. Il faut se demander comment ce qui apparaît comme copie ou redoublement illusoire de la réalité chez les uns devient œuvre d'art chez les autres.

« Ce me semble être le secret d'Ingres, d'avoir su, à la fois, donner l'illusion du fac-similé (il n'y a qu'à penser à ses châles des Indes avec les plus petits détails de leurs motifs et de leurs nuances) et que, en même temps, ce fac-similé apparent dégage une signification qui va bien au-delà de la perception, jusqu'à la structure même de l'objet de la perception » (in *GC*, 109). Dans le même esprit, Anita Albus est louée pour la rigueur figurative de ses tableaux : « Au lieu de demander à l'objet d'être autre chose que ce qu'il est, elle s'applique avec une précision extrême à rendre l'armure et le drapé d'un tissu, ou, justement, les veines et le grain d'un vieux bois. Nous les voyons alors comme nous ne savions plus ou avions oublié qu'on pouvait les voir » (*RE*, 342). Bref, on n'est plus du tout dans le privilège des états subjectifs (que veut traduire l'impressionnisme) mais dans une attention minutieuse aux propriétés de l'objet (qu'il soit donné dans la nature ou élaboré par l'homme) et, d'autre part, on y constate un respect de son « intégrité physique » (*ibid.*, 339). Par quoi la peinture figurative renoue avec ce qui est, aux yeux de Lévi-Strauss, sa vocation même : être une source de connaissance ou, plutôt, être de la connaissance en acte.

Il faut donc admettre que la fonction représentative de l'œuvre, son appartenance à la *mimèsis*, n'est pas nécessairement liée à la possessivité ni à la maîtrise, comme Lévi-Strauss l'a soutenu un peu trop vite lorsqu'il compare l'art occidental aux arts primitifs. Ces assertions, qui peuvent être justes sous un certain point de vue, ne le sont plus lorsqu'on élargit le champ de la question. Il semble donc que deux problématiques de la représentation – on pourrait dire l'opposition d'une bonne et d'une mauvaise *mimèsis* – se côtoient chez Lévi-Strauss sans pouvoir s'articuler ni définir leurs limites. Cela tient sans doute à ce qu'il a trop sommairement réduit à la notion de *mimèsis* celle de *copie* (position qu'on pourrait dire platonicienne) alors qu'elle inclut aussi celle de *production* (comme cela apparaît chez Aristote). Dans la formule aristotélicienne : *hé téchnè mimeitai tèn phusin*, il faut comprendre que l'art n'imite pas seulement la nature naturée mais la nature naturante, il ne se contente pas de donner des images des êtres produits par la *phusis*, il en continue l'opération. Comprendre ainsi la *mimèsis* permet de relativiser l'opposition représenter/signifier, tout comme celle de la figuration et de la non-figuration. C'est cette dimension que retrouve Lévi-Strauss – apparemment sans bien le mesurer – dans la représentation comme figuration et qui légitime sa notion du modèle réduit. Bref on pourrait dire qu'en définitive il déplace sa notion de représentation de Platon (la *mimèsis* comme copie ou double) à Aristote (*mimèsis* comme *poeiesis*).

Pourtant, il a bien lui-même fourni ce qui pourrait être une solution aux difficultés qu'il soulève grâce à la distinction qu'il propose entre les trois termes : *modèle*, *matière*, *usager*, au chapitre Ier de *La Pensée sauvage* (texte postérieur, il est vrai, aux *Entretiens*, où des contradictions sont manifestes). L'articulation de ces trois termes permettrait de comprendre que le privilège accordé à la représentation dans la tradition occidentale (du moins jusqu'à une date récente) n'est peut-être pas, comme on l'a trop souvent dit, lié exclusivement à une forme de pensée et de culture. Il s'agirait plutôt de l'affirmation d'une possibilité qu'on rencontre partout et qui existe concurremment à d'autres, que les circonstances mettent soit en avant, soit en retrait. Lorsque c'est le *modèle* qui est privilégié, cela donne les arts de la représentation, ceux qui ont prédominé en Occident depuis le Quattrocento (mais qu'on trouve aussi ailleurs) ; lorsque c'est la *matière*

qui est affirmée, c'est du même coup l'exécution qui est valorisée ; cela renvoie principalement aux arts dits « primitifs »
ou à ceux de « haute époque » en Occident même (ce qui
s'accorde donc à la fonction de « signifier ») ; enfin lorsque
c'est l'*usager* qui est visé, cela correspond d'abord aux arts
appliqués. En fait, ces trois aspects sont toujours liés et chacun d'eux est présent à l'intérieur des autres comme un trait
récessif sous le trait dominant.

Il est clair par exemple que le rapport à la matière et à
l'usager est presque totalement gommé («intériorisé», dit
Lévi-Strauss) dans la peinture occidentale depuis cinq
siècles. Comment expliquer cette situation ? La raison en
est plus simple qu'on ne croit. Elle tient en ceci : que, d'une
part, les problèmes techniques ont été résolus ou sont supposés l'être (il ne s'agira donc plus de valoriser le matériau
et encore moins d'être soumis à ses contraintes) et que,
d'autre part, l'œuvre ne vise à aucune fonction utilitaire
(comme peut l'être encore une tapisserie, un vêtement, un
vase, etc.). Du même coup, toute la possibilité se concentre
sur le motif ou le sujet («l'occasion», dit Lévi-Strauss) et
tend à le valoriser inconditionnellement : « Affranchie de la
contingence au double point de vue de l'exécution et de
la destination, la peinture savante peut donc la reporter
entièrement sur l'occasion ; et, si notre interprétation est
exacte, elle n'est pas libre de s'en dispenser » (*PS*, 41).

Cette hypothèse est éminemment intéressante en ce
qu'elle propose une explication structurale et non pas
généalogique ou idéologique de l'hégémonie des arts de la
représentation en Occident. En d'autres termes il n'y s'agit
pas tant d'une tendance rédhibitoire et énigmatique propre
à une forme de pensée (ce que certains désignent comme
« la tradition métaphysique ») que d'un dispositif à trois
termes où la position en retrait de deux d'entre eux conduit
nécessairement à la promotion du troisième. Mais pourquoi ? Quelle raison décide du rapport réciproque des trois
éléments ? Il s'agit pour Lévi-Strauss d'une mutation liée
aux transformations de la maîtrise technique. Tout change-

ment dans les moyens redistribue les cartes. Car ce sont les moyens qui circonscrivent les possibilités matérielles des formes (ce qui n'empêche pas les formes de poursuivre une logique propre dans les limites des moyens d'expression dont elles disposent).

L'hégémonie de la représentation est donc à envisager comme un effet et non comme une cause ; elle n'a d'ailleurs rien de spécialement négatif ou de positif ; elle est simplement l'indice d'un rapport constant entre technicité et expression esthétique, lequel peut affecter n'importe quelle culture ou tradition de pensée. On peut donc l'observer à l'état latent dans d'autres cultures, en repérer les premiers signes dans les domaines où l'affranchissement technique s'affirme ; une philosophie de la représentation suit plutôt qu'elle ne précède ou suscite de telles transformations.

La pertinence de ces hypothèses se trouve confirmée lorsqu'on envisage l'aspect opposé qui est celui des *arts appliqués*. Ici l'exécution doit se rendre d'autant plus manifeste que l'objet est produit en vue d'un usage ; l'œuvre est donc entièrement tournée vers son destinataire. La fonction prédomine et rend minime la représentation. En fait, aucune forme dominante ne peut impunément ignorer les autres. La peinture savante qui se replie sur elle-même tombe dans l'académisme du fac-similé ; d'où, sans doute, deux formes modernes de réaction (que Lévi-Strauss comprend mal, mais que ses analyses rendent compréhensibles) : mettre de nouveau en avant la matière elle-même (et ce pourrait être le sens des œuvres non figuratives) et dé-techniciser l'exécution (ce qui conduit malheureusement à la perte du *métier*, ce que Lévi-Strauss déplore à juste titre). Les arts appliqués, quant à eux, lorsqu'ils visent la seule fonctionnalité, perdent tout caractère esthétique ; il y manque l'intégration de l'aspect *modèle* sans quoi l'objet est privé de ce minimum d'autonomie qui le désigne à la contemplation désintéressée.

Mais certains arts, remarque Lévi-Strauss, sont parvenus à une sorte d'équilibre des différentes composantes : « Si les arts archaïques, les arts primitifs, et les périodes "primitives" des arts savants, sont les seuls qui ne vieillissent pas, ils le doivent à cette consécration de l'accident au service de l'exécution, donc à l'emploi, qu'ils cherchent à rendre intégral, du donné brut comme matière empirique d'une signification » (*PS*, 43). On comprend donc que le rapport de l'avant et de l'après dans la transformation des formes n'est pas tant le fait d'une causalité historique que le produit d'une combinaison nouvelle où l'événement aura été déterminant comme catalyseur, mais n'est pour rien dans le résultat. C'est à cette modestie que devrait retourner toute histoire de l'art consciente de la gratuité des hypothèses continuistes. Il n'y a pas une logique de la succession des formes, mais une logique des variations de leurs rapports.

On peut aller plus loin dans cette recherche en s'interrogeant sur un art dont le matériau pose, pour son traitement, des questions radicalement différentes de celles des arts visuels : la musique.

De la connaissance musicale ; nature en excès ou nature en défaut

Le premier intérêt – mais non le seul – d'un art comme la musique, c'est d'être délivré d'emblée de l'hypothèse de la représentation. Cela tient à ce que son rapport à la nature est inverse de celui de la peinture et des autres arts visuels. La peinture, en effet, puise dans la nature une matière première qu'elle transforme : elle rencontre des objets déjà colorés (d'où les références naturelles dans les désignations : jaune citron, bleu nuit, rouge cerise, etc.) ; bien entendu ces données peuvent se spécifier culturellement et la désignation abstraite des couleurs (le bleu, le rouge…) peut se décoller de leurs substrats divers, il n'empêche qu'un premier niveau d'articulation est donné avant toute opération de production de formes.

On est dans une situation inverse avec les sons musicaux : ils n'existent pas à l'état naturel (sinon de manière limitée dans le chant des oiseaux ; mais on sait que même dans ce cas on a affaire à des codes de reconnaissance au sein de chaque espèce). Les sons traités par la musique n'existent que déjà codés et sélectionnés dans des systèmes d'échelles tonales : sa matière est d'emblée culturelle. Cependant ces échelles ne sont pas arbitraires : elles s'appuient sur des propriétés physiques et physiologiques et se légitiment par là. La musique semble donc pouvoir (et ce serait même là son originalité) restituer à la nature ce qu'elle lui avait d'abord soustrait et c'est, selon Lévi-Strauss, ce qu'avait si bien compris Chabanon, le plus profond musicologue du XVIIIe siècle (*REL*, 91-113).

Si l'on admet cette analyse, alors les deux formes dominantes de la musique contemporaine posent des problèmes analogues à ceux de la peinture postimpressionniste. Il y a d'abord le cas de ce qui (« par antiphrase », dit Lévi-Strauss) a été appelé *musique concrète*. Celle-ci, on le sait, met en question directement l'idée même de son, supposé le produit d'un artifice puisque la hiérarchie tonale repose sur des conventions. La musique concrète entend prendre comme point de départ toutes sortes de bruits captés dans l'environnement naturel ou technique ; « sons bruts », dit-on. L'opération musicale consiste à les retravailler, les déformer, les rendre même méconnaissables. Qu'a-t-on fait en réalité ? se demande Lévi-Strauss. On a fait comme si les bruits constituaient un premier niveau d'articulation, ce qui n'est pas le cas puisqu'on n'y décèle aucun système de rapports simples qui permettrait de développer un deuxième niveau d'articulation. Bref, on est dans quelque chose qui est tout au plus une accumulation de bruits déformés, de pseudo-sons, qui est intéressante comme expérience acoustique mais qui n'a rien à voir avec la musique sinon par un abus de langage.

Le problème posé par la *musique sérielle* semble inverse. Mais il est autrement sérieux, car ici la question du son n'est pas escamotée. Elle est au contraire radicalisée. Cette musique accepte (parce qu'elle sait que sans cela il n'est même plus question de musique) la définition traditionnelle des sons, mais elle se propose d'annuler les échelles tonales ; dans une sorte de mise à plat, d'indifférenciation principielle des sons auxquels seules des méthodologies (comme le dit Boulez) construites par chaque compositeur seront capables de conférer une articulation dans le *hic et nunc* d'une œuvre. On part des sons déjà élaborés, transmis par la tradition, pour leur faire subir un traitement formel détaché de tout ancrage dans l'expérience « naturelle » ; il s'agit même là d'une visée explicite de ce type de musique. C'est bien en quoi elle se situe au pôle opposé de la musique concrète. Mais comme celle-ci se donne une nature illusoire, la musique sérielle s'installe dans un formalisme qui l'apparente aux tentatives de la peinture abstraite et, comme celle-ci, elle opère sur des signes désémantisés. Qu'est-ce à dire ? Ceci : que l'hypothèse même d'une communauté générale d'écoute est écartée. Car il n'y a communication que par une stabilité des signes et des codes à l'intérieur d'une société. Chaque compositeur étant libre de créer son code, il n'y a de communauté que pour ceux qui en connaissent les règles. Ce qui fait autant de chapelles (et donc de conflits de territoires et d'influence comme on le constate dans toutes les avant-gardes). Ce que la musique traditionnelle assurait, c'était au contraire un ressourcement commun dans l'ancrage « naturel » (entendons physique et physiologique) des échelles tonales.

Ce que tient à rappeler Lévi-Strauss, à l'encontre de toute démarche formaliste, c'est qu'on ne saurait impunément oublier ou court-circuiter la corporéité (comme l'aurait dit Merleau-Ponty) du sujet percevant. Tout langage comme toute culture opère un codage des données naturelles : ainsi la double articulation phonèmes/morphèmes ; ainsi, dans un tout autre domaine, les règles de l'alliance transmuant en fait de culture la nécessité biologique de l'union ; ainsi l'intégration des couleurs dans les formes d'une œuvre ; ainsi, encore, celle des sons dans les échelles tonales. Mais si les formes s'autonomisent, se reproduisent à partir d'elles-mêmes, on assiste alors au tête-à-tête d'une culture avec ses propres produits. C'est bien en cela que se décèle la parenté de la peinture abstraite et de la musique sérielle. Contrairement à ce qu'on aurait pu croire et à ce que certains ont dit, l'approche structurale n'a aucune connivence particulière avec cette « modernité ». Lévi-Strauss le rappelle avec un certain humour : « Par ses présuppositions théoriques, l'école sérielle se situe aux antipodes du structuralisme, occupant en face de lui une place comparable à celle que tint jadis le libertinage philosophique vis-à-vis de la religion. Avec cette différence, toutefois, que c'est la pensée structurale qui défend aujourd'hui les couleurs du matérialisme » (*CC*, 35). Ce matérialisme n'est en rien un naturalisme. La nature chez Lévi-Strauss n'est pas un état premier ou la simple totalité des êtres, c'est ce qui, dans l'expérience, apparaît comme le pôle du donné, du non-transformé, toujours saisi – sur un mode complémentaire ou conflictuel – avec l'élaboré, le transformé. Elle est donc toujours le terme d'un rapport, non un état en soi.

C'est précisément pour avoir cru à une nature originaire, immédiate, brute, que la musique qui se dit concrète n'a rien produit de concret. C'est, symétriquement, pour s'être décollée de l'ancrage naturel des sons que la musique sérielle s'est enfermée dans un codage purement idiomatique. Lévi-Strauss conclut abruptement : « Quel que soit l'abîme d'inintelligence qui sépare la musique concrète de la musique sérielle, la question se pose de savoir si, en s'attaquant l'une à la matière, l'autre à la forme, elles ne cèdent pas à l'utopie du siècle, qui est de construire un sytème de signes sur un seul niveau d'articulation » (*CC*, 32).

De l'émotion esthétique

Si l'art a, avant tout, aux yeux de Lévi-Strauss, une fonction de connaissance, cette priorité accordée à l'élément cognitif revient-elle à négliger totalement cet autre phénomène constamment reconnu à la perception esthétique :

celui du plaisir qui l'accompagne ? On serait tenter de le penser, à moins, justement, que les deux choses ne soient liées.

L'émotion esthétique, selon lui, tient en effet en ceci : qu'un accès à la structure de l'objet nous est donné. La mise en forme que réalise l'œuvre d'art est d'abord, par regroupement de traits qu'il dispose de manière significative, une *mise en ordre*, laquelle est, on l'a vu, à mi-chemin de l'ordre bricolé du mythe et de l'ordre rigoureux de la science. Il y a un plaisir esthétique en général dans toute opération de ce genre. C'est pourquoi, dans *La Pensée sauvage*, Lévi-Strauss a pu écrire : « La taxinomie qui est la mise en ordre par excellence possède une éminente valeur esthétique » (*PS*, 21). Les mythes qui sont également une mise en scène intelligible du monde (et cela à de multiples niveaux) possèdent cette valeur cognitive et, par là même, séduisent : « Les mythes – et c'est peut-être leur propriété la plus essentielle –, ce sont des objets beaux et qui émeuvent » (in Catherine Clément, *Lévi-Strauss*, Paris, Seghers, 1974, p. 205).

L'émotion esthétique est donc directement liée à la valeur cognitive des œuvres d'art et, réciproquement, une émotion esthétique accompagne toujours l'acte de connaissance. Il y aurait lieu alors de se demander : quelle est, du point de vue esthétique même, la différence entre la perception de l'œuvre d'art et celle de l'objet de science ? On pourrait répondre, toujours en suivant Lévi-Strauss, que, dans le premier cas, l'émotion esthétique tient au fait que l'intelligibilité est donnée d'emblée, avant toute analyse, et que, dans le deuxième cas, elle est le résultat de celle-ci. L'œuvre d'art (et ce qu'a montré la théorie du « modèle réduit ») se présente comme un homologue de l'objet. Le tout est saisi avant les parties. L'opération intellectuelle y est de type métaphorique. Dans la science, en revanche, on constitue un tout par construction des parties ; l'opération est alors de type métonymique. Mais il y a plus encore : la science réduit l'événement (l'accidentel, le singulier, le nonréitérable) au bénéfice de la structure. L'œuvre d'art, au contraire, atteint la structure dans l'événement ; elle saisit l'objet dans sa circonstance, dans ses états particuliers d'espace et de temps, en cela elle le maintient dans l'intégralité de son être, dans la profusion de ses possibles : « L'émotion esthétique provient de cette union instituée au sein d'une chose créée par l'homme, donc aussi virtuellement par le spectateur qui en découvre la possibilité à travers l'œuvre d'art, entre l'ordre de la structure et l'ordre de l'événement » (*PS*, 37).

On comprend donc mieux la parenté profonde qui existe entre la connaissance apportée par l'œuvre d'art et celle qu'établit la « pensée sauvage ». Celle-ci appréhende le monde et en organise les éléments à partir de l'expérience sensible. L'œuvre d'art ne fait pas autre chose en tant qu'elle construit un artefact qui est un homologue de l'objet. La science procède de manière inverse : au lieu de systématiser les qualités sensibles données à la perception, elle cherche les propriétés formelles liées à la structure de la matière. Du moins ce fut sa démarche constante depuis des siècles. Mais elle commence aujourd'hui à réintégrer dans sa perspective cette connaissance du monde concret à laquelle elle avait d'abord tourné le dos. Bref, si un peu de science éloigne du monde sensible, beaucoup y ramène.

On peut donc accorder une sorte d'avantage à la connaissance véhiculée par l'œuvre d'art et par la « pensée sauvage ». L'une comme l'autre font accéder d'emblée à une intelligibilité que la science n'obtient qu'au terme d'un laborieux parcours – en admettant toutefois que l'angle d'attaque n'est pas le même : celui de la science est déterminé par une capacité d'intervention virtuellement illimitée sur le monde naturel dont on vise à la « domestication » complète.

CHAPITRE IX

Le temps des sociétés
et la question de l'histoire

« On ne fait pas une bonne analyse
structurale, si on ne fait pas d'abord
une bonne analyse historique. »

Entretien, *Cahiers de philosophie*
(nº 1, 1966).

Sur la question de l'histoire, il semble que les malentendus se soient accumulés entre Lévi-Strauss et certains de ses
lecteurs. Chaque fois en effet qu'il doit faire face aux insuffisances de l'analyse évolutionniste ou diffusionniste, c'est
sous le terme général de « point de vue historique » qu'il
dénonce ces approches. Cette assimilation risque d'être
dommageable en ce qu'elle vise d'abord l'histoire conjecturale. On aurait tort d'en conclure que Lévi-Strauss rejette
l'histoire comme discipline et comme perspective légitime
sur un objet. La discipline nommée « histoire » n'implique
pas nécessairement (et même pas du tout) d'étayer une
vision téléologique ou historiciste. Bien des critiques faites
par Lévi-Strauss sont également dirigées contre l'histoire
purement narrative ou contre l'« Histoire » hypostasiée par
certaines philosophies idéalistes; quelques historiens, avec
qui il ne pouvait être qu'en accord sur les méthodes et sur
les principes, ont pris ces propos pour une mise en cause de
leur discipline. Le malentendu s'est dissipé par la suite et le

développement de l'*anthropologie historique* n'a pu que renforcer la collaboration et l'estime réciproque.

Il nous faut bien cerner les termes du débat.

Il semble évident, voire banal, de dire que les problèmes ne sont pas les mêmes lorsqu'on parle de l'histoire comme réalité du devenir ou de l'histoire comme discipline qui a cette réalité comme objet. Mais, précisément, la manière originale dont Lévi-Strauss pose le problème montre que les questions portant sur le premier aspect rejaillissent immédiatement sur l'autre. En d'autres termes, on peut dire que la question de l'approche historique n'est pas séparable d'une culture où domine une représentation cumulative du temps. Du même coup, c'est l'ensemble des autres problèmes liés à ce paradigme qui entrent dans le débat ; ainsi : synchronie et diachronie, structure et événement, récit historique et récit mythique, devenir et système, continu et discontinu, etc. C'est tout cela qu'il nous faudra prendre en compte.

Il faut donc en revenir au problème fondamental : qu'est-ce qu'une société historique ? Qu'est-ce qu'un point de vue historique sur une société ? Quelles sont les conditions et les limites d'un tel point de vue ? Dans quels cas l'analyse historique non seulement n'est pas pertinente mais est, de toute façon, impossible ? Et du même coup : quand et pourquoi est-elle légitime ?

Histoire et anthropologie

> « Très peu d'histoire (puisque tel est malheureusement le lot de l'ethnologue) vaut mieux que pas d'histoire du tout »
>
> (*AS*, 17.)

Comment faire appel aux méthodes historiques dans le cas des sociétés où précisément les documents écrits, où l'archive en général font défaut ? Si, en l'absence de tels documents, on prétend néanmoins recourir à l'histoire, cela ne pourra être en tant que discipline rigoureuse (laquelle suppose nécessairement le traitement de documents accumulés dans le temps, susceptibles d'un examen critique et donc contradictoire), mais cela ne sera plus que le recours à une représentation du temps comme série causale. On sera alors nécessairement conduit à supposer des genèses ou des généalogies très générales, non vérifiables et par conséquent, le plus souvent, imaginaires.

Tel est bien le problème que doit affronter l'anthropologie quand elle se donne pour objet des sociétés sans écriture ; elle ne récuse pas l'histoire par principe ; elle ne peut tout bonnement pas lui demander de s'exercer sur un terrain où son matériau n'existe pas. Est-ce à dire qu'un tel matériau, dans le cas de ces sociétés, fait totalement défaut toujours et partout ? Et sinon quelle doit être l'attitude de l'anthropologue ? Elle peut être définie de cette manière : « On ne fait pas de bonne analyse structurale, si on ne fait pas d'abord une bonne analyse historique. Si nous ne faisons pas une bonne analyse historique dans le domaine des faits ethnographiques, ce n'est pas parce que nous la dédaignons, c'est parce que malheureusement elle nous échappe » (« Philosophie et anthropologie », interview, *Cahiers de philosophie*, nº 1, janvier 1966). Cette déclaration résume ce que peuvent être aux yeux de Lévi-Strauss les rapports de l'histoire et de l'anthropologie.

On peut s'étonner, compte tenu du préjugé d'antihistoricisme prêté au structuralisme, de cette forte affirmation de la nécessité de l'enquête historique. Qu'est-ce que cela veut dire ? Ceci : qu'il n'est jamais indifférent de connaître, même du point de vue du système, les transformations qui ont affecté une société ; ainsi une fusion entre deux groupes peut expliquer certaines formes d'organisations dualistes (sans pour autant rendre compte de leur principe) ou éclairer certaines anomalies dans les structures de parenté ; une migration peut permettre de comprendre que dans la mythologie d'une population apparaissent, par exemple, des animaux qui ne correspondent pas à la zoologie locale. De telles informations sont, pour Lévi-Strauss, extrêmement précieuses et ne gênent en rien la construction du modèle structural ; quelles que soient en effet les raisons empiriques de l'apparition de tel ou tel élément dans le dispositif, l'important, c'est la façon dont cet élément entre en relation avec d'autres. Mais cette relation elle-même – par quoi se définit la structure – reste toujours concrètement marquée par ses conditions d'apparition.

Avant d'entrer dans les détails de cette démonstration, il faut noter qu'aux yeux de l'anthropologue aucune information n'est à négliger pour comprendre les formes d'organisation sociale, les représentations mythiques, les rituels, etc. Il lui faut donc savoir précisément ce qu'il en est de la géographie, du climat, de la faune et de la flore, des techniques et ainsi de suite, mais aussi, bien entendu, de l'histoire, lorsque des éléments suffisants sont disponibles, y compris dans une tradition orale. Lors même qu'il n'y en a pas ou peu à un niveau purement local, il ne peut ignorer les informations que peut lui apporter la macro-histoire, celle qui porte, par exemple, sur l'évolution démographique d'une région ou d'un continent, attestée par l'archéologie.

Ainsi, pour Lévi-Strauss, il est très important de disposer d'hypothèses plausibles sur les vagues de peuplement et sur les divers mouvements de populations des deux Amériques, pour comprendre l'unité du corpus mythologique de ce continent, unité attestée par voie hypothético-déductive, c'est-à-dire par la seule analyse structurale des mythes. Ainsi sait-on, désormais et principalement par l'emploi du carbone 14, que les débuts du peuplement de l'Amérique remontent à plusieurs dizaines de millénaires. Quant à la région du nord-ouest de l'Amérique du Nord, dont les mythes constituent l'essentiel de ceux qui sont abordés dans *L'Homme nu*, dans *La Voie des masques*, et une bonne partie de ceux de *La Potière jalouse*, elle présente des particularités dont l'archéologie peut rendre compte en inventoriant les périodes de peuplement, d'implantation et de migration :

« On serait tenté de voir dans les Salish et les Penutian les témoins nord-américains de vagues de migrations anciennes dont une partie serait restée prisonnière entre les montagnes et l'océan, tandis que le reste, passant à l'est des Rocheuses, aurait déferlé jusqu'en Amérique du Sud, bien avant l'arrivée des Athapaskan, des Siouan et des Algonkin. Dans cette hypothèse, l'étroite parenté qu'on observe entre les mythes d'une région septentrionale de l'Amérique du Nord et ceux de l'Amérique tropicale apparaîtrait moins étrange » (*PD*, 67).

L'information historique, lorsqu'elle est possible – et à quelque niveau que ce soit –, ne saurait être négligée par l'anthropologue à qui il importe de rendre compte de l'état *présent* d'une société. Si les relations significatives qu'il met en évidence au niveau synchronique apparaissent confirmées par des généalogies empiriques, c'est là une preuve supplémentaire de la validité de la méthode déductive ; cela en garantit la fiabilité pour les situations où une telle preuve ne peut être apportée.

C'est parce que, comme l'historien, l'anthropologue se refuse à rien conclure qui ne soit étayé par des données précises et des matériaux vérifiables qu'il lui est nécessaire de s'en tenir au seul document qui lui est donné : telle société actuelle avec ses formes d'organisation, ses modes d'activité, ses systèmes de représentation. On pourrait dire qu'il s'agit là d'une archive vivante (puisque ces formes se sont maintenues pendant des siècles), mais sans traces de mémoire matérielle (puisque l'absence d'écriture et de monuments n'y rend pas possible un codage chronologique). Il est, bien entendu, hautement probable que cet état présent soit le résultat d'une transformation (ou d'une série de transformations), soit sous l'effet d'événements sociaux (migrations, scissions, fusions, guerres, etc.), soit sous l'effet d'événements naturels (modifications climatologiques, inondations, raréfaction des ressources, etc.). Mais si rien ne permet d'en administrer la preuve matérielle, l'anthropologue doit, en saine méthode scientifique, s'en tenir à ce qu'il peut vérifier : aux données présentes et à leur cohérence interne. Mais rien ne l'empêche, à partir de distorsions dans cette cohérence ou d'anomalies dans le référent, de faire des hypothèses sur des transformations probables (comme on l'a vu plus haut). Mais il s'agit toujours d'éléments précis, de faits singuliers, susceptibles d'une discussion cas par cas.

Cela n'a justement rien à voir avec les généralisations de type évolutionniste qui assignent des lois de transformation aux sociétés traditionnelles. À cette téléologie historiciste, qu'on pourrait qualifier comme un *excès* d'histoire, répond sur le versant opposé une autre téléologie de type naturaliste où se remarque au contraire un *défaut* d'histoire. Tel est le cas de la perspective fonctionnaliste qui a dominé longtemps l'anthropologie anglo-saxonne avec des noms aussi prestigieux que ceux de Malinowski et de Radcliffe-Brown. Chez eux, le parti pris pour la synchronie ne souffre pas d'exception ; les fonctionnalistes postulent que toute forme ou activité sociale répond à une finalité *actuelle*, ce qui revient à ignorer que très souvent on a affaire à des survivances d'institutions anciennes ; ils se condamnent donc, estime Lévi-Strauss, « à ne pas connaître le présent, car seul le développement historique permet de soupeser, et d'évaluer dans leurs rapports respectifs, les éléments du présent. *Et très peu d'histoire* (puisque tel est, malheureusement, le lot de l'ethnologue) *vaut mieux que pas d'histoire du tout* [...]. Dire qu'une société fonctionne est un truisme ; mais dire que tout, dans une société, fonctionne, est une absurdité » (*AS*, 17 – souligné par nous).

Si on se demande pourquoi le fonctionnaliste est gêné par l'information historique et pourquoi le structuraliste au contraire la tient pour importante, la réponse est simple : ce qui, dans les différentes cultures ou dans les divers groupes d'une même culture, intéresse le fonctionnaliste, ce sont les *ressemblances*, car c'est à partir d'elles qu'il peut inférer la permanence ou même l'universalité d'un *besoin* ; l'histoire apparaît alors comme un facteur de perturbation superficiel ; les mêmes fonctions s'affirment à travers l'identité des besoins qui tous renvoient en définitive à une identique nature humaine.

C'est un discours diamétralement opposé que tient le structuraliste. Ce qui l'intéresse, ce sont les différences, ce sont elles qui sont significatives, parce qu'elles sélectionnent les termes entre lesquels se forment les relations, et les identités elles-mêmes ne sont pensables qu'entre des ensembles de relations, c'est-à-dire précisément des structures. Comme le dit Lévi-Strauss : « Ce sont les différences qui se ressemblent » (*TA*, 115). L'histoire est alors intéressante comme génératrice de différences : les ensembles structuraux sont toujours locaux, singuliers, et, en quelque sorte, uniques. Par « histoire », il faut comprendre en même temps la diversité culturelle et l'apparition des changements dans une même culture. Pourtant le structuraliste, non moins que le fonctionnaliste, prétend atteindre une universalité, et si Lévi-Strauss ne parle pas de nature humaine, il ne cesse de se référer à un *esprit* humain dont les lois seraient constantes dans l'espace et dans le temps. Mais, précisément, cette universalité ne porte ni sur des besoins, ni sur des contenus. Car les besoins, référés à un minimum biologique (se nourrir, se protéger, se reproduire, etc.) concernent le comportement de l'espèce et ne fournissent aucune information spécifique sur les diverses sociétés ; plus encore : on sait qu'ils sont, par excellence, ce qui, dans leur expression, subit le plus fortement les variations culturelles. Quant aux contenus (comme les thèmes mythiques), ils ne sont pas universalisables non plus : leur signification change selon le système dans lequel ils sont intégrés ; ce qui disqualifie les « archétypes » de Jung ou de M. Eliade, comme on a eu l'occasion plus haut de le montrer à propos du symbolisme et à propos des mythes. On a vu aussi, en discutant la notion d'esprit humain, que l'idée d'universalité n'est envisageable qu'à un niveau très abstrait, celui des lois de structure, des catégories ou des principes ; il n'empêche que leurs effets sont pourtant constamment compris à partir de situations ou d'objets particuliers.

En définitive, si l'approche purement historique en anthropologie ne peut être très féconde, c'est au moins pour deux raisons, en apparence très éloignées, mais en fait, très liées. La première semble simple : c'est qu'il est difficile de procéder à une enquête historique en l'absence de documents, de traces, d'archives, de monuments. Or tel est bien le cas des sociétés sans écriture qui sont aussi en général des sociétés chez lesquelles le souci d'accumuler des témoignages de leur culture susceptibles de traverser le temps n'apparaît pas. C'est la raison de ce « choix », de cette « indifférence » à l'histoire, qu'il sera nécessaire d'expliquer.

La deuxième raison peut s'énoncer ainsi : quand une histoire documentée existe, elle est, le plus souvent, récente, née des contacts des communautés indigènes avec la civilisation occidentale (missionnaires, explorateurs, commerçants, administrateurs coloniaux). L'histoire narrée est celle des mutations provoquées par ces contacts. Il semble qu'il y ait alors une avancée de l'histoire comme devenir, mais c'est précisément parce que, sous l'effet de ces contacts, ces sociétés traditionnelles subissent des évolutions rapides. Bien entendu, dans ce cas, et sous cette réserve, l'histoire devient importante ; elle permet de comprendre des déséquilibres ou des distorsions entre les formules anciennes encore revendiquées et des réalités présentes très modifiées par rapport à la tradition (mais même alors il n'en demeure pas moins que la nouvelle formule, à son tour, peut faire système, opérer un « bricolage » original et trouver sous un autre mode sa cohérence interne, même fragile, même méconnaissable).

Limites de l'explication historique

> « La dimension temporelle jouit d'un prestige spécial, comme si la diachronie fondait un type d'intelligibilité, non seulement supérieur à celui qu'apporte la synchronie, mais surtout d'ordre plus spécifiquement humain. »
>
> (*PS*, 339.)

L'anthropologie a au moins ceci de commun avec l'histoire (comme discipline) qui est de se consacrer à l'étude de sociétés autres. Donc toutes deux sont assurées en cela d'une certaine distance par rapport à leur objet. Ce qui, comparé à d'autres sciences sociales, constitue un certain avantage. En quoi réside alors leur différence ? Elle tient en ceci que les sociétés autres qu'étudie l'historien sont éloignées dans le temps et que celles qu'étudie l'ethnologue le sont dans l'espace.

Telles sont, du moins en première approximation, une similitude et une différence faciles à repérer (encore qu'il y ait des enquêtes d'histoire immédiate sur un passé très récent ou des enquêtes ethnologiques sur nos propres sociétés). La question qui se pose alors est celle-ci : au nom de quoi l'histoire pourrait-elle englober l'ethnologie dans son explication ? En d'autres termes, en quoi une intelligibilité par le temps historique est-elle supposée plus grande qu'une intelligibilité par le présent social, c'est-à-dire par les structures actuelles des sociétés considérées ? La réponse, estime Lévi-Strauss, n'est pas difficile à trouver. C'est que l'on postule que toute histoire est cumulative et que l'on prend alors implicitement notre société en son état présent comme terme de référence à celle que nous étudions dans le passé. À ce premier présupposé s'en ajoute un second : nous tenons pour acquis que les sociétés « primitives » représentent une étape antérieure de notre devenir. Elles sont donc des sociétés présentes restées dans le passé. Elles relèvent en cela de la perspective historique. Du même coup la diversité dans l'espace est réduite à une diversité dans le temps. Et comme il est admis que les commencements s'éclairent et s'expliquent par leurs suites, il devient alors « naturel » de chercher dans nos sociétés la raison d'être de celles que nous estimons attardées aux origines. Nous avons été ce qu'elles sont encore ; elles deviendront ce que nous sommes déjà.

Tel est pour Lévi-Strauss le lien éminemment discutable qui se noue entre le savoir historique et l'idéologie historiciste. L'exigence critique, c'est d'abord de briser ce lien, de rendre la discipline historique à sa tâche qui est d'analyse objective et non d'autolégitimation d'une société particulière. Or c'est à cet effort critique que l'anthropologie, telle que l'entend Lévi-Strauss, peut contribuer de manière efficace. Et tout d'abord par cette « technique du dépaysement » dont il a fait le premier moment de sa méthode. Ensuite parce qu'elle prend la diversité spatiale au sérieux : les sociétés sauvages sont dans le temps comme les nôtres ; simplement la solution qu'elles ont élaborée face à la nécessité du vivre-ensemble et à l'utilisation du monde naturel est tout à fait différente de celle que se sont donnée les sociétés dites « historiques ». Dès qu'est récusée la réduction historique, la diversité devient problématique et vraiment instructive.

La leçon est capitale pour l'historien lui-même ; en effet il lui importe non moins de saisir la spécificité des blocs de passé d'une même société ou des différentes sociétés dans une même tranche de temps ou encore des temporalités différentes d'institutions ou de formes d'expression d'une même époque. Bref l'historien doit apprendre à penser l'histoire au pluriel, à reconnaître des séries, des discontinuités. Et, comme l'anthropologue, il lui faut aussi apprendre à articuler des ensembles discontinus, ce qui veut dire non pas penser par engendrement et causalité mais par homologies et isomorphies.

On comprend donc que si l'hypothèse d'une histoire

unique et privilégiée, constituant un référent pour toutes les sociétés, est réfutée, il faudra chercher ailleurs ce qui peut constituer l'unité et l'identité de l'humanité. Il faudra se demander : qu'est-ce qui est commun, qu'est-ce qui est universellement reconnaissable dans toutes les sociétés de toutes les époques ? Lévi-Strauss ne dit pas « l'homme » car c'est précisément ce qu'il faut définir. Il ne dit pas non plus : le sujet, concept qui a une histoire philosophique très marquée. Il dit l'esprit humain ; ce qui ne désigne (on l'a vu au chapitre IV) ni une substance, ni une catégorie morale, mais bien plutôt une activité dont le support est nécessairement le cerveau et le système nerveux central, mais dont l'expression implique toutes les activités de culture ; compris ainsi ce concept vaut pour toutes les sociétés présentes et passées.

Histoire et système

> « L'explication historique, l'explication qui prend la forme d'une hypothèse d'évolution, n'est qu'une manière de rassembler les données – d'en donner un tableau synoptique. Il est tout aussi possible de considérer les données dans leurs relations mutuelles et de les grouper dans un tableau général, sans faire une hypothèse concernant leur évolution dans le temps. »
>
> Ludwig WITTGENSTEIN,
> *Remarques sur « Le Rameau d'or »*
> *de Frazer* (Éditions
> l'Âge d'homme, p. 21).

> « Il y a une sorte d'antipathie foncière entre l'histoire et le système. »
>
> (*PS*, 307.)

Il importe donc de reprendre la question à un niveau plus radical et de se demander dans quelles conditions cette représentation du temps nommée « histoire » prend une valeur explicative. En fait, estime Lévi-Strauss, les sociétés disposent de deux possibilités fondamentales de s'expliquer elles-mêmes : 1) soit par une mise en ordre du monde au moyen de « groupes finis » ; 2) soit par un repérage chronologique.

Dans le premier cas (et c'est la démonstration de toute *La Pensée sauvage*), on met de l'ordre dans le monde humain en le plaçant en situation d'homologie avec des séries répertoriées dans le monde naturel (qu'elles soient animales ou végétales ou autres). La variété des espèces naturelles et la diversité de leurs propriétés deviennent alors des moyens de formuler des différences et des classes dans l'espèce humaine qui en elle-même apparaît comme unique et homogène. Le monde humain est constamment référé au monde naturel comme ce en quoi il trouve le principe et l'image de son ordre. Le temps ne saurait entrer dans ce « codage » ; bien au contraire, puisque le rapport des deux ensembles est supposé constant et même immuable.

Dans le deuxième cas, on a une société qui se définit par l'histoire. Autrement dit, l'intelligibilité du monde humain est assurée par des découpages opérés dans le continuum temporel ; au lieu du face-à-face de deux séries homologues, on a la succession indéfinie de séries constituées de segments du temps ; chacun des segments devient « série originelle » par rapport à une « série issue ». Dans le premier cas on a un système fini ; dans le deuxième on a une seule série évolutive capable d'accueillir un nombre illimité de termes.

Pour comprendre les rapports histoire/système on peut prélever un exemple donné (dans un autre but) dans *Les Structures élémentaires de la parenté* : il s'agit d'expliquer l'origine parfois accidentelle d'organisations dualistes dans certaines sociétés. Lévi-Strauss donne l'exemple de deux tribus de Nouvelle-Guinée qui se sont mélangées progressivement, soit en rapprochant des villages, soit en formant deux groupes distincts dans les mêmes villages. On appellera alors *histoire* les raisons particulières qui ont suscité les modifications dans la situation antérieure ; mais cette histoire peut-elle permettre de comprendre la situation présente ? *Autrement dit, la somme des causes de changement peut-elle rendre compte de la réalité observée ?* C'est certainement ainsi que nous aurions tendance aujourd'hui à comprendre l'explication. Lévi-Strauss, sans entrer, au demeurant, dans cette discussion à ce point de son texte, fait simplement cette remarque capitale : « Chaque migration a dû trouver ses raisons dans ces circonstances démographiques, politiques, économiques ou saisonnières. Le résultat général témoigne, cependant, de l'existence de *forces d'intégration* qui ne relèvent pas de conditions de cet ordre. Sous leur influence, l'*histoire tend au système* » (*SEP*, 89 – souligné par nous).

Un autre exemple intéressant est donné à propos des Indiens des plaines de l'Amérique du Nord, dont le peuplement s'est beaucoup modifié depuis le XVIe siècle sous l'effet de plusieurs migrations importantes, avant de subir un déclin violent à la suite de la pénétration européenne et des épidémies qui en ont résulté. Regroupés sur un territoire limité, les survivants, parmi lesquels les populations Mandan et Hidatsa, furent amenés à composer leurs traditions. Si bien que, malgré une diversité toujours très grande, « tout se passe comme si, sur le plan des croyances et des pratiques, les Mandan et les Hidatsa avaient réussi à organiser leurs différences en système. On croirait presque que chaque tribu, pour ce qui la concerne et sans ignorer l'effort correspondant de l'autre, s'est appliquée à préserver et à cultiver les oppositions, et à combiner des forces antagonistes pour former un ensemble équilibré » (*AS II*, 283).

À partir de quoi on pourrait avancer cette remarque : il y a histoire pour autant que des éléments externes perturbent le système ; l'histoire est toujours le signe de ce déséquilibre, de cette irruption. Mais lorsque les forces d'intégration l'emportent, alors l'histoire tend vers zéro, c'est-à-dire

« l'histoire tend au système ». Cette logique, repérable au niveau de l'organisation sociale, se vérifie non moins dans les dispositifs de représentation tels les mythes lorsque des événements parviennent à modifier le contexte. Loin que le dispositif se désintègre, il tend au contraire à adapter son armature pour intégrer l'inattendu : « À peine ébranlé en un point, le système cherche son équilibre en réagissant dans sa totalité, et il le retrouve par le moyen d'une mythologie qui peut être causalement liée à l'histoire en chacune de ses parties mais qui, prise dans son ensemble, résiste à son cours, et réajuste constamment sa propre grille pour qu'elle offre la moindre résistance au torrent des événements qui, l'expérience le prouve, est rarement assez fort pour la défoncer dans son flux » (*HN*, 545-546). Ce qui conduit nécessairement à la question qu'il faut maintenant aborder.

Structure et événement

Ce rapport histoire/système recoupe constamment celui de structure/événement. Lévi-Strauss propose un cas théorique (mais pouvant correspondre à bien des cas concrètement rencontrés) d'une société organisée en trois clans de type « totémique » : celui de l'Ours, celui de l'Aigle et celui de la Tortue ; on y reconnaît aisément une tripartition : terre, ciel, eau. Voilà pour la structure. Supposons l'événement : le clan de l'Ours, à la suite d'une évolution démographique, vient à disparaître. Le système résiste à l'histoire en réengendrant autrement la partition ternaire : on aura le clan de l'Aigle et deux clans de la Tortue : Tortue jaune et Tortue grise. Le système est sauvé mais le dispositif symbolique n'aura plus les mêmes valeurs : on a en effet maintenant une opposition ciel/eau et une opposition jour/nuit (correspondant à l'opposition des couleurs jaune/gris). Ce qui fait un système à quatre termes. On a donc deux oppositions binaires au lieu de la tripartition antérieure : « On voit donc que l'évolution démographique peut faire éclater la structure, mais que si l'orientation structurale résiste au choc, elle dispose, à chaque bouleversement, de plusieurs moyens pour rétablir un système, sinon identique au système antérieur, au moins formellement du même type » (*PS*, 92). Cette résistance de la structure n'est du reste pas limitée à l'organisation sociale ; elle se manifeste à tous les niveaux de la réalité et particulièrement à ceux des activités religieuses (tels les rites) et des représentations symboliques (tels les mythes). La nouvelle division clanique va nécessairement se réfléchir dans les uns et les autres, mais pas immédiatement (d'où le caractère étrange et paradoxal parfois des rapports entre une société et ses représentations). Ce décalage et l'ajustement qui est recherché, c'est la marque de l'événement sur la structure, en même temps c'est ce qui manifeste la force de la régulation structurale sur le devenir historique et la manière dont le système résiste au temps. Où l'on retrouve cette puissance du bricolage : cet art de prélever constamment dans l'accidentel l'élément susceptible de faire classe pour ordonner le divers et transformer des débris en cristaux. C'est bien parce que la pensée sauvage n'attend pas une intelligibilité privilégiée d'une succession d'événements (rien du reste ne garantit à aucune pensée que les supposer ordonnés puisse assurer un résultat dans un temps futur) mais l'attend seulement d'une mise en ordre *hic et nunc* des éléments en présence. La pensée historique parie sur le fait qu'il y a une intelligibilité dans la succession des événements (ce qui l'oblige à supposer un continuum causal), tandis que pour la pensée sauvage l'événement est, au contraire, ce qui menace une intelligibilité qui ne peut être donnée que dans la structure et doit donc toujours y retourner.

Ce qui ne veut pas dire, bien entendu, qu'il ne se passe rien dans une société sauvage. La vie y est, non moins que dans la nôtre, pleine d'événements qui surprennent, dont on parle et qui restent longtemps dans les mémoires. Là n'est pas la question. Simplement l'événement est intégré au système des représentations disponibles. C'est à ce prix qu'est réduite la menace de désordre qu'il porte avec lui. Au contraire dans les sociétés à changement rapide, l'événement ne pose plus ce genre de problème. C'est précisément ce que permet le codage chronologique. Celui-ci en effet, en situant l'événement sur un axe marqué, le soustrait au désordre sans devoir l'annuler dans la structure. Le codage chronologique permet de représenter le temps non plus comme naturel (temps des rythmes biologiques, temps saisonnier, temps cosmique) mais comme temps organisé et culturalisé. Non seulement alors il n'est plus nécessaire que la structure absorbe l'événement, mais peut-être ne le peut-elle pas ; il faut même dire que l'événement l'emporte sur la structure. Dans ce cas « ce qui arrive » devient (à la différence des dispositifs mythiques) la matière sans cesse renouvelée des récits, et du même coup introduit la tension de l'ancien et du nouveau dans la tradition. L'événement l'emporte sur la structure parce ce qu'il est, ce qui inaugure ou infléchit une tradition. Alors l'histoire est bien le moyen essentiel de signifier l'unité et l'identité d'une société. La structure n'est pas annulée pour autant, car c'est tout de même elle qui opère le tri dans le flux événementiel, qui fait apparaître l'événement comme tel ; bref, c'est elle qui néglige certains faits et en privilégie d'autres. En établissant les transformations produites dans le temps, l'histoire ne nous apprend rien sinon quels sont les éléments actuels d'un système, elle explique *comment* tel élément a traversé le temps ; *mais elle ne peut rendre compte de la cohérence actuelle d'un système*. Si une donnée se maintient à travers de multiples époques, résiste à de nombreuses transformations, c'est que cette donnée a une raison d'être qui est à chaque fois actuelle et qui est donc autre que la simple transmission. Cette cohérence, à chaque moment ou période, appelons-la : « structure ». On pourrait donc dire que non seulement elle résiste à l'événement (entendu comme ce qui varie) mais bien mieux : elle est ce qui le suscite puisque c'est parce qu'elle résiste qu'il y a une continuité, c'est-à-dire qu'il y a une classe homogène d'événements dans la durée.

Un bon exemple nous en est donné par le phénomène du « dédoublement de la représentation » (traduction de la formule de Boas « *split representation* »). De quoi s'agit-il ? D'un constat troublant (voir *AS*, chapitre XIII) fait par de nombreux spécialistes de la surprenante parenté qui existe entre des arts relevant de civilisations très éloignées dans le temps et dans l'espace : côte nord-ouest de l'Amérique (XVIIIe et XIXe siècle), Amérique du Sud (Caduveo : XIXe et XXe siècle), Chine (Ier et IIe millénaire av. J.-C.), région de l'Amour (période préhistorique), Nouvelle-Zélande (Maori : du XIVe au XVIIIe siècle). Dans ces différents cas, on a des œuvres présentant les traits suivants : représentation d'un être vu de face par deux profils, dislocation des détails, stylisation intense des traits, expression symbolique des attributs d'un individu, etc. Les ressemblances relevées ont poussé les partisans du diffusionnisme à faire des hypothèses audacieuses mais non vérifiables sur des mouvements de populations entre ces différentes aires. Or le problème est le suivant : à supposer même qu'on soit en mesure de prouver la diffusion et les emprunts, il resterait à comprendre *pourquoi ces éléments-là ont résisté alors que tant d'autres ont disparu* : « Pourquoi un trait culturel, emprunté ou diffusé à travers une longue période historique, s'est-il maintenu intact ? Car la stabilité n'est pas moins mystérieuse que le changement. [...] Des connexions externes peuvent expliquer la transmission ; mais seules des connexions internes peuvent rendre compte de la persistance » (*AS*, 284). Dans le cas en question, Lévi-Strauss montre qu'on peut identifier ces connexions internes comme un rapport constant entre élément plastique et élément graphique, entre le support (vase, coffre, masque, visage) et le décor, et montrer encore plus profondément que la dualité observée est un trait constant de sociétés fortement hiérarchisées (comme cela est vérifié dans les exemples en question). On retrouve donc ici l'argument avancé plus haut : montrer comment quelque chose s'est transmis ne nous explique pas sa raison d'être actuelle, c'est au contraire cette raison qui explique pourquoi il y eu transmission. Bref, établir une continuité ou exposer un procès, ce ne serait en fait que démontrer la réinvention d'une structure, soit un rapport invariant entre des éléments soumis à des conditions matérielles identiques.

Sociétés du « refus de l'histoire »

Tout se passe comme si les systèmes de classification traditionnels se donnaient pour tâche d'annuler le temps, ou, ce qui revient au même, de constamment le ramener au présent du système. Rien de ce qui arrive ne peut, ni ne doit – en principe – échapper à la compréhension offerte par le rapport des deux séries, c'est-à-dire par l'interprétation des faits de culture en images et données de nature. Mais il ne s'agit pas d'une simple activité de représentation. Ce mode d'existence « non historique » suppose d'abord des institutions, des régulations qui tendent à éviter que n'apparaissent des déséquilibres, des tensions par quoi s'introduirait de l'irréversible dans l'expérience du groupe. D'où l'importance de la régulation des alliances, des échanges, des pouvoirs, etc. Annuler le temps, c'est d'abord annuler ce qui peut déséquilibrer durablement les homéostasies.

Que signifie ce « refus de l'histoire » dans les sociétés sauvages ? Il ne signifie pas, bien entendu, absence de dimension temporelle. Ces sociétés comme toutes les autres sont prises dans la durée et sont soumises au changement. Ce n'est pas cela qui peut faire débat, sauf à soulever de faux problèmes. On pourrait dire que la question se pose de la manière suivante : comment ces sociétés, quoique prises, comme toutes les autres, dans le mouvement temporel, peuvent se soustraire au codage chronologique ? Car il y a bien pour elles un *avant* et un *après*. Comment éviter que ce rapport ne soit une grille d'interprétation de toute la vie de la société (comme cela l'est pour nous) ?

La réponse des sociétés sauvages peut être présentée ainsi : l'après est supposé devoir être l'image rigoureusement fidèle d'un avant mais qui est lui-même posé *hors du temps*, situé dans la série naturelle. Le temps des ancêtres est celui qui coïncide avec la formation des êtres : espèces vivantes, végétaux, astres, etc. Dès lors le temps n'introduit rien sinon la répétition régulière de cet avant. Le récit mythique est la mise en forme de cette répétition non historique. C'est pourquoi la possibilité même de l'histoire est sans cesse interceptée par le système. Tout ce qui arrive est immédiatement codé dans le dispositif spatial des homologies nature/culture. En ce sens l'histoire n'a pas lieu. La structure annule d'avance l'événement.

Il est clair qu'un tel dispositif a pour effet principal de résorber tout changement. Non que rien ne change (il serait faux et naïf de l'affirmer) ; mais ce qui change est intégré comme un trait supplémentaire dans la structure, toute variation en devient une variable. Ce qui, d'une manière générale, veut dire que ces sociétés conçoivent leur cohérence, leur unité, leur validité comme un art de persévérer dans leur condition. Maintenir une identité signifie à la fois maintenir un équilibre acquis dans les rapports homme/nature, dans les relations sociales, dans les rapports aux autres groupes, dans le système de production et de circulation des biens, etc. C'est cette exigence de durer dans l'identité qui suscite des stratégies d'annulation des variations temporelles : « Ces sociétés sont dans la temporalité comme toutes les autres, et au même titre qu'elles, mais à la différence de ce qui se passe parmi nous, elles se refusent à l'histoire, et elles s'efforcent de stériliser en leur sein tout ce qui pourrait être l'ébauche d'un devenir historique. [...] Nos sociétés occidentales sont faites pour changer, c'est le principe de leur structure et de leur organisation. Les sociétés dites "primitives" nous apparaissent telles, surtout parce qu'elles ont été conçues par leurs membres pour durer » (*AS II*, 375-376).

Cette résistance au changement, ce « refus de l'histoire » n'apparaît pas seulement dans la logique des institutions, elle est au fond du *dispositif mythologique*, véritable « machine à supprimer le temps ». Cette formule de Lévi-Strauss trouve son commentaire dans cette remarque : « Poussée jusqu'à son terme, l'analyse des mythes atteint un niveau où l'histoire s'annule elle-même [...] ; tous les peuples des deux Amériques semblent n'avoir conçu leurs mythes que pour composer avec l'histoire et rétablir, sur le plan du système, un état d'équilibre au sein duquel viennent s'amortir les secousses plus réelles provoquées par les événements » (*HN*, 542-543). En effet, les exemples sont nombreux qui montrent l'existence de remaniements de versions traditionnelles de certains mythes pour y intégrer des événements tels que des migrations, des guerres, des famines qui ont durablement modifié un groupe ou son environnement.

La prédominance de la perspective historique en Occident doit donc être elle-même située dans cette alternative. L'histoire nous est essentielle précisément parce que nous nous définissons par le *changement*. Nous faisons du changement une valeur positive (nous l'opposons à l'immobilisme et à la clôture) ; c'est par là que la perspective historique elle-même nous apparaît comme supérieure et nous incite à penser en termes de hiérarchie la différence entre l'humanité dite « historique » et celle qui ne l'est pas. Ramenée sur l'axe du temps historique, cette différence apparaît en effet comme le rapport d'une étape antérieure (la « primitivité ») et d'un accomplissement (la société « civilisée » ou « développée ») ; à cette téléologie, qui est aussi bien un ethnocentrisme, on ne saurait répliquer par un simple argument d'ouverture et de tolérance vis-à-vis des sociétés autres ; encore moins par un relativisme œcuménique (sur le thème : toutes les cultures sont également respectables et chacune est achevée dans son genre, etc.).

Ce qu'il faut, incontestablement, c'est penser l'alternative que représente l'explication par l'histoire et l'explication par les groupes finis. Et ne pas supposer que la première tient la clef d'interprétation de l'autre. Car cette hypothèse générale sur cette représentation du temps a des effets immédiats au niveau de la méthode. C'est bien en effet cette certitude de la prévalence du temps historique qui constitue le fonds de légitimité des hypothèses évolutionnistes et diffusionnistes en anthropologie. Lévi-Strauss ne nie pas pour autant qu'il y ait eu très souvent des évolutions et des diffusions (il en donne lui-même des exemples) mais il se refuse à ce que cela soit érigé en principe général d'explication des variations. Celles-ci ne peuvent être élucidées que cas par cas avec une documentation incontestable.

Il ne serait, cependant, pas suffisant de s'en tenir à ces exemples d'abus de l'histoire. Il est possible d'en envisager d'autres où, au contraire, les savoirs sont liés à une histoire comprise comme transmission de la tradition et reprise active de la mémoire. C'est ce point de vue que quelqu'un comme Ricœur affirme avec force dans son dialogue avec l'anthropologie structurale (et avec Lévi-Strauss en particulier). Pour Ricœur la tradition biblique, par exemple, est une reprise constante du sens dans l'actualité de l'expérience, une intériorisation des textes et une réappropriation du passé dans la nouveauté du présent historique. Selon lui, Lévi-Strauss se donne des conditions privilégiées pour sa thèse en se cantonnant à l'étude des sociétés sans écriture et même, parmi elles, des plus sauvages.

Cela n'est pas contestable, mais justement c'est là la ligne de partage. Car il y a une question préalable que Ricœur ne pose pas : pour que l'histoire fasse sens, il a d'abord fallu qu'une société entre dans une autre expérience du temps : bref que par l'écriture, le phénomène urbain, la stratification sociale, elle entre dans un processus de changement cumulatif. Ce qui fut le cas des peuples sémites ou indo-européens d'où provient essentiellement l'héritage de la civilisation occidentale. La compréhension par la structure ou par l'histoire n'est pas seulement une question de méthode. Dans le cas des sociétés sauvages, il est clair que l'approche synchronique est pertinente et que l'approche historique ne l'est que de manière très limitée. De même, la représentation du temps comme histoire suscite nécessairement des savoirs historiques. Mais, comme on l'a vu, rien n'empêche de situer historiquement des sociétés sauvages lorsque des documents le permettent, et comme on le verra, rien n'empêche de repérer des invariants structuraux dans l'expérience historique.

Amorces de l'histoire
dans les sociétés « sans histoire »

On pourra se demander : y a-t-il des sociétés depuis toujours destinées à l'histoire comme d'autres seraient vouées à s'y refuser ? Si l'histoire est liée à une représentation cumulative du temps et si cette représentation n'est possible qu'à partir d'une rupture de la clôture homéostatique, rien n'empêche de penser que, de multiples manières, des processus internes sont susceptibles de rendre cette rupture possible. Lévi-Strauss en donne lui-même plusieurs exemples dans le domaine de la parenté (domaine essentiel dans les sociétés considérées, puisqu'en lui se concentre l'essentiel des relations sociales).

Ainsi lorsque, à propos de l'échange restreint, Lévi-Strauss compare les solutions offertes d'une part par le mariage des cousins croisés et d'autre part par les organisations dualistes, il note tout d'abord que la première solution n'est pas nécessairement antérieure à l'autre et il ajoute : « Les deux institutions s'opposent comme une forme cristallisée à une forme souple. La question de chronologie est tout à fait étrangère à cette distinction » (*SEP*, 119). Le mariage des cousins croisés, parce qu'il fonctionne sur des relations d'individus (par opposition aux organisations dualistes qui engagent des classes), opère «à un étage plus profond de la structure sociale», ce qui le «met davantage à l'abri des transformations historiques» (*SEP*, 119-120). En effet, bien des observations montrent que le mariage des cousins croisés apparaît comme un recours lorsque le groupe veut se protéger ou se replie sur lui-même. Inversement, toute autre solution indique l'amorce d'une sortie de l'enceinte protectrice d'une réciprocité à court terme.

Dans l'échange généralisé, qui suppose un système plus ouvert et plus souple de solidarités, la réciprocité, on l'a vu, joue sur le long terme et implique une confiance dans la réponse des partenaires : «La croyance fonde la créance, la confiance ouvre le crédit. Tout le système n'existe, en dernière analyse, que parce que le groupe est prêt, au sens le plus large, à spéculer…» (*SEP*, 305). Mais cette spéculation (que la taille démographique du groupe rend raisonnable : les chances y sont suffisamment nombreuses) provoque le besoin de se donner des garanties : la polygamie en est la forme le plus évidente puisqu'elle multiplie le cercle des alliés. Mais cet accaparement d'épouses engendre une inégalité de situations, comme chez les Katchin de Birmanie ; l'échange généralisé qui semble supposer l'égalité peut engendrer l'inégalité, et orienter une société vers des formes de type féodal et l'apparition d'un pouvoir central déjà étatique. Ce qui donne une des conditions d'apparition d'un temps cumulatif. On le voit : la possibilité s'en est manifestée par un processus strictement interne.

D'autres exemples permettent de mieux mesurer encore la nature de cette possibilité. Il s'agit du cas du Japon féodal tel qu'il apparaît dans ce grand texte littéraire du XIe siècle qu'est le *Genji monogatari* ; on y décrit une société de cour où l'on voit le mariage avec la cousine croisée dévalorisé au profit d'alliances lointaines : «Le premier apporte une sécurité, mais engendre la monotonie : de génération en génération, les mêmes alliances ou des alliances voisines se répètent, la structure familiale et sociale est simplement reproduite.

En revanche, le mariage à plus grande distance, s'il expose au risque et à l'aventure, autorise la spéculation : il noue des alliances inédites et met l'histoire en branle par le jeu de nouvelles coalitions » (*RE*, 108-109). L'histoire – ou du moins son amorce – serait donc un pari sur le temps, forme même du risque et du plaisir qui s'y trouvent liés (le texte décrit le mariage traditionnel comme « ennuyeux ») : la société entre alors dans un processus de transformations ; mais il est intéressant de noter qu'en cas de menace sur la dynastie le groupe se replie sur lui-même et revient au mariage avec la cousine croisée.

C'est cette logique du repli qu'on observe sur un exemple symétrique et inverse aux îles Fidji : l'alliance lointaine y est bien pratiquée, mais pour être aussitôt traduite ou déguisée en alliance proche en ceci que les nouveaux alliés perdent leurs caractères éloignés par une opération de nomination : « Les époux devenaient nominalement l'un pour l'autre cousins croisés, et toutes les appellations de parenté changeaient en conséquence : les germains de chaque époux devenaient les cousins croisés de l'autre, leurs beaux-parents respectifs devenaient oncle et tante croisés » (*RE*, 112). Ici on tente donc de conjurer le risque de la nouveauté et la possibilité de l'histoire en transformant les étrangers en parents proches.

On pourrait se demander : pourquoi ce qui est valorisé au Japon est récusé aux Fidji ? La différence dans le choix est-elle liée à la taille démographique ? À l'état des techniques et de la production matérielle ? Aux formes de la religion ? Ou à une certaine combinaison de ces facteurs et d'autres encore ? Il est difficile à l'anthropologue de répondre ; mais avoir su repérer les éléments du problème n'est déjà pas un mince résultat.

Éléments d'une histoire structurale

> « L'idée d'une histoire structurale n'a
> rien qui puisse choquer les historiens. »
> (*Leçon inaugurale*, *AS II*, 26.)

> « L'histoire ne peut être une science que
> dans la mesure où elle compare, et l'on
> ne peut expliquer qu'en comparant…
> Dès lors qu'elle compare, l'histoire
> devient indistincte de la sociologie. »
> Émile Durkheim, « Préface »
> à l'*Année sociologique*
> (vol. I, 1898, p. III).

L'expression « histoire structurale » peut sembler étrange dès lors qu'on a mis en évidence l'antinomie de la structure et de l'événement, et qu'on a privilégié l'analyse des dispositifs synchroniques. Pourtant la recherche historique, dans la mesure où elle tente de comprendre à propos d'une période donnée la totalité du fait social, s'intéresse avant tout aux récurrences et aux invariants. D'une manière générale, dès que l'histoire cesse d'être événementielle, elle tend à être structurale en ceci qu'elle met en évidence des couches plus profondes et donc plus stables ou des phénomènes plus lents. Il y a un ralenti des structures qui, sous l'accéléré des événements, donne, dans la durée, un *analogon* du synchronique. En somme, plus les perspectives prennent du recul, plus des stabilités apparaissent. Telle est la leçon de l'histoire de la longue durée comme l'a bien montré Braudel, lequel voyait dans la résistance au temps des structures de parenté mises en évidence par Lévi-Strauss un exemple parfait de ces récurrences observables sur des siècles.

Ces considérations pourtant ne sauraient épuiser l'idée d'une histoire structurale. Pour comprendre ce qu'entend Lévi-Strauss par cette expression, il faudrait montrer comment s'y trouvent impliquées deux questions épistémologiques : celle du rapport synchronie/diachronie et celle de causalité, ainsi que deux questions méthodologiques : comment l'analyse des structures est-elle précieuse, d'une part, pour une « histoire régressive » et ouvre la voie, d'autre part, à une histoire prospective ?

Synchronie et diachronie. On a souvent tenté de caractériser la méthode structurale par le privilège accordé à l'élément synchronique sur l'élément diachronique. Ce faisant on n'a, certes, pas tort, mais on court le risque de simplifier considérablement les rapports des deux aspects dans le travail de Lévi-Strauss. Le diachronique en effet ne se confond pas pour lui avec la perspective historique. Il peut être une dimension interne à la structure : comme c'est le cas pour le rapport des générations dans le système de parenté ou encore dans le mouvement de la réciprocité pour les alliances à cycles très longs ; ou les moments du récit mythique.

Cette question est liée en fait à celle plus générale du rapport entre structure et procès. L'anthropologie structurale, en se donnant pour modèles la linguistique saussurienne ou la phonologie de Troubetzkoy, faisait un choix évident en faveur de l'approche synchronique par rapport à l'approche diachronique. Ce que Lévi-Strauss résume en disant qu'elle choisit l'analyse des *structures* par rapport à l'analyse des *procès* : « La prétention de mener solidairement l'étude des procès et celle des structures relève, au moins en anthropologie, d'une philosophie naïve, et qui ne tient pas compte des conditions dans lesquelles nous opérons. C'est que les structures n'apparaissent qu'à une observation pratiquée du dehors. Inversement, celle-ci ne peut jamais saisir les procès qui ne sont pas des objets analytiques, mais la façon particulière dont une temporalité est vécue par un sujet » (« Les limites de la notion de structure en ethnologie » in Roger Bastide, *Sens et usages du terme structure*, La Haye-Paris, Mouton, 1962, p. 44).

La définition que Lévi-Strauss donne ici du concept de *procès* est très limitative et correspond, en somme, à ce que pouvait être, à ses yeux, celle de la phénoménologie (« les procès ne sont pas des objets analytiques, mais la façon particulière dont une temporalité est vécue par un sujet », *AS*, 44). Il est alors d'autant plus intéressant de constater qu'il donne une autre extension au concept de diachronie. Il refuse en effet d'identifier celui-ci à la dynamique historique, de même qu'il ne réduit pas le synchronique au statique.

En fait, il est un concept dont Lévi-Strauss fait un usage constant et qui pourrait ici jouer le terme médiateur entre synchronie et diachronie, c'est celui de *transformation*. Au chapitre III de *La Pensée sauvage*, discutant l'explication par Frazer d'institutions « totémiques » présentées les unes comme primitives les autres comme dérivées, Lévi-Strauss montre qu'elles sont simplement en rapport de transformation, c'est-à-dire que les unes sont des formes symétriques et inversées des autres. Ce qui revient à rétablir une synchronie là où on avait cru trouver une généalogie. De même Lévi-Strauss montre que les systèmes de parenté et les institutions totémiques des Aranda et des Arabanna (en Australie) deviennent intelligibles si l'on comprend qu'ils sont en rapport de transformation. Mais on a vu antérieurement comment des peuples voisins (tels les Mandan et les Hidatsa du haut Missouri) pouvaient inverser leurs rites et leurs mythes. Ou comment des ensembles de mythes constituent des groupes de transformation (c'est même là l'essentiel de l'approche de Lévi-Strauss pour expliquer la production des variantes). Pourtant cette notion qui semble indiquer la puissance de la structure à s'imposer dans un procès n'en implique pas moins des rapports de succession. Ce qui veut dire deux choses : d'une part que la causalité n'est pas événementielle mais logique, d'autre part qu'à partir de la structure peut se lire un ordre de succession qui n'est pas pour autant une généalogie. C'est ce qu'on peut essayer de clarifier.

Causalité. Toute approche structurale implique nécessairement une prise de position sur l'explication causale. Pourquoi ? Au moins pour cette raison que l'analyse structurale se donne des objets qui sont des ensembles d'éléments saisis synchroniquement dans leurs rapports réciproques. Il est dès lors difficile d'établir (même si elles existent) des relations de cause à effet entre ces éléments, puisqu'une telle recherche privilégierait le rapport d'antécédent à conséquent, donc l'explication génétique. Le temps est peut-être la forme même de cette relation : « Une opposition logique se projette dans le temps sous la forme d'un rapport de cause à effet » (*CC*, 191).

L'analyse structurale, dès lors qu'elle renonce au point de vue génétique, doit se limiter à établir des homologies entre les différentes séries où apparaissent les invariants qu'elle a répertoriés. Est-ce une abdication de l'explication ? Ou bien est-ce au contraire la meilleure manière de rendre l'explication possible ? Prenons le cas du mariage des cousins croisés (exposé au chapitre II). Nombre d'explications avaient consisté à chercher une raison dans le passé de chaque société pour voir dans cette forme d'alliance la rémanence d'institutions disparues. La même opération était répétée pour l'interdiction portant sur les cousins parallèles. On sait également que des généalogies du même type avaient été proposées pour rendre compte de la prohibition de l'inceste. On a alors autant d'explications qu'on a d'histoires ; si certaines sont comparables, c'est plutôt par chance que par logique. L'explication structurale au contraire consiste à montrer que ces prescriptions et ces prohibitions forment un unique complexe. Que c'est la même logique de la réciprocité qui appelle l'exogamie et du même coup frappe d'interdit l'union avec la fille ou la sœur, que les cousins croisés constituent la forme la plus simple et la plus évidente d'appartenance à des lignées différentes et peuvent donc être en rapport exogamique, tandis qu'au contraire les cousins parallèles appartiennent nécessairement à la même lignée.

On rencontre un problème analogue si on considère la connexion entre appellations et attitudes. Expliquer, par exemple, l'hostilité latente entre le père et le fils, la confiance entre le neveu et l'oncle maternel, ou encore la distance imposée entre le frère et la sœur et la tendresse entre époux comme des faits relevant d'une tradition dont on essaie de reconstituer l'héritage pour chaque cas, c'est supposer que ces faits sont autonomes (le problème des neveux et le problème des époux sont alors considérés comme sans commune mesure) et c'est supposer aussi que le fait de leur conférer une généalogie est en soi éclairant. « Chaque détail de terminologie, chaque règle spéciale du mariage, est rattachée à une coutume différente, comme une conséquence ou comme un vestige : on tombe dans une débauche de discontinuité » (*AS*, 42). Démontrer au contraire que toutes les relations sont liées, qu'on est en présence d'un système à quatre termes où il apparaît que « la relation entre oncle maternel et neveu est à la relation entre frère et sœur comme la relation entre père et fils est à la relation entre mari et femme. Si bien qu'un couple étant connu, il serait toujours possible de déduire l'autre » (*AS*, 52).

On peut alors parler de causalité si l'on veut, mais au sens d'une interdépendance des termes, d'une implication réciproque des positions, bref on a affaire à ce que Lévi-Strauss appelle des *variations concomitantes* au lieu de ce qui se présentait auparavant comme des corrélations inductives. Les généalogies peuvent décrire des successions d'états – à supposer qu'il y ait eu changement –, mais elles ne peuvent pas rendre compte de la cohérence actuelle d'un système qui seule en fournit l'intelligibilité. Ce qui en définitive peut se ramener à cette règle épistémologique : on n'explique pas un fait par un autre fait, on l'explique par une loi.

Cela nous conduit aux considérations méthodologiques, en d'autres termes à ce que peut être la pratique d'une histoire structurale. En premier lieu, cela pourrait consister en ce qu'on a appelé « l'histoire régressive » et qui consisterait à déchiffrer dans l'état présent d'une institution ou de toute une société les transformations où s'indiquent les distorsions de la structure par l'événement. Cette méthode est d'abord d'un grand secours dans des cas où le passé est inaccessible par une documentation directe. Elle consiste à se demander quels événements doit-on supposer pour rendre compte de l'existence de tel ou tel élément dans un dispositif structural où sa présence semble inexplicable.

Un exemple frappant nous en est donné par Lévi-Strauss dans un texte portant sur « Les structures sociales dans le Brésil central et oriental » (*AS*, chap. VII) où, discutant les formes du mariage et les organisations dualistes des Shérenté, il constate toute une série d'anomalies qui l'amènent à reconstituer une évolution historique où il décèle les étapes suivantes : existence de trois lignées patrilinéaires et patrilocales, apparition de deux moitiés matrilinéaires, conduisant à la création d'une quatrième lignée patrilocale (mythifiée dans le présent comme ancienne « tribu capturée »), d'où un conflit entre règle de filiation et règle de résidence, poussant les moitiés à la filiation patrilinéaire et à la transformation des lignées en associations. Bref la structure actuelle porte dans ses contradictions, en creux si l'on veut, la mémoire de la succession des événements accumulés. Ce n'est pas la succession qui rend intelligible la situation présente, c'est l'intelligibilité de la structure qui permet de comprendre la succession.

On pourra objecter que l'exemple est forcément favorable dans le cas de sociétés de taille réduite relevant de modèles mécaniques plutôt que statistiques. Mais on pourrait répondre avec d'autres exemples, dans d'autres domaines, comme celui des formes plastiques. Considérons le texte intitulé « Le serpent au corps rempli de poissons » (*AS*, chap. XIV). Lévi-Strauss y discute des enquêtes publiées par Alfred Métraux faisant apparaître des parallèles surprenants entre des traditions orales du Chaco actuel et des récits de la région andine attestés par des documents anciens. Un de ces récits concerne un serpent surnaturel nommé « Lik », dont la queue est remplie de poissons et qui est tour à tour dangereux et secourable. Lévi-Strauss en repère le motif très précis sur des vases, l'un de Nazca et l'autre de Pacasmayo. L'intérêt, c'est de trouver dans des traditions orales contemporaines les gloses de ces pièces anciennes ; ces correspondances d'éléments éloignés dans le temps (plusieurs siècles) et dans l'espace (Andes et Chaco) donnent une idée de ce que pourrait être la fécondité des approches croisées de l'archéologie et de l'ethnologie. Par sa formidable stabilité, une tradition orale actuelle constitue un document très ancien : « Comment douter que la clef de l'interprétation de tant de motifs encore hermétiques ne se trouve, à notre disposition et immédiatement accessible, dans des mythes et des contes toujours vivants ? On aurait tort de négliger ces méthodes, où le présent permet d'accéder au passé » (*AS*, 298-299). Ici encore le présent de la structure porte en lui le chiffre de la tradition ou la trace d'une transformation dans le temps. Cette trace de l'histoire dans les mythes, Lévi-Strauss en donne de nombreux exemples : les hypothèses qu'il propose à partir des seules variantes viennent recouper les recherches conduites par les historiens ou les archéologues (ainsi les exemples donnés dans *Du miel aux cendres*, à propos de l'origine et des rapports anciens des Bororo, des Gé et des Tacana). Cette méthode qui s'avère très précieuse dans le cas des sociétés sans écriture ne perd rien de sa pertinence lorsqu'existent des documents écrits.

Pourtant la notion d'une histoire structurale n'est pas seulement limitée à cette tâche de reconstitution, elle s'achève, aux yeux de Lévi-Strauss, dans une sorte de « calcul » des possibilités événementielles, dans une *histoire prospective*. Relisons intégralement le texte cité plus haut : « L'idée d'une histoire structurale n'a rien qui puisse choquer les historiens... Il n'est pas contradictoire qu'une histoire des symboles et des signes engendre des développements imprévisibles, bien qu'elle mette en œuvre des combinaisons structurales dont le nombre est limité. Dans un kaléidoscope, les combinaisons d'éléments identiques donnent toujours de nouveaux résultats » (*AS II*, 26). Nous retrouvons ici, en somme, une problématique discutée à propos de la question de l'inconscient et nous faisions remarquer que la seule façon de considérer acceptable cette combinatoire c'est d'en établir empiriquement le bien-fondé, et c'est bien ce que propose Lévi-Strauss (« en faisant l'inventaire de toutes les coutumes observées », *TT*, 203).

Il n'empêche que cette hypothèse, si séduisante soit-elle, envisage l'événement en tant que cas du système, ce qui revient à penser le temps dans la cadre d'une théorie des jeux comme sélection des coups, de même qu'on peut concevoir la parole comme effectuation de la langue. Mais peut-être faut-il renverser la perspective et n'envisager le système que comme l'intégrale des limites de chaque cas et comme n'existant que dans la virtualité de leur réalisation. C'est ainsi que l'événement relève de l'irréversible. Du reste Lévi-Strauss approche de cette conception lorsqu'il propose d'écarter toute téléologie privilégiant une histoire déterminée. Les capacités sont partout les mêmes. Cette situation est comparée par Lévi-Strauss aux « possibles » qui sont dans la graine et à qui seul un certain nombre de facteurs externes – voilà l'événement – permettront de se développer, de sortir de leur « dormance » : « Il en est de même pour les civilisations. Celles que nous appelons "primitives" ne diffèrent pas des autres par l'équipement mental, mais seulement en ceci que rien, dans aucun équipement mental, quel qu'il soit, ne prescrit qu'il doive déployer ses ressources à un moment déterminé et les exploiter dans une certaine direction. Qu'une seule fois dans l'histoire humaine et en un seul lieu se soit imposé un schème de développement auquel, arbitrairement peut-être, nous rattachons des développements ultérieurs – avec d'autant moins de certitude que manquent et manqueront toujours des termes de comparaison –, n'autorise pas à transfigurer une occurrence historique, qui ne signifie rien sinon qu'elle s'est produite en ce lieu et à ce moment, en preuve à l'appui d'une évolution désormais exigible en tous lieux et en tous temps. Car, alors, il sera trop facile de conclure à une infirmité ou à une carence des sociétés ou des individus, dans tous les cas où ne s'est pas produite la même évolution » (*MC*, 408).

* * *

L'histoire que critique Lévi-Strauss, c'est sans aucun doute d'abord l'histoire purement événementielle ou bien l'histoire conjecturale. Ses critiques ne visent nullement les travaux de la *nouvelle histoire*, celle qui, en France, par exemple, est issue de l'école des *Annales*, et dont F. Braudel a sans doute été l'un des représentants les plus remarquables. Mais il est vrai que, dans ce cas, on voit l'histoire se faire à la fois démographie, économie, géographie, etc. Bref la seule dimension qui distingue alors l'histoire de ces disciplines, c'est de s'exercer sur des segments du temps révolu, et donc de ne disposer pour cela que de documents limités, ce qui appelle à un exercice très développé de la déduction. On pourrait alors dire que l'historien est un anthropologue qui se donne comme terrain de recherche des segments du temps (allant de la très courte à la très longue durée) avec comme informateurs les différents types de documents (écrits, monuments, outils, œuvres d'art, etc.) laissés par telle société ou tel ensemble de sociétés.

En définitive, on peut estimer que la méthode structurale a conduit l'approche historique à se poser à elle-même un certain nombre de questions fondamentales qu'elle avait tendance à esquiver. Tout d'abord, elle l'a obligée à reconnaître que si certaines sociétés (celles qu'on dit "primitives") peuvent difficilement – sauf circonstances exceptionnelles – faire l'objet d'une analyse historique, cela ne doit pas conduire à les situer avant notre histoire ni postuler une évolution dont notre société serait l'aboutissement. Et sans doute continue-t-on, même inconsciemment, à les considérer comme une image de notre passé. Elles seraient donc en attente de leur temporalité véritable, celle dans laquelle nous sommes déjà, bref elles sont dans le « ne... pas encore ». C'est la dimension historique qui devrait leur conférer le sens qui leur manque. Telle est la conception générale – implicite ou explicite – des pensées de l'histoire à l'endroit des sociétés traditionnelles (songeons aux pages condescendantes de Hegel sur le « continent noir »).

L'approche structurale répond : il y a une autre intelligibilité possible de ces sociétés ; en outre elle est accordée à leur mode d'être. C'est l'intelligibilité qui apparaît dans les formes d'organisation sociale (comme la parenté), les formes de représentation (comme les mythes) ou les dispositifs de symbolisation (comme les rites). Le sens est tout entier dans cet ensemble synchronique, précisément parce que cet ensemble fonctionne en vue de sa propre permanence. La société s'explique elle-même par la médiation de séries données dans la nature (c'est la démonstration de *La Pensée sauvage*). Les événements de la diachronie sont constamment rapportés à ce référent stable et annulés en lui. Le changement n'est pas pensable parce que les institutions mêmes sont ordonnées à son rejet. On n'est donc pas simplement dans le défaut d'histoire ; on est dans une logique où la possibilité même de l'histoire (comme processus cumulatif) est écartée.

Telle est sans doute la considération fondamentale à partir de laquelle on peut poser avec pertinence la question de la légitimité de l'approche historique. On comprend mieux que celle-ci n'est pas séparable des conditions générales de représentation du temps dans une société donnée. Pour la nôtre, justement, qui est une société du *changement*, la causalité diachronique est déterminante et du même coup l'explication historique est incontournable. Mais c'est à condition précisément de ne pas nous donner à nous-mêmes une conception naïve de cette causalité sous la forme de représentations continuistes ou téléologiques. L'histoire est elle-même constituée de multiples temporalités, de séries aux généalogies propres qui se côtoient ou se croisent, se répondent et se confondent parfois. Entre ces « blocs d'histoire » peuvent apparaître, en un moment donné, des invariants dont l'insistance permet de dessiner le contour d'une époque. C'est à ce point que l'approche structurale peut être féconde pour la recherche historique. Elle permet de mieux définir les solidarités horizontales entre différents champs et de comprendre que les points de rupture sont non moins significatifs que les continuités.

La question morale

On pourrait, pour conclure, revenir sur le bilan théorique de l'œuvre de Lévi-Strauss et du structuralisme en général. Mais cela risquerait de simplement ajouter des notes aux remarques formulées dans l'introduction. Nous proposons donc plutôt de changer de terrain et de considérer plus attentivement un problème seulement effleuré à divers endroits de cet essai : qu'en est-il des implications morales du travail de l'anthropologue et comment définir les obligations qui sont celles de la civilisation dont il est issu ?

Par la nature particulière de son métier l'anthropologue est conduit nécessairement, on l'a vu, à une réflexion sur les origines de son savoir et sur le rapport de ce savoir aux peuples qu'il étudie. Nous disions (chapitre I) que la question morale ici faisait partie de la question épistémologique. Mais cette question n'est peut-être pas limitée à une attitude vis-à-vis des autres hommes et des autres cultures. L'anthropologue, qui vient lui-même des civilisations les plus techniquement développées, ne cesse de s'interroger, devant les dernières cultures sauvages qu'il peut côtoyer, sur quelque chose qui concerne le destin de l'espèce humaine en général et sur la manière dont les diverses cultures ont traité et traitent encore le monde naturel : son équilibre, sa diversité, son intégrité. À ces interrogations il ne lui semble pas difficile de répondre que les civilisations les plus avancées (sous l'angle des moyens techniques) sont engagées, depuis longtemps, dans un processus de violence et de destruction.

C'est sans doute sur ce point qu'on pourrait parler d'un rousseauisme de Lévi-Strauss. Mais il y a une nuance ; Rousseau écrivait à la veille de la révolution industrielle et le diagnostic qu'il proposait portait avant tout sur la dégradation du lien social. Lévi-Strauss aujourd'hui, après deux siècles de développement industriel et comme s'il avait entendu la prédiction adressée au lecteur du *Second Discours* – « l'effroi de ceux qui auront le malheur de vivre après toi » –, est d'abord préoccupé par les menaces portant sur le milieu naturel. C'est là que se situe pour lui la question morale la plus urgente de notre temps (c'est celle, par exemple, que formule aussi Michel Serres dans *Le Contrat naturel*, Paris, Éditions François Bourin, Paris, 1990). Mais reprenons l'argumentation de Lévi-Strauss.

Prolégomènes à une éthique du vivant

S'il est une chose dont la pensée humaniste occidentale pense devoir être fière, c'est d'avoir su mettre en avant et su faire accepter à une échelle mondiale une conception de l'homme comme être moral. C'est peut-être aussi là, estime Lévi-Strauss, son plus grave défaut, du moins quand cette insistance se fait exclusive. Il peut sembler paradoxal de mettre en cause cette vision qui a abouti à la conception moderne des droits de l'homme. Il ne s'agit pas, bien sûr, de la nier. Mais il faut bien comprendre qu'elle ne s'est développée qu'au prix d'une méconnaissance – voire d'une exclusion – de ce qui peut définir l'homme de manière plus complète et plus fondamentale, à savoir qu'il est un *être vivant*. Cela ne revient pas à récuser – au contraire – sa définition comme être moral ; cela revient à montrer la grande immoralité que peut receler le privilège exorbitant accordé à l'homme parmi les autres espèces vivantes. Et du même coup cela définit exactement le niveau plus large et plus radical de l'exigence éthique : « Si l'homme possède des droits au titre d'être vivant, il en résulte immédiatement que ces droits, reconnus à l'humanité en tant qu'espèce, rencontrent leurs limites naturelles dans les droits des autres espèces. Les droits de l'humanité cessent donc au moment précis où leur exercice met en péril l'existence d'une autre espèce » (*RE*, 374). Lévi-Strauss ne dit pas que l'homme devrait cesser de tirer sa subsistance d'autres êtres vivants, car de ce point de vue toutes les espèces sont en rapport de dépendance. Il dit simplement que ce processus ne peut jamais légitimer la disparition d'une espèce quelconque. D'où la formulation de ce qu'on pourrait appeler l'*impératif catégorique d'une éthique du vivant* : « Le droit à la vie et au libre développement des espèces vivantes encore représentées sur la terre peut seul être dit imprescriptible, pour la raison très simple que la disparition d'une espèce quelconque creuse un vide, irréparable à notre échelle, dans le système de la création » (*RE*, 374). Cet impératif peut être dit « catégorique » en ce sens que son principe n'est pas conditionnel mais a priori : il en appelle au *respect absolu* de l'intégrité du monde naturel. La juste définition morale de l'homme, c'est alors et d'abord *la reconnaissance des droits de ce qui ne peut réclamer de droits.* Plus la nature devient impuissante devant l'homme, plus il appartient à l'homme de manière catégorique et impérative de transformer en droits cet excès de puissance virtuelle qui est la sienne puisque, justement, lui seul peut traduire en termes de droit ce qui était, avant tout, jusqu'alors, une régulation de la vie. Le droit vient corriger le fait. L'exigence morale, c'est de ne pas concevoir l'homme exclusivement comme un être moral. Le concevoir comme être vivant est la plus profonde exigence morale pour autant qu'on prenne au sérieux son existence comme espèce dans l'univers et dans le destin du monde naturel.

Le contenu des libertés est toujours local

On ne saurait mettre en doute la nécessité de la formulation et de l'affirmation des droits de l'homme. Qui, en effet, pourrait contester le bien-fondé des droits fondamentaux au respect de l'individu, à la liberté d'opinion, d'expression ou de circulation de n'importe quel être humain ? Pourtant cet universalisme demande à être examiné de plus près, car il ne tient compte d'aucun contexte, il définit la liberté dans une sorte d'espace homogène, déterritorialisé, irréel. Il suppose une humanité en général, sans traditions particulières, sans coutumes, sans mémoire. Ce qui revient à ignorer que l'être humain est toujours au milieu d'autres humains, soit dans des communautés et des traditions constituées depuis très longtemps, soit dans des groupes plus restreints ou plus fluides qui (comme dans les métropoles modernes) sécrètent leurs manières, leurs goûts, bref leur niche éco-culturelle. C'est tout cela qui fait le plaisir de vivre, sa singularité, son style non moins que ses pesanteurs voire ses restrictions, mais qui fournit un contenu à la liberté. Un ethnologue sait cela mieux que personne ; et c'est pourquoi mieux que personne il est fondé à écrire : « En donnant un fondement prétendu rationnel à la liberté, on la condamne à évacuer ce riche contenu et à saper ses propres assises. Car l'attachement aux libertés est d'autant plus grand que les droits qu'on l'invite à protéger reposent sur une part d'irrationnel ; ils consistent en ces infimes privilèges, ces inégalités peut-être dérisoires qui, sans contrevenir à l'égalité générale, permettent aux individus de trouver des points d'ancrage au plus près. La liberté réelle est celle des longues habitudes, des préférences, en un mot des usages, c'est-à-dire – l'expérience de la France puis 1789 le prouve – une forme de liberté contre quoi toutes les idées théoriques qu'on proclame rationnelles s'acharnent » (*RE*, 380).

Cette dénonciation d'un universalisme abstrait, et du même coup, cette défense et illustration du local sont certainement un des aspects qui se sont le plus imposés dans les textes récents de Lévi-Strauss. Cela est si vrai que dans *Race et culture*, il ne craint pas d'affirmer que la sauvegarde de sa différence par un groupe ou une culture passe néces-

sairement par un certaine forme de refus des autres groupes
et des autres cultures. Cela peut paraître choquant aux
yeux d'un altruisme culturel dont le moralisme naïf est
maintenant si répandu peut-être d'abord parce que cette
assimilation sournoise compense et fait pardonner celle
plus violente de nos aïeux. Mais l'ethnologue n'ignore pas
que cette reconnaissance peut être fatale aux cultures qui
en sont l'objet : « Car on ne peut, à la fois, se fondre dans la
jouissance de l'autre, s'identifier à lui, et se maintenir différent. Pleinement réussie, la communication intégrale avec
l'autre condamne, à plus ou moins brève échéance, l'originalité de sa et de ma création » (*RE*, 47). De même que la
génétique des populations nous apprend que c'est dans des
isolats démographiques que paradoxalement apparaissent
le maximum de stocks génétiques offrant le plus de chances
de transformations, de même les cultures n'ont constitué et
développé leurs traditions et leurs arts que dans une certaine séparation à l'égard des autres. Certes, les contacts et
les échanges sont partout évidents dans les rapports des
civilisations. Les historiens ne cessent de nous le montrer.
Mais ce qu'on néglige de dire, c'est que ces emprunts ne
donnent lieu à des traditions et des styles originaux que
dans l'exacte mesure où la culture qui reçoit refuse en
même temps de se laisser assimiler et même, jusqu'à un
certain point, récuse les valeurs et les représentations de
celle envers qui elle est redevable. Pourtant Lévi-Strauss
avait antérieurement, dans *Race et histoire*, mis en évidence
ce principe : c'est la coalition des cultures qui en fait la
force, c'est leur fécondation réciproque qui les rend aptes à
se développer et à survivre.

Cet aspect n'est pas nié pour autant. Simplement, vingt
ans plus tard, Lévi-Strauss comprend qu'il a sous-estimé
la nécessité d'une certaine distance. Ou plutôt, comme il
l'a découvert dans l'étude des mythes et de la sagesse
indienne qu'ils véhiculent : il s'agit toujours d'établir la
bonne distance. « Les grandes époques créatrices furent
celles où la communication était devenue suffisante pour

que des partenaires éloignés se stimulent, sans être cependant assez fréquente et rapide pour que les obstacles, indispensables entre les individus comme entre les groupes, s'amenuisent au point que des échanges trop faciles égalisent et confondent leur diversité » (*RE*, 47-48). Il se pourrait bien que le racisme, estime Lévi-Strauss, naisse d'abord de la peur liée au risque de perte d'identité, à l'excès d'une proximité dont les traits physiques de l'autre servent alors de critère à un rejet parce qu'ils sont les plus évidents (toutes sortes de rationalisations viennent ensuite à la rescousse de cette première et primaire évidence).

L'urgence n'est donc pas de s'accueillir et de se confondre, mais de se reconnaître dans la différence et de maintenir fermement cette différence. Quitte à admettre aussi bien qu'il y a entre les cultures des traits incompatibles, il n'y a pas de complémentarité nécessaire ni d'unité heureuse.

La querelle de l'humanisme

Le structuralisme est-il un humanisme ? se demandait-on dans les années 1950-1960. Peut-être l'est-il non moins que l'existentialisme pour lequel Sartre revendiquait alors cette qualité. Il est arrivé à plusieurs reprises à Lévi-Strauss, en butte à des critiques lui reprochant de déshumaniser son objet, de réagir en démontrant que son approche était, plus que toute autre, respectueuse de la singularité des êtres et que l'anthropologie, plus qu'aucune autre science humaine, était l'accomplissement du projet humaniste. Mais ce terme a pris deux sens très différents sur lesquels il convient de s'expliquer, car tous les faux débats à ce sujet viennent de ce qu'on les a amalgamés. Il n'est pourtant pas difficile de voir que Lévi-Strauss ne les confond pas.

Si dans l'humanisme on veut défendre l'héritage de ce qui est apparu sous ce nom à partir de la Renaissance : redécouverte des textes de l'Antiquité, ouverture des savoirs à de nouvelles disciplines, autonomie de la recherche par rapport

au magistère religieux, formulation d'une nouvelle universalité fondée sur le caractère raisonnable de tout être
humain, alors nulle difficulté à cela. Plus précisément Lévi-
Strauss a montré (cf. « Les trois humanismes », in *AS II*,
319-322) comment l'anthropologie appartient de manière
spécifique à ce courant dont l'essentiel à ses yeux tient à la
reconnaissance de cette nécessité : « Aucune civilisation ne
peut se penser elle-même, si elle ne dispose pas de quelques
autres pour servir de terme de comparaison » (*AS II*, 319-
320). L'étude de la littérature, de la religion et de la société
antiques fut, pour les hommes de la Renaissance, un formidable effort de mise en perspective de leur propre culture ;
ce fut une sorte de dépaysement dans le temps mais aussi
une remarquable appropriation d'un passé dont la mémoire
ne subsistait que dans les textes. L'autre grande expérience
(le deuxième humanisme) fut liée à la découverte et à
l'étude des grandes civilisations non européennes, mais
contemporaines cette fois, comme celles du Moyen-Orient
(monde islamique) et de l'Extrême-Orient (Inde et Chine
surtout). Ce sont elles qui marquent fortement les esprits
depuis le XVIIᵉ et donnent lieu, au XIXᵉ siècle, à de nouvelles
institutions de savoir (histoire, philologie, linguistique,
comparatisme religieux). Ce que le XXᵉ siècle a vu se développer (et ce serait le troisième humanisme), c'est un intérêt
pour des civilisations tenues jusqu'ici pour « inférieures »
et dites, pour cela, « primitives » : l'ethnologie a su nous
apprendre comment ces civilisations sans écriture n'en
étaient pas moins des civilisations achevées et raffinées,
ayant élaboré, dans leurs productions symboliques, leurs
modes de vie, leurs systèmes de classification ou leurs
mythes, des formes de pensée aussi complètes et sophisti-
quées que les autres, mais à partir d'une autre perspective
sur le monde naturel et sur l'organisation sociale. Plus
qu'aucune forme de savoir, et par sa méthode même,
l'anthropologie peut dire que rien d'humain ne lui est étranger. Cet humanisme que Lévi-Strauss appelle « démocratique » (par différence avec les deux autres dont le premier

est dit « aristocratique » et le second « bourgeois ») est de loin le plus ouvert, le plus véritablement universaliste puisqu'il vise à saisir l'intelligibilité des différences jusque dans les moindres manifestations des formes de vie sociale et de culture. C'est ce que vise l'anthropologie structurale et, *de ce point de vue*, elle peut se dire « humaniste », sans hésitation et de manière éminente. C'est aussi par là qu'elle rejoint nécessairement une éthique de la tolérance en même temps qu'elle insiste sur l'exigence d'affirmation des identités locales (ce qui, plus haut, fut désigné comme le contenu des libertés).

Mais à côté de cet humanisme scientifique et éthique, il en existe un autre beaucoup plus discutable, qu'on pourrait qualifier de « métaphysique » ou, plus exactement, d'« idéologique ». Il s'agit moins d'affirmer l'ouverture des savoirs et des cultures ou de proclamer le respect dû à l'homme en tant que tel que de lui accorder un statut hégémonique au sein des autres êtres. Cet humanisme-là n'est pas séparable d'une conception du savoir comme maîtrise qui s'est également développée depuis la Renaissance et qui a trouvé dans le cartésianisme son moment privilégié d'expression. C'est cette tradition que dénonce Lévi-Strauss lorsqu'il parle de « cette espèce d'emprisonnement que l'homme s'inflige chaque jour davantage au sein de sa propre humanité » (*AS II*, 330) et de ce « grand courant humaniste qui a prétendu constituer l'homme en règne séparé, et qui représente un des plus gros obstacles au progrès de la réflexion philosophique » (*ibid.*).

On reconnaît là en effet une des critiques les plus constantes de Lévi-Strauss lorsqu'il essaie de définir les sources culturelles de la violence occidentale à l'égard des autres civilisations. C'est en cela qu'il se sent proche de Rousseau et c'est précisément dans le texte qu'il lui consacre qu'on peut lire ce constat sans indulgence : « On a commencé par couper l'homme de la nature, et par le constituer en règne souverain ; on a cru ainsi effacer son caractère le plus irrécusable, à savoir qu'il est d'abord un être vivant. Et, en restant aveugle à cette propriété commune, on a donné champ libre à tous les abus. Jamais mieux qu'au terme des quatre derniers siècles de son histoire, l'homme occidental ne put-il comprendre que, en s'arrogeant le droit de séparer radicalement l'humanité de l'animalité, en accordant à l'une tout ce qu'il retirait de l'autre, il ouvrait un cycle maudit, et que la même frontière, constamment servirait à écarter des hommes d'autres hommes, et à revendiquer, au profit de minorités toujours plus restreintes, le privilège d'un humanisme, corrompu aussitôt né pour avoir emprunté à l'amour-propre son principe et sa notion » (*AS II*, 53).

La leçon des sauvages

L'humanisme anthropocentrique est, en fait, la négation de l'humanisme éthique – compris au sens le plus profond – qui doit inclure dans son respect non seulement l'homme lui-même mais la totalité du monde donné. C'est cet humanisme-là que depuis toujours nous enseignent ceux que nous appelons *sauvages*. C'est chez eux que l'on trouve « ces vastes systèmes de rites et de croyances qui peuvent nous apparaître comme des superstitions ridicules, mais qui ont pour effet de conserver le groupe humain en équilibre avec le milieu naturel » (*RE*, 34) ; c'est chez eux encore que « règne l'idée que les hommes, les animaux et le plantes disposent d'un capital commun de vie, de sorte que tout abus commis aux dépens d'une espèce se traduit nécessairement [...] par la diminution de l'espérance de vie des hommes eux-mêmes » (*RE*, 35). Lévi-Strauss voit en cela le témoignage d'un « humanisme sagement conçu qui ne commence pas par soi-même mais fait à l'homme une place raisonnable dans la nature au lieu qu'il s'en institue le maître et la saccage, sans même avoir égard aux besoins et aux intérêts les plus évidents de ceux qui viendront après lui » (*ibid.*).

C'est cela que nous apprend la morale des mythes, écrit Lévi-Strauss, à la fin de *L'Origine des manières de table* : « En ce siècle où l'homme s'acharne à détruire d'innombrables formes vivantes, après tant de sociétés dont la richesse et la diversité constituaient de temps immémorial le plus clair de son patrimoine, jamais sans doute il n'a été plus nécessaire de dire, comme font les mythes, qu'un humanisme bien ordonné ne commence pas par soi-même, mais place le monde avant la vie, la vie avant l'homme, le respect des autres êtres vivants avant l'amour-propre ; et que même un séjour d'un ou deux millions d'années sur cette terre, puisque de toute façon il connaîtra un terme, ne saurait servir d'excuse à une espèce quelconque, fût-ce la nôtre, pour se l'approprier comme une chose et s'y conduire sans pudeur ni discrétion » (*OMT*, 422). Telle serait l'admirable leçon des sauvages, telle est, aux yeux de l'anthropologue, l'expression du plus haut degré de civilisation.

On pourra certes, comme cela a été fait plus d'une fois, reprocher à Lévi-Strauss une absence de perception de la modernité, une position très en retrait sur les promesses du monde hyper-technique qui se développe sous nos yeux. Face à cela il ne cesse de reposer, comme Rousseau, la seule question qui lui semble capitale : en quoi cela est-il bon non seulement pour l'humanité mais pour tous les vivants et pour l'ensemble du monde naturel ?

Au journaliste d'un quotidien français qui lui avait, ainsi qu'à quelques autres, demandé d'indiquer ce qu'il jugerait souhaitable, comme témoignages de notre époque, d'enfermer dans un coffre qui serait enfoui quelque part dans Paris à l'intention des archéologues de l'an 3000, Claude Lévi-Strauss fit cette réponse : « Je mettrais dans votre coffre des documents relatifs aux dernières sociétés "primitives" en voie de disparition, des exemplaires d'espèces végétales et animales proches d'être anéanties par l'homme, des échantillons d'air et d'eau non encore pollués par les déchets industriels, des notices et illustrations sur des sites bientôt saccagés par des installations civiles et militaires. [...] Mieux vaut leur laisser quelques témoignages sur tant de choses que, par notre malfaisance et celle de nos continuateurs, ils n'auront plus le droit de connaître : la pureté des éléments, la diversité des êtres, la grâce de la nature, et la décence des hommes » (*AS II*, 337).

Cette leçon de sagesse pour le nouveau millénaire, c'est auprès des peuples et des civilisations les plus humbles que l'anthropologue l'a recueillie. Elle continuera d'être indispensable bien après que le dernier sauvage ne sera plus qu'un souvenir dans nos musées et dans nos bibliothèques.

II

PARCOURS DE L'ŒUVRE

Remarque préliminaire

Il s'agira ici d'une présentation spécifique des ouvrages et articles de l'auteur.

On pourra s'étonner que certains ouvrages parmi les plus importants comme *Les Structures élémentaires de la parenté*, *La Pensée Sauvage* et les *Mythologiques* ne fassent ici l'objet, en quantité de pages, que d'un compte rendu limité. La raison en est simple et à chaque fois indiquée : certains chapitres de la première partie constituaient déjà une introduction développée à ces ouvrages ; nous avons donc préféré éviter les redites et renvoyer le lecteur à ces chapitres.

* * *

« Contribution à l'étude de l'organisation sociale des Indiens bororo », *Journal de la Société des américanistes*, t. XXVIII, fasc. 2, 1936.

Ce texte n'est pas le premier article de Lévi-Strauss (qui a déjà publié quelques études sur des sujets ethnographiques) mais c'est le premier essai de synthèse portant sur une expérience de terrain et concernant une population précise. Cette étude fut du reste publiée l'année même où Lévi-Strauss a eu l'occasion de séjourner chez les Bororo (janvier-février 1936). Pour l'auteur qui n'avait pas bénéficié d'une formation ethnographique proprement dite (il était autodidacte en ce domaine), cette publication avait une double importance : elle rendait compte (avec l'exposition organisée la même année par le musée de l'Homme) de son travail de terrain, et en même temps elle constituait une sorte d'examen de passage devant les membres de la profession. Examen réussi si l'on en croit un passage de *Tristes Tropiques* : « Un an après la visite aux Bororo, toutes les conditions requises pour faire de moi un ethnologue avaient été remplies : bénédiction de Lévy-Bruhl, Mauss, Rivet, rétroactivement accordée » (*TT*, 281). Ce texte attire en outre l'attention de deux grands ethnologues de terrain : Alfred Métraux et Robert Lowie (on sait qu'il les retrouvera tous deux à New York durant la guerre).

Lévi-Strauss n'a pas republié ce texte ; on peut y voir deux raisons : d'une part, sa forme très technique ne s'y prêtait guère et sa présentation selon les traditions d'époque a dû lui paraître très vite quelque peu dépassée ; d'autre part, il a repris l'essentiel du matériau de cette enquête dans *Tristes Tropiques* ; enfin d'autres études conduites plus tard à partir d'une documentation plus ample (notamment celle des salésiens Colbacchini et Albisetti) lui ont permis de renouveler et de moderniser son approche (cf. *AS*, chap. VII et VIII).

Conformément au schéma de l'enquête ethnographique, l'auteur présente le cadre géographique, le climat, la population, le type (y compris l'indice céphalique horizontal). Il en vient à l'organisation sociale et analyse ce qu'il développera mieux dans des textes postérieurs : la structure du village, l'inscription dans la topologie du système des moitiés (encore appelées ici « phratries ») et des clans. Mais l'auteur ne dit rien de ce qui lui semblera ultérieurement le problème principal, à savoir que cette organisation dualiste (le mot n'apparaît pas dans ce texte) recouvre en fait un système hiérarchique à trois niveaux, les unions matrimoniales n'étant possibles qu'avec des partenaires de même niveau (supérieur, moyen, inférieur).

Les remarques sur l'organisation économique mêlent les questions de subsistance et les expressions de la richesse (bijoux, objets précieux) : il ne s'agit pas en fait de la même catégorie comme l'auteur l'aura bien compris dans les ouvrages postérieurs. En revanche, l'étude de la parenté témoigne d'une grande sagacité sur les formes d'unions préférentielles. Les analyses de la fonction de commandement recoupent celles faites chez les Nambikwara et se retrouvent dans les pages de *Tristes Tropiques*. Signalons enfin une excellente enquête sur les privilèges liés à certains objets comme les arcs ou les étuis péniens, dont les reproductions graphiques sont d'une grande précision. Le lecteur enfin ne peut que considérer avec attention une note sur les animaux et plantes éponymes qui constitue une première réflexion très lucide sur le totémisme, sans que soit encore apparente la thèse fondamentale de l'ouvrage de 1962, à savoir sa fonction essentiellement classificatoire.

Ce premier fruit de l'enquête de terrain est sans doute encore un peu vert, mais c'est déjà un fruit de belle forme ; sachant ce qu'il fut dans sa maturité, nous serions peu fondés à le dédaigner.

« La vie familiale et sociale des Indiens nambikwara », *Journal de la Société des américanistes*, nouvelle série, t. XXXVII, Paris, 1948.

Cet essai ethnographique constitue en quelque sorte le principal témoignage de l'expérience de terrain faite par l'auteur, lequel a séjourné chez les Nambikwara de juin à septembre 1938. La rédaction définitive de ce texte (publié en 1948, soit dix ans après l'enquête) fut, en somme, contemporaine de celle des *Structures élémentaires de la parenté*. Les deux ouvrages furent du reste présentés ensemble en 1949 au jury de doctorat (celui sur les Nambikwara au titre de « thèse complémentaire », comme c'était alors l'usage).

Lévi-Strauss n'a jamais jugé utile de faire republier ce travail. On peut voir à cela au moins deux raisons. La première, c'est que les principaux résultats de cette recherche ont déjà été repris dans *Tristes Tropiques* ; on y retrouve de larges sections du présent essai simplement retranscrites. Ce choix était sans doute le plus judicieux pour rendre accessible cette étude à un plus large public et pour l'associer, dans le même ensemble, aux enquêtes faites sur d'autres groupes (comme les Bororo, les Caduveo, les Tupi-Kwahib).

Une deuxième raison explique encore cette retenue. L'auteur formule lui-même de sérieuses réserves sur une enquête qu'il estime provisoire et limitée. Il nous explique, en effet, dans une note, qu'il a dû travailler sans interprète, se contentant au début d'une sorte de « sabir » d'une quarantaine de mots et d'un langage gestuel, avant d'accéder à une maîtrise plus fine de la langue grâce à la bonne volonté des informateurs. « Travaillant avec ces moyens de fortune, nous avons soit noté au passage des fragments de conversation qui ne nous étaient pas adressés, soit recueilli des informations sous la dictée. Dans les deux cas, l'interprétation du texte était reprise, par la suite, avec des informateurs. Il va de soi qu'un sens établi de façon aussi superficielle n'est pas à l'abri d'inexactitudes qui peuvent être parfois grossières. Nous ne les publions pas pour leur signification littérale, souvent sujette à caution, mais plutôt à cause de l'impression fruste de la vie et de l'atmosphère indigènes qu'ils aident, tout de même, à reconstituer » (p. 37). Il faut saluer cette prudence et cette modestie qui sont certes fondées mais qui n'ôtent rien à la qualité des résultats obtenus dans des conditions aussi précaires.

La présentation de l'enquête est du reste très fidèle au mode d'exposition recommandé par les manuels d'ethnographie de l'époque (comme celui de Mauss). On a donc d'abord une mise au point sur la littérature disponible au sujet des Nambikwara (cette littérature se réduit pratiquement aux informations de la Commission Rondon qui établit un premier rapport sur les Nambikwara en 1907 ; à quoi s'ajoutèrent en 1912 les études du Dr E. R. Pinto). L'auteur précise ensuite le cadre géographique (territoire, géologie, climat, cours d'eau, végétation), les données démographiques (deux à trois mille individus, soit une population diminuée de près des deux tiers depuis le début du siècle) et enfin la répartition des principaux groupes (ou bandes) d'après les variations linguistiques, enfin une description du genre de vie à partir des pratiques de la vie quotidienne.

Après cette présentation générale, l'auteur aborde les deux grandes parties de son étude, telles que le titre les indique : vie familiale et vie sociale (bien que, comme il le reconnaît, les deux aspects soient intimement confondus). Ainsi que l'on peut s'y attendre, la première partie traite d'abord des systèmes de parenté et donc des formes d'appellations des consanguins, des ascendants et descendants, des alliés, de l'importance dans ces groupes du « mariage oblique » (conjoints appartenant à deux générations consécutives) et de la polygamie ; ces deux traits entraînent des variations dans les appellations qui rendent les classifications excessivement complexes. C'est ce que montre ensuite l'analyse concrète des relations (fondée sur une identification de tous les individus de chaque groupe) et des règles de résidence. Sont alors analysées les relations interindividuelles entre époux, parents et enfants, grands-parents, collatéraux et alliés, hommes et femmes en général (les comportements sexuels sont apparemment soumis à très peu de prohibitions ; on retrouve ces pages dans *Tristes Tropiques*). Quant aux relations entre alliés, elles se ramènent essentiellement à des relations entre beaux-frères et donc entre cousins croisés (puisque le mariage y est préférentiel dans cette catégorie) ; un trait original des Nambikwara, c'est l'existence de relations homosexuelles parfaitement reconnues entre ces derniers tant que des épouses ne sont pas disponibles (et la polygamie les rend rares dans ces groupes de faible taille). D'autre part la réunion de deux groupes se fait par l'appellation réciproque des hommes en tant que « beaux-frères », donc cousins croisés : solution qui souligne le caractère politique de l'union, donc le rôle des hommes (la solution par la filiation y aurait valorisé la

femme puisque cette société semble bien être matrilinéaire).

De ses analyses l'auteur conclut à l'origine tupi des
groupes Nambikwara ; il existe, sur les Tupi, une documentation remontant aux rapports de Jean de Léry et Yves
d'Évreux, lesquels avaient, judicieusement, su traduire dans
les termes européens du « compérage » les relations privilégiées des « beaux-frères » (ou dits tels).

La deuxième partie, portant sur la vie sociale, se
concentre sur les données concernant la chefferie, les échanges, les croyances et rites, et les représentations. Une bonne
partie de ces pages ont également été reprises dans *Tristes
Tropiques*, comme celles qui sont consacrées aux fonctions
du chef : organiser la chasse, les travaux, assurer la subsistance dans certains cas, animer la vie collective et régaler
ses compagnons par des cadeaux, présider certains rites ou
de simples réjouissances collectives (comme le jeu de balle).
La polygamie qui lui est, en général, réservée est à la fois un
moyen d'assurer ses tâches et une sorte de compensation à
ses devoirs.

Le chef est également au premier rang en cas de conflit
avec un autre groupe. Lévi-Strauss propose ici une réflexion
sur l'alternative guerre/commerce dont il avait déjà donné
une première version dans la revue *Renaissance* (vol. I,
fasc. 1, 1943) : « Les échanges commerciaux représentent
habituellement des guerres potentielles pacifiquement réso-
lues, et les guerres, l'issue de transactions malheureuses »
(p. 91). On peut se demander si le terme de « commerce »
est bien celui qui convient. Lévi-Strauss, dans *Les Structures
élémentaires de la parenté*, nous explique lui-même qu'il ne
faut pas traduire dans le langage de notre économie des
échanges qui sont d'abord des manifestations de réciprocité ; ici même il précise que : « Les Nambikwara s'en
remettent entièrement, pour l'équité des transactions, à la
générosité du partenaire. L'idée qu'on puisse estimer, discuter ou marchander, exiger ou recouvrer, leur est totalement étrangère » (p. 93). Ce qui est en effet dans la logique

du don/contre-don mise en évidence par Mauss et si importante chez Lévi-Strauss lui-même pour comprendre les relations d'alliance, et par conséquent la prohibition de l'inceste qui règle l'échange exogamique.

Les pages suivantes sur la magie, les rites, les croyances religieuses, la mort, le chamanisme sont d'abord intéressantes par leur précision descriptive, mais on peut supposer que l'auteur lui-même devait considérer cet assemblage comme hétéroclite ; il y a manque visiblement des perspectives d'ensemble et des principes de classification. Ces exigences critiques apparaîtront très vite – et avec quelle maîtrise ! – dans les ouvrages des années 1950 et 1960. C'est ainsi qu'on retrouve dans *Anthropologie structurale* les questions de la magie et du chamanisme développées selon une très riche perspective. Sur les représentations de la mort et sur les relations avec l'au-delà, l'auteur a également développé tout un enseignement dont témoignent les présentations reprises dans *Paroles données*.

Signalons en tout cas dans les textes ici considérés les remarques sur des notions portant sur des puissances comme le *nánde* (liée, par exemple, à la fabrication du curare) ou l'*atásu* (qui concerne tout être présentant un caractère surnaturel) ; signalons aussi les rites de confection des flûtes cérémonielles et enfin les belles pages sur la couvade.

L'ouvrage s'achève sur des observations portant, d'une part, sur un relevé des catégories et des nombres, un classement des couleurs : il y a là des intuitions qui ne seront vraiment développées qu'à partir de *La Pensée sauvage* ; et, d'autre part, sur une analyse des « traditions orales » qui prélude à ce que sera l'étude des mythes.

La conclusion insiste sur les dualités de l'existence nambikwara : période nomade, période sédentaire, division des tâches masculine et féminine, saison estivale et saison hivernale, abondance et disette, etc. : « Les deux formes d'existence ne s'opposent pas seulement, de façon frappante, du point de vue économique et sociologique. Elles constituent deux pôles autour desquels s'agglomèrent des ensembles complexes d'émotions, de sentiments et de souvenirs » (p. 128).

L'auteur termine en renouvelant ses clauses de prudence sur cette recherche. Dans l'état où on peut la lire elle semble décevante compte tenu de ce que fut la suite de l'œuvre ; mais on pourrait aussi bien y relever les aspects les plus prometteurs. Nous n'abuserons pas de ces privilèges de l'après-coup.

Les Structures élémentaires de la parenté, Paris, PUF, 1949 ; nouvelle édition : La Haye-Paris, Mouton, 1967.

Cet ouvrage publié en 1949 était en fait achevé dès 1947. Il constitue la thèse de doctorat de Lévi-Strauss (nous avons vu que le texte sur les Nambikwara avait été présenté comme thèse complémentaire).

Lévi-Strauss était encore relativement peu connu du monde ethnologique. Ce travail d'une remarquable audace et d'une grande puissance de clarification a été immédiatement considéré comme un livre majeur par les spécialistes, même si des points de détail ont été çà et là vigoureusement contestés. Il faut le dire : Lévi-Strauss a renouvelé de fond en comble l'analyse des systèmes de parenté ; il y a introduit une méthodologie qui fait désormais autorité en dépit des restrictions que tel ou tel peut juger nécessaire d'y apporter (et il y en a eu plus d'un exemple de la part des anthropologues anglo-saxons ; il est du reste remarquable que ce sont ceux mêmes qui se sont montrés les plus critiques – tels Rodney Needham et ses collaborateurs – qui ont également jugé bon d'assurer la traduction de l'ouvrage en anglais).

La question qui se posait était celle-ci : comment rendre compte de l'extrême diversité des systèmes de parenté ? Comment expliquer le mariage préférentiel et quelquefois prescriptif des cousins croisés et l'interdit portant sur les cousins parallèles alors que les uns et les autres sont biologiquement d'un même degré de proximité ? Comment expliquer l'existence universelle de la prohibition de l'inceste, même si le champ de l'interdit varie selon les cultures ? Comment expliquer l'existence presque universelle des organisations dualistes ? Comment comprendre les prestations sociales qui accompagnent les mariages ? Quel rapport y a-t-il entre les appellations de parenté et les attitudes liées à ces appellations ? Voilà quelques-unes des nombreuses questions que se posaient les anthropologues. Certains ont estimé que la réponse à donner devait être généalogique. Ces phénomènes, selon eux, ont eu une histoire qu'il suffit de reconstituer par des hypothèses plausibles et on les a expliqués quand on a pu dire : voilà comment ça a commencé et comment ça s'est transmis. Ici le diffusionnisme vient à la rescousse de l'historicisme. Restait alors une difficulté : il fallait rendre compte de la nécessité même que quelque chose commence. C'est ici que le courant fonctionnaliste sembla marquer des points en découvrant des besoins permanents auxquels répondaient les institutions. Mais alors une objection de taille s'imposait : si les besoins sont les mêmes, pourquoi les institutions sont-elles si différentes ?

Bien des anthropologues ont fini par considérer ces questions de principe comme insolubles et donc comme oiseuses (de même que les linguistes avaient décidé de ne plus se poser la question de l'origine des langues). La vraie tâche semblait donc celle-ci : se consacrer aux études de terrain et perfectionner les méthodes de description.

L'originalité et l'importance de la démarche de Lévi-Strauss, ce fut de montrer que les observations empiriques elles-mêmes restaient stériles tant qu'on n'avait pas résolu les questions classiques et que, si les réponses historicistes ou fonctionnalistes ne contribuaient pas à éclairer les faits observés, c'est qu'il fallait chercher la solution dans une autre voie.

Cette voie lui semble avoir été tracée par Mauss et particulièrement par son *Essai sur le don*. Ce texte qui semble ne concerner qu'un aspect de la vie des sociétés primitives, à savoir l'offre mutuelle de présents (allant dans certains cas jusqu'à la surenchère du *potlatch*) à l'occasion de certaines célébrations, Lévi-Strauss y voit la clef du système fondamental des rapports entre groupes. Bref la relation don/contre-don n'est pas une relation occasionnelle, elle est la forme même de l'alliance matrimoniale et par là elle règle tout le système de la parenté. Pour cela il était nécessaire et suffisant de comprendre que la femme était l'enjeu essentiel de cette relation de réciprocité : étant celle par qui passe la continuité biologique du groupe, elle en constitue le bien le plus précieux. En d'autres termes, c'est dans la nécessité de l'alliance qu'il faut chercher la raison de la prohibition de l'inceste. Telle est la démonstration des deux premiers chapitres.

Nous ne reprendrons pas ici l'exposé fait au chapitre II du présent essai où l'on trouvera analysée l'argumentation sur la nature du principe de réciprocité, l'interdit de l'inceste, le mariage des cousins croisés, les organisations dualistes, la nature non économique de l'échange (et particulièrement de l'alliance dans les mariages dits « par achat ») ; de même nous renvoyons au chapitre III en ce qui concerne le concept de structures élémentaires de la parenté (par opposition aux structures complexes), la différence entre échange restreint et échange généralisé, le rôle de l'oncle maternel (comme cas exemplaire du donneur d'épouse), les modes de filiation, la différence entre classes et relations, entre régimes harmoniques et dysharmoniques, entre appellations et attitudes, etc.

Contentons-nous de rappeler, en ce qui concerne la composition d'ensemble, que l'ouvrage étudie plusieurs aires de civilisations dont trois (Australie, Chine et Inde) sont choisies par l'auteur pour étayer son argumentation. Celle-ci s'ordonne autour des deux modes fondamentaux de l'échange :

a) l'échange restreint avec comme champ d'étude privilégié les systèmes de parenté australiens ;

b) l'échange généralisé avec, cette fois, insistance sur la Chine et sur l'Inde.

L'auteur ramasse lui-même dans une sorte de raccourci les résultats essentiels de son enquête : « Les règles de la parenté et du mariage nous sont apparues comme épuisant dans la diversité de leurs modalités historiques et géographiques toutes les méthodes possibles pour assurer l'intégration des familles biologiques au sein du groupe social. Nous avons ainsi constaté que des règles en apparence compliquées et arbitraires pouvaient être ramenées à un petit nombre : il n'y a que trois structures de parenté possibles ; ces trois structures se construisent à l'aide de deux formes d'échange ; et des deux formes d'échange dépendent elles-mêmes un seul caractère différentiel, à savoir le caractère harmonique ou disharmonique du système considéré. Tout l'appareil imposant des prescriptions et des prohibitions pourrait être, à la limite, reconstruit a priori en fonction d'une question et d'une seule : quel est, dans la société en cause, le rapport entre la règle de résidence et la règle de filiation ? Car tout régime dysharmonique annonce l'échange généralisé » (p. 565).

« Introduction à l'œuvre de Marcel Mauss », in Marcel MAUSS, *Anthropologie et sociologie*, Paris, PUF, 1950, p. IX-LII ; réimpression, 1985 (collection « Quadrige »).

Ce texte, d'une quarantaine de pages, écrit à titre d'introduction à un choix d'essais de Marcel Mauss, a été considéré dès sa parution comme l'un des textes les plus denses de son auteur et comme une sorte de charte du structuralisme anthropologique. C'est certainement un de ceux auxquels se sont référés le plus souvent les disciples ou les critiques, parce que c'est certainement celui où Lévi-Strauss affirme de la manière la plus cohérente et la plus nette les exigences théoriques de sa méthode. Il faudrait ajouter : de la manière la plus discutable aux yeux de certains ; et cela commence avec l'« Avertissement » de Georges Gurvitch signalant au lecteur que cette introduction constitue une « interprétation très personnelle » de l'œuvre de Mauss. Ce qui constituait une remarque « très personnelle » de la part de Gurvitch ! (sur le différend entre les deux auteurs, voir *AS*, chap. XVI).

On ne saurait oublier en effet qu'il s'agit d'une discussion de textes de Mauss. D'emblée Lévi-Strauss souligne la modernité de cette pensée, comme il ne cessera de le faire tout au cours de cette introduction, au point de voir en Mauss celui qui a su orienter l'anthropologie contemporaine dans la voie la plus féconde. Cette étude se développe en envisageant trois problèmes essentiels et regroupe autour de chacun d'eux les divers textes de Mauss ici choisis : problème du rapport individu/société dans le symbolisme, problème de l'objectivité et des catégories inconscientes, problème de l'interprétation et du décalage entre signifiant et signifié.

1) En ce qui concerne le premier point, Lévi-Strauss reprend une thèse déjà exposée dans divers articles (et reprise dans *Anthropologie structurale*, chap. IX et X), à savoir « cette subordination du psychologique au sociologique que Mauss met utilement en lumière » (p. XVI) ou encore que « la formulation psychologique n'est qu'une traduction sur le plan du psychisme individuel d'une structure proprement sociologique » (*ibid.*). C'est dans cette perspective que Lévi-Strauss reprend les textes comme l'*Essai sur l'idée de mort* ou celui sur *Les Techniques du corps* où Mauss anticipait de manière remarquable les recherches de l'école culturaliste américaine (Margaret Mead, Ruth Benedict, Cora Du Bois, Clyde Kluckohn et d'autres). Mauss proposait même quelque chose à quoi ne semblent pas avoir songé les chercheurs plus récents : constituer un inventaire mondial des attitudes corporelles en vue d'une étude comparatiste en profondeur qui permettrait de mettre en évidence « que c'est l'homme qui, toujours et partout, a su faire de son corps un produit de ses techniques et de ses représentations » (p. XIV). Cela

ouvre également un riche programme aux historiens qui pourront alors découvrir l'étonnante permanence dans le temps des « gestes en apparence insignifiants, transmis de génération en génération, et protégés par leur insignifiance même » (p. XIV).

Les considérations de Mauss sur les *Rapports réels et pratiques de la psychologie et de la sociologie* restent dans la même problématique d'une inclusion du psychisme individuel dans une structure proprement sociologique, ce qui permet à Lévi-Strauss de réaffirmer qu'il n'y a de symbolisme que collectif ; si bien que la pathologie mentale ne peut être comprise que comme articulée au social. Est-ce à dire, comme Mauss le prétend (en cela bon disciple de Durkheim), que le symbolisme s'explique par le social ? C'est ici que Lévi-Strauss introduit une de ses thèses majeures (mal reçue chez les sociologues et souvent incomprise des philosophes) quand il écrit : « Mauss croit encore possible d'élaborer une théorie sociologique du symbolisme, alors qu'il faut évidemment chercher une origine symbolique de la société » (p. XXII). C'est là en effet une position de psychologie cognitive. Il est clair que pour Lévi-Strauss l'explication du symbolisme par le social ne nous dit pas pourquoi le social construit un ordre intelligible, ni pourquoi ou en quoi l'individu refléterait le groupe. C'est pour cela que Lévi-Strauss préfère parler d'*esprit humain* dont le support est individuel (le cerveau) et les expressions sont collectives (organisation sociale et productions culturelles) ; perspective qui appelle une collaboration de la biologie, de la psychologie et de l'ethnologie.

2) Le deuxième ensemble de textes de Mauss maintenant considérés sont principalement *Théorie générale de la magie*, *La Notion de personne* et l'*Essai sur le don*. La notion de *fait social total* avancée par Mauss (à propos des prestations dans le don/contre-don) doit être comprise elle-même totalement ; ce qui signifie plusieurs choses :

– tout d'abord que « le social n'est réel qu'intégré en système » (p. XXV) et qu'il faut tenir compte de toutes ses modalités (juridiques, économiques, religieuses, etc.) ;

– ensuite qu'il faut tenir compte de tous ses niveaux, ce qui permet à Lévi-Strauss de revenir sur le point avancé précédemment : « La notion de fait social total est en relation avec le double souci, qui nous était apparu seul jusqu'à présent, de relier le social et l'individuel d'une part, le physique (ou le physiologique) et le psychique de l'autre » (p. xxv) ;

– enfin, il ne suffit pas pour répondre à l'exigence de Mauss de prendre en compte toutes les données de l'observation, il faut y réintégrer l'observateur. Problème classique et dont les formulations passées ne laissent en général le choix qu'entre être dedans ou être dehors, le subjectif et l'objectif. Or il existe une réponse à ce dilemme, il existe un plan « où l'objectif et le subjectif se rencontrent, nous voulons dire l'inconscient » (p. xxx).

Mais ce que Lévi-Strauss appelle ici *inconscient* n'a rien à voir avec la théorie freudienne ; il se réfère à Mauss qui écrit : « En magie comme en religion ce sont les idées inconscientes qui agissent » (cité p. xxx) ; mais surtout il pense à la linguistique qui a montré comment, tant au niveau phonologique que syntaxique, notre pratique de la langue obéit à des règles parfaitement logiques dont nous n'avons aucune conscience. Il y a donc un niveau non conscient et cependant plein d'intelligibilité qui est celui des catégories innées de l'esprit humain. Compris ainsi « l'inconscient serait le terme médiateur entre moi et autrui » (p. xxxi). Ce niveau est le même que celui des systèmes symboliques, c'est celui du social en tant qu'intelligible (ce qui ne veut pas dire que tout signifie ni que tout soit structuré) et c'est à ce niveau que s'établit la communication et c'est dans ce contexte que ce concept doit être pensé.

3) La troisième partie de ce texte est sans doute celle où l'auteur avance ses idées les plus originales, celle aussi à propos de laquelle il a été le plus contesté. Il remarque tout d'abord que Mauss n'est pas allé au bout de ses intuitions : « Mauss s'est arrêté sur le bord de ces immenses possibilités, comme Moïse conduisant son peuple jusqu'à une terre

promise dont il ne contemplerait jamais la splendeur »
(p. XXXVII). Il aurait pu, estime Lévi-Strauss, nous donner
le *novum organum* des sciences sociales, il ne l'a pas fait.
Où se situe le défaut ? Pour le comprendre il suffit de
reprendre l'*Essai sur le don*. Mauss analyse bien les différents actes obligatoires de donner, de recevoir et de rendre,
mais, quand il se demande d'où vient l'obligation, il accepte
l'explication indigène selon laquelle elle viendrait d'une
vertu liée aux choses (comme le *hau* chez les Maori). Il
ne voit pas que « c'est l'échange qui constitue le phénomène primitif et non les opérations discrètes en lesquelles
la vie sociale se décompose » (p. XXXVIII). On reconnaît ici
l'hypothèse centrale des *Structures élémentaires de la
parenté*. Il en va de même, pense Lévi-Strauss, avec d'autres
catégories tel le *mana*, terme polynésien qui désigne une
puissance mystérieuse liée à l'acte magique. Se fondant
sur différentes descriptions de rites, Lévi-Strauss en vient à
cette hypothèse : le *mana* n'est que le nom donné à tout
ce qui échappe au savoir, à ce qui excède les explications
disponibles. Il est le nom de cet écart ou de cette incapacité à nommer. Bref, « comme le *hau*, le *mana* n'est que la
réflexion subjective d'une totalité non perçue ». De tels
termes (comme truc ou machin en français), Lévi-Strauss
propose de les inclure dans la notion de « signifiant flottant », soit un signifiant indéterminé affecté à tout signifié inconnu. Comment cela est-il possible ? Sans doute, dit
l'auteur, parce que le langage n'a pu naître que d'un seul
coup et que nous possédions alors la totalité des termes
possibles sans savoir ce qu'ils signifiaient : « Au moment où
l'univers entier, d'un seul coup, est devenu significatif, il
n'en a pas été pour autant mieux connu » (p. XLVII). Cette
vision très saussurienne identifie le langage à la langue, et
la parole à une exemplification du système. La totalité est
donnée, l'histoire ne serait que son actualisation. C'est ce
que fait la science qui peu à peu se substitue au savoir
approximatif. Mais alors elle se substitue à la pensée symbolique jusqu'à en supposer la disparition. Lévi-Strauss ne

le dit pas et ne pourrait le dire, pourtant cela est impliqué dans cette hypothèse. C'est bien ce qui rend la 3e partie de ce texte si discutable. Ou bien il faut supposer que le symbolisme existe sur un autre plan où les avoirs positifs sont impuissants à en modifier non l'expression mais la source.

« Le Père Noël supplicié », *Les Temps modernes*, vol. VII, n° 77, 1952.

On se demande pourquoi l'auteur a choisi de ne pas faire figurer ce texte dans cette première anthologie d'articles que constitue son *Anthropologie structurale*. En a-t-il jugé le motif trop circonstanciel ? C'est possible. En tout cas, avec le recul, on serait plutôt porté à considérer cette étude comme remarquablement apte à démontrer en quoi l'anthropologie peut se tenir au carrefour des données de l'actualité et de l'histoire, d'une part, et des structures symboliques les plus profondes, d'autre part.

Il s'agit d'abord d'actualité : un fait divers survenu à Dijon en décembre 1951, rapporté par la presse locale et nationale, à savoir l'exécution d'un mannequin du Père Noël (pendu puis brûlé !) sur le parvis de la cathédrale de la ville en présence de centaines d'enfants et avec l'accord du clergé. Acte symbolique visant à dénoncer dans le bonhomme Noël l'usurpateur d'une fête supposée dédiée avant tout à la naissance du Christ.

Au-delà du caractère quelque peu dérisoire de cette cérémonie expiatrice, l'anthropologue doit tenter de comprendre les retombées d'une tradition longue et complexe. Il doit d'abord se faire sociologue pour discerner en quoi le développement de la popularité de la figure du Père Noël, quelques années après la Seconde Guerre mondiale, s'explique à la fois par les débuts d'une nouvelle croissance économique et par l'influence culturelle des États-Unis d'Amérique qui exportent leur modèle de la célébration de *Christmas*. Cependant, réduire cet engouement à un phénomène de diffusion (laquelle n'est pas contestable) serait ignorer qu'on doit tenir compte d'un terrain d'accueil en ce qui concerne aussi bien le folklore local que des formes symboliques plus générales.

La deuxième démarche appropriée sera donc celle de l'historien du folklore. Les informations dans ce domaine permettent d'affirmer que, même si la célébration de la Nativité du Christ est très ancienne, en revanche « Noël est essentiellement une fête moderne » (p. 1577). Ainsi l'usage du sapin, apparu en France au XIXe siècle, remonte tout au plus au XVIIe siècle allemand ; quant au personnage du Père Noël, il reçoit des noms divers selon les pays : saint Nicolas, Santa Claus. C'est une tradition récente qui lui assigne le Groenland comme terre d'origine ainsi que son attelage de rennes. Pourtant tout cela n'est pas pure invention. Il y a eu amalgame de divers éléments de la tradition (les trophées de rennes sont signalés dès la Renaissance) ; la fête moderne a repris des éléments hétéroclites, les a développés et recomposés pour leur conférer une unité de figure et de narration.

Cependant, faire l'inventaire des héritages et saisir leur synthèse ne répond pas à une autre question plus importante : quelle raison en explique l'apparition ? Ici le folkloriste doit solliciter l'intervention de l'anthropologue. C'est à celui-ci qu'il appartient de mettre en évidence l'intelligibilité des figures, des représentations et des rites qui soustendent les formes syncrétiques du Noël moderne.

Et en premier lieu qu'en est-t-il du personnage du Père Noël ? Ses traits spécifiques se présentent ainsi : c'est un personnage dont le caractère royal est signalé par son vêtement pourpre ; c'est un vieillard bienveillant : il incarne donc une forme douce de l'autorité. Son statut n'est pas à proprement parler mythique (absence d'un récit d'origine), ni légendaire (absence d'une genèse semi-historique). Il est donc essentiellement défini par sa fonction : récompenser les enfants. Bref, il concerne avant tout une classe d'âge. Voilà sans doute le fil directeur : « Le Père Noël est, d'abord, l'expression d'un statut différentiel entre les petits enfants d'une part, les adolescents et les adultes de l'autre. À cet égard, il se rattache à un vaste ensemble de croyances et de pratiques que les ethnologues ont étudiées dans la plupart des sociétés, à savoir les rites de passage et d'initiation. Il y a peu de groupements humains, en effet, où, sous une forme ou sous une autre, les enfants (parfois aussi les femmes) ne soient exclus de la société des hommes par l'ignorance de certains mystères ou la croyance – soigneusement entretenue – en quelque illusion que les adultes se réservent de dévoiler au moment opportun, consacrant ainsi l'agrégation des jeunes générations à la leur » (p. 1580).

Cela permet d'avancer vers un deuxième point capital : il est très fréquemment réservé à ces groupes exclus de la société masculine adulte de figurer les morts ou les revenants, ou alors d'être en rapport privilégié avec eux. De ce point de vue le Père Noël appartient à la même famille de personnages que le Père Fouettard ou Croquemitaine. Les non-initiés sont comme des non-vivants et les rapports avec les premiers symbolisent les rapports avec les seconds. Les cadeaux donnés aux enfants une fois l'an, comme s'il s'agissait d'un droit exigible par eux, reviennent, en fait, à une transaction entre générations, entre adultes et enfants, initiés et non-initiés ; mais, par cette cérémonie, cette transaction est fixée à une seule prestation annuelle au lieu d'être permanente.

Il est intéressant alors de confronter cette hypothèse avec les données ethnographiques, celles notamment qui concernent les rites d'initiation. Un très bon exemple nous est fourni par le rituel des *katchina* des Indiens pueblos. « Ces personnages costumés et masqués incarnent des dieux et des ancêtres ; ils reviennent périodiquement visiter leur village pour y danser, et pour punir ou récompenser les enfants » (p. 1580). Un mythe raconte qu'à l'origine les *katchina* venaient voler les enfants et qu'ils y renoncèrent moyennant la promesse qu'on les représenterait chaque année par des masques et des danses. On voit donc que les enfants sont l'objet du rite et que pour cela même ils en sont tenus dans l'ignorance. « Ils sont tenus en dehors de la mystification parce qu'ils représentent la réalité avec laquelle la mystification constitue une sorte de compromis. Leur place est ailleurs : non pas avec les masques et avec les vivants, mais avec les Dieux et avec les morts ; avec les Dieux qui sont les morts. Et les morts sont les enfants » (p. 1582). Les non-initiés sont le mystère même que figurent ou dont parlent les initiés ; en cela leurs rapports ont un contenu positif : « Si les non-initiés sont les morts, ce sont aussi des super-initiés » (p. 1583). On voit qu'il ne s'agit pas d'intimider les enfants pour les tenir dans l'obéissance, comme le suppose l'explication utilitaire. L'enquête ethnographique permet donc de revenir avec profit à notre tradition et d'affirmer que « dans la mesure où les rites et les croyances liés au Père Noël relèvent d'une sociologie initiatique (et cela n'est pas douteux), ils mettent en évidence, derrière l'opposition entre enfants et adultes, une opposition entre morts et vivants » (p. 1583).

Reste alors à comprendre pourquoi cette fête est située en décembre et si le choix de cette période a un rapport avec tout ce qui a été mis en lumière jusqu'ici. Il faut donc interroger, à nouveau, l'histoire religieuse et le folklore. On peut de manière très probable considérer la figure du Père Noël comme l'héritière de celles de l'Abbé de Liesse ou Abbé de la Jeunesse du Moyen Âge (Abbas Stultorum, Abbot of Unreason, Lord of Misrule, Abbé de la Malgouverné) ou encore de l'évêque-enfant, saint Nicolas. Ces figures sont elles-mêmes issues de celle du Roi des Saturnales de l'époque romaine. Or Saturne, c'est à la fois le dieu de la germination et le vieillard dévoreur d'enfants. Tout cela se tient de manière très cohérente. Les saturnales, qui se célébraient en décembre, marquaient la fin de la période automnale, c'est-à-dire d'une lutte entre les puissances où la nuit réduit le jour, où la mort menace la vie. On décore les monuments avec des branches d'arbres qui restent verts, on offre des cadeaux aux enfants (qui comme non-initiés représentent les morts et comme enfants incarnent la vie qui recommence). C'est un cycle de tout l'automne qui se boucle fin décembre. La tradition anglo-saxonne a mieux préservé ce double pôle avec, d'une part, la fête d'Halloween en octobre (les enfants jouent aux morts) et, d'autre part, celle de Christmas (les adultes régalent les enfants). Les saturnales donnaient lieu à une égalisation des statuts entre riches et pauvres et à une inversion des rôles entre maîtres et serviteurs. Ce que reprend la fête médiévale avec une suspension des règles ordinaires de la société allant jusqu'à la violence et à la licence sexuelle. La fonction de l'Abbé de la Jeunesse est alors celle d'un médiateur qui tempère et ordonne cette explosion. La figure du Père Noël, c'est en somme l'amalgame de ce médiateur médiéval et de l'ogre saturnien (inversé à travers saint Nicolas en vieillard généreux et protecteur des enfants). Reste donc essentiellement pour nous, dans cette fête dédiée aux plus petits, cette « croyance où nous gardons nos enfants que leurs jouets viennent de l'au-delà », croyance qui ainsi « apporte un alibi au secret mouvement qui nous incite, en fait, à les offrir à l'au-delà sous prétexte de les donner aux enfants. Par ce moyen, les cadeaux de Noël restent un sacrifice véritable à la douceur de vivre, laquelle consiste d'abord à ne pas mourir » (p. 1589).

Race et histoire, Paris, Unesco, 1952 ; repris dans *Anthropologie structurale deux*, 1973, Paris, Plon, chap. XVIII (édition ici citée).

Ce texte, publié en 1952 et écrit à la demande de l'Unesco, est sans doute un de ceux où Lévi-Strauss expose de la manière la plus ferme et la plus articulée sa pensée concernant le rapport de l'Occident aux autres civilisations, l'idée de progrès, le dialogue des cultures, et bien entendu, la question de la race et du racisme. L'originalité de son approche, c'est de ne justement pas séparer cette dernière question des précédentes, c'est de montrer qu'entre le jugement raciste et l'ethnocentrisme il y a un lien très ancien, dont en fait aucun peuple ne peut se prétendre quitte. La question est nécessairement plus grave chez les peuples en situation de domination. Précisément la civilisation occidentale est dans ce cas. Ce sont cette critique et la relativisation des mérites de notre tradition qui ont été quelquefois mal comprises par des lecteurs (voir le texte suivant, écrit en réplique aux critiques de Roger Caillois).

L'auteur déploie donc tout un ensemble d'arguments qu'on peut reprendre brièvement :

1) Y a-t-il une contribution des races humaines à la civilisation mondiale ? demandait un document de l'Unesco. La question suppose que les races correspondent à des aires culturelles homogènes, ce qui n'est pas le cas : « Il y a beaucoup plus de cultures que de races humaines » (p. 379). La race n'est donc pas un critère culturel.

2) En revanche, il y a diversité des cultures et inégalité au regard de la puissance technique. Que signifie cette diversité ? Il y a d'une part la tendance à l'isolement et à l'affirmation de son identité. Mais il semble aussi que les sociétés se diversifient sous l'effet du nombre ; il y a donc un dynamisme qui tend à produire la diversité, qui active les distinctions.

3) L'ethnocentrisme est la chose du monde la mieux partagée : « L'humanité cesse aux frontières de la tribu » (p. 384) ; en même temps il est normal qu'existe et soit défendue une appartenance au local, que soit revendiqué un héritage particulier.

4) Chaque culture peut prétendre à cette nécessité et aucune ne peut se croire l'aboutissement des autres (il faut donc rejeter le faux évolutionnisme). Les cultures sauvages ne sont pas l'image de notre passé : « Il n'y a pas de peuple enfant » (p. 391).

5) Il n'y a pas de progrès unique ni une somme de progrès tendant vers un but central ; il y a des lignes d'évolution très différentes ou autonomes ; c'est par moments

seulement qu'il y a des synthèses et des phénomènes cumulatifs.

6) L'abondance ou l'absence d'événements pour chaque peuple (comme pour chaque individu) est d'abord une question de perspective ; nous considérons comme immobiles les cultures que nous ne connaissons pas (on aurait donc le phénomène inverse de l'expérience physique de la vitesse où le voyageur d'un train perçoit un autre train allant en sens opposé comme plus rapide qu'un train allant dans le même sens). Toutes les cultures ont une histoire et ont accumulé des inventions ; toute la question est de savoir sur quel plan nous situons ces inventions.

7) La domination actuelle de la culture occidentale paraît subie par les autres, cependant son expansion n'est pas seulement imposée, elle représente le développement technique auquel veulent accéder les peuples du tiers monde.

8) Les progrès et les inventions ne sont pas l'effet du hasard mais au contraire d'une recherche constante de nouvelles solutions ; l'accélération des moyens techniques par synthèse et accumulation (qui répondent à un modèle du jeu plutôt que du hasard) définit les conditions d'émergence de civilisations plus puissantes, mais il n'y en a point de prédestinées ou de supérieures.

9) C'est donc par collaboration que les cultures peuvent se renforcer et même survivre.

10) Cette collaboration tend à provoquer l'homogénéisation des cultures ; la préservation des différences est non moins urgente que leur renouvellement.

« **Diogène couché** », *Les Temps modernes*, vol. X, n° 110, 1955.

Dans un texte publié par *La Nouvelle Revue française* en 1954 intitulé « Illusion à rebours », Roger Caillois s'est avisé de mettre très durement en cause les analyses de *Race et histoire*. Il accuse Lévi-Strauss d'avoir survalorisé les civilisations primitives et de dénigrer la notion de progrès. Pour

Caillois (qui un temps avait marqué son intérêt pour l'ethnographie), il faut réaffirmer sans ambiguïté la supériorité de la civilisation et de la pensée occidentales.

Lévi-Strauss, dans un texte très circonstancié publié par *Les Temps modernes*, lui réplique de manière cinglante comme on peut déjà en juger par les premières lignes : « Diogène prouvait le mouvement en marchant. M. Roger Caillois se couche pour ne pas le voir. Il est vrai que son maître avait recommandé qu'on l'enterrât à plat ventre, convaincu que le monde ne tarderait pas à se mettre à l'envers et donc à le rétablir à l'endroit » (p. 1187).

Lévi-Strauss relève une à une les critiques de Caillois et lui répond en reprenant méticuleusement les passages incriminés de *Race et histoire* (sur les notions de progrès, de diversité culturelle, d'évolution des groupes, d'invention des techniques, d'intervention du hasard et des probabilités, etc.), administrant à son contradicteur une véritable leçon de lecture rapprochée. Après quoi il admet que rien en cette matière n'est affaire de dogme et que la tâche des chercheurs serait plutôt de dialoguer, au lieu de quoi « M. Caillois se livre à un exercice hybride qui commence par des bouffonneries de table d'hôte, se poursuit en déclamations de prédicateur pour se terminer par des lamentations de pénitent » (p. 1202). Lévi-Strauss met alors en évidence chez son critique toute une série d'inexactitudes (sur les questions de parenté, par exemple) ou même de bourdes (« Où donc, enfin, ai-je assimilé la métallurgie à la poterie, reproche qui fournit à M. Caillois une tarte à la crème dont ses exercices de *slapstick* ne paraissent pas se lasser ? », p. 1206). Lévi-Strauss réfute également de manière détaillée l'objection de relativisme culturel qui lui est faite. Enfin, c'est la conception même de la tâche de l'ethnologue (dont l'existence, aux yeux de Caillois, suffit à prouver la supériorité de la civilisation où s'en est formé le concept) qui donne à Lévi-Strauss l'occasion d'écrire quelques-unes des pages les plus intenses sur les antinomies et les exigences de son métier, lesquelles le font être dedans et dehors, le conduisent à être chez lui ailleurs et exilé chez lui : « Il ne circule pas entre le pays des sauvages et celui des civilisés ; dans quelque sens qu'il aille, il retourne d'entre les morts […] » (p. 1217).

L'envoi ultime à son critique se termine par une volée de bois vert dont voici les lignes finales : « Nous ne lui faisons pas de querelle et nous ne lui demandons rien sinon qu'il nous permette de travailler en paix. Et qu'il aille chercher ailleurs ses *imago* » (p. 1220).

Tristes Tropiques, Paris, Plon, 1955.

Tristes Tropiques est certainement le livre qui aura le plus contribué à la notoriété de son auteur. Il semble qu'il en fut le premier surpris. Car de son propre aveu ce fut un livre écrit rapidement – en quatre mois ! – (nous n'en admirons que plus la sûreté de l'écriture). Lévi-Strauss venait d'échouer dans sa tentative d'entrer au Collège de France et de décliner l'invitation de Talcot Parsons à enseigner à Harvard. Il écrit ce livre sur la proposition de Jean Malaurie qui venait de fonder la collection « Terre humaine » chez Plon. Le côté « confessions » de cet ouvrage devait certainement, pensait Lévi-Strauss, lui aliéner l'estime des professionnels et lui fermer définitivement l'accès aux grands postes universitaires. Il n'en fut heureusement rien. L'accueil de la critique fut unanimement flatteur. Georges Bataille, Maurice Blanchot, Michel Leiris, Raymond Aron, Étiemble, pour n'en citer que quelques-uns, exprimèrent leur admiration. Le jury Goncourt formula expressément son regret de ne pouvoir lui attribuer son prix, réservé aux seules œuvres de fiction.

Tristes Tropiques est généralement classé dans la catégorie des « récits de voyages ». Il en fait certainement partie, mais il n'est pas que cela. Il relate l'histoire d'une « vocation », celle d'un philosophe qui devient ethnologue. Il narre les années de formation, le départ pour le Brésil, la découverte de ce pays, les enquêtes dans les tribus indiennes, le passage dans d'autres lieux de la planète. Mais l'aspect narratif est, en fait, assez discret, constamment submergé par une méditation à la fois sociologique et poétique sur les paysages, les villes, les populations. En fait ce qu'il conviendrait d'admirer le plus, d'un point de vue formel, c'est le caractère souple, non linéaire de la composition. Il y a un mouvement de va-et-vient dans la chronologie, des ruptures et des retours en arrière qui enchâssent de manière subtile des épisodes antérieurs à des descriptions du présent. Et surtout il y a cette alternance ou plutôt cet entrelacs permanent de la narration et de l'essai qui communique au lecteur la saveur du monde vécu dans le moment où celui-ci est mis à distance.

Le livre comporte quarante chapitres, regroupés en neuf parties. La première intitulée « La fin des voyages » commence par une phrase choc : « Je hais les voyages et les explorateurs », ce qui peut paraître paradoxal de la part d'un ethnologue. Mais on comprend assez vite le caractère salutaire de la virulence de ce rejet : ce sont les marchands d'exotisme qui sont visés et du même coup ses consommateurs. Ce qu'on cherche, à l'évocation des contrées lointaines, ce sont les détails spectaculaires, les anecdotes saugrenues. Les vrais explorateurs sont rarissimes. Quant au savant, il est loin d'être à la fête : « L'aventure n'a pas de place dans la profession d'ethnographe ; elle en est seulement une servitude, elle pèse sur le travail efficace du poids des semaines ou des mois perdus en chemin ; des heures oisives pendant que l'informateur se dérobe ; de la faim, de la fatigue, parfois de la maladie [...] » (p. 13). (Notons que bien des professionnels ont reproché à Lévi-Strauss cet aveu public que la plupart font en privé. Ce que devait confirmer un exemple éclatant et qui fit un beau scandale : celui de la publication posthume des carnets intimes de Malinowski quelques années plus tard).

Le lecteur est donc prévenu : on ne cherchera pas à l'illusionner. Le titre de l'ouvrage aurait déjà dû, de toute façon, lui mettre la puce à l'oreille : non pas merveilleux mais bien

« tristes » tropiques. C'est un renversement radical d'image. L'ethnographe travaille et il travaille durement. Fin des voyages donc, en un double sens : pour les amateurs qui, servis par les moyens modernes de transport et les facilités de la demande d'exotisme, n'ont plus grand-chose à découvrir et encore moins à raconter ; pour les spécialistes qui, soumis à toutes les servitudes du terrain, conduisent des enquêtes arides sur les formes d'organisation sociale, les techniques, les modes de subsistance, les savoirs coutumiers, les rites, les mythes, etc.

Et pourtant Lévi-Strauss raconte – et il le fait sur près de cinq cents pages – en un style à la fois éblouissant et sobre. Il évoque d'abord la figure haute en couleur de celui à qui il doit d'être allé au Brésil et qui fut le fondateur de l'Université de São Paulo : le psychiatre Georges Dumas. Mais ce n'est pas le premier séjour – en 1935 – dans l'ancienne colonie portugaise qui nous est d'abord narré, mais (sans doute pour l'effet dramatique plus évident) la « fuite » réalisée en pleine guerre, quelques années plus tard – en 1941 –, vers les États-Unis, via la Martinique et Porto Rico. Lente traversée, sous la menace, du moins en Méditerranée, d'un arraisonnement par la flotte anglaise, sur un bateau qui avait appareillé à Marseille et qui avait recueilli à son bord une population hétéroclite, au milieu de laquelle Lévi-Strauss découvrit, entre autres, la présence d'André Breton et celle de Victor Serge.

Le lecteur qui souhaiterait y voir plus clair dans les événements de cette période pourra se reporter à la chronologie incluse dans le présent essai. Il lui sera facile de reconstituer en gros trois périodes : 1) les années d'études ; 2) les années brésiliennes ; 3) les années new-yorkaises ; à cela il faudrait ajouter les voyages en Asie faits dans les années d'après-guerre ; quant à l'enseignement d'ethnologie commencé à l'École de hautes études en sciences sociales, il n'est signalé qu'allusivement.

En fait ce sont surtout les années brésiliennes dont il est question ici et l'expérience ethnographique faite à l'occasion de deux enquêtes, l'une en 1936, l'autre en 1938. La narration des voyages (l'organisation des expéditions, les difficultés, les découvertes, les incidents) y sert en quelque sorte d'introduction à une réflexion sur le paysage du Brésil, sur les modes de vie de ce pays, sur ses traditions. Mais l'essentiel du point de vue ethnologique est constitué par les chapitres consacrés aux différents groupes indiens chez lesquels l'auteur a séjourné : Caduveo, Bororo, Nambikwara, Tupi-Kwahib. La plupart des textes concernant ces populations avaient déjà été publiés comme études spécialisées dans diverses revues (voir plus haut, par exemple, la recension concernant les Bororo et les Nambikwara). L'auteur, en les reprenant ici, les a mis à jour, allégés de leur appareil de description ethnographique et intégrés dans une réflexion d'ensemble qui en 1955 est déjà parfaitement élaborée.

Les derniers chapitres constituent sans doute la partie la plus théorique de l'ouvrage. L'auteur y développe une double méditation sur la tâche de l'anthropologie et sur le destin des civilisations.

L'interrogation sur son métier, c'est d'abord, pour l'auteur, une interrogation sur soi : pourquoi s'exiler, pourquoi se passionner pour cette humanité apparemment déshéritée qu'il a rencontrée sur le plateau brésilien ou dans la forêt amazonienne ? Quelle est la tâche de l'ethnologue ? Quelle est la nature de son savoir ? Nous renvoyons sur ce point au chapitre Ier du présent essai, où se trouvent discutées ces pages qui sont parmi les plus importantes de *Tristes Tropiques*.

Le livre s'achève sur une réflexion qui nous fait quitter les Indiens du Brésil et nous confronte à d'autres civilisations : celles de l'Orient et de l'Asie avec leurs deux grandes religions, l'islam et le bouddhisme ; autant la première a quelque chose qui le rebute (« Ce malaise ressenti au voisinage de l'Islam, je n'en connais que trop les raisons : je retrouve en lui l'univers d'où je viens ; l'Islam, c'est l'Occident de l'Orient »… « Napoléon, ce Mahomet de l'Occident », p. 468), autant il admet une sorte de complicité naturelle avec le bouddhisme. Rêvant sur ce qu'aurait pu être l'histoire du monde, il ne cache pas un regret : que l'Occident chrétien ait été amené à un contact prédominant avec l'islam, en face duquel il s'est raidi tant le rapport de ces deux monothéismes restait de dure rivalité, tandis qu'un dialogue privilégié avec le bouddhisme eût pu, peut-être, provoquer dans le monde occidental une attitude plus souple, plus nuancée et surtout un rapport plus tendre envers le monde naturel : « L'Occident a perdu sa chance de rester femme » (p. 473).

Nous sommes conduits alors aux questions à la fois poétiques et sceptiques sur lesquelles s'achève l'ouvrage : le destin des civilisations, l'urgence et la vanité du savoir, la solitude et la solidarité de l'individu, la place de l'espèce humaine dans l'univers naturel : « Le monde a commencé sans l'homme et il s'achèvera sans lui » (p. 478). Quant à l'ouvrage lui-même, il s'achève avec humour et poésie sur la sagesse que lui inspire le battement de paupières d'un chat.

Anthropologie structurale, Paris, Plon, 1958.

Ce qui fait l'importance de ce livre, avant toute considération du contenu, c'est la présence même de l'adjectif « structural » dans le titre. En effet, en définissant ainsi le type d'anthropologie qu'il prétendait pratiquer et développer, Lévi-Strauss prenait clairement position pour une orientation théorique et pour une méthodologie qui avaient surtout fait leurs preuves en linguistique. En 1958, lorsque le livre paraît, le terme *structuralisme* n'est explicitement revendiqué que par un tout petit nombre de scientifiques. Jakobson est de ceux-là et Lévi-Strauss reconnaît volontiers sa dette à son égard. Mais, à partir de ce livre, c'est le nom de Lévi-Strauss qui sera systématiquement lié au mot « structuralisme », faisant du même coup apparaître l'anthropologie comme une discipline modèle pour les autres sciences humaines et, non sans de grands malentendus, pour la philosophie elle-même.

L'ouvrage est divisé en dix-sept chapitres eux-mêmes regroupés en une introduction et cinq sections portant sur quelques aspects essentiels du débat de l'époque : l'histoire ; le modèle linguistique ; la parenté et les formes d'organisations sociales ; les données relatives au symbolisme, à la magie, aux mythes et aux productions plastiques ; enfin, les derniers textes sont consacrés à des réflexions sur les questions de méthode et d'enseignement en ethnologie.

Cela semble faire une matière assez disparate. Il s'agit en effet d'un regroupement d'articles parus précédemment dont certains directement en anglais (traduits et adaptés par l'auteur qui s'en explique dans sa préface). Mais cette apparente dispersion ne constitue pas un handicap (et pourrait-ce en être un avec des textes de cette qualité ?...) dans un ouvrage qui a manifestement pour objectif d'affirmer une orientation de méthode, et donc de montrer la pertinence de l'approche structurale dans des champs divers.

Chap. I – Introduction : Histoire et ethnologie

Il est remarquable que le premier texte repris dans ce recueil soit consacré aux rapports de l'ethnologie et de l'histoire et qu'il ait été d'abord publié dans la *Revue de métaphysique et de morale* (n° 3-4, 1949, p. 363-391) ; le message est clair : la mise au point adressée aux historiens concerne aussi les philosophes. On serait tenté de dire que ce débat appartient à une certaine époque, celle de l'après-guerre, marquée par une conscience historique liée à la violence du récent conflit mondial et à ses conséquences sur la vie des nations. Pourtant, si on perçoit moins la nécessité aujourd'hui de départager le domaine de l'ethnologie de celui de l'histoire, ce n'est pas seulement parce que le contexte aurait changé (ce qui est incontestable), mais c'est aussi parce que la clarification méthodologique a été suffisamment bien conduite et acceptée. Le présent texte de Lévi-Strauss y aura contribué pour une part qui n'est pas médiocre. Mais il faudrait y ajouter de nombreux autres textes parmi lesquels les deux derniers chapitres de *La Pensée sauvage*.

Lévi-Strauss se réfère tout d'abord à la distinction, dans les principes et les méthodes, entre histoire et sociologie proposée par Henri Hauser et François Simiand au début du siècle. Devenue classique, cette analyse désignait à la première la tâche monographique et à l'autre la tâche comparatiste. Faut-il encore tenir ces distinctions pour pertinentes ? Faut-il considérer l'ethnologie comme une région de la sociologie ? Ou supposer l'inverse ? Quant à l'ethnographie, elle fournirait le matériau nécessaire à l'ethnologie.

Le problème pour l'ethnologie est de savoir comment intégrer l'élément diachronique, comment établir un ordre des données dans le temps alors que manquent les documents qu'exige toute enquête historique. La tentation sera alors de s'adonner à une histoire purement conjecturale, et c'est ce que font chacune à sa manière la théorie évolutionniste et la théorie diffusionniste en anthropologie, qui l'une et l'autre présupposent des continuités non prouvées. Mais même lorsqu'elles le sont (et il faut alors s'en réjouir), cela ne nous explique pas pour autant pourquoi des organisations se maintiennent dans le temps et pourquoi elles ont telle ou telle configuration.

Lévi-Strauss fait crédit à Franz Boas d'avoir bien affronté cette question. Boas écrit : « En fait d'histoire des peuples primitifs, tout ce que les ethnologues ont élaboré se ramène à des reconstructions et ne peut pas être autre chose » (cité p. 9). Pour prouver une survivance, il faudrait pouvoir d'abord prouver qu'une forme est antérieure à une autre et donc pouvoir assigner une orientation au changement. Boas demande donc qu'on s'en tienne aux enquêtes locales en évitant toute extrapolation.

La critique boasienne a sans doute été déterminante dans l'orientation rigoureusement antihistorique de la plupart des courants de l'anthropologie. Ainsi l'école fonctionnaliste (très éloignée de Boas) s'en tient à une analyse synchronique rigoureuse fondée sur l'universalité des besoins. Comment sortir de ce dilemme ? Comment résoudre, par exemple, le problème classiquement posé par l'origine des organisations dualistes ? Ni les hypothèses historiques ni les hypothèses fonctionnalistes ne peuvent donner de réponse cohérente. On peut en dire autant de la question de la prohibition de l'inceste.

Lévi-Strauss formule ainsi ses positions : chaque fois que cela est possible, il faut recourir à la documentation historique (« Un peu d'histoire […] vaut mieux que pas d'histoire du tout », p. 17) ; quant à la notion de fonction, si elle est recevable à un certain niveau d'explication, elle ne saurait rendre compte de tous les phénomènes (« Dire qu'une société fonctionne est un truisme ; mais dire que tout, dans une société, fonctionne est une absurdité », p. 17) ; en définitive, l'anthropologue doit, comme le linguiste, atteindre un niveau d'organisation qui soit objectif, qui donc échappe aux variations de la conscience, bref il doit atteindre un niveau où les phénomènes relèvent de « l'activité inconsciente de l'esprit » ; c'est seulement alors qu'il sera en mesure, pour chaque problème, de « retrouver, derrière le chaos des règles et des coutumes, un schème unique, présent et agissant dans des contextes locaux et temporels différents » (p. 29). Ce qui est la définition même de l'analyse structurale.

Chap. II – L'analyse structurale en linguistique et en anthropologie

Ce chapitre fait certainement partie des grands textes programmatiques de Lévi-Strauss. Il fut d'abord publié sous ce titre dans le n° 2 de la revue que Roman Jakobson et quelques autres venaient de créer à New York (*Word, Journal of the Linguistic Circle of New York*, vol. I, n° 2, August, 1945). Lévi-Strauss se réjouit tout d'abord qu'une revue de linguistique décide d'accueillir des travaux d'anthropologie ; ce n'est du reste pas la première fois, note-t-il, que les deux disciplines échangent des savoirs : la linguistique historique avait, par exemple, apporté bien des éclairages sur l'usage de termes de parenté. Cela a été et doit rester très utile. Mais avec la linguistique structurale il s'agit de tout autre chose ; celle-ci est en mesure d'apporter à l'anthropologie, comme aux autres sciences sociales, un changement de paradigme et du même coup de rendre possible une révolution dans les méthodes.

L'exemple est venu tout d'abord de la phonologie, celle de Nicolas Troubetzkoy, dont Lévi-Strauss écrit : « La phonologie ne peut manquer de jouer, vis-à-vis des sciences sociales, le même rôle rénovateur que la physique nucléaire, par exemple, a joué pour l'ensemble des sciences exactes » (p. 39). La méthode de cette phonologie pouvait se réduire à quatre démarches fondamentales : 1) étudier les données à leur niveau inconscient et donc objectif ; 2) comprendre les termes à partir de leurs relations ; 3) traiter les données en tant que systèmes ; 4) viser à l'énoncé de lois générales. « Ainsi, pour la première fois, écrit Lévi-Strauss, une science sociale parvient à formuler des relations nécessaires » (p. 40).

Les quatre aspects de la méthode ainsi présentés peuvent définir très exactement les exigences de l'analyse structurale en anthropologie. Mais cette importation du modèle, explique Lévi-Strauss, ne peut se pratiquer sans de très strictes limitations :

– il faudra s'en tenir aux données dont le caractère de système est avéré (c'est le cas des termes de parenté) et provisoirement s'abstenir pour les autres ;

– le modèle n'est transposable qu'au niveau de sa forme ; ainsi, même pour la parenté, il importe de procéder avec précaution : « L'analogie superficielle entre les systèmes phonologiques et les systèmes de parenté est si grande qu'elle engage immédiatement sur une fausse piste » (p. 42). Piste sur laquelle se sont égarés des chercheurs qui ont méconnu, quant aux règles de parenté, la question préalable de leur fonction.

Ici Lévi-Strauss propose justement d'articuler deux niveaux déjà bien repérés dans les systèmes de parenté : celui des *appellations* et celui des *attitudes*. Celles-ci ne sauraient être dérivées de celles-là, comme certains anthropologues l'ont cru. Elles peuvent les refléter mais non moins les contredire ou les compenser (comme dans les relations dites « à plaisanterie »). Cependant les deux systèmes sont bien en relations d'interdépendance. C'est ce que l'auteur se propose de démontrer en supposant que « le système des attitudes constitue une intégration dynamique du systèmes des appellations » (p. 47). C'est ce que va permettre d'établir l'analyse de la relation avunculaire, soit le rôle dévolu à l'oncle maternel dans les sociétés tant matrilinéaires que patrilinéaires. Comment expliquer que dans certains cas l'oncle est redouté et exerce des droits sur son neveu, que dans d'autres cas c'est le neveu au contraire qui peut traiter familièrement son oncle et exiger de lui des avantages divers ? Comment expliquer que corrélativement les relations avec le père sont confiantes dans le premier cas, tendues dans le deuxième ? Comment encore rendre compte de la régularité des attitudes envers l'épouse et envers la sœur en fonction de données précédentes ? L'analyse d'un certain nombre d'exemples permet à Lévi-Strauss de montrer que « la relation avunculaire n'est pas une relation à deux, mais à quatre termes » (p. 50) et qu'on a affaire à « un système global où quatre types de relations sont présents et organiquement liés, à savoir : frère/sœur, mari/femme, père/fils, oncle maternel/fils de la sœur » (p. 51). Les relations observées dans les cas en question semblent se conformer à une loi qui peut se formuler ainsi : « La relation entre oncle maternel et neveu est, à la relation entre frère et sœur, comme la relation entre père et fils à la relation entre mari et femme. Si bien qu'un couple de relations étant connu il serait toujours possible de déduire l'autre » (p. 52).

En fait, on a affaire ici à ce que Lévi-Strauss appelle l'atome de parenté, qui suppose trois types de relations toujours données dans toute société humaine : relations de consanguinité, relations de filiation, relations d'alliance. Cette dernière implique le rapport de deux groupes différents, tel est le sens de la prohibition de l'inceste. L'avunculat n'est que le cas exemplaire d'une loi générale qui a pour énoncé : «Dans la société humaine, un homme ne peut obtenir une femme que d'un autre homme qui la lui cède sous forme de fille ou de sœur» (p. 56). L'avunculat n'est donc pas un produit d'une histoire plus ou moins obscure : il appartient à la structure même de l'alliance et, par là, à celle de la parenté en général.

S'il s'agit de l'alliance, il s'agit donc de réciprocité ; c'est de ce côté qu'il faut chercher les raisons des relations positives ou négatives à l'intérieur de la structure mise en évidence ; la filiation ne suffit pas à rendre compte de la logique des attitudes ; il faut à chaque fois montrer quels sont les rapports de dette et de créance instaurés par l'alliance.

Il y a donc une logique : un système de différences et une dynamique des régularités dans les relations de parenté. Leur analyse peut sous ce rapport prétendre au même type de scientificité que celle revendiquée par la linguistique. Tel était bien l'objectif de la démonstration de l'auteur dans ce texte.

Chap. III – Langage et société

Jusqu'à quel point les données des sciences sociales sont-elles formalisables et même mathématisables ? C'est cette question que se pose d'abord ce texte (adapté de l'original anglais : «Language and the Analysis of Social Laws», *American Anthropologist*, vol. LIII, n° 2, 1951) en réagissant à un ouvrage alors très commenté : *Cybernetics* (paru en 1948), de Norbert Wiener. La conclusion de Wiener est que la mathématisation des données des sciences sociales est quasi impossible en raison de la trop grande proximité de l'observateur et de son objet.

Lévi-Strauss conteste cette conclusion en objectant le cas du langage au sujet duquel la linguistique a su définir un niveau objectif d'approche (non soumis aux effets de la conscience du sujet). On a donc un objet et une méthode pouvant satisfaire aux critères de Wiener :
– un objet : «Le langage est un phénomène social qui constitue un objet indépendant de son observateur, et

pour lequel nous possédons de longues séries statistiques »
(p. 65)… « De tous les phénomènes sociaux, seul le langage semble aujourd'hui susceptible d'une étude vraiment
scientifique » (p. 66) ;

– une méthode : « En linguistique, on peut affirmer que
l'influence de l'observateur sur l'objet d'observation est
négligeable » (p. 65).

À partir de quoi une autre question devient inévitable :
peut-on envisager l'extension de cet exemple aux autres
sciences sociales ? Bref, peut-on définir ailleurs des objets
suffisamment indépendants de l'observateur et des méthodes
rigoureuses d'analyse ? Lévi-Strauss le pense, il cite d'abord
le cas des travaux de Kroeber sur la mode où il apparaît
que des évolutions d'allure arbitraire obéissent à des lois.
Mais, bien entendu, un autre exemple plus impressionnant
s'impose : celui des systèmes de parenté au sujet desquels
l'auteur lui-même a démontré que les choix des individus
obéissent à des règles dont la raison dernière est d'assurer
la circulation des femmes entre les groupes d'une société
donnée selon un principe de réciprocité qui transforme les
relations biologiques de consanguinité en relations sociologiques d'alliance. « Cette hypothèse de travail une fois
formulée, on n'aurait plus qu'à entreprendre l'étude mathématique de tous les types d'échange concevables entre
n partenaires pour en déduire les règles de mariage dans les
sociétés existantes. Du même coup, on en découvrirait
d'autres, correspondant à des sociétés possibles. Enfin on
comprendrait leur fonction, leur mode d'opération et la relation entre des formes différentes » (p. 68).

Programme très ambitieux (beaucoup trop ont estimé bien
des critiques) que l'auteur complète en proposant d'intégrer
tous les faits d'échange et de circulation (langage, parenté,
économie) dans un modèle plus général de *communication*.
D'autres aspects de la réalité sociale pourront alors s'y
adjoindre comme l'art, le droit, la religion. « On jugera ces
spéculations aventureuses. Pourtant, si on nous concède le
principe, il en découle au moins une hypothèse qui peut être

soumise au contrôle expérimental » (p. 71). Cette hypothèse est que si l'on a bien affaire à des faits de communication, formellement identiques à ceux du langage, il doit être possible de mettre en évidence un niveau formel commun à ces différentes données, « c'est-à-dire élaborer une sorte de code universel capable d'exprimer les propriétés communes aux structures spécifiques relevant de chaque aspect. L'emploi de ce code devra être légitime pour chaque système pris isolément et pour tous quand il s'agira de les comparer. On se mettra ainsi en position de savoir si l'on a atteint leur nature la plus profonde et s'ils consistent ou non en réalités du même type » (p. 71). L'auteur propose alors de commencer une telle enquête en s'en tenant à deux aspects où les résultats sont déjà suffisamment précis : la parenté et le langage. Il s'agira alors de rechercher dans diverses aires d'unité linguistique et culturelle (indo-européenne, sino-tibétaine, africaine, océanienne, nord-américaine) si des correspondances formelles peuvent être établies entre la structure de la langue et celle de la parenté. L'auteur indique pour chaque aire quelques directions de recherche. Mais il n'a jamais lui-même tenté de mettre en place un programme plus précis, sans doute conscient de l'énormité de la tâche. D'où ce rappel d'extrême prudence : « Nous n'insisterons jamais assez sur le caractère précaire de cette reconstruction » (p. 74). L'auteur a très bien déjà souligné dans le texte précédent le fait que les homologies ne peuvent être directes et doivent être recherchées à un niveau formel profond. Moyennant ces réserves, rien n'empêche de démontrer l'existence de ces correspondances formelles comme l'auteur lui-même y parviendra pour d'autres domaines, ainsi entre formes d'art et organisation sociale ou encore entre les mythes, le milieu social et le milieu naturel.

Chap. IV – Linguistique et anthropologie

Ce texte est la version traduite et adaptée de l'original anglais prononcé lors de la *Conference of Anthropologists and Linguists* tenue à Bloomington, Indiana, en 1952 et publiée in *Supplement to International Journal of American Linguistics* (vol. XIX, n° 2, avril 1953). Visiblement cette intervention apparaît comme une sorte de bilan d'un colloque, puisque l'auteur récapitule les éléments principaux des discussions. Et tout d'abord il prend acte de la réussite méthodologique de la linguistique face aux hésitations qui sont encore celles de l'anthropologie. Il se demande quel enseignement la seconde peut demander à la première. Cela ne saurait se concevoir au niveau des ressemblances superficielles, mais seulement, estime Lévi-Strauss, au niveau des « catégories inconscientes de la pensée ». Ainsi, chez les Iroquois, on constate dans le langage une dichotomie du genre féminin dont un versant est apparenté au monde non humain ; or chez eux le droit maternel est extrêmement développé : « Ne dirait-on pas qu'une société qui accorde aux femmes une importance ailleurs refusée doive payer sous une autre forme le prix de cette licence ? Prix qui consisterait, en l'occurrence, dans une incapacité de penser le genre féminin comme une catégorie homogène » (p.82).

Élargissant son interrogation, l'auteur se demande quelles corrélations pourraient être établies entre formes de parenté et formes linguistiques en ce qui concerne de larges aires de civilisations comme celles qu'il a étudiées dans *Les Structures élémentaires de la parenté* : aire indo-européenne et aire sino-tibétaine. Ici encore les homologies, si elles existent, ne pourraient être repérées qu'à un niveau profond, celui des « catégories inconscientes de l'esprit ».

Chap. VI – La notion d'archaïsme en ethnologie
(*Cahiers internationaux de sociologie*, vol. 12, 1952.)

Le terme de « primitif » s'est imposé dans le vocabulaire de l'ethnologie, bien qu'il soit désormais considéré comme impropre. Il est difficile de s'en passer puisqu'on n'a pas su en proposer un autre qui soit plus pertinent. Il ne nous reste qu'à l'utiliser avec des guillemets ou des formules de réserve.

Une fois cela admis, il n'en demeure pas moins qu'il faut définir de manière spécifique les sociétés auxquelles le terme renvoie. Lévi-Strauss propose ceci : « Nous savons que "primitif" désigne un vaste ensemble de populations restées ignorantes de l'écriture et soustraites, de ce fait, à des notions que l'économie et la philosophie politiques considèrent comme fondamentales quand il s'agit de notre propre société » (p. 113).

L'auteur remarque aussitôt qu'on peut objecter à cette définition le fait que certaines sociétés sont susceptibles d'une approche anthropologique sans pour autant satisfaire à l'un ou à l'autre aspect de cette définition, comme c'est le cas du Mexique ancien ou de la Chine et de l'Égypte archaïques. Que dire alors de l'étude du folklore de nos propres sociétés ? Et que dire de la tendance (apparue aux États-Unis dès la fin des années 1940) à définir l'ethnologie, non pas tant par son *objet*, mais par sa *méthode* (appliquée alors à l'analyse de toutes sortes de formes d'organisation de la société moderne) ?

Lévi-Strauss se refuse à cet élargissement ou à cette dissolution de l'objet de l'ethnologie. « La méthode ne peut s'affirmer, à plus forte raison s'élargir, que par une connaissance toujours plus exacte de son objet particulier, de ses caractères spécifiques et de ses éléments distinctifs » (p. 114). Cet objet est et reste constitué par ces sociétés que l'on dit « primitives ». On sait mieux, par d'autres textes, comment Lévi-Strauss argumente cette stricte délimitation : les sociétés en question présentent des caractères qui leur confèrent un statut très particulier d'objets de science : par leur taille et par leur relatif isolement, elles constituent des « expériences toutes faites » et permettent de saisir des données anthropologiques (quant à la parenté, aux activités rituelles, aux représentations mythiques, etc.) qui disparaissent à jamais dans les sociétés modernes.

L'ethnologie a donc un objet spécifique et en quelque sorte unique, mais c'est aussi à condition de ne pas le comprendre dans le sillage des préjugés traditionnels de type évolutionniste ou historiciste qui ont produit le concept de *primitivité*. Lévi-Strauss rappelle alors ces deux points essentiels :

a) « Un peuple primitif n'est pas un peuple arriéré ou attardé » (p. 114).

b) « Un peuple primitif n'est pas davantage un peuple sans histoire, bien que le déroulement de celle-ci nous échappe souvent » (*ibid.*).

Il importe donc, d'une part, de définir des critères d'évaluation qui ne soient pas dominés par notre vision d'un progrès unilinéaire et, d'autre part, de ne pas confondre absence d'histoire avec impossibilité d'une histoire documentée. Ce qui conduit à poser le problème ainsi : « La considération du passé étant exclue, quels caractères formels, touchant à leur structure, distinguent les sociétés primitives de celles que nous nommons modernes ou civilisées ? » (p. 116). On reconnaît ici le réquisit méthodologique principal de l'anthropologie, obligée par la nature même du document qu'elle traite de privilégier l'approche synchronique par rapport à l'approche diachronique. Mais c'est aussi la seule possibilité qu'elle a de formuler des inférences acceptables sur le passé de ces sociétés.

Mais avant de répondre à la question des critères formels qui permettent d'établir la différence entre sociétés modernes et sociétés dites « primitives », il importe d'établir si celles-ci le sont toutes au même degré et, si tel n'est pas le cas, il faut expliquer ces écarts dans la catégorie. Un bon exemple nous en est donné en Amérique du Sud où on distingue entre les civilisations andines dites du *plateau* considérées comme les plus complexes et les plus évoluées, celles de la *forêt* qui le sont moins mais qui l'emportent sur celles de la *savane* jugées les plus archaïques. Pour beaucoup d'auteurs il s'agit d'ensembles qui ont quasiment la stabilité des espèces avec leurs traits propres et permanents. Il se pourrait pourtant que cette distinction soit en grande partie illusoire.

Tout d'abord, comme le montre l'existence de traits linguistiques et culturels communs, les échanges entre ces civilisations ont été plus importants qu'on ne le croit géné-ralement. D'autre part, on trouve dans les sociétés de la savane des formes d'organisation (associations céré-monielles, sociétés secrètes) qui semblaient l'apanage de civilisations plus hautes ; inversement les organisations dualistes se rencontrent dans toutes (y compris les Incas et les Aztèques) alors qu'on les considère comme « un trait typique des niveaux les plus primitifs » (p. 121). Ces faits constituent ce que l'auteur appelle plus avant dans son texte des *coïncidences externes*. Son hypothèse est corrobo-rée par ce qu'il nomme les *discordances internes*. En effet les affirmations sur le caractère rudimentaire des technolo-gies agricoles des peuples de la savane ont été infirmées par les recherches de Nimuendaju. On est maintenant conduit à l'hypothèse la plus probable : que les tribus de la savane sont issues d'anciens peuples de la forêt refoulés par des envahisseurs et qui ont tenté de garder leurs tech-niques sylvestres : « Chaque fois qu'elles en ont l'occasion les tribus de la savane s'accrochent à la forêt et à ses condi-tions de vie forestière » (p. 125), conditions qui sont plus favorables à tous égards et permettant une culture maté-rielle plus raffinée.

Il faudrait alors en arriver à cette conclusion plus que probable : l'archaïsme de certaines civilisations de cette région (comme les Bororo et les Nambikwara chez lesquels l'auteur a personnellement travaillé) ne représente pas un stade plus ancien de développement, mais bien plutôt un état régressif consécutif au passage de la forêt à la savane et, dans d'autres cas, il est engendré par le contact avec la civilisation moderne. On constate, en effet, dans ces cas, le maintien de certaines techniques complexes et la maîtrise amputée de certaines autres. On a donc affaire à des socié-tés pseudo-archaïques qui sont surtout en fait des sociétés menacées dans leur équilibre et probablement, pour cela même, condamnées. Ce qu'on a entendu par « archaïsme » désignerait donc plutôt (sans y prendre garde) l'ensemble des distorsions produites par l'événement sur des sociétés organisées justement pour résorber l'événement dans la structure et qui semblent ne plus y parvenir.

Chap. VII – Les structures sociales dans le Brésil central et oriental

Cette étude (parue sous ce titre dans *Proceedings of Congress of Americanists*, Chicago, University of Chicago Press, 1952) porte sur des populations que l'auteur connaît bien puisqu'il a eu l'occasion de les observer directement (certaines d'entre elles, du moins) durant ses deux séjours au Brésil. Sa première remarque, c'est que les populations en question possèdent des structures de parenté très complexes qui semblent contraster avec leur niveau de civilisation matérielle assez rudimentaire. Les observateurs, suivant en cela les indications des informateurs indigènes, ont souligné l'importance des organisations dualistes. L'auteur reconnaît qu'il a, lui aussi, au début, cédé à cette interprétation, laquelle n'est probablement qu'une transfiguration de la réalité. Il importe donc de reprendre le dossier avec plus d'exigence critique.

Ainsi en va-t-il des Shérenté, groupe central de la famille linguistique Gé et sur lesquels nous possédons les descriptions de Nimuendaju. Leur population est distribuée en villages, composés de deux moitiés patrilinéaires exogamiques, et divisée en quatre clans, à quoi s'ajoutent des associations sportives ou fondées sur le sexe ou sur les classes d'âge. Mais seules les moitiés interviennent dans la règlementation des mariages ; on devrait donc avoir certaines caractéristiques des organisations dualistes : distinction entre cousins parallèles et croisés ; confusion des cousins croisés patri- et matrilatéraux. En fait le schéma n'est pas respecté. Le mariage n'est permis qu'avec la cousine croisée patrilatérale (indice d'une prévalence de l'échange restreint). D'autre part le vocabulaire et les règles de mariage contredisent l'exogamie des moitiés. On trouve des situations où c'est le mariage matrilatéral qui est préféré. Enfin les associations sont en rapport entre elles sur le modèle de l'échange généralisé. Sur un autre plan, le mythe présente les associations comme un engendrement de classes d'âge. Bref la situation semble très complexe : « Tout se passe comme si moitiés, associations et classes d'âge étaient des traductions maladroites et fragmentaires d'une réalité sous-jacente » (p. 139). Laquelle ? Ici Lévi-Strauss donne un bon exemple de la manière dont l'analyse structurale permet de reconstituer une histoire : les contradictions constatées, en effet, s'expliquent par la superposition temporelle de plusieurs formes qui se sont ajustées progressivement : il apparaît alors que les moitiés matrilinéaires ont succédé à trois lignées patrilinéaires et patrilocales ; les conflits qui en ont surgi étant alors réglés au niveau des associations. On voit donc que le dualisme des moitiés, célébrant les valeurs d'échange et de complémentarité, est plutôt à comprendre sur le mode optatif que sur celui des faits. Cela simplifie aussi la représentation d'une réalité qui a perdu sa cohérence ancienne.

Il en va de même et pour d'autres raisons dans le cas des Bororo dont les interprétations explicites et les mythes présentent l'organisation villageoise comme constituée de deux moitiés complémentaires alors que, dans la réalité, chaque moitié est divisée en trois clans hiérarchiquement très inégaux (supérieur, moyen, inférieur), le mariage étant obligatoire avec un conjoint du même niveau que soi issu de l'autre moitié (ce cas est repris au chapitre suivant ; on en trouve également un aperçu plus complet dans *Tristes Tropiques*). En somme, il faut supposer, chez les Bororo « comme chez les Shérenté, un système primitif tripartite bouleversé par l'imposition d'un dualisme surajouté » (p. 142).

L'auteur conclut à partir de ces remarques que l'étude de l'organisation de ces populations est à reprendre entièrement ; ce qui suppose tout d'abord qu'on ne se laisse pas abuser par la représentation apparente qu'en donne l'interprétation indigène. Cela montre, ici comme ailleurs, que les représentations de la réalité sociologique n'en sont pas nécessairement des reflets mais peuvent l'exprimer en l'inversant ou en n'en prélevant que quelques éléments.

Chap. VIII – Les organisations dualistes existent-elles ?

La forme interrogative de ce titre indique déjà qu'il s'agit d'un sujet controversé. Ce texte (publié en 1956, in *Bijdragen tot de taal-, land- en Volkenkunde*, Deel 112) fut écrit à l'occasion d'un hommage au grand anthropologue hollandais Jan Petrus Benjamin de Josselin de Jong, spécialiste de l'aire indonésienne. C'est en confrontant les données de cette région avec des faits américains que Lévi-Strauss se propose de répondre à la question qu'il pose. On reconnaît ici son audace méthodologique : en comparant des données d'aires culturelles extrêmement éloignées entre lesquelles l'anthropologie constate des traits communs précis, il ne demande pas une preuve de relation causale de type diffusionniste (qui n'est pas à exclure, mais qui reste encore invérifiable), il lui suffit de supposer que partout une même disposition mentale engendre les mêmes solutions : « Du point de vue où je me place, il pourrait aussi bien s'agir d'une similitude structurale entre des sociétés qui auraient effectué des choix voisins dans la série des possibles institutionnels, dont la gamme n'est pas sans doute illimitée » (p. 147-148).

L'auteur commence par un exemple emprunté à la monographie de Paul Radin sur les Winnebago, Indiens de la région des Grands Lacs. On a affaire à la situation suivante : les villages, d'après certains informateurs, sont divisés en deux moitiés selon un axe NO-SE ; mais d'autres prétendent qu'ils sont organisés en deux cercles concentriques. Lévi-Strauss s'attache à montrer qu'il s'agit non pas d'une contradiction chez les informateurs, mais, comme d'autres exemples encore l'attestent (comme chez les Trobriandais selon Malinowski), d'une superposition de deux schémas répondant à deux types différents de problèmes (ainsi le partage diamétral peut définir les moitiés exogamiques, tandis que l'opposition central/périphérique peut être celle du masculin et du féminin, des célibataires et des familles, de la culture et de la forêt, du profane et du sacré, etc.).

Or c'est de genre d'oppositions qu'on trouve chez les Baduj d'Indonésie. Mais ici le système binaire se double d'un système ternaire. L'organisation dualiste se répartit sur plusieurs villages, tandis que chacun de ceux-ci est disposé en deux cercles recoupés par trois secteurs où apparaissent des relations hiérarchiques.

C'est une situation de ce type qu'on trouve chez les Bororo du Brésil. Ce qui amène à poser cette question plus générale : « Comment des moitiés tenues à des obligations réciproques et exerçant des droits symétriques peuvent-elles être en même temps hiérarchisées ? » (p. 155) Toute la question sera de comprendre comment les règles d'alliance entre supérieurs, moyens et inférieurs convertissaient chez les Bororo « un système apparent d'exogamie dualiste en un système réel d'endogamie triadique » (p. 159). Or il est remarquable que les Bororo, comme les Winnebago, pensent leur structure sociale simultanément en perspective diamétrale et en perspective triadique. Tel est encore le cas chez les Timbira du Brésil (étudiés par Niumendaju).

Tous ces cas, comme bien d'autres, conduisent pour l'essentiel à ces questions : quel rapport faut-il concevoir entre dualisme et triadisme ? Et quels rapports entre dualisme diamétral et dualisme concentrique ? La première question, estime Lévi-Strauss, est extrêmement complexe mais permet déjà de réévaluer la distinction entre échange restreint et échange généralisé proposée dans *Les Structures élémentaires de la parenté* ; la première forme n'est sans doute qu'un cas de la deuxième ou plutôt sa limite. Ce qui permettrait de formuler cette hypothèse : « Le dualisme concentrique est un médiateur entre le dualisme diamétral et le triadisme » (p. 167). Ce qui est possible, comme le montre l'auteur, parce que le dualisme diamétral est de nature statique, tandis que le dualisme concentrique est dynamique, il est déjà en fait de type ternaire.

Lévi-Strauss propose alors des diagrammes ingénieux qui, pour chaque cas, intègrent l'aspect binaire et l'aspect ternaire des structures sociales considérées. Ce qui fait apparaître que les oppositions reçoivent une application symétrique mais inverse entre l'Amérique du Sud et l'Indonésie.

Chap. IX – Le sorcier et sa magie

Cette étude, parue dans *Les Temps modernes* (4e année, n° 41, 1949), aborde un problème qui a fasciné un large public dès lors qu'on parle de sociétés « primitives » et qui a tout autant marqué la tradition occidentale non seulement au Moyen Âge mais encore récemment dans le monde rural. Qu'est-ce qu'un sorcier ? En quoi consiste son pouvoir ? Se référant aux travaux de Walter Bradford Cannon, l'auteur rappelle une donnée sur laquelle il est souvent revenu : que l'efficience de la magie est un processus symbolique et qu'elle tient au degré d'adhésion à des croyances qui soudent une communauté. Ainsi l'envoûtement par lequel un individu est condamné induit en celui-ci une terreur liée à son exclusion du groupe et pouvant déterminer des processus psycho-physiologiques capables d'entraîner sa mort : « L'envoûté cède à l'action combinée de l'intense terreur qu'il ressent, du retrait subit et total des multiples systèmes de référence fournis par la connivence du groupe, enfin à leur inversion décisive qui, de vivant, sujet de droits et d'obligations, le proclament mort, objet de craintes, de rites et d'interdits. L'intégrité physique ne résiste pas à la dissolution de la personnalité sociale » (p. 184). À l'opposé la guérison d'un individu malade sera d'abord sa réintégration dans le groupe dont le coupe sa maladie (c'est ce que montre, on le verra, le chapitre suivant intitulé « L'efficacité symbolique »). Dans tous les cas, le phénomène de la croyance est décisif ; il fonctionne à trois niveaux complémentaires : croyance du sorcier en sa propre efficacité, croyance de la victime ou du patient dans la magie du sorcier et enfin croyance de toute la communauté, ce qui fonde

l'auteur à affirmer : « la situation magique est un phénomène de *consensus* » (p. 185).

Pourtant ce consensus ne va pas sans une sorte de distance frisant le double jeu, comme l'auteur le montre sur
trois exemples. Le premier se réfère à une expérience faite
par lui-même chez les Nambikwara : un chef, qui avait
soudainement disparu, prétendait avoir été enlevé puis
ramené par le tonnerre sans que personne ne songe à le
supposer menteur alors que cet enlèvement visait à s'assurer une position dans un conflit de pouvoir ; il y a donc une
simulation évidente et en même temps une adhésion sincère
à l'explication magique. Le deuxième exemple, emprunté à
Matilda Coxe Stevenson, se rapporte à une accusation de
sorcellerie, faite chez des Indiens zuni à l'encontre d'un
enfant de douze ans, qui ne voit d'autre moyen d'échapper
à la mort que de prétendre être, en effet, un grand initié et
qui, mis devant plusieurs épreuves visant à prouver l'origine
de ses pouvoirs, finit par en trouver le signe attendu tout en
se lamentant sur leur perte. Tout se passe comme s'il avait
été sauvé par le fait qu'il a joué le jeu et ainsi reconnu,
jusque dans ses simulations, la consistance des croyances
partagées par tous. Mais le plus étonnant, selon Stevenson,
c'était que l'enfant, pris au piège de son récit et de ses ruses,
en venait à se concevoir effectivement lui-même comme un
vrai sorcier.

Le troisième exemple, de ce point de vue, est sans doute
le plus impressionnant puisqu'il s'agit d'un cas rare, semble-
t-il, de sorcier « incroyant ». Il s'agit de la confession d'un
sorcier kwakiutl, recueillie par Boas en langue indigène ; ce
sorcier réputé a commencé sa carrière en se faisant initier
pour vérifier de l'intérieur sa conviction que les sorciers
sont des charlatans. Il découvre en effet les « tricheries »
liées aux guérisons ou à d'autres actions magiques. Il fait
perdre la face à quelques collègues ; il est amené à constater
cependant que certaines techniques sont plus efficaces que
d'autres et les utilise lui-même pour les éprouver ou pour
confondre des rivaux. Bref il découvre, en somme, en

même temps, au point d'en être perplexe, les mensonges du métier et l'efficacité symbolique des croyances. Sagement il décide de continuer à exercer une activité qui produit des effets si bénéfiques pour les malades. L'auteur revient alors sur les conditions collectives de la cure, bref sur l'action la croyance ; notre sorcier kwakliutl, dit-il, « n'est pas devenu un grand sorcier parce qu'il guérissait ses malades, il guérissait ses malades parce qu'il était devenu un grand sorcier » (p. 198).

Mais ce caractère collectif ne tient pas à la seule croyance, il résulte aussi de l'effet produit par le *spectacle* de la transe dans laquelle entre le chaman lors de la cure ; en revivant son initiation, son « appel », il induit le malade à revivre lui aussi la situation qui est à l'origine de son trouble. Bref on est bien devant ce que la psychanalyse appelle *abréaction* : « En ce sens, le chaman est un abréacteur professionnel » (p. 199). C'est en quoi il se révèle être un médiateur entre deux univers, celui de la pensée normale et celui de la pensée pathologique. Celle-ci est marquée par une effusion symbolique, un excès de signifiant à laquelle la première ne peut répondre dans son déficit de signifié. L'effet de la cure est de réduire cet écart, de réintégrer le malade dans la cohérence des représentations du groupe.

Inévitablement, ici, une question se pose : cela a-t-il quelque ressemblance avec ce qui se passe dans la cure psychanalytique ? À première vue il y a une différence évidente : « En cure chamanique, le sorcier parle et fait abréaction *pour* le malade qui se tait, tandis qu'en psychanalyse, c'est le malade qui parle, et fait abréaction *contre* le médecin qui l'écoute » (p. 201). La médiation n'est donc pas la même. Il faudrait préciser : sans doute parce que le lien social n'est pas du même genre. D'où la nécessité d'une grande rigueur dans le maniement des concepts et de la cure psychanalytique. Lévi-Strauss y discerne plutôt une évolution inquiétante vers « une mythologie diffuse » qui fait que « la psychanalyse transforme ses traitements en conversions » (p. 202). Le risque, c'est en effet que la cure se réduise à « la réorganisation de l'univers du patient en fonction des interprétations psychanalytiques. C'est-à-dire qu'on tomberait, comme point d'arrivée, sur la situation qui fournit son point de départ et sa possibilité théorique au système magico-social que nous avons analysé » (p. 202).

On pourrait dire que bien des péripéties survenues dans le monde psychanalytique, depuis la publication de ce texte en 1949, en ont justifié les craintes.

Chap. x – L'efficacité symbolique

On pourrait dire de ce texte (publié sous ce titre dans la *Revue d'histoire des religions*, t. 135, nº 1, 1949) qu'il continue et développe les thèses avancées dans le chapitre précédent sur le rapport entre magie et croyance, et donc sur le caractère social des phénomènes symboliques. Il s'agit du commentaire d'une incantation recueillie chez les indiens Cuna du Panamá et publiée par Nils M. Holmer et Henry Wassen et que Lévi-Strauss considère comme « le premier grand texte magico-religieux connu relevant des cultures sud-américaines » (p. 205). Cette incantation accompagne un rituel chamanique destiné à aider une femme lors d'un accouchement douloureux. Le chaman doit pénétrer dans le séjour du Muu, puissance responsable de la formation du fœtus mais qui a outrepassé ses attributions en s'emparant du *purba* ou âme de la future mère. Le but de la cure est d'amener Muu à renoncer à cette emprise et demeurer à sa place.

L'incantation met en scène une représentation du corps, de ses organes assimilés à des sites (sentiers, gorges montagnes) évoquant toute une géographie affective ; la maladie elle-même et les douleurs sont figurées en images intenses ; toute une action se déroule à laquelle la patiente est amenée à prendre part en esprit ; son corps est le lieu d'une lutte dramatique entre des esprits malfaisants et des esprits secourables. Le monde utérin est figuré en théâtre peuplé d'animaux menaçants qu'il va s'agir d'expulser ; le corps devient le foyer d'une réalité cosmique. Chaque

figure et chaque action est l'objet d'une description minutieuse. Bref la malade est amenée à entrer dans un monde
mythique, à concevoir son corps et ses sensations comme un
dispositif de lieux et de figures, à imaginer un déroulement
dramatique qui met en scène la conception et la grossesse
pour aboutir à l'accouchement en cours et auquel elle participe avec ses hôtes intérieurs, des esprits secourables qui
d'abord entrés en file indienne, sortent quatre par quatre,
puis tous de front, comme l'exige la dilatation souhaitée.
C'est toute cette figuration que l'on peut qualifier de symbolique : ces animaux et personnages dont les expressions et
les actions sont identifiées aux organes, aux sensations, aux
états et aux actes de la malade.

En quoi a consisté l'*efficacité symbolique* dans cette
cure ? Elle se situe simultanément sur deux plans ; l'un a
trait à l'ordre propre du symbolisme (qui le différencie du
signe ou du langage par exemple) ; l'autre tient à son caractère social (donc commun avec le langage et les systèmes de
signes en général).

En ce qui concerne le premier aspect, Lévi-Strauss, pour
expliquer cette possibilité de représentation des organes
et de traduction des états psychiques en figures animales
et en personnages, parle d'une « *propriété inductrice* que
posséderaient, les unes par rapport aux autres, des structures formellement homologues, pouvant s'édifier, avec des
matériaux différents, aux différents étages du vivant : processus organiques, psychisme inconscient, pensée réfléchie » (p. 223). Il s'agit là en effet de quelque chose de très
particulier, de propre au symbolisme et qui tient à cette
coalescence de la figure et du sens, ou plutôt au fait que le
symbolisme réalise une opération intelligible à même les
éléments sensibles (on verra du reste que c'est exactement
ainsi que Lévi-Strauss définit la musique et la narration
mythique). Cette opération se développe à un niveau
qui est différent de celui du langage articulé, du discours
conscient (mais on ne saurait le dire antérieur ou au-
dessous sans risquer d'établir des hiérarchies gratuites). La

psychanalyse a très justement compris cette puissance du symbolisme puisque le dire du patient, par le biais des associations libres et surtout par l'opération du transfert, entre dans ce processus inducteur qui est tout autre que le savoir conscient (lequel ferait plutôt écran).

Mais un autre aspect de la cure chamanique est tout aussi important et sans doute explique sa réussite (puisque la patiente est parvenue à surmonter sa douleur et l'accouchement a pu avoir lieu) : « Que la mythologie du chaman ne corresponde pas à une réalité objective n'a pas d'importance : la malade y croit, et elle est membre d'une société qui y croit. Les esprits protecteurs et les esprits malfaisants, les monstres surnaturels et les animaux magiques, font partie d'un système cohérent qui fonde la conception indigène de l'univers. La malade les accepte, ou, plus exactement, elle ne les a jamais mis en doute. Ce qu'elle n'accepte pas, ce sont des douleurs incohérentes et arbitraires qui, elles, constituent un élément étranger à son système, mais que, par l'appel au mythe, le chaman va replacer dans un ensemble où tout se tient » (p. 218).

Ici Lévi-Strauss indique clairement ce qui lui paraît l'essentiel en cette affaire : que la cure individuelle ait consisté en une mobilisation de représentations qui sont collectives. Si la patiente est amenée à procéder à une dramatisation intérieure des différentes figures évoquées, selon des formes connues de récits et de représentations, cela veut dire que c'est avec tout un monde familier, social et cosmique, qu'elle est en mesure d'affronter l'épreuve ; son corps se projette dans ce monde qui en même temps est intériorisé en elle. Bref il n'y a symbolisme que dans cette relation. En définitive, s'il y a efficacité symbolique de la cure chamanique, c'est par cette intégration du psychisme individuel dans des représentations qui lui sont fournies par le groupe et donc par la tradition. Tout se passe comme si la maladie consistait en une coupure avec le monde social environnant et comme si la première tâche de la cure était de réintégrer le malade dans sa communauté. Cela se produit par la médiation des représentations symboliques, non seulement parce qu'elles sont de nature sociale et forment un « système cohérent », mais parce que les étapes de la cure et les évocations qui les accompagnent procèdent à une *mise en ordre* très précise de tous les éléments et figures évoquées. La narration qui les convoque, les dispose, les fait agir, et enfin les restituent à leur position initiale, a cette fonction d'articuler un ordre dans le temps. « Les événements antérieurs et postérieurs sont soigneusement rapportés. Il s'agit, en effet, de construire un ensemble systématique » (p. 217). La guérison n'est considérée comme efficace que si le résultat est anticipé comme restitution de l'équilibre ancien ; elle doit donc présenter à la malade « un dénouement, c'est-à-dire une situation où tous les protagonistes ont retrouvé leur place, et sont rentrés dans un ordre sur lequel ne plane plus de menace » (p. 217).

Ce texte entend démontrer, sur un exemple analysé en détail, une double dimension du symbolisme : l'une qui se ramène au *processus inducteur*, l'autre qui est son *caractère systématique et social*. Ici encore un parallélisme s'impose entre la cure chamanique et la cure psychanalytique. Tout se passe en effet comme si dans le premier cas le chaman fournissait le mythe et que le malade accomplissait les opérations, et que dans l'autre cas ce soit l'inverse. Si la cure réussit dans les deux cas également, c'est, estime l'auteur, pour cette raison fondamentale que quelle que soit la forme d'expression du mythe (reçu de la tradition ou recréé par le sujet) « la structure reste la même, et c'est par elle que la fonction symbolique s'accomplit » (p. 225). Cette structure ou plutôt, dit l'auteur, ces « lois de structures » sont « intemporelles » (p. 224) : elles constituent l'*inconscient* lui-même comme « forme vide » et s'identifie à la fonction symbolique (il appelle alors *subconscient* le vocabulaire individuel lié à l'histoire de chacun où se forment les contenus particuliers).

On voit donc ici s'esquisser une construction théorique qui se précisera dans la suite, à savoir que la fonction

435

symbolique constitue le niveau le plus profond (que l'auteur appelle « inconscient » parce qu'il reste préréflexif) de l'esprit humain et dont les « lois de structure » sont repérables aussi bien dans des organisations sociales (parenté, classifications totémiques, noms propres) que dans des systèmes de représentation (mythes, productions plastiques, etc.).

Chap. XI – La structure des mythes

L'auteur se doutait-il, lorsqu'il publiait pour la première fois cet article en anglais (« The Structural Study of Myth », *Journal of American Folklore*, vol. LXXVIII, n° 270, 1955) qu'il s'engageait dans une recherche qui allait dominer quasiment tous ses travaux futurs ? Cet article est resté en tout cas fameux comme le premier exposé d'une méthode qui rompait profondément avec les approches les plus connues sur la question du mythe, si l'on excepte les ouvrages de Georges Dumézil et de [M.] Henri Grégoire, explicitement salués, au demeurant.

D'emblée Lévi-Strauss déplore l'insuffisance dans laquelle se trouvent les études religieuses (auxquelles on a l'habitude de rattacher celles des mythes et des mythologies). Ou bien on voit dans le mythe une expression imagée des sentiments fondamentaux de l'humanité (réduction métaphysique) ; ou bien on en fait une traduction des phénomènes physiques qu'on ne sait pas expliquer scientifiquement (réduction positiviste) ; ou bien on fait appel à des archétypes pour voir dans les mythes des expressions de désirs permanents de l'être humain (réduction psychologique).

Le propre de toutes ces explications, c'est ne rendre compte d'aucun *détail spécifique* des récits. Il est vrai que ces récits semblent absurdes ou arbitraires ; aucune logique ne semble en gouverner les épisodes. C'est aussi pourquoi certains (comme les jungiens) se concentrent sur les thèmes et les images, leur cherchant des racines dans notre inconscient. En quoi ils répétaient l'erreur des anciens philosophes à propos de la langue, cherchant un sens associé à chaque son. Il faut, pour l'étude des mythes, pratiquer la même révolution méthodologique qu'a connue la linguistique : repérer dans le récit des *unités constitutives* et comprendre leurs relations comme différentielles et oppositionnelles. Telle fut l'idée directrice et féconde de Lévi-Strauss ; mais il avertit le lecteur qu'il ne faut pas oublier que le récit mythique, en tant que produit du langage, relève de l'analyse linguistique ordinaire. Il comporte, en tant que tel, les deux niveaux de tout langage, à savoir la langue et la parole, mais il en ajoute un troisième qui lui est propre. Toute la tâche est de définir cet autre niveau.

Ce niveau, c'est celui du *récit*. Il présente ce caractère singulier d'être traduisible sans grand dommage. Il constitue l'armature logique des éléments de la narration qui importe, non le langage comme tel. Le mythe de ce point de vue se situe à l'opposé de la *poésie* qui est par nature presque intraduisible.

« Résumons donc les conclusions provisoires auxquelles nous sommes parvenus. Elles sont au nombre de trois : 1) Si les mythes ont un sens, celui-ci ne peut tenir aux éléments isolés qui entrent dans leur composition, mais à la manière dont ces éléments se trouvent combinés ; 2) Le mythe relève de l'ordre du langage, il en fait partie intégrante ; néanmoins, le langage, tel qu'il est utilisé dans le mythe, manifeste des propriétés spécifiques ; 3) Ces propriétés ne peuvent être cherchées qu'au-dessus du niveau habituel de l'expression linguistique ; autrement dit, elles sont de nature plus complexe que celles qu'on rencontre dans une expression linguistique » (p. 232).

Les unités constitutives propres à ce genre du discours qu'est le récit mythique, Lévi-Strauss propose de les appeler *mythèmes*. Tout le travail consistera alors : 1) à découper la phrase de manière à y repérer ces unités constitutives ; chaque unité apparaît comme une *relation* ; c'est le découpage syntagmatique ; 2) à classer ces unités en différentes colonnes selon la question à laquelle elles se rapportent :

on a alors des « *paquets de relations* » ; c'est le regroupement paradigmatique.

À l'ordre diachronique du récit se superpose celui synchronique des paquets de relations, un peu comme dans une composition musicale classique on a la dimension horizontale et linéaire de la mélodie et la dimension verticale et synchronique de l'harmonie.

Lévi-Strauss donne un exemple de cette méthode en reprenant le mythe d'Œdipe, non parce qu'il le juge plus intéressant qu'un autre, mais parce que ce mythe a l'avantage d'être connu de tous. Il montre que les différents éléments du récit peuvent être rangés selon quatre paquets de relations rangés en colonnes, c'est-à-dire en fonction d'un trait commun qu'il importe de mettre en évidence.

C'est ainsi qu'on constate que, dans la première colonne, il s'agit de rapports de parenté surestimés tandis qu'ils sont sous-estimés ou dévalués dans la deuxième ; dans la troisième on a affaire à des monstres, enfin dans la quatrième apparaissent des noms propres qui par hypothèse ne sont pas classables, mais qui offrent dans le cas présent la particularité d'être formés autour d'une notion, celle de la difficulté à marcher droit.

À partir de quoi, en s'appuyant sur des faits américains, Lévi-Strauss montre que l'ensemble de ce récit tourne autour de la question de l'*autochtonie de l'homme*. C'est elle qui est affirmée dans la destruction des monstres (3e colonne) et dans la claudication typique des êtres qui émergent de la terre (4e colonne). Le conflit est alors le suivant : comment maintenir cette autochtonie alors que l'on sait bien que chacun de nous naît d'un homme et d'une femme ? « La difficulté est insurmontable. Mais le mythe d'Œdipe offre une sorte d'instrument logique qui permet de jeter un pont entre le problème initial – naît-on d'un seul, ou bien de deux ? – et le problème dérivé qu'on peut approximativement formuler : le même naît-il du même, ou de l'autre ? Par ce moyen, une corrélation se dégage : la surévaluation de la parenté de sang est, à la sous-évaluation de celle-ci, comme l'effort pour échapper à l'autochtonie est à l'impossibilité d'y réussir » (p. 239).

Ici un premier aspect important de la méthode de Lévi-Strauss s'affirme : la mise en évidence non seulement de *relations* mais aussi de *corrélations* ; c'est bien en cela que tient la structure : le rapport constant entre deux ou plusieurs séries.

Un deuxième aspect est développé ensuite : certains éléments plus récents du mythe (comme la mort de Jocaste, l'aveuglement volontaire d'Œdipe) peuvent aisément prendre place dans le schème déjà proposé. Lévi-Strauss en arrive alors à cette assertion générale qui marque toute la nouveauté de son approche : « Nous proposons [...] de définir chaque mythe par l'ensemble de toutes ses versions. [...] L'analyse structurale devra les considérer toutes au même titre » (p. 240). Ainsi l'interprétation qu'en a donné Freud, si riche au demeurant, n'en constitue qu'une des versions parmi les plus récentes.

Cela conduit à une troisième assertion : « Il n'existe pas de version "vraie" dont toutes les autres seraient des copies ou des échos déformés. Toutes les versions appartiennent au mythe » (p. 242). Ce qui veut dire au moins ceci : il est inutile de rechercher le sens du mythe dans sa généalogie et de supposer que sa vérité serait un secret détenu par une version qui serait la plus originaire. Lévi-Strauss dit au contraire que ce sont les variantes et le dispositif qu'elles forment qui permettent de comprendre quel type de problème le mythe s'efforce de traiter (on ne demandera donc pas au mythe quelle révélation il est supposé apporter).

L'auteur donne un exemple de sa méthode en mettant en parallèle les cinq versions répertoriées des mythes d'émergence des Indiens zuni ; il en vient à cette conclusion : « En appliquant systématiquement cette méthode d'analyse structurale on parvient à ordonner toutes les variantes connues d'un mythe en une série, formant une sorte de groupe de permutations, et où les variantes placées aux deux extrémités de la série offrent, l'une par rapport à l'autre, une structure symétrique mais inversée. On introduit donc un début d'ordre là où tout n'était que chaos, et on gagne l'avantage supplémentaire de dégager certaines opérations logiques qui sont la base de la pensée mythique » (p. 248).

Cette technique d'analyse permet de dégager les aspects formels du récit. Il reste alors à comprendre ce qui en fait la raison. Bref à se demander : à quoi sert le mythe ? Dans les exemples analysés ici le problème est toujours de *rendre pensable des termes extrêmes* : la vie et la mort ; l'agriculture et la chasse (mais dans d'autres cas ce pourra être et, à chaque fois dans des contextes très particuliers, la mer et la montagne, l'été et l'hiver, la saison sèche et la saison des pluies, le feu et l'eau, le ciel et la terre, la santé et la maladie, etc.). Entre ces extrêmes (parfois incompatibles, parfois simplement opposés), apparaissent des termes moyens auxquels le mythe confie un rôle éminent comme le messie, les Dioscures, le trickster ou tout autre personnage ou élément susceptible de participer à deux mondes en même temps. Ce sont des *médiateurs* et le récit s'articule autour de leur action : « La pensée mythique procède de la prise de conscience de certaines oppositions et tend à leur médiation progressive » (p. 248). Le mythe s'éclaire quand on comprend qu'il procède de la manière suivante : « Deux termes entre lesquels le passage semble impossible sont d'abord remplacés par deux termes équivalents qui en admettent un autre comme intermédiaire. Après quoi, un des termes polaires et le terme intermédiaire sont, à leur tour, remplacés par une nouvelle triade, et ainsi de suite » (*ibid.*).

On comprend alors qu'il y a un rapport entre la diversité des versions et le processus intellectuel de la médiation. Ces versions ne sont pas en rapport quelconque les unes avec les autres. Elles forment ce que Lévi-Strauss appelle ici un « groupe de permutation » (dans les textes ultérieurs il dira plutôt « groupe de transformation »). On peut donc supposer qu'il y a une loi de ce groupe. C'est ce que Lévi-

Strauss appelle « la relation canonique » et dont il propose la formule suivante :

$$Fx\ (a) : Fy\ (b) : : Fx\ (b) : Fa\text{-}1\ (y)$$

Formule qui doit se comprendre ainsi : « Deux termes *a* et *b* étant donnés simultanément ainsi que deux fonctions, *x* et *y*, de ces termes, on pose qu'une relation d'équivalence existe entre deux situations, définies respectivement par une inversion des *termes* et des *relations*, sous deux conditions : 1) qu'un des termes soit remplacé par son contraire (dans l'expression ci-dessus : *a* et *a-1*) ; 2) qu'une inversion corrélative se produise entre la valeur de fonction et la valeur de terme de deux éléments (ci-dessus : *y* et *a*) » (p. 253).

Cette formule ne se comprend bien, évidemment, qu'à partir des exemples analysés dans le chapitre. Lévi-Strauss la reprend (sans chercher à trop systématiser son caractère formel) dans les *Mythologiques* ; mais comme on lui avait fait remarquer justement le peu d'usage qu'il en faisait, il montrera de manière brillante, dans *La Potière jalouse*, la fécondité de l'hypothèse qu'elle contient.

En définitive, ce que cette formule démontre, c'est que le mythe est d'abord un instrument logique pour résoudre une contradiction en la résorbant progressivement dans le travail de médiation assuré par les variantes. La redondance dont celles-ci témoignent n'est donc pas absurde. Elle rend possible, par un jeu de substitutions progressives, la construction d'un raisonnement analogique ; elle réussit donc à établir une relation entre des termes d'abord perçus comme totalement séparés. En ce sens il n'y a pas de différence entre pensée mythique et pensée positive : « Car la différence tient moins à la qualité des opérations intellectuelles qu'à la nature des choses sur lesquelles portent ces opérations. [...] Peut-être découvrirons-nous un jour que la même logique est à l'œuvre dans la pensée mythique et dans la pensée scientifique et que l'homme a toujours pensé aussi bien » (p. 255).

Chap. XII – Structure et dialectique

Ce chapitre, publié sous ce titre dans l'ouvrage collectif *For Roman Jakobson. Essays on the Occasion of this Sixtieth Birthday* (La Haye-Paris, Mouton, 1956), n'est pas, comme on pourrait le croire, une mise au point théorique générale sur les deux notions proposées, mais il est consacré à l'étude des rapports entre mythe et rituel ; et c'est à l'occasion d'exemples précis concernant ces deux domaines qu'est traitée la question impliquée dans le titre.

La théorie reçue, c'est que le rite et le mythe seraient en relation de correspondance réciproque : l'un exprimerait sur le plan de l'action ce que l'autre formulerait sur celui des notions. Malheureusement cette hypothèse, qui aurait l'avantage d'être simple et commode, ne se vérifie que rarement. Pourtant entre rite et mythe des relations existent mais elles sont indirectes, elles passent par des permutations ou des transformations : « Il faudra donc renoncer à chercher le rapport du mythe et du rituel dans une sorte de causalité mécanique, mais concevoir leur relation sur le plan d'une dialectique, accessible seulement à la condition de les avoir, au préalable, réduits l'un et l'autre à leurs éléments structuraux » (p. 258).

Pour illustrer son propos Lévi-Strauss prélève un exemple dans le recueil établi par George Amos Dorsey sur la mythologie des Indiens pawnee des plaines de l'Amérique du Nord (*The Pawnee. Mythology*, part. I, Washington, Carnegie Institution of Washington, 1906) ; tout un groupe de mythes de ce recueil (n° 77 à 116) concernent l'origine des pouvoirs chamaniques ; y revient de manière récurrente le thème du « garçon enceint ». À ce mythe (où apparaît tout un ensemble d'oppositions entre initié et non-initié, enfant et vieillard, confusion et distinction des sexes, fécondité et stérilité, introduction et extraction, etc.) ne correspond aucun rite, ce qui peut étonner quand il s'agit d'initiation chamanique. Ce genre d'initiation chez les Pawnee (contrairement à d'autres populations) se pratique sans épreuves spéciales ni paiements. On serait alors tenté de dire que l'absence même de rite constitue une forme logique d'opposition au mythe. Mais ce serait une opposition vide puisque rien ne correspondrait aux détails du mythe et que le thème central du « garçon enceint » y serait inexpliqué. Faut-il donc renoncer ? Pas du tout, répond Lévi-Strauss : il faut peut-être chercher la réponse – entendons : un rituel correspondant – non chez les Pawnee eux-mêmes mais chez certains de leurs voisins avec qui ils sont liés géographiquement, historiquement et culturellement comme les Blackfoot, les Mandan et les Hidatsa et chez qui « nous trouvons toutes les oppositions déjà analysées sur le plan du mythe, avec inversion des valeurs attribuées à chaque couple : initié et non-initié ; jeunesse et vieillesse ; confusion et distinction des sexes, etc. [...] Les valeurs sémantiques sont les mêmes ; elles sont seulement permutées d'un rang par rapport aux symboles qui leur servent de support » (p. 262). C'est la même démonstration que l'auteur reprend à propos d'un autre rite, dit du « Hako », avec cette particularité que ce rite est commun à plusieurs populations dont les Pawnee eux-mêmes.

On comprend donc mieux ce que Lévi-Strauss entend par « dialectique » : les rapports entre des champs de représentation mythiques ou de pratiques rituelles ne sont pas de similitude ou de complémentarité mais d'opposition ou d'inversion. Il en va ici comme de ce que les linguistes entendent par *affinités* : celles-ci peuvent s'exprimer par l'antithèse ; le contraire peut être la meilleure façon de signifier une appartenance au même. Ce qui s'explique autant par des propriétés structurales que par l'exigence inhérente aux groupes sociaux de marquer leur distinction les uns par rapports aux autres.

Chap. XIII – Le dédoublement de la représentation dans les arts de l'Asie et de l'Amérique

Le premier intérêt de cette étude tient sans doute à ce qu'elle ouvre, à partir d'un exemple, la possibilité d'un renouvellement de l'objectif et de la méthode des recherches comparatistes. De quoi s'agit-il ? D'un constat troublant fait par de nombreux spécialistes de la surprenante parenté qui existe entre des arts relevant d'aires de civilisations très éloignées dans le temps et dans l'espace : côte nord-ouest de l'Amérique (XVIIIe-XIXe siècle), Amérique du Sud (Caduveo, XIXe-XXe siècle), Chine (Ier-IIe millénaire avant J.-C.), région de l'Amour (période préhistorique), Nouvelle-Zélande (Maori, du XIVe au XVIIIe siècle).

Les ressemblances extrêmement précises ont conduit aussitôt les partisans du diffusionnisme à faire des hypothèses empiriquement invérifiables. L'ennui, c'est que leurs adversaires ont pensé régler le problème en niant ces ressemblances. Il faudrait donc formuler une méthode d'analyse capable d'expliquer l'indéniable parenté entre les œuvres considérées sans avoir à recourir à une causalité historique à jamais soustraite à la vérification expérimentale. La méthode structurale permet de satisfaire à ces exigences, c'est ce qu'entend démontrer Lévi-Strauss en reprenant ce dossier.

De quoi s'agit-il dans les œuvres concernées ? Il s'agit pour l'essentiel de masques ou de tatouages faciaux ou encore de représentations d'animaux, peints sur des volumes tels des coffres, des vases ou des poteaux. Un phénomène est commun à toutes ces œuvres, c'est celui que Boas a nommé *split representation* et que Lévi-Strauss traduit *dédoublement de la représentation* et qui se caractérise par la représentation d'un être vu de face par deux profils, par la dislocation des détails, par une stylisation intense des traits, par l'expression symbolique des attributs d'un individu. Selon les cas, d'autres aspects encore peuvent être relevés.

Il est remarquable de constater l'identité des termes utilisés pas Boas pour décrire l'art de la côte nord-ouest de l'Amérique et ceux employés par un sinologue comme Herlee Glesner Creel pour les bronzes chinois de la période Shang. Ce sont les mêmes termes qui s'imposent pour rendre compte des tatouages ou peintures du visage chez les

Maori et les Caduveo (en ce qui concerne ce dernier cas il faut se reporter au chapitre xx de *Tristes Tropiques* : « Une société indigène et son style »). Malgré certaines différences notoires entre ces deux cas (symétrie globale avec asymétrie des détails chez les Caduveo, symétrie stricte chez les Maori), ce qui étonne c'est « la récurrence d'une méthode de représentation aussi peu naturelle, parmi des cultures séparées les unes des autres dans le temps et dans l'espace » (p. 284) À supposer qu'on puisse un jour rendre compte d'un lien historique entre les deux cultures, une autre question n'en demeurerait pas moins entière : pourquoi ce trait culturel s'est-il maintenu alors que tout le reste a évolué différemment ? « Car la stabilité n'est pas moins mystérieuse que le changement […]. Des connexions externes peuvent expliquer la transmission ; mais seules des connexions internes peuvent rendre compte de la persistance » (p. 284). L'analyse structurale est donc fondée à relayer l'analyse historique même dans le cas où celle-ci a pu offrir une réponse.

Un bon exemple d'explication immanente est fourni par Boas à propos des arts de la côte nord-ouest de l'Amérique. Selon Boas la *split representation* serait déterminée par l'application aux surfaces planes d'un procédé qui s'imposait naturellement aux objets à trois dimensions (comme la représentation d'un animal sur les six faces d'un coffre) ; il y aurait eu adaptation du procédé des objets anguleux aux objets arrondis puis aux surfaces planes.

Cette explication est habile et probablement juste ; mais elle n'est pas suffisante puisqu'elle ne permet pas de comprendre pourquoi tant de cultures ont décoré des objets à trois dimensions sans recourir à ce procédé. Il faut donc trouver une raison dont l'argument soit proprement interne. Lévi-Strauss propose celui-ci : dans les arts en question on constate une relation particulière entre l'élément plastique et l'élément graphique. Par élément plastique il faut entendre la forme propre de l'objet (visage, coffre, vase, etc.) et par élément graphique le dessin ou décor. Cette relation est 1) d'opposition car le décor s'impose extérieurement au support, ce qui explique la dislocation et le dédoublement ; 2) cette relation est fonctionnelle, les deux éléments forment une individualité spécifique : « Ainsi les coffres de la côte Nord-Ouest ne sont pas seulement des récipients agrémentés d'une image animale peinte ou sculptée. Ils sont l'animal lui-même, gardant activement les ornements cérémoniels qui lui sont confiés [...]. Le résultat définitif est *un* ustensile-ornement, objet-animal, boîte-qui-parle » (p. 284).

Ce deuxième aspect renvoie à une dualité plus profonde qui est celle de la nature (élément plastique) et de la culture (élément graphique) et qui s'exprime de manière exemplaire dans les tatouages maori ou les peintures corporelles caduveo : dédoublement de l'individu biologique nu et « stupide » et du personnage social attesté et glorifié par le dessin. C'est ce qui explique pourquoi, parmi les supports, le cas du visage a une valeur éminente. Il est « la surface tridimensionnelle par excellence, où le décor et la forme ne peuvent, ni physiquement, ni socialement, être dissociés » (p. 289). Ce n'est donc pas un hasard si les cultures en question (y compris celle de la Chine ancienne) sont des cultures à *masques* où la dualité de l'acteur et de son rôle est à la fois proclamée et surmontée ; mais elle ne l'est justement que sous la forme du dédoublement. Cela ne veut pas dire pour autant que toutes les cultures à masques supposent ce dédoublement. Pourquoi ? Répondre à cette question, c'est sans doute atteindre la raison essentielle de la corrélation entre la logique du dédoublement et la forme de l'organisation sociale. Il se trouve en effet que toutes les cultures envisagées ici (côte Nord-Ouest, Caduveo, Chine, Maori, etc.) sont celles de sociétés hiérarchisées avec chaînes de privilèges, d'emblèmes, de prestiges fondés sur des généalogies dont les masques ont pour fonction de manifester la permanence (soit sous forme de tatouages, soit comme objets possédés par des lignées). Il y a complète adhérence de l'acteur à son rôle.

Dans les autres cas au contraire cette adhérence n'existe pas. « Le monde des masques forme un *panthéon* plutôt qu'une *ancestralité* » (p. 292). L'incarnation du dieu est intermittente. Du même coup le rapport est plus souple entre ordre social et ordre spirituel.

En conclusion, l'hypothèse diffusionniste, sans être pour autant exclue, n'a pas été nécessaire. On comprend donc la corrélation interne qui existe entre des formes sociales et des formes d'art. Dans le chapitre de *Tristes Tropiques* consacré à cette question, Lévi-Strauss, quelque dix ans après ce texte, précisera son analyse en voyant dans l'expression graphique des Caduveo la recherche d'une solution esthétique à un problème (comment traduire une hiérarchie ternaire en dualité égalitaire) que les Bororo de leur côté tentaient de résoudre sur le mode sociologique dans la disposition même de leurs villages (il faut se reporter au chapitre VIII où cette disposition est analysée de manière détaillée).

Chap. XIV – Le serpent au corps rempli de poissons

Si l'auteur a choisi de retenir ici cette étude relativement brève (publiée sous ce titre dans les *Actes du XXVIII*e *Congrès des Américanistes*, Paris, 1947, Société des Américanistes, 1948, p. 633-636), c'est sans doute parce qu'elle présentait l'avantage de mettre en évidence un important point de méthode, comme on le verra dans la conclusion.

Le texte commence en mentionnant l'intérêt d'enquêtes publiées par Alfred Métraux faisant apparaître des parallèles surprenants entre des traditions orales du Chaco actuel et des récits de la région andine attestés par des documents anciens. Un de ces récits concerne un serpent surnaturel nommé Lik, dont la queue est remplie de poissons et qui est tour à tour dangereux et secourable. Lévi-Strauss en repère le motif très précis sur des vases, l'un de Nazca et l'autre de Pacasmayo.

L'intérêt, c'est de trouver dans des traditions orales contemporaines les gloses de ces pièces anciennes ; ces correspondances d'éléments éloignés dans le temps (plusieurs siècles) et dans l'espace (Andes et Chaco) donnent une idée de ce que pourrait être la fécondité des approches croisées de l'archéologie et de l'ethnologie. Par sa formidable stabilité une tradition orale constitue un document très ancien : « Comment douter que la clef de l'interprétation de tant de motifs encore hermétiques ne se trouve, à notre disposition et immédiatement accessible, dans des mythes et des contes toujours vivants ? On aurait tort de négliger ces méthodes, où le présent permet d'accéder au passé » (p. 298-299).

On comprend que sous cet angle il ne saurait y avoir aucun conflit de principe, au contraire, entre la recherche historique et la recherche anthropologique.

Chap. xv – La notion de structure en ethnologie

Ce texte (traduit et adapté à partir de l'original anglais « Social structure », prononcé lors d'un colloque d'anthropologie à New York en 1952 et publié en 1953 dans *Anthropology Today* sous la direction d'Alfred Louis Kroeber) constitue, on s'en doute, un des chapitres essentiels de ce volume puisque l'auteur s'y assigne la tâche d'exposer les concepts et méthodes qui définissent sa démarche. La présentation didactique et systématique des différents problèmes en fait un véritable petit traité de structuralisme.

La partie introductive pose la question suivante : que faut-il entendre par « structure sociale » ? Le terme était employé par plusieurs écoles de sociologie ou d'anthropologie bien avant que Lévi-Strauss ne propose une analyse proprement structurale, laquelle s'est imposée avant tout dans son étude des faits de parenté.

Il faut donc distinguer un usage banal du concept de structure de son usage rigoureux et c'est ce que vise à clarifier la première partie de ce chapitre. La mise au point est d'emblée tranchante : « Le principe fondamental est que la notion de structure sociale ne se rapporte pas à la réalité empirique, mais aux modèles construits d'après celle-ci » (p. 305). Ce qui veut d'abord dire que la notion de *structure sociale* ne se confond pas avec celle de *relation sociale*. C'est donc le *modèle* construit d'après les observations qui per-

met d'atteindre la structure. Le modèle est un artefact intellectuel qui permet de se représenter des rapports constants
et intelligibles entre un certain nombre de termes. C'est
pourquoi la définition célèbre des quatre conditions fondamentales d'existence d'une structure est en réalité une définition du modèle qui permet de reconnaître une structure
(cf. p. 306).

Ces exigences méthodologiques ne relèvent pas particulièrement de l'ethnologie mais de l'épistémologie, remarque
Lévi-Strauss. Il faut donc préciser le domaine propre de
l'ethnologie. Celui-ci se caractérise par une grande différence de statut entre l'observation et l'expérimentation. La
première doit être aussi empirique et détaillée que possible.
Mais comment parler d'expérimentation à propos des sociétés ? Précisément expérimenter ici veut dire tester des
modèles, soit en soumettant le même matériau à différents
modèles, soit en éprouvant un même modèle sur des matériaux différents.

Ces modèles, en général, ne sont pas l'objet d'un savoir
conscient de la part des groupes. Les représentations de soi
que se donnent les groupes ne correspondent que rarement
à leur structure véritable. Ces représentations conscientes,
ce sont des valeurs ou plutôt des *normes* qu'on pourrait
appeler des modèles conscients. Ceux-ci servent plutôt
d'écran aux structures profondes. Elles n'expliquent rien,
mais elles constituent un autre matériau pour l'observateur.

La construction des modèles doit d'abord tenir compte
d'un facteur qui est la taille de la société considérée. Dans le
cadre d'un groupe restreint (comme peut l'être une société
sauvage formant un isolat certain), on aura plutôt des
modèles mécaniques, c'est-à-dire des modèles où les éléments représentés sont à l'échelle des phénomènes considérés (les termes du modèle correspondant aux individus du
groupe) ; au contraire avec des sociétés démographiquement
plus développées et aux institutions plus complexes,
il sera nécessaire d'établir des *modèles statistiques* : telle est
la tâche de la sociologie et de l'histoire. D'autre part, les

modèles mécaniques correspondent à des cadres spatiaux et temporels relativement stables : c'est pourquoi la notion d'évolution n'y a pas de véritable pertinence ; dans le cas des sociétés démographiquement plus importantes on a des chances d'avoir affaire à un temps cumulatif et donc orienté.

Ce sont des problèmes que l'auteur aborde dans la deuxième partie de ce chapitre en notant à quel point les considérations historiques et géographiques sont importantes pour les études structurales, puisqu'elles ont un rapport direct à la question de l'échelle des phénomènes et donc des modèles mécaniques qui sont le type de ceux que l'ethnologue doit construire. D'où l'importance des études d'écologie, des formes d'habitat (souvent très liées – mais non nécessairement – à la structure sociale) et de démographie (« il existe une relation certaine entre le mode de fonctionnement et la durabilité d'une structure sociale, et l'effectif de la population », p. 322). Ici une notion intéressante est à considérer : celle d'*isolat*, c'est-à-dire d'unité sociologique limitée à l'intérieur d'un ensemble démographique large. Un isolat peut être caractérisé par une certaine stabilité dans les relations d'intermariage (comme cela a été montré pour des régions de France) et l'ethnologue peut se retrouver sur son terrain en pleine société moderne. Cette notion peut s'étendre au domaine culturel : « Nous appelons culture tout ensemble ethnographique qui, du point de vue de l'enquête, présente des écarts significatifs. [...] L'objet dernier des recherches structurales [sont] les *constantes* liées à de tels écarts » (p. 325) ; il suffira donc de définir des ensembles (pouvant aller d'une ville à un continent) sur lesquels la recherche de ces constantes sera réalisée.

Dans la troisième partie de ce chapitre l'auteur considère les groupes sociaux sous l'angle de la *communication* au sens nouveau que ce concept a commencé à prendre avec les théories de l'information. Ce point de vue représente à ses yeux la *statique sociale* (à quoi s'opposera une dynamique dans la section suivante). Cette communication,

Lévi-Strauss la définit comme s'opérant simultanément à trois niveaux : « communication des femmes ; communication des biens et de services ; communication des messages » (p. 327) ; ce qui signifie que la parenté, l'économie et la langue sont des systèmes qui peuvent offrir des analogies et relever de la même méthode. Lévi-Strauss remarque aussitôt que ces trois systèmes ne sont pas du même ordre (les femmes ne sont pas comme les biens et les mots) et ne relèvent pas davantage du même rythme (lent pour la parenté ; rapide pour le langage).

Ce qui semble séduisant dans cette hypothèse, c'est sa capacité à formuler en termes nouveaux, issus de la science récente, l'idée de « fait social total » ; mais on voit aussitôt le risque impliqué par cette approche : tenter de ramener dans le champ du signe et dans les modèles du code des activités qui relèvent d'un autre ordre. Telle est, par exemple, la critique de Dan Sperber, qui fait remarquer que l'alliance matrimoniale ne peut être dite communication que par métaphore ; elle est plus précisément une circulation (comme le sont aussi les biens économiques). C'est pourquoi, suggère le même auteur, il faut distinguer structure de *code* et structure de *réseau* (cf. *Le Structuralisme en anthropologie*, Paris, Seuil, rééd., 1973).

Cependant il faut bien voir qu'en recourant au concept de communication, Lévi-Strauss entendait s'en tenir au plan des possibilités logiques ; ainsi le fait-il pour la parenté et les formes d'alliance matrimoniales : il en expose les règles générales selon les types observés, mais il n'en étudie pas les stratégies effectives ni, par conséquent, les entorses faites aux règles. Lévi-Strauss se réfère ici explicitement à la théorie des jeux de John von Neumann et Oskar Morgenstern. Ceux-ci écrivent que « le jeu consiste dans l'ensemble des règles qui le décrivent » (cité p. 329). C'est en cela que consiste son « information », en d'autres termes son intelligibilité opératoire. C'est cela que Lévi-Strauss entend par *communication* ; de ce point de vue il s'agit d'une approche qui considère les possibilités plutôt que les situations ; mais justement ce que nous comprenons mieux, c'est que les situations (soit les événements donnés) resteraient « muettes » sans la connaissance des possibilités, comme on ne peut comprendre la partie effective que si on connaît les cartes offertes et les règles du jeu.

La notion de communication est donc un concept unificateur susceptible de révolutionner les voies d'approche (dans l'analyse des faits de parenté par exemple). Mais cela n'est possible que pour autant qu'on se donne un concept correct de la structure sociale et qu'on ne la confonde pas avec l'organisation ou la somme des relations observables. Tel semble bien être le cas de Radcliffe-Brown, en dépit de la qualité de ses analyses des faits australiens (comme sa découverte purement déductive du système Kariera confirmé par l'étude de terrain). Mais Radcliffe-Brown (comme Malinowski et bien d'autres anthropologues de l'école anglaise) reste profondément naturaliste (faisant des liens biologiques l'origine et le modèle de tous les liens sociaux) : « Loin d'élever le niveau des études de parenté jusqu'à la théorie de la communication, comme j'ai proposé de le faire, Radcliffe-Brown le ramène à celui de la morphologie et de la physiologie descriptives » (p. 334).

Pour des raisons différentes, Lévi-Strauss critique les tentatives de Murdock et finalement salue les travaux de Lowie à qui il reconnaît le mérite d'un rigoureux retour aux faits, et surtout d'avoir compris (dans le cas des systèmes matrilinéaires) que, pour ordonner les données apparemment hétérogènes, il fallait penser *non en termes de survivances mais de variables* ; c'est ce qui lui a permis de dresser les tables de permutation entre les caractères différentiels des systèmes de parenté, d'établir les liens entre appellations et attitudes, et le rapport entre la règle de filiation et celle de résidence.

La dernière section de ce chapitre est intitulée « Dynamique sociale : structures de subordination ». L'auteur envisage donc explicitement le domaine qu'on lui a le plus reproché d'ignorer. Mais Lévi-Strauss, ici comme ailleurs, explique le sens de ses recherches, à savoir comment un système de parenté qui, en droit, pourrait se reproduire indéfiniment, bouge et se transforme, bref peut-on repérer en lui des propriétés dynamiques ? Plusieurs possibilités sont à considérer : les rapports entre générations par exemple constituent des structures de subordination qui équivalent à des relations de pouvoir ; d'autre part les *attitudes* liées aux positions sont également dynamiques parce qu'elles sont en relations complexes avec le système des *appellations* ; reste enfin le cas des sociétés hiérarchisées qui engendrent des institutions (comme la polygamie) visant à résoudre simultanément plusieurs types de contradictions.

Il y a donc plusieurs types d'ordres dans toute société (parenté, politique, économie, etc.), mais y a-t-il un « ordre des ordres » ? C'est-à-dire un modèle total de la société. Ces modèles semblent exister aussi bien dans les représentations religieuses et mythiques (ordre conçu) que dans l'expérience du groupe (ordre vécu). Mais les uns comme les autres exigent d'être soumis au contrôle externe par un travail minutieux de mise en relation des séries de données, bref par la pratique d'un comparatisme structural dont Dumézil par exemple a démontré l'efficacité.

Chap. XVI – Postface au chapitre XV

Comme le chapitre V, le titre ce celui-ci n'indique rien du contenu. Comme dans le cas précédent il aurait pu s'intituler « Réponses à des critiques ». Trois noms sont ici convoqués : ceux de Georges Gurvitch, Maxime Rodinson, Jean-François Revel.

En répliquant à Georges Gurvitch, Lévi-Strauss s'attaquait à un monument de la sociologie française de l'époque. Gurvitch avait tout d'abord accueilli favorablement les recherches de son jeune collègue et sollicité sa participation pour l'ouvrage collectif *La Sociologie au XXᵉ siècle* (Paris, PUF, 1947). Mais les choses se sont vite gâtées comme l'indique le début du présent chapitre : « M. Gurvitch, que j'avoue comprendre de moins en moins chaque fois qu'il m'arrive de le lire, s'en prend à mon analyse de la notion de structure sociale, mais ses arguments se réduisent le plus souvent à des points d'exclamation ajoutés à quelques paraphrases tendancieuses de mon texte » (p. 353). Lévi-Strauss met le doigt d'emblée, avec une certaine cruauté, sur des ignorances manifestes de son contradicteur à propos des apports de la psychologie gestaltiste ou de l'anthropologie américaine au développement de la notion de structure. Et lorsque Gurvitch suggère à Lévi-Strauss que la seule manière adéquate d'articuler la structure sociale à la « société globale » c'est de se consacrer à l'étude de sociétés particulières, il s'attire cette volée de bois vert : « De quel droit, à quel titre, M. Gurvitch s'institue-t-il notre censeur ? Et que sait-il des sociétés concrètes, lui dont toute la philosophie se ramène à un culte idolâtre du concret […] mais reste imbue d'un tel sentiment de révérence sacrée, que son auteur n'a jamais osé entreprendre la description ou l'analyse d'une société concrète quelconque ? » (p. 356). On ne pouvait remuer plus rudement le fer dans la plaie de la sociologie purement spéculative et souvent absconse de Gurvitch (qui, rappelons-le, régnait alors en maître sur la sociologie française depuis sa chaire de la Sorbonne).

Lévi-Strauss continue en rappelant que l'analyse structurale ne consiste jamais à plaquer des schémas abstraits sur la réalité. Elle commence par une observation minutieuse, une collecte détaillée des faits : « La recherche des structures intervient à un second stade, quand, après avoir observé ce qui existe, nous essayons d'en dégager les seuls éléments stables – et toujours partiels – qui permettent de comparer et de classer. À la différence de M. Gurvitch, cependant, nous ne partons pas d'une définition a priori de ce qui est structurable et de ce qui ne l'est pas. Nous sommes trop conscients de l'impossibilité de savoir d'avance où, et à quel niveau d'observation, l'analyse structurale aura prise » (p. 357).

Ceci dit, Lévi-Strauss rappelle que la tâche de l'ethnologue n'est pas de se consacrer aux seules observations locales (comme le croit Gurvitch qui réserverait à des théoriciens de son espèce le privilège d'élaborer des synthèses). L'ethnologie est en elle-même plus ambitieuse : « Notre but dernier n'est pas tellement de savoir ce que sont, chacune pour son compte, les sociétés qui font notre objet d'étude, que de découvrir la façon dont elles diffèrent les unes des autres. Comme en linguistique, ces *écarts différentiels* constituent l'objet propre de l'ethnologie » (p. 358).

Après avoir encore rappelé à Gurvitch la portée et la validité des modèles mathématiques en ethnologie (ce qui ne se réduit pas à y introduire la mesure ou la quantification) ; après une autre mise au point sur le rapport entre les représentations symboliques de l'espace et la structure sociale, il termine en rectifiant un autre contresens commis par Gurvitch sur le concept d'*ordre des ordres*, qui ne renvoie pas à un système global (« totalitaire » même comme le prétend Gurvitch), mais suppose seulement que les différents niveaux d'une société, même s'ils se contredisent ou s'intègrent mal, appartiennent (matériellement, logiquement, symboliquement) « à un même groupe ».

Les réponses aux critiques de Maxime Rodinson sont moins polémiques. Les questions sont du reste d'un tout autre genre et portent sur nos critères d'évaluation des sociétés dites « primitives » et de la pertinence de la notion de progrès, que Lévi-Strauss se refuse à réserver à la seule société occidentale ; il soutient au contraire l'existence de lignes autonomes et même divergentes de progrès. Rodinson, en bon marxiste, y suspecte un risque de relativisme statique, un renoncement à changer notre propre société. « Y a-t-il là, comme M. Rodinson le prétend, de quoi "désespérer Billancourt" ? Billancourt mériterait peu d'intérêt si, cannibale à sa manière (et plus gravement que les anthropophages, car ce serait être cannibale *en esprit*), il était indispensable à sa sécurité intellectuelle et morale que les Papous ne fussent bons qu'à faire des prolétaires » (p. 368). Relisons Marx, suggère Lévi-Strauss, on verra qu'il avait une conception autrement complète et nuancée des sociétés « primitives ».

Avec la réplique à Jean-François Revel, dont l'ouvrage *Pourquoi des philosophes*? comporte un chapitre l'attaquant assez durement, Lévi-Strauss retrouve sa verve polémique. Revel fait comme si Lévi-Strauss était simplement un philosophe pratiquant occasionnellement l'ethnologie et du même coup entend le mettre en cause sur quelques notions coupées de leur contexte d'observation et d'expérimentation. C'est un véritable jeu pour Lévi-Strauss de mettre à nu la pauvreté des arguments de son contradicteur qui ignore tout, à l'évidence, des problèmes techniques que se pose l'ethnologue devant, par exemple, la variété et la complexité des systèmes de parenté. « Je suis prêt, admet Lévi-Strauss, à reconnaître sur ces questions les critiques d'un collègue très informé des données de terrain. Mais quand M. Revel, qui n'a cure de filiation patrilinéaire, du mariage bilatéral, de l'organisation dualiste ou des régimes dysharmoniques, me reproche [...] d'"aplatir la réalité sociale" parce que, pour lui, tout est plat qui ne se traduit pas instantanément dans un langage dont il a peut-être raison de se servir pour parler de la civilisation occidentale, mais auquel ses créateurs ont expressément refusé tout autre usage, c'est à moi de m'écrier : oui, certes, pourquoi des philosophes ? » (p. 374). En effet.

Chap. XVII – Place de l'anthropologie dans les sciences sociales et problèmes posés par son enseignement

Cette étude, écrite à la demande de l'Unesco et publiée dans un ouvrage collectif, *Les Sciences sociales dans l'enseignement supérieur* (Paris, 1954), donne à l'auteur l'occasion d'aborder des problèmes d'ordre institutionnel. Il remarque, pour commencer, que le concept même d'anthropologie varie d'un pays à l'autre par la seule manière de lui adjoindre un adjectif (« sociale » en Grande-Bretagne, « culturelle » aux États-Unis) ou de l'associer à d'autres disciplines (comme la sociologie ou l'anthropologie physique). On peut se demander aussi si elle doit être essentiellement vouée à l'étude des sociétés dites « primitives ». Bref quelle est sa spécificité ? La réponse de Lévi-Strauss est celle-ci : l'anthropologie se caractérise par la distance qu'elle institue avec son objet. C'est pourquoi, comme dans d'autres textes, l'auteur compare l'ethnologue à un « astronome des sciences sociales » (p. 415). À cette occasion il revient sur un critère dont l'énoncé peut paraître subjectif mais qui est tout le contraire quand on le considère attentivement : le critère de l'*authenticité*. Il s'agit du type de relation qui peut se former entre les individus dans les sociétés de taille réduite et dans celles qui, comme les nôtres, multiplient les médiations et les intermédiaires (ainsi dans les systèmes administratifs modernes). Dans ces dernières il y a en fait une perte d'information dans les relations interindividuelles. C'est en ces termes (proches de la pensée de N. Wiener) qu'il définit l'inauthenticité.

Il suggère ensuite les initiatives et les réformes nécessaires au développement de l'enseignement et de la recherche, les regroupements de disciplines, et il réfléchit sur la différence entre ethnographie et ethnologie, la leçon à tirer de l'anthropologie anglo-saxonne et finalement les exigences théoriques qui doivent être celles de d'une anthropologie qui se veut scientifique (objectivité, totalité).

Georges CHARBONNIER, *Entretiens avec Claude Lévi-Strauss,* Paris, Plon-Julliard, 1961

Quel est l'auteur d'un livre d'entretiens ? Ce genre d'ouvrage est apparu avec le journalisme. Celui qui est interrogé produit l'essentiel du texte, mais le genre veut que la responsabilité – et en quelque sorte la paternité – de l'ouvrage reste attribuée à celui qui pose les questions. Ce qui donne ce résultat curieux que ce livre, fait de propos de Lévi-Strauss, soit au nom de Georges Charbonnier. Dans le cas présent, il s'agit d'un grand journaliste et d'un remarquable homme de culture. On pourrait dire que ses questions ouvraient la voie et donnaient le ton aux nombreux entretiens que par la suite Lévi-Strauss a accordés à des interlocuteurs très avertis (comme Raymond Bellour, Paolo

Caruso, Didier Eribon et quelques autres). Manifestement il ne s'agissait pas simplement pour Charbonnier de rendre accessible à un public plus large une œuvre réputée difficile, mais, plus intelligemment, d'éclairer une démarche par ses marges ou d'en préciser les choix implicites.

Au départ, ce sont des entretiens radiophoniques réalisés sur la station France Culture en 1959. Le texte publié est postérieur de deux ans.

Les questions de Charbonnier sont souvent excellentes, détaillées, quelquefois passionnées. C'est sans doute ce qui amené Lévi-Strauss à s'expliquer avec netteté sur un certain nombre de problèmes au sujet desquels, avant cette date, il avait peu écrit et dont la formulation proposée dans ces débats est celle à laquelle il est, pour l'essentiel, demeuré fidèle dans bien d'autres textes postérieurs. On a ainsi parfois retenu ces *Entretiens* principalement pour deux raisons : c'est ici qu'apparaît la formule opposant « sociétés froides » et « sociétés chaudes » ; et c'est ici aussi que Lévi-Strauss se livre à une critique sévère de certains aspects de l'art moderne. Mais il y a bien plus dans cet ouvrage.

La discussion porte tout d'abord sur le statut de l'ethnologie et plus particulièrement sur l'attitude humaine et intellectuelle de l'ethnologue. Il s'agit d'un métier étrange parce qu'il implique pour celui qui le choisit une sorte de coupure intérieure entre sa propre civilisation et celle qu'il étudie. Lévi-Strauss va jusqu'à supposer (parlant de lui-même et de ses confrères) que « la raison qui nous a poussés vers l'ethnologie, c'est une difficulté à nous adapter au milieu social dans lequel nous sommes nés » (p. 17).

L'ethnologue s'occupe donc de sociétés que l'on appelle « primitives » ; notion hautement suspecte dans la mesure où elle présuppose que les nôtres se situent, par rapport à elles, sur le même axe et seraient donc leur futur comme elles seraient notre passé. Rien n'autorise une telle généalogie. Il importe donc de relativiser l'idée de *progrès*. Si la civilisation occidentale est aujourd'hui dans une position particulièrement avantageuse du point de vue des acquisitions techniques et de la production matérielle, cela ne tient pas à une essence supérieure, mais à un certain nombre de facteurs dont la conjonction, au départ, doit beaucoup au hasard (il a fallu des millénaires pour la produire).

Le phénomène de l'*écriture* est certainement l'un des ces facteurs déterminants. Il est frappant, remarque Lévi-Strauss, que son apparition soit toujours liée à l'existence de sociétés hiérarchisées, inégalitaires, et donc divisées entre dominateurs et dominés. De telles sociétés, dit-il, peuvent être comparées à des machines thermodynamiques (comme la machine à vapeur) qui fonctionnent sur une différence de température entre une source chaude et un condenseur, et qui produisent une grande quantité de travail en consommant beaucoup d'énergie. À l'opposé les sociétés dites « primitives » ressemblent aux machines mécaniques (telles les horloges) à qui suffit une faible énergie de départ ; on peut donc les dire « froides » (par rapport aux premières dites « chaudes ») et remarquer que leurs institutions et régulations sociales visent essentiellement à conjurer tout clivage interne et à maintenir l'équilibre initial : elles tendent donc à résorber l'événement dans la structure. Tandis que les autres fonctionnent, si l'on peut dire, à l'entropie et aux antagonismes, elles sont condamnées aux changements et en cela elles tendent vers l'histoire.

Ici le facteur démographique peut être déterminant ; Lévi-Strauss semble retrouver une idée qui était chère à Aristote ou à Rousseau : à savoir que, au-delà d'une certaine taille, la société perd tout caractère concret et les relations interpersonnelles disparaissent. Ce seuil nécessaire, c'est ce qu'il appelle un « niveau d'authenticité » (p. 62). Ce n'est pas une notion psychologique ou morale : c'est une notion descriptive et sociologique.

Ces points établis, G. Charbonnier en arrive aux questions qui doivent être l'objet principal de ces *Entretiens* : qu'est-ce que l'anthropologue peut dire sur l'art des sociétés « primitives » et en quoi son savoir peut-il projeter un nouvel éclairage sur les formes d'art de nos sociétés ? Les réponses de Lévi-Strauss reviennent à montrer que l'opposition des sociétés hiérarchisées et des sociétés consensuelles peut permettre de comprendre deux formes opposées de situation de l'art et de l'artiste dans la société. Dans le premier cas, on constate que l'art tend à devenir « la chose d'une minorité qui y cherche un instrument ou un moyen de jouissance intime, beaucoup plus que ce qu'il a été dans les sociétés que nous appelons "primitives" [...] c'est-à-dire un système de communication, fonctionnant à l'échelle du groupe » (p. 74). Dans ce dernier cas, on aura un art essentiellement construit comme un système de *signes* : agencements de traits différentiels et oppositionnels.

Dans l'autre cas, on voit l'art évoluer vers des formes dominées par le souci de la figuration réaliste, bref vers la *représentation*, notion qui entretient un lien intime avec celle d'appropriation. Il faut relever dans cette attitude « une sorte de concupiscence d'inspiration magique puisqu'elle repose sur l'illusion qu'on peut non pas communiquer avec l'être, mais se l'approprier à travers l'effigie » (p. 76)... « C'est dans cette exigence avide, cette ambition de capturer l'objet au bénéfice du propriétaire ou même du spectateur, que me semble résider une des grandes originalités de l'art de notre civilisation » (p. 77).

Cette différence dans le statut et la fonction de l'art dans les sociétés dites « primitives » et dans les nôtres Lévi-Strauss propose de l'envisager principalement selon trois aspects :

1) tout d'abord, il faut parler d'une relation spécifique, dans les deux cas, entre production individuelle et production collective (et non pas réduire l'art à l'individuel dans un cas et au collectif dans l'autre) ;

2) ensuite, il faut envisager l'opposition d'un art tendant à la représentation et d'un art tendant à la signification (au sens que l'auteur donne à ce terme, cf. plus haut) ;

3) enfin, il faut retenir comme critère principal la valeur sémantique de l'œuvre (le « message » au sens linguistique du terme) ; en d'autres termes, il s'agit de savoir en quoi la

production artistique véhicule un contenu reconnu et partagé par ses destinataires ; ce critère permet de porter un jugement sur des formes d'art qui tendent à se refermer sur elles-mêmes, et donc à perdre toute référence au groupe.

Qu'en est-il de ce point de vue de l'art contemporain ? Deux expériences majeures en ont marqué la naissance : l'*impressionnisme* et le *cubisme*. Le premier semble opérer un retour à la nature, à l'« objet cru » (p. 86), et rompre avec l'académisme antérieur. Mais il s'agit, estime Lévi-Strauss, d'une révolution épidermique qui ne nous offre qu'une nature de banlieue, sorte de vestiges sauvés au cœur de la « civilisation mécanique » ; l'impressionnisme n'aurait pour fonction que de faire accepter cette civilisation en la poétisant. En définitive, l'impressionnisme reste prisonnier de la représentation possessive.

Quant au cubisme, qui semblait vouloir rompre avec cette représentation et choisir la signification, il s'oriente vite vers un formalisme où disparaît tout rapport à la collectivité. L'art devient un pur exercice sur des signes sans référent ; un parcours bariolé des formes par quoi s'expliquent les différentes époques ou *manières* d'un Picasso, par exemple. Un académisme du signifiant s'est substitué à un académisme du signifié. « Le message n'est plus là » (p. 93). Une recherche explicite des formes en rupture avec celles de la tradition ne saurait donner un contenu qui ne peut venir que d'une expérience se situant bien en deçà des intentions conscientes. Un art ne naît pas d'une théorie ou d'un projet abstrait (comme on l'a, parfois, naïvement cru dans les avant-gardes). Plus avant dans l'entretien Lévi-Strauss dira du reste que ce qu'énonce un artiste sur son art est secondaire ; l'important est ce qu'il fait (cf. p. 134) ; c'est son œuvre qui doit être appréciée, non ses intentions ou ses commentaires.

C'est donc à une sorte de « retour aux choses mêmes » que Lévi-Strauss nous convie. C'est seulement ainsi que peut être restaurée la fonction fondamentale de l'œuvre d'art qui est de révéler le monde, de donner accès à la structure de l'objet par la transformation réglée qu'elle opère sur lui. « L'œuvre d'art, en signifiant l'objet, réussit à élaborer une structure de signification qui a rapport avec la structure de l'objet » (p. 108-109). « L'œuvre d'art permet de réaliser un progrès de la connaissance » (p. 109). Dès lors la représentation (par sa précision, son respect de l'objet) peut passer au-delà d'elle-même, transférer la perception vers la signification.

Cette révélation des propriétés latentes, c'est ce qui peut donner une légitimité aux expériences du « ready made » à la Marcel Duchamp puisque l'opération se ramène à décontextualiser un objet. Lévi-Strauss, pressé par Charbonnier de se prononcer sur ce type d'art, ne peut s'empêcher de manifester ses réticences et de relativiser la chose. Benvenuto Cellini ne ramassait-il pas déjà aussi des coquillages et autres « ready made » mais offerts par la nature ? « De ce point de vue la nature est tout de même tellement plus riche que la culture. On a vite fait le tour des objets manufacturés en comparaison de la fantastique diversité des espèces animales, végétales et minérales […] » (p. 119).

En appeler à la valeur sémantique de l'œuvre, est-ce affirmer que l'art est un langage ? Oui en ce sens qu'il assure une communication, non si on l'entend dans les termes de la linguistique. Dans la langue il n'y a pas de rapport direct entre la matière linguistique et la signification, tandis que dans l'œuvre d'art ce rapport existe. « L'art est à mi-chemin entre l'objet et le langage. […] Dans l'art une relation sensible continue d'exister entre le signe et l'objet » (p. 133).

Une remarque ici s'impose : ces définitions sont en fait celles du symbole plutôt que du signe. Si bien que l'opposition que fait Lévi-Strauss entre représenter et signifier semble déconcertante puisqu'on sait justement qu'un signe a pour fonction de représenter. L'opposition qu'il propose est celle de la reproduction imagée et de la construction symbolique. Il faut donc opérer une transposition de vocabulaire pour bien entendre son propos.

Si l'art des sociétés primitives ne se tourne pas vers la copie et la reproduction, c'est, selon lui, pour deux raisons, c'est-à-dire deux formes de contraintes : l'une tient à la limitation des moyens techniques face au matériau ; l'autre tient au caractère irreprésentable du monde surnaturel. À l'opposé, la stylisation de l'art abstrait ne répond plus à ces contraintes puisque nos moyens de reproduction sont de plus en plus sophistiqués et que la science réduit la représentation surnaturelle. À quoi répond alors cet art ? Peut-être à un excès de culture ; il tend à être un exercice gratuit sur les formes ; sa valeur est tout au plus décorative : « Il y manque, à mes yeux, l'attribut essentiel de l'œuvre d'art qui est d'apporter une réalité d'ordre sémantique » (p. 156). Nous sommes peut-être entrés dans « une ère apicturale » (p. 161). Mais c'est parce que le rapport au monde, à la nature a perdu pour nous son caractère vivant et sensible : notre perception elle-même est médiée par les objets techniques. L'art moderne constate et consacre cette destruction de l'élément naturel (comme cela apparaît aussi dans la musique). C'est bien pourquoi l'ethnologue, qui assiste à la disparition des civilisations qu'il étudie, est concerné, plus que tout autre, par ce phénomène.

Du reste, Lévi-Strauss reviendra sur la plupart des problèmes soulevés dans ces entretiens dans bien des textes postérieurs comme *La Pensée sauvage*, ou bien dans l'« Ouverture » et le « Finale » des *Mythologiques* ou encore dans d'autres textes plus circonstanciels repris dans *Le Regard éloigné* ou dans *Anthropologie structurale deux*.

(On pourra se reporter, pour plus de détails, à notre chapitre IX intitulé « La leçon de l'œuvre d'art ».)

Le Totémisme aujourd'hui, Paris, PUF, 1962, réédition, 1985

Ainsi que Lévi-Strauss l'a lui-même présenté, *Le Totémisme aujourd'hui* constitue une sorte d'introduction à *La Pensée sauvage*. La raison en est simple : en réduisant l'illusion totémique, Lévi-Strauss fait déjà apparaître ce qui fait l'objet essentiel de l'ouvrage suivant, à savoir la logique des qualités sensibles.

Mais fallait-il inaugurer cette approche par une analyse de la question du totémisme ? On pourrait répondre que *mutatis mutandis*, l'occasion s'offrait ainsi d'une valorisation (ou dramatisation) de la question analogue à celle réalisée par l'affrontement de l'énigme de la prohibition de l'inceste qui ouvrait l'étude des « structures élémentaires de la parenté » – avec cette différence que le problème de l'inceste était un vrai problème, tandis que celui du totémisme ne résultait justement que d'une « illusion ». Il n'empêche que le parallélisme des deux entrées en matière est frappant. En effet, de même que la solution proposée à l'énigme de l'inceste avait permis de démontrer l'efficacité du « principe de réciprocité » dans tout le champ de l'alliance, dans les faits d'exogamie en général, dans le mariage par échange et plus particulièrement dans le phénomène du mariage des cousins croisés et enfin dans celui des organisations dualistes, de même la discussion du problème dit du « totémisme » et sa solution qui consiste à faire apparaître un autre ou plutôt un ensemble d'autres problèmes sous celui-là ouvrent la voie non seulement aux recherches sur cette logique des qualités sensibles exposée dans *La Pensée sauvage*, mais encore à celles de représentations mythiques qui mobilisent les mêmes éléments dans leurs constructions.

Quel était donc ce problème du totémisme et pourquoi Lévi-Strauss propose-t-il de parler, à ce sujet, d'illusion ?

L'« Introduction » de l'ouvrage se propose deux objectifs ; tout d'abord comprendre pourquoi la question du totémisme s'est singulièrement développée à un moment déterminé du savoir anthropologique (fin du XIXᵉ et début du XXᵉ siècle) ; ensuite Lévi-Strauss trace à grands traits l'arc des publications qui, entre cette période et celle de la rédaction de son propre ouvrage, ont marqué l'apogée du problème et son déclin.

Comprendre l'engouement qui fut celui d'une époque pour le totémisme, c'est d'abord rendre compte d'un préjugé épistémologique : « Il en est du totémisme comme de l'hystérie. Quand on s'est avisé de douter qu'on pût arbitrairement isoler certains phénomènes et les grouper entre eux, pour en faire les signes diagnostiques d'une maladie ou d'une institution objective, les symptômes même ont disparu, ou se sont montrés rebelles aux interprétations unifiantes » (p. 5). Ces lignes avec lesquelles s'ouvre le livre donnent clairement l'orientation de la recherche. La comparaison proposée avec le problème de l'hystérie, telle qu'elle était mise en scène dans les institutions psychiatriques à la fin du XIXᵉ siècle, est on ne peut plus parlante. Le totémisme ne serait rien d'autre que le nom donné à un ensemble de faits mal constitués (mal identifiés, mal groupés) et, du même coup, sujets à de fausses interprétations.

Mais cette comparaison n'est pas seulement invoquée pour offrir une bonne analogie. Il y a un lien réel entre les deux théories. L'une et l'autre, en effet, se sont développées à la même époque et dans les mêmes milieux sociaux. Tout s'est passé comme si l'on avait avant tout cherché à isoler des traits définissant le « malade mental » dans un cas, le « primitif » dans l'autre, comme données de « nature », bref de maintenir à bonne distance des « phénomènes humains que les savants préféraient tenir pour extérieurs à leur univers moral, afin de protéger la bonne conscience qu'ils ressentaient vis-à-vis de celui-ci » (p. 6). Ainsi l'ensemble des symptômes rassemblés (ou plutôt suscités) pour constituer la « grande hystérie » permet d'établir une frontière nette et confortable entre le malade mental et l'homme normal. Le mérite de Freud, ce fut d'abord, remarque en substance Lévi-Strauss, de nous avoir fait reconnaître que la maladie n'est pas l'envers de notre normalité mais sa torsion et que la névrose se glisse partout dans un psychisme normal.

Une même logique de l'exclusion préside à la constitution des faits dits « totémiques ». Les rapports à l'animalité dont ces faits témoignent (identification d'un clan ou d'un individu à un animal sacré) ne peuvent qu'être d'une nature singulière et exceptionnelle.

Depuis qu'au XVIIIe siècle avait été lancé le terme de « totémisme » et depuis que la théorie en avait été explicitement formulée par McLennan en 1870, la question était restée un « os » pour l'anthropologie. Était-il essentiel de la résoudre ou bien n'était-il pas plus sage de la laisser de côté ? Le choix entre l'une ou l'autre attitude semblait établir un partage entre les ambitieux et les modestes. Quelle était la thèse du totémisme ? Elle tenait pour l'essentiel en ceci : un groupe ou un individu est identifié à un animal lequel devient dès lors sacré et fait l'objet de prohibitions alimentaires ou autres pour qui en porte le nom. L'ennui, c'est que très peu de faits entrent dans cette définition. Pour certains groupes « totémiques », l'animal ou la plante n'est l'objet d'aucune prohibition ; dans d'autres cas, on a des prohibitions sans qu'il y ait revendication d'un totem ; enfin il faut ajouter que dans de nombreux cas les totems ne sont ni des animaux ni des plantes ni même des êtres réels, ils peuvent être des objets insignifiants (cordes, chevrons, cuirs par exemple) : on est loin de l'identification à l'animal sacré avec la forte charge affective que cela suppose.

Devant tant de contradictions par rapport à la définition de départ, ou si l'on préfère devant une telle hétérogénéité des faits et devant la difficulté à les rassembler dans une théorie cohérente, bien des anthropologues ont estimé plus sage de ne pas s'obstiner ; ils ont suggéré d'écarter le problème, sans oser, cependant, dire qu'il était mal posé. Comment en effet tenir pour nul et non avenu le monumental *Totemism and Exogamy* de Frazer, paru en 1910 ? Pourtant dès 1919, Van Gennep dans une mise au point sur la question conclut à sa disparition prochaine. Et en effet la plupart des traités ou manuels d'anthropologie depuis 1920 ont peu à peu éliminé de leurs exposés non seulement la question, mais le terme même de totémisme. Cela n'a pas empêché une pléiade d'anthropologues prestigieux de tenter de relever le défi et de proposer une explication de ce qui semblait devenu inexplicable.

Il fallait donc reprendre le dossier et d'abord rétablir les données puisque « l'illusion totémique » (c'est le titre du chap. I) provient d'un « mauvais découpage de la réalité » (p. 29) ; l'auteur montre alors qu'on a affaire à des données très différentes selon les exemples (Ojibwa des Grands Lacs, Tikopia de Polynésie, Maori de Nouvelle-Zélande, etc.), que les faits sont rarement de nature religieuse, que ce sont toujours des relations nature/culture qui sont en cause, qu'entre les espèces animales et les hommes il s'agit non de lien généalogique mais d'un lien métaphorique ; l'auteur nous met d'emblée sur la piste de ce qui sera sa démonstration finale lorsqu'il écrit : « Dire que le clan A "descend" de l'ours et que le clan B "descend" de l'aigle n'est qu'une manière concrète et abrégée de poser le rapport entre A et B comme analogue à un rapport entre des espèces » (p. 48).

L'exemple australien montre le bien-fondé de cette hypothèse et va même au-delà. D'où le titre du chapitre II « Le nominalisme australien ». Là où Durkheim pensait saisir une « forme élémentaire de la vie religieuse », Lévi-Strauss montre qu'on a plusieurs espèces irréductibles de totémismes : l'un individuel, l'autre social (de moitié, de section, de sous-section, de clan), soit cultuel, soit enfin le totémisme « de rêve » (social ou individuel). Ce qui est remarquable dans ces variétés (et c'est ce qui les rend si complexes), c'est qu'elles semblent proliférer pour elles-mêmes, comme une sorte d'exercice gratuit. En fait c'est la multiplication des sections qui suit cette logique et le totémisme intervient pour la rendre « pensable ».

L'explication fonctionnaliste du totémisme (chap. III) est surtout représentée par Malinowski ; c'est une explication à la fois biologique et psychologique fondée sur la notion d'utilité. Elle estime se donner les moyens de répondre à trois questions : 1) Pourquoi des animaux et des plantes ? Réponse : parce qu'ils sont sources de nourriture. Comme l'écrit Malinowski : « Courte est la route qui conduit de la forêt vierge à l'estomac, puis à l'esprit du sauvage : le monde s'offre à celui-ci comme un tableau confus où se détachent seulement les espèces animales et végétales utiles, et, en premier lieu, celles qui sont comestibles » (cité p. 86). 2) Pourquoi des cultes totémiques ? Réponse : en raison du désir de contrôler les espèces en question et d'instaurer avec elles une sorte de communauté de vie. 3) Pourquoi des rapports entre ces cultes et la division sociale ? Réponse : en raison d'une spécialisation nécessaire qui est ensuite transmise aux descendants. Malinowski peut conclure : « Le totémisme nous apparaît comme une bénédiction donnée par la religion à l'homme primitif, dans son effort pour tirer du milieu ce qui peut lui être utile et dans sa lutte pour la vie » (cité p. 88). S'il en est ainsi, se demande Lévi-Strauss, la question n'est pas tant de savoir pourquoi il y a du totémisme, mais pourquoi il n'y en a pas partout.

En regard de cela le fonctionnalisme de Radcliffe-Brown est beaucoup plus nuancé ; il s'agit même chez lui d'un premier aspect d'une théorie qui deviendra par la suite beaucoup plus intellectualiste (comme il en sera question au chapitre suivant). Chez Radcliffe-Brown, l'explication fonctionnaliste est d'abord liée au modèle des sciences naturelles et à la méthode inductive, ce qui le conduit à cette question : en quoi le totémisme est-il un phénomène universel et quel en est le fondement ? Sa réponse, c'est que partout les hommes se trouvent liés aux plantes ou aux animaux ou à quelque portion de la nature. C'est cette constance qui fonde la ritualisation. Bref le fondement du totémisme est bien naturel.

Le problème de ces explications fonctionnalistes, c'est qu'elles s'accordent peu aux faits en ceci que les enquêtes ethnographiques démontrent que très souvent (et peut-être le plus souvent) les totems ne présentent aucun caractère utile : ni comestibles, ni doués de qualités extraordinaires (comme des insectes ou des petits reptiles) ; bien plus dans certains cas on n'a même plus des plantes ou des animaux mais des comportements, ainsi dans certaines circonstances en Australie cela peut être « des totems aussi hétéroclites que le rire, diverses maladies, le vomissement, et le cadavre » (p. 96). Certains fonctionnalistes essaient de s'en tirer en parlant « d'intérêt social négatif » (p. 96). Pirouette dialectique qui montre le désarroi de la théorie.

En fait supposer chez l'homme un intérêt spontané pour certaines espèces, c'était supposer une universalité affective de la nature humaine. Or rien n'est peut-être plus culturel que les affects. Si ce n'était pas le cas, les mêmes affects universels devraient produire partout les mêmes institutions ou les mêmes attitudes. C'est le contraire que nous constatons, remarque Lévi-Strauss. Si une universalité existe, conclut Lévi-Strauss, il faut donc la rechercher à un autre niveau. C'est aussi ce qu'il faut faire à l'endroit du totémisme.

Le chapitre IV, intitulé « Vers l'intellect », nous fait assister à la dissolution de l'idée même de totémisme et à l'émergence de l'hypothèse structurale chez des anthropologues anglo-saxons très connus et dont certains étaient très liés aux positions fonctionnalistes : Meyer Fortes et Raymond Firth, Alfred Reginald Radcliffe-Brown et Edward Evan Evans-Pritchard.

Dans son ouvrage sur les Tallensi, Fortes montre que ce groupe ethnique (situé au nord du Ghana actuel) observe des prohibitions alimentaires, communes à d'autres groupes de la région sur une vaste étendue. Ces prohibitions portent sur des oiseaux comme le canari, la tourterelle, la poule domestique ; des reptiles comme le crocodile, le serpent, la tortue ; quelques poissons ; la grande sauterelle ; le singe ; le porc sauvage ; des ruminants : chèvre et mouton ; des carnivores : chat, chien, léopard, etc. Force est de reconnaître que l'hypothèse fonctionnaliste n'est ici d'aucun secours tant cette liste est hétéroclite. Certains de ces animaux n'offrent aucun intérêt économique (ils ne sont pas comestibles), d'autres très inoffensifs ne présentent aucune signification particulière du point de vue du danger ou de son évitement. Conclusion de Fortes : les animaux totémiques des Tallensi ne forment donc aucune sorte de classe.

Deux questions apparaissent inévitables devant ces faits : 1) pourquoi le symbolisme animal ? 2) pourquoi le choix de certains animaux plutôt que d'autres, c'est-à-dire pourquoi tel symbolisme plutôt que tel autre ? L'étude plus fine de ces prohibitions fait apparaître à Fortes que certaines sont individuelles, d'autres collectives. Parmi ces dernières certaines sont liées à des lieux déterminés. Ainsi s'affirme un lien entre certaines espèces sacrées, des clans et des territoires. On comprend mieux par exemple le rapport établi entre les ancêtres, imprévisibles et capables de nuire, et certains animaux carnassiers. D'une manière générale les animaux, estime Fortes, sont aptes (plutôt que les végétaux ou des objets quelconques) à symboliser les conduites humaines ou celles des esprits ; l'utilisation des différents types correspond aux différences dans nos conduites et nos codes sociaux et moraux. C'est une hypothèse du même genre que propose Firth dans son étude sur le totémisme polynésien quand il se demande aussi pourquoi les animaux l'emportent sur les plantes ou les autres éléments.

On comprend donc déjà ceci : a) que les dénominations ne sont ni quelconques ni arbitraires ; b) que la connexion avec l'éponyme n'est pas d'identification ou de contiguïté, mais de *ressemblance* : « Tous ces faits incitent à chercher la connexion sur un plan beaucoup plus général, et les auteurs que nous discutons ne sauraient s'y opposer, puisque la connexion qu'ils suggèrent eux-mêmes est seulement inférée » (p. 114). Mais que faire des totems non animaux ? Et même des animaux autres que carnassiers qui se prêtent mal – dans les analyses de Fortes et Firth – à la ressemblance avec les ancêtres ? Leur théorie n'est donc pertinente que pour les sociétés où le culte des ancêtres est développé ; elle reste inopérante pour les autres cas, donc non universalisable.

Enfin Fortes et Firth conçoivent la ressemblance entre animaux et ancêtres de manière très empirique, c'est-à-dire comme des correspondances de qualités repérées de part et d'autre. C'est sur ce point que pour Lévi-Strauss se situe la faiblesse essentielle de leur méthode. Ces deux auteurs tendent en effet à mettre en parallèle des signifiés (puissance, cruauté, bienveillance, etc.), alors que le problème à résoudre est de savoir pourquoi une série animale (ou végétale ou tout autre) est mise en parallèle avec une série sociale. Autrement dit : *Comment une série de différences répond à une autre série de différences ?* Poser la question ainsi c'est comprendre que « *ce ne sont pas les ressemblances, mais les différences qui se ressemblent* » (p. 115 – nous soulignons). C'est ce qui diffère dans chaque série qui est significatif ; les séries de différences repérées dans le monde naturel servent alors de « code » pour instituer et désigner des différences dans le monde humain : « La ressemblance, que supposent les représentations dites "totémiques", est entre ces deux systèmes de différences. Firth et Fortes ont accompli un grand progrès en passant, du point de vue de l'*utilité subjective*, à celui de l'*analogie objective*. Mais ce progrès une fois acquis, le passage reste à faire de l'*analogie externe* à l'*homologie interne* » (p. 116).

La reprise d'un texte d'Evans-Pritchard va permettre d'avancer dans cette voie et de formuler cette hypothèse : ce qu'on a appelé « totémisme » n'est qu'un cas particulier (déformé et fantasmé par l'observateur occidental) d'un procédé général dans les sociétés sauvages et qui consiste à signifier les différences dans la société (ou même à les susciter s'il le faut) au moyen de différences répertoriées dans le monde naturel.

Un animal dit « totémique » n'est donc pas un animal qui serait l'objet d'une mystérieuse identification entre lui et tel individu ou tel groupe ; un animal, c'est d'abord un « outil conceptuel », car comme organisme il est un système à lui tout seul et comme individu il est élément d'une espèce. Il peut donc parfaitement servir à signifier l'unité d'une multiplicité et le multiple d'une unité.

Le cinquième et dernier chapitre est intitulé : « Le totémisme du dedans » ; nous comprendrons bientôt la raison de ce titre, à première vue curieux. Ce chapitre de conclusion, un peu paradoxalement, propose une sorte de rétrospective et fait une mise au point qui aurait pu trouver sa place au début dans le passage en revue des différentes théories du totémisme. Si Lévi-Strauss a préféré disposer les choses autrement, c'est que le retour qu'il propose ici lui permet d'élargir le problème du totémisme.

L'auteur constate que, dans l'histoire des théories du totémisme, il s'est trouvé deux philosophes : Rousseau d'une part, Bergson de l'autre, qui ont proposé une formulation correcte du problème alors même (dans le cas de Rousseau) que la notion de totémisme n'était pas créée ou alors que (dans le cas de Bergson) la solution qu'il propose semble contredire l'orientation d'ensemble de sa philosophie, dominée par les notions de vécu et par la prépondérance accordée à l'affectivité.

Bergson, qui a été un lecteur attentif de Lévy-Bruhl et de Durkheim, récuse l'explication du premier par la « participation » et celle du deuxième, plus complexe, qui voit dans le totémisme le résultat d'une genèse dont les trois moments se présentent ainsi : 1) le clan se donne un emblème sous forme, par exemple, de dessin sommaire ; 2) on reconnaît dans ce dessin un animal ; 3) l'emblème est sacralisé par identification affective avec le clan. Le concept qui permet à Durkheim de légitimer ce passage d'un moment à l'autre, c'est celui de *contagion* qui définit le domaine du sacré. Mais il s'agit là d'un postulat, non d'une démonstration ethnologique. Durkheim voit cependant bien que le totémisme a une fonction classificatoire, mais le résultat est, à ses yeux, essentiellement arbitraire et contingent (ce qui étonne de la part d'un penseur qui s'était justement interrogé, avec Mauss, sur la pertinence des systèmes de classifications sauvages).

Bergson, dans *Les Deux Sources de la morale et de la religion*, aborde la question du totémisme par le biais de celle de la religion ; mais il pressent qu'il s'agit d'un phénomène d'un autre ordre : il s'agit d'une opération de classification ; ce qui est rendu possible parce qu'un animal ou une plante (à la différence d'un être humain) est immédiatement perçu comme un genre, voir ici c'est reconnaître l'espèce. Telle est l'opération mentale qui est au fondement du totémisme et en explique le fonctionnement : « Qu'un clan soit dit être tel ou tel animal, il n'y a rien à tirer de là ; mais que deux clans compris dans une même tribu doivent nécessairement être deux animaux différents, c'est beaucoup plus instructif. Supposons, en effet, qu'on veuille marquer que ces deux clans constituent deux espèces au sens biologique du mot [...], on donnera [...] à l'un des deux le nom d'un animal, à l'autre celui d'un autre. Chacun de ces noms pris isolément n'était qu'une appellation ; ensemble, ils équivalent à une affirmation. Ils disent, en effet, que les deux clans sont de sang différent » (cité p. 139). Bergson formulait ainsi l'essentiel de l'opération de classification nommée – improprement – « totémisme ».

Quant à Rousseau, dont l'œuvre est pourtant bien antérieure à l'apparition du terme même de *totémisme* (créé par Long en 1791), Lévi-Strauss lui reconnaît le mérite, (et cela principalement dans le *Discours sur l'origine de l'inégalité* et dans l'*Essai sur l'origine des langues*) d'avoir compris (même s'il le dit avec de graves réserves) que l'avènement de la culture est foncièrement une affirmation de l'intellect et que dans son rapport à ses semblables l'homme recourt à la médiation de la nature pour se définir, notamment en prenant « la diversité des espèces pour support conceptuel de la différenciation sociale » (p. 149).

L'expression « totémisme du dedans » devient maintenant un peu plus compréhensible : elle désigne à la fois une sorte de complicité de certaines philosophies avec les formes de la « pensée sauvage », mais bien plus ces exemples « démontrent que l'esprit de l'homme est un lieu d'expérience virtuel, pour contrôler ce qui se passe dans des esprits d'hommes, quelles que soient les distances qui les séparent » (p. 151).

La Pensée sauvage, Plon, Paris, 1962

Dans sa préface à ce livre, publié presque immédiatement après *Le Totémisme aujourd'hui*, Lévi-Strauss avertit que l'ouvrage précédent constitue une introduction à celui-ci et demande d'en tenir pour acquises les conclusions au sujet du totémisme. Il y explique aussi les raisons de la dédicace à Maurice Merleau-Ponty, décédé quelques mois auparavant.

La Pensée sauvage est certainement après *Tristes Tropiques* le livre qui a eu le plus d'impact sur le monde intellectuel. *Les Structures élémentaires de la parenté* étaient restées un ouvrage pour spécialistes (malgré l'intérêt manifesté par des auteurs comme Simone de Beauvoir ou Georges Bataille) ; *Anthropologie structurale* avait tout d'abord attiré la seule attention des ethnologues, de même pour *Le Totémisme aujourd'hui*. Mais le titre du nouveau livre, titre beaucoup plus poétique et humoristique qu'on ne s'en est douté, avait d'emblée fasciné les philosophes et tous ceux qui estimaient que penser était leur métier – sinon de manière professionnelle du moins justement de manière… sauvage. En vérité on peut se demander si tous ceux qui en ont salué l'importance l'ont vraiment lu de près. À parcourir les commentaires parus à l'époque, on est en droit d'en douter.

Car *La Pensée sauvage*, même si quelques hypothèses assez larges y apparaissent, est d'abord un livre d'une grande technicité, consacré pour l'essentiel aux modalités et aux méthodes de taxinomies des populations étudiées par l'ethnologue.

Pour une mise en perspective plus détaillée nous renvoyons au chapitre VI du présent essai.

Le premier chapitre s'ouvre justement sur une constatation : celle de la très grande richesse des taxinomies indigènes concernant le monde naturel. Ce qui contredit totalement le préjugé (si cher aux fonctionnalistes) que les sociétés sauvages ne manifestent d'intérêt pour le monde environnant qu'à proportion des besoins qui y sont liés. Il se trouve que bien des « sauvages » sont non moins étonnés de notre ignorance ; « Chaque civilisation a tendance à surestimer l'orientation objective de sa pensée, c'est donc qu'elle n'est jamais absente » (p. 5).

Le problème est donc, ayant reconnu le caractère désintéressé des classifications sauvages, de comprendre pourquoi ces classifications sont essentiellement ordonnées aux qualités sensibles. Ce à quoi Lévi-Strauss tente de répondre par l'apparition d'une bifurcation essentielle entre deux modes de relation à la nature qui aurait suivi le néolithique, soit en fait deux niveaux stratégiques de la pensée scientifique, « l'un approximativement ajusté à celui de la perception et de l'imagination, et l'autre décalé » (p. 24). En définitive, on aurait d'un côté une pensée qui fonctionne essentiellement en ordonnant les qualités sensibles, de l'autre côté on aurait celle qui a donné lieu à la science moderne. Mais dans un cas comme dans l'autre, l'esprit humain intervient avec la totalité de ses moyens.

Pourquoi l'auteur revient-il dans le chapitre II sur le problème du *totémisme* qui avait été l'objet d'une critique radicale dans son ouvrage précédent ? La raison en est donnée vers la fin du chapitre : « Le prétendu totémisme n'est qu'un cas particulier du problème général des classifications, et un exemple parmi d'autres du rôle fréquemment attribué aux termes spécifiques pour élaborer une classification sociale » (p. 83). Il s'agit donc de confirmer et d'approfondir les résultats obtenus dans *Le Totémisme aujourd'hui* : à savoir que les sociétés énoncent à propos d'elles-mêmes des différences et des oppositions par le truchement de celles qu'elles repèrent dans le monde naturel. Il ne s'agit donc jamais (comme le crurent les tenants du totémisme) de chercher des identités – sous forme d'affinité ou de participation – entre des hommes et des animaux (ou autres espèces) mais de mettre en rapport le monde des hommes et celui des éléments naturels en conférant une fonction culturelle à des espèces naturelles (elles servent à opérer des classifications sociales) et du même coup de permettre aux hommes de dénaturaliser leurs ressemblances.

Ce qu'il importe alors de remarquer, c'est que ces opérations ne sont pas fondées sur des propriétés intrinsèques des éléments utilisés, mais sur la sélection de tel ou tel trait pertinent à l'intérieur d'une culture donnée. Le dispositif est donc à chaque fois strictement local dans son lexique même s'il est universel dans sa forme logique. « La vérité est que *le principe d'une classification ne se postule jamais* : seule l'enquête ethnographique, c'est-à-dire l'expérience, peut le dégager *a posteriori* » (p. 79 – souligné par l'auteur).

On pourrait se demander quels sont les principes et les méthodes de classification des sociétés qui ne recourent pas aux systèmes dits « totémiques ». Ceux-ci ne sont en fait qu'un des moyens parmi d'autres. Il est intéressant de ce point de vue de noter le rapport qui existe entre les règles d'exogamie, le totémisme et les prohibitions alimentaires ; ces dernières peuvent soit renforcer l'exogamie, soit la compenser (on peut alors avoir une endo-agriculture ou une endo-cuisine exacerbées comme réplique à une exogamie mal acceptée).

Classiquement on considère que les sociétés à castes (supposées être plus évoluées) se situent à l'opposé des organisations totémiques (considérées comme plus « primitives »). Cette opposition n'est peut-être pas aussi tranchée qu'on l'a prétendu. Comprendre qu'il existe des positions intermédiaires, ce serait alors mieux comprendre les principes qui président à ces deux types institutionnels.

Ainsi, certaines sociétés australiennes ont été décrites par les premiers observateurs comme des sociétés à castes. On a mis ce jugement sur le compte de l'ignorance anthropologique. Pourtant, remarque Lévi-Strauss, ce n'était pas si mal vu. On remarque en effet chez les Kaitish et les Unmatjera un système d'interdits sur des animaux, les produits agricoles ou autres, accompagné d'un système de réciprocité : ce qui est interdit est laissé disponible aux autres qui, en contrepartie, doivent fournir l'élément exclu ou accomplir les gestes prohibés. On est donc en fait dans un système de dépendance réciproque portant non plus seulement sur l'échange des femmes et des biens mais sur l'échange des services. Bref, on n'est pas loin de la situation des castes fonctionnelles. Pourtant ces sociétés sont exogamiques, alors que les castes se définissent normalement par l'endogamie. Il faut comprendre la raison du passage d'un système à l'autre.

Dans le totémisme on a une homologie entre deux systèmes de différences, espèces naturelles et groupes sociaux, que l'auteur schématise ainsi :

NATURE :   espèce 1 $\neq$ espèce 2 $\neq$ espèce 3 $\neq$ ... espèce n

CULTURE : groupe 1 $\neq$ groupe 2 $\neq$ groupe 3 $\neq$ ... groupe n

À lire : le clan 1 et le clan 2, etc., diffèrent entre eux comme, par exemple, l'aigle diffère de l'ours, etc. ; bref l'homologie porte sur les *rapports*.

Mais on peut avoir la situation où l'homologie se déplace sur les *termes*, ce qui veut dire : le clan 1 est comme l'ours ; le clan 2 est comme l'aigle ; ce qui donne :

NATURE :   espèce 1 $\neq$ espèce 2 $\neq$ espèce 3 ... $\neq$ espèce n

CULTURE : groupe 1 $\neq$ groupe 2 $\neq$ groupe 3 ... $\neq$ groupe n

Dans le premier cas, on a une homologie globale nature/culture et l'exogamie sert à manifester le lien réciproque entre les groupes. Dans le deuxième cas, chaque groupe tend à se considérer comme entretenant un lien exclusif et héréditaire à un élément naturel (comme le montrent des exemples américains). Les autres groupes pourront alors être considérés comme d'une espèce autre, ce qui rend l'échange des femmes difficile ou même impossible. Le groupe sera alors endogamique et le morcellement social se trouve fondé en nature selon le schéma :

NATURE :	espèce 1	espèce 2	espèce 3	...	espèce n
CULTURE :	groupe 1	groupe 2	groupe 3	...	groupe n

Mais jouer ainsi la nature contre l'alliance, c'est risquer le morcellement social complet et récuser la qualité humaine aux autres groupes. Le cas de l'Inde, terre classique des castes, montre quelles solutions sont opposées à ce risque. D'une part les appellations totémiques se reportent sur les objets manufacturés, donc sur des symboles d'activités fonctionnelles ; d'autre part ces activités elles-mêmes assurent entre les groupes une réciprocité qui ne l'est plus par l'alliance puisque la caste est endogamique. Dans le système des castes, les femmes sont posées comme hétérogènes naturellement ; les castes ne peuvent pas plus avoir d'échange biologique que ne peuvent se croiser des espèces naturelles. L'auteur résume bien ainsi la situation : « En simplifiant beaucoup, on pourrait dire que les castes se projettent elles-mêmes comme espèces naturelles, tandis que les groupes totémiques projettent les espèces naturelles comme castes » (p. 169). Les deux solutions sont pourtant loin d'être équivalentes : on ne décide pas de la diversité des espèces et de la procréation comme on décide des produits manufacturés et des activités professionnelles. Dans le premier cas on demande à la nature de se prêter au jeu culturel, dans le deuxième cas les différences sont bien socialement produites : « Les castes naturalisent faussement une culture vraie, les groupes totémiques culturalisent vraiment une nature fausse » (p. 169).

Les deux derniers chapitres de l'ouvrage réintroduisent la question du temps que les systèmes « totémiques » semblaient avoir pour fonction d'écarter. D'une manière générale les systèmes de classification, dans leur double mouvement vers le général et vers le singulier, témoignent d'une étonnante capacité d'extension qui ne trouve de limite qu'avec l'épuisement des oppositions. L'opération ne cesse de mettre en rapport métaphorique le monde social avec le monde naturel. Le temps ne semble pas devoir intervenir comme une variable dans le système. Que dire alors des mythes d'origine des appellations claniques ? Ne font-ils pas appel au temps comme généalogie ? En fait remarque Lévi-Strauss : « Ils n'expliquent pas vraiment une origine, et ils ne désignent pas une cause ; mais ils invoquent une origine ou une cause (en elles-mêmes insignifiantes) pour monter en épingle quelque détail et pour "marquer" une espèce. Ce détail, cette espèce, acquièrent une valeur différentielle, non pas en fonction de l'origine particulière qui leur est attribuée, mais du simple fait qu'ils sont dotés d'une origine, alors que d'autres détails n'en ont pas » (p. 305). L'attribution d'origine n'a donc d'autre effet que différentiel ; cependant reste ceci : que l'idée d'origine (donc d'antériorité temporelle) confère une valeur à la classification.

Si l'on devait formuler succinctement la différence entre les sociétés totémiques et le sociétés historiques, il faudrait dire que les premières s'expliquent elles-mêmes en situant la culture comme une série issue d'un série originelle toujours reproduite comme nature, tandis que les secondes disposent sur un même axe la série originelle et la série issue, autrement dit celle-ci se donne un plan de référence qui est la série antérieure et l'autre se donne ce plan dans l'univers naturel.

Cela conduit Lévi-Strauss à une réflexion plus élaborée sur la représentation du temps et sur le statut de l'histoire dans les sociétés, en particulier dans la nôtre.

Nous renvoyons sur ce point au chapitre IX du présent essai, notamment en ce qui concerne le rapport entre l'histoire comme science et la représentation même du temps comme histoire, et sur les raisons pour lesquelles les sociétés sauvages comme le dit Lévi-Strauss « se refusent à l'histoire ».

« "Les Chats" de Charles Baudelaire », en collaboration avec Roman Jakobson, *L'Homme, revue française d'anthropologie*, vol. II, n° 1, 1962, p. 5-21

Cette étude a fait date à plusieurs titres. Tout d'abord on pourrait dire que c'est le témoignage le plus visible d'une amitié personnelle et intellectuelle d'une qualité exception-nelle (au point qu'il serait bien difficile de discerner ce que fut la part de chacun dans ce travail). Ensuite, il est très instructif de constater que le terrain de rencontre entre le linguiste – qui était aussi un poéticien – et l'anthropologue – qui a renouvelé l'analyse des mythes – a été un texte poétique. Bien entendu, il n'était pas indifférent que ce texte fût de Baudelaire ni que (pour Lévi-Strauss en tout cas) son sujet portât sur les chats. Mais enfin, et surtout, cette étude donnait un exemple de ce que pouvait être une analyse structuraliste rigoureuse, conduite par les deux représentants les plus prestigieux de ce courant, en matière de texte littéraire, en un moment où proliféraient des tra-vaux d'un amateurisme regrettable (sur lesquels Lévi-Strauss, trois ans plus tard, devait porter un jugement des plus sévères, cf. « Structuralisme et critique littéraire », *AS II*, p. 322-325).

Dans une note liminaire, du reste, Lévi-Strauss fait une courte mise au point méthodologique sur ce qui, à ses yeux, différencie mythe et œuvre poétique. Le mythe, avait-il dit dans son article de 1955 (« La structure des mythes », *AS*, chap. XI), appelle une analyse qui peut se situer au seul niveau sémantique, ce qui explique que, au plan pratique, la traduction du récit dans une autre langue ne constitue pas un obstacle, puisque l'essentiel du travail consiste à établir la structure des différentes versions, c'est-à-dire leur loi de transformation. En revanche « chaque ouvrage poétique, considéré isolément, contient en lui-même ses variantes ordonnées sur un axe qu'on peut représenter vertical, puisqu'il est formé de niveaux superposés : phono-logique, phonétique, syntactique, prosodique, sémantique, etc. » (p. 5).

Tel est le programme suivi par les deux auteurs dans cette étude dont l'analyse est restée exemplaire.

Mythologiques

La publication des quatre volumes des *Mythologiques* commence en 1964 pour s'achever en 1971. En sept ans donc est menée à terme une tâche de rédaction considérable. L'auteur confesse que ce fut au prix d'un travail acharné. Ces années de rédaction, d'une part, faisaient suite à des recherches commencées depuis longtemps et, d'autre part, accompagnaient un enseignement donné au Collège de France (dont les présentations ou les résumés sont publiés dans *Paroles données*, Paris, Plon, 1984).

Incontestablement avec ces quatre volumes l'étude des mythes a pris un tournant. La seule approche qui par son ampleur peut lui être comparée est celle de Dumézil. Avec cette différence que Dumézil travaillant sur des textes anciens de langues mortes devait essentiellement faire appel à un savoir philologique. Lévi-Strauss propose une méthode qui, certes, peut être élargie à des cultures écrites, mais qui est d'abord un instrument d'analyse des représentations de cultures sauvages encore existantes. Aucune tentative d'une telle richesse et d'une telle rigueur n'avait été proposée auparavant. C'est vraiment d'un instrument nouveau que dispose désormais l'anthropologie contemporaine.

Lévi-Strauss a lui-même très bien résumé (dans un texte écrit en 1968, soit après les deux premiers volumes des *Mythologiques*) l'essentiel de sa méthode :

« 1. Un mythe ne doit jamais être interprété à un seul niveau. Il n'existe pas d'explication privilégiée, car tout mythe consiste dans une mise en rapport de plusieurs niveaux d'explication.

« 2. Un mythe ne doit jamais être interprété seul, mais dans son rapport avec d'autres mythes qui, pris ensemble, constituent un groupe de transformation.

« 3. Un groupe de mythes ne doit jamais être interprété seul, mais par référence : *a*) à d'autres mythes ; *b*) à l'ethnographie des sociétés dont ils proviennent. Car si les mythes se transforment mutuellement, une relation du même type unit, sur un axe transversal au leur, les différents plans entre lesquels évolue toute vie sociale, depuis les formes d'activité techno-économiques, jusqu'aux systèmes de représentation, en passant par les échanges économiques, les structures politiques et familiales, les expressions esthétiques, les pratiques rituelles et les croyances religieuses » (*AS II*, 83).

Si avec la publication des quatre volumes des *Mythologiques*, Lévi-Strauss avait voulu, comme on dit, élever un monument à la gloire de la mythologie indienne des deux Amériques, ce serait déjà un bilan digne d'admiration. Mais on pourrait alors s'interroger sur l'utilité de la tâche qui a consisté, en partie, à en résumer les récits alors que ceux-ci existent par ailleurs (bien que peu accessibles) en version complète ou plus détaillée dans d'autres ouvrages spécialisés. En outre Lévi-Strauss reconnaît lui-même que les quelque huit cents mythes qu'il a retenus pour son travail ne représentent environ qu'un dixième, à peine, du corpus total probable (corpus par hypothèse ouvert de toute façon).

Ce n'est donc pas du côté de l'exhaustivité ni dans l'idée de catalogue qu'il faut chercher l'intérêt de l'entreprise. Elle est ailleurs. On pourrait penser qu'il réside dans le travail d'élucidation des mythes eux-mêmes. Mais l'ambition de Lévi-Strauss est plus large ; il s'agit pour lui, tout d'abord, de mettre au jour le fonctionnement général de la pensée mythique à l'occasion de cette recherche sur les mythes indiens d'Amérique, et, ensuite, de démontrer le fonctionnement de l'*esprit humain* lui-même.

Il faudrait présenter ici l'ensemble du projet de Lévi-Strauss en ce qui concerne l'étude des mythes. Nous l'avons déjà fait au chapitre VII du présent essai, qui discute de l'originalité de la démarche de Lévi-Strauss, de son recours au modèle linguistique, de la notion de transformation, du passage au modèle musical, du rapport entre mythe et rite, etc.

Nous nous contenterons ici d'indiquer les principaux objectifs de chacun des volumes des *Mythologiques*, sans entrer dans le détail des récits ou de leurs analyses, tâche de toute façon impossible et peut-être de peu d'utilité.

Le Cuit et le Cru, Paris, Plon, Paris, 1964

Ce que montre le premier volume des *Mythologiques* (et c'est ce qui explique son titre), c'est que la cuisson de la viande est considérée comme le signe premier et fondamental de l'accès à la culture ; mais cette cuisson n'aurait pas été possible sans l'alliance avec le Maître du feu, le Jaguar (dont les yeux brillent comme des braises dans la nuit). L'acquisition du feu ne se sépare pas de celle de l'ensemble des biens culturels et d'une mise en ordre du monde que les mythes expriment dans la variété des codes qui marquent les récits (code social, cosmologique, astronomique, sensoriel, etc.) Bref, on est devant une narration du passage de la nature à la culture.

Ce premier volume des *Mythologiques* analyse les 187 premiers mythes recensés par Lévi-Strauss. Du point de vue de l'aire géographique, tous appartiennent à l'Amérique du Sud et proviennent d'enquêtes portant sur plus de 70 populations différentes (dont certaines appartiennent à des groupes ethniques plus généraux tels les Gé ou les Tupi).

L'ouvrage est organisé en cinq parties dont l'agencement est significatif de la méthode :

La première partie, intitulée « Thèmes et variations », présente un certain nombre de mythes concernant l'origine du feu, de l'eau, des biens culturels et des maladies. Ces mythes, qui ainsi choisis ne sont ni d'un caractère plus important, ni plus riches que d'autres, constituent une entrée possible dans le réseau mythologique. Ils composent de manière purement circonstancielle le matériel de référence. C'est ainsi que Lévi-Strauss présente le premier mythe (M1) dit « Le dénicheur d'oiseaux » et issu des Indiens bororo.

La deuxième partie n'a pas de titre général ; elle est l'exploration des codes sociologiques (les relations de parenté) qui existaient déjà dans les mythes précédents et qui sont mis en relation avec de nouveaux mythes.

Sans titre général non plus, la troisième partie met en évidence le code sensoriel (« Fugue des cinq sens ») dans une série de mythes où il est question à nouveau de l'origine du feu, mais aussi de celle des plantes cultivées, de la « vie brève ». Ce code sensoriel fait apparaître les qualités à la fois visuelles, tactiles, olfactives, auditives, gustatives des éléments mis en scène dans les récits.

La quatrième partie, intitulée « L'astronomie bien tempérée », reprend les mythes précédents et en analyse de nouveaux du point de vue du code astronomique ; même démarche dans la cinquième partie (« Symphonie rustique en trois mouvements ») mais du point de vue du code esthétique.

Ayant ainsi rappelé le cadre général de cet ouvrage, il importe de revenir à la fois sur son objectif, sur ses hypothèses et sur le détail de la démonstration.

Le titre même de ce premier volume vaut à lui seul indication : à savoir qu'une opposition (le cru et le cuit) repérée dans un domaine qui semble anodin – la cuisine – peut, combinée avec d'autres oppositions du même genre (le frais et le pourri, le mouillé et le brûlé, le bouilli et le rôti, etc.), être l'outil d'opérations intellectuelles très complexes, d'autant plus complexes qu'elles se formulent de manière implicite dans une syntaxe narrative utilisant des éléments codés selon plusieurs niveaux. On retrouve donc ici la méthode déployée dans *La Pensée sauvage* consistant à mettre au jour les opérateurs logiques contenus dans des suites organisées d'éléments naturels.

Pourquoi la cuisine ? « La cuisine d'une société est un langage dans lequel elle traduit inconsciemment sa structure » (*L'Arc*, n° 26, 1965, p. 29). Parler seulement de cuisine peut paraître réducteur. On comprend vite que c'est la question du feu, de son origine, de ses effets dont il est question ; mais aussi de son contraire, l'eau, et de tout ce qui y est lié. Déjà de multiples aspects du cosmos sont en jeu (le soleil, la lune ; le jour, la nuit ; les étoiles et les constellations ; la pluie et le tonnerre ; l'arc-en-ciel, etc.) mais aussi du même coup l'opposition du ciel et de la terre, du haut et du bas et donc des animaux célestes et des chthoniens, des aquatiques et des subaquatiques. Apparaissent aussi les figures et les termes intermédiaires. Le feu induit donc par contagion et opposition tout un ensemble de séries du côté du monde naturel, et comme moyen de la cuisine il induit un autre ensemble du côté du monde transformé, c'est-à-dire des biens culturels (au premier rang desquels on a les aliments que la cuisson rend comestibles, et du même coup entrent en scène les plantes et les animaux qui sont objets d'alimentation mais aussi – par contraste – ceux qui ne le sont pas ; et cela, à chaque fois, selon des nuances déterminées). C'est tout cela que les récits mythiques convoquent et organisent, en focalisant apparemment à chaque fois sur une question précise, mais en incluant beaucoup d'autres aspects dans une sorte de « compact » qu'il appartient au mythologue de déplier patiemment, ou, pour reprendre la comparaison musicale, une polyphonie dont il faut dégager chaque voix, un accord dont il faut faire entendre chaque note.

Du miel aux cendres, Paris, Plon, 1967

Il s'agit ici de 166 nouveaux mythes (M188 à M353) provenant des mêmes régions d'Amérique du Sud. Quelques mythes du volume précédent sont repris et analysés selon de nouvelles perspectives. Ce second tome, explique l'auteur, est une sorte de complément au premier : il consiste à relire à rebours ce qui avait été présenté dans un sens :

« La terre de la mythologie est ronde… Elle constitue un système clos. Seulement, dans la perspective où nous sommes maintenant placés, nous apercevons tous les grands thèmes mythiques à l'envers, ce qui rend leur interprétation plus laborieuse et plus complexe, un peu comme s'il fallait déchiffrer le sujet d'une tapisserie d'après les fils enchevêtrés qu'on voit paraître au dos et qui confondent l'image mieux lisible, que dans *Le Cru et le Cuit*, nous contemplions à l'endroit » (p. 201). S'agit-il simplement d'un artifice de méthode ? Non répond l'auteur : le mouvement de l'analyse suit celui des mythes eux-mêmes. En effet dans *Le Cru et le Cuit*, il s'agit du passage de la nature à la culture alors que la mythologie du miel procède à contre-courant en régressant de la culture à la nature. D'autre part tandis que le premier volume mettait en évidence une logique des qualités sensibles (le cru et le cuit, le sec et l'humide, etc.), celui-ci fait apparaître une logique des formes (vide et plein, inclus et exclus, contenant et contenu, interne et externe, ou d'autres encore).

On avait en effet dans le volume précédent déjà rencontré le miel et le tabac au cours de « La sonate des bonnes manières » et de « L'air en rondeau » : un méchant beau-père piégeait les hommes en leur faisant consommer le miel qu'il convoitait ; les cendres du jaguar engendraient le tabac par l'intermédiaire de la fumée. Ainsi nous avons déjà un mythe de l'origine du tabac mais il nous en manque un de l'origine du miel. Dans cette série de mythes, deux modes métaphoriques de cuisson sont mis en présence et en opposition. D'un côté on a le miel, c'est-à-dire une nourriture trouvée toute élaborée, « cuite » en quelque sorte par la nature, donc susceptible d'être consommée sans préparation, sans la médiation d'un rite ou d'une activité proprement humaine. En cela le miel est dangereux et séducteur : il reste de l'ordre de la nature et donne l'illusion d'appartenir à la culture. D'où la figure de la Fille-folle-de-miel qui, fascinée par la nature, oublie les médiations et se trouve être consommée elle-même sans les médiations nécessaires.

Face au miel le tabac occupe une position inverse : il n'est consommable qu'à condition d'être « surcuit », c'est-à-dire d'abord séché (exposé au soleil) et réduit en cendres ; mais cette surcuisson ne fournit pas une nourriture mais de la fumée. Ici on est dans une sorte d'excès de culture ; c'est pourquoi le tabac a rapport aux esprits, au monde surnaturel. Le miel est en position infra-culinaire et le tabac en position supra-culinaire. Entre ces deux extrêmes, les mythes inventent toutes sortes de figures médiates, de séries intermédiaires. « Le miel et le tabac sont des substances comestibles, mais ni l'un ni l'autre ne relèvent à proprement parler de la cuisine. Car le miel est élaboré par des êtres non humains, les abeilles qui le livrent tout prêt pour la consommation ; tandis que la manière la plus commune de consommer le tabac met celui-ci, à la différence du miel, non pas en deçà mais au-delà de la cuisine. On ne l'absorbe pas à l'état cru, comme le miel, ou préalablement exposé au feu pour le cuire, ainsi qu'on fait avec la viande. On l'incinère afin d'aspirer sa fumée » (p. 11).

Le miel et le tabac comme moyen de dire l'excès permettent de « coder » des comportements et d'articuler une sociologie ; ainsi le miel en tant que précuisson naturelle est associé à la figure de la femme séductrice qui offre l'union sans passer par l'alliance, soit un captage vers la nature de ce qui doit rester le fait de l'institution ; ce qui donne dans les mythes la figure de la Fille-folle-de-miel. Les hommes rétabliront l'équilibre en tirant dans l'autre sens : vers cette surcuisson qu'est la consumation du tabac.

Bien entendu il existe aussi dans la tradition occidentale toute une mythologie du miel, mais elle n'a pas l'avantage, comme celle des Indiens, d'être en rapport d'opposition et de complémentarité avec celle du tabac et pour cause : ce produit nous est venu d'Amérique. Dans tous les mythes ici abordés en effet les deux mythologies se répondent symétriquement. Mais cette vision statique ne suffit pas, il faut envisager un rapport beaucoup plus complexe et dynamique : « La fonction du tabac consiste à refaire ce que la fonction du miel a défait, c'est-à-dire rétablir entre l'homme et l'ordre surnaturel une communication que la puissance séductrice du miel (qui n'est autre que celle de la nature) l'a conduit à interrompre » (p. 222). Le tabac ramène l'homme vers la culture, mais presque excessivement : il le pousse plus vers le surnaturel. On ne peut raisonnablement se tenir ni dans l'un ni dans l'autre monde. Il faudra donc trouver entre les deux des moyens termes : culturaliser le miel par la cueillette socialement organisée et par l'imposition d'une consommation différée ; naturaliser le tabac en le consommant « humide » : mastiqué directement ou bu en décoction. Tout le problème est donc de retrouver un équilibre, que l'art de la cuisine avait fondé en assignant au feu de cuisson une fonction de médiation. Les mythologies du miel et du tabac disent que cet équilibre n'est pas garanti et qu'il faut prendre en compte la menace des extrêmes : c'est précisément une des fonctions des mythes que de désigner et de traiter toutes les hypothèses et toutes les possibilités de représentations. L'équilibre menacé est rétabli de deux manières : par le fait que miel et tabac tendent à annuler mutuellement leurs effets ; et par les correctifs dans leur consommation (cf. ci-dessus) qui les rapprochent d'une position moyenne.

Ce que montrent la première et la deuxième parties de ce livre, c'est l'existence de trois niveaux sémantiques principaux que Lévi-Strauss appelle des « codes » :

1) un code alimentaire : ses « symboles sont les nourritures typiques de la saison sèche » (p. 227) ;

2) un code astronomique : « il s'agit de la marche journalière et saisonnière de certaines constellations » (*ibid.*) ;

3) un code sociologique : celui-ci est « construit autour du thème de la fille mal élevée, traîtresse envers ses parents ou son mari, mais toujours en ce sens qu'elle se montre incapable de remplir la fonction de médiatrice qui lui est assignée par le mythe » (p. 227-228).

Lévi-Strauss va au-devant de la question que le lecteur nécessairement se pose : « Qu'y a-t-il de commun entre la quête du miel, la constellation des Pléiades, et le personnage de la fille mal élevée ? » (p. 228). La réponse sera dans la démonstration de la convertibilité réciproque de ces trois codes. Précisément la troisième et la quatrième parties montrent que cette convertibilité est assurée par un opérateur qui est le *code acoustique* (dont le rôle avait déjà été repéré dans *Le Cru et le Cuit*) ; ce code en effet se réfère à l'union sexuelle par où il touche au code sociologique, d'autre part à l'union du ciel et de la terre – code astronomique – et enfin il concerne les entours de la cuisine – code alimentaire. Pourquoi le code acoustique ? Parce que la cuisine implique le silence, de même l'union sexuelle (parler ou copuler, il faut choisir) ; à l'opposé des rites bruyants accompagnent les éclipses, de même que les unions répréhensibles sont sanctionnées par le charivari (comme cela se constate en Europe) ; on a donc toute une série d'analogies entre les données acoustiques, astronomiques, culinaires, sexuelles, sociales et d'autres encore.

En fait on est en présence d'un vaste dispositif de mythes d'origine de la viande (nourriture par excellence) et des biens culturels (dont le feu est le plus précieux). Entre les deux ensembles tout sortes de transformations apparaissent (comme les mythes de l'origine de l'eau qui inversent ceux de l'origine du feu et par là les indiquent en creux) ainsi que des variations sur les données complémentaires (les mythes d'origine des parures et des ornements constituent des exemples du parcours de l'acquisition des biens culturels). Miel et tabac constituant les pôles extrêmes du système, on peut, « par transformation des mythes d'origine des biens culturels, retrouver les mythes d'origine du tabac. À cette condition seulement, l'ensemble de mythes sur lesquels a porté notre investigation pourrait constituer un système clos » (*PD*, 57).

L'Origine des manières de table, Paris, Plon, 1968

Avec ce troisième volume des *Mythologiques* nous passons de l'Amérique du Sud à l'Amérique du Nord (mais on trouve repris ou rappelés, à l'occasion, quelques mythes de l'Amérique tropicale). Nous sommes en présence de 274 nouveaux mythes (M354 à M528). On avait vu que le deuxième volume faisait à l'envers le parcours du premier. Mais cette fois il y a une sorte de recommencement avec un nouveau mythe de référence (M354) et donc la mise en place d'un nouveau parcours. L'analyse devient plus complexe également : on passe à une logique des propositions après avoir privilégié celle des qualités (1er volume) et celle des formes (2e volume). Qu'est-ce à dire ? Ceci : que la médiation recherchée par les mythes ne s'opère plus entre des termes simples mais entre des rapports : ainsi dans les mythes du voyage en pirogue, la présence de ces deux astres, l'un à l'avant l'autre à l'arrière du bateau, n'est pas simplement l'opposition du jour et de la nuit, mais du jour en tant qu'il est une « conjonction modérée du ciel et de la terre – congrue à la catégorie géographique du proche – et de la nuit, forme aussi modérée, mais de la disjonction du ciel et de la terre, congrue à la catégorie du lointain. *Par conséquent ce que la pirogue met à distance, ce sont la conjonction et la disjonction mêmes* » (p. 155 – souligné par l'auteur). C'est à ce même niveau que sont repérées des oppositions entre des rythmes et de périodicités : flux/reflux ; amont/aval ; crue/décrue, etc.

L'accès à la culture ici se raffine, il est attesté dans les mythes par des exigences d'ordre moral concernant la vie en société comme les manières de table, l'éducation des femmes, le mariage, mais concernant aussi le monde environnant : le monde végétal et les espèces animales. Les mythes témoignent donc d'un art de vivre complexe et d'exigences très hautes, ce que Lévi-Strauss appelle un « humanisme sauvage » ; celui-ci, à la différence du nôtre qui fait converger tout l'univers vers l'homme, « place le monde avant la vie, la vie avant l'homme et les respect des autres avant l'amour-propre » (p. 422).

Ce passage du sud au nord est important à bien des égards car il implique l'hypothèse de l'unité de l'univers mythique des populations indiennes et surtout il en démontre le bien-fondé. En somme l'analyse structurale des systèmes de représentations, comme le sont les mythes, vient à la rescousse des recherches historiques et archéologiques qui disposent certes d'un nombre important d'informations sur le peuplement du continent, les vagues de migrations, les déplacements et les fusions de groupes, mais qui ne peuvent (faute de documents écrits) dire grand-chose des traditions, des modes de pensée et systèmes de valeurs des populations envisagées. En ce domaine l'archive manque ou elle est, si l'on peut dire, purement orale et obéit aux principes sélectifs de la tradition orale : tels sont les mythes. Reste à savoir les lire correctement. C'est-à-dire précisément selon ces principes d'économie et de condensation que vise la transmission non écrite. C'est bien cette logique que Lévi-Strauss essaie de mettre en évidence. Du même coup il retrouve dans l'organisation interne des récits mythiques un rapport entre les diverses cultures qui a pu être une suite d'événements traduite en système.

Mais plus encore un autre aspect de la méthode est ainsi mis en avant, à savoir que *le contexte d'un mythe, c'est d'abord l'ensemble des autres mythes*. Le mythe de référence ici est un mythe des Indiens tukuna d'Amazonie ; et c'est avec des mythes de l'Amérique du Nord qu'il sera possible d'établir des rapports de transformation qui font défaut au sud.

La première partie sera-t-elle le récit d'un crime ? « Le mystère de la femme coupée en morceaux » : sous ce titre explicitement emprunté au style des romans policiers ou des faits divers, il s'agit de la présentation du mythe de référence (M354), mythe tukuna, qui raconte les mésaventures du héros Monmanéki qui, après avoir épousé et perdu quatre épouses, se retrouve avec une cinquième coupée en deux dont la moitié supérieure se colle à son dos. Or cette « femme-crampon » est mise en équivalence avec la grenouille et du coup toute une série de mythes de l'Amérique tropicale relatifs à cet animal entre en résonnance avec des récits de l'Amérique du Nord. Entre les deux aires géographiques on constate donc l'existence de tout un jeu de variantes qui corrobore l'hypothèse d'une unité fondamentale du corpus.

La deuxième partie est intitulée « Du mythe au roman » ; sujet prometteur, mais de quoi s'agit-il ? Un des aspects les plus intéressants des mythes étudiés dans ce troisième volume est que s'y manifeste une forme de narration nouvelle par rapport aux mythes analysés dans les deux premiers volumes. On y trouve ce que Lévi-Strauss appelle des « récits à tiroirs », comme s'il y avait une multiplication des variantes qui ne répondait plus à un contexte ethnographique mais obéissait à une sorte de logique propre de reproduction de formes ; on passe d'un ordre structural fondé sur des transformations à un ordre sériel fondé sur des répétitions (« forme d'une forme, la répétition apparaît comme le dernier murmure de la structure expirante », *PD*, 62). Bref, on quitte le monde véritable du mythe pour entrer dans celui du roman et même du roman-feuilleton (c'est du moins ce qu'on pourrait dire par analogie avec des genres que nous connaissons bien).

Dans la troisième partie, intitulée « Le voyage en pirogue de la lune et du soleil », il s'agit de comprendre comment la pirogue d'une part, le soleil et la lune d'autre part et enfin le voyage lui-même peuvent fonctionner comme des opérateurs logiques et sémantiques. Il importe, rappelle Lévi-Strauss, de prendre en compte de manière précise les données ethnographiques (en d'autres termes, il faut constituer le lexique). De ce point de vue il faut être attentif au fait que les places dans la pirogue sont très précisément assignées ; en effet la conduite de ce type de bateau exige au moins deux passagers : l'un à l'arrière chargé de tenir le gouvernail et un autre chargé de pagayer mais qui, pour des raisons d'équilibre, se tient nécessairement à l'avant. Ni l'un ni l'autre ne peuvent durant l'action ni se déplacer d'avant en arrière ni se pencher latéralement sans risquer de faire chavirer l'esquif. Ils sont donc associés et liés par une distance nécessaire : ni trop près, ni trop loin. D'autre part d'une manière générale la tâche de gouverner qui requiert peu d'énergie est confiée au plus faible des deux (ou du groupe) : femme ou vieillard, tandis que le ou les pagayeur(s) doi(ven)t être le(s) plus robuste(s). Ces éléments vont servir de supports pour figurer des oppositions, des corrélations, des incompatibilités, des positions extrêmes et leur résolution médiane. Les deux positions nécessairement éloignées sur la pirogue vont donc pouvoir être celles du soleil et de la lune, à la fois dans leur dépendance réciproque, leur distance, leur commun mouvement. Mieux encore, le feu de cuisine souvent transporté par les Indiens dans leurs voyages est alors mis au centre du bateau, pouvant ainsi symboliser une médiation réussie entre l'excès de chaleur du soleil et son absence nocturne. La pirogue devient un opérateur de pensée capable de porter dans les récits une multitude d'oppositions et de médiations entre des extrêmes comme celle de l'alliance proche ou lointaine, du chaud et du froid, du jour et de le nuit, du masculin et du féminin, du temps irréversible et du temps périodique, etc.

Dans les mythes suivants on a affaire d'emblée à un code anatomique qui lui-même traduit un code astronomique : c'est un morcellement du corps humain qui explique l'origine des constellations. À cela s'ajoute un code sociologique qui évoque la question du mariage sous l'angle de l'exogamie et de l'endogamie ; le code géographique quant à lui permet de traduire en termes de parcours ou de distance – insuffisante ou excessive – les alliances proches ou lointaines et le mouvement du temps : voyage en pirogue en amont et retour aval, par exemple ; le code éthique se manifeste dans les éléments des récits relatifs aux unions répréhensibles (adultère, inceste, bestialité), par la valorisation de la chasteté contre le dévergondage.

Dans ces trois premières parties l'auteur met en évidence l'intégration de ces différents codes et prépare pour ainsi dire une grille de lecture pour l'étude des mythes suivants.

La quatrième (« Les petites filles modèles ») et la cinquième parties (« Une faim de loup ») reprennent et développent l'analyse du code éthique, en tant qu'il concerne le comportement des femmes et l'attitude devant la nourriture. Les titres donnés à ces parties font volontairement et humoristiquement allusion aux contes populaires ou aux récits de la comtesse de Ségur. La figure de la Fille-folle-de-miel avait indiqué la possibilité d'un danger : que la femme retourne à la nature, qu'elle ignore la nécessité des médiations. Il y a donc toute une pédagogie à mettre en place à son sujet, comme il y a toutes sortes de règles à imposer en général pour conjurer le retour du désordre, pour rendre possible un art de vivre. Celui qui concerne l'alimentation n'est pas le seul mais, ici encore, c'est par le biais des règles relatives à la nourriture et la cuisine que l'auteur poursuit son enquête et retrouve des fils narratifs qui circulent dans bien d'autres domaines.

Les sixième et septième parties consacrées aux « entours de la cuisine » montrent comment le motif de la digestion en constitue le prolongement naturel, tandis que les recettes et manières de table en forment l'aspect culturel.

L'ouvrage se termine par une belle méditation sur la sagesse et l'humanisme des sauvages et, en définitive, sur le sens que nous entendons donner à l'histoire des civilisations.

L'Homme nu, Paris, Plon, 1971

Ce quatrième et dernier volume des *Mythologiques* examine 284 mythes nouveaux (M529 à M813). On le voit donc cela fait plus de huit cents mythes recensés au total (sans compter les variantes). Près de 25 mythes environ sont également complétés dans ce volume. Celui-ci apparaît d'emblée comme plus volumineux que les autres. L'auteur a confié dans plus d'un entretien qu'il était hanté par l'échec de Saussure qui, dans sa recherche sur les langues indo-européennes, s'est laissé submerger par la documentation et n'a jamais pu mener à bien son projet. Lévi-Strauss a donc décidé de boucler son parcours malgré la certitude que la matière étudiée eût normalement nécessité un volume supplémentaire. Mais peut-être faut-il voir aussi, dans la décision de s'en tenir à quatre volumes, le désir, à peine déguisé, d'offrir au public une *tétralogie*, puisque, d'une part, il reconnaît avoir toujours rêvé d'en produire une sous forme discursive, faute d'avoir pu le faire en musique et que, d'autre part, une tétralogie était le meilleur hommage qu'on puisse imaginer rendre « au dieu Richard

Wagner » dont l'« Ouverture » du premier volume proclamait qu'il devait être considéré comme « le père véritable de l'analyse structurale des mythes » (*CC*, 23).

Cela faisait donc quelques excellentes raisons de limiter ces *Mythologiques* à ce quatrième volume. Pourtant les mythologies d'Amérique du Nord semblent plus riches qu'au sud, ou, en tout cas, elles ont fait l'objet (de la part des anthropologues américains et du *Bureau of American Ethnology*) d'enquêtes plus minutieuses et plus systématiques. Il eût semblé normal de s'y attarder davantage. Lévi-Strauss a donc dû condenser sa matière. Pourtant il ne donne jamais l'impression de l'escamoter ; l'analyse s'y fait encore plus aisée, plus souveraine. Il faut y voir sans doute un effet de la maîtrise acquise, laquelle se communique au lecteur, désormais familiarisé avec la méthode mais aussi avec l'univers symbolique de la mythologie amérindienne. Une grande partie du travail est implicite ; elle se fait dans la complicité intuitive. L'aisance de l'auteur est devenue un peu celle du lecteur.

Avec ce dernier volume Lévi-Strauss se retrouve – et nous amène – en un point du continent américain qui fut sans doute, historiquement, le plus anciennement peuplé : la région du Nord-Ouest. En d'autres termes, le parcours des mythes a pris à revers le mouvement du peuplement. L'analyse structurale à elle seule entraînant de plus en plus le chercheur du sud au nord pour rendre compte de transformations qui sans cela restaient inexpliquées. Moyennant quoi on obtenait une preuve externe de la validité de la méthode hypothético-déductive. Déjà le troisième volume s'ouvrait sur un mythe amazonien des Indiens tukuna dont l'interprétation exigeait de chercher son groupe de transformations au nord.

Si bien des hypothèses avancées dans les enquêtes précédentes se trouvent progressivement confirmées, cela veut dire que l'auteur parvient à remplir des emplacements indiqués à l'avance et laissés provisoirement vides. De la même manière Saussure avait déduit l'existence probable, dans les langues indo-européennes, d'un *a* qui serait à la fois voyelle et consonne, ce qui a été effectivement découvert cinquante ans plus tard, dans le cas la langue hittite, par Jerzy Kurylowicz (cf. Émile Benveniste, *Problèmes de linguistique générale*, Paris, Gallimard, 1966, p. 35-36). C'est le plaisir d'une telle confirmation qui est offert au mythologue dans son parcours à rebours du champ amérindien : « Voici maintenant des mythes d'Amérique du Nord qui énoncent de manière explicite et agrémentent d'un riche commentaire une proposition dont la nécessité nous était apparue sous le seul angle de la logique. Quelle meilleure démonstration pourrions-nous espérer de la validité et de la fécondité de notre méthode ? » (p. 485).

On sait que ce sont les circonstances qui ont conduit l'auteur, dont la recherche sur le terrain a porté essentiellement sur les Indiens du Brésil, à commencer son enquête par les mythes de l'Amérique du Sud. Cette circonstance lui est apparue, après coup comme une chance : « Beaucoup plus pauvre que celui dont on dispose pour l'Amérique du Nord, le corpus sud-américain se prête davantage à une étude préliminaire parce qu'on l'aperçoit comme de loin : simplifié, réduit à ses contours essentiels. Au contraire, le corpus nord-américain apparaît si copieux, complexe et fouillé qu'il eût pu, si j'avais commencé par là, égarer l'analyse dans des chemins de traverse. Plus ingrate peut-être l'enquête sud-américaine a permis de gagner du temps » (p. 564). Un autre avantage est également probable : que le même mythe, élaboré plus récemment au sud, y a moins subi l'érosion du temps qu'au nord (où justement se constate ce que l'auteur appelle « l'exténuation de la structure »). Ainsi, paradoxalement, les formes récentes rendent mieux compte des formes premières du mythe.

Dans ce quatrième volume, c'est donc l'ensemble de l'univers mythologique amérindien qui se manifeste dans son unité. Mais cette unité qui apparaît au niveau logique n'est pas immédiatement lisible au plan thématique. En effet ce qui fait nécessairement la différence entre la mythologie amérindienne du Nord et celle du Sud, c'est le changement évident d'infrastructures : autres climats, autres paysages, autres animaux et végétaux, autres saisons, autre disposition du ciel nocturne mais aussi autres ressources de nourriture, autres moyens technologiques, autres formes d'organisation sociale.

En Amérique du Sud, par exemple, où on constate une prédominance de la chasse et des activités agricoles, les mythes de l'origine du feu sont en rapports de transformation avec ceux de l'origine de la viande et ceux de l'origine des plantes cultivées. Mais en Amérique du Nord, dans la région du Nord-Ouest par exemple, où domine l'activité de pêche, les mêmes mythes se transforment en mythes d'origine des poissons. Comme d'autre part les populations côtières et celles de l'intérieur pratiquent un échange intense de produits complémentaires (exemple : poissons séchés, coquillages, huile d'un côté, viande, peaux, fourrures de l'autre), les mythes, ainsi qu'on pouvait s'y attendre, portent sur les institutions de l'échange comme les foires et marchés et tout ce qui concerne les procédés de réciprocité : alliances matrimoniales, échanges de parures, échanges de biens. Cet accent mis sur les transactions et sur leur nécessité se traduit inévitablement dans les mythes par un recours très marqué au code social, c'est-à-dire au dispositif de la parenté. Ainsi le thème de l'inceste intervient souvent pour signifier les conséquences fâcheuses du refus d'échanger, de partager. « Chaque mythe fait à sa manière la théorie d'un style d'existence parmi d'autres et qu'illustrent autant de maximes : "chacun pour soi", "donnant-donnant", "part à deux", "chacun pour tous". Chaque fois aussi la charge de la démonstration incombe à une paire animale différente, et dont les membres sont vis-à-vis l'un de l'autre dans la position de partenaires, d'adversaires ou de rivaux » (p. 287). Cela touche également à la question du feu qui sert de fil conducteur à l'ensemble des *Mythologiques*. Tandis qu'en Amérique du Sud la conquête du feu permet surtout de résoudre les conflits du haut et du bas, du ciel et de la terre, et donc du soleil et des humains, en Amérique du Nord le feu est plutôt intégré dans la série des biens qu'on échange ou que l'on garde pour soi. Le système des catégories est dominé par les rapports entre les groupes : « À une extrémité de la gamme, le feu de cuisine et l'eau potable se rangent dans la catégorie des choses qu'on partage entre voisins ; à l'autre extrémité, les femmes dans celle des biens qu'on échange entre étrangers » (*PD*, 76). Le schème du feu qui a traversé toutes les *Mythologiques* aboutit ici à une figure symbolisée par un ustensile : le four de terre, médiation parfaite entre le soleil et le monde terrestre, le haut et le bas, le rôti et le bouilli, le dedans et le dehors, etc. S'y concentrent tous les axes et toutes les virtualités du feu, il est la consécration de la nature dans l'instrument le plus culturel. Bref on est ici désormais dans un monde très élaboré.

On comprend aussi en quoi le titre de ce dernier volume fait pendant à celui du premier. Le critère du passage de la nature à la culture s'est déplacé, du moins dans son accentuation : ce n'est plus la crudité mais la nudité à quoi il revient d'abord de connoter la nature ; en raison même de l'importance des échanges, ce sont les parures, les ornements, les vêtements qui signifient la médiation. Dès lors la coupure n'est plus tant entre l'homme et l'animal mais entre deux types d'humanité : celle qui échange et celle qui reste repliée sur soi, celle qui peut s'offrir le luxe de produits diversifiés et celle qui ne le peut pas.

Anthropologie structurale deux, Paris, Plon, 1973

Cet ouvrage rassemble tout un ensemble de textes publiés entre 1952 et 1971 et présentés ici en chapitres au nombre de dix-huit, eux-mêmes regroupés sous quatre grands titres. Le premier (« Vues et perspectives ») contient notamment le texte de la leçon inaugurale au Collège de France. Plus court, le deuxième ensemble (« Organisation sociale ») porte avant tout sur la parenté, tandis que le troisième (« Mythe et rituel ») offre, en quelque sorte, des analyses complémentaires aux volumes des *Mythologiques* ; il s'agit notamment de deux textes importants : « La geste d'Asdiwal » et « Quatre mythes Winnebago », à quoi s'ajoutent des analyses sur les rapports mythe/rituel. Le quatrième titre « Humanisme et humanités » annonce des considérations plus générales ; on y trouve en effet un certain nombre de textes brefs sur l'art, la critique littéraire, le concept d'humanisme ; mais on y trouve surtout deux textes de réflexion sur la civilisation dont le fameux « Race et histoire » de 1952.

Il est clair que le titre de cet ouvrage sonne comme un message, quinze ans après celui qui avait ouvert la voie. Droit de suite en quelque sorte. En 1958 l'expression « anthropologie structurale » sonnait presque comme une révélation ; en 1973 il s'agissait de persister et de signer. Ce que Lévi-Strauss fait sans états d'âme ; il avait produit les trois monuments majeurs de sa recherche : sur la parenté, sur la pensée sauvage et sur les mythes. Les enthousiasmes et les condamnations, les approbations et les critiques avaient durant ces quinze ans eu maintes occasions de s'affirmer et de s'exposer. Avec ce titre Lévi-Strauss semble dire tranquillement : le débat continue, le travail également.

Chap. I – Le champ de l'anthropologie

Sous ce titre, ce chapitre reproduit la « leçon inaugurale » prononcée au Collège de France le 5 janvier 1960. Mais comme la décision de créer cette chaire d'anthropologie sociale remontait à 1958, Lévi-Strauss en profite pour souligner des anniversaires significatifs : 1958 marquait le premier centenaire de la naissance de Boas et de Durkheim ainsi que le premier cinquantenaire de la nomination de Frazer à la chaire d'anthropologie de Liverpool. Ce qui donne à l'auteur l'occasion de rendre hommage à ses devanciers, particulièrement Durkheim et Mauss. C'est à eux qu'on doit la création de l'enseignement de l'anthropologie sociale dans l'Université française. Qu'est-ce qui fait la spécificité de cette discipline ? Pour l'auteur, c'est sa capacité de prendre en compte à la fois les données matérielles (géographiques, démographiques, technologiques, etc.) et les représentations, les comportements culturels et sociaux.

Dans quelle mesure cette discipline peut-elle prétendre à être une science ? Cela revient à se demander : quel type d'expérimentation est possible dans son domaine ? Apparemment aucun, mais en réalité l'anthropologie sociale est en présence d'«expériences toutes faites», sous la forme des différentes sociétés qu'elle observe. La démarche scientifique consiste alors à établir des modèles qui vont permettre de faire apparaître les propriétés communes des différents objets. Ce qui définit du même coup l'essentiel de la démarche structuraliste : relever des invariants entre diverses strates ou domaines d'une culture ou entre différentes cultures. Entre ces niveaux ou domaines, le rapport est de traduction ou plus précisément de transformation. Ce qui fait une structure, ce n'est pas l'«identité de ce qui se ressemble mais l'identité de ce qui diffère». Si on prend le cas des mythes à énigmes, l'intéressant, c'est alors de les mettre en rapport comme deux ensembles dont l'un est la transformation de l'autre. Dans un cas on a le type «Œdipe» : une question à laquelle on postule qu'il n'y aura pas de réponse ; dans l'autre cas le type «Perceval» : une réponse pour laquelle il n'y a pas eu de question. La figure de l'inceste dans le premier cas énonce la confusion de ce qui devait rester séparé et éloigné ; celle de la virginité dans le deuxième dit la séparation de ce qui devrait se rapprocher. Les termes de parenté servent alors de support à un énoncé logique et sociologique : absence de distance et confusion ; excès de distance et non-communication. La leçon du mythe, c'est alors la nécessité d'une recherche de la bonne distance, l'acceptation de la périodicité des saisons, de la réciprocité dans les relations. Les deux types de récits inversent leurs formules et ne se comprennent que comme transformation l'un de l'autre.

Voilà un exemple de ce que peut être la méthode structurale. Le fait qu'en cet exemple ait été mis en présence des

mythes d'époques et de cultures différentes permet d'envisager un autre problème : celui de faire de l'anthropologie
une véritable science de l'homme, donc d'envisager à travers la diversité des cultures l'existence de formes universelles ; bref de postuler une identité de l'esprit humain,
non pas défini a priori, mais reconnu dans l'identité de ses
procédures et de ses démarches logiques.

Chap. II – Jean-Jacques Rousseau, fondateur des sciences de l'homme

Ce n'est pas un hasard si Lévi-Strauss fit partie des
savants conviés aux cérémonies, organisées, en juin 1962, à
Genève, pour le 250e anniversaire de la naissance de Jean-
Jacques Rousseau. Qui ne savait combien était grande
l'admiration de l'auteur de *Tristes Tropiques* pour « le plus
ethnographe des philosophes » ? Plus largement encore, le
titre du présent texte présente Rousseau comme « fondateur des sciences de l'homme ». Lévi-Strauss se réfère
d'abord à une note fameuse du *Discours sur l'origine de
l'inégalité* où Rousseau appelle de ses vœux une étude
sérieuse des mœurs et des institutions des sociétés non
européennes et où il esquisse le programme d'une telle
recherche. Mais au-delà de ces suggestions spécifiques,
c'est l'ensemble du *Second Discours* qui montre à quel
point Rousseau avait su concevoir de manière moderne la
question des rapports nature/culture. À la même époque
dans son *Essai sur l'origine des langues*, il écrivait : « Quand
on veut étudier les hommes, il faut regarder près de soi ;
mais pour pouvoir étudier l'homme, il faut apprendre à
porter sa vue au loin ; il faut d'abord observer les différences pour découvrir les propriétés » (chap. VIII). Cette
règle de méthode peut être considérée comme la règle d'or
de l'ethnologie contemporaine. Ce qui s'y trouve défini
c'est la position de l'observateur (lui-même partie de son
objet) ; c'est ensuite la valeur heuristique de la distance et
c'est enfin la méthode comparatiste (faire apparaître les
propriétés par l'analyse des différences).

Ce renouvellement méthodologique (qui a été malheureusement sous-estimé jusqu'ici) ne se sépare pas chez Rousseau d'un profond bouleversement de la position du sujet héritée du cartésianisme. Le sujet cartésien s'impose à une nature qu'il domine et organise par son savoir pour mieux la soumettre par ses techniques, consacrant ainsi le règne exclusif de l'homme sur les autres espèces et sur le monde naturel en général. Rousseau, en instituant la connaissance de soi comme inséparable de celle d'autrui, en situant le socle de cette connaissance non dans la raison raisonnante mais dans cet acte de reconnaissance fondamental qu'est la *pitié*, rétablissait l'identité personnelle dans la relation non seulement à autrui mais à l'ensemble du monde vivant. Cette éthique de la vie, inséparable chez Rousseau de l'accès au savoir, marque une rupture avec l'anthropocentrisme qui fut (et reste souvent) la marque profonde d'une violence propre à la civilisation occidentale. Rousseau, estime Lévi-Strauss, fut le premier à comprendre cette situation et à en tirer les conclusions intellectuelles et morales.

Chap. III – Ce que l'ethnologie doit à Durkheim

Il est intéressant de noter la circonstance qui fut à l'origine de ce texte. En 1960, soit avec deux ans de retard, on se décida, en France, à célébrer le centenaire de la naissance de Durkheim. En 1958, Lévi-Strauss avait, pour sa part, su saluer l'événement en dédiant son *Anthropologie structurale* au fondateur de la sociologie contemporaine. Mais on se souvient qu'un chapitre de cet ouvrage répondait vertement à certaines critiques de Georges Gurvitch ; celui-ci, par sa chaire de Sorbonne, avait la haute main sur l'institution sociologique française et, quelque peu rancunier, ne jugea pas indispensable d'inviter le plus prestigieux des anthropologues français à s'exprimer au colloque organisé par l'Université de Paris le 30 juin 1960. Lévi-Strauss n'en fournit pas moins sa contribution, à titre personnel ; soit le texte ici présenté, publié dans les *Annales de l'université de Paris*, n° 1, 1960.

Qu'est-ce que l'ethnologie doit à Durkheim ? Apparemment peu en comparaison de ce qu'elle doit à Mauss et aux maîtres britanniques ou américains. En fait, elle lui doit beaucoup si on mesure l'avancée théorique que Durkheim a su accomplir et dont Mauss et Radcliffe-Brown, entre autres, lui sont fortement redevables. C'est ce point que Lévi-Strauss tient à mettre en évidence.

À l'époque – 1895 – où il publie *Les Règles de la méthode sociologique*, Durkheim voit encore dans l'ethnologie une discipline expérimentalement mal constituée. C'est qu'il la juge à l'aune de l'histoire et dans l'héritage théorique de Fustel de Coulanges. L'ethnologie devrait donc s'en tenir aux civilisations où les documents (écrits, monuments, artefacts, etc.) sont suffisants pour permettre une induction fondée. Sinon elle reste dans le reportage confus et fantaisiste. Les conclusions des ethnologues semblaient le plus souvent des conjectures invérifiables. Pourtant dès 1912, avec *Les Formes élémentaires de la vie religieuse*, on constate un changement radical d'attitude chez Durkheim. L'ethnologie y est prise au sérieux et sa base expérimentale est, cette fois, jugée recevable.

Que s'est-il passé entre ces deux dates ? Très simplement ceci, estime Lévi-Strauss : Durkheim, avec la création de l'*Année sociologique*, a pris systématiquement connaissance (en vue de leur recension) des travaux des ethnographes de terrain comme Boas, Preuss, Wilken, Swanton, Strehlow, Cushing et beaucoup d'autres. En somme, Durkheim avait rejeté une mauvaise ethnologie au nom des exigences d'une bonne histoire, pour ensuite récuser une mauvaise histoire (celle conjecturale des « stades de l'esprit humain ») grâce aux acquis d'une bonne ethnologie.

Il comprend que l'intérêt spécifique de l'information ethnographique est dans la cohérence synchronique des données et non dans une généalogie hypothétique. « Avec Durkheim, le but et les méthodes de la recherche ethnographique subissent un bouleversement radical. Celle-ci pourra désormais échapper à l'alternative dont elle était prisonnière : soit qu'elle se borne à satisfaire une curiosité d'antiquaire et que sa valeur se mesure à l'étrangeté et à la bizarrerie de ses trouvailles ; soit qu'on lui demande d'illustrer *a posteriori*, au moyen d'exemples complaisamment choisis, des hypothèses spéculatives sur l'origine et l'évolution de l'humanité. Le rôle de l'ethnographie doit être défini en d'autres termes : absolument ou relativement, chacune de ses observations offre une valeur d'expérience et permet de dégager des vérités générales » (p. 61).

Il est remarquable de constater que le grand anthropologue britannique Radcliffe-Brown a revendiqué l'héritage de Durkheim, reconnaissant au maître français le mérite d'avoir été le premier à promouvoir l'ethnologie au rang de science expérimentale, tout en regrettant le peu de travail de terrain des disciples français immédiats. Mais cette carence ne doit pas être jugée trop sévèrement, remarque Lévi-Strauss, car cette génération fut décimée par la Première Guerre mondiale. La génération suivante a amplement montré que la leçon de Durkheim avait été entendue.

Chap. IV – L'œuvre du *Bureau of American Ethnology* et ses leçons

Il s'agit ici d'un texte adapté d'un discours prononcé en anglais en 1965 à Washington, D.C., à la *Smithsonian Institution* pour célébrer le 200ᵉ anniversaire de la naissance de son fondateur. Lévi-Strauss saisit cette occasion pour faire l'éloge du *Bureau of American Ethnology* et de ses prestigieuses publications (tels ses « rapports annuels »). Le *Bureau* fut, du reste, une des créations majeures (il date de 1879) de l'établissement fondé par James Smithson. On lui doit le meilleur des enquêtes conduites avec rigueur sur l'ensemble des populations indiennes d'Amérique du Nord. « Nous devons ainsi au *Bureau* d'avoir mis la recherche à un niveau sur lequel nous tâchons aujourd'hui de nous régler, même si nous réussissons rarement à l'atteindre » (p. 65). Lévi-Strauss saisit cette occasion pour rappeler une urgence, celle de consacrer aux dernières sociétés sauvages les néces-

saires efforts d'étude et surtout de savoir en respecter les
modes de vie. « Le jour s'approche où la dernière des
cultures que nous appelons "primitives" aura disparu de la
surface de la terre, et où nous nous apercevrons, trop tard,
que la connaissance de l'homme se trouve à jamais privée
de ses bases expérimentales » (p. 65). L'auteur donne des
chiffres alarmants sur la rapidité de certaines disparitions
depuis quelques décennies. Et cela doit nous remettre en
mémoire la terrible responsabilité de la civilisation occidentale dans cette situation. Le paradoxe de l'anthropologie,
c'est d'avoir à sauver ce patrimoine et d'être issue de la
civilisation qui le menace. « L'anthropologie est fille d'une
ère de violence ; et si elle s'est rendue capable de prendre
des phénomènes humains une vue plus objective qu'on ne le
faisait auparavant, elle doit cet avantage épistémologique à
un état de fait dans lequel une partie de l'humanité s'est
arrogé le droit de traiter l'autre comme un objet [...]. Ce
n'est pas en raison de ses capacités particulières que le
monde occidental a donné naissance à l'anthropologie, mais
parce que des cultures exotiques, que nous traitions comme
de simples choses, pouvaient être étudiées comme des
choses » (p. 69).

C'est pourquoi, estime Lévi-Strauss, l'anthropologie ne
peut continuer qu'en se transformant profondément. Elle
le peut tout d'abord en suscitant des chercheurs parmi les
indigènes eux-mêmes (comme du reste cela s'est déjà produit dans le passé) et ensuite en accompagnant cette réappropriation de l'intérieur du savoir ethnologique d'un
rapprochement entre l'anthropologie et diverses sciences
de la nature, de sorte que la recherche des invariants soit
rapportée à un point de vue qui soit également vrai pour
tous (au lieu de refléter les seules préoccupations de notre
civilisation).

Chap. v – Religions comparées des peuples sans écriture

Ce texte fut publié en 1968 aux Presses universitaires de
France, dans un ouvrage collectif suscité à l'occasion du

centenaire de l'École pratique des hautes études en sciences sociales. C'est, pour Lévi-Strauss, l'occasion de proposer une réflexion sur le statut de la chaire qu'il y occupe. Celle-ci fut créée en 1888 sous l'intitulé « Religions des peuples non civilisés » et fut successivement occupée par Léon Marillier, Marcel Mauss, Maurice Leenhardt et, en 1951, par Lévi-Strauss lui-même qui, en 1954, proposa l'intitulé actuel du cours : « Religions des peuples sans écriture ».

Ce nouvel intitulé, bien qu'également privatif, se voulait d'abord descriptif ; il était en lui-même une critique du précédent et du présupposé concernant le concept de civilisation. L'absence d'écriture semble le critère le plus approprié pour désigner des populations et des cultures qui se sont tenues à l'écart du mouvement cumulatif qui caractérise les sociétés historiques. Il n'était pas question non plus de reprendre le terme de « société primitive » lesté d'un très fort présupposé historiciste puisqu'il implique que les sociétés sans écriture représentent un moment archaïque de l'évolution de l'humanité ; ce qui revient à placer arbitrairement toutes les sociétés sur un même axe de devenir et à les juger selon une échelle de valeurs définie de notre point de vue.

Quel est l'intérêt d'une science comme l'ethnologie ? Quel savoir spécifique peut-elle développer sur la société ? Cet intérêt tient d'abord à l'enseignement original apporté par la *distance* qui existe entre ces sociétés et celle de l'observateur ; comme dans le cas de l'astronomie pour les sciences physiques, c'est la distance qui induit un savoir spécifique et fécond.

a) Tout d'abord « ces sociétés offrent à l'homme une image de sa vie sociale, d'une part en réduction (à cause de leur petit effectif démographique), de l'autre, en équilibre (dû à ce qu'on pourrait appeler leur entropie, qui résulte de l'absence de classes sociales...) », par quoi « elles permettent d'apercevoir le modèle derrière la réalité, ou, plus exactement, de construire aux moindres frais le modèle à partir de la réalité » (p. 80).

b) Ensuite, si l'on admet que le but de l'ethnologie n'est pas de se cantonner à la description exhaustive des différentes sociétés mais de les comprendre dans leur ensemble et de nous comprendre par rapport à elles, il s'agit de « découvrir en quoi elles diffèrent les unes des autres. Comme en linguistique, la recherche des écarts différentiels constitue l'objet de l'anthropologie » (p. 81).

Ayant ainsi rappelé l'essentiel de l'exigence méthodologique, l'auteur fait un bilan de son enseignement à l'École de 1950 à 1960, en regroupant par sujet ses principaux cours : rapports des vivants aux morts ; typologie des représentations de l'âme ; étude des panthéons pueblo et de la figure du médiateur ; définition de l'analyse des mythes (avec p. 82-83 un rappel des règles de la méthode qui reste l'énoncé le plus clair de l'analyse structurale des mythes) ; étude des rapports entre mythe et rituel.

Finalement Lévi-Strauss assigne à l'anthropologie une tâche ambitieuse qui est de comprendre la société comme « un vaste système de communication entre les individus et les groupes », avec un niveau constitué par la parenté (échange des femmes), un autre par l'activité techno-économique (échange de biens) et enfin un troisième par le langage (échange de messages). « Pour autant que les faits religieux ont leur place dans un tel système, on voit qu'un des aspects de notre tentative est de les dépouiller de leur spécificité » (p. 84).

Chap. VI – Sens et usage de la notion de modèle

Ce titre semble annoncer une présentation d'épistémologie générale. En fait la notion de modèle, ici en cause, est discutée très précisément à propos du problème des organisations dualistes. Le titre anglais de cette étude est « On Manipulated Sociological models » (paru dans *Bijdragen tot de Taal-, Land-, en Volkenkunde*, Deel 116, 1960) : il s'agit d'une réponse à un article de David Maybury-Lewis paru dans le même numéro et qui mettait en question les hypothèses et la méthode formulées par Lévi-Strauss dans son texte de 1956 intitulé « Les organisations dualistes existent-elles ? » (*AS*, chap. VIII ; on peut se reporter à la présentation qui en est faite plus haut).

En ce qui concerne les hypothèses, Maybury-Lewis reproche à Lévi-Strauss d'avoir pris des libertés avec les faits ethnographiques. Ceux-ci concernent les Winnebago et les Bororo. Dans le premier cas, Lévi-Strauss avait affirmé que deux diagrammes pouvaient en être construits concurremment : les villages winnebago, d'après certains informateurs, sont divisés en deux moitiés selon un axe NO-SE ; mais d'autres prétendent qu'ils sont organisés en deux cercles concentriques. Lévi-Strauss avait montré qu'il s'agissait non d'une contradiction chez les informateurs, mais, ainsi que d'autres exemples encore l'attestent (comme chez les Trobriandais selon Malinowski) d'une superposition de deux schémas répondant à deux types différents de problèmes (ainsi le partage diamétral peut définir les moitiés exogamiques, tandis que l'opposition central/périphérique peut être celle du masculin et du féminin, des célibataires et des familles, de la culture et de la forêt, du profane et du sacré, etc.). C'est donc un problème général de dualisme qu'il faut poser (et les organisations dualistes en sont alors la version sociologique) : « Il s'agissait donc de transcender le plan de l'observation empirique pour atteindre à une interprétation qu'on pourrait dire généralisée, de tous les phénomènes de dualisme » (p. 91).

L'auteur, reprenant ensuite l'exemple des Bororo, démontre minutieusement que non seulement il a tenu le plus grand compte des faits rapportés par les observateurs (de Colbacchini à Albisetti), mais que certaines déductions proposées dans sa première étude avaient été confirmées par des faits rapportés entre-temps. Mais quand Maybury-Lewis émet des doutes, il faut noter que ceux-ci portent sur les diagrammes de Lévi-Strauss. Comme si ces diagrammes devaient fournir une représentation réaliste et complète de la réalité sociologique. On touche ici au cœur du problème indiqué par le titre de l'étude ; les critiques faites « confondent des modèles construits en vue de l'analyse théorique et pour interpréter les données ethnographiques, en ramenant celles-ci à un petit nombre de facteurs communs, avec une description des faits empiriques » (p. 97).

Lévi-Strauss constate, une fois de plus, que les difficultés soulevées tiennent à une mécompréhension de la méthode structurale. Mais c'est parce que d'emblée on a identifié la structure avec les relations directement observables. Or pour Lévi-Strauss la structure se situe à un niveau plus profond et plus général, échappant à la représentation consciente, et doit être formulée sous forme de modèle. C'est en cela que l'anthropologie peut approcher de l'objectivité des sciences exactes.

« En guise de conclusion, qu'il me soit permis de souligner à quel point les critiques qu'on m'adresse trahissent les préjugés naturalistes dont l'école anthropologique anglaise est restée si longtemps prisonnière » (p. 98).

Chap. VII – Réflexions sur l'atome de parenté

À l'occasion de la publication, en 1973, de l'ouvrage de Luc de Heusch, *Pourquoi l'épouser ?*, qui reprend des articles anciens où étaient formulées de sérieuses objections sur les modèles de l'atome de parenté présentés au chapitre II d'*Anthropologie structurale*, Lévi-Strauss, avec cette étude parue dans *L'Homme* (XIII, 3, 1973), rouvre le débat et refait une mise au point. Il le fait en rappelant un réquisit de méthode : au-delà des termes ce sont les relations qui constituent le véritable objet de l'analyse structurale. Ainsi, ce qu'il est convenu d'appeler « l'atome de parenté » n'est pas constitué par le cercle biologique (père, mère et enfants) mais, comme l'avait montré l'article de 1952, doit être défini ainsi : « Une structure de parenté vraiment élémentaire – un atome de parenté, si l'on peut dire – consiste en un mari, une femme, un enfant et un représentant du groupe dont le premier a reçu la seconde » (*AS*, 82-83). Par ce représentant passe la relation d'alliance (proprement culturelle et sociale) qui s'ajoute aux relations de filiation et de consanguinité.

Ce représentant est, exemplairement, dans de nombreuses sociétés l'oncle maternel. Mais le «donneur d'épouse» peut, dans bien des cas – et c'est à l'enquête ethnographique de l'établir –, relever d'une autre position dans la parenté. L'important, c'est de repérer comment s'établit le jeu de la réciprocité – qui donne?, qui reçoit? – car c'est à partir de lui que les attitudes se déterminent.

De ce point de vue, on aura un système quadrangulaire des relations possibles : frère/sœur, mari/femme, père/fils, oncle maternel/neveu. C'est là en tout cas la structure la plus simple. «Mais j'anticipais avec soin le cas d'autres structures, dérivables du cas simple moyennant certaines transformations» (p. 105).

Précisément les exemples invoqués par Luc de Heusch présentent des cas plus complexes. Ces exemples sont d'une part celui des Lambumbu, population de l'île de Malekula aux Nouvelles-Hébrides, d'autre part celui des Mundugomor du nord-ouest de la Nouvelle-Guinée et enfin celui des Lele du Kasai, au sud de l'actuel Zaïre. De Heusch relève des ambivalences dans les attitudes qui semblent infirmer les conclusions de Lévi-Strauss. Celui-ci cependant rappelle qu'il avait avancé avec précaution ses hypothèses : «Les symboles positif et négatif [...], représentant une simplification excessive, [sont] acceptables seulement comme une étape de la démonstration [...]. Dans beaucoup de systèmes, la relation entre deux individus s'exprime non pas par une seule attitude mais par plusieurs [...], formant pour ainsi dire un paquet» (*AS*, 59-60).

Lévi-Strauss, en reprenant minutieusement chaque dossier (enquêtes d'Arthur Bernard Deacon pour les Lambumbu, de Margaret Mead pour les Mundugomor, de Mary Douglas pour les Lele), montre que les apparentes contradictions tiennent à ce qu'on n'a pas vu que ce qui importe ce ne sont pas les contenus des attitudes mais les couples d'oppositions (frère/sœur ; mari/épouse ; oncle/

neveu) ou bien que l'on n'a pas tenu compte du fait que les oppositions peuvent se modifier ou même s'inverser en raison des alliances faites et à faire, de la présence ou de l'absence de conjoint disponible, etc. Il faut donc dans les descriptions utilisées préciser l'état du système à un moment donné ; il faut enfin considérer des cas où le système de descendance peut être très original mais voir que, si cela affecte les termes, cela ne modifie en rien la structure.

Le reproche que l'auteur fait à son critique, c'est en outre de recourir à certaines indications (ainsi l'évitement réciproque du père et du fils chez les Lele) sans en mesurer le caractère secondaire (cet évitement se ramène en fait, chez Mary Douglas, à deux brèves références, alors que la documentation sur l'attitude inverse est très riche).

En définitive, ce débat donne à Lévi-Strauss l'occasion d'affiner ses analyses de l'article de 1952 et d'en confirmer le bien-fondé en reprenant les exemples mêmes de De Heusch, soit des cas supposés infirmer ses hypothèses. Ces cas complexes sont, en fait, des transformations de la formule simple. Or dans cette formule, c'est bien l'alliance qui est déterminante et non le mode de filiation ou de descendance. C'est ce qui apparaît encore dans les formes plus complexes.

Chap. VIII – La structure et la forme

Le sous-titre de cette étude en indique le sujet : « Réflexions sur un ouvrage de Vladimir Propp ». L'ouvrage en question, *Morphologie du conte*, venait de paraître en anglais en 1960 ; Lévi-Strauss en proposa un compte rendu critique simultanément dans une revue française et dans une revue anglaise.

Il existe, bien entendu, une très grande parenté entre le type d'approche qu'expose Propp pour les contes et celui que Lévi-Strauss pratique sur les mythes. Remarquons au passage qu'en 1960 Lévi-Strauss n'a encore publié que peu de textes dans ce domaine (le 1er volume des *Mythologiques* paraît en 1964) ; cependant il y travaillait depuis longtemps comme en témoigne son enseignement. Il reconnaît du reste volontiers à Propp le mérite de l'antériorité : la première version de *Morphologie du conte* date de 1928, mais elle restait réservée aux lecteurs russophones. Lévi-Strauss admet que, faute d'avoir pu lire avant cette traduction anglaise, il avait pu cependant en recevoir partiellement l'inspiration à travers l'enseignement et les écrits de Jakobson.

Cette communauté d'inspiration et d'orientation dans la méthode une fois admise, Lévi-Strauss en vient à souligner une différence et même une divergence profondes entre Propp et lui-même. Un des aspects essentiels en effet de cette morphologie, c'était de proposer une théorie des formes détachées des contenus ou susceptibles de s'appliquer à n'importe quel contenu. À ceux qui auraient été portés à croire que c'était là également le point de vue du structuralisme, Lévi-Strauss, dès les premières lignes, fait cette mise au point : « La *forme* se définit par opposition à une matière qui lui est étrangère ; mais la *structure* n'a pas de contenu distinct : elle est le contenu même, appréhendé dans une organisation logique conçue comme propriété du réel » (p. 139).

Ayant ainsi annoncé la couleur et avant de revenir sur cette divergence fondamentale, Lévi-Strauss souligne le mérite de l'œuvre de Propp qui fut tout d'abord de sortir l'analyse des contes des études purement génétiques ou philologiques. Celles-ci ne sont ni fausses ni inutiles par elles-mêmes, mais elles restent stériles tant que ne sont pas posées les questions relatives aux *formes* spécifiques du conte, bref tant qu'on n'a pas compris que les classements par types ou par thèmes ne font guère avancer la compréhension. Ce qu'il faut, c'est, par l'analyse des constantes et des variables, faire apparaître ces unités constitutives que sont les *fonctions* (Propp en isole trente et une). Un ordre de succession de fonctions définit un type de conte ; les personnages eux-mêmes incarnent des fonctions ; certaines fonctions sont isolées ou vont par paires ou s'excluent, etc.

On peut donc par un jeu de combinaison « calculer » les variétés possibles de contes, en produire le tableau général au point d'envisager un modèle unique.

Lévi-Strauss suit volontiers Propp dans ses différentes analyses. Il lui donne, par exemple, raison de mettre sur le même pied le conte et le mythe ; et cela contre l'opinion reçue en ce domaine. Celle-ci se comprend si on voit qu'en effet les oppositions sont plus faibles dans le conte qui, moins que le mythe, est astreint à une exigence de cohérence logique, religieuse et collective. Cependant Propp, après avoir admis cette identité formelle, cède à la tentation courante de faire du mythe l'ancêtre du conte alors qu'il faudrait dire que les deux existent simultanément. « Mythe et conte exploitent une substance commune, mais le font chacun à sa façon. Leur relation n'est pas celle d'antérieur à postérieur, de primitif à dérivé [...]. Même dans nos sociétés contemporaines, le conte n'est pas un mythe résiduel, mais il souffre de subsister seul » (p. 156).

Ceci établi, Lévi-Strauss en vient au point essentiel de son désaccord avec Propp : la méthode formaliste, explique-t-il, a voulu se délivrer de l'histoire, en réalité elle a perdu le contexte. Qu'est-ce à dire ? Ceci : que le récit et son économie ne se jouent pas seulement sur des fonctions abstraites mais sur des détails – donc des traits pertinents – qui selon telle ou telle culture peuvent modifier du tout au tout une fonction. Bref le contenu n'est pas indifférent ; ce n'est pas parce qu'il est permutable qu'il est arbitraire. Un détail isolé peut paraître tel ; cette impression cesse aussitôt qu'on comprend que ce détail est congruent à d'autres (par identité, opposition, inversion, etc.). C'est cette congruence qui constitue la structure.

Lévi-Strauss donne un exemple : soit le cas de l'arbre dans des récits américains ; ce ne sera pas l'arbre en général, mais telle essence dans telle région, avec des traits connus : forme, longévité, type de fruits, de feuilles, de racines. Ainsi le pommier et le prunier. « L'inventaire des contextes révèle que ce qui intéresse philosophiquement l'indigène dans le prunier c'est sa fécondité, tandis que le pommier attire son attention par la puissance de la profondeur de ses racines. L'un introduit donc une fonction "fécondité" positive ; l'autre une fonction "transition terre-ciel" négative et tous deux sous le rapport de la végétation » (p. 163).

Les contenus ne sont donc pas arbitraires : ils sont toujours « motivés » dans le contexte. S'ils sont permutables, c'est donc sous cette condition. En revanche, les fonctions sont non moins permutables que les contenus. Propp en a isolé trente et une comme de véritables genres. Or si elles sont permutables à l'intérieur d'un groupe de transformation, cela permet, à un niveau logique plus profond, de les réduire à un très petit nombre. Lévi-Strauss peut donc proposer cette conclusion : « Constance du contenu (en dépit de sa permutabilité), permutation des fonctions (en dépit de leur constance) » (p. 165). Ce qui inverse, en somme, la position de Propp.

Reste la question du lexique impliquée dans celle du contexte. Présupposer une indifférence du contenu et privilégier la forme, c'est donc privilégier la syntaxe aux dépens du lexique. Voilà précisément, aux yeux de Lévi-Strauss, l'erreur du formalisme : « S'imaginer qu'on peut dissocier les deux tâches, entreprendre d'abord la grammaire et remettre le lexique à plus tard, c'est se condamner à ne produire qu'une grammaire exsangue et un lexique où les anecdotes tiendront lieu de définitions » (p. 169). Seule l'information ethnographique détaillée permet de répondre à cette exigence, car la connaissance du lexique est empirique, non déductible.

Encore faut-il s'entendre sur le statut du lexique dans le conte ou le mythe. Les mots y sont ceux du langage ordinaire. Mais ils fonctionnent à un autre niveau : celui d'un type de récit extrêmement structuré (comme dans toute tradition orale) et jouant simultanément sur plusieurs plans. « Dans un conte, un "roi" n'est pas seulement un roi, et une "bergère" une bergère, mais [...] ces mots et les signifiés qu'ils recouvrent deviennent des moyens sensibles pour construire un système intelligible formé des oppositions : mâle/femelle (sous le rapport de la nature), et haut/bas (sous le rapport de la culture), et de toutes les permutations possibles entre les six termes » (p. 170). Et sur ce plan-là de nouveau l'arbitraire se trouve limité par le nombre réduit de combinaisons possibles.

Chap. IX – La geste d'Asdiwal

Cette étude (publiée d'abord en 1958 dans l'*Annuaire* de l'École pratique des hautes études en sciences sociale et reprise en 1962 dans *Les Temps modernes*) constitue sans doute la première mise en application de la méthode de l'auteur avant la parution des *Mythologiques*. C'est ce qui en explique l'importance.

Deux aspects fondamentaux de cette méthode y sont explicitement visés :

1) isoler et comparer les niveaux (l'auteur parlera plus tard de « codes ») du récit mythique ; ceux qui sont envisagés ici sont : géographique, économique, sociologique, cosmologique ; envisager ces niveaux comme des transformations d'une structure logique sous-jacente ;

2) comparer entre elles les différentes versions du mythe qui ont été recueillies et chercher à en comprendre les écarts.

Lévi-Strauss propose d'appeler *geste d'Asdiwal* un mythe (avec l'ensemble de ses variantes) des Indiens tsimshian de la côte nord du Pacifique, mythe dont Boas a publié plusieurs versions dans des recueils de 1895, 1902, 1912 et 1916. Lévi-Strauss reprend la version de 1912 d'après la version anglaise, et fait apparaître dans le récit quatre niveaux contextuels (géographique, techno-économique, sociologique, cosmologique) qui constituent autant de codes qui s'entre-traduisent.

C'est à ce niveau qu'est proposée la distinction entre *séquences* et *schèmes* :

– les séquences sont constituées des unités narratives ; elles forment le contenu apparent du mythe ;

– les schèmes sont constitués par les séries d'oppositions ou de valeurs signifiées par les éléments des niveaux contextuels (amont/aval des fleuves comme rapport Nord/Sud Est/Ouest ; ciel/terre et sommet/vallée comme opposition haut/bas ; montagne/mer comme deux types de chasse : gibier et poisson).

L'auteur procède d'abord à l'analyse du contexte tel que l'enquête ethnographique peut en établir les bases matérielles à chacun des niveaux envisagés. Chacun d'eux se traduit en schème dans le récit.

a) Le *niveau géographique* est défini par l'existence de deux vallées parallèles séparées par des montagnes d'accès difficiles ; la communication se fait par la mer à l'embouchure des deux fleuves.

b) Le *niveau économique* apparaît dans les conditions de subsistance essentiellement marquée par une période difficile (de la mi-décembre à la mi-janvier) lorsqu'est attendu le retour des saumons suivi par celui des poissons-chandelles.

c) Le *niveau sociologique* est caractérisé par les formes de parenté : filiation matrilinéaire, résidence patrilocale et mariage préférentiel avec la cousine croisée matrilatérale.

d) Le *niveau cosmologique* se manifeste dans les rapports de la montagne et de la mer, du monde d'en haut et du monde d'en bas, du ciel empyrée et de l'espace souterrain.

Les différentes aventures du héros – la geste d'Asdiwal – apparaissent alors comme autant de tentatives pour trouver un point d'équilibre entre toutes ces oppositions, pour réussir une médiation entre des données inconciliables. Le propre du récit mythique, c'est d'imbriquer les schèmes les uns dans les autres, de mettre en résonnance les différents niveaux.

Chap. x – Quatre mythes winnebago

Lévi-Strauss reprend l'analyse de ces quatre mythes collectés et présentés par Paul Radin. Il montre que le quatrième qui semble atypique par rapport aux trois autres en

constitue en fait une transformation. Mais ce qui nous intéresse ici, c'est que, dans ce quatrième récit, une situation
sociale apparaît qui ne correspond pas à la société winnebago. La tentation des ethnologues est alors de supposer
qu'une telle situation a pu exister dans le passé et que c'est à
cette époque que se réfère le mythe. Une telle hypothèse ne
s'appuie sur aucun document, elle reste donc invérifiable.
Mais, se demande Lévi-Strauss, est-elle nécessaire ? N'est-
ce pas méconnaître la capacité d'invention propre aux
mythes ? « Il ne s'ensuit pas que chaque fois qu'un mythe
mentionne une forme de vie sociale, celle-ci doive correspondre à quelque réalité objective, qui aurait dû exister
dans le passé si l'étude des conditions présentes ne réussit
pas à l'y découvrir » (p. 241). Dans le mythe, l'esprit exerce
son libre jeu, mais cet exercice n'est pas gratuit ni arbitraire.
Si le mythe met en scène une situation sociale qui ne correspond à aucune réalité ou du moins qui contredit celle de la
société d'où il provient, ce n'est pas pour nier ou idéaliser
cette réalité. C'est pour offrir dans la série des versions une
variante qui réplique très précisément aux autres en en
inversant les valeurs. Ainsi dans le quatrième mythe winnebago en question, « la prétendue stratification ne constitue
pas un vestige historique. Elle résulte de la projection, sur
un ordre social imaginaire, d'une structure logique dont
tous les éléments sont donnés en corrélation et en opposition » (p. 246).

Chap. XI – Le sexe des astres

Publié dans un recueil d'hommages à Roman Jakobson
à l'occasion de son 70e anniversaire (*To honor Roman
Jakobson*, La Haye-Paris, Mouton, 1967), ce texte semble
ne concerner qu'un motif particulier (très présent au
demeurant) des mythologies indiennes, à savoir l'opposition du soleil et de la lune et les modalités linguistiques de
leur désignation. Ce problème, rappelle l'auteur, avait fait
l'objet d'une de ses premières discussions avec le grand
linguiste vingt-cinq ans auparavant.

L'inventaire des appellations auquel il procède d'abord pour des dizaines de langues indiennes aboutit à ce constat : on a le plus souvent le même mot pour les deux astres avec une nuance pour distinguer qualités calorifiques et qualités éclairantes. Ce qui ne veut pas dire que les deux astres soient confondus ni considérés comme de même sexe. En apparence toutes les situations et tous les états sont envisagés par les mythes : soleil et lune sont tous deux masculins ou tous deux féminins, ou de sexe différent. On pourrait alors simplement prendre acte de cette infinie diversité et en tenir compte dans l'étude de chaque culture. Y compris la nôtre. Mais cela ce serait justement manquer d'esprit ethnologique. Car on n'a pas partout le même jour ni la même nuit, ni le même rapport du soleil à l'un et de la lune à l'autre. Les contrastes nocturnes sont plus grands selon la présence ou l'absence de lune et d'étoiles que les contrastes diurnes entre soleil plein et soleil voilé. C'est à ces nuances (qui peuvent définir des saisons) que sont sensibles des cultures indiennes (ainsi les Mundurucu d'Amazonie). « L'opposition majeure n'est donc pas la même que la nôtre ; elle ne se situe pas entre des corps célestes, mais entre des conditions météorologiques » (p. 255). Ce sont des traits relevés dans ce registre qui permettront d'attribuer à l'un des astres un caractère masculin et à l'autre un caractère féminin. « Le soleil et la lune sont commutables en fonction d'oppositions plus fondamentales qu'ils permettent de signifier : clarté/ténèbres, clarté forte/clarté faible, chaleur/froidure, etc. Et les sexes qu'on leur assigne semblent aussi commutables d'après les fonctions qui incombent à chaque astre, dans un contexte mythique ou rituel particulier » (p. 255-256).

Si les deux astres sont de sexes différents, ce peut être soit comme mari et femme, soit comme frère et sœur (et cette relation donne lieu au thème de l'inceste très présent dans de nombreuses mythologies indiennes) ; l'appartenance à un même sexe est dominée par la relation frère aîné/frère cadet. Cependant ces oppositions dans les mythes, dans les

contes ou encore dans les rites ne correspondent pas nécessairement à des oppositions linguistiques. Faut-il renoncer à
chercher une logique quelconque dans tout cela ?

Il faut plutôt envisager les données à un niveau plus profond, celui d'un schème général qui, dans le traitement de
la figure des astres, procède ainsi : ou ils sont distincts ou ils
ne le sont pas ; ou le soleil est un mode de la lune ou c'est le
contraire ; ou la différence est sexuelle ou elle ne l'est pas ;
si elle l'est, ils sont ou mari et femme ou frère et sœur ; s'ils
sont de même sexe, ils sont ou deux sœurs ou deux frères,
dans ce dernier cas ils se distinguent par l'ordre de naissance ou un autre trait. Par quoi on voit que les combinaisons possibles sont limitées. Trois d'entre elles dominent :
frère/sœur et frère aîné/frère cadet, époux/épouse, soit l'axe
incestueux, l'axe fraternel et l'axe conjugal.

L'auteur propose de choisir le mythe sur l'inceste des
germains comme axe de référence en raison de sa distribution panaméricaine : « En effet, l'orientation de l'axe dans
l'espace et la structure logique du mythe rendent celui-ci
mieux apte à engendrer, par variations inversées, la formule
conjugale et la formule fraternelle, que celle-ci ou celle-là
ne seraient aptes à engendrer les deux autres » (p. 260).
Pourquoi ? On peut répondre si on comprend le problème
que les mythes tentent ici de résoudre : c'est celui de la
« bonne distance » entre les deux astres, autrement dit celui
de l'équilibre du jour et de la nuit. L'inceste réprouvé
appelle deux positions opposées : « Le mythe peut atteindre
deux états d'inertie : soit en annulant le contraste des sexes
par la formule fraternelle, soit, par la formule conjugale, en
annulant le rapport de proximité » (p. 260). À chaque fois
cependant la médiation reste partielle. Chaque transformation mythique tente de la résorber en augmentant les paramètres. Si bien qu'il deviendrait nécessaire de passer d'un
modèle binaire à un modèle analogique pour intégrer à la
fois la distance, le sexe, la durée, la périodicité, etc.

Cette question du sexe des astres (même traitée succinctement dans ce texte) donne un aperçu remarquable de la

méthode de Lévi-Strauss dans son analyse des mythes : relevé méticuleux des données ethnographiques et hypothèses audacieuses sur leur fonctionnement logique ; où l'on voit les transformations obéir à leurs propres lois. Sur un sujet où le mythologue traditionnel ou le psychanalyste nous auraient réservé des considérations probablement abondantes sur la nature de notre imaginaire, Lévi-Strauss conclut simplement : « Du soleil et de la lune, on peut dire la même chose que des innombrables êtres naturels que manipule la pensée mythique : elle ne cherche pas à leur donner un sens, elle se signifie par eux » (p. 261).

Chap. XIII – Rapports de symétrie entre rites et mythes de peuples voisins

Ce texte fut d'abord publié dans un volume d'hommage dédié à Edward Evan Evans-Pritchard *(The Translation of Culture. Essays to E. E. Evans-Pritchard*, sous la dir. de Thomas O. Beidelman, Londres, Tavistock Publications, 1971). « Nulle méthode, mieux que la sienne, n'est propre à démentir la fausse affirmation selon laquelle on ne saurait approfondir les structures sans sacrifier l'histoire » (p. 281). C'est donc à l'analyse d'un exemple de la solidarité de l'histoire et de la structure que Lévi-Strauss entend consacrer cette étude. Une telle étude, cependant, n'est possible que pour des populations sur lesquelles nous pouvons disposer de données historiques suffisantes (soit par l'archéologie, soit par le témoignage provenant de la période récente). Tel est bien le cas depuis le XVIIIe siècle en ce qui concerne les Indiens mandan et hidatsa d'Amérique du Nord.

Les premiers occupaient sans doute depuis longtemps (VIIe-VIIIe siècles) la vallée du haut Missouri ; quant aux Hidatsa, originaires des Lacs, ils vinrent plus tard (XVe-XVIe siècles) s'établir près des Mandan, adoptant leur mode de vie agricole, tandis qu'un autre groupe arrivé au XVIIIe siècle continua à vivre de cueillette et de chasse. À la suite de la pénétration européenne, ces populations furent décimées par la maladie et durent, pour survivre, se rapprocher davantage et harmoniser leurs modes de vie et leurs traditions.

Comment se présente ce système ? Il s'organise autour de l'opposition de l'été et de l'hiver, donc d'une double économie saisonnière :

– Été : a) travaux agricoles au pied des villages (donc activité sédentaire) ; b) chasse aux bisons (donc activité nomade, « exo-chasse », mais assimilée à la guerre, les bisons équivalant à des ennemis) ;

– Hiver : a) consommation des réserves agricoles ; b) chasse mais sédentaire (« endo-chasse » : on laisse les bisons s'approcher des villages, les bisons ne sont alors plus des ennemis mais des alliés).

À partir de cette économie et de ce double rythme communs aux deux tribus, existe tout un ensemble de rites et de mythes qui tendent à s'organiser de manière symétrique et inverse.

Chap. XIV – Comment meurent les mythes

Ce texte fut primitivement publié en 1971 dans un volume collectif intitulé *Science et conscience de la société. Mélanges en l'honneur de Raymond Aron* (Paris, Calmann-Lévy, vol. I, p. 131-143).

L'idée d'une disparition des récits mythiques évoque pour nous immédiatement celle du passage au temps historique inséparable de la pratique de l'écriture et de l'avènement de la société politique. Ce n'est pas ce problème que l'auteur envisage ici. « Il s'agira ici de la mort des mythes, non dans le temps, mais dans l'espace » (p. 301). Un aspect essentiel de la recherche de Lévi-Strauss sur les mythes a consisté à montrer qu'ils s'engendraient les uns les autres par transformation. La question qu'il pose alors est la suivante : que se passe-t-il lorsqu'une version en passant d'un groupe à l'autre subit une mutation soit de l'armature, soit du code, soit du message ou bien des trois à la fois, de telle manière que l'ordre des emprunts se transforme en une dissolution de la structure ? Que devient alors le mythe ? À quelles formes ce procès donne-t-il naissance ?

1) Pour illustrer cette question, l'auteur choisit un mythe de la région nord-ouest de l'Amérique. Il s'agit d'un mythe des Sahaptin, peuple appartenant à la famille linguistique salish. Ce mythe apparaît transformé chez d'autres Salish comme les Thompson et les Shuswap, chez lesquels sa version est notoirement altérée.

2) Au nord-ouest des Salish, en direction des territoires eskimo, on trouve une autre version du mythe chez les Chilcotin, membres de la famille linguistique athapaskan (groupe survenu plus récemment dans la région). Mais ici, précisément en raison du seuil de rupture représenté par le changement géographique et linguistique, le mythe offre une version très riche et le plus souvent inversée : « On observe souvent, dans les cas de ce genre, que les systèmes mythologiques, après avoir passé par une expression minimale, retrouvent leur ampleur primitive au-delà du seuil. Mais leur image s'inverse, un peu à la façon d'un faisceau lumineux pénétrant dans une chambre noire par une ouverture ponctuelle et contraint par cet obstacle de se croiser : de sorte que la même image, vue droite au-dehors, se reflète dans la chambre à l'envers » (p. 305).

Mais à nouveau ici, à l'intérieur de la famille linguistique athapaskan, on assiste à une profonde altération du mythe chez les Carrier : « Tous ces caractères montrent que, avec cette version carrier, un passage décisif s'effectue d'une formule jusqu'alors mythique à une formule romanesque » (p. 310-311).

3) Toujours dans la même région, mais à sa limite du côté est, on rencontre une autre version du mythe chez les Cree de la famille linguistique algonkin. Les Cree avaient établi des relations d'échange amicales avec les Blancs. Leur version du mythe devient une explication et même une justification de cette relation. Leur formule n'évolue pas vers celle du *roman* (comme chez les Carrier) mais plutôt vers la *légende* : réélaboration fictive d'une histoire récente.

Cette démonstration, que l'auteur avait du reste déjà entreprise dans les troisième et quatrième volumes des *Mythologiques*, ne laisse de susciter une question importante : s'il y processus d'altération d'un mythe, cela signifie que l'entrée dans le réseau des versions n'est pas indifférente et que l'ordre des emprunts indique seul celui des versions fortes et des versions faibles, du moins dans une même aire linguistique (puisqu'il arrive au contraire qu'au passage d'un seuil géographique et linguistique la transformation produise une nouvelle version forte et narrativement très riche).

Il faut donc dire que cette mort dans l'espace, annoncée dès la première ligne, est aussi nécessairement une mort dans le temps, même si c'est à une petite échelle. Le cas des Cree est le plus significatif puisque la version légendaire qu'ils offrent de leur emprunt coïncide avec la rencontre d'une société historique.

Chap. XV – Réponses à des enquêtes

Sous ce titre, ce chapitre rassemble six textes assez brefs, allant de quelques pages à quelques lignes (tel le 6e), donnés à différentes revues entre 1956 et 1967.

Le premier, intitulé « Les trois humanismes » (*Demain*, n° 35, 1956), définit l'ethnologie contemporaine comme la forme la plus autorisée de ce que nous nommons « humanisme ». Cette assertion peut surprendre eu égard à ce qu'on entend par « humanités » et à d'autres remarques de Lévi-Strauss dénonçant « ce grand courant humaniste qui a prétendu constituer l'homme en règne séparé » (p. 330).

De quoi s'agit-il ici ? Avant tout de ce désir de connaissance des peuples lointains, des cultures autres et fondé sur cette conviction « qu'aucune civilisation ne peut se penser elle-même, si elle ne dispose pas de quelques autres pour servir de terme de comparaison » (p. 319-320). Cette conviction, née à la fin du Moyen Âge et affirmée à la Renaissance, s'est développée par la connaissance systématique des cultures grecque et latine dans l'enseignement classique. Ce fut là pour des générations une remarquable expérience de mise en perspective de leurs propres langue, culture et coutumes. À la découverte de ces cultures-mères (pour l'Europe) lointaines dans le temps et, de fait, révolues, a succédé celles des grandes civilisations lointaines dans l'espace mais toujours contemporaines comme celles de l'Inde et de la Chine (ce qui dans les savoirs universitaires fut désigné comme philologie non-classique), et enfin au XXᵉ siècle s'est imposée l'étude des civilisations sans écriture, celles dites « primitives ».

On a vu en somme se succéder, estime l'auteur, trois humanismes : celui aristocratique de la Renaissance (réservé à une classe privilégiée par l'éducation) ; celui bourgeois du XIXᵉ siècle (lié aux intérêts industriels et commerciaux de l'Occident) ; enfin l'humanisme démocratique du XXᵉ siècle (qui valorise toutes les cultures, en principe, au bénéfice de tous).

L'anthropologie moderne, en définissant les concepts et les méthodes susceptibles de comprendre des modes de vie et des formes de pensée très différents des nôtres et souvent même considérés comme sommaires ou inférieurs, a, en somme, étendu le projet humaniste des débuts à toutes les civilisations sans exception. Rien d'humain ne peut virtuellement désormais nous être étranger. (On voit que cet humanisme est alors aux antipodes d'un autre, signalé plus haut, qu'on rencontrera à nouveau et qui se définit par l'anthropocentrisme ; peut-être eût-il été préférable de ne pas employer le même terme pour ces deux notions antithétiques.)

« Structuralisme et critique littéraire » est un texte écrit en réponse à des questions de la revue italienne *Paragone* (Nuova Seria-2, Milan, 1965). Cette revue attendait peut-être de Lévi-Strauss qu'il cautionne tout un courant de recherches qui se réclamait du structuralisme et très souvent invoquait son nom. Apparemment Lévi-Strauss ne trouve aucun travail incontestable à saluer. Tout au contraire il éprouve l'urgence de mettre ses lecteurs en garde contre les risques d'une utilisation approximative de la méthode et des concepts du structuralisme.

D'emblée il fait ce rappel théorique : « La méthode structurale consiste à repérer des formes invariantes au sein de contenus différents. L'analyse structurale dont se réclament indûment certains critiques et historiens de la littérature consiste, au contraire, à rechercher derrière des formes variables des contenus récurrents » (p. 322-323). Ce qui suppose, bien sûr, qu'on ne confonde pas, les notions de récurrence et d'invariance.

Voilà pour l'épistémologie. Reste la méthodologie : toute hypothèse en science peut être jugée sérieuse lorsqu'elle se trouve confirmée par un contrôle externe. La procédure semble plus complexe dans les sciences humaines, mais elle peut et doit aboutir à des convergences suffisantes. Par exemple, en phonologie, par la synthèse artificielle de la voix. En anthropologie, on peut établir des convergences entre des niveaux autonomes d'approches (géographie, météorologie, démographie, technologie, parenté, rites et même histoire lorsque des documents suffisants existent). La critique d'art telle que la pratique Erwin Panofsky répond à ce type d'analyse dans le champ de l'histoire des formes et des styles. À l'opposé, on peut dire que « le vice fondamental de la critique littéraire à prétentions structuralistes tient au fait qu'elle se ramène trop souvent à un jeu de miroirs, où il devient impossible de distinguer l'objet de son retentissement symbolique dans la conscience du sujet » (p. 323-324).

La critique marxiste pourrait se dire à l'abri de cette accusation. Lévi-Strauss ne fait-il pas appel ici aux infrastructures ? Certes, et bien qu'il ne se prononce pas (dans ce texte) sur cette question, on sait par ailleurs que pour lui aucun niveau de référence (donc aucun code dans un texte) ne saurait être unique ni rendre compte des autres.

« À propos d'une rétrospective » est, à l'origine, un entretien accordé à la revue *Arts* (n° 60, 1966) ; le texte en est ici abrégé. Cette rétrospective concerne l'œuvre de Picasso. Son entreprise fut immense, admet Lévi-Strauss, et son succès impressionnant. Pourtant cette œuvre, tout comme le cubisme en général, ne nous apportent aucune connaissance véritable de la réalité : on n'y assiste qu'à une « trituration du code de la peinture » (p. 326). Ce qui est la même chose, en somme, que cet « académisme du signifiant » dont il parlait à G. Charbonnier. Picasso serait avant tout un symptôme de son époque et c'est bien pourquoi l'époque s'y est si bien reconnue. Or que se passe-t-il qui explique cette reconnaissance ? Ceci avant tout : consécration de l'univers de l'artifice, perte des ancrages naturels, triomphe de l'humanisme anthropocentrique, absence de contenu propre à notre culture.

« L'œuvre de Picasso m'irrite, et c'est en ce sens qu'elle me concerne. Car elle apporte un témoignage parmi d'autres – on en trouverait sans doute en littérature et en musique – du caractère profondément rhétorique de l'art contemporain » (p. 327).

« L'art en 1985 » : ce titre ne peut être compris que si l'on sait qu'il s'agissait de répondre en 1965 à une enquête demandant ce que serait l'art vingt ans plus tard (*Arts*, 7-13 avril, 1965). Lévi-Strauss précise d'emblée qu'une durée aussi courte est peu significative aux yeux de l'ethnologue. Tout au plus peut-on prévoir que l'art sera plus encore ce qu'il est déjà « dans une civilisation qui, coupant l'individu de la nature et le contraignant à vivre dans un milieu fabriqué, dissocie la consommation de la production et vide celle-ci du sentiment créateur » (p. 332). Voilà le problème : la perte de contenu dans les arts contemporains renvoie à la nature même de notre civilisation qui est devenue de type parasitaire ; elle est comme le virus qui n'est rien sinon un programme qui s'impose à l'organisme qu'il parasite ; ainsi sommes-nous à l'égard des autres cultures. Ce qu'est notre civilisation ? « Nous savons depuis Descartes que son originalité consiste essentiellement dans une méthode que sa nature intellectuelle rend impropre à engendrer d'autres civilisations de chair et de sang, mais qui peut leur imposer sa formule et les contraindre à devenir semblables à elle » (p. 332).

On trouve en somme ici le diagnostic culturel présupposé dans le jugement concernant l'œuvre de Picasso et la raison profonde de la critique de l'art contemporain comme formalisme et rhétorique.

« Civilisation urbaine et santé mentale » a paru dans *Les Cahiers de l'Institut de la vie* (n° 4, avril 1965). L'auteur se demande s'il faut, comme on le fait traditionnellement, opposer ville et campagne. Il faudrait plutôt distinguer plusieurs types de vie urbaine. Car la ville n'est pas nécessairement inhumaine et déséquilibrante. La ville traditionnelle connaissait une respiration des espaces, incluant des morceaux de campagnes dans son périmètre. La crise commence avec la naissance des banlieues transformant le site urbain « en une sorte d'organisme en prolifération rapide, secrétant un virus destructeur qui ronge à sa périphérie – et sur une profondeur sans cesse croissante – toutes les formes de vie, sauf les sous-produits de son activité qu'elle répand au dehors en les expulsant » (p. 333-334). On retrouve ici la métaphore du virus et la mise en cause d'un monde dominé par l'artifice, perdant ses ancrages naturels et menaçant « la santé mentale de l'espèce » (p. 334). Lévi-Strauss mentionne Rousseau qui pouvait encore faire en plein Paris des promenades dans la verdure. Il aurait pu citer du même coup la critique de la ville que le philosophe fait, en des termes presque identiques, dans de nombreux textes comme le *Projet de constitution pour la Corse* ou dans l'*Émile* ou encore dans *La Nouvelle Héloïse*.

Chap. XVII – Les discontinuités culturelles et le développement économique et social

Ce texte a d'abord donné lieu à une communication à la *Table ronde sur les prémisses de l'industrialisation* qui fut organisée par le Conseil international des sciences sociales en septembre 1961 et fut publié en 1963 dans *Information sur les sciences sociales* (vol. II-2). On a là sans doute l'une des interventions les plus vigoureuses de Lévi-Strauss concernant la nature de la relation entre le monde occidental et les civilisations dites « primitives ». « Il n'est pas possible de négliger qu'elle s'est manifestée de façon concrète, depuis plusieurs siècles, par la violence, l'oppression et l'extermination » (p. 369).

Un sorte de résumé historique en définit les étapes significatives :

– Au temps de la première conquête, au XVIe siècle, la question est formulée dans une sorte de dilemme sans appel : ou bien ces indigènes sont des hommes et il faut les intégrer à l'humanité véritable, c'est-à-dire à la chrétienté, ou bien ils relèvent de l'animalité et ils ne peuvent prétendre à aucun droit.

– Au XVIIIe siècle, on leur attribue une perfection que nous aurions perdue (Diderot, Condorcet) ou bien, plus subtilement (Rousseau), on admet qu'ils témoignent d'une possibilité d'équilibre entre l'homme et la nature qui nous reste encore accessible par une réforme sociale.

– Au XIXe siècle, c'est une tout autre question qui domine le débat : celle du développement. La thèse d'Auguste Comte, c'est que le développement est un trait propre de la civilisation occidentale. C'est la thèse même de Marx et d'Engels, mais argumentée de manière radicale : le capitalisme n'aurait pas été possible sans la colonisation, c'est là que s'est accumulée la plus-value d'un surtravail exploité qui a rendu possible l'industrialisation. « Il fallait, écrit Marx, pour piédestal à l'esclavage dissimulé des salariés d'Europe, l'esclavage sans phrase dans le Nouveau Monde » (*Le Capital*, L. I, chap. XXXI, cité ici p. 368).

Sans dire s'il fait sienne cette analyse, Lévi-Strauss n'en constate pas moins que le sous-développement actuel des peuples sauvages n'est pas une donnée en soi, mais tient bien à notre action sur eux. Il s'agit d'une « situation créée par la brutalité, la rapine et la violence sans lesquelles les conditions historiques de ce même développement n'eussent pas été réunies » (p. 369). La preuve en est apportée à une échelle plus réduite chaque fois qu'une modification technologique, même minime, survient dans un mode de vie traditionnel. Ainsi l'irruption de la hache de fer dans certaines sociétés australiennes a entraîné la désorganisation du groupe et des ses coutumes.

On est donc devant une sorte de paradoxe puisque les sociétés indigènes ont démontré une extraordinaire capacité à maintenir intacte leur organisation sur des millénaires et semblent sans défense devant la puissance de décomposition que représente notre civilisation. La réponse à la deuxième question est sans doute dans l'analyse de la première. Lévi-Strauss voit trois raisons principales dans la résistance au développement des sociétés dites « primitives » (et qui du même coup les livre sans défenses à l'irruption de la civilisation industrielle) :

– Tout d'abord ces sociétés sont caractérisées par une « volonté d'unité » qui les amène chercher à tout prix le consensus et même l'unanimité, bref qui leur fait rejeter la compétition et rechercher le compromis, « la cohésion sociale et la bonne entente au sein du groupe étant tenues pour préférables à toute innovation » (p. 373).

– Ensuite ce sont des sociétés qui ne mettent jamais l'homme au-dessus de la nature et de la vie (ce qui ne veut pas dire inculture ; la culture y est un jeu entre un en deçà et un au-delà de la nature). Pour nous, au contraire, la nature doit être domestiquée, conquise et extériorisée.

– Enfin, ce sont des sociétés du « refus de l'histoire », non qu'elles ne soient dans le temps comme toutes les autres, mais elles ne capitalisent pas l'événement. « Nos sociétés occidentales sont faites pour changer, c'est le principe de leur structure et de leur organisation. Les sociétés dites "primitives" nous apparaissent telles, surtout parce qu'elles ont été conçues par leurs membres pour durer » (p. 376).

Le vrai bonheur est chez soi disent toutes les traditions. Bonheur fragile quand une civilisation s'est donnée les moyens de briser toutes les clôtures.

La Voie des masques, Genève, Éditions d'art Albert Skira, 1975, 2 vol; réédition: Paris, Plon, 1979 (ici citée).

Dans son introduction (qui est en partie la reprise d'un texte publié en 1943), Lévi-Strauss rappelle dans quelles circonstances et avec quel éblouissement il a découvert, chez un brocanteur de New York, les masques ainsi que d'autres productions plastiques des Indiens de la région du nord-ouest de l'Amérique (l'actuelle région de la baie de Vancouver et son arrière-pays). Ce fut l'origine d'une passion qui ne fut pas simplement celle d'un esthète éclairé, mais aussi celle de l'anthropologue. C'est en effet toute la recherche conduite pendant des dizaines d'années sur les mythes amérindiens et particulièrement sur ceux de ces Indiens du Nord-Ouest, en grande partie collectés par Boas, qui permet à Lévi-Strauss de proposer une analyse neuve d'un art des masques qui semblait aussi énigmatique qu'il était séduisant.

Ces masques, provenant de tribus diverses, possèdent des caractéristiques stylistiques contrastées. L'ethnologue se doutait bien que leurs formes, leurs traits plastiques devaient avoir un rapport étroit avec les croyances et les rites des populations qui les produisent. On pouvait donc, comme cela avait été fait dans bien d'autres cas ailleurs (Afrique, Océanie), envisager d'expliquer les variations dans les formes par les données ethnographiques particulières: fonction rituelle de chaque type de masque, occasions de son emploi, récits se rapportant à son origine, symbolisme de ses traits, etc. Cependant une question restait alors non résolue: pourquoi tel trait plutôt que tel autre? Pourquoi des masques si différents, chez les Indiens du Nord-Ouest par exemple, quand le fonds mythologique est commun? L'ethnographe touchait là à une limite de son savoir. C'est cette difficulté que Lévi-Strauss se propose d'affronter et à laquelle il estime avoir apporté une réponse.

Car c'est bien au niveau du détail que les questions se posent à propos des formes diverses de ces masques : « Pourquoi cette bouche largement ouverte, cette mâchoire inférieure pendante exhibant une énorme langue ? Pourquoi ces têtes d'oiseaux sans rapport apparent avec le reste, et disposées de la manière la plus incongrue ? Pourquoi ces yeux protubérants qui constituent le trait invariant de tous les types ? Pourquoi enfin ce style presque démoniaque à quoi rien d'autre ne ressemble dans les cultures voisines, et même dans celle où il a pris naissance ? » (p. 18).

Ces problèmes auraient difficilement pu trouver une solution sans tout le travail entrepris entre-temps sur la mythologie : « À toutes ces interrogations, je suis resté incapable de répondre avant d'avoir compris que, pas plus que les mythes, les masques ne peuvent s'interpréter en eux-mêmes et par eux-mêmes, comme des objets séparés. Envisagés au point de vue sémantique, un mythe n'acquiert un sens qu'une fois replacé dans le groupe de ses transformations ; de même, un type de masque, considéré du seul point de vue plastique, réplique à d'autres types dont il transforme le galbe et les couleurs en assumant son individualité. Pour que cette individualité s'oppose à celle d'un autre masque, il faut et il suffit qu'un même rapport prévale entre le message que le premier a pour fonction de transmettre ou de connoter et le message que, dans la même culture ou dans un culture voisine, l'autre masque a charge de véhiculer » (p. 18).

Telle est l'hypothèse méthodologique essentielle que Lévi-Strauss se propose de vérifier : chaque masque se définit par différence et opposition à l'égard d'un autre (dont il inverse les traits et les couleurs) tandis que le message (comme dans les variantes d'un mythe) se maintient. Mais il y a plus, car c'est tout le matériel ethnographique qui peut alors être correctement interprété :

« Dans cette perspective, par conséquent, on devra constater que les fonctions sociales ou religieuses assignées aux divers types de masques qu'on oppose pour les comparer sont, entre elles, dans le même rapport de transformation que la plastique, le graphisme et le coloris des masques eux-mêmes, envisagés comme des objets matériels. Et puisque à chaque type de masques se rattachent des mythes qui ont pour objet d'expliquer leur origine légendaire ou surnaturelle et de fonder leur rôle dans le rituel, l'économie, la société, une hypothèse consistant à étendre à des œuvres d'art (mais qui ne sont pas seulement cela) une méthode qui a fait ses preuves dans l'étude des mythes (qui sont aussi cela) trouvera sa vérification si, en dernière analyse, nous pouvons déceler, entre les mythes fondateurs de chaque type de masque, des rapports de transformation homologues de ceux qui, du seul point de vue plastique, prévalent entre les masques proprement dits. »

Telle est la démonstration que Lévi-Strauss apporte en montrant comment les masques des différentes populations du Nord-Ouest sont en rapport de transformations et comment ces transformations passent en même temps par tout le matériau mythique. La démonstration est impressionnante parce qu'on comprend que, durant des siècles et sur d'immenses distances, les mythes et les rites, les récits et les formes plastiques sont restés solidaires, soit en s'imitant soit en se contredisant, obéissant à la fois à des contraintes mentales et à des conditions du contexte. D'où cette conclusion plus générale : « En se voulant solitaire, l'artiste se berce d'une illusion peut-être féconde, mais le privilège qu'il s'accorde n'a rien de réel. Quand il croit s'exprimer de façon spontanée, faire œuvre originale, il réplique à d'autres créateurs passés ou présents, actuels ou virtuels. Qu'on le sache ou qu'on l'ignore, on ne chemine jamais seul sur le sentier de la création » (p. 149).

Myth and Meaning, New York, Schocken Books, 1979

Ce texte reprend les cinq conférences données par Lévi-Strauss, en 1977, à la radio canadienne dans le cadre des Massey Lectures. On peut regretter de ne pas disposer encore d'une version française de ces conférences qui livrent sur un mode simple, clair et assez détaché l'essentiel des réflexions de l'auteur non seulement sur la question du mythe, mais aussi sur l'analyse du symbolisme qui en a rendu la théorie possible. C'est ainsi que les 1re et 2e conférences sont d'abord un rappel des conclusions principales de *La Pensée sauvage*, c'est-à-dire de ce qu'est la logique des qualités sensibles, sans laquelle on ne saurait comprendre les différentes niveaux sémantiques qui constituent le mythe. L'auteur souligne en définitive l'identité formelle de notre science moderne et de cette science du concret. D'où cette remarque : « It is probably one of the many conclusions of anthropological research that, notwithstanding the cultural differences between the several parts of mankind, the human mind is everywhere one and the same and that it has the same capacities. I think this is accepted everywhere » (p. 19).

La deuxième conférence se termine par l'analyse d'un mythe provenant de l'ouest du Canada. Ce sont encore d'autres récits, se rapportant à la gémellité et au bec-de-lièvre, qui sont traités dans la troisième partie. Quant au texte de la quatrième conférence (traduit en français dans le n° 223 du *Magazine littéraire*, octobre 1985), il est intéressant parce qu'il s'efforce, à partir de mythes indiens du Canada, de saisir le mouvement de glissement du mythe vers l'histoire. Enfin la dernière conférence est consacrée à l'analyse des rapports entre mythe et musique ; elle reprend donc les arguments de l'« Ouverture » et du « Finale » des *Mythologiques*. L'auteur insiste sur ce point très suggestif : que la musique en Occident s'est développée exactement dans l'espace laissé libre par le retrait du mythe. Ce qui donne une autre signification à la similitude formelle que l'on peut établir entre l'un et l'autre.

Discours de réception de M. Georges Dumézil à l'Académie française, Paris, Gallimard, 1979

Claude Lévi-Strauss accueillant Georges Dumézil à l'Académie française, cela constitue sans aucun doute une sorte d'événement intellectuel idéal : c'est en somme le précurseur de la méthode structurale salué par celui qui en a le mieux développé les possibilités, bref c'est le cadet saluant l'aîné. Une telle occasion ne pouvant être banale, on ne pouvait imaginer un simple discours soumis à la rhétorique de convention. De ce point de vue le lecteur n'est pas déçu.

La seule concession au genre apparaît dans le début du texte qui retrace la carrière du récipiendaire, dans une sorte de biographie intellectuelle exemplaire. Vient ensuite une présentation des recherches de Dumézil qui constitue un condensé critique d'une rare clarté concernant une œuvre monumentale qu'il est ordinairement difficile d'embrasser en quelques formules.

Très justement Lévi-Strauss remarque, à l'encontre d'objections parfois formulées, que l'idéologie des trois fonctions n'est pas repérable dans toutes les sociétés sous prétexte que ces fonctions peuvent exister partout. Seuls les Indo-Européens ont donné à cette idéologie une expression aussi nette, aussi constante, aussi cohérente, aussi canonique.

En définitive pour Lévi-Strauss si nous pouvons être reconnaissants envers l'œuvre de Dumézil, c'est au moins pour quatre raisons qui sont : 1) d'avoir apporté aux sciences humaines un des ses meilleurs outils : la notion de transformation ; 2) d'avoir délivré l'histoire des religions d'une érudition purement cumulative en lui montrant le bénéfice des hypothèses capables d'organiser la documentation ; 3) d'avoir renouvelé complètement la méthode comparative ; 4) d'avoir su montrer qu'en matière de mythologie il n'y a pas de version première ou authentique, mais que le « sens » d'un mythe est dans le système de ses variantes.

Pour finir Lévi-Strauss souligne la fécondité de la deuxième période de G. Dumézil qui, la soixantaine passée, reprend à nouveau frais toutes ses recherches et publie ses ouvrages les plus classiques : *La Religion romains archaïque*, *Mythe et épopée*, *Romans de Scythie et d'alentour*, *Fêtes romaines*, entre autres. Tous ces ouvrages sont dominés par la recherche de ces ensembles de représentations à la fois religieux et philosophiques, que Dumézil appelle « idéologies » (au sens littéral de systèmes d'idées). Dumézil en démontrant la caractère invariant de ses trois pôles : 1) guerre et politique ; 2) sacerdoce et savoir ; 3) travail et fécondité, mettait en évidence une structure et par là expliquait comment l'idéologie des trois fonctions a pu traverser les siècles : même si les contenus changent, la structure demeure parce qu'elle est une « forme vide », l'important étant que le rapport différentiel entre les trois termes reste constant.

En tout cela Lévi-Strauss reconnaît, bien sûr, ses propres démarches. On sait que Dumézil s'est refusé à se laisser qualifier de structuraliste à l'époque où ce terme était trop à la mode. Peu importe semble dire Lévi-Strauss, ce sont les résultats qui comptent. Il décerne à son aîné ce brevet d'originalité : « Dès le début vous avez constitué à vous seul une école » (p. 66).

Le Regard éloigné, Paris, Plon, 1983

Comme Lévi-Strauss s'en explique dans sa préface, cet ouvrage eût pu aussi bien s'intituler *Anthropologie structurale trois*. Il constitue en effet un recueil de textes qui prolonge et confirme les perspectives des recueils précédents. Mais tandis que le premier affirmait et exposait une méthode nouvelle et que le deuxième tenait à rappeler que cette méthode restait pertinente alors que la mode ne s'en préoccupait plus, ce troisième ouvrage pouvait afficher un plus grand détachement ; ce n'est plus seulement l'universitaire qui s'exprime, c'est le sage : *regard éloigné...*

Pour la plupart, les textes rassemblés ici ont été publiés entre 1971 et 1982, à l'exception de celui intitulé « La famille », paru d'abord en anglais en 1956, puis en français en 1971.

Chap. i – Race et culture

On devine aisément que ce texte, publié en 1971 (*Revue internationale des sciences sociales*, vol. XXIII, n° 4) et écrit à la demande de l'Unesco, fait écho à *Race et histoire* de 1952. On peut donc s'attendre à ce que cette reprise et le changement opéré dans le deuxième terme du binôme signifient quelque chose. La thèse principale de 1952 était celle de la nécessaire coalition des cultures pour l'apparition d'une histoire cumulative ; ce que la thèse de 1971 nuance largement en mettant en avant une autre urgence : celle pour chaque culture de préserver sont identité fût-ce au prix d'un certain refus des autres. Mais résumée ainsi cette position ne permet pas de comprendre ce qui la fonde.

L'auteur, prié de reprendre la question du racisme une deuxième fois, l'enrichit d'arguments tirés de développement récents de la biologie, laquelle s'avère incapable de donner une définition propre de la notion de race. On ne saurait donc en tirer des conclusions concernant les différences entre cultures. En revanche il est démontré à quel point les facteurs culturels influent sur les données biologiques. C'est ce que nous permettent de comprendre les découvertes d'une discipline récente : la génétique des populations.

Celle-ci nous apprend (tels les travaux de James V. Neel, Eugene Giles, Francis E. Johnston) que contrairement à ce qu'on aurait pu croire, les sociétés restreintes et isolées ne constituent pas des unités biologiques homogènes, et que c'est justement en elles, en raison de la séparation des lignées, que les stocks génétiques se différencient le plus, ce qui constitue justement un facteur favorable d'évolution. À l'opposé, lorsque les regroupements sont dus au hasard et en nombre élevé, il y a stagnation génétique.

Il est clair, dans ce cas, que c'est la situation sociale qui détermine les conditions d'une modification biologique. On peut donc se demander si les populations dites « sauvages » n'ont pas de ce point de vue démontré une sorte de sagesse profonde à l'égard de la vie et du monde naturel dans son ensemble, en préservant rigoureusement des équilibres que la civilisation industrielle a brisés sans scrupule.

Or si c'est bien la culture qui détermine désormais des modifications biologiques, cela entraîne de multiples conséquences. La première c'est qu'il n'y a plus lieu de se demander si la race (à supposer qu'on puisse la définir) influe sur la culture, puisque, au contraire, il est très probable que les différences génétiques (formant les traits raciaux) proviennent de comportement sociaux et de faits culturels : « Nous découvrons que la race […] est une fonction de la culture » (p. 36). Ce rapport culture/génétique a pris désormais des dimensions considérables avec les travaux de Frank B. Livingstone, qui, en montrant le caractère adaptatif de la sicklémie à la malaria à la suite de la sédentarisation de populations de l'Afrique occidentale, a pu « articuler pour la première fois un ensemble cohérent fait de données biologiques, archéologiques, linguistiques et ethnographiques » (p. 38).

Ici la pensée de Lévi-Strauss pivote en quelque sorte de manière rapide. Car les données qui lui ont servi à montrer le caractère déterminant de la culture sur le biologique vont constituer un modèle pour comparer la culture à un système biologique, au moins pour montrer que l'homme ne peut se défaire de ses conditions naturelles. C'est ce que nous apprend la notion d'écosystème dont on commence à redécouvrir la pertinence pour les communautés humaines. Ainsi la nécessité d'une certaine distance entre les groupes, si bien comprise par les sociétés sauvages, nous apparaît maintenant essentielle. D'autre part, il est devenu clair que l'homme ne peut séparer son destin des autres espèces vivantes et qu'il doit remettre en question cet humanisme dominateur qui lui accordait l'exclusivité des pouvoirs sur le monde naturel. Dernière remarque : l'apparition d'une civilisation mondiale qui homogénéise et indifférencie les cultures est peut-être le plus grand danger pour le patrimoine millénaire de l'humanité. Or c'est à « ces vieux particularismes [que] revient l'honneur d'avoir créé les valeurs esthétiques et spirituelles qui donnent son prix à la vie et que nous recueillons précieusement dans les bibliothèques et dans les musées parce que nous nous sentons de moins en moins capables de les produire » (p. 47). D'où l'urgence de préserver les différences, d'affirmer les diversités quitte à s'opposer à d'autres.

C'est évidement cette dernière thèse qui a suscité les débats les plus passionnés.

Chap. III – La famille

Écrit en 1956 en anglais, ce texte, traduit et adapté par l'auteur, avait pour but de proposer une réflexion d'ensemble sur un concept dont l'usage est l'un des plus courants qui soient. Tout le monde sait ou croit savoir ce qu'est « la famille ». Mais cette évidence doit être soumise à l'épreuve de la recherche anthropologique. Les choses deviennent alors infiniment plus complexes.

Tout d'abord il faut dénoncer un préjugé courant (auquel bien des théories généralisatrices du XIXe siècle avaient donné une apparente assise) selon lequel la famille *monogamique* moderne, avec résidence indépendante du jeune couple, est le fruit d'une évolution privilégiée propre à la civilisation occidentale. Or une telle forme a existé et existe encore dans de très nombreuses sociétés qualifiées de « primitives ». Elle n'est donc pas le fait d'une évolution spécifique.

Il en va de même de la *conjugalité*, valorisée par la vie moderne et la tradition chrétienne. L'enquête anthropologique montre qu'il s'agit d'une forme très répandue et assez universellement valorisée. On la trouve fréquemment dans des sociétés technologiquement peu développées (absence de poterie et de tissage). En revanche, on rencontre la polygamie dans des sociétés aux technologies développées et aux formes sociales complexes (grande différenciation des statuts, organisation hiérarchisée et centralisée, etc.).

Affirmer que la famille a subi une évolution en Occident et ailleurs du fait des modes de vie nouveaux liés à l'industrialisation et à l'urbanisation est une chose, mais dire qu'elle est une invention récente n'a aucun sens. L'anthropologue peut avancer tranquillement que « la famille, fondée sur l'union plus ou moins durable, mais socialement approuvée, de deux individus de sexes différents qui fondent un ménage, procréent et élèvent des enfants, apparaît comme un phénomène pratiquement universel, présent dans tous les types de sociétés » (p. 67).

Toute théorie évolutionniste généralisante s'expose donc à être réfutée par les faits. Toutefois il existe bien des évolutions locales liées à des changements de conditions. Mais il n'existe pas davantage une forme de famille qui serait naturelle (telle la conjugalité monogamique) et vers laquelle se dirigerait les sociétés les plus évoluées. En définitive, il est possible de mettre en évidence un certain nombre d'invariants, que Lévi-Strauss propose de définir ainsi :

« 1. La famille prend son origine dans le mariage ;

« 2. elle inclut le mari, la femme, les enfants nés de leur union, formant un noyau auquel d'autres parents peuvent éventuellement s'agréger ;

« 3. les membres de la famille sont unis entre eux par :

a. des liens juridiques ;

b. des droits et obligations de nature économique, religieuse ou autre ;

c. un réseau précis de droits et interdits sexuels, et un ensemble variable et diversifié de sentiments tels que l'amour, l'affection, le respect, la crainte, etc. » (p. 71).

Cela admis, il convient de revenir sur différents aspects de la famille qui peuvent se spécifier dans ce cadre général.

Tout d'abord, on constate que la monogamie est de loin la forme de mariage la plus répandue. Cela peut s'expliquer matériellement par le fait que la proportion d'hommes et de femmes est sensiblement équivalente dans toutes les sociétés. La polygamie peut apparaître alors comme l'effet d'une régulation face à une disparité, soit naturelle, soit accidentelle. Mais il est clair que la polygamie, là où elle existe, est d'origine culturelle : elle est le plus souvent un privilège lié à l'âge, à la puissance ou à la richesse (choses qui, le plus souvent, vont ensemble). La polygamie ne fait pas nécessairement disparaître la relation conjugale, elle juxtapose plusieurs conjugalités.

D'autre part on ne saurait dire que telle ou telle forme de la famille est plus « naturelle » qu'une autre : toutes procèdent de règles sociales. Multiples sont les sociétés où la paternité biologique n'engendre aucun « droit » sur la descendance. Dans bien des cas l'enfant peut être élevé hors de sa famille biologique. On a même des situations (exceptionnelles certes) où le mariage n'est pas lié à la procréation, comme cette société africaine où « des femmes de haut rang avaient souvent le droit d'épouser d'autres femmes que des amants autorisés rendaient grosses. La femme noble devenait le "père" légal des enfants et, suivant la règle patrilinéaire en vigueur, leur transmettait son nom, son rang et ses biens » (p. 78-79). La seule chose qui traditionnellement soit considérée comme non-naturelle, c'est le célibat (exception faite de sociétés qui lui donnent un statut religieux) ; c'est là un malheur auquel est souvent assimilé un mariage sans enfant.

Autre point important : le mariage n'est pas, traditionnellement, laissé à l'initiative des individus. Certes le mariage est la condition de la famille, mais c'est la famille qui décide du mariage. « Le mariage n'est pas, n'a jamais été, ne peut jamais être une affaire privée » (p. 75). Ce qui est déterminant, ce qui du reste définit la raison de la prohibition de l'inceste, c'est l'exigence de réciprocité entre groupes, bref c'est l'alliance. Mais tandis que les groupes restreints traditionnels ont édicté des règles positives d'alliance, désignant quels sont les conjoints possibles et quelquefois même les conjoints obligés, les sociétés modernes, qui sont celles du grand nombre, s'en remettent au jeu des probabilités (même si des critères sociaux ou économiques y dessinent des enceintes endogamiques).

Lorsqu'on caractérise la famille européenne d'autrefois comme « étendue », on pratique un renversement indu de perspective : on prend comme norme la famille conjugale moderne limitée aux parents et à leurs enfants directs. En fait, c'est cette forme qui s'est progressivement détachée de l'ancienne ; elle mérite plutôt d'être appelée « restreinte » tandis que l'autre serait « étendue »…

En conclusion, il faut remarquer que la famille restreinte n'a jamais été le souci majeur des sociétés. Dans les sociétés traditionnelles, le mariage est soumis aux exigences de l'alliance. Il est geste social et public par excellence. Dans les sociétés modernes qui semblent laisser une plus grande marge à l'initiative individuelle et à l'espace privé, la famille est d'autant plus célébrée que la société entend en conserver le contrôle (obligations juridiques, quotas de naissances, éducation).

Chap. IV – Un « atome de parenté » australien

Cette étude, originalement écrite en anglais, devait prendre place dans un volume d'hommages dédié au grand australianiste Theodor George Henry Strehlow ; sa mort, en 1978, perturba le projet éditorial et ce texte resta inédit.

L'objet de ce travail est, comme son titre l'indique, d'apporter de nouveaux éléments au débat sur « l'atome de parenté », mais c'est aussi, en ce qui concerne l'Australie, de confirmer la validité des enquêtes anciennes contre les attaques adressées par les chercheurs plus récents. Lévi-Strauss constate, en effet, chez les représentants de la jeune génération des anthropologues de l'école anglaise, une fâcheuse tendance à répudier systématiquement les travaux des maîtres de la génération antérieure. Radcliffe-Brown est particulièrement visé. Lévi-Strauss fait alors cette mise en garde : si les enquêtes nouvelles semblent contredire des enquêtes anciennes, il faut bien mesurer que cela est souvent dû en grande partie aux bouleversements survenus dans les modes de vie et les traditions des populations concernées du fait de l'influence directe ou indirecte de la civilisation occidentale.

Ainsi un chercheur contemporain comme David McKnight dans ses travaux sur les Wikmunkan confirme, plus qu'il ne le pense, les études plus anciennes de Miss McConnel ou ceux de Thomson entre lesquels, du reste, semblent exister des contradictions, comme on en constate entre les enquêtes faites au tournant du siècle par Spencer et Gillen et celles plus récentes d'Elkin. McKnight croit pouvoir avancer, à partir de plusieurs exemples, que la « loi de l'atome de parenté » s'applique mal chez les Wikmunkan, ou même, se trouve contredite. Lévi-Strauss fait, tout d'abord, remarquer qu'il n'a jamais prétendu que cette loi fût applicable universellement. Ensuite, il s'efforce de reprendre les faits avancés par McKnight pour montrer qu'on est en présence d'un modèle complexe, certes, mais parfaitement cohérent. Ainsi (entre autres difficultés) le système des attitudes change en fonction de l'âge (relation frère/sœur selon la position aînée ou cadette) ou de la perspective sur un même individu (la femme est considérée soit comme épouse, soit comme mère des enfants). Il y a donc dédoublement des relations. Or, selon la loi de l'atome de parenté, il y une relation structurale récurrente entre le rapport mari/épouse et la relation frère/sœur. Si l'on tient compte du dédoublement (et du même coup de l'ambivalence qui en résulte) qui apparaît chez les Wikmunkan, cette relation est vérifiée. Elle s'est seulement enrichie de paramètres qui la font paraître incertaine par rapport aux modèles plus simples. Mais le dispositif est cohérent bien qu'asymétrique, comme le montre le diagramme réalisé à partir des éléments en relation. Lévi-Strauss peut alors s'avancer plus avant : « Tel que nous l'avons représenté, l'atome de parenté wikmunkan semble confirmer l'hypothèse selon laquelle le système matrimonial réaliserait une sorte de compromis entre l'échange restreint et l'échange généralisé. Par son côté équilibré, le diagramme renverrait à la première forme d'échange, par son côté asymétrique (rapproché des attitudes asymétriques entre mari de sœur et frère d'épouse) à la seconde » (p. 102).

L'enquête de Mcknight chez les Walbiri où l'atome de parenté semble également problématique ne met, en fait, pas davantage en cause la relation structurale postulée par Lévi-Strauss qui fait remarquer en effet que, si le donneur d'épouse, en ce cas-ci, n'est pas le frère de la mère mais le frère classificatoire de la mère de la mère, cela complique le schéma mais n'en modifie pas la cohérence structurale. L'auteur en conclut : « Même si […] la quête de l'atome de parenté peut rencontrer des obstacles, elle prépare et facilite l'analyse en profondeur des règles de conduite. Elle établit des rapports de corrélation entre ces règles, et démontre qu'elles n'acquièrent une signification qu'intégrées dans un plus vaste ensemble qui inclut les attitudes, la nomenclature de parenté et les règles du mariage avec les relations dialectiques qui unissent entre eux tous ces éléments » (p. 104).

Chap. v – Lectures croisées

Ce chapitre, comme l'explique l'auteur, est construit à partir de deux articles antérieurs : « Chanson madécasse » (in *Orients*, Paris-Toulouse, Sudest-Asie-Privat, 1982) et « L'adieu à la cousine croisée » (in *Les Fantaisies du voyageur. XXXIII Variations Schaefner*, Paris, Société française de musicologie, 1982.) En quoi consiste ici le croisement des lectures ? En une interprétation comparatiste de faits de parenté situés en des régions totalement séparées du monde : Japon, Fidji, Madagascar et Afrique du Sud. Quels sont les faits retenus ? Essentiellement ceux-ci : le désintérêt pour le mariage, jusque-là préférentiel, avec la cousine croisée matrilatérale et la recherche d'alliances avec des groupes plus éloignés ; ce qui semble entraîner une nouvelle donne dans les statuts et les rapports de pouvoirs entre donneurs et preneurs d'épouses, et surtout cela comporte un facteur de changement qui est peut-être le biais principal par quoi des sociétés d'abord limitées à des alliances proches s'exposent au risque – ou à la tentation – de l'ailleurs et de la nouveauté, et ainsi à la modernité de l'histoire (à l'histoire cumulative).

Le premier exemple est emprunté au Japon ancien, tel qu'il apparaît dans le célèbre texte du XIᵉ siècle, le *Genji monogatari*, qui, outre sa beauté littéraire, nous introduit dans une société de cour où l'on voit que le mariage avec la cousine croisée est dévalorisé au profit d'alliances lointaines : « Le premier apporte une sécurité, mais engendre la monotonie : de génération en génération, les mêmes alliances ou des alliances voisines se répètent, la structure familiale et sociale est simplement reproduite. En revanche, le mariage à plus grande distance, s'il expose au risque et à l'aventure, autorise la spéculation : il noue des alliances inédites et met l'histoire en branle par le jeu des nouvelles coalitions » (p. 108-109). Ces spéculations vont consister de la part de certaines familles à placer des épouses dans la famille régnante comme l'a fait pendant des générations le clan Fujiwara, s'octroyant ainsi un haut statut qui ensuite est recherché par les héritiers du trône dont les enfants doivent avoir des maternels de haut rang pour ne pas déchoir. On assiste alors au passage de l'agnatisme au cognatisme. En certains cas, pour sauver un statut menacé, on pourra revenir au mariage avec la cousine croisée.

On trouve aux Fidji une situation de même type ; mais ici l'attitude est inverse de celle qu'on observe au Japon, à savoir que l'alliance réalisée avec une épouse lointaine est aussitôt traduite en alliance proche : « Les époux devenaient nominalement l'un pour l'autre cousins croisés, et toutes les appellations de parenté changeaient en conséquence : les germains de chaque époux devenaient les cousins croisés de l'autre, leurs beaux-parents respectifs devenaient oncle et tante croisés » (p. 112). Bref les nouveaux alliés devenaient des parents à tous les échelons des appellations. Qu'est-ce à dire, sinon que, à l'inverse du Japon, la société fidjienne a cherché à conjurer le risque de la nouveauté en transformant les alliés lointains en parents proches.

Dans le même genre de problèmes la dynastie Mérina de Madagascar offre un autre cas de figure. Un souverain du XVIIIe siècle, lui-même héritier en ligne maternelle, après avoir réunifié son territoire, et assuré sa domination sur l'ensemble de l'île, décida que la succession dynastique se ferait en descendance féminine ; par là même était écartée la rivalité entre agnats et offerte aux reines la possibilité, en épousant les premiers ministres issus du clan maternel, de garder le contrôle du royaume. On est donc devant un système résolument cognatique, jeu équilibré des maternels et de paternels, des donneurs et de preneurs d'épouses.

À la même époque une transformation analogue se produit en Afrique du Sud dans le royaume de Lovedu, soit la transmission de la royauté en ligne féminine, tandis que les oncles maternels exercent le pouvoir réel. La formule cumule donc le modèle japonais et le modèle malgache. Mais il y ajoute ce raffinement destiné à exclure toute rivalité entre descendants : les reines ne se marient pas, elles se contentent d'amants et se reproduisent par une union secrète et incestueuse avec un frère.

Tous ces exemples, nous dit l'auteur, nous permettent d'atteindre un « schème sous-jacent [...], révélateur de la façon dont les structures de parenté s'organisent ou se réorganisent quand émergent en leur sein des formes rudimentaires de l'État » (p. 120-121).

Ce qui reste énigmatique, bien entendu, c'est l'élément qui fait que, comme à Fidji, la nouveauté est récusée et que, comme au Japon, elle est acceptée et valorisée. L'anthropologie n'a pas encore (à supposer qu'un jour elle le puisse) réussi à donner une réponse à cette question.

Chap. VI – Du mariage dans un degré rapproché

Le titre de cette étude (qui fut d'abord publiée dans un volume de *Textes offerts à Louis Dumont*, Paris, Éditions de l'École de hautes études en sciences sociales, 1984) correspond à cette question qu'il s'agira d'élucider : pourquoi des sociétés très diverses tolèrent ou favorisent le mariage d'enfants nés d'un même père mais de mères différentes, et proscrivent le mariage d'enfants nés d'une même mère mais de pères différents et cela bien que dans ces sociétés la règle de filiation soit patrilinéaire (ce qui, ailleurs et normalement, ferait considérer l'union comme incestueuse) ?

Bien des exemples de cette contradiction apparente nous sont donnés par l'histoire. Athènes en offre un exemple très connu. Mais bien d'autres cas se présentent à l'enquête ethnologique et chaque fois selon des nuances spécifiques : Kwakiutl de la côte nord-ouest de la Colombie-Britannique, Karo Batak de Sumatra, Tonga en Polynésie, Bantous centraux, Yoruba, Gonja, Nuer, etc., en Afrique.

1) Le trait commun de toutes ces données, remarque Lévi-Strauss, c'est qu'on a affaire à des sociétés qui tantôt défavorisent les cycles longs au profit des cycles courts (mariage par échange, cousine croisée patrilatérale, inceste royal avec la demi-sœur agnatique), tantôt recherchent des alliances entièrement nouvelles jusqu'au point où l'idée même de cycle disparaît ; en résumé, ce sont des sociétés qui se donnent la liberté de choisir en fonction des situations entre une réciprocité immédiate et une spéculation sur le long terme.

2) Ces sociétés, généralement patrilinéaires en apparence, se révèlent à un examen plus attentif bilinéaires, ou plutôt ces systèmes pseudomorphes sont en réalité, comme Lévi-Strauss propose de les nommer, des *systèmes indifférenciés*, « ceux où les éléments du statut personnel, les droits et les obligations héréditaires se transmettent indifféremment dans l'une ou l'autre ligne ou dans les deux, ce qui n'empêche pas qu'on puisse les penser comme distinctes » (p. 133).

Mais pourquoi « indifférenciés » ? Quelle est la raison précise de cette formulation ? Elle tient à ce constat fait par plusieurs observateurs (Edward Evan Evans-Pritchard, Audrey Richards, Godfrey Lienhardt, etc.) que ce n'est pas le mode de filiation ou de descendance qui importe, mais la position respective des paternels et des maternels, ou plutôt des donneurs et des preneurs. De ce rapport instable naît le cognatisme.

3) Cette situation entraîne une sorte de gestion « opportuniste » (ou tactique si l'on préfère) dans la pratique des alliances entre l'exogamie qui permet de les diversifier et l'endogamie qui consolide les avantages acquis. « Soit un double jeu d'ouverture et de fermeture répondant l'un à un modèle statistique, l'autre à un modèle mécanique : grâce à l'un on s'ouvre à l'histoire et on exploite les ressources de la contingence, tandis que l'autre assure la conservation ou le retour régulier des patrimoines et des titres » (p. 135).

A-t-on éclairci pour autant la question posée au début, qui était de savoir pourquoi certaines sociétés, *bien que* patrilinéaires, favorisent des unions plus rapprochées du côté du père que de la mère ? Question mal posée estime maintenant Lévi-Strauss : « C'est au contraire *parce que* les paternels occupent la position la plus forte au titre de preneurs de femmes que l'endogamie offre surtout pour eux de l'intérêt, et qu'ils la pratiquent à leur profit » (p. 135). Un bon exemple nous en est fourni par l'histoire de France quand Philippe le Bel restreignit aux seuls héritiers mâles le droit aux apanages, pour que les biens de la couronne ne passent pas, par le biais des femmes, en des mains étrangères. En revanche, on voit que les unions exogamiques de la famille royale ne cessent de lui apporter des patrimoines fonciers.

On peut donc avancer les conclusions suivantes :

– la filiation indifférenciée orientée vers l'endogamie permet de compenser les risques liés à la filiation patrilinéaire exogamique ;

– cette « méthode » permet aux preneurs d'épouses de l'emporter sur les donneurs ;

– le droit paternel est d'abord une manière d'affirmer la supériorité des preneurs.

Ces hypothèses de Lévi-Strauss éclairent remarquablement des faits jugés jusque-là confus, et présentés comme un amas de survivances. Ici encore l'approche structurale se révèle être le meilleur outil pour retracer une genèse et pour découvrir la fonction dans la forme. On mesure du même coup la pertinence du concept de « filiation indifférenciée » que l'auteur propose en lieu et place de ceux de bilinéaire, ou ambilinéaire, ou plurilinéaire qui décrivent sans pour autant expliquer.

Plus de trente ans après *Les Structures élémentaires de la parenté*, Lévi-Strauss, bien que désormais peu engagé dans ce domaine de recherche, continue d'y apporter des hypothèses novatrices.

Chap. VII – Structuralisme et écologie

D'abord publié en anglais sous le titre « Structuralism and Ecology » (*Barnard Alumnae*, Spring, 1972), ce texte fut initialement prononcé en conférence au Barnard College à New York. Il s'agit là d'un texte théorique d'une grande importance puisqu'il se propose de reprendre la question des rapports entre structure et infrastructure, c'est-à-dire aussi celle du statut du déterminisme externe et du déterminisme interne dans les productions de l'esprit.

Pourquoi alors parler d'écologie ? Ce terme ne désigne pas une quelconque entreprise de défense et de protection de la nature (encore que Lévi-Strauss soit très sensible à de tels projets). Il faut l'entendre dans son acception générale d'interpénétration de l'homme et de son milieu naturel.

Le point de départ ici est polémique. On a souvent (surtout chez les Anglo-Saxons) reproché au structuralisme de Lévi-Strauss d'être un mentalisme et quelquefois même un idéalisme. De telles critiques, estime Lévi-Strauss, ignorent tout à fait la manière dont procède l'anthropologue structuraliste.

1) Tout d'abord il faut remarquer que c'est en accumulant le matériel ethnographique portant sur les données géographiques, climatiques, démographiques, technologiques, zoologiques tout autant que sociologiques que l'anthropologue est en mesure de répertorier une multitude de détails qui peuvent se révéler déterminants pour l'analyse.

2) Dans chaque culture, tel ou tel motif rencontré ailleurs reçoit une fonction spécifique ; il n'y a pas de signification donnée en général. Chaque élément est toujours ethnographiquement déterminé ; à chaque fois il entre dans une combinaison précise avec d'autres éléments ; on a donc à chaque fois d'autres rapports d'opposition, d'inversion, de symétrie, etc. ; on ne peut donc décider à l'avance du sens des termes. Chaque configuration est originale.

3) Cependant – et c'est là que Lévi-Strauss dépasse résolument l'empirisme ethnographique et le comparatisme traditionnel – il existe bien un plan d'universalité : celui qui est constitué par le fonctionnement de la pensée. On a alors affaire à des contraintes d'ordre logique qui imposent leur cohérence propre au milieu externe.

4) Ces contraintes ne sont pas établies a priori par l'anthropologue. Elles sont mises au jour par une démarche inductive. C'est en effet par l'analyse des systèmes de classification des données sensibles (plantes, animaux, artefacts) ou des configurations narratives (telles celles des mythes) que se révèlent des « universaux » sous-jacents à des dispositifs symboliques extrêmement divers. Ces universaux n'en constituent pas pour autant des systèmes clos. Ce sont des « structures ouvertes » (p. 147), « on pourra toujours y faire place à de nouvelles définitions, compléter, développer ou rectifier celles qui y figuraient déjà » (*ibid.*).

5) On a donc deux sortes de déterminismes qui s'emboîtent : celui constitué par l'ensemble des données du milieu externe et des conditions techno-économiques ; celui qui provient des contraintes de l'esprit.

Ayant ainsi énoncé les réquisits de la méthode, Lévi-Strauss se propose de montrer, sur quelques exemples pris dans des populations indiennes du nord-ouest de l'Amérique, ce que peut être l'articulation d'un système de pensée et d'une infrastructure matérielle. L'originalité de la démarche de Lévi-Strauss, c'est de montrer que le rapport des deux niveaux ne se réduit pas à la causalité simple du conditionnant et du conditionné. Les dispositifs de représentation des récits mythiques ne sont pas seulement une mise en scène des problèmes posés par le milieu naturel et par les formes de production culturelle et d'organisation sociale, ils sont capables d'un fonctionnement autonome et peuvent se développer en fonction de contraintes internes purement logiques. C'est précisément ce qui apparaît dans les groupes de transformations. On a alors des mythes qui n'ont plus de caractère étiologique mais qui réalisent des constructions visant simplement à inverser les données d'un autre mythe, à créer des symétries en miroir, à réaliser des variantes combinatoires sans autre raison que ce qu'on pourrait appeler une sorte d'expérimentation de l'esprit sur lui-même.

Lévi-Strauss aborde alors un troisième moment de sa réflexion, sans doute le plus important, le plus exigeant philosophiquement. Il se demande comment penser la conjonction des deux déterminismes, celui qui est défini par les contraintes mentales et celui que dessine le milieu externe. Comment éviter de retomber dans les anciens dualismes ? La réponse pour Lévi-Strauss doit être simplement recherchée du côté de ce qui constitue la médiation naturelle entre les deux instances, à savoir le corps en tant qu'il est réglé par le cerveau. « L'analyse structurale ne se met en marche dans l'esprit que parce que son modèle est déjà dans le corps » (p. 165).

Plus précisément, cela veut dire que les activités physiques de l'être humain ne sont pas quelconques, ne sont pas de simples mécanismes auxquels l'esprit viendrait appliquer ses exigences d'ordre logique. Il n'y a pas de niveau « étique » pur ; d'emblée on est dans l'« émique ». Ainsi les sons, par exemple, ne sont pas indifférenciés, ils sont déjà répartis par l'activité cérébrale en traits distinctifs à partir de quoi opère la construction linguistique. De même l'œil code des traits distinctifs (foncé ou clair, vertical et horizontal, courbe ou droit, etc.) qui rendent possible la reconnaissance des objets. « À partir de toutes ces informations, l'esprit reconstruit, pourrait-on dire, des objets qui ne furent pas perçus comme tels » (p. 162). Donc « loin de voir dans la structure un pur produit de l'activité mentale, on reconnaîtra que les organes des sens ont déjà une activité structurale et que tout ce qui existe en dehors de nous, les atomes, les molécules, les cellules et les organismes eux-mêmes, possèdent des caractères analogues » (*ibid.*).

L'organisme humain fonctionne donc comme un dispositif qui analyse et organise, assurant l'osmose entre l'activité logique et idéologique de l'esprit (« idéologique » désignant chez Lévi-Strauss, comme chez Dumézil, les systèmes de représentation tels les mythes, les légendes, les philosophies) et le milieu externe à la fois naturel et technique.

Chap. ix – Les leçons de la linguistique

Ce texte fut publié en préface de l'édition française des *Six Leçons sur le son et le sens* (Paris, Minuit, 1976) de Roman Jakobson. Lévi-Strauss rappelle à quel titre cette préface lui fut demandée : ces leçons, il avait eu la chance de les entendre professées à New York en 1942-1943 à l'École libre des hautes études où lui-même donnait un enseignement que suivait Jakobson. Lévi-Strauss évoque ici ce qu'il dit de manière plus détaillée ailleurs : son amitié et sa dette intellectuelle envers le maître russe qui lui a permis d'assimiler les acquis les plus récents de la linguistique et par là même de se donner le modèle théorique d'où allait sortir l'anthropologie structurale.

De ce point de vue les deux principales leçons qu'il en a retenues, c'est, d'une part, que les termes ne peuvent être compris que dans le réseau des relations qui les unissent et, d'autre part, que les « principes organisateurs » de ces relations échappent à la conscience du sujet pensant.

En ce qui concerne le premier point Lévi-Strauss explique jusqu'où, selon lui, l'analyse structurale peut s'inspirer de l'analyse phonologique. Il ne craint pas de dire que les unités élémentaires du discours mythique (les « mythèmes ») sont comme les phonèmes des entités relatives et oppositionnelles mais également *négatives*. Notons que c'est sur ce dernier point que les critiques ont été virulentes. Cependant Lévi-Strauss reconnaît tout à fait que *du point de vue du langage ordinaire* les mythèmes isolés ont un sens, mais justement ils n'en ont aucun du point de vue du récit mythique : « Dans la langue courante, le soleil est l'astre du jour ; mais pris en lui-même et pour lui-même, le mythème "soleil" n'a aucun sens. Selon les mythes qu'on choisit de considérer, il peut recouvrir les contenus idéels les plus divers. En vérité, nul, voyant apparaître le *soleil* dans un mythe, ne pourra préjuger de son individualité, de sa nature et de ses fonctions. C'est seulement des rapports de corrélation et d'opposition qu'il entretient au sein du mythe, avec d'autres mythèmes, que peut se dégager une signification. Celle-ci n'appartient en propre à aucun mythème ; elle résulte de leur combinaison » (p. 199).

Voilà, indiquée en substance, ce qu'est la dette de l'anthropologie de Lévi-Strauss à la linguistique de Jakobson (celui-ci fut d'ailleurs un des premiers à employer l'adjectif « structural »). La dette fut théorique autant que le partage fut amical. Incontestablement ces deux noms représentent ce qu'il reste de meilleur de cette riche aventure intellectuelle.

Chap. XII – Cosmopolitisme et schizophrénie

L'auteur repose la question souvent débattue du rapport entre les représentations pathologiques et les représentations mythiques. L'occasion de cette discussion est fournie à Lévi-Strauss par la publication, en 1965, d'un article de Torsten Herner dans l'*American Journal of Psychotherapy* intitulé « Significance of the Body Image in Schizophrenic Thinking ». Après avoir décrit et expliqué les problèmes de la constitution de l'image du corps chez l'enfant et montré comment chez le schizophrène s'opérait une régression de cette formation, cet auteur complète sa démonstration avec des éléments fournis par la mythologie comparée. C'est à ce point que l'anthropologue se doit d'opérer une clarification méthodologique.

Il importe en effet de bien comprendre que ce n'est pas parce que certains mythes représentent la folie qu'il faut les considérer comme des représentations délirantes analogues à celle des malades mentaux. Il faut, au contraire, dire que par cette représentation ou narration « le mythe traite de la folie à la manière du clinicien » (p. 243).

Pour se faire comprendre, Lévi-Strauss rapporte un mythe des Indiens chinook, répandus dans la région nord-ouest de l'Amérique. Toutes sortes d'éléments dans ce mythe pourraient être interprétés comme une projection schizoïde de l'image du corps, ce qui s'expliquerait parfaitement bien par les événements survenus au héros (enfant abandonné par des parents en conflit, séjour chez une ogresse, rencontre avec des insectes cannibales, doublement du tube digestif par une tige creuse, rencontre d'une femme sans vagin, etc.). Faudrait-il prêter aux Indiens chinook une constitution schizoïde comme Ruth Benedict voulait en attribuer une de type paranoïde aux Kwakiutl ? Cela serait d'autant plus mal venu que les Chinook sont précisément réputés pour être des commerçants habiles et aimables ; leur langue, du reste, servait de dialecte véhiculaire sur toute la côte Nord-Ouest. C'est précisément là une information qui semble essentielle à Lévi-Strauss. Car ce mythe déjà analysé dans *L'Homme nu* (sous la référence M598a) a pour caractéristique d'être particulièrement éclectique ; il « construit sa chaîne syntagmatique en empruntant des paradigmes à d'autres mythes de provenances diverses, tout en inversant méthodiquement ceux-ci » (p. 248). Il faut donc dire des différents épisodes que « la construction particulière de leur intrigue résulte chaque fois d'une nécessité logique eu égard à d'autres mythes. Il serait inutile et gratuit de prétendre les dériver d'un psychisme au demeurant hypothétique, propriété exclusive de la société dont provient le mythe » (p. 249). L'éclectisme de cette mythologie s'explique fort bien par la situation particulière et l'activité des Chinook par rapport aux populations environnantes.

Mais il faut aller plus loin dans l'explication ; car même si on a rendu compte des raisons objectives de la forme d'un récit saturé d'emprunts, il reste que ce récit traduit parfaitement la culture des Chinook et ses problèmes : « Leur idéologie répercute ainsi l'expérience politique, économique et sociale d'un monde donné à l'état dissocié » (p. 250) Le mythe expose, analyse, traite et même organise cette dissociation. Ce n'est pas un délire, c'est une cosmologie mais (comme tout mythe) c'est aussi une sociologie, une esthétique, une morale, etc. Conclusion : « Le cosmopolitisme des Chinook les rend particulièrement aptes à penser le monde sous le mode du clivage, et à développer cette notion dans tous les domaines où elle est susceptible de s'appliquer. Contrairement au schizophrène qui subit en victime un clivage que son expérience intime projette au dehors, la société chinook, en raison de la manière concrète dont elle s'insère dans le monde, dispose du clivage pour en faire le ressort d'une philosophie » (p. 251). On comprend qu'en formulant ainsi le problème Lévi-Strauss montre du doigt la faiblesse de tout réductionnisme qu'il soit psychologiste ou sociologique et qui tend toujours à une théorie de la causalité unique. Les déterminismes d'une situation, certes, en configurent les limites, mais surtout ils deviennent les outils ou les supports de son expression. C'est ce que montre le libre jeu des possibles dans l'invention mythique.

Chap. XIII – Mythe et oubli

Il s'agit d'un texte publié en 1975 dans un volume d'hommages à Émile Benveniste (*Langue, discours, société*, sous la dir. de Julia Kristeva, Paris, Seuil). Pour honorer les travaux de cet éminent spécialiste de la linguistique et des institutions indo-européennes, un des rares à qui, ainsi qu'à Dumézil, Lévi-Strauss accordait le qualificatif de structuraliste, l'anthropologue s'aventure dans le champ de l'Antiquité (comme du reste Benveniste s'était lui-même, de son côté, intéressé aux langues indiennes).

Le propos ici est de mettre en parallèle divers épisodes de la mythologie grecque avec des récits amérindiens et cela à partir d'un thème qui leur est commun : celui de l'*oubli*. C'est un problème qui, à l'évidence passionne Lévi-

Strauss puisqu'il y est revenu à diverses occasions dans ses recherches. Il en avait déjà été question dans un texte bien connu sur « La geste d'Asdiwal » ou plutôt dans le « Postscriptum » ajouté près de quinze ans après (en 1973) la première publication de ce texte. L'auteur y proposait de comprendre l'oubli comme élément d'un trinôme où figureraient aussi le malentendu et l'indiscrétion selon les rapports suivants :

– l'*oubli* comme défaut de communication avec soi-même ;
– le *malentendu* comme défaut de communication avec autrui ;
– l'*indiscrétion* comme excès de communication avec autrui.

Les éléments de mythologie grecque qu'analyse Lévi-Strauss sont tirés de Plutarque et de Pindare. Il est question chez Plutarque, d'une part, d'un joueur de flûte qui porte un faux témoignage contre un jeune prince, Ténès, victime des tentatives de séduction de sa belle-mère ; de l'autre, d'un serviteur qui oublie de rappeler à Achille de ne jamais s'attaquer à Ténès, petit-fils d'Apollon. Chez Pindare il est question encore d'un meurtre commis par le fils d'Héraclès dans un accès de colère ; il doit, pour expier, faire un sacrifice à Rhodes, mais les Rhodiens oublient d'apporter le feu. Rhodes encore immergé fut du reste attribué à Hélios qui avait été oublié dans la répartition du monde.

L'auteur passe ensuite à des récits des Indiens hidatsa où il est question aussi d'une belle-sœur tentant de séduire son jeune beau-frère et qui l'accuse ensuite auprès de son mari ; les dieux se disputent pour l'un ou l'autre camp. D'où la partition actuelle des tribus hidatsa. Il est ensuite question d'un guerrier descendu du ciel qui tue la fille qui le refuse et qui est menacé de périr en un moment d'inattention. Sa sœur oublie de fermer la porte et un ogre la dévore. Les jumeaux qu'elle portait survivent mais sont souvent mis en danger à cause des oublis qu'ils commettent.

Or dans les exemples grecs comme dans le deuxième des Hidatsa, les divers épisodes servent à fonder un rituel. Ce que les Hidatsa comparent aux nœuds sur une cordelette : soit un ordre de points indépendants mais liés. Or, comme le montrent encore d'autres exemples, les récits correspondent à l'énumération d'une série de lieux-dits et visent à rendre compte de leur origine : « Les rites fixent les étapes d'un calendrier, comme les lieux-dits celles d'un itinéraire. Ils meublent les uns l'étendue, les autres la durée » (p. 258). On retrouve là une analyse développée à la fin de *L'Homme nu*, à savoir que le rituel a pour fonction essentielle de restituer la « continuité du vécu ». Il ressoude le temps fragmenté, il conjure l'oubli (dont les mythes narrent les effets malheureux). L'oubli, le lapsus, le faux-pas sont les formes de la discontinuité comme le sont le malentendu et l'indiscrétion en tant que ruptures ou disfonctionnement de la communication. On comprend alors pourquoi il est question dans les mêmes récits de marâtre et de belle-sœur séductrices ou de sœur séduite : c'est une autre communication qui est menacée, celle qu'assurent l'exogamie et la prohibition de l'inceste.

Chap. XV – Une préfiguration anatomique de la gémellité (d'abord publié in *Systèmes de signes. Textes réunis en hommage à Germaine Dieterlen*, Paris, Hermann, 1978).

Quel rapport y a-t-il entre la gémellité, la naissance par les pieds et le bec-de-lièvre ? Un tel rapport est attesté aussi bien dans des textes du folklore européen que dans de nombreux mythes ou des croyances des Indiens des deux Amériques. On y trouve ainsi chez ces derniers (comme les Havasupai, les Iroquois ou les Bororo) une explication de l'origine des jumeaux par la fait que, la femme enceinte s'étant couchée sur le dos, le fluide contenu dans la matrice s'est divisé en deux (d'où l'interdit de cette position pendant la grossesse). Chez les Twana (groupe salish), on attribue la naissance des jumeaux à la consommation de viande de cervidés, animaux au sabot fendu.

La gémellité provient donc d'une division ou du contact avec une chose divisée. « Or si les jumeaux résultent d'un enfant, d'un embryon ou d'un animal refendu ou en voie de l'être, les mythes attestent qu'un léporidé et un être humain ayant un bec-de-lièvre sont eux-mêmes des pourfendeurs » (p. 281). Le lièvre, être dédoublé par son museau, est par là gémellaire ; du même coup il suscite ou évoque la gémellité, il divise les êtres et les choses. Mais comme on peut s'y attendre dans cette logique des qualités sensibles, qui exploite systématiquement les oppositions et les inversions, la fente du museau du lièvre est conçue comme l'inverse de ce qui fend. Ainsi un conte des Micmac (qui font partie des Algonkins orientaux) raconte que Lapin acquit son museau fendu en voulant imiter le Pic qui creusait un arbre de son bec ; au lieu de pénétrer l'arbre il est pénétré par ce dernier. L'auteur ici n'exploite pas la charge symbolique de l'anatomie sexuelle masculine et féminine, malgré des textes qui semblent bien s'y prêter sans pour autant en faire la clef de l'interprétation.

Reste le problème de la naissance par les pieds. L'auteur recourt ici à plusieurs types de récits qui ne se recoupent pas (p. 280 et 282). Le plus intéressant étant celui d'une compétition des jumeaux à sortir en premier du ventre de la mère par la méthode la plus expéditive, donc par les pieds. Mais ici encore on pourrait se demander si, tout simplement, cette forme de naissance qui présente la partie divisée du corps – pieds et jambes – au lieu de sa partie unie – tête et tronc – n'est pas ce qui suscite l'analogie avec la gémellité.

En tout cas le lien entre bec-de-lièvre et gémellité est bien établi dans les traditions considérées. Au point que le lièvre occupe une place de choix dans les mythologies indiennes (chez les Algonkin notamment). Être unique mais en voie de division, il appartient ainsi à la catégorie des intermédiaires, aux médiateurs ; mieux encore : il est à mi-chemin de deux classes de médiateurs : les Dioscures et le décepteur ; d'où son rôle ambigu ou contradictoire entre ordre et désordre, faveur ou malheur, unité et dualité. C'est ce que vérifient aussi des rites et des mythes de nombreuses régions du monde, en Afrique notamment.

Chap. XVII – De Chrétien de Troyes à Richard Wagner

Ce texte a été originellement publié dans la brochure du festival de Bayreuth en 1975. Dans cette étude l'auteur semble faire d'abord œuvre d'historien, retraçant de manière fort érudite l'apparition des différentes versions de la légende du Graal depuis celle inachevée de Chrétien de Troyes, reprise et prolongée par d'autres auteurs (les «continuations» françaises, anglaises ou allemandes). C'est précisément la version allemande de Wolfram von Eschenbach (début XIIIe siècle) qui inspire à Wagner son *Parsifal*. Mais Wagner, ainsi qu'il le revendique lui-même, et comme Lévi-Strauss le lui accorde volontiers, produit une version très originale, en créant de nouveaux épisodes et d'autres personnages, en modifiant considérablement la version de Wolfram ou en allant jusqu'à incorporer à son texte des légendes bouddhiques. Mais ce qui intéresse Lévi-Strauss, ce n'est pas tant que Wagner ait fait œuvre d'auteur original mais le fait que par rapport aux versions anciennes il en ait produit une véritable «transformation» (au sens précis donné à ce concept dans les *Mythologiques* et ailleurs). En quoi consiste-t-elle ?

Le mythe traditionnel reposait sur une opposition entre le monde enchanté de la cour du Graal et le monde réel de la cour du roi Arthur. Entre les deux mondes la communication a été rompue ; dans celui du Graal on attend une question salvatrice (que Perceval ne sait pas poser) ; dans l'autre on ne cesse d'attendre des réponses qui ne viennent pas. Ce modèle «percevalien» pourrait paraître très mystérieux et même totalement incompréhensible si on ne se rendait pas compte qu'il fonctionne comme l'inversion d'un autre modèle mythique qu'on peut nommer «œdipien» et qui consiste au contraire en une communication ou très efficace (résolution de l'énigme) ou excessive et abusive (situation d'inceste). Donc trop grande distance dans un cas, non-communication (la réponse sans question, c'est l'opposé de l'énigme ; la chasteté des héros, c'est l'opposé de l'inceste) et absence de distance dans l'autre. Dans les deux cas le déséquilibre se traduit par un effet cosmique : rupture de cycles naturels (« la gaste terre » dans *Parsifal*) ou l'épidémie (la peste à Thèbes).

Que fait Wagner ? Il reprend le mythe percevalien et en propose une « transformation » moderne : il ramène l'opposition des deux mondes à un conflit intérieur des héros dans un seul des deux, celui du Graal. Mais mieux encore il intègre le modèle œdipien au modèle percevalien en posant simultanément la question du manque ou de l'excès de communication ; dans un cas cela aboutit à l'inertie et à la stérilité, dans l'autre à la séduction incestueuse et à la folie. Le rapport des deux mondes devient alors celui de la connaissance et de la méconnaissance ; le passage se fait et l'équilibre se rétablit – et c'est la solution profonde et rousseauiste de Wagner – non par le langage mais par la compassion : « *Durch Mitleid wissend.* » Ainsi peut-on accéder au savoir que préserve l'ignorance.

Chap. XIX – À un jeune peintre

Ce texte publié en 1980 est une préface à un catalogue d'exposition des aquarelles d'Anita Albus. Notons que justement les deux côtés de la couverture du *Regard éloigné* sont les reproductions de deux œuvres de ce peintre. L'hommage à Anita Albus, dont l'œuvre est résolument figurative et très réaliste jusque dans le fantastique, donne à Lévi-Strauss l'occasion de rappeler ce qu'il estime être la tâche de la peinture, tâche que la plupart des artistes modernes semblent avoir oublié depuis le tournant impressionniste, puis celui du cubisme jusqu'aux formes plus récentes de l'art abstrait.

Le reproche essentiel que Lévi-Strauss formule à l'encontre de l'art moderne peut se résumer ainsi : cette forme d'art a dissous l'objet et, par là même, perdu le monde. L'impressionisme avait ouvert cette voie néfaste en tentant d'illustrer ce principe que peindre c'est traduire les moments de la subjectivité percevante, c'est en capter les états variables. Principe regrettable car il revient à oublier que le peintre doit s'effacer devant l'objet et s'incliner devant « l'inépuisable richesse du monde » (p. 334). Ce qui suppose qu'on ne renonce ni au dessin ni à la figuration, c'est-à-dire à ce que Lévi-Strauss appelle « l'intégrité physique de l'objet » (p. 339). Le cubisme, de ce point de vue, rend manifeste l'opération nihiliste de la modernité en se détournant du paysage au profit des objets fabriqués. Leurs successeurs radicalisent ce choix en se cherchant des modèles dans « les productions les plus sordides de la culture » (p. 336).

Mais cette perte du monde – l'oubli de la nature et du paysage – s'est, très significativement (et c'est là le deuxième grief de Lévi-Strauss), doublée d'une perte du *métier*. L'art de peindre, durant des siècles avait exigé une initiation longue et minutieuse dans les écoles et les ateliers. Il supposait une très grande maîtrise du dessin et des techniques picturales ainsi qu'une connaissance des matériaux. La plupart des artistes modernes font l'économie de cette formation. C'est là le témoignage le plus évident de l'inconsistance et l'abâtardissement d'un art qui n'a même plus la dignité d'un savoir-faire.

Aussi Lévi-Strauss rend grâce à Anita Albus d'avoir su préserver et la connaissance du monde et celle du métier en renouvelant dans sa peinture (par la précision du dessin et la technique des couleurs) la grande tradition, celle qui remonte aux maîtres flamands.

Chap. XXII – Réflexions sur la liberté

Tel qu'il est présenté ici, ce texte est la réélaboration d'une intervention faite devant la Commission sur les libertés de l'Assemblée nationale à la demande d'Edgar Faure, son président à cette époque. Bien entendu ce qui pouvait intéresser le législateur, en cette circonstance, c'était d'entendre ce qu'avait à dire de spécifique un anthropologue. C'est bien ainsi que Lévi-Strauss a compris cette demande et c'est ce qui constitue tout l'intérêt de sa réponse : « L'ethnologue n'a guère de titre à s'exprimer sur ces problèmes, sinon que sa profession l'entraîne à voir les choses avec un certain recul » (p. 381). Il le fait cependant et il le fait bien ; sa présentation s'articule autour de deux arguments très forts : le premier concerne l'impératif d'une éthique du vivant ; le second porte sur la nécessité d'un contenu local des libertés.

1) Il commence en remarquant le caractère récent de l'idée moderne de liberté en tant que fondée sur la nature de l'homme et qui s'est imposée depuis les Lumières jusqu'à la Déclaration internationale des droits de l'homme de 1948. Cette idée apparaît, à l'anthropologue, extrêmement relative. « On se gardera donc du zèle apologétique qui prétend définir la liberté dans un faux absolu, en réalité produit de l'histoire » (p. 373). Or, si l'on y regarde de près, le concept qui prédomine dans cette histoire, c'est celui de l'homme comme être moral défini par ses devoirs envers ses semblables. En quoi on voit qu'on le dispense du même coup de devoirs envers ses non-semblables ou supposés tels : les autres vivants, les autres espèces naturelles. Mais si (à l'encontre de toute la tradition humaniste anthropocentrique) on conçoit l'homme d'abord comme être vivant, toute la perspective en est changée : « Si l'homme possède des droits au titre d'être vivant, il en résulte immédiatement que ces droits, reconnus à l'humanité en tant qu'espèce, rencontrent leur limite naturelle dans les droits des autres espèces. Les droits de l'humanité cessent donc au moment précis où leur exercice met en péril l'existence d'une autre espèce » (p. 374).

Cela ne revient pas à nier la nécessité où se trouvent les différentes espèces de trouver leur subsistance les unes dans les autres. Cela n'atteint que des individus dans chaque espèce. Autre est la menace pesant sur l'existence même des espèces. Lévi-Strauss en vient à énoncer alors ce qu'on pourrait appeler l'impératif catégorique d'une éthique du vivant : « Le droit à la vie et au libre développement des espèces vivantes encore représentées sur la terre peut seul être dit imprescriptible, pour la raison très simple que la disparition d'une espèce quelconque creuse un vide, irréparable à notre échelle, dans le système de la création » (p. 374).

L'ironie aujourd'hui, c'est que lorsque nous parlons de protéger la nature c'est encore en vue de nous : « Si gênant qu'il soit de l'admettre, la nature avant qu'on songe à la protéger pour l'homme, doit être protégée contre lui » (p. 375)… « Le droit de l'environnement […] est un droit de l'environnement sur l'homme, non un droit de l'homme sur l'environnement » (*ibid.*).

2) À ces considérations fondamentales Lévi-Strauss ajoute un deuxième point non moins important : le contenu de l'idée de liberté est toujours local, singulier, non pas général et purement rationnel. « L'attachement aux libertés est d'autant plus grand que les droits qu'on l'invite à protéger reposent sur une part d'irrationnel ; ils consistent en ces infimes privilèges, ces inégalités peut-être dérisoires qui, sans contrevenir à l'égalité générale, permettent aux individus de trouver des points d'ancrage au plus près. La liberté réelle est celle des longues habitudes, des préférences, en un mot des usages, c'est-à-dire […] une forme de liberté contre quoi toutes les idées théoriques qu'on proclame rationnelles s'acharnent » (p. 380).

L'ethnologue désigne ici sans doute un des péchés majeurs de la modernité issue des Lumières : l'universalisme abstrait, la destruction tragique des traditions locales (langues, cultures, usages, etc.) au nom d'un modèle général supposé (en France par exemple) seul conforme à l'idée républicaine. Il faudrait pouvoir restaurer les « sociétés partielles », mais est-ce encore possible ? « Malheureusement, il ne dépend pas du législateur de faire remonter aux sociétés occidentales la pente sur laquelle elles glissent depuis plusieurs siècles – trop souvent dans l'histoire à l'exemple de la nôtre » (p. 381-382).

Paroles données, Paris, Plon, 1984

De quoi est fait ce livre et pourquoi ce titre ?

Il s'agit de la présentation de cours assurés tout d'abord à l'École de hautes études en sciences sociales (V^e section) et ensuite au Collège de France ; soit de 1951 à 1982, année du départ à la retraite. Soit la période qui suit immédiatement la publication des *Structures élémentaires de la parenté* et celle qui précède *La Potière jalouse*. Ce livre à lui seul pourrait donc constituer un guide très efficace ou une excellente introduction à une bonne partie de l'œuvre de son propre auteur.

Ces présentations ou résumés faisaient partie des exigences imposées aux titulaires des chaires dans les établissements d'enseignement où a exercé Lévi-Strauss. Ils ne sauraient donc en reproduire le détail et la richesse. L'auteur explique dans sa préface qu'il s'est toujours opposé à ce qu'on enregistre ses cours ou qu'on en donne des publications partielles. La raison en était qu'il entendait ainsi préserver son droit à improviser et à risquer des hypothèses novatrices, tout en dialoguant librement avec l'auditoire. Mais, en contrepartie, chacun savait que ce travail aboutirait à une publication ultérieure qui permettrait de fixer cette recherche. Ce pacte tacite, cette promesse donnent un premier sens au titre ; mais ce sont des « paroles données » également au sens d'exercice oral ; épreuve de la recherche auprès d'un public, moment expérimental. Carnets d'esquisses ; « croquis », comme le dit l'auteur.

Le livre est divisé en six parties. Les cinq premières recouvrent la période d'enseignement au Collège de France (1960-1982) et la chronologie y a été légèrement bousculée au profit de certains regroupements thématiques tandis que la sixième partie porte sur les cours assurés à l'École des hautes études en sciences sociales (1951-1960). La toute première période est donc placée à la fin et présentée comme une annexe, sans doute parce que la matière y est simplement présentée dans l'ordre des années d'enseignement. Signalons que dans un autre texte analysé plus haut (*AS II*, chap. v) l'auteur, faisant le bilan de ses années d'enseignement à l'EHESS, expose lui-même une sorte de résumé de ce résumé.

Les principaux aspects de ce dossier se présentent ainsi : une réflexion sur l'avenir de l'ethnologie ; il s'agit tout d'abord de savoir si l'objet même de l'ethnologie, à savoir les peuples sans écriture, n'est pas en train de disparaître sous les coups de la modernisation. Il faut donc mesurer l'urgence du travail, « il faut hâter les recherches, profiter des dernières années qui restent pour recueillir des informations » (p. 20). Mais au-delà il faut repenser les cadres mêmes de la discipline et ses modèles (linguistiques, biologiques). Réarticuler l'anthropologie physique et l'anthropologie sociale.

L'auteur joint ensuite les présentations de ses ouvrages depuis 1960, à savoir *Le Totémisme aujourd'hui*, *La Pensée sauvage*, et enfin les *Mythologiques* ; on a là en somme la meilleure introduction à ces ouvrages qui se puisse rêver.

La troisième partie s'attache aux recherches sur le rituel et sur d'autres mythes, tandis que les quatrième et cinquième parties sont consacrées à des questions de parenté (avec une insistance intéressante sur la notion de « maison »).

La sixième partie présente donc les travaux de la décennie 1950-1960 et portent sur différents sujets de mythologie, de folklore, de parenté ou de rituel.

Ainsi le texte sur « la visite des âmes » concerne les rapports que les vivants entretiennent avec les morts (il s'agit en général soit de les éloigner le plus possible et de les apaiser, soit de les contraindre à collaborer avec les vivants et alors d'affronter les risques de cette collaboration). On a donc affaire ici à la fois à des coutumes, des rites et des croyances qui mettent en place et en mouvement des systèmes symboliques dont il est possible de donner des transcriptions formelles.

« Les recherches de mythologie américaine » de leur côté constituent les travaux d'approche auxquels les volumes des *Mythologiques* donneront leur aboutissement. Il est clair qu'à l'époque de ces recherches (années 1950-1960) le modèle théorique dominant est celui de la linguistique. Déjà les principaux réquisits de la méthode d'analyse des mythes sont formulés avec netteté, à savoir que : « le mythe est constitué de l'ensemble de ses versions » (p. 249). D'autre part la fonction fondamentale du mythe, c'est de proposer une médiation entre deux pôles et pour cela il travaille à découper les éléments et spécifier des classes. Cela met en place « une logique mythique qui, pour être qualitative, n'en offre pas moins que l'autre (dont il n'est pas certain qu'elle diffère) un caractère de nécessité et d'universalité » (p. 254).

Quant au texte sur la chasse rituelle aux aigles chez les Hidatsa, il sera repris dans un chapitre de *La Pensée sauvage*.

La Potière jalouse, Paris, Plon, 1985

D'emblée le titre de cet ouvrage intrigue : quelle relation peut-il bien y avoir entre poterie et jalousie ? Mais il en va ici comme dans *La Voie des masques* : Lévi-Strauss ne répond pas directement à la question qu'il pose. Car y répondre directement, ce serait la dissoudre, la rendre inopérante. Le titre et la question ne sont que des invites à entrer dans une quête, dans une expérience intellectuelle qui exige du temps et de l'attention. Il ne s'agit pas en effet de révéler un contenu caché (ce qui est la demande de l'herméneutique traditionnelle) ; il s'agit de déployer, pour le lecteur, un dispositif (un ensemble mythique et son groupe de transformations) de manière à ce que, peu à peu, le réseau des relations lui apparaisse. Il comprend alors que c'est ce réseau lui-même qui importe et non pas un signifié privilégié qui serait comme le secret ou la clef de l'ensemble.

L'introduction aborde obliquement l'étrangeté du titre : y a-t-il un rapport entre les métiers et les tempéraments ? Les traditions populaires semblent l'affirmer de multiples manières en Europe même : tailleurs rusés et peureux, cordonniers farceurs et égrillards, bûcherons grossiers et rudes, barbiers bavards, bouchers turbulents et orgueilleux, etc. On peut supposer comme probable une projection imaginaire de traits du métier sur ceux qui les exerce et même leur adoption par ces derniers. Mais il y a des faits plus troublants : lorsque par exemple ces associations apparaissent dans des cultures totalement éloignées dans le temps et dans l'espace ; ainsi la relation entre tissage et lasciveté peut être constatée aussi bien dans la culture grecque ancienne que dans les traditions aztèques. Simple coïncidence ou homologie plus profonde ?

L'art de la poterie, nous explique le chapitre II, n'est pas un art comme les autres ; il est entouré de prohibitions nombreuses soit dans le moment de l'extraction de l'argile (choix de périodes liées à des cycles cosmiques, choix du moment dans la journée, etc.), soit dans celui du façonnement ou celui de la cuisson (suspension des relations sexuelles, nécessité du silence, opérations soustraites aux regards des profanes, etc.).

Les mythes de différentes populations amérindiennes font apparaître les constantes suivantes :

– une antipathie entre poterie et agriculture : celle-ci exige la terre noire féconde, celle-là la terre rouge stérile ; cependant cela n'est vrai que des zones sèches ; une alliance entre les deux apparaît en zone forestière ;

– une antipathie entre le tonnerre et la poterie : cela a rapport au feu, à la cuisson et aux oiseaux, mais sous quel rapport ?

– la poterie (sauf exception) est un art féminin ; sous quelles conditions se fait ce choix ?

– un lien général entre *poterie* et *jalousie* ; ainsi chez les Algonkins il y a un personnage de Femme-Cruche ou Femme-Pot qui est la figure inversée de la Femme-Crampon des Tukuna ;

– la poterie, les pots eux-mêmes, sont l'objet d'un combat entre les Grands Oiseaux et les Serpents ; les Serpents sont en général les gardiens des bancs d'argile et représentent le monde chthonien subaquatique ; les oiseaux se spécifient comme Oiseaux-Tonnerre et ont rapport à l'eau sous forme de pluie. Or dans nombre de populations les pots ont rapport à la pluie, soit sous forme de tambours utilisés dans certaines cérémonies, soit sous forme de vases enterrés destinés à recueillir l'eau du ciel.

Quel est la raison du rapport entre poterie et jalousie ? À ce stade de l'enquête cela n'apparaît pas encore ; on peut seulement constater que ce rapport est manifesté à l'occasion d'un conflit entre puissances d'en haut (Oiseaux) et puissances d'en bas (Serpents).

Lévi-Strauss, au chapitre III, fait intervenir une figure qui va se révéler centrale dans le rapport de la jalousie et de la poterie, c'est celle de l'oiseau nommé Engoulevent (littéralement : avale-vent), dit aussi en Europe Tête-Chèvre (en latin *Caprimulgus*, nom savant consacré).

Les traits de cet oiseau sont les suivants :

– une grande bouche connotant l'avidité (d'où aussi le nom de « crapaud volant ») et la gloutonnerie ; mais cette bouche ressemble à une vulve à quoi elle est assimilée dans certains mythes ;

– un cri plaintif et triste (comme celui d'un être abandonné ; d'où la jalousie) ;

– des activités nocturnes, donc secrètes et funèbres ; c'est un « oiseau fantôme » ; il a rapport à la mort, aux maléfices, au monde souterrain, à la solitude, à la débauche ;

– il ne fait pas de nids et dépose ses œufs à même le sol (donc une absence de sens technique, de la paresse, de la gaucherie).

Tout un ensemble de mythes d'origine de l'Engoulevent sont centrés sur le thème de la déception amoureuse ; l'homme ou la femme, empêché dans son amour, se transforme en Engoulevent. Un autre ensemble de mythes met l'accent sur la mésentente conjugale : le mari refuse la cuisine de sa femme et se fait nourrir par sa mère comme un oisillon ; sa femme le quitte ; il devient un Engoulevent. Un troisième groupe de mythes insiste sur l'avidité orale et la gloutonnerie, où l'un des conjoints prive l'autre de nourriture ou le fatigue d'exigences pour être gavé ; l'importun est décapité ou bien sa tête éclate. Sur ce thème se greffe celui du feu et celui du miel, l'un et l'autre associés à l'Engoulevent.

Quel est le rapport de tout cela avec la jalousie et la poterie ? Le chapitre IV se propose, pour y répondre, de reprendre les problèmes par un autre biais. On a vu que le rapport jalousie/poterie mettait en scène une opposition du monde d'en haut et du monde d'en bas (Oiseaux et Serpents), l'homme assiste à ce conflit en spectateur ; c'est qu'il est déjà en possession du feu de cuisine. Cette acquisition est définitive. Le feu permet de fabriquer les poteries qui elles-mêmes permettent de cuire des aliments. Le feu est stable ; les pots sont toujours à refabriquer selon un art complexe : ils sont l'enjeu d'une rivalité entre les puissances qui le revendiquent.

À ce point on peut établir l'existence des rapports suivants : Engoulevent/jalousie ; jalousie/poterie. Toutefois, la démonstration reste incomplète à ce stade. Si les trois termes forment système, il faut qu'ils soient unis deux à deux. Il faut donc se demander quel rapport existe entre la poterie et l'Engoulevent. Répondre à cela, c'est probablement pouvoir comprendre le dispositif mythique envisagé ici. Compte tenu de ce qu'on sait des mœurs de l'Engoulevent (qu'il ne fait pas de nid et dépose ses œufs à même le sol), on peut supposer que son rapport à la poterie est négatif. On peut donc présumer qu'il existe un autre oiseau qui sera le contraire de l'Engoulevent et qui vient occuper en creux le quatrième terme. À cette déduction a priori une vérification empirique doit apporter sa confirmation. Cet oiseau supposé existe en effet, c'est le Fournier, antithèse parfaite de l'Engoulevent : oiseau diurne, loquace, au cri joyeux, aimant la compagnie des humains, vivant en bonne entente avec son partenaire et surtout maçonnant des nids extrêmement complexes. On peut donc dire que les mythes concernant le Fournier (chez les Mataco et les Toba) sont l'inversion des mythes concernant l'Engoulevent (chez les Ayoré et les Tukuna).

On a donc une relation, incompréhensible à première vue, entre la dissension conjugale, l'argile de poterie et l'oiseau

Engoulevent. Plus précisément il faudrait dire qu'on a affaire à quatre termes :

– deux concernant des attitudes ou des fonctions : jalousie et poterie ;

– deux concernant des personnages : l'épouse et l'Engoulevent.

Lévi-Strauss propose alors l'application de la formule canonique dans laquelle a et b désignent les personnages, x et y désignent les fonctions :

$$Fx\ (a) : Fy\ (b) : : Fx\ (b) : Fa\text{-}1\ (y)$$

devient ici :

$$Fj\ (e) : Fp\ (f) : : Fj\ (f) : Fe\text{-}1\ (p)$$

où $j\ (= x) = $ » jalousie » ; $p\ (= y) = $ « poterie » ; $e\ (= a) = $ « Engoulevent » et $f\ (= b) = $ « femme ».

Ce qu'on peut lire de la manière suivante : « La fonction "jalouse" de l'Engoulevent est à la fonction "potière" de la femme ce que la fonction "jalouse" de la femme est la fonction "Engoulevent inversé" de la potière » (cf. p. 79). Bien entendu il faudra éclaircir la relation entre jalousie et poterie ; mais déjà on peut remarquer que, dans le quatrième élément de la formule, il y a inversion de valeur entre terme et fonction. C'est cette transformation qui conduit à supposer des récits où apparaîtrait un personnage – le Fournier – qui soit la figure inversée de l'Engoulevent. Ces récits de l'inversion ne prennent sens par conséquent que par rapport à ceux qu'ils inversent et dont ils constituent le bouclage logique.

Dans le rapport de la poterie à la jalousie on voit, dans d'autres mythes, apparaître les figures du paresseux, du singe hurleur ou de la grenouille ainsi que les thèmes de l'excrément, de la tête qui vole et se change en lune, ou du corps qui se transforme en météore. Sans entrer dans le détail des récits, allons droit au texte qui permet de comprendre ce qui lie ces figures avant d'en envisager à nouveau les transformations : « Tout art impose une forme à une matière. Mais parmi les arts de la civilisation, la poterie est probablement celui où le passage s'accomplit de la façon la plus directe, avec le moins d'étapes intermédiaires entre la matière première et le produit, sorti déjà formé des mains de l'artisan avant d'être soumis à la cuisson » (p. 235). Dans de très nombreuses civilisations, remarque Lévi-Strauss, l'œuvre du démiurge est comparée à celle du potier : « Mais imposer une forme à une matière ne consiste pas seulement à la discipliner. En l'arrachant au champ limité des possibles, on l'amoindrit du fait que certains possibles parmi d'autres se trouveront les seuls réalisés : de Prométhée à Murkat, tout démiurge manifeste un tempérament jaloux » (*ibid.*) Cette contrainte exercée sur la matière, ainsi que le caractère extrêmement délicat des techniques de fabrication et de cuisson, engendrent autour de la poterie des attitudes et des rites d'exclusion dont la « jalousie » est l'équivalent narratif. Si la femme en devient l'agent par excellence, c'est que, enceinte, elle est identifiée à un vase à la fois par son apparence et par son activité. Du coup c'est toute une série de transformations portant sur les rapports du contenant et du contenu, de l'informe et du transformé, de la nature et de la culture, qui se jouent dans les narrations mythiques relatives à la poterie. On a ainsi une symétrie entre les transformations culturelles de l'argile :

– argile => extraction => modelage => cuisson => récipient (contenant)

et les transformations naturelles de la nourriture :

– nourriture (contenu) => cuisson => digestion => éjection => excréments.

C'est sur ces deux axes que se situent les séries narratives où apparaissent les différentes figures mythiques (singe hurleur incontinent, paresseux frappé de rétention) comme autant de transformations du schème contenant/contenu, dont la poterie fournit l'exemple de référence. On a à la fois un bestiaire et un symbolisme du corps (plein/vide, ouvert/bouché, oral/anal), ce qui donne à l'auteur l'occasion de discuter les thèses de la psychanalyse et de les relativiser à la lumière des enseignements de la « pensée sauvage » (soit : « *Totem et tabou* version jivaro »…).

L'ouvrage se termine de manière subtile et humoristique, à titre d'exercice de mythologie comparée, par une étonnante mise en parallèle des procédés de révélation de l'énigme dans *Œdipe* de Sophocle et dans la pièce de Labiche *Un chapeau de paille d'Italie*.

De près et de loin, Paris, Éditions Odile Jacob, 1988

Ce livre d'entretiens, accordés à Didier Eribon, présente un premier intérêt qui est de nous fournir une quantité considérable d'informations sur la biographie de Claude Lévi-Strauss : milieu familial, enfance, études, voyages ethnographiques, années de guerre, carrière universitaire. On en apprend aussi un peu plus sur les amitiés qui ont compté (Jakobson, Métraux, Max Ernst, Lacan, Leiris, Aron entre autres) ou sur d'autres personnages marquants (Braudel, Breton, Boas, Kroeber, Koyré, Benveniste, Sartre, Simone de Beauvoir...). Certaines informations recoupent ou complètent celles de *Tristes Tropiques*, d'autres (venant après la publication de cet ouvrage, soit 1955) sont nouvelles. Le lecteur pourra se reporter à la chronologie du présent essai pour retrouver les principales données biographiques.

L'autre intérêt de l'ouvrage (2e et 3e parties), c'est d'offrir un commentaire sur les principaux chapitres de la recherche de l'auteur et de les éclairer de manière distancée et détendue. À celui qui connaît déjà suffisamment l'œuvre de Lévi-Strauss, ces pages n'apporteront rien d'essentiel. En revanche le lecteur non prévenu disposera là d'une introduction à la fois très accessible et agréable.

Des symboles et leurs doubles, Paris, Plon, 1989

Cet ouvrage ne peut guère être considéré au même titre que les autres puisqu'il est composé essentiellement de textes sur l'art prélevés dans les livres précédents. Aussi faut-il d'emblée préciser que ce qui a motivé cette anthologie fut une exposition, ouverte en octobre 1989, au musée de l'Homme et intitulée « Les Amériques de Claude Lévi-Strauss », présentant un certain nombre de pièces provenant du Brésil (Bororo, Caduveo...) et de la Colombie-Britannique (Haida, Tlingit, Kwakiutl...). Certaines des pièces brésiliennes avaient été ramenées par Lévi-Strauss lui-même en 1935 et 1939 (comme il l'explique dans son avant-propos). L'initiative de cette exposition ainsi que de cette anthologie est due à Jean Guiart qui avec d'autres collègues avait désiré rendre ainsi hommage à Claude Lévi-Strauss pour son 80ᵉ anniversaire (1988).

Jean Guiart, du reste, propose ici un texte assez développé sur « L'analyse structurale des mythes », indiquant bien par là que c'est dans le contexte de la production mythique qu'on a une chance de saisir le symbolisme de nombreuses pièces exposées. Tous les textes suivants sont des textes de Lévi-Strauss sur l'art ; on y retrouve ceux qui se fondent directement sur des matériaux ethnographiques (Bororo, Caduveo, Nambikwara : textes de *Tristes Tropiques*) ; des extraits de *La Potière jalouse*, de *La Voie de masques*, le texte sur le « Dédoublement de la représentation » ; ou bien il s'agit des textes de réflexion générale (extraits de *La Pensée sauvage*, des *Entretiens* accordés à Charbonnier, ou d'autres réflexions publiées dans *Anthropologie structurale deux*). Enfin il y a un texte d'hommage à son ami le sculpteur haida, Bill Reid, auquel sa femme Martine Reid consacre une belle étude (« Le courage de l'art »).

Cette anthologie est surtout destinée aux lecteurs qui souhaitent voir rassemblés en un même volume les principaux textes qui constituent la pensée esthétique de Lévi-Strauss. Les autres les auront déjà lus sans doute dans les ouvrages d'où ils sont extraits et auxquels il suffit de renvoyer.

Histoire de Lynx, Paris, Plon, 1991

À ceux qui sont déjà familiers avec l'œuvre de Lévi-Strauss il faudrait conseiller de commencer la lecture de cet ouvrage par le dernier chapitre. C'est dans ces pages en effet qu'est dessinée la perspective qui confère toute leur ampleur aux divers groupes de mythes analysés ici et, plus encore, c'est là qu'est proposée une réflexion plus générale sur l'orientation profonde de la pensée amérindienne.

Lévi-Strauss en effet fait preuve une fois de plus de hardiesse théorique et, à un âge où la plupart seraient tentés d'ajouter des notes à leurs travaux publiés ou se contenteraient d'en feuilleter le catalogue, il tente encore une ouverture en avançant une hypothèse de grande portée. Il se demande donc s'il ne faut pas envisager à propos des dispositifs mythologiques des deux Amériques l'existence d'une « idéologie bipartite », un peu comme Dumézil avait, à propos des textes indo-européens, démontré celle d'une « idéologie trifonctionnelle » (idéologie étant pris ici au sens littéral de système d'idées ou de représentations).

Cette idéologie bipartite Lévi-Strauss l'avait rencontrée et analysée depuis longtemps, mais les figures de la gémellité omniprésentes dans les mythes traités dans cet ouvrage l'amènent à la considérer de manière plus poussée. Il lui apparaît alors que cette gémellité amérindienne possède un caractère original qui la distingue de celle qu'on repère dans les mythes de l'Ancien Monde. En Grèce ou à Rome par exemple, les jumeaux sont soit identiques, soit antithétiques ; ce qui veut dire rigoureusement symétriques ; en tout cas, c'est leur équivalence qui est recherchée. Au contraire dans les figures amérindiennes, ce qui frappe, c'est leur dissymétrie. L'auteur fait cette remarque importante : « Pour les Indo-Européens, l'idéal d'une gémellité parfaite pouvait se réaliser en dépit de conditions initiales contraires. À la pensée des Amérindiens, une sorte de clinamen philosophique paraît indispensable pour qu'en n'importe quel secteur du cosmos ou de la société les choses ne restent pas dans leur état initial, et que d'un dualisme instable à quelque niveau qu'on l'appréhende résulte toujours un autre dualisme instable » (p. 306).

C'est bien cette instabilité qui apparaît dans le dispositif des figures de Lynx et de Coyote, du brouillard et du vent, etc. Il faut maintenant revenir sur ces mythes de la région nord-ouest de l'Amérique qui sont présentés dans ce livre. En vérité Lynx (qui a le privilège d'apparaître dans le titre) n'est pas nécessairement le protagoniste principal de ces récits. Face à lui Coyote est non moins présent, mais aussi les saumons, l'ours, la chèvre des montagnes, le hibou, le plongeon et bien d'autres encore.

Sans entrer dans le détail des récits rappelons le thème essentiel mis en place avec la figure de Lynx : celui-ci apparaît comme un vieillard pouilleux et galeux méprisé par les siens ; la canne avec laquelle il se gratte est utilisée aux mêmes fins par une jeune fille de la même cabane, cet acte la rend enceinte ; elle donne le jour à un garçon. Coyote, outré, propose d'abandonner le couple qui bientôt manque de nourriture. Lynx se fait préparer un bain par son épouse ; ses croûtes tombent ; il se révèle être un beau jeune homme. Il fait des chasses très fructueuses. Mais depuis qu'il s'est découvert la tête, un épais brouillard s'est répandu sur la région et ce sont les autres qui souffrent de famine. Il dépendra de Lynx, maître du brouillard, de ramener la prospérité.

De nombreuses autres versions il ressort, d'une part, l'opposition de Lynx et de Coyote (c'est-à-dire celle du jeune héros d'abord dissimulé dans son contraire comme vieillard pouilleux et du décepteur multipliant les dissymétries qui appellent les médiations) et, d'autre part, les oppositions internes au monde naturel : extérieur et intérieur, haut et bas, ciel et terre. Le couvre-chef de Lynx a donc une fonction essentielle comme médiation entre ces contraires. Le brouillard joue, lui, selon deux registres simultanés : conjonctif et disjonctif. « Soit exprimé en "clé d'eau", un rôle identique à celui que d'autres mythes qui s'expriment en "clé de feu" assignent au foyer domestique » (p. 27), puisque le feu de cuisine en effet unit de manière modérée le soleil et la terre et en même temps qu'il préserve du monde pourri qui triompherait si le soleil disparaissait ; il unit donc les contraires dans le moment où il les tient séparés. Les récits en « clé de feu » font jouer l'antagonisme d'Ours et de Coyote.

Quant au brouillard il se trouve lui-même pris dans toute une série d'équivalences et d'oppositions qui ont rapport à l'obscurité (d'où un autre filon narratif jouant sur les rapports entre Lune et Soleil), aux nuages et aux vents (lesquels diffèrent considérablement selon les régions côtières et celles de l'intérieur ou encore selon les saisons).

Peau et brouillard, parures et blessures, etc., on est devant un vaste système de médiations où jouent, en chaîne, des séries d'analogies qui se font écho de manière subtile d'un mythe à l'autre, d'une population à l'autre. À la peau par exemple (ou la fourrure), frontière du dedans et du dehors, qui subit une transformation naturelle en se couvrant de croûtes ou de boutons, répond la peau décorée, culturellement enrichie de parures (d'où le rôle essentiel des dentales – ces coquillages répandues sur la côte Nord-Ouest dans tout un ensemble de mythes).

On comprend aussi le type de raisonnement qui préside au choix du héros : Lynx est un excellent chasseur, donc il a rapport au brouillard qui empêche la chasse, donc sa peau comme le brouillard peut cacher la réalité. Seules les chaînes d'analogies permettent de comprendre des équivalences apparemment étranges. Ce ne sont pas les seules ; laissons au lecteur le plaisir de les découvrir.

Regarder, écouter, lire, Paris, Plon, 1995

Un titre composé de trois verbes à l'infinitif ; est-ce pour faciliter la réunion d'essais disparates ? Cela pourrait se soutenir en effet. Il est non moins vrai cependant que c'est bien une exigeante invite à aiguiser notre regard, notre écoute, notre lecture, qui avec cet essai nous est adressée. Et cela dans une écriture aérée et avec une élégance de démonstration qui donnent à l'approche structurale une légèreté, une plasticité que ses critiques ne peuvent que saluer. D'autant que les historiens d'art ou les spécialistes du XVIIIe siècle ont lieu ici de reconnaître un vrai confrère.

Si l'on excepte deux textes (l'un sur Wagner, l'autre sur Anita Albus) dans *Le Regard éloigné* (1983), quelques passages de *La Potière jalouse* (1985), on peut dire que, depuis *La Voie des masques* (1975) et en mettant à part *Des symboles et leurs doubles* (1989) qui est une anthologie de textes déjà publiés, Lévi-Strauss n'avait plus proposé de réflexion suivie sur les questions relatives à l'œuvre d'art. Cet ouvrage en constitue désormais une pièce majeure.

On peut parler ici d'un ensemble d'essais car la matière traitée semble très variée : Poussin, Rameau, Chabanon, Diderot, Rimbaud, mythes amérindiens. On remarque d'emblée à quel point Lévi-Strauss reste fidèle à des positions prises antérieurement. Il y a pourtant une grande nouveauté dans les objets choisis et surtout il y a une nouvelle insistance sur certains concepts méthodologiques déjà familiers comme ceux de transformations, de double articulation, de primauté des relations sur les termes, d'invariants.

Le premier essai consacré à Poussin donne un bel exemple de l'utilisation des concepts de transformation et de double articulation. En quoi ? On ne s'étonne pas de l'admiration que l'auteur voue à Poussin (dont le nom cependant apparaît peu dans les ouvrages antérieurs) : elle est à la mesure de celle qu'il affiche envers Ingres et d'autres maîtres du dessin et de la figuration minutieuse ; en celle-ci il voit une révélation de la structure de l'objet dans son intégrité physique. Mais, contrairement aux idées reçues par les historiens d'art, Lévi-Strauss met en évidence chez Poussin la qualité du coloriste ; qualité qui tient à la franchise des couleurs toujours alliée à la précision des lignes. C'est cette netteté qui indique la voie de ce qu'il appelle une double articulation. On sait qu'en linguistique (et Lévi-Strauss revendique ici le droit d'en extrapoler l'usage) on appelle ainsi le rapport entre deux niveaux d'élaboration qui sont la condition d'expression du sens (ainsi les sons subissent une sélection qui rend les rapports des mots reconnaissables). Bref on n'a pas affaire à une matière brute qu'une forme intelligible viendrait informer, mais à une matière déjà préparée. Que voit-on chez Poussin ? Des figures, des détails qui constituent des unités déjà achevées – presque des tableaux séparés – et que l'ensemble du tableau intègre sans les priver de leur autonomie. C'est ce double niveau d'achèvement qui fait la puissance des œuvres de Poussin. On en comprend mieux encore la raison quand on sait que Poussin réalisait des maquettes en cire de ses personnages ; « modèles réduits » qui assuraient une étude précise des effets de lumière et des ombres et explique la perfection des détails chez ce peintre. Ayant éclairci ce point, Lévi-Strauss aborde une énigme classique posée par le tableau appelé *Les Bergers d'Arcadie.* Comment comprendre la fameuse inscription – *Et in Arcadia ego* – que les personnages lisent sur le tombeau ? Non pas « Et moi aussi j'ai vécu en Arcadie » comme le veut une tradition apparue à la fin du XVIIe siècle, mais bien « Et moi aussi, je suis là, j'existe en Arcadie » : une réalité de la mort non au passé mais au présent ; « C'est donc la (tête de mort) qui parle, pour rappeler que, même dans le plus heureux des séjours, les hommes n'échappent pas à leur destinée » (p. 18). À l'appui de cette interprétation (au reste conforme à la formulation grammaticale de la sentence rappelée par Panofsky), Lévi-Strauss apporte la démonstration (qui a échappé à Panofsky) que lui inspire une remarquable série de transformations et cela au sens très précis qu'il a donné à ce concept dans son étude des mythes. Il part donc d'un tableau du Guerchin sur le même sujet (tableau que connaissait Poussin) où de manière évidente c'est la tête de mort – placée au premier plan – qui parle. Vient ensuite un premier tableau de Poussin sur ce motif où les deux bergers (vus en contre-plongée et presque de dos) se dressent vers un tombeau surmonté d'une tête de mort à peine visible ; deux personnages nouveaux s'ajoutent : une jeune fille insouciante – une compagne – et un vieillard pensif représentant sans doute le fleuve Alphée – dont la source est en Arcadie – et qui semble prendre la place exacte de la tête de mort du Guerchin. Enfin, on a la deuxième version de Poussin (et la troisième de cette série), celle très connue du Louvre et qui fait référence. Les bergers ne sont plus deux mais trois ; la tête de mort a disparu de même que le vieillard ; la jeune bergère semble remplacée par une femme à la pose sculpturale et dont la robe présente le drapé le plus classique ; cette femme au visage méditatif semble regarder ailleurs tout en posant sa main sur l'épaule d'un des bergers. Que dire d'elle ? À l'évidence elle n'est plus la bergère du tableau précédent. Qu'est-elle sinon la mort elle-même ou la destinée ? Figure qui représente l'étape ultime d'une série de transformations opérée sur le motif de la tête de mort au fil des trois versions considérées.

Les réflexions sur Rameau donnent lieu à une autre manière d'envisager les processus de transformation. L'auteur rappelle combien dans le *Castor et Pollux* une transition en quelques notes entre deux morceaux de tons très éloignés avait ébloui le public de l'époque (ce qui en dit long sur sa culture musicale). En fait cette transition est l'aboutissement de toute une série de changements entre les deux versions de l'opéra en question. Mais le vrai problème de la transformation n'est pas tant là que dans la différence d'écoute entre le XVIIIᵉ siècle et aujourd'hui. Lévi-Strauss admet que sans les hasards de sa recherche savante, la fameuse transition ne l'aurait peut-être pas aperçue. Que conclure ? D'abord ceci : « Au cours du XIXᵉ siècle on dirait que l'écoute musicale change de nature » (p. 46). Nous n'écoutons plus Rameau comme ses contemporains. Pourquoi ? Simple changement de contexte ? Ce serait se contenter d'une banalité. Plus subtilement il se passe ceci : que les sentiments et événements qui affectent les personnages « nous atteignent par le truchement d'autres musiques : *Don Giovanni*, *Tristan*, *Tosca* ou *Pélleas* » (p. 57-58). Bref aux rapports de transformation qui se jouent entre les œuvres mêmes s'ajoutent ceux qui s'opèrent entre elles et leurs récepteurs, et cela non de manière vague et simplement subjective mais de manière spécifique par le travail sur nous des œuvres et de leurs formes singulières.

Ces processus de transformation portent toujours sur des rapports (entre les œuvres, entres les formes, entre les genres, entre les époques, entre les regards et les œuvres). Faut-il féliciter Diderot d'avoir compris que le Beau est une question de rapports ? En fait la plus simple perception l'est déjà. Diderot n'a pas compris qu'il faut aller jusqu'aux rapports de rapports. Et quand il l'a compris il l'a pris sans vergogne chez d'autres (comme Batteux ou Castel qu'il pille allègrement et critique ensuite). Diderot voit bien l'articulation, mais non la double articulation qui fait toute la différence. Il vise trop vite l'universel au lieu de faire l'effort expérimental de chercher les invariants.

Tandis que Diderot est fort malmené par l'auteur, Batteux et Castel sont crédités d'une grande clairvoyance tout comme l'est ce grand penseur de la musique que fut Chabanon (1730-1792) et que Lévi-Strauss tire (sauf auprès de rares spécialistes) d'un très injuste oubli. La présentation qui en est faite ici donne en effet un aperçu impressionnant de la modernité des approches de Chabanon sur les rapports de la langue et de la musique, sur le statut des sons, des échelles tonales, du lien entre musique et traditions culturelles. On ne pourra plus parler de l'histoire de la théorie musicale désormais sans s'associer les ouvrages de ce précurseur réveillé par Lévi-Strauss. Comme on ne pourra plus commenter *Voyelles* de Rimbaud sans se référer à l'admirable analyse portant sur le rapport des sons vocaliques et des couleurs présentée ici aux pages 127-137.

Le livre s'achève par une réflexion sur les objets et sur la distance que l'œuvre d'art institue vis-à-vis de la nature (problème qui fut le sujet d'un échange de lettres – rapporté ici – avec Breton en 1941 sur le bateau qui les conduisait à New York). Les explications naturalistes sont toujours pauvres : trop pressées de se donner un universel ; les théories conventionnalistes tournent au relativisme culturel (Chabanon même y cède quelquefois). Une autre voie est-elle possible ? Ce serait précisément celle de l'analyses des rapports de rapports, bref de la double articulation et de la recherche des invariants.

III

ANNEXES

Chronologie[1]

1908

Naissance de Claude Lévi-Strauss à Bruxelles, le 28 novembre, de parents français : Raymond Lévi-Strauss et Emma Lévy. Son père est artiste peintre, spécialisé dans le portrait.

1909

Au début de l'année, la famille retourne à Paris et s'installe rue Poussin, dans le XVIe arrondissement.

1914

En raison de la guerre, Raymond Lévi-Strauss est mobilisé ; sa femme, les sœurs de celle-ci et tous leurs enfants vont vivre à Versailles chez leur père, grand rabbin de cette ville.

1. La plus grande partie des informations contenues dans cette chronologie proviennent de *Tristes Tropiques* (sigle : *TT*) et surtout du livre d'entretiens accordés à Didier Eribon sous le titre *De près et de loin* (sigle : *PL*).
Ce type de liste de dates et des faits constitue un genre périlleux (dans ses présupposés autant que dans ses effets), aussi nous tenons à remercier vivement Claude Lévi-Strauss pour avoir eu la grande amabilité de revoir, de corriger et de compléter en de nombreux points cette chronologie dont l'exactitude compensera un peu, espérons-le, le caractère abstrait. Nous avons également suivi sa suggestion de ne pas mentionner les titres purement honorifiques (doctorats honoris causa, Légion d'honneur – entre autres).

1918

Retour à la demeure parisienne de la rue Poussin.

Études secondaires (jusqu'au baccalauréat) au lycée Janson-de-Sailly à Paris.

1924-1925

Lecture de Marx (« Et Marx m'a tout de suite fasciné », *PL*, 16). Cette lecture, commencée sous l'influence d'un ami belge de la famille, militant socialiste, oriente Claude Lévi-Strauss vers le parti socialiste français (la SFIO). Claude Lévi-Strauss deviendra plus tard secrétaire du « Groupe d'études socialistes des cinq Écoles normales supérieures » – sans être lui-même normalien ! – et secrétaire général de la Fédération des étudiants socialistes.

1926

Entrée en classe d'hypokhâgne au lycée Condorcet où André Cresson enseigne la philosophie.

Renonce à entrer en khâgne (et donc à préparer l'École normale supérieure) en raison de difficultés en grec.

1927

Entrée à la Faculté de droit, place du Panthéon, et conjointement études de philosophie à la Sorbonne. Ses professeurs sont Léon Brunschvicg, Albert Rivaud, Henri Delacroix, Georges Dumas, Jean Laporte, Léon Robin, Louis Bréhier, Abel Rey, Paul Fauconnet, Célestin Bouglé. C'est sous la direction de ce dernier que Claude Lévi-Strauss prépare son mémoire d'études supérieures portant sur : « Les postulats philosophiques du matérialisme historique ».

Obtient sa licence en droit.

1928

Préparation de l'agrégation de philosophie. Parmi ses camarades d'études : Maurice Merleau-Ponty et Simone de Beauvoir (« Toute jeunette, avec un teint frais, coloré, de petite paysanne. Elle avait un côté pomme d'api », *PL*, 21).

Rencontre de Paul Nizan à l'occasion du mariage de celui-ci avec une petite cousine de Claude Lévi-Strauss, Henriette Alphan. « Paul Nizan [...] me dit qu'il avait été lui-même tenté par l'ethnologie. Cela m'a encouragé [...] J'avais lu, bien sûr, *Aden Arabie* que j'admirais » (*PL*, 28).

1931

Agrégation de philosophie ; parmi ses camarades de promotion : Ferdinand Alquié et Simone Weil.

1932

Service militaire, à Strasbourg d'abord, puis au ministère de la Guerre à Paris. Dans le même service, il fait la connaissance de l'écrivain Paul Gadenne.

Mariage avec Dina Dreyfus.

Premier poste d'enseignement, en octobre, au lycée de Mont-de-Marsan.

Il est candidat socialiste aux élections cantonales dans cette région ; au cours de la campagne électorale un banal accident de voiture met fin à ce projet politique.

1933

Nommé au lycée de Laon.

« J'ai commencé à m'ennuyer, j'avais envie de bouger, de voir le monde » (*PL*, 25).

Lecture de l'ouvrage de Robert H. Lowie *Primitive Society* (paru en 1920). Ce fut une révélation : « Au lieu de notions empruntées à des livres et immédiatement métamorphosées en concepts philosophiques, j'étais confronté à une expérience vécue des sociétés indigènes et dont l'engagement de l'observateur avait préservé les significations. Ma pensée échappait à cette sudation en vase clos à quoi la pratique de la réflexion philosophique la réduisait. Conduite au grand air, elle se sentait rafraîchie d'un souffle nouveau. Comme un citadin lâché dans les montagnes, je m'enivrais d'espace tandis que mon œil ébloui mesurait la richesse et la variété des objets » (*TT*, 64).

1934

« Ma carrière s'est jouée au dimanche de l'automne 1934, à 9 heures du matin, sur un coup de téléphone. C'était Célestin Bouglé, alors directeur de l'École normale supérieure [...] » (*TT*, 49). C. Bouglé (cf. plus haut), qui a dirigé son diplôme d'études supérieures et connaissant son intérêt pour l'ethnologie, lui propose d'être candidat à un poste de sociologie à l'Université de São Paulo au Brésil, laquelle venait d'être créée sous la responsabilité d'une mission universitaire française dirigée par le psychiatre Georges Dumas.

Rencontre avec ce dernier, dont il avait suivi les cours dans le passé. « Ce savant un peu mystificateur, animateur d'ouvrages de synthèse dont l'ample dessein restait au service d'un positivisme critique assez décevant, était un homme d'une grande noblesse » (*TT*, 17).

Georges Dumas décide d'engager Claude Lévi-Strauss.

1935

Embarque pour le Brésil à Marseille en février : via Barcelone, Cadix, Alger, Casablanca, Dakar. Il débarque à Santos. Sur le bateau il écrit ce fameux « coucher de soleil » (*TT*, chap. VII) dont il dira plus tard qu'il devait faire partie d'une tentative pour écrire un roman dont c'est resté l'unique fragment.

Il rejoint son poste à l'Université de São Paulo, créée l'année précédente. Il y enseigne jusqu'en 1938 dans la chaire de sociologie. On attendait de lui un enseignement essentiellement fondé sur l'héritage de Comte et Durkheim. Son collègue français en sociologie (au demeurant parent de Dumas) le jugeant trop peu comtien tentera d'obtenir son départ. (« J'arrivais en état d'insurrection ouverte contre Durkheim et contre toute tentative d'utiliser la sociologie à des fins métaphysiques », *TT*, 64). Il est maintenu à son poste en partie grâce à la solidarité de deux autres membres de la mission française : Pierre Monbeig et, surtout, Fernand Braudel dont les travaux font déjà autorité.

À la fin de cette première année universitaire, au lieu de rentrer en France, Lévi-Strauss et sa femme effectuent, pour le compte du musée de l'Homme et de la ville de São Paulo, une mission à l'intérieur du Brésil, dans le Mato Grosso. Ce sera l'occasion d'une première enquête chez les Indiens caduveo et bororo. « Je me sentais revivre les aventures des premiers voyageurs du XVIe siècle. Pour mon compte, je découvrais le Nouveau Monde. Tout me paraissait fabuleux : les paysages, les animaux, les plantes [...] » (*PL*, 34).

Ce premier voyage, dont la narration occupe une bonne partie de *Tristes Tropiques*, est en quelque sorte le « baptême ethnographique » de Lévi-Strauss, qui s'initie ainsi, par lui-même, à une discipline pour laquelle il n'a jamais reçu d'enseignement universitaire ni de préparation professionnelle.

1936

Retour en France durant l'hiver 36-37 (l'hiver en Europe correspond à l'été de l'hémisphère Sud et donc aux congés universitaires brésiliens). Le musée de l'Homme organise l'exposition de la collection ethnologique rapportée par Claude Lévi-Strauss et sa femme. Cette collection comportait des céramiques et des peaux peintes provenant des Caduveo ainsi que des parures, armes et ustensiles du pays bororo.

Publication d'un article sur les Bororo qui attire l'attention d'Alfred Métraux et de Robert Lowie (cf. *PL*, 38), ce qui sera déterminant pour sa carrière d'américaniste.

« Un an après la visite aux Bororo, toutes les conditions requises pour faire de moi un ethnologue avaient été remplies : bénédiction de Lévy-Bruhl, Mauss et Rivet, rétroactivement accordée » (*TT*, 281). Claude Lévi-Strauss avait brièvement rencontré les deux premiers avant son départ pour le Brésil.

1937

À Paris, Claude Lévi-Strauss travaille à la préparation d'une nouvelle expédition au Brésil. Grâce à l'impact de la première (articles et exposition), il obtient des crédits du musée de l'Homme et de la Recherche scientifique.

1938

Retourne au Brésil au début de l'année et met en place l'organisation matérielle de l'expédition, laquelle doit durer plusieurs mois. Son but est de traverser la région située à l'ouest du Mato Grosso, entre Cuiaba et le Rio Madeira ; cette région était restée l'une des moins connue du Brésil. C'est à Cuiaba qu'il recrute hommes et animaux de trait pour l'expédition (quinze mulets, une trentaine de bœufs, une quinzaine de caravaniers et de bouviers). La mission scientifique compte quatre personnes : sa femme Dina Dreyfus, lui-même, Luis de Castro Fara (du Musée national de Rio de Janeiro) et le Dr Jehan Vellard.

L'expédition quitte Cuiaba en juin, elle atteint le pays Nambikwara où elle séjourne jusqu'en septembre. Claude Lévi-Strauss entreprend son enquête ethnographique en règle (relatée dans son texte « La vie familiale et sociale des Indiens nambikwara » et dont l'essentiel est repris dans *Tristes Tropiques*). « J'avais cherché une société réduite à sa plus simple expression. Celle des Nambikwara l'était au point que j'y avais trouvé seulement des hommes » (*TT*, 365).

En septembre l'expédition poursuit, plus au nord.

Arrivée en octobre à Pimento Bueno.

Claude Lévi-Strauss et ses associés décident d'y laisser le gros de la caravane et de partir en reconnaissance par voie fluviale avec deux hommes et quatre pagayeurs.

Rencontre d'un groupe d'Indiens Mundé chez qui ils passent une semaine.

De retour à Pimenta Bueno, ils apprennent l'existence d'un groupe de Tupi-Kawahib chez qui ils décident de se rendre avec un Indien de même origine mais qui avait quitté son groupe depuis plusieurs années et qui servirait d'interprète.

Après plusieurs jours de pirogue sur le Machado, ils parviennent au village indiqué et y commencent leur enquête. « Ainsi s'écoulaient les jours à rassembler les bribes d'une culture qui avait fasciné l'Europe et qui, sur la rive droite du haut Machado, allait disparaître à l'instant de mon départ » (*TT*, 415). Ces Indiens, en effet, allaient, peu après, quitter leur village en compagnie de l'interprète.

En raison d'un accident grave survenu à un homme de troupe brésilien qui doit être évacué au plus vite, Claude Lévi-Strauss reste seul avec les Indiens. Il rejoindra ses compagnons après quelques semaines et retournera à Cuiaba en traversant la Bolivie pour liquider les affaires de l'expédition.

1939

Rentrée en France au début de l'année.

Installe au musée de l'Homme les collections ramenées du Brésil.

Sa femme Dina et lui se séparent.

En raison de l'entrée en guerre de la France, il est mobilisé et affecté au ministère des PTT, au service de censure des télégrammes, où il reste quelques mois avant d'obtenir d'être versé dans un service d'agent de liaison pour lequel il reçoit une formation.

1940

Devant l'avance de l'armée allemande, son unité doit se replier sur Bordeaux. Le voyage s'arrête à Béziers. Il rejoint ses parents dans les Cévennes. Offre ses services de professeur de philosophie au rectorat de Montpellier pour les épreuves du baccalauréat ; il est démobilisé.

C'est à cette époque qu'il fait une autre lecture ethnologique qui sera déterminante dans l'orientation de ses intérêts intellectuels ; il s'agit du livre de Marcel Granet publié l'année précédente : *Catégories matrimoniales et relations de proximité dans la Chine ancienne*.

En septembre, « avec une totale inconscience » (*PL*, 41), c'est-à-dire sans mesurer la menace qui pèse sur lui en tant que juif, il va à Vichy où réside le gouvernement du maréchal Pétain, pour contacter son ministère de tutelle, celui de l'Éducation nationale, afin de demander de rejoindre le poste qui lui a été attribué au Lycée Henri-IV à Paris. Au ministère un fonctionnaire, sans doute bienveillant, lui fait comprendre le risque énorme qu'il court et refuse de l'envoyer à Paris : « Je ne me rendais pas compte du danger [...], mon sort s'est probablement joué à ce moment » (*PL*, 42). Il retourne chez ses parents dans les Cévennes. Il est nommé professeur de philosophie au lycée de Montpellier. Mais au bout de trois semaines, il est révoqué en raison des lois raciales.

On lui écrit des États-Unis pour l'inviter à bénéficier du plan de sauvetage des savants européens organisé par la fondation Rockefeller. Une de ses parentes, résidant déjà aux États-Unis, s'occupe activement de le faire venir. D'autre part, Alfred Métraux (qui vit aux Etats-Unis), Robert Lowie et Max Ascoli lui obtiennent une invitation de la *New School for social Research* de New York.

Claude Lévi-Strauss eût aimé retourner au Brésil pour y poursuivre ses recherches sur le terrain, mais en raison d'une nouvelle réglementation brésilienne, ce visa ne put lui être octroyé (plus exactement un conseiller s'opposa à ce que l'ambassadeur du Brésil, qui le connaissait, passât outre au décret qui venait d'être promulgué).

1941

Il se décide à partir et obtient facilement un visa de sortie pour les États-Unis (« On était plutôt content de se débarrasser des gens en situation épineuse », *PL*, 44).

En février, il trouve un bateau à Marseille pour faire la traversée. Sur le bateau – le *Capitaine-Paul-Lemerle* –, il découvre un certain nombre de personnalités connues comme

Anna Seghers, Victor Serge, André Breton (« Je me suis présenté à lui et nous avons sympathisé [...]. D'une extrême courtoisie, mais toujours avec un côté Grand Siècle », *PL*, 45).

Après diverses escales, le bateau débarque ses passagers à la Martinique.

Claude Lévi-Strauss, après quelques difficultés administratives, gagne Porto Rico à bord d'un bananier suédois.

À Porto Rico, il est suspecté par les autorités américaines. Ses papiers n'étant pas estimés en règle, et sa caisse de documents ethnographiques étant (comme à la Martinique) jugée étrange, il est placé en résidence surveillée. Il obtient de rendre visite à Jacques Soustelle de passage dans l'île ; celui-ci (qu'il connaît depuis 1936) est en mission officielle au nom du général de Gaulle et intervient auprès des autorités américaines en sa faveur, ce qui lui permet de partir pour New York à bord d'un bateau régulier.

Il s'installe à New York dans un studio de Greenwich Village, dans la 11e rue. Il apprendra beaucoup plus tard qu'un de ses voisins, dans la même maison, était Claude Shannon, le fondateur de la cybernétique.

Il écrit en anglais (« pour apprendre la langue », *PL*, 48) *La Vie familiale et sociale des Indiens nambikwara* (qui paraîtra en français en 1948, en tant que thèse complémentaire).

Il retrouve André Breton, et fait la connaissance d'un certain nombre d'autres exilés célèbres : Yves Tanguy, Marcel Duchamp, Max Ernst, Alexander Calder, André Masson, Pierre Lazareff, Georges Duthuit, Lebel, Denis de Rougemont, Wifredo Lam, et d'autres personnalités liées à eux comme Roberto Matta, Leonora Carrington, Dorothea Tanning, Patrick Waldberg, Peggy Guggenheim...

Travaille occasionnellement comme speaker à l'OWI, Office of War Information, dont Pierre Lazareff dirige les émissions destinées à la France.

Claude Lévi-Strauss se lie particulièrement d'amitié avec Max Ernst. Tous deux sont passionnés d'art indien et acquièrent des pièces (provenant principalement de la côte Nord-Ouest) chez des antiquaires de la ville.

Retrouve Alfred Métraux ; rencontre deux des maîtres de l'ethnologie américaine, Robert Lowie et Alfred L. Kroeber.

Prend son poste à la New School for social Research et y commence ses cours (on lui a demandé un enseignement sur la sociologie contemporaine de l'Amérique latine).

Se présente à Boas qui, bien que retraité depuis près de trente ans, conserve son bureau à Columbia University. (« Il était le maître de l'anthropologie américaine et il jouissait d'un prestige immense. C'était un de ces titans du XIXe siècle comme on n'en verra plus [...] », *PL*, 56). Quelques semaines plus tard Boas meurt brutalement au cours d'un déjeuner auquel Claude Lévi-Strauss participait avec le Dr Paul Rivet (directeur du musée de l'Homme), Ruth Benedict, Ralph Linton et quelques autres.

1942

Donne (en français) des cours d'ethnologie à l'École libre des hautes études de New York qui vient d'être fondée par des intellectuels français ou francophones comme Jacques Maritain, Henri Focillon, Jean Perrin, Henri Grégoire, Alexandre Koyré.

C'est ce dernier qui présente Claude Lévi-Strauss à Roman Jakobson. Cela fut intellectuellement une rencontre décisive : « J'étais à l'époque une sorte de structuraliste naïf. Je faisais du structuralisme sans le savoir. Jakobson m'a révélé l'existence d'un corps de doctrine déjà constitué dans une discipline : la linguistique, que je n'avais jamais pratiquée. Pour moi, ce fut une illumination [...] » (*PL*, 63). Ce fut aussi le début d'une exceptionnelle amitié : « Une amitié sans faille, une amitié de quarante ans. C'est un lien qui ne s'est pas relâché, et, de ma part, une admiration qui n'a jamais cessé » (*ibid.*). Jakobson donne une série de cours à l'École libre (« un éblouissement »), qui seront bien plus tard publiés en France sous le titre *Six Leçons sur le son et le sens* (Paris, Minuit, 1976, avec une préface de Lévi-Strauss). Jakobson de son côté assiste également aux cours de Lévi-Strauss, notamment ceux que celui-ci donne sur la parenté et qui aboutiront à la thèse de 1947.

1943

Consacre son temps disponible à des lectures ethnologiques à la New York Public Library. « Je me suis senti assez vite homme de cabinet plutôt qu'homme de terrain » (*PL*, 66).

Commence la rédaction de sa thèse *Les Structures élémentaires de la parenté*.

1944

Enseigne, pour une « summer session », au Barnard College à New York.

Est rappelé en France par la Direction des relations culturelles.

En décembre, embarque dans un convoi de la marine américaine.

1945

En janvier, gagne la France via Londres encore bombardée.

À Paris, au titre de secrétaire de l'École libre de hautes études de New York, il occupe un bureau à la Direction des relations culturelles où il est chargé de conseiller les gens désireux de se rendre aux États-Unis. À cette occasion il retrouve Maurice Merleau-Ponty.

Il est nommé conseiller culturel auprès de l'ambassade de France à Washington, avec résidence à New York, où il se rend au printemps (il y restera jusqu'à la fin de 1947, soit près de trois années au total).

Il épouse Rose-Marie Ullmo après son divorce avec Dina Dreyfus ; de ce nouveau mariage naîtra un fils, Laurent.

Au titre de conseiller culturel, il a l'occasion de recevoir, entre autres, Jean-Paul Sartre (« Il n'avait pas besoin de moi pour organiser son séjour ! », *PL*, 73), Simone de Beauvoir, Albert Camus, Jules Romains, Jean Delay, Gaston Berger, etc.

1947

Rentre en France à la fin de l'année.

1948

Il est nommé maître de recherches au CNRS (pour quelques mois) et sous-directeur au musée de l'Homme grâce à l'appui du Dr Paul Rivet.

Rencontre Michel Leiris qui travaillait au musée de l'Homme (« J'ignorais son œuvre, je l'ai lue avec délectation », *PL*, 80).

Publication de *La Vie familiale et sociale des Indiens nambikwara*, Paris, Société des Américanistes.

Soutient sa thèse en Sorbonne sur le texte intitulé : *Les Structures élémentaires de la parenté* (version dactylographiée).

Le jury est présidé par Davy (sociologue et doyen de la Sorbonne) ; les autres membres sont Émile Benveniste (linguiste et indianiste), Albert Bayet (sociologue) et Escarra (juriste sinologue) tandis que Marcel Griaule (ethnologue africaniste) se charge de la thèse complémentaire sur les Nambikwara.

Rencontre Jacques Lacan chez Alexandre Koyré ; « Nous fûmes très amis pendant quelques années [...]. Nous ne parlions guère de psychanalyse ou de philosophie, plutôt d'art et de littérature. Il avait une culture très vaste [...] » (*PL*, 107).

Ce sera chez Lacan qu'il rencontrera sa future femme : Monique Roman.

1949

Publication des *Structures élémentaires de la parenté* aux Presses universitaires de France.

L'ouvrage signale immédiatement Lévi-Strauss à l'attention des spécialistes (notamment anglo-saxons) ; mais l'accueil touche aussi des milieux plus larges. C'est ainsi que Simone de Beauvoir, qui est en train de rédiger *Le Deuxième Sexe*, en fait une récension extrêmement favorable dans *Les Temps modernes*. Georges Bataille écrit également sur l'ouvrage un article très détaillé (repris dans *L'Érotisme*).

« Livre beaucoup trop ambitieux », estimera son auteur quarante ans après (*PL*, 143), mais il ajoute : « Il a été contesté dès le départ et il l'est toujours. Mais le fait que ce soit une référence quasiment obligée dans toute discussion sur ces problèmes est pour moi très réconfortant » (*ibid.*)

Assure des séminaires à l'École pratique des hautes études en sciences sociales (VIᵉ section) à la demande de Lucien Febvre.

Est convié par le psychologue Henri Piéron, professeur au Collège de France, à présenter sa candidature dans cette institution. Cette première tentative échoue sans doute en raison des conflits de tendances très vifs entre les titulaires et de l'opposition de l'administrateur.

1950

Effectue pour le compte de l'Unesco un voyage en Inde et au Pakistan (alors partagé en deux territoires, l'occidental et l'oriental, ce dernier formant l'actuel Bengladesh ; il se rend à Chittagong près de la frontière birmane).

Deuxième échec au Collège de France malgré l'appui d'Émile Benveniste, de Georges Dumézil (qui venait d'y entrer) et de Marcel Bataillon (futur administrateur).

Avec l'appui de Dumézil, il est élu directeur d'études à l'École pratique des hautes études en sciences sociales, à la Vᵉ section, dite des « sciences religieuses », dans la chaire des « Religions comparées des peuples non civilisés », chaire créée en 1888 et où avaient successivement enseigné Léon Marillier, Marcel Mauss et Maurice Leenhardt.

Lévi-Strauss obtiendra (en 1954) de rebaptiser cette chaire : « Religions comparées des peuples sans écriture ».

1952

Publication de *Race et histoire*, texte écrit l'année précédente à la demande du Conseil international des sciences sociales (association non gouvernementale placée sous l'égide de l'Unesco).

Certaines réactions sont très violentes, comme celle de Roger Caillois qui s'émeut de l'estime où Lévi-Strauss tient les civilisations « primitives » et en appelle à la supériorité avérée de l'Occident. Lévi-Strauss lui répond par un article, au ton plutôt vif, cinglant quelquefois, publié dans *Les Temps modernes* et intitulé « Diogène couché ».

1953

Il est élu secrétaire général du Conseil international des sciences sociales.

Talcott Parsons, de passage à Paris, lui propose, à l'instigation de Clyde Kluckhohn, professeur d'anthropologie à Harvard, une chaire de « *professor* » avec « tenure » (titularisation) dans la même université. Lévi-Strauss préfère décliner cette offre prestigieuse (« Je n'avais aucune envie de reprendre une vie d'exilé », *PL*, 83).

1954

Il épouse Monique Roman après son divorce d'avec Marie-Rose Ullmo ; ils auront, en 1957, un fils : Matthieu.

1955

Publication de *Tristes Tropiques*. Ce livre fut rédigé en quatre mois : « Il me semblait que je coupais mon travail par un entracte qui devait être aussi court que possible » (*PL*, 86).

Il a écrit cette genèse d'une vocation ethnologique et ce récit de ses expéditions dans le Brésil central et de quelques autres voyages à la demande de Jean Malaurie qui venait de créer chez Plon la collection « Terre humaine ». Cet ouvrage, loué par une critique unanime, connaît immédiatement un vrai succès de librairie. Ce livre est sans doute celui qui a assuré la notoriété de son auteur auprès d'un large public. Le jury de l'Académie Goncourt manifeste publiquement son regret de ne pouvoir lui décerner son prix, réservé à des ouvrages de fiction (il est piquant de savoir que le titre lui-même devait être celui d'un roman dont il ne reste que les pages fameuses du «coucher de soleil»).

Des écrivains comme Michel Leiris, Georges Bataille, Maurice Blanchot, Mircea Eliade, Pierre Mac Orlan, Raymond Aron, Claude Roy, Etiemble et bien d'autres, publient des comptes rendus admiratifs. En revanche le Dr Paul Rivet, directeur du musée de l'Homme, lui ferme sa porte ; Alfred Métraux dit amicalement de lui qu'« il se déboutonne ». Il est clair que cette soudaine notoriété a également irrité les anthropologues anglo-saxons, très attachés à la réserve universitaire, comme l'a avoué Edmund Leach.

Publie, en anglais, un texte qui deviendra fameux, intitulé « The Structural Study of Myth », dans le *Journal of American Folklore* (vol. LXVIII, nº 270), et qui sera repris dans *Anthropologie structurale* en 1958.

1958

Publication d'*Anthropologie structurale* (Plon) ; le choix de l'adjectif dans le titre va contribuer à faire considérer Lévi-Strauss comme le « leader » du courant structuraliste.

« La vogue qu'a connue le structuralisme impliquait toutes sortes de conséquences fâcheuses. Le terme a été galvaudé, on en a fait des applications illégitimes, parfois ridicules. Je n'y puis rien » (*PL*, 101).

1959

Élu au Collège de France à la chaire d'« Anthropologie sociale ».

Il s'agit en fait de la première chaire portant ce titre, puisque celle de Marcel Mauss était dite de « Sociologie ».

Cette élection est due, en grande partie, à l'action de Merleau-Ponty (« il y a sacrifié trois mois d'une vie dont le fil allait si vite se rompre », *PL*, 89).

Claude Lévi-Strauss retrouve au Collège de France quelques-uns de ceux qui ont déjà joué un rôle dans sa carrière comme Fernand Braudel, Émile Benveniste et Georges Dumézil.

1960

Le 5 janvier, il prononce sa « Leçon inaugurale » au Collège France.

Fonde au Collège le Laboratoire d'anthropologie sociale, situé d'abord dans une annexe du musée Guimet ; le laboratoire reçoit, via l'Unesco, un des vingt-cinq exemplaires de l'*Human Relations Area Files*, produit par Yale University.

Les premiers membres de ce laboratoire sont Jean Pouillon, Isaac Chiva, Lucien Sebag, Pierre Clastres, Robert Jaulin, Michel Izard, etc.

Publie « La geste d'Asdiwal » dans l'annuaire de l'École pratique des hautes études, V^e section. C'est dans ce texte qu'il expose et met en pratique la méthode d'analyse des différents « codes » dont se compose le récit mythique.

1961

Création de *L'Homme, revue française d'anthropologie* ; il s'agissait pour l'ethnologie française de disposer d'une revue comparable à *Man* en Grande-Bretagne et à *American Anthropologist* aux États-Unis.

Sont invités au comité de direction : Émile Benveniste, André Leroi-Gourhan, André-Georges Haudricourt, Pierre Gourou, Georges Henri Rivière.

Parution des *Entretiens avec Claude Lévi-Strauss* de Georges Charbonnier ; il s'agit de la transcription d'échanges radiophoniques réalisés sur la station France Culture d'octobre à décembre 1959.

1962

Publication des ouvrages *Le Totémisme aujourd'hui* et *La Pensée sauvage*.

Ces deux livres suscitent un débat très important, autant chez les philosophes que chez les anthropologues.

1963

La revue *Esprit* consacre un numéro spécial présentant et discutant les positions de Lévi-Strauss dans *La Pensée sauvage*. (C'est dans ce numéro que Ricœur propose cette définition célèbre de la pensée de Lévi-Strauss : « un kantisme sans sujet transcendantal ».)

1964

Publication du premier volume des *Mythologiques*, *Le Cru et le Cuit*.

1966

Reçoit, à Chicago, la médaille d'or de la Viking Fund for Anthropology (cette médaille est décernée par un vote international de la profession ethnologique).

1967

Publication du second volume des *Mythologiques* : *Du miel aux cendres*.

1968

Publication du volume trois des *Mythologiques* : *L'Origine des manières de table*.

Claude Lévi-Strauss reçoit la médaille d'or du Centre national de la recherche scientifique.

Les « événements de mai » pour lui ? « Pour moi, mai 68 a représenté la descente d'une marche supplémentaire dans l'escalier d'une dégradation universitaire commencée depuis longtemps. [...] Je ne crois pas que mai 68 a détruit l'université mais, plutôt, que mai 68 a eu lieu parce que l'université se détruisait » (PL, 116).

1969-1970

Se consacre entièrement à la rédaction de son ouvrage sur les mythes.

1971

Publication du quatrième et dernier volume des *Mythologiques* : *L'Homme nu.*

« J'ai commencé à me pencher sur la mythologie en 1950, j'ai achevé les *Mythologiques* en 1970. Pendant vingt ans, levé à l'aube, soûlé de mythes, j'ai véritablement vécu dans un autre monde » (*PL*, 185).

Publication de *Race et culture*, texte d'une conférence prononcée sous les auspices de l'Unesco et sorte de complément au texte de 1952 qui, comme celui-ci, suscite quelques polémiques.

1973

Élection à l'Académie française. Claude Lévi-Strauss s'est présenté, poussé par André Chamson qu'il connaissait depuis 1928, et également par Wladimir d'Ormesson et Maurice Druon. Cette candidature étonne ses amis. Aussi c'est d'abord à eux, dit-il, qu'est adressé son discours de réception, destiné à souligner l'intérêt anthropologique de cette très vieille institution.

Il prononce l'éloge de son prédécesseur, Henri de Montherlant. C'est Roger Caillois qui est chargé du discours de réception, aimable au début, plutôt acide et même déplaisant vers la fin : vingt ans après, la querelle sur *Race et histoire* n'était pas tout à fait réglée.

Précisément ce texte de 1952 est republié dans le volume d'articles qui paraît la même année : *Anthropologie structurale deux* (Plon).

Reçoit, à Amsterdam, le prix Érasme.

Voyages en Colombie-Britannique (en 1973 et 1974).

1975

Publication de *La Voie des masques* (2 vol., Éditions Skira).

Conférence à Ottawa.

1977

Publication du Discours de réception d'Alain Peyrefitte à l'Académie française (Éditions Gallimard).

Prononce, en anglais, cinq conférences dans le cadre des Massey Lectures de la CBC, radio canadienne.

Se rend au Japon à l'invitation de la Fondation du Japon.

1978

Publication de *Myth and Meaning* (University of Toronto Press), texte provenant des Massey Lectures de l'année précédente.

1979

Nouvelle publication chez Plon de *La Voie des masques*, édition revue et augmentée.

Publication chez Gallimard du *Discours de réception de M. Georges Dumézil à l'Académie française.*

Publication de *Myth and Meaning*, Schocken Books, New York ; il s'agit du texte des Massey Lectures faites en 1977.

Voyage au Mexique.

Deuxième voyage au Japon à l'invitation de la fondation Suntory.

1981

Se rend en Corée du Sud à l'invitation de l'Académie des études coréennes pour participer à un séminaire consacré à son œuvre.

1982

Claude Lévi-Strauss prend sa retraite ; il cesse donc son enseignement au Collège de France mais il reste membre du Laboratoire d'anthropologie sociale.

1983

Publication du livre *Le Regard éloigné* (Plon), recueil de textes précédemment parus entre 1971 et 1983, à l'exception d'un seul, plus ancien, sur « La famille », qui date de 1956.

Troisième voyage au Japon à l'invitation du Japan Productivity Center.

1984

Voyage en Israël ; préside un symposium international sur l'art comme moyen de communication.

Tournée de conférences sur quelques-uns des campus de l'Université de Californie : Berkeley, Davis, San Francisco, Los Angeles.

Publication de *Paroles données* (Plon).

1985

Publication de *La Potière jalouse* (Plon), étude nouvelle portant sur un ensemble de mythes des deux Amériques et offrant une sorte de complément à la « tétralogie ». « Par rapport aux *Mythologiques*, *La Potière jalouse* tient un peu la place du ballet dans les grands opéras » (*PL*, 191).

Premier retour au Brésil depuis 1939 ; il s'agit d'un séjour très court ; Claude Lévi-Strauss fait partie des invités du président de la République, François Mitterrand, qui accomplit un voyage officiel.

1986

Quatrième voyage au Japon à l'invitation de la fondation Ishizaka.

Reçoit le prix de la fondation Nonino.

1988

Cinquième voyage au Japon organisé par le Centre de recherche pour les études japonaises. Il y prononce la conférence inaugurale, dont le texte japonais est publié par la revue *Chuôkôron* en mars 1988 (texte français paru dans la *Revue d'esthétique*, n° 18, 1990).

À l'occasion de son 80e anniversaire, publication d'un volume d'entretiens accordés à Didier Eribon et intitulé *De près et de loin* (Éditions Odile Jacob).

1989

Une exposition, à l'initiative de Jean Guiart, est organisée au musée de L'Homme. Elle est intitulée *Les Amériques de Claude Lévi-Strauss* ; elle reprend quelques-unes des pièces que Lévi-Strauss avait ramenées en 1936 du Brésil (Bororo, Caduveo) plus un certain nombre d'autres concernant les populations de la côte Nord-Ouest (Tlingit, Haida, Kwakwiutl, Bella Bella…).

Une anthologie de ses différents textes sur l'art est publiée à cette occasion et a pour titre *Des symboles et leurs doubles* (Plon), avec une introduction de Jean Guiart ; Lévi-Strauss y ajoute un avant-propos ainsi qu'un petit texte sur Bill Reid (le grand sculpteur haida contemporain dont plusieurs pièces sont exposées et que présente une étude de sa femme, Martine Reid).

« La grandeur de l'art de la côte Nord-Ouest, écrit Lévi-Strauss, c'est qu'il n'y en a aucun qui soit parvenu à nous donner, à ce point, une sorte de sentiment immédiat du surnaturel » (p. 262).

1991

Publication d'*Histoire de Lynx* (Plon). Cet ouvrage poursuit l'exploration des mythes indigènes de l'Amérique du Nord.

1993

Publication de *Regarder, écouter, lire* (Plon).

1995

Publication de *Saudade do Brazil* (Plon). Cet ouvrage contient un grand nombre de photos encore inédites prises par Lévi-Strauss durant ses séjours au Brésil entre 1935 et 1938.

1996

Parution de *Saudades de São Paulo*, São Paulo, Companhia das letras ; photographies de la ville de São Paulo prises entre 1935 et 1937.

1998

Claude Lévi-Strauss fête son 90ᵉ anniversaire (28 novembre).

1999

Prononce en janvier une allocution au Collège de France à l'occasion d'une réception organisée pour son 90ᵉ anniversaire par la revue *Critique* qui lui consacre un numéro spécial.

2008

Lévi-Strauss fête son 100ᵉ anniversaire ; événement marqué par une journée de lectures et de débats au Musée ethnographique du quai Branly et par de nombreux colloques en France et dans d'autres pays.

Parution dans la collection « Bibliothèque de la Pléiade », sous le titre *Œuvres*, d'un choix d'ouvrages comprenant *Tristes Tropiques*, *Le Totémisme aujourd'hui*, *La Pensée sauvage*, *La Voie des masques*, *La Potière jalouse*, *Histoire de Lynx*, *Regarder, écouter, lire*.

2009

Claude Lévi-Strauss décède le 30 octobre à son domicile, à Paris, quelques semaines avant son 101ᵉ anniversaire.

Bibliographie

La bibliographie ici présentée a des ambitions limitées.

Il s'agit tout d'abord de fournir la liste aussi complète que possible des ouvrages et articles de Lévi-Strauss ; on ne retiendra pas – sauf exception – les nombreux entretiens accordés à des journaux et magazines français et étrangers.

Seront ensuite signalés les principaux ouvrages ou parties d'ouvrages et les articles portant directement sur l'œuvre de Lévi-Strauss.

Enfin sera répertorié tout ce qui a été publié autour du courant structuraliste et qui présente encore un certain intérêt (on trouvera cependant, dans cette liste, des ouvrages parfois médiocres ; mais les écarter comportait le risque de mettre dans leur catégorie d'autres qui auraient été oubliés par mégarde).

Enfin il faut remarquer que cette bibliographie (comme la plupart de celles déjà parues) s'en tient aux publications réalisées dans les principales langues de l'Europe occidentale.

BIBLIOGRAPHIES GÉNÉRALES

Marion ABELES, « Bibliographie de et sur Claude Lévi-Strauss », *Cahiers de l'Herne, Lévi-Strauss*, Paris, Édition de l'Herne, 2004.
Cette bibliographie et la plus complète parue à ce jour concernant les écrits de Lévi-Strauss ; elle inclut les

principaux entretiens accordés par Lévi-Strauss aux revues et journaux. En revanche elle n'inclut pas les articles publiés sur Lévi-Strauss.

François H. et Claire C. LAPOINTE, *Claude Lévi-Strauss and his Critics. An international Bibliography of* Criticism (1950-1976), New York, Londres, Garland Publications, 1977.
Cette bibliographie a constitué jusqu'en 1977, et en dépit de quelques carences, le catalogue de référence des publications de et sur Lévi-Strauss.

Joan NORDQUIST, *Claude Lévi-Strauss. A Bibliography*, in « Social Theory : Bibliopraphic Series », Santa Cruz, University of California, 1987.
Cette bibliographie a pour ambition de donner la liste exhaustive des textes de et sur Lévi-Strauss disponibles en langue anglaise. Elle n'a pas été remise à jour depuis 1987.

Il existe bien d'autres bibliographies établies par différents auteurs d'ouvrages sur Lévi-Strauss parus à des dates antérieures aux trois ouvrages signalés ci-dessus, et qui comportent à peu près les mêmes listes ; c'est pourquoi nous les laissons de côté.
Nous ajouterons seulement deux bibliographies, en langue anglaise et déjà anciennes, portant sur le courant structuraliste en général :

Josué HARARI, *Structuralists and Structuralismes. A Selected Bibliography of French Contemporary Thought (1960-1970)*, Ithaca, Diacritics, 1971.
Joan MILLER, *French Structuralism. A Multidiscilplinary Bibliography*, New York, Garland Publications, 1981.

I – Publications de Claude Lévi-Strauss

A) Ouvrages

On trouvera ici la liste canonique des ouvrages telle qu'elle est établie par l'auteur lui-même et apparaît par exemple au début de son dernier livre publié (à cela une seule exception : *Myth and Meaning*, 1979, inédit en français).

1948
La Vie familiale et sociale des Indiens nambikwara (Paris, Société des Américanistes).

1949
Les Structures élémentaires de la parenté (Paris, PUF ; nouvelle édition revue et corrigée, La Haye-Paris, Mouton, 1967).

1952
Race et histoire (Paris, Unesco), repris dans *Anthropologie structurale deux* (Paris, Plon, 1973).

1955
Tristes Tropiques (Paris, Plon).

1958
Anthropologie structurale (Paris, Plon).

1961
Georges Charbonnier, *Entretiens avec Claude Lévi-Strauss* (Paris, Plon-Julliard).

1962
Le Totémisme aujourd'hui (Paris, PUF).
La Pensée sauvage (Paris, Plon).

1964
Mythologiques I. Le Cru et le Cuit (Paris, Plon).

1967
Mythologiques II. Du miel aux cendres (Paris, Plon).

1968
Mythologiques III. L'Origine des manières de table (Paris, Plon).

1971
Mythologiques IV. L'Homme nu (Paris, Plon).

1973
Anthropologie structurale deux (Paris, Plon).

1975
La Voie des masques (Genève, Éditions d'art Albert Skira, 2 vol. ; édition revue, augmentée, Paris, Plon, 1978).

1977
Discours de réception d'Alain Peyrefitte à l'Académie française et réponse de Claude Lévi-Strauss (Paris, Gallimard).

1978
La Voie des masques (édition revue, augmentée, Paris, Plon).

1979
Discours de réception de M. Georges Dumézil à l'Académie française et réponse de Claude Lévi-Strauss (Paris, Gallimard).
Myth and Meaning (New York, Schoken Books).

1983
Le Regard éloigné (Paris, Plon).

1984
Paroles données (Paris, Plon).

1985
La Potière jalouse (Paris, Plon).

1988
De près et de loin (Paris, Éditions Odile Jacob).

1989
Des symboles et leurs doubles (Paris, Plon).

1991
Histoire de Lynx (Paris, Plon).

1993
Regarder, écouter, lire (Paris, Plon).

1995
Saudade do Brazil (Paris, Plon).

1996
Saudades de São Paulo, São Paulo, Companhia das letras.

2008
Œuvres (Gallimard, « Bibliothèque de la Pléiade », édition établie par Vincent Debaene, Frederick Keck, Marie Mauzé, Martin Rueff). Cette édition comprend *Tristes Tropiques, Le Totémisme aujourd'hui, La Pensée sauvage, La Voie des masques, La Potière jalouse, Histoire de Lynx, Regarder, écouter, lire.*

2011
L'Anthropologie face aux problèmes du monde moderne (Paris, Seuil).
L'Autre face de la lune. Écrits sur le Japon (Paris, Seuil).

B) Articles

Comme on pourra s'en rendre compte, une bonne partie des articles ici répertoriés ont été republiés dans divers ouvrages de l'auteur ; on les trouvera donc ici à la date de leur première publication ; d'autres, peu nombreux, n'ont pas connu de réédition pour l'instant.

La liste ici présentée n'est, de toute façon, pas exhaustive ; n'ont été retenus – en général – que les articles les plus marquants (ainsi les textes très courts ou circonstanciels, les entretiens ou les comptes rendus d'ouvrages sont laissés de côté).

1936
– « Contribution à l'étude de l'organisation sociale des Indiens bororo », *Journal de la société des Américanistes*, vol. XXVIII, fasc. 2, p. 269-304.

1937
– « La sociologie culturelle et son enseignement », *Filosofia, Ciencias e Letras*, São Paulo, vol. II.
– « Indiens du Brésil (Mato Grosso) », *Mission Claude et Dina Lévi-Strauss. Guide-catalogue de l'exposition (21 janvier-3 février 1937)*, Paris, Muséum national d'histoire naturelle-Musée de l'Homme, p. 1-14.

1943
– « The Art of the Northwest Coast at the American Museum of Natural History », New York, *Gazette des Beaux-Arts*, p. 175-182.
– « Guerre et commerce chez les Indiens d'Amérique du Sud », New York, *Renaissance*, revue trimestrielle publiée par l'École libre des hautes études, vol. I, fasc. 1-2, p. 122-139.

1944
– « On dual Organisation in South America », Mexico, *America Indigena*, Vol. IV, p. 37-47.
– « The social and psychological Aspects of Cheftainship in a primitive Tribe : The Nambikwara of Northwestern Mato-Grosso », *Transaction of the New York Academy of Sciences*, series II, vol. VII, n° 1, p. 16-32.

– « Reciprocity and Hierarchy », *American Anthropologist*, vol. XLVI, n° 2, p. 266-268.

1945
– « L'analyse structurale en linguistique et en anthropologie », *Word* (Journal of the Linguistic Circle of New York), vol. I, n° 2, p. 1-21 ; repris dans *Anthropologie structurale*, chap. XIII.
– « Le dédoublement de la représentation dans les arts de l'Asie et de l'Amérique », New York, *Renaissance*, vol. II-III, p. 168-186 ; repris dans *Anthropologie structurale*, chap. XIII.

1946
– « French Sociology », in Georges GURVITCH (dir.), en collab. avec Wilbert MOORE, *Twentieth Century Sociology*, New York, Philosophical Library, p. 503-537 ; traduction française, *La Sociologie au XXe siècle*, Paris, PUF, 1947, p. 513-545.

1947
– « La théorie du pouvoir dans une société primitive », in *Les Doctrines politiques modernes*, p. 41-63, New York, Brentano.
– « Le serpent au corps rempli de poissons », actes du XXVIIIe Congrès international des Américanistes, Paris, p. 633-636 ; repris sous ce titre dans *Anthropologie structurale*, chap. XIV.

1948
– « The Tupi-Kawahib », in Julian STEWARD (dir.), *Handbook of South American Indians*, Washington, Bureau of American Ethnology, Smithsonian Institution, vol. III, p. 299-305.
– « The Tribes if the Upper Xingu River », in *ibid.*, vol. III, p. 321-348.
– « The Nambicuara », in *ibid.*, vol. III, p. 361-369.

– « The Tribes of the right of the Guaporé River », in *ibid.*, vol. III, p. 371-379.

1949
– « L'efficacité symbolique », *Revue de l'histoire des religions*, t. CXXXV, n° 1, p. 5-27 ; repris sous ce titre dans *Anthropologie structurale*, chap. x.
– « Histoire et ethnologie », *Revue de métaphysique et de morale*, 54e année, n° 3-4, p. 363-391 ; repris sous ce titre dans *Anthropologie structurale*, chap. i.
– « Le sorcier et sa magie », *Les Temps modernes*, 4e année, n° 41, p. 3-24 ; repris sous ce titre dans *Anthropologie structurale*, chap. ix.

1950
– « Introduction à l'œuvre de Marcel Mauss », in *Sociologie et anthropologie* de Marcel MAUSS, Paris, PUF, p. IX-LII.
– « Marcel Mauss », *Cahiers internationaux de sociologie*, vol. VIII, p. 72-112.
– « The Use of wild Plants in Tropical South America », in Julian STEWARD (dir.), *Handbook of South American Indians*, Washington, Bureau of American Ethnology, Smithsonian Institution, vol. III, p. 465-486.

1951
– « Language and the Analysis of social Laws », *American Anthropologist*, vol. LIII, n° 2, p. 155-163 ; traduit sous le titre « Langage et société » et repris dans *Anthropologie structurale*, chap. iii.

1952
– « Social Structure », New York, Wenner-Gren Foundation International Symposium on Anthropology ; repris dans *Anthropologie structurale*, chap. xv, sous le titre « La notion de structure en anthropologie ».
– « Kinship Systems of three Chittagong Hill Tribes »,

Southwestern Journal of Anthropology, vol. VIII, n° 1, p. 40-51.

– « Le syncrétisme religieux d'un village mogh du territoire de Chittagong », *Revue de l'histoire des religions*, t. CXLI, 1951-1952, n° 2, p. 202-237.

– « La notion d'archaïsme en ethnologie », *Cahiers internationaux de sociologie*, vol. XIII, p. 3-25 ; repris dans *Anthropologie structurale*, chap. VI.

– « Le Père Noël supplicié », *Les Temps modernes*, 7e année, n° 77, p. 1572-1590.

– « Les structures sociales dans le Brésil central et oriental », *Proceedings of the 29th International Congress of Americanists*, vol. III ; repris sous le même titre dans *Anthropologie structurale*, chap. VII.

1953

– « Panorama de l'ethnologie », 1951-1952, *Diogène*, vol. II, p. 96-123.

1954

– « Place de l'anthropologie dans les sciences sociales et problèmes posés par son enseignement », *Les Sciences sociales dans l'enseignement supérieur*, Paris, Unesco ; repris dans *Anthropologie structurale*, chap. XVII.

1955

– « Diogène couché », *Les Temps modernes*, n° 110, p. 1187-1220.

– « Les mathématiques de l'homme », *Bulletin international des sciences sociales*, vol. VI, n° 4, p.643-653.

– « The structural Study of myth », *Journal of American Folklore*, vol. LXVIII, n° 270, p. 428-444 ; repris dans *Anthropologie structurale* chap. XI, sous le titre « La structure des mythes ».

1956

– « The family », in Harry L. SHAPIRO (dir.), *Man. Culture*

and Society, Londres-New York, Oxford University Press, p. 261-285 ; repris et adapté dans *Le Regard éloigné*, chap. III, sous le titre « La famille ».
– « Les organisations dualistes existent-elles ? », *Bijdragen tot de Taal-, Land-, en Volkenkunde*, vol. CXII, n° 2, p. 99-128 ; repris dans *Anthropologie structurale*, chap. VIII.
– « Structure et dialectique », in *For Roman Jakobson. Essays for his sixtieth Birthday*, La Haye, Mouton ; repris dans *Anthropologie structurale*, chap. XII.
– « Les trois humanismes », *Demain*, n° 35, p. 16 ; repris dans *Anthropologie structurale deux*, chap. XV, §1.

1957
– « The Principle of Reciprocity : the Essence of Life », in Lewis A COSER and Bernard ROSENBERG (dir.), *Sociological Theory. A Book of Readings*, New York, Macmillan, p. 74-84.

1958
– « Un monde, des sociétés », *Way Forum*, mars, p. 28-30.

1959
– « Marcel Mauss », article in *Encyclopedia Britannica*, vol. XIV, 1133a.
– « Passage Rites », article in *ibid.*, vol. XVII, 433b-434a.
– « La geste d'Asdiwal », *Annuaire de l'École pratique des hautes études* (Sciences religieuses), 1958-1959, p. 3-43 ; repris, sous le même titre, dans *Les Temps modernes*, n° 179, mars 1961, et dans *Anthropologie structurale deux*, chap. IX.

1960
– « Four Winnebago Myths. A structural Sketch », in, Stanley DIAMOND (dir.), *Culture and History. Essays in Honor of Paul Radin*, New York, Columbia University Press, p. 351-362 ; repris dans *Anthropologie structurale deux* sous le titre « Quatre mythes winnebago », chap. X.

– « Ce que l'ethnologie doit à Durkheim », *Annales de l'Université de Paris*, t. XXX, n° 1, p. 47-52 ; repris sous ce titre dans *Anthropologie structurale deux*, chap. III.

– « Le problème de l'invariance en anthropologie », *Diogène*, XXXI, p. 23-33.

– « Les trois sources de la réflexion ethnologique », Paris, *Revue de l'enseignement supérieur*, p. 43-50.

– « Leçon inaugurale » faite le mardi 5 janvier, *Annuaire du Collège de France*, 1959-1960, repris dans *Anthropologie structurale deux*, chap. I, sous le titre « Le champ de l'anthropologie ».

– « L'anthropologie sociale devant l'histoire », *Annales*, n° 4, juillet-août, p. 625-637.

– « On manipulated social Models », *Bidragen tot de Taal-, Land-, en Volkenkunde*, vol. CXVI, n° 1, p. 45-54 ; repris dans *Anthropologie structurale deux*, chap. VI, sous le titre « Sens et usage de la notion de modèle ».

– « La structure et la forme. Réflexions sur un ouvrage de Vladimir Propp », *Cahiers des sciences économiques et appliquées*, n° 99, mars, p. 3-36 ; repris sous ce titre dans *Anthropologie structurale deux*, chap. VIII.

1961

– « La crise moderne de l'anthropologie », *Le Courrier*, Unesco, vol. XIV, n° 11, p. 12-17.

– « Le métier d'ethnologue », *Annales. Revue mensuelle des lettres françaises*, nouvelle série, juillet, n° 129, p. 5-17.

1962

– « The Bear and the Barber », The Henry Myers Memorial Lecture ; repris dans *The Journal of the Royal Anthropological Institute*, vol. XVIII, part. I, 1963, p. 1-11.

– « "Les Chats" de Charles Baudelaire » (en collaboration avec Roman Jakobson), *L'Homme*, vol. II, n° 202-221.

– « Jean-Jacques Rousseau, fondateur des sciences de l'homme » in *Jean-Jacques Rousseau*, Neuchâtel, Université de Genève-La Baconnière ; repris sous ce titre dans *Anthropologie structurale deux*, chap. II.

– « Les limites la notion de structure en ethnologie », in *Sens et usages du terme structure* de Roger BASTIDE, La Haye, Mouton.

– « Sur le caractère distinctif des faits ethnologiques », *Revue des travaux de l'Académie des sciences morales et politiques*, vol. CXV, 4e série, p. 211-219.

1963

– « Les discontinuités culturelles et le développement économique et social », *Table ronde sur les prémices sociales de l'industrialisation*, Paris, Unesco, 1961 ; repris sous ce titre dans *Anthropologie structurale deux*, chap. XVII.

– « Interview de Claude Lévi-Strauss avec Paolo Caruso », *Aut Aut*, n° 77, septembre, p. 27-45.

– « Réponses à quelques questions », *Esprit*, n° 322, novembre, p. 628-653.

1964

– « Critères scientifiques dans les disciplines sociales et humaines », *Revue internationale des sciences sociales*, vol. XVI, n° 4, Paris, Unesco ; repris sous ce titre dans *Anthropologie structurale deux*, chap. XVI.

– « Reciprocity, the Essence of social Life », in Rose L. COSER (dir.), *The Family. Its Structures and Functions*, New York, San Martin Press, p. 36-48.

1965

– « The Future of Kinship Studies », The Huxley Memorial Lecture 1965, *Proceedings of the Royal Anthropological Institute of Great Britain and Ireland*, p. 13-22 ; repris pour l'essentiel dans la préface à la réédition des *Structures élémentaires de la parenté*, La Haye-Paris, Mouton, 1967.

– « Le triangle culinaire », *L'Arc*, n° 26 ; repris et adapté dans *L'Origine des manières de table*, p. 390 *sq.*

– « L'art en 1985 », *Arts*, 7-13 avril ; repris sous ce titre dans *Anthropologie structurale deux*, chap. XV, §4.
– « Civilisation urbaine et santé mentale », *Les Cahiers de l'Institut de la vie* ; repris sous ce titre dans *Anthropologie structurale deux*, chap. XV, §5.

1966
– « L'œuvre du Bureau of American Ethnology et ses leçons », texte traduit par l'auteur et issu du discours prononcé en anglais le 17 septembre 1965, lors des cérémonies pour le 200e anniversaire de la naissance de James Smithson ; *Knowlelge among Men*, New York, Simon & Schuster ; repris sous ce titre dans *Anthropologie structurale deux*, chap. IV.
– « À propos d'une rétrospective », *Arts*, no 60, 16-22 novembre 1966 ; repris sous ce titre dans *Anthropologie structurale deux*, chap. XV, §3.

1967
– « Vingt ans après », *Les Temps modernes*, 23e année, no 256, p. 385-406, texte de la préface à la nouvelle édition des *Structures élémentaires de la parenté*, La Haye-Paris, Mouton, 1967.
– « Le sexe des astres », in *Mélanges offerts à Roman Jakobson pour sa 70e année*, La Haye, Mouton, p. 1163-1170 ; repris sous ce titre dans *Anthropologie structurale deux*, chap. XI.

1968
– « Religions comparées des peuples sans écriture », in *Problèmes et méthodes d'histoire des religions*, Mélanges publiés pour la section des sciences religieuses à l'occasion du centenaire de l'École pratique des hautes études en sciences sociales, Paris, PUF, p. 1-7 ; repris sous ce titre dans *Anthropologie structurale deux*, chap. V.

1970

– « Les champignons dans la culture. À propos d'un livre de M. R. G. Wasson », *L'Homme, revue française d'anthropologie*, vol. X, n° 1, janvier-mars ; repris dans *Anthropologie structurale deux*, chap. XII.

1971

– « Race et culture », *Revue internationale des sciences sociales*, vol. XXIII, n° 4, p. 647-666.
– « Comment ils [les mythes] meurent », *Esprit*, vol. XXXIX, p. 684-706 ; repris dans *Science et conscience de la société. Mélanges en l'honneur de Raymond Aron*, Paris, Calmann-Lévy ; repris dans *Anthropologie structurale deux*, chap. XIV sous le titre « Comment meurent les mythes ».
– « Rapports de symétrie entre rites et mythes de peuples voisins », in Thomas O. BEIDELMAN (dir.), *The Translation of Culture. Essays to honor Edward Evan Evans-Pritchard*, Londres, Tavistock Publications, p. 161-178 ; repris sous ce titre dans *Anthropologie structurale deux*, chap. XIII.
– « Le temps du mythe », *Annales*, vol. XXVI, n° 3-4, p. 533-540.
– « Le *Boléro* de Maurice Ravel », *L'Homme, revue française d'anthropologie*, vol. XI, n° 2 ; repris dans *L'Homme nu*, p. 590 *sq.*

1972

– « La mère des fougères », in *Langues et techniques, nature et société*, Mélanges offerts à André Haudricourt, Paris, Klincksieck, p. 367-369.
– « Structuralism and Ecology », Gedersleeve Lecture, Barnard College, mars 1972, *Barnard Alumnae*, printemps 1972, p. 6-14 ; repris dans *Social Sciences Information*, Paris, Unesco, vol. XII, n° I, 1973 ; repris et adapté par l'auteur dans *Le Regard éloigné*, chap. VII sous le titre « Structuralisme et écologie ».

– « Marcel Detienne, Les jardins d'Adonis », *L'Homme, revue française d'anthropologie*, vol. XII, n° 4, p. 97-102.

1973
– « Religion, langue et histoire : à propos d'un texte de Ferdinand de Saussure », in *Méthodologie de l'histoire et des sciences humaines. Mélanges en l'honneur de Fernand Braudel*, Toulouse, Privat, 2 vol., p. 325-333 ; repris, sous ce titre, dans *Le Regard éloigné*, chap. X.
– « L'atome de parenté », *L'Homme, revue française d'anthropologie*, vol. XIII, n° 3 ; repris dans *Anthropologie structurale deux*, chap. VII, sous le titre « Réflexions sur l'atome de parenté ».

1974
– *Discours de réception à l'Académie française*, prononcé le jeudi 24 juin 1974, Institut de France.

1975
– « Propos retardataires sur l'enfant créateur », *La Nouvelle Revue des deux mondes*, janvier, p. 10-19 ; repris, sous le même titre, dans *Le Regard éloigné*, chap. XXI.
– « De Chrétien de Troyes à Richard Wagner », « Parsifal », Programmhefte der Bayreuther Festspiele, 1-9, 60-67 ; repris, sous ce titre, et avec des additions dans *Le Regard éloigné*, chap. XVII.
– « Mythe et oubli », in *Langue, discours, société. Pour Émile Benveniste*, vol. dirigé par Julia KRISTEVA, Paris, Seuil, p. 294-300 ; repris, sous ce titre, dans *Le Regard éloigné*, chap. XIII.
– « Article "Anthropologia" », in *Enciclopedia Italiana*, XXI.
– « Historie d'une structure », in W. E. A. VAN BEEK et J. H. SCHERER (dir.), *Explorations in the Anthropology of Religion. Essays in Honour of Jan Van Ball*, Verhandelingen van het Koninklijk Instituut voor Taal-, Land-, en Volkenlunde, 74, La Haye, Martinus Nijhoff, p. 71-78.

1976

– «Cosmopolitisme et schizophrénie», in *L'Autre et l'Ailleurs. Hommage à Roger Bastide*, présenté par Jean POIRIER et François RAVEAU, Paris, Berger-Levrault, p. 469-474; repris, sous le même titre, dans *Le Regard éloigné*, chap. XII.

– «Une préfiguration anatomique de la gémellité», in *Systèmes de signes. Textes réunis en hommage à Germaine Dieterlen*, Paris, Hermann, p. 369-376; repris, sous ce titre, dans *Le Regard éloigné*, chap. XV.

– «Les leçons de la linguistique», «Préface» à *Six Leçons sur le son et le sens* de Roman JAKOBSON, Paris, Les Editions de Minuit, 1976, p. 7-18; repris, sous ce titre, dans *Le Regard éloigné*, chap. IX.

– «Réflexions sur la liberté», *La Nouvelle Revue des deux mondes*, janvier, p. 332-339; repris, sous ce titre, dans *Le Regard éloigné*, chap. XXII.

– «Structuralisme et empirisme», *L'Homme, revue française d'anthropologie*, XVI, 2-3, p. 23-38; repris, sous ce titre, dans *Le Regard éloigné*, chap. VIII.

1977

– «New York post- et préfiguratif», *Paris-New York*, Centre national d'art et de culture Georges-Pompidou-Musée national d'art moderne, 1er juin-19 septembre 1977, p. 79-83; repris, sous ce titre, dans *Le Regard éloigné*, chap. XX.

– «Les dessous d'un masque», *L'Homme, revue française d'anthropologie*, XVII, 1, p. 5-27; repris dans *La Voie des masques*, p. 193 *sq*.

– «Avant-propos», in *L'Identité en anthropologie*, séminaire dirigé par Claude Lévi-Strauss, Paris, Grasset.

1979

– «Pythagore en Amérique», in R. H. HOOK (dir.), *Fantasy and Symbol. Studies in Anthropological Interpretation* (*Essays in Honour of George Devereux*), Londres-New

York-San Francisco, Academic Press, p. 33-41 ; repris sous ce titre et adapté dans *Le Regard éloigné*, chap. XIV.
– « L'ethnologue devant la condition humaine », *Revue des travaux de l'Académie des sciences morales et politiques*, 132e année, 4e série, p. 595-614 ; repris, sous ce titre, et adapté dans *Le Regard éloigné* chap. II.

1980
– « À un jeune peintre » – Préface à *Anita Albus. Aquarelle 1970 bis 1980. Katalog zur Ausstellung in der Stuck-Villa München*, Frankort-sur-le-Main, Insel Verlag, p. 6-28 ; repris, sous ce titre, dans *Le Regard éloigné*, chap. XIX.
– « Une petite énigme mythico-littéraire », *Le Temps de la réflexion*, I, p. 133-141 ; repris, sous ce titre, dans *Le Regard éloigné*, chap. XVI.

1981
– « Culture et nature. La condition humaine à la lumière de l'anthropologie », *Commentaire*, 15, p. 365-372.

1982
– « Chanson madécasse », *Orients*, Paris-Toulouse, Sudest-Asie-Privat, p. 195-203.
– « L'adieu à la cousine croisée », in *Les Fantaisies du voyageur. XXXIII variations Schaeffer*, Paris, Société française de musicologie, p. 36-41.
N.B. Ces deux textes sont repris ensemble et adaptés dans *Le Regard éloigné*, chap. V, sous le titre « Lectures croisées ».
– « De la Possibilité mythique à l'existence sociale », *Le Débat*, n° 19 (février), p. 96-117 ; repris, sous ce titre, dans *Le Regard éloigné*, chap. XI.

1983
– « Du mariage dans un degré rapproché », in *Mélanges offerts à Louis Dumont*, Paris, Éditions de l'École des

hautes études en sciences sociales ; repris, sous ce titre, dans *Le Regard éloigné*, chap. VI.
– « Histoire et ethnologie », *Annales*, XXXVIII, 6, novembre-décembre, p. 1217-1231.

1985
– « D'un oiseau à l'autre : un exemple de transformation mythique », *L'Homme, revue française d'anthropologie*, XXV, 1, p. 5-12.

1986
– « Fernand Braudel », *Esprit*, n° 111, février, p. 1-5.

1987
– « Trois images du folklore japonais » (en collab. avec M. COYAUD), in *De la voûte céleste au terroir, du jardin au foyer*, Paris, Éditions de l'École des hautes études en sciences sociales, p. 751-762.
– « Hérodote en mer de Chine », in *Poikilia. Études offertes à Jean-Pierre Vernant*, Paris, Éditions de l'École des hautes études en sciences sociales.
– « De la fidélité au texte », *L'Homme, revue française d'anthropologie*, vol. XXVII, n° 101, p. 117-140.
– « Musique et identité culturelle », *Inharmoniques*, n° 2, p. 8-14.

1988
– « Exode sur *Exode* », *L'Homme, revue française d'anthropologie*, n° 106-107, avril-septembre.

1993
– « Mythe et musique », *Le Magazine littéraire*, n° 311, juin, p. 41-45 (reprise en français du dernier chapitre de *Myth and Meaning*, 1979).

1998
– « Retour en arrière », *Les Temps modernes*, n° 598, p. 66-77.

– « La sexualité féminine et l'origine de la société », *Les Temps modernes*, n° 598, p. 78-84.

2000

– « Apologue des amibes », in Jean-Luc JAMAROL, Emmanuel TERRAY, Margarita XANTHAKOU (dir.), *En substances. Textes pour Françoise Héritier*, Paris, Fayard.
– « Postface », in *L'Homme*, numéro spécial « Questions de parenté », n° 154-155, p. 713-720.

II – TRAVAUX SUR OU AUTOUR DE L'ŒUVRE DE LÉVI-STRAUSS

A) Ouvrages consacrés à l'œuvre de Lévi-Strauss

Le principe de la liste qui va suivre est de s'en tenir aux livres qui se sont explicitement donné pour tâche l'exposé et la discussion des recherches de Lévi-Strauss. On remarquera que la plupart d'entre eux ont été publiés autour de 1970.

BADCOCK, Christopher R., *Lévi-Strauss. Structuralism and Sociological Theory*, Londres, Hutchinson, 1975.

BELLOUR, Raymond, et CLÉMENT, Catherine, *Lévi-Strauss*, Paris, Gallimard, 1979 (textes de B. Pingaud, J. Pouillon, P. Clastres, R. Barthes, J.-F. Lyotard, Cl. Lévi-Strauss, L. de Heusch, A. Glucksmann, Cl. Ramnoux, J. Le Goff et P. Vidal-Naquet, B. Bucher, M. Zéraffa, C. Clément).

BERTHOLLET, Denis, *Lévi-Strauss*, Paris, Plon, 2003.

BOON, James, *From Symbolism to Structuralism. Lévi-Strauss in a Literary Tradition*, Oxford, Basil Blackwell, 1971 ; New York, Harper & Row, 1972.

CARSTEN, Janet, et HUGH-JONES, Stephen, *About the House. Lévi-Strauss and beyond*, Cambridge-New York-Melbourne, Cambridge University Press, 1995.

CAZIER, Jean-Philippe (dir.), *Abécédaire Claude Lévi-Strauss*, Paris, Éditions Sils-Maria, 2008.

CHAMPAGNE, Roland, *Claude Lévi-Strauss*, Boston, Twayne Publishers, 1987.

CIPRIANI, Roberto, *Claude Lévi-Strauss. Una introduzione*, Rome, Amando Editore, 1988.

CLARKE, Simon, *The Foundations of Structutralism. A Critique of Lévi-Strauss and the Structuralist Movement*, Sessex, Harvester Press, 1981.

CLÉMENT, Catherine, *Lévi-Strauss ou La Structure et le Malheur*, Paris, Seghers, 1970 ; rééd. 1974.

CLÉMENT, Catherine, *Lévi-Strauss*, Paris, PUF, 2008.

COLLECTIF, *Le Siècle de Lévi-Strauss*, Paris, CNRS Éditions, 2005.

COMBA, Enrico, *Introduzione a Lévi-Strauss*, Rome, Laterza, 2000.

COSTA LIMA, Luiz (dir.), *O Estruturalismo de Lévi-Strauss*, Petropolis, Vozes, 1969 (textes de L. Costa Lima, E. Paci, E. Renzi, P. Ricœur, N. Ruwet).

COURTÈS, Jean, *Lévi-Strauss et les contraintes de la pensée mythique. Une lecture sémiotique des* Mythologiques, Paris, Mame, 1973.

DEBAENE, Vincent, et KECK, Fréderic, *Claude Lévi-Strauss. L'homme au regard éloigné*, Paris, Gallimard, 2009.

DELFENDAHL, Bernard, *Le Clair et l'Obscur. Critique de l'anthropologie savante, défense de l'anthropologie amateur*, Paris, Éditions Anthropos, 1973.

DELIÈGE, Robert, *Introduction à l'anthropologie structurale. Lévi-Strauss aujourd'hui*, Paris, Seuil, 2001.

DELRUELLE, Édouard, *Lévi-Strauss et la philosophie*, Bruxelles, Éditions universitaires, 1989.

DÉSVEAUX, Emmanuel, *Quadratura americana. Essai d'anthropologie lévi-straussienne*, Genève-Paris, Georg, 2001.

DÉSVEAUX, Emmanuel, *Au-delà du structuralisme. Six méditations sur Claude Lévi-Strauss*, Bruxelles, Éditions Complexe, 2008.

DICK, Marcus, *Welt, Struktur, Denken. Philosophische*

Untersuchungen zu Claude Lévi-Strauss, Würzburg, Königshausen & Neumann, 2008.

D'ONOFRIO, Salvatore, et KALTER, Marion (dir.), *Claude Lévi-Strauss* [avec un texte de Lévi-Strauss sur l'Italie], Naples, Electa, 2008.

DUBUISSON, Daniel, *Mythologies du XXe siècle. Dumézil, Lévi-Strauss, Eliade*, Villeneuve d'Ascq, Presses universitaires du Septentrion, 2e édition, 2008.

DRACH, Marcel, et TOBOUL, Bernard (dir.), *L'Anthropologie de Lévi-Strauss et la psychanalyse. D'une structure l'autre*, Paris, La Découverte, 2008.

DUMASY, Annegret, *Restloses Erkennen. Die Diskussion über den Strukturalismus des Claude Lévi-Strauss in Frankreich*, Berlin, Duncker & Humblot, « Soziologische Schriften », vol. 8, 1972.

FAGES, Jean-Baptiste, *Comprendre Lévi-Strauss*, Toulouse, Privat, 1972.

GARDNER, Howard, *The Quest for Mind. Piaget, Lévi-Strauss and the Structuralist Movement*, New York, Knopf, 1973.

GASCHÉ, Rodolphe, *Die hybride Wissenschaft. Zur Mutation des Wissenschaftsbegriffs bei Émile Durkheim und im Strukturalismus von Claude Lévi-Strauss*, Stuttgart, Metzler, « Texte Metzler » 26, 1973.

GLUCKSMANN, Miriam, *Structuralist Analysis in Contemporary Social Thought. A Comparison of the Theories of Claude Lévi-Strauss and Louis Althusser*, Londres, Routledge-Paul Kegan, 1974.

HAMMEL, Eugene, *The Myth of Structural Analysis. Lévi-Strauss and the Three Bears*, Reading, MA, Addison-Wesley, 1972.

HAYES, Nelson E., et HAYES, Tanya, (dir.), *Claude Lévi-Strauss. The Anthropologist as Hero*, Cambridge, MIT Press, 1970 (textes de S. de Gramont, H. S. Hughes, Ed. Leach, F. Huxley, H. Nutini, B. Scholte, D. Maybury-Lewis, C. M. Turnbull, R. F. Murphy, G. Steiner, S. Sontag, P. Caws, R. L. Zimmerman, L. Abel).

HÉNAFF, Marcel, *Claude Lévi-Strauss and the Making of Structural Anthropology* (trad. Mary Baker), Minneapolis, University of Minnesota Press, 1998.

HÉNAFF, Marcel, *Claude Lévi-Strauss, le passeur de sens*, Paris, Perrin, « Tempus », 2008.

IMBERT, Claude, *Claude Lévi-Strauss, le passage du Nord-Ouest*, Paris, Éditions de l'Herne, 2008.

JENKINS, Alan, *The Social Theory of Claude Lévi-Strauss*, Londres, The Macmillan Press LDT, 1979.

JOHNSON, Christopher, *Claude Lévi-Strauss. The Formative Years*, Cambridge, Cambridge University Press, 2003.

JOSSELIN DE JONG, Jan Petrus Benjamin (DE), *Lévi-Strauss's Theory on Kinship and Marriage*, Mededelingen van het Rijksmuseum voor Volkenkunde, nº 10, Leyde, Brill, 1952.

KAUPPERT, Michael, *Lévi-Strauss*, Constance, Konstanz University Press, 2008.

KAUPPERT, Michael, et FUNCKE, Dorett (dir.), *Wirkungen des wilden Denkens. Zur strukturalen Anthropologie von Claude Lévi- Strauss*, Frankfort-sur-le-Main, Suhrkamp, 2008.

KECK, Frédéric, *Lévi-Strauss et la pensée sauvage*, Paris, PUF, 2004.

KECK, Frédéric, *Lévi-Strauss, une introduction*, Paris, La Découverte-Pocket, 2005.

KORN, Francis, et NEEDHAM, Rodney, *Lévi-Strauss on the Elementary Structures of Kinship. A Concordance to Pagination*, Londres, Royal Anthropological Institute, 1969.

Korn, Francis, *Elementary Structures Reconsidered. Lévi-Strauss on Kinship*, Berkeley, University of California Press, 1973.

LEACH, Edmund R., *Lévi-Strauss*, Londres, Fontana-Collins, 1970.

LEACH, Edmund R, *Lévi-Strauss* (traduit de l'anglais par Denis Verguin), Paris, Seghers, 1970.

LEPENIES, Wolf, et RITTER, Hans H. (dir.), *Orte des Wilden Denkens. Zur Anthropologie von Claude Lévi-Strauss*,

Frankfort-sur-le-Main, Suhrkamp, 1970 (textes de W. Lepenies, E. Leach, E. Fleischmann, H. Ritter, H. Nagel, R. Gasché, J. Derrida).

MAKARIUS, Raoul, et MAKARIUS, Laura, *Structuralisme ou ethnologie. Pour une critique radicale de l'anthropologie de Lévi-Strauss*, Paris, Éditions Anthropos, 1973.

MANIGLIER, Patrice, *Le Vocabulaire de Lévi-Strauss*, Paris, Ellipses, 2002.

MARC-LIPIANSKY, Mireille, *Le Structuralisme de Lévi-Strauss*, Paris, Payot, 1973.

MERQUIOR, José Guilherme, *L'Esthétique de Lévi-Strauss*, Paris, PUF, 1977.

MOORE, Tim, *Lévi-Strauss and the Cultural Sciences*, Birmingham, University Centre for Contemporary Cultural Studies, « Occasional studie » n° 4, 1971.

MORAVIA, Sergio, *La ragione nascosta. Scienza e filosofia nel pensiero di Claude Lévi-Strauss*, Florence, G. C. Sansoni, (« Saggi », 1), 2ᵉ éd., 1972.

NANNINI, Sandro, *Pensiero simbolico. Saggio su Lévi-Strauss*, Bologne, Il Mulino, 1982.

NATTIEZ, Jean-Jacques, CHIARUCCI, Henri, COURT, Raymond, et al., *Autour de Lévi-Strauss*, Paris, Seuil, 1973.

NATTIEZ, Jean-Jacques, *Lévi-Strauss musicien. Essai sur la tentation homologique*, Arles, Actes Sud, 2008.

NOLÈ, Luigi, *Tempo et sacralità del mito. Saggio su Claude Lévi-Strauss*, Rome, Bulzoni, 1981.

NUTINI, Hugo et BUCHLER, Ira (dir.), *The Anthropology of Claude Lévi-Strauss*, New York, Appleton-Century-Crofts, 1970.

PACE, David, *Claude Lévi-Strauss. The Bearer of Ashes*, Londres, Routledge-Paul Kegan, 1985.

PANOFF, Michel, *Les Frères ennemis. Roger Caillois et Claude Lévi-Strauss*, Paris, Payot, 1993.

PAZ, Octavio, *Claude Lévi-Strauss o el nuevo festin de Esopo*, Mexico, J. Mortíz, « Serie del volador », 2ᵉ éd., 1969.

PAZ, Octavio, *Deux transparents. Marcel Duchamp et Claude Lévi-Strauss*, Paris, Gallimard, 1970.

PENNER, Hans, *Teaching Lévi-Strauss*, Atlanta, Scholars Press, 1998.

POUILLON, Jean, et MARANDA, Pierre (dir.), *Échanges et communications. Mélanges offerts à Claude Lévi-Strauss à l'occasion de son 60ᵉ anniversaire*, La Haye, Mouton, 1970.

REMOTTI, Francesco, *Lévi-Strauss. Struttura e storia*, Turin, Einaudi, 1956 ; rééd. 1971.

ROSSI, Ino (dir.), *The Unconscious in Culture. The Structuralism of Claude Lévi-Strauss in Perspective*, New York, E. P. Dutton and Co. Inc., 1974 (textes de I. Rossi, G. Mounin, M. Dubin, J. Maquet, A. Kasakoff, J. W. Adams, N. Ross Crumrine, B. J. Macklin, Shin-po Kang, E. Schwimmer, J. Pouwer, A. Wilden, Y. Simonis, S. Diamond, L. Krader, L. Rosen, B. Scholte).

SCHOLTE, Bob, et HONIGMAN, John (dir.), « The structural anthropology of Cl. Lévi-Strauss », in *Hanbook of social and cultural Anthropology*, Chicago, Rand & Mac Nally, 1973.

SCUBLA, Lucien, *Lire Lévi-Strauss. Le déploiement d'une intuition*, Paris, Éditions Odile Jacob, 1998.

SHALVEY, Thomas, *Claude Lévi-Strauss Social Psychotherapy and the Collective Unconscious*, Amherst, The University of Massachusetts Press, 1979.

SIMONIS, Yvan, *Claude Lévi-Strauss ou la Passion de l'inceste. Introduction au structuralisme*, Paris, Aubier-Montaigne, 1968 ; rééd. Flammarion, « Champs », 1980.

SPERBER, Dan, *Le Structuralisme en anthropologie*, Paris, Seuil, 1973 (précédemment publié dans l'ouvrage collectif dirigé par François WAHL, *Qu'est-ce que le structuralisme ?*, Seuil, 1968).

VIELLE, Christophe, SWIGGERS, Pierre, et JUCQOIS, Guy, *Comparatisme, mythologies, langages, en hommage à Claude Lévi-Strauss*, Louvain-la-Neuve, Peeters, 1994.

WISEMAN, Boris, GROES, Judy, et APPIGNANESI, Richard, *Lévi-Strauss for Beginners*, Cambridge, Icon, 1997.

WISEMAN, Boris, *Lévi-Strauss. Anthropology and Aesthetics*, Cambridge-New York, Cambridge University Press, 2007.

B) Numéros de revues consacrés à l'œuvre de Lévi-Strauss et au structuralisme en général

Aletheia, « Le structuralisme », n° 4, mai 1966 (articles de Barthes, Thion, Lévi-Strauss, Godelier, Axelos).

Alternative, « Strukturalismusdiskussion (mit Bibliographie) », vol. X, 1967.

Alternative, « Strukturalismus und Literaturwissenschaft », vol. XI, 1968.

Annales (Économies – Sociétés – Civilisations), 19e année, n° 6, novembre-décembre, 1964, p. 1085-1115 (articles de R. Barthes, R. Pividal, E. Leach).

Anthropologica, « Mélanges offerts à Claude Lévi-Strauss à l'occasion de son 70e anniversaire de naissance », vol. XX, n° 1-2, 1978.

L'Arc, « Claude Lévi-Strauss », n° 26, 1965 (articles de B. Pingaud, G. Genette, L. de Heusch, J. Pouillon, C. Deliège ; notes de J. Guiart, J. C. Gardin, P. Clastres).

Archives de philosophie, « Anthropologie structurale et philosophie. Lévi-Strauss », Bruno KARSENTI (dir.), t. 66-1, printemps 2003.

Aut Aut, « Claude Lévi-Strauss », n° 88, juillet 1965 (articles d'A. Bonomi, P. Caruso, E. Renzi, entre autres).

Bulletin de la société française de philosophie, « Le langage de l'immanence », n° 1, janvier-mars 1965.

Cahiers de philosophie, « L'anthropologie », n° 1, janvier 1966.

Cahiers internationaux du symbolisme, « Le structuralisme », n° 17-18, 1969 (articles de G. Durand, J. Piaget, F. Gonseth, J. Rudhardt).

Cahiers pour l'analyse, « Lévi-Strauss dans le XVIIIe siècle », n° 4, 1966.

Critique, « Claude Lévi-Strauss », n° 620-621, janvier-février 1999 (articles de M. Abélès, M. Augé, Fr. Héritier, J. Petitot, E. Terray, N. Wachtel, entre autres).

Esprit, « La pensée sauvage et le structuralisme », n° 322, novembre 1963 (articles de J. Cuisenier, N. Ruwet, M. Gaboriau, P. Ricœur, suivis d'une discussion de ces auteurs avec Lévi-Strauss).

Esprit, « Structuralismes : idéologie et méthode », 35ᵉ année, n° 360, mai 1967 (articles de J.-P. Domenach, J. Cuisenier, Y. Bertherat, J. Conhil, M. Dufrenne, P. Ricœur, P. Burgelin, J. Ladrière).

Esprit, « Le mythe aujourd'hui », n° 4, 1971 (articles de R. Barthes, It. Calvino, Cl. Rabant, M. Dufrenne, Cl. Ramnoux, Cl. Lévi-Strauss, Ph. Boyer, entre autres).

Esprit, dossier « Une anthropologie bonne à penser », Marcel HÉNAFF et Olivier MONGIN (dir.), n° 301, janvier 2004 (articles de J. Cuisenier, M. Fœssel, M. Hénaff, F. Lamouche).

Cahiers de l'Herne, « Claude Lévi-Strauss », Michel IZARD (dir.), Éditions de l'Herne, 2004.

Klesis. Revue philosophique, « Hommage à Lévi-Strauss », Christophe MIQUEU (dir.), n° 10, 2008.

Kursbuch, « Strukturalismus », n° 5, mai 1966.

La Lettre du Collège de France, numéro hors-série « Claude Lévi-Strauss, centième anniversaire », novembre 2008.

Magazine littéraire, n° 223, octobre 1985.

Magazine littéraire, « Claude Lévi-Strauss : esthétique et structuralisme », n° 311, juin 1993.

Magazine littéraire, hors-série « Claude Lévi-Strauss, l'ethnologie ou la passion des autres », 2003.

Magazine littéraire, « Claude Lévi-Strauss. Le penseur du siècle », n° 475, mai 2008.

Musique en jeu, « Autour de Lévi-Strauss », n° 12, octobre 1973.

Le Nouvel Observateur, hors-série « Claude Lévi-Strauss et la pensée sauvage », juillet-août 2003.

La Pensée, « Structuralisme et marxisme », n° 135, octobre 1967 (articles de N. Mouloud, J. Dubois, M. Cohen, M. Jallet-Crampe, Ch. Parain, L. Sève, J. Suret-Canale, R. Garaudy, V. Labeyrie, J. Deschamps, S. Derottino, R. Ballet, H. Weber, D. Charles).

Philosophie, « Symbolisme, langage, signe, nature », Marcel HÉNAFF (dir.), n° 98, été 2008 (articles de G. Salmon, P. Maniglier, J. Benoist ; Ph. Descola : entretien avec M. Hénaff).

Revista de Filologia Española, « Problemas y principios del estructuralismo linguistico », vol. XI, n° 32, janvier-juin 1973.

Revue internationale de philosophie, « La notion de structure », n° 73-74, 1965 (articles de G. Granger, A. Martinet, N. Mouloud, P. Francastel, E. Paci, entre autres).

Les Temps modernes, « Problèmes du stucturalisme », n° 246, 1966 (articles de J. Pouillon, Barbut, G. A. Greimas, M. Godelier, P. Bourdieu, P. Macherey, J. Ehrmann).

Les Temps modernes, « Claude Lévi-Strauss », n° 628, août-septembre 2004.

Yale French Studies, « Structuralism », n° 36-37, 1966 (textes de A. Martinet, C. Lévi-Strauss, M. Riffaterre, H. W. Scheffler, J. Lacan, J. Ehrmann, Ph. Lewis, G. Hartman, V. L. Rippere, E. Barber, A. R. Maxwell, A. G. Wilden, T. Todorov, S. Nodelman, J. Miel).

C) Articles ou parties d'ouvrage concernant l'œuvre de Lévi-Strauss et l'analyse structurale

Les études mentionnées ici sont de diverses natures, les unes sont très spécifiques en ce qui concerne la recherche anthropologique, les autres sont plus générales et portent sur des aspects épistémologiques, philosophiques, esthétiques, historiques – ou autres – des travaux de Lévi-Strauss. Cette liste est donc hétéroclite et reste de toute façon partielle. On y trouvera cependant la plupart des études qui, dans ce domaine, ont compté à ce jour.

ABELÈS, Marc, « Avec le temps », *Critique*, n° 620-621, janvier 1999, p. 42-60.

AMSELLE, Jean-Loup (dir.), *Le Sauvage à la mode*, Paris, Le Sycomore, 1979.

AUBENQUE, Pierre, « Langage, structure, société. Remarques sur le structuralisme », *Archives de philosophie*, t. 34, juillet-septembre 1971, p. 353-371.

AUGÉ, Marc, *Symbole, fonction, histoire*, Paris, Hachette, 1979.

BADIOU, Alain, *Le Concept de modèle*, Paris, Maspero, 1970.

BAILEY, Anne M., « The Making of History. Dialectics of Temporality and Structure in modern French social Theory », *Critique of Anthropology*, Vol. V, nº 1, 1985, p. 7-31.

BALANDIER, Georges, « Le hasard et les civilisations », *Cahiers du Sud*, nº 319, 1953.

BALANDIER, Georges, « Grandeur et servitude de l'ethnologue », *Cahiers du Sud*, nº 337, 1956.

BATAILLE, Georges, « L'énigme de l'inceste », in *L'Érotisme*, Paris, Minuit, 1957.

BARTHES, Roland, « Sociologie et socio-logique : À propos de deux ouvrages récents de Claude Lévi-Strauss », *Information sur les sciences sociales*, vol II, nº 4, 1962, p. 114-122.

BARTHES, Roland, « Les sciences humaines et l'œuvre de Lévi-Strauss », *Annales (Économies – Sociétés – Civilisations)*, 19e année, nº 6, novembre-décembre 1964.

BARTHES, Roland, « L'activité structuraliste », in *Essais critiques*, Paris, Seuil, 1964.

BARNES, John, *Three Styles in the Study of Kinship*, Berkeley, University of California Press, 1971.

BASTIDE, Roger, « Lévi-Strauss ou l'ethnographe à la recherche du temps perdu », *Présence africaine*, avril-mai 1956.

BASTIDE, Roger, « La mythologie », in Jean POIRIER (dir.), *Ethnologie générale*, Paris, Gallimard, « Bibliothèque de la Pléiade », 1968.

BASTIDE, Roger (dir.), *Sens et usage de la notion de structure dans les sciences humaines*, La Haye, Mouton, 1962.

BAZIN, Jean, « Préface » à la traduction française de l'ouvrage de Jack GOODY *La Raison graphique*, Paris,

Minuit, 1979 (orig. *The Domestication of the savage Mind*, Cambridge, Cambridge University Press, 1977).

BEAUVOIR, Simone (DE), recension des *Structures élémentaires de la parenté*, in *Les Temps modernes*, n° 49, novembre 1949, p. 943-949.

BELLOUR, Raymond, Entretien avec Claude Lévi-Strauss, in *Les Lettres françaises*, n° 1165, 12 janvier 1967, repris dans *Le Livres des autres*, Paris, UGE, « 10/18 », 1978.

BELLOUR, Raymond, « *Mythologiques III* », *Les Lettres françaises*, n° 1252, 15 septembre 1968, p. 4-5 ; repris dans *Le Livres des autres*, Paris, UGE, « 10/18 », 1978.

BENOIST, Jean-Marie, *La Révolution structurale*, Paris, Grasset, 1975.

BENOIST, Jocelyn, « Le dernier pas du structuralisme : Lévi-Strauss et le dépassement du modèles linguistique », *Philosophie*, n° 98, 2008.

BENOIST, Jocelyn, « Structures, causes et raisons », *Archives de philosophie*, t. 66-1, printemps 2003.

BENVENISTE, Émile, « La notion de structure en linguistique », in Roger BASTIDE (dir.), *Sens et usage de la notion de structure dans les sciences humaines*, La Haye, Mouton, 1962.

BLANCHOT, Maurice, « L'homme au point zéro », *La Nouvelle Revue française*, avril 1956.

BONNAY, Denis, et LAUGIER, Sandra « Logique sauvage de Quine à Lévi-Strauss », *Archives de philosophie*, t.66-1, printemps 2003.

BONOMI, Andrea, « Implicazioni filosofiche nell'antropologia di Claude Lévi-Strauss », *Aut Aut*, n° 96-97, 1967, p. 47-73.

BOON, James, « Lévi-Strauss and "Narrative" », *Man*, vol. V, n° 4, p. 702-703.

BOUDON, Raymond, *À quoi sert la notion de structure ?*, Paris, Gallimard, 1968.

BOURDIEU, Pierre, « Structuralism and Theory of sociological Knowledge », *Social Research*, vol. XXXV, 1968, p. 681-705.

CAROLL, Michael P., « Lévi-Strauss on Art. A Reconsideration », *Anthropologica*, vol. XXI, nº 2, 1979, p. 177-188 ; suite in *ibid.*, vol. II, nº 2, 1980, p. 203-214.

CARUSO, Paolo, *Entretiens avec Claude Lévi-Strauss, Michel Foucault, Jacques Lacan*, Paris, Seuil, 1970.

CASTEL, Robert, « Méthode structurale et idéologie structuraliste », *Critique*, vol. XX, nº 210, p. 963-978.

CHARRIER, Jean-Paul, « Lévi-Strauss, le structuralisme et les sciences humaines », *Revue de l'enseignement philosophique*, XXII, 1,1971, p. 14-30.

CLARKE, Simon, « Lévi-Strauss's structural Analysis of Myth », *The Sociological Review*, vol. XXV, nº 4, 1977, p. 303- 306.

CLASTRES, Pierre, *La Société contre l'État*, Paris, Minuit, 1974.

CLASTRES, Pierre, *Recherches d'anthropologie politique*, Paris, Seuil, 1980.

CLÉMENT, Catherine, « Le lieu de la musique », in *Lévi-Strauss* de Raymond BELLOUR et Catherine CLÉMENT, Paris, Gallimard, 1979, p. 395-423.

CLÉMENT, Catherine, « Les progrès de l'universel », *Le Magazine littéraire*, nº 223, octobre 1985, p. 47-49.

COHEN, Percy, « Theories of Myth », *Man*, vol. IV, nº 3, 1969, p. 337-353.

CONLEY, Tom, « The Sunset of Myth : Lévi-Strauss in the Arenas », in *20th Century French Fiction*.

COOK, Albert, *Myth and Language*, Bloomington, Indiana University Press, 1980.

COPANS, Jean, *Critique et politique de l'anthropologie*, Paris, Maspero, 1974.

CORVEZ, Maurice, « Le structuralisme ethnologique de Claude Lévi-Strauss », in *Les Structuralistes*, Paris, Aubier-Montaigne, 1969.

CÔTÉ, Alain, « Qu'est-ce que la formule canonique ? », *L'Homme*, nº 135, p. 35-41.

CUISENIER, Jean, « Formes de la parenté et formes de la pensée », *Esprit*, nº 322, novembre 1963, p. 547-563.

CUISENIER, Jean, « Le structuralisme du mot, de l'idée et des outils », *Esprit*, n° 360, mai 1967, p. 825-842.

CULLER, Jonathan, « The linguistics Basis of Structuralism », in *From Structuralism. An Introduction*, Oxford, Clarenton Press, 1973, p. 20-36.

CULLER, Jonathan, « Mythologic Logic », in *Structuralist Poetics. Structuralism, lingistics and the Study of literature*, Ithaca, Cornell University Press, 1975, p. 40-54.

DAMISH, Hubert, « L'horizon ethnologique », *Les Lettres françaises*, n° 32, 1963.

DAMISH, Hubert, « L'éclat du cuivre et sa puanteur. Claude Lévi-Strauss : *La Voie des masques* », *Critique*, vol. XXXII, n° 349-350, p. 599-625.

DAVY, Georges, « Les Structures élémentaires de la parenté », *L'Année sociologique*, 3ᵉ série, 1948-1949.

DEBAENE, Vincent, *L'Adieu au voyage. L'ethnologie française entre science et littérature*, Paris, Gallimard, 2010.

DEBAENE, Vincent, « Portrait de l'ethnologue en Lazare », *L'Herne*, n° 82, 2004, p. 99-107.

DEGEORGE, Richard, et DEGEORGE, Fernande, *The Structuralists. From Marx to Lévi-Strauss*, New York, Doubleday, 1972.

DELEUZE, Gilles, « Qu'est-ce que le structuralisme ? », in François CHÂTELET (dir.) *Histoire de la philosophie*, vol. VIII, Paris, Librairie Hachette, 1973.

DELIÈGE, Célestin, « La musicologie devant le structuralisme », *L'Arc*, n° 26, 1965, p. 45-52.

DERRIDA, Jacques, « La structure, le signe, le jeu dans le discours des sciences humaines », in *L'Écriture et la Différence*, Paris, Seuil, 1967, p. 409-428.

DERRIDA, Jacques, « La violence de la lettre : de Lévi-Strauss à Rousseau », in *De la grammatologie*, Paris, Minuit, 1967, p. 149-234.

DESCOLA, Philippe, « L'explication causale », in *Les Idées de l'anthropologie*, Paris, Armand Colin, 1989.

DESCOLA, Philippe, « Les deux natures de Lévi-Strauss », in *L'Herne*, n° 82, 2004, p. 296-305.

DETIENNE, Marcel, « Une mythologie sans illusion », *Le Temps de la réflexion*, n° 1, 1980, p. 27-60.

DESCOMBES, Vincent, *Le Même et l'Autre*, Paris, Minuit, 1979.

DESCOMBES, Vincent, « L'équivoque du symbolique », *Modern Language Notes*, vol. XCIV, n° 4, 1979, p. 655-675.

DESVEAUX, Emmanuel, « Un itinéraire de Lévi-Strauss. De Rousseau à Montaigne », *Critique* n° 540, 1992.

DESVEAUX, Emmanuel, « Groupe de Klein et formule canonique », *L'Homme*, n° 135, 1995, p. 43-49.

DIAMOND, Stanley, « The Myth of Structuralism », in Ino ROSSI (dir), *The Unconscious in Culture. The Structuralism of Claude Lévi-Strauss in Perspective*, New York, E. P. Dutton and Co. Inc., 1974, p. 292-335.

DONATO, Eugenio, « Lévi-Strauss and the Protocol of Distance », *Diacritics*, vol. V, n° 3, 1975, p. 2-12.

DOSSE, François, *Histoire du structuralisme*, t. 1 – *1945-1966. Le champ du signe*, Paris, La Découverte, 1991.

DOUGLAS, Mary, « The Meaning of Myth, with special Reference to "La geste d'Asdiwal" », in Edmund R. LEACH (dir.), *The Structural Study of Myth and Totemism*, Londres, Tavistock Publications, 1967, p. 49-70.

DOURNES, Jacques, « Modèle structural et réalité ethnographique », *L'Homme*, vol. IX, n° 1, p. 42-48.

DUCROT, Oswald, « Le structuralisme en linguistique », in *Qu'est-ce que le structuralisme?* Paris, Seuil, 1968.

DUFRENNE, Mikel, « Le règne de la structure », in *Pour l'homme*, Paris, Seuil 1968.

DUMONT, Louis, « Descent or Intermariage ? A relational View of Australian Section Systems », *Southwestern Journal of Anthropology*, vol. XXII, n° 3, 1966, p. 231-250.

DUMONT, Louis, *Introduction à deux théories d'anthropologie sociale*, La Haye, Mouton, 1971.

ECO, Umberto, *La Struttura assente*, Milan, Éditions Bompiani, 1968 ; trad. fr. *La Structure absente*, Paris, Mercure de France, 1972, p. 319-404.

FINAS, Lucette, et CLÉMENT, Catherine, « La pirogue et la spirale », *Critique*, n° 194, 1971, p. 998-1008.

FLEISCHMANN, Eugène, « L'esprit humain selon Claude Lévi-Strauss », *Archives européennes de sociologie*, t. VII, n° 1, 1966, p. 27-57.

FURET, François, « Les intellectuels français et le structuralisme », *Preuves*, n° 192, février 1967, p. 3-12.

GABORIAU, Marc, « Anthropologie structurale et histoire », *Esprit*, n° 322, novembre 1963, p. 579-595.

GARDIN, Jean-Claude, « Analyse documentaire et analyse structurale en archéologie », *L'Arc*, n° 26, 1965.

GARDNER, Howard, « Piaget and Lévi-Strauss : The Quest of Mind », *Social Research*, XXXVII, 1970, p. 348-365.

GARDNER, Howard, « Structural Analysis of Protocols and Myths : a Comparison of the Methods of Jean Piaget and Claude Lévi-Strauss », *Semantics*, vol. V, n° 1, 1972, p. 31-57.

GEERTZ, Clifford, « The cerebral Savage : on the Works of Claude Lévi-Strauss », *Encounter* 28 (4), avril 1967.

GEERTZ, Clifford, « Distinguished Lectures : anti anti-Relativism », *American Anthropologist*, vol. LXXXVI, n° 2, 1984, p. 263-278.

GENETTE, Gérard, « Structuralisme et critique littéraire », *L'Arc*, n° 26, 1965, p. 30-54 ; repris in *Figures*, Paris, Seuil, 1966.

GIRARD, René, « Differenciation and Undifferenciation in Lévi-Strauss and current critical Theory », *Contemporary Literature*, vol. XVII, n° 3, p. 404-429.

GIRARD, René, « Violence and representation in the mythical text », *Modern Language Notes*, vol. XCII, n° 5, 1977, p. 922-944.

GLUCKSMANN, André, « La déduction de la cuisine et les cuisines de la déduction », *Information sur les sciences sociales*, vol. IV, n° 2, juin 1965 ; repris in Raymond BELLOUR et Catherine CLÉMENT, *Lévi-Strauss*, Paris, Gallimard, 1979.

GLUCKSMANN, André, « Le structuralisme ventriloque », *Les Temps modernes*, mars, 1967.

GODDARD, D., « Conceptions of Structures in Lévi-Strauss and British Anthropologists », *Social Research*, vol. XXXII, hiver 1965, p. 408-427.

GODDARD, D., « Lévi-Strauss and the Anthropologists », *Social Research*, vol. XXXVII, nº 3, automne 1970, p. 366-378.

GODELIER, Maurice, « Mythe et histoire : réflexions sur les fondements de la pensée sauvage », *Annales (Économies – Sociétés – Civilisations)*, 26e année, vol. XXVI, nº 3-4, mai-août 1971, p. 541-552.

GOLDMAN, Marcio, « Lévi-Strauss et le sens de l'histoire », *Les Temps modernes*, nº 168, août-octobre, 2004.

GOMEZ GARCIA, Pedro, « La estructura mitologica en Lévi-Strauss », *Theorema*, vol. VI, nº 1, 1976, p. 119-146.

GOODENOUGH, Ward H., « Frontiers of cultural Anthropology : Social Organisation », *Proceedings of the American Philosophical Society*, vol. CXIII, nº 5, 1969, p. 329-335.

GOODY, Jack, « The Mother's Brother and the Sister's Son in West Africa », *Journal of the Royal Anthropological Institute*, vol. LXXXIX, 1959.

GREIMAS, Algirdas Julien, « Éléments d'une théorie de l'interprétation du récit mythique », *Communications*, nº 8, 1966.

GRANGER, Gilles, « Évènement et structure dans les sciences de l'homme », *Cahiers de l'Institut de science économique*, série M, nº 1, 1957.

GRANGER, Gilles, *Essai d'une philosophie du style*, Paris, Armand Colin, 1968 ; rééd. Éditions Odile Jacob, 1988, chap. V.

GUIART, Jean, « Survivre à Lévi-Strauss », *L'Arc*, nº 26, 1965, p. 61-64.

GUIART, Jean, « L'analyse structurale des mythes », in Claude LÉVI-STRAUSS, *Des symboles et leurs doubles*, Paris, Plon, 1989, p. 17-54.

HARTOG, François, « Le regard éloigné : Lévi-Strauss et l'histoire », in *L'Herne*, nº 82, 2004, p. 313-319.

HARRIS, Marvin, *The Rise of Anthropological Theory. A History of Theories of Culture*, New York, Thomas Y. Crowell, 1968, p. 482-513.

HARRIS, Marvin, « Lévi-Strauss et la palourde », *L'Homme*, vol. XVI, nº 2-3, 1976 (réponse de Lévi-Strauss dans *Le Regard éloigné*, Paris, Plon, 1983, chapitre VIII).

HASKELL, Robert E., « Thought-Things : Lévi-Strauss and "The Modern Mind" », *Semiotica*, vol. LV, nº 1-2, 1985.

HÉNAFF, Marcel, « Lévi-Strauss », in Simon CRITCHLEY (dir.), *The Companion to Continental Philosophy*, Londres, Blackwell, 1997, p. 507-518.

HÉNAFF, Marcel, « Lévi-Strauss », in *The MIT Encyclopedia of Cognitive Sciences*, Cambridge, MIT Press, 1999.

HÉNAFF, Marcel, « Lévi-Strauss et la question du symbolisme », in *La Revue du MAUSS*, nº 14, 2e semestre 1999, p. 271-287.

HÉNAFF, Marcel, « Claude Lévi-Strauss », in Lawrence D. KRITZMAN (dir.), *The Columbia History of Twentieth Century French Thought*, New York, Columbia University Press, 2006, p. 588-594.

HÉNAFF, Marcel, « Une anthropologie bonne à penser », *Esprit*, janvier 2004, p. 145-168.

HÉNAFF, Marcel, « *The Mythologiques*. Between Linguistics and Music », *Cognitive Semiotics*, nº 3, automne 2008.

HÉNAFF, Marcel, « La nouveauté Lévi-Strauss », *Klesis. Revue philosophique*, « Hommage à Lévi-Strauss », nº 10, 2008.

HÉNAFF, Marcel, « Lévi-Strauss and the Question of Symbolism », in Boris WISEMAN, *The Cambridge Companion to Claude Lévi-Strauss*, Cambridge, Cambridge University Press, 2009, p. 177-195.

HÉRITIER, Françoise, *L'Exercice de la parenté*, Paris, Gallimard-Le Seuil, 1981.

HÉRITIER, Françoise, « La citadelle imprenable », *Critique*, nº 620-621, janvier 1999, p. 61-83.

HÉRITIER, Françoise, « Un avenir pour le structuralisme », *L'Herne*, nº 82, 2004, p. 409-416.

HERZFELD, Michael, « Lévi-Strauss in the Nation-State », *Journal of American Folklore*, vol. XCVIII, n° 388, p. 191-208.

HEUSCH, Luc (DE), « L'œuvre de M. Lévi-Strauss et l'évolution de l'anthropologie française », *Zaïre*, n° 8, 1958.

HEUSCH, Luc (DE), « Anthropologie structurale et symbolisme », *Cahiers internationaux du symbolisme*, vol. II, 1963, p. 31-56.

HEUSCH, Luc (DE), « Situations et positions de l'anthropologie structurale », *L'Arc*, n° 26, 1965.

HEUSCH, Luc (DE), « Vers une mytho-logique ? », *Critique*, vol. XXI, n° 219-220, août-septembre 1965 ; repris dans *Pourquoi l'épouser ? et autres essais*, Paris, Gallimard, 1971.

HEUSCH, Luc (DE), *Pourquoi l'épouser ? et autres essais*, Paris, Gallimard, 1971.

HOLLIER, Denis (dir.), *Panorama des sciences humaines*, Paris, Gallimard, 1973.

HULTKRANTZ, Michel, « *Mythologiques* », *American Anthropologist*, vol. LXXI, 1969, p. 735-737.

HYMES, Dell H., *Language in Culture and Society. A Reader in Linguistics and Anthropology*, New York, Harper, & Row, 1964.

IZARD, Michel, et SMITH, Pierre (dir.), *La Fonction symbolique*, Paris, Gallimard, 1979.

IZARD, Michel, « La naissance d'un héros », *Le Magazine littéraire*, n° 223, 1985.

JAKOBSON, Roman (avec Claude LÉVI-STRAUSS) : « *Les Chats* de Charles Baudelaire », *L'Homme*, vol. II, n° 1, 1962, p. 5-21.

JALLEY-CRAMPE, Michèle, « La notion de structure mentale dans les travaux de Claude Lévi-Strauss », *La Pensée*, n° 135, 1967, p. 53-62.

JAMIN, Jean, « Sous-entendu. Leiris, Lévi-Strauss et l'opéra », *Critique*, n° 620, janvier 1999, p. 26-41.

JOSSELIN DE JONG, Jan Petrus Benjamin (DE), « Un champ

d'études ethnologique en transformation », *L'Ethnographie*, vol. LXXIX, n° 7, 1983, p. 3-15.

KAMBOUCHNER, Denis, « Le règne de la réflexion, Lévi-Strauss et le problème du relativisme », in *L'Herne*, n° 82, 2004, p. 320-327.

KECK, Frédéric, « L'esprit humain, de la parenté aux mythes, de la théorie à la pratique », *Archives de philosophie*, t. 66-1, printemps 2003.

KECK, Frédéric, « Individu et événement dans *La Pensée sauvage* », *Les Temps modernes*, n° 168, août-octobre, 2004.

KECK, Frédéric, « La dissolution du sujet dans le Finale de *L'Homme nu* », *L'Herne*, n° 82, 2004, p. 236-243.

KNIGHT, Chris, « Lévi-Strauss and the Dragon : *Mythologiques* reconsidered in the Light of an Australian Aboriginal Myth », *Man*, vol. XVIII, n° 1, 1983, p. 21-50.

KORN, Francis, « Logic of some Concepts in Lévi-Strauss », *American Anthropologist*, LXXI, janvier 1969.

KUPER, Adam, « Lévi-Strauss and British Neo-structuralism », in *Anthropologists and Anthropology. The British School, 1922-1972*, New York, Pica Press-Toronto, 1973, p.214-226.

KURZWEIL, Edith, *The Age of Structuralism*, New York, Columbia University Press, 1980.

LACROIX, Jean, « Le structuralisme de Claude Lévi-Strauss », in *Panorama de la philosophie française contemporaine*, Paris, PUF, 1966.

LANE, Michael (dir.), *Introduction to Structuralism*, New York, Basic Books, 1970.

LEACH, Edmund R., « Lévi-Strauss in the Garden of Eden : An Examination of Some Recent Developments in the Analysis of Myth », *Transactions of the New York Academy of Sciences*, serie 2, vol. XXIII, n° 4, 1961, p. 386- 396.

LEACH, Edmund R., « Telstar et les aborigènes ou *La Pensée sauvage* de Claude Lévi-Strauss », *Annales (Économies – Sociétés – Civilisations)*, novembre-décembre 1964.

LEACH, Edmund R. (dir.), *The Stuctural Study of Myth and Totemism*, London, Tavistock Publications, 1967.

LEFEBVRE, Henri, « Claude Lévi-Strauss et le nouvel éléatisme », *L'Homme et la Société*, n° 1, juillet-septembre 1966, p. 21-31 et *ibid.*, n° 2, octobre-décembre 1966, p. 81-104.

LEFORT, Claude, « L'échange et la lutte des hommes », *Les Temps modernes*, février 1951.

LEFORT, Claude, « Société sans histoire et historicité », *Cahiers internationaux de sociologie*, vol. 12, 1952.

LE GOFF, Jacques, et VIDAL-NAQUET, Pierre, « Lévi-Strauss en Brocéliande. Esquisse pour une analyse du roman courtois », *Critique*, n° 325, juin 1974, p. 541-571.

LEIRIS, Michel, « À travers *Tristes Tropiques* », *Les Cahiers de la République*, n° 2, juillet 1956 ; repris dans *Cinq Études d'ethnologie*, Paris, Gallimard, 1988.

LISZKA, Jakób, « Peirce and Lévi-Strauss : The Metaphysics of Semiotic and the Semiosis of Metaphysics », *Idealistic Studies*, vol. XII, n° 2, 1982, p. 103-134.

LYOTARD, Jean-Francois, « Les Indiens ne cueillent pas les fleurs », *Annales*, n° 1, janvier-février 1965.

LYOTARD, Jean-Francois, « Le seuil de l'histoire », *Digraphe*, n° 3, 1984, p. 7-56.

MACKSEY, Richard, et DONATO, Eugenio (dir.), *The Language of Criticism and the Sciences of Man. The Structuralist Controversy*, Baltimore, Johns Hopkins Press, 1970.

MANIGLIER, Patrice, « La condition symbolique », *Philosophie*, n° 98, 2008.

MARANDA, Pierre, « Anthropological Analytics : Lévi-Strauss Concept of social Structure », in Hugo NUTINI et Ira BUCHLER (dir.), *The Anthropology of Claude Lévi-Strauss*, New York, Appleton-Century-Crofts, 1970.

MARIN, Louis, « Présentation de Radcliffe-Brown et Lévi-Strauss », in Alfred Reginald RADCLIFFE-BROWN, *Structure et fonction dans la société primitive*, Paris, Minuit, 1968.

MAYBURY-LEWIS, David, « The Analysis of dual Organizations : A methodological Critique », *Bijdragen tot de Tall-, Land-, en Volkenkunde*, vol. CXVI, n° 1, 1960, p. 17-44.

MAYBURY-LEWIS, David, « Science or Bricolage ? *Du miel aux cendres* », *American Anthropologist*, vol. LXXI, n° 1, 19-69, p.114-121.

MEHLMANN, Jeffrey, *A Structural Study of Autobiography : Proust, Leiris, Sartre, Lévi-Strauss*, Ithaca, Cornell University Press, 1974.

MERCIER, Paul, « L'anthropologie sociale et culturelle », in Jean POIRIER (dir.), *Ethnologie générale*, Paris, Gallimard, « Bibliothèque de la Pléiade », 1968.

MERLEAU-PONTY, Maurice, « De Mauss à Claude Lévi-Strauss », in *Signes*, Paris, Gallimard, 1960.

MERQUIOR, José Guilherme, « Vico et Lévi-Strauss », *L'Homme*, vol. X, n° 2, 1970.

MEUNIER, Jacques, « Tropicales », *Magazine littéraire*, n° 223, octobre 1985.

MOSCOVICI, Serge, *La Société contre nature*, Paris, UGE, « 10/18 », 1972.

MOULOUD, Noël, *Langage et structures*, Paris, Payot, 1969.

MOUNIN, Georges, « Lévi-Strauss's Use of Linguistics », in Ino ROSSI (dir.), *The Unconscious in Culture. The Structuralism of Claude Lévi-Strauss in Perspective*, New York, E. P. Dutton and Co. Inc., 1974, p. 31-52.

NADEL, Siegfried, *The Theory of Social Structure*, Chicago, The Free Press of Glencoe, 1957 ; trad. fr. *La Théorie de la structure sociale*, Paris, Minuit, 1970.

NAUGRETTE, Jean-Pierre, « Les voyages de Lévi-Strauss », *Critique*, vol. XXXIX, n° 439, 1984, p. 948-959.

NEEDHAM, Rodney, *Structure and Sentiment. A Test Case in Social Anthropology*, Chicago, University of Chicago Press, 1962.

NEEDHAM, Rodney (dir.), *Rethinking Kinship and Marriage*, Londres, Tavistock, 1971 ; trad. fr. *La Parenté en question*, Paris, Seuil, 1977 (textes de Th. O. Beidelman, A. Forge,

J. J. Fox, F. Korn, E. R. Leach, D. McKnight, R. Needham, P. G. Rivière, M. Southwold, W. D. Wilder).

NUTINI, Hugo G., « Lévi-Strauss's Conception of Science », in Jean POUILLON et Pierre MARANDA (dir.), *Échanges et communications. Mélanges offerts à Claude Lévi-Strauss à l'occasion de son 60ᵉ anniversaire*, La Haye, Mouton, 1970.

NUTINI, Hugo G., « The ideological Bases of Lévi-Strauss's Structuralism », *American Anthropologist*, vol. LXXIII, nᵒ 3, p. 537-544.

ORTIGUES, Edmond, « Nature et culture dans l'œuvre de Lévi-Strauss », *Critique*, nᵒ 189, février 1963, p. 142-157.

PACI, Enzo, « Il senso della parola : struttura », *Aut Aut*, nᵒ 73, 1963.

PACI, Enzo, « Il senso delle strutture in Lévi-Strauss », *Revue internationale de philosophie*, nᵒ 73-74, 1965, p. 300-313.

PAVEL, Thomas, *Le Mirage linguistique*, Paris, Minuit, 1988, chap. II.

PETITOT, Jean, « Approche dynamique de la formule canonique du mythe », *L'Homme, revue française d'anthropologie*, nᵒ 106-107, avril-septembre 1988.

PETITOT, Jean, « La généalogie morphologique du structuralisme », *Critique*, nᵒ 620-621, janvier 1999.

PIAGET, Jean, *Le Structuralisme*, Paris, PUF, 1968.

PIAGET, Jean, « The anthropological structuralism of Claude Lévi-Strauss », in *Structuralism*, New York, Basic Books, Inc., 1970.

PIERCE, David C., « Lévi-Strauss : The problematic Self and Myth » *International Philosophical Quaterly*, vol. XIX, nᵒ 4, 1979, p. 381-406.

PINTO, Evelyne, « Du mythe au roman », *Revue d'esthétique*, vol. XXIV, nᵒ 3, juillet-septembre 1971, p. 257-268.

PIVIDAL, Raphaël, « Signification et position de l'œuvre de Lévi-Strauss », *Annales (Économies – Sociétés – Civilisations)*, novembre-décembre 1964.

POIRIER, Jean, « Histoire de la pensée ethnologique », in Jean POIRIER (dir.), *Ethnologie générale*, Paris, Gallimard, « Bibliothèque de la Pléiade », 1968.

POIRIER, Jean, « Les catégories de la pensée sauvage. Invariances et spécificités culturelles », *Bulletin de la Société française de philosophie*, vol. LXVII, n° 3,1983, p. 77-114.

POOLE, Roger, « Lévi-Strauss : Myth's Magician. The Language of Anthropology », *New Blackfiars*, vol. L, n° 588, mai 1969, p. 432-440.

POOLE, Roger, « Introduction to Lévi-Strauss *Totemism* », Harmondsworth, Penguin Books, 1969.

POUILLON, Jean, « L'œuvre de Lévi-Strauss », *Les Temps modernes*, n° 126, juillet 1956, p. 150-172.

POUILLON, Jean, « Sartre et Lévi-Strauss », *L'Arc*, n° 26, 1965, p. 55-60.

POUILLON, Jean, « Présentation : un essai de définition », *Les Temps modernes*, n° 246, novembre 1966, p. 769-790.

POUILLON, Jean, « L'analyse des mythes », *L'Homme*, vol. VI, n° 1, 1966, p.100-105.

POUILLON, Jean, *Fétiches sans fétichisme*, Paris, Maspero, 1975.

PRADELLE DE LATOUR, Charles-Henry, « La conception lévi-straussienne de l'inceste : sa pertinence et ses prolongements », *L'Herne*, n° 82, 2004, p. 179-187.

PROPP, Vladimir, « Structure and History in the Study of Folktales (A Reply to Lévi-Strauss) », *Russian Literature*, vol. XII, n° 1, 1982, p. 58-78.

RAMNOUX, Clémence, « L'ethnologue et le vieux sage », in Raymond BELLOUR et Catherine CLÉMENT, *Lévi-Strauss*, Paris, Gallimard, 1979, p. 241-263.

REMOTTI, Francesco, « La concezione dei sistemi in Lévi-Strauss », *Quaderni di sociologia*, XVII, 1969.

REMOTTI, Francesco, « Modelli e strutture nell'antropologia di Claude Lévi-Strauss », *Rivista di Filosofia*, vol. LIX, octobre-décembre 1968, p. 401-437.

REMOTTI, Francesco, « L'etnografia di Claude Lévi-Strauss », *Libri Nuovi*, n° 8, 1970.

REVEL, Jean-François, *Pourquoi des philosophes ?*, Paris, Jean-Jacques Pauvert, 1957 (réponse de Cl. Lévi-Strauss dans *Anthropologie structurale*, chap. XVI).

RICHARD, Philippe, « Analyses des *Mythologiques* de Claude Lévi-Strauss », *L'Homme et la Société*, n° 4, avril-juin 1967.

RICŒUR, Paul, « Symbole et temporalité », *Archivio di Filosophia*, n° 1-2, 1963.

RICŒUR, Paul, « La structure, le mot, l'événement », *Esprit*, 35ᵉ année, n° 360, mai 1967, p. 801-821.

RICŒUR, Paul, « Structure et herméneutique », *Esprit*, n° 322, novembre 1963.

ROBEY, David (dir.), *Structuralism. An Introduction*, Oxford, Clarenton Press, 1973.

ROSEN, Lawrence, *cf.* Roland CHAMPAGNE, *Claude Lévi-Strauss*, Boston, Twayne Publishers, 1987.

ROSSI, Ino, *The Logic of Culture. Advances in Structural Theory and Methods*, New York, J. F. Bergin Publishers, Inc., 1982 (textes de C. Ackerman, P. Bouissac, N. Ross Crumrine, M. Godelier, Fawda El Guindi, W. G. Jilek, L. Jilek- Aall, K. Maddock, P. Maranda, R. Neich, H. Rosenbaum, I. Rossi, R. T. Zuidema).

ROTHENSTREICH, Nathan, « On Lévi-Strauss's Concept of Structure », *Review of Metaphysics*, vol. XXV, mars1972, p. 489-526.

RUBIO CARRACEDO, José, « La evolución del estructuralismo en Lévi-Strauss », *Pensiamento*, vol. XXVII, 1971, p. 131-160.

RUWET, Nicolas, « Linguistique et science de l'homme », *Esprit*, novembre 1963.

SAHLINS, Marshall, « On the Delphic Writing of Claude Lévi-Strauss », *Scientific American*, vol. CCXV, n° 6, 1966, p. 131-136.

SAHLINS, Marshall, *Culture and Practical Reason*, Chicago, Chicago University Press, 1976 ; trad. fr. *Au cœur des sociétés*, Paris, Gallimard, 1980.

SALMON, Gildas, « Les incongruités de la pensée symbolique », *Philosophie*, n° 98, 2008.

SARTRE, Jean-Paul, *La Critique de la raison dialectique*, Paris, Gallimard, 1960, p. 467-505.

SCHMIDT, Alfred, *Der structuralistische Angriff auf die Geschichte*, Frankfort-sur-le-Main, Suhrkamp, 1968.

SCHOLTE, Bob, « Lévi-Strauss's Peneloppean effort. The Analysis of Myth », *Semiotica*, vol. I, 1969, p. 99-124.

SCHOLTE, Bob, et SIMONIS, Yvan, « Lévi-Strauss et la pensée leachienne », *Semiotica*, 1974.

SCHOLTE, Bob, « Lévi-Strauss », in John HIGMAN (dir.), *Handbook of social an cultural Anthropology*, Chicago, Rand McNally, 1974, p. 676-716.

SCHWIMMER, Eric, « Lévi-Strauss and Maori Social Structure », *Anthropologica*, 20 (1/2), 1978, p. 201-222.

SEBAG, Lucien, « Histoire et structure », *Les Temps modernes*, nº 195, août 1962.

SEBAG, Lucien, *Marxisme et structuralisme*, Paris, Payot, 1964.

SEBAG, Lucien, « Le mythe : code et message », *Les Temps modernes*, 20ᵉ année, 1965, p. 1607-1623.

SERRES, Michel, *Hermès I. La Communication*, Paris, Minuit, 1968.

SEVERI, Carlo, « Structure et forme originaire », in *Les Idées de l'anthropologie*, Paris, Armand Colin, 1988.

SEUNG, T. K., *Structuralism and Hermeneutics*, New York, Columbia University Press, 1982.

SHALVEY, Thomas J., « Lévi-Strauss and Mythology », *Myth and Philosophy*, vol. XLV, 1971, p. 114-119.

SIEBERS, Tobin, « Ethics in the Age of Rousseau, from Lévi-Strauss to Derrida », *Modern Language Notes*, 100 (4), 1985, p. 758-779.

SIMONIS, Yvan : « Two Ways of approaching Concrete Reality : "Group dynamics" and Lévi-Strauss's Structuralism », in Ino ROSSI (dir.), *The Unconscious in Culture. The Structuralism of Claude Lévi-Strauss in Perspective*, New York, E. P. Dutton and Co. Inc., 1974.

SIMONIS, Yvan, « Échange, "praxis", code et message », *Cahiers internationaux de sociologie*, vol. XLV, 1968, p. 117-129.

SMITH, Pierre : « The nature of Myths », *Diogenes*, n° 82, été 1973, p. 70-87.

SMITH, Pierre, et SPERBER, Dan : « Mythologiques de Georges Dumézil », *Annales (Économies – Sociétés – Civilisations)*, 26e année, n° 3 et 4, mai-août, 1971.

SONTAG, Susan, « The Anthropologist as Hero », in *Against Interpretation, and Other Essays*, New York, Farrar Strauss, 1966, p. 69-81 (repris dans Nelson E. HAYES et Tanya HAYES (dir.), *Claude Lévi-Strauss. The Anthropologist as Hero*, Cambridge, MIT Press, 1970).

SPERBER, Dan, « Claude Lévi-Strauss aujourd'hui » in *Le Savoir des anthropologues*, Paris, Hermann, 1982, p. 87-128.

TAYLOR, Anne-Christine, « Les modèles d'intelligibilité de l'histoire », in *Les Idées de l'anthropologie*, Paris, Armand Colin, 1988.

TAYLOR, Anne-Christine, « Don Quichotte en Amérique. Claude Lévi-Strauss et l'anthropologie américaniste » *L'Herne* n° 82, 2004, p. 92-98.

TERRAY, Emmanuel, « Langage, société, histoire ». *Critique*, n° 620-621, janvier 1999, p. 84-96.

TERRAY, Emmanuel, « Face au racisme », *Le Magazine littéraire*, n° 223, octobre, 1985.

TESTART, Alain, *Le Communisme primitif*, Paris, Éditions de la Maison des sciences de l'homme, 1985.

TODOROV, Tzvetan, *Nous et les autres. La réflexion française sur la diversité humaine*, Paris, Seuil, 1989, p. 81- 109.

VALERI, Valerio, « Struttura, trasformazione, "esaustività". Un'esposizione di alcuni concetti di Lévi-Strauss », *Annali della Scuola Normale Superiore di Pisa*, II, 39, 1970, p. 347-386.

VERON, Eliseo, « La antropologia hoy : entrevista a Claude Lévi-Strauss », Buenos-Aires, *Cuestiones de Filosofia*, vol. I, n° 2-3, 1963.

VERSTRATEN, Pierre, « Lévi-Strauss ou la tentation du néant », *Les Temps modernes*, vol. XIX, n° 206, p. 66-109 et n° 207, p. 507-552.

VERNANT, Jean-Pierre, « Œdipe sans complexe », *Raison présente*, n° 4, 1967.

VIDAL-NAQUET, Pierre, et LE GOFF, Jacques, « Lévi-Strauss en Brocéliande. Esquisse pour une analyse du roman courtois », *Critique*, n° 325, juin 1974, p. 541-571.

VIET, Jean, *Les Méthodes structuralistes dans les sciences sociales*, La Haye, Mouton, 1965.

VIVEIROS DE CASTRO, Eduardo, « Xamanismo transversal : Levi-Strauss e a comopolitica amazônica », in Ruben Caixeta DE QUEIROZ et Renarde Frere NOBRE (dir.), *Lévi-Strauss : leituras basileiras*, Belo Horizonte, Éditions UFMG, 2008, p.79-124.

VIVEIROS DE CASTRO, Eduardo, *Métaphysiques cannibales*, Paris, PUF, 2010.

VOGT, Evon C., et VOGT, Catherine, « Lévi-Strauss among the Maya », *Man*, vol. V, septembre 1970, p. 379-392.

WACHTEL, Nathan, « La quête de Cinna », *Critique*, n° 620-621, janvier 1999, p. 123-138.

WACHTEL, Nathan, « Saudade. De la sensibilité lévi-straussienne », *L'Herne*, n° 82, 2004, p. 442-455.

WAHL, François (dir.), *Qu'est-ce que le structuralisme ?*, Paris, Seuil, 1968 (textes d'O. Ducrot, T. Todorov, D. Sperber, M. Saphouan, F. Wahl).

WALD, Henri, « Structure, structural, structuralism », *Diogenes*, n° 66, été, 1969, p. 15-24.

WEINRICH, Harald, « Structures narratives du mythe », *Poétique*, n° 1, 1970, p. 25-44.

ZERAFFA, Michel, « Ordre mythique et ordre romanesque : Monmanaéki et Léopold Bloom », in Raymond BELLOUR et Catherine CLÉMENT, *Lévi-Strauss*, Paris, Gallimard, 1979, p. 361-393.

ZIMMERMAN, Francis, « Lévi-Strauss et l'illusion des explorateurs », *Archives de philosophie*, t. 66-1, printemps 2003.

ZIMMERMAN, Robert L., « Lévi-Strauss and the primitive », in Nelson E. HAYES et Tanya HAYES (dir.), *Claude Lévi-Strauss. The Anthropologist as Hero*, Cambridge, MIT Press, 1970, p. 215-234.

Table

I
QUESTIONS D'ANTHROPOLOGIE

II
PARCOURS DE L'ŒUVRE

III
ANNEXES

RÉALISATION : IGS-CP À L'ISLE-D'ESPAGNAC
IMPRESSION : NORMANDIE ROTO IMPRESSION S.A.S. À LONRAI
DÉPÔT LÉGAL : SEPTEMBRE 2011. N° 103043 (113398)
Imprimé en France